D0462047

UNE VEUVE
DE PAPIER

Du même auteur

Aux mêmes éditions

Le Monde selon Garp
roman, 1980
Coll. « Points », n° P5

L'Hôtel New Hampshire
roman, 1982
Coll. « Points Roman », n° R110

Un mariage poids moyen
roman, 1984
Coll. « Points Roman », n° R201

L'Œuvre de Dieu, la Part du Diable
roman, 1986
Coll. « Points Roman », n° R314

L'Épopée du buveur d'eau
roman, 1988
Coll. « Points Roman », n° R382

Une prière pour Owen
roman, 1989
Coll. « Points Roman », n° R460

Liberté pour les ours !
roman, 1991
Coll. « Points Roman », n° R587

Les Rêves des autres
nouvelles, 1993
Coll. « Points », n° P54

Un enfant de la balle
roman, 1995

La Petite Amie imaginaire
récit, 1996
Coll. « Points », n° P411

JOHN IRVING

UNE VEUVE
DE PAPIER

roman

TRADUIT DE L'ANGLAIS (ÉTATS-UNIS)
PAR JOSÉE KAMOUN

ÉDITIONS DU SEUIL
27, rue Jacob, Paris VI

CE LIVRE EST ÉDITÉ PAR ANNE FREYER-MAUTHNER

Titre original : *A Widow For One Year*
Éditeur original : Random House, New York
© original : 1998, Garp Enterprises, Ltd
ISBN original : 0-375-50137-1

ISBN 2-02-033493-3

© Éditions du Seuil, avril 1999, pour la traduction française.

Pour Janet, une histoire d'amour

... Quant à cette petite demoiselle, le mieux que je puisse lui souhaiter, c'est un peu d'infortune.

WILLIAM MAKEPEACE THACKERAY

I

Été
1958

Un abat-jour pour feuille de vigne

Une nuit, alors qu'elle avait quatre ans et dormait sur la couchette inférieure de son lit gigogne, Ruth Cole fut réveillée par le bruit d'un couple en train de faire l'amour, bruit qui provenait de la chambre de ses parents et qui lui parut tout à fait insolite. Elle relevait d'une grippe intestinale ; à entendre sa mère faire l'amour, elle crut tout d'abord qu'elle était en train de vomir.

Ses parents ne se contentaient pas de faire chambre à part. Cet été-là, ils faisaient maison à part – même si elle n'avait jamais vu leur autre maison. Chacun passait une nuit sur deux avec elle, dans la demeure familiale, et ils avaient pris une location dans les parages, où ils habitaient chacun à son tour lorsqu'ils n'étaient pas avec leur fille. C'était un de ces arrangements absurdes que les couples trouvent quand ils sont en instance de divorce et qu'ils se figurent pouvoir partager leurs enfants et leurs biens avec magnanimité, sans tiraillements.

Lorsque Ruth s'éveilla à ce bruit inconnu, elle se demanda si c'était son père ou sa mère qui vomissait ; puis, malgré l'étrangeté de ces manifestations, elle reconnut la dose de mélancolie et d'hystérie contenue qui passait souvent dans la voix de sa mère. Elle se souvint d'ailleurs que c'était le tour de sa mère de rester auprès d'elle.

Une grande salle de bains séparait Ruth de la chambre de ses parents. En trottinant pieds nus pour la traverser, l'enfant prit une serviette au passage : pendant sa grippe intestinale, son père l'avait encouragée à vomir dans une serviette. Pauvre maman, pensa Ruth, en lui en apportant une.

13

A la faible clarté de la lune, et à celle plus faible encore et incertaine de la veilleuse que son père avait installée dans la salle de bains, Ruth vit les visages pâlis de ses frères morts sur les photographies au mur. Des photos de ses frères morts, il y en avait plein la maison, sur tous les murs. Les deux garçons s'étaient tués dans l'adolescence, long-temps avant la naissance de Ruth, longtemps même avant sa concep-tion, et pourtant elle avait l'impression de connaître ces jeunes dis-parus bien mieux que son père et sa mère.

Le grand brun aux traits anguleux, c'était Thomas ; à l'âge de quatre ans, il possédait déjà la beauté des chefs, ce mélange d'équi-libre et de brutalité, qui, dans l'adolescence, lui donnerait un air de confiance en soi très au-dessus de son âge. (C'était lui qui était au volant de la voiture fatale.)

Le cadet à l'expression anxieuse, c'était Timothy ; adolescent, il avait encore une figure de bébé ; on aurait dit que quelque chose venait de le faire sursauter. Sur de nombreuses photos, il semblait avoir été surpris dans un instant d'indécision, comme s'il répugnait en permanence à imiter une acrobatie d'une difficulté inouïe, que Thomas aurait maîtrisée avec tous les dehors de la désinvolture. (Au bout du compte, ce fut la conduite automobile, opération pourtant élémentaire, qui révéla les limites de sa maîtrise.)

Lorsque Ruth Cole entra dans la chambre de ses parents, elle vit le jeune homme nu qui était en train de saillir sa mère par-derrière ; ses seins dans les mains, il la prenait en levrette ; mais ce ne fut ni la violence ni l'aspect dégoûtant de l'acte qui firent pousser un hur-lement à Ruth. Elle n'avait que quatre ans, et elle ne savait pas qu'elle assistait à un acte sexuel – aussi bien, cette activité à laquelle le jeune homme et sa mère se livraient ne lui parut pas tout à fait déplaisante. En fait, Ruth fut soulagée de voir que, contrairement à ce qu'elle croyait, sa mère n'était pas en train de vomir.

Ce ne fut pas non plus la nudité du jeune homme qui la fit hurler ; elle avait vu nus son père et sa mère, la nudité ne se cachait pas chez les Cole. Ce fut le jeune homme lui-même qui la fit hurler, parce qu'elle était sûre qu'il était l'un de ses frères morts ; il ressemblait tellement à Thomas, celui qui avait de l'assurance, que Ruth crut voir un fantôme.

Un enfant de quatre ans pousse des cris perçants. Ruth fut stupéfaite de la vitesse à laquelle le jeune amant de sa mère mit pied à terre ; à

14

vrai dire, il se dégagea de la femme et du lit avec un mélange de panique et de zèle si intense qu'on l'aurait cru propulsé – délogé par un boulet de canon. Il dégringola sur la table de nuit, et, soucieux de dissimuler sa nudité, prit l'abat-jour de la lampe de chevet qu'il avait cassée. Dans cette situation, le fantôme parut à Ruth moins menaçant qu'elle ne l'avait jugé tout d'abord ; en outre, en le regardant de plus près, elle le reconnut. C'était le garçon qui occupait la chambre d'amis à l'autre bout de la maison ; celui qui conduisait la voiture de son père – celui qui travaillait pour papa, avait dit maman. Une ou deux fois, il les avait conduites à la plage, elle et sa baby-sitter.

Cet été-là, Ruth avait eu trois nounous ; chacune s'était étonnée de la pâleur du jeune homme, mais sa mère lui avait dit qu'il y a des gens qui n'aiment pas le soleil, et voilà tout. L'enfant n'avait jamais vu le garçon sans ses vêtements, bien sûr ; et pourtant, elle fut certaine qu'il s'agissait d'Eddie, et non pas d'un fantôme. Ce qui ne l'empêcha pas de crier une deuxième fois.

Sa mère, encore à quatre pattes sur le lit, manifesta une absence de surprise caractéristique ; elle se contenta de considérer sa fille avec une expression de découragement qui frisait le désespoir. Sans lui laisser le temps de crier une troisième fois, elle lui dit : « Ne hurle pas, ma chérie. C'est Eddie et maman, c'est tout. Retourne te coucher. »

Ruth Cole fit ce qu'on lui disait, et repassa donc devant les photos, qui lui semblèrent désormais plus fantomatiques que l'amant-fantôme de sa mère, chu et déchu. Tandis qu'il essayait de se cacher derrière l'abat-jour, Eddie avait oublié que l'objet, évidé à ses deux extrémités, offrait à Ruth une vue imprenable sur son sexe en décrue.

A quatre ans, Ruth était trop jeune pour se rappeler un jour Eddie, ou son sexe, d'ailleurs ; mais lui se souviendrait d'elle. Trente-six ans plus tard, quand il aurait cinquante-deux ans et elle quarante, l'infortuné allait tomber amoureux d'elle. Mais, même alors, il ne regretterait jamais d'avoir baisé sa mère. Hélas, ce serait le problème d'Eddie. Or nous racontons l'histoire de Ruth.

Ses parents s'attendaient à avoir un troisième fils, mais là n'est pas la raison pour laquelle Ruth Cole devint écrivain. Ce qui alimenta sans doute davantage son imagination, c'est que, dans cette maison où elle grandit, les photos des frères morts furent une présence plus

15

forte que toute présence qu'elle sentait chez son père ou sa mère ; en outre, après que sa mère les abandonna, elle et son père, en emportant presque tous les clichés de ses fils perdus, elle se demanda pourquoi son père laissait les crochets desdites photos au mur. Ces crochets nus eurent leur part de sa vocation d'écrivain : des années après la disparition de sa mère, elle essayait encore de se rappeler quelle photo pendait à quel crochet. Et devant l'échec de sa mémoire à lui restituer les photos des disparus, elle se mit à inventer tous les instants capturés de leur courte vie qu'elle avait manquée. La mort de Thomas et Timothy avant sa naissance joua elle aussi son rôle dans sa vocation ; dès l'aube de sa mémoire, il lui avait fallu les imaginer.

Leur accident de voiture faisait partie de ces accidents d'adolescents qui révèlent dans l'après-coup que les jeunes ont été « bien sages » ; autrement dit, en l'occurrence, ni l'un ni l'autre n'avaient bu. Le pire de tout, pour le plus grand tourment des parents, c'est que la coïncidence qui avait réuni les deux frères dans la voiture à cette heure et en ce lieu était le résultat d'une dispute tout à fait évitable entre le père et la mère. Les malheureux parents n'auraient pas assez de toute leur vie pour éprouver les conséquences tragiques de cette querelle triviale.

Par la suite, Ruth apprit qu'elle avait été conçue avec les meilleures intentions, mais sans passion. Ses parents avaient commis l'erreur de se figurer que leurs fils étaient remplaçables ; et ils n'avaient pas pris la peine d'envisager que le bébé qui porterait le fardeau de leur attente puisse être une fille.

Que Ruth Cole ait pu devenir cet alliage rare – un écrivain aux mérites littéraires reconnus doublé d'un auteur au succès international – étonnera finalement moins que le simple fait qu'elle ait pu parvenir à l'âge adulte. Ces beaux jeunes gens des photos lui avaient volé l'essentiel de l'affection maternelle ; mais à tout prendre, être ainsi rejetée par sa mère lui parut plus supportable que de grandir à l'ombre de la froideur qui régnait entre ses parents.

Ted Cole, bel homme, auteur et illustrateur à succès de livres pour enfants, était plus doué pour cet exercice que pour assumer les responsabilités quotidiennes de la paternité. Et jusqu'à ce que Ruth atteignît l'âge de quatre ans et demi, s'il n'était pas ivre en permanence, il est vrai qu'il buvait souvent un verre de trop. De même, s'il n'était pas homme à femmes à temps complet, il n'eut jamais non plus de période tout à fait creuse sous ce rapport – ce qui, soit dit en passant, le rendait moins fiable avec les femmes qu'avec les enfants.

Ted s'était mis à écrire pour les enfants par défaut. Il était entré dans le monde des lettres avec un roman pour adultes incontestablement très écrit, que la critique avait encensé à l'excès. Les deux livres qui avaient suivi ne méritent pas mention, sauf pour préciser que personne, à commencer par son éditeur, n'avait exprimé le désir marqué de le voir en écrire un quatrième. Il s'en abstint donc, et c'est ainsi qu'il composa son premier livre de littérature enfantine. *La Souris qui rampait entre les cloisons* faillit bien ne jamais être publié ; à première vue, c'était un de ces livres pour enfants qui ne plaisent guère aux parents, et qui ne restent dans la mémoire des petits que comme une histoire qui leur a fait très peur. En tout cas, *La Souris qui rampait entre les cloisons* terrifia Thomas et Timothy lorsque Ted la leur raconta tout d'abord. Avant qu'il ne l'ait lue à Ruth, l'histoire avait déjà terrorisé environ neuf ou dix millions d'enfants de par le monde, dans plus de trente langues différentes.

Comme ses frères morts, Ruth se nourrit des histoires de son père. Lorsqu'elle les lut pour la première fois, elle eut le sentiment qu'on violait son intimité : elle se figurait qu'il ne les avait inventées que pour elle. Par la suite, elle se demanda si ses frères avaient eu le même sentiment d'être envahis dans leur vie privée.

Marion Cole, la mère de Ruth, était quant à elle une fort belle femme ; c'était aussi une bonne mère, du moins jusqu'à la naissance de Ruth. Et jusqu'à la mort de ses fils bien-aimés, elle avait aussi été une épouse loyale et constante, malgré les infidélités sans nombre de son mari. Mais après l'accident qui lui avait arraché ses garçons, elle était devenue tout autre, distante, froide. A cause de cette indifférence apparente, il fut relativement facile à Ruth de rejeter sa mère. Il allait lui être plus difficile d'identifier ce qui clochait chez son père ; cela lui prendrait aussi beaucoup plus longtemps, de sorte qu'il serait alors trop tard pour se retourner tout à fait contre lui. Ted l'avait charmée. Ted charmait tout le monde, jusqu'à un certain âge. Personne n'était jamais sous le charme de Marion. La pauvre Marion ne faisait de charme à personne, pas même à sa propre fille ; mais, en revanche, il était possible de l'aimer.

Et c'est là qu'Eddie, notre infortuné jeune homme à l'abat-jour feuille de vigne, entre en scène. Il aimait Marion, lui, et il ne cesserait

jamais de l'aimer. Naturellement, s'il avait su d'emblée qu'il tomberait amoureux de Ruth, il aurait pu réfléchir à deux fois avant de
tomber amoureux de sa mère. Et encore. C'était plus fort que lui.

Un boulot pour l'été

Il s'appelait Edward O'Hare. L'été 1958, il venait d'avoir seize ans
– le permis de conduire lui avait été indispensable pour obtenir ce
premier boulot d'été. Mais ce qu'il ne savait pas, c'était que devenir
l'amant de Marion Cole constituerait l'essentiel de son emploi. C'est
à cette fin spécifique que Ted Cole l'avait engagé, et les conséquences
s'en feraient sentir toute sa vie.

Eddie avait entendu parler du drame survenu chez les Cole, mais,
comme la plupart des adolescents, il prêtait une attention distraite
aux propos des adultes. Il venait d'achever sa deuxième année à la
Phillips Exeter Academy, où son père enseignait l'anglais ; c'était par
l'université qu'il lui avait trouvé le job. Le père d'Eddie était en
effet un inconditionnel des bonnes relations entre gens d'Exeter. Tout
d'abord élève de l'université, O'Hare père y était devenu professeur,
et il ne partait jamais en vacances sans emporter un exemplaire dûment
feuilleté de l'annuaire d'Exeter. Les anciens élèves de l'établissement
devaient à ses yeux porter le flambeau d'une tradition : avoir confiance
les uns dans les autres et se rendre service à l'occasion.

Dans cette perspective, les Cole s'étaient déjà montrés généreux
envers Exeter. Leurs deux fils au destin tragique étaient des élèves
doués et aimés de leurs camarades quand ils s'étaient tués ; malgré
leur chagrin, voire à cause de lui, Ted et Marion Cole avaient fait à
l'établissement un don qui finançait un poste de professeur associé
pour la littérature anglaise, matière préférée de Thomas et Timothy.
Le père d'Eddie – « Minty » O'Hare, comme l'appelèrent des générations d'étudiants, car il avait une prédilection pour les pastilles de
menthe « haleine fraîche », qu'il suçait avec béatitude en faisant des
lectures à haute voix – avait un penchant singulier à réciter ses passages favoris des livres qu'il faisait lire à ses élèves. Ces cycles de

cours Thomas et Timothy Cole, comme on les avait appelés, c'était lui qui en avait eu l'idée.

Par conséquent, lorsque Eddie lui avait annoncé que ce qui l'intéressait pour son premier boulot d'été, ce serait de travailler comme assistant d'un écrivain – l'adolescent tenait depuis longtemps un journal et il venait même d'écrire quelques nouvelles –, O'Hare père n'avait pas hésité à ouvrir son annuaire. Bien entendu, Ted Cole n'était pas le seul écrivain parmi les anciens élèves, et il y en avait de plus « littéraires » – Thomas et Timothy étaient allés à Exeter parce que leur père était ancien élève –, mais Minty O'Hare, qui avait réussi quatre ans seulement auparavant à lui extorquer un don de 82 000 dollars, savait qu'il serait facile à joindre.

– Pas la peine de lui donner un vrai salaire, lui avait-il dit au téléphone, il pourra vous taper ce que vous voudrez, vous faire du courrier, des courses – vous n'aurez qu'à demander. C'est surtout pour l'expérience. C'est vrai, en somme, s'il veut devenir écrivain, mieux vaut qu'il voie comment ça travaille, un écrivain.

Au bout du fil, Ted Cole s'était montré courtois sans s'engager ; il est vrai qu'il avait bu. Il avait pour sa part trouvé un autre surnom à Minty O'Hare, il l'appelait Monsieur Sans Gêne. Et en effet, comme pour mériter ce surnom, O'Hare lui indiqua les pages où il trouverait les photos d'Eddie dans l'annuaire de 1957.

Les premières années après la mort de Thomas et Timothy, Marion avait demandé les annuaires de l'université. S'il avait vécu, Thomas serait sorti d'Exeter en 1954 et Timothy en 1956. Mais à présent, chaque année, bien après celle qui correspondait à leur promotion, les annuaires lui parvenaient, gracieusement envoyés par Minty O'Hare, qui présumait lui épargner ainsi le surcroît de douleur qu'elle aurait eu à les demander. Marion continua de les examiner fidèlement ; année après année, elle était frappée par les garçons qui présentaient une quelconque ressemblance avec l'un ou l'autre de ses fils, même si elle avait cessé d'en faire part à Ted après la naissance de Ruth.

Dans les feuillets de l'annuaire de 1957, Eddie O'Hare était assis au premier rang sur la photographie de la Junior Debating Society ; avec son pantalon de flanelle gris foncé, sa veste de tweed et sa cravate club, il n'aurait rien eu de saillant, sinon, dans ses grands yeux sombres, une expression de franchise frappante, ainsi qu'une gravité prémonitoire, devinant le chagrin à venir.

19

Sur la photo, il avait deux ans de moins que Thomas, et le même âge que Timothy au moment de leur mort. Pourtant, c'est à Thomas plus qu'à Timothy qu'il ressemblait ; il ressemblait même encore davantage à Thomas sur la photo du club d'excursionnistes ; on lui voyait la peau plus claire et le regard plus assuré qu'à la plupart de ces garçons réunis par leur goût prononcé du grand air, pensait Ted Cole. Dans cet annuaire d'Exeter pour l'année 1957, Eddie ne figurait par ailleurs que sur les photos de deux équipes d'athlétisme : celle de cross, et celle de course sur piste. Sa maigreur donnait à penser qu'il courait plus par nervosité que pour le plaisir, et que la course était peut-être la seule discipline athlétique à son goût.

Comme négligemment, Ted Cole fit voir les photos du jeune O'Hare à sa femme.

– Il ressemble beaucoup à Thomas, ce garçon, tu ne trouves pas ? lui demanda-t-il.

Marion avait déjà vu les photos ; elle les regardait toujours avec soin.

– Oui, il y a quelque chose, répondit-elle. Pourquoi ? Qui est-ce ?

– Il cherche un boulot pour l'été.

– Chez nous ?

– Enfin, chez moi, dit Ted, il veut devenir écrivain.

– Mais à quoi tu l'emploierais ?

– C'est surtout pour l'expérience, j'imagine. En somme, s'il veut devenir écrivain, il faut bien qu'il voie comment ça travaille, un écrivain.

Marion, qui avait toujours eu des aspirations à l'écriture pour son compte personnel, savait bien que son mari ne travaillait pas beaucoup.

– Mais il ferait quoi, au juste ? reprit-elle.

– Hmm...

Ted était enclin à laisser en suspens ses phrases et ses idées. Cela faisait partie du vague qu'il entretenait, tant de propos délibéré que sans s'en rendre compte.

Lorsqu'il rappela Minty O'Hare pour proposer un emploi à son fils, il s'empressa de s'enquérir si Eddie avait le permis de conduire, car, condamné une deuxième fois pour conduite en état d'ivresse, il était privé de son permis pour l'été. Or il espérait que cet été 1958 serait le bon moment pour entamer les démarches d'une séparation

20

avec sa femme. Mais s'il devait louer une maison dans le coin tout en continuant de partager celle de Marion (et Ruth), il lui fallait un chauffeur.

– Bien sûr qu'il a son permis ! lui répondit Minty.

Ainsi fut scellé le destin d'Eddie.

Quant à la question de Marion sur ce qu'Eddie O'Hare allait faire au juste, elle fut laissée en suspens, comme Ted Cole se plaisait à laisser les choses – dans le vague. Et il laissa Marion elle-même assise, l'annuaire d'Exeter ouvert sur ses genoux ; il la laissait souvent dans cette position. Il ne put s'empêcher de remarquer qu'elle semblait trouver plus attachante que les autres la photo d'Eddie O'Hare dans sa tenue de coureur à pied. Du bout de son index à l'ongle rose et long, elle soulignait les contours des épaules nues d'Eddie ; c'était un geste inconscient, mais d'une précision extrême. Ted en arriva à se demander s'il n'était pas le seul à se rendre compte de l'obsession croissante que sa malheureuse femme éprouvait pour les garçons qui ressemblaient à Thomas ou à Timothy. Après tout, elle n'avait encore jamais couché avec aucun d'entre eux.

Eddie serait le seul.

Le Bruit de quelqu'un qui essaie de ne pas faire de bruit

Eddie O'Hare n'avait prêté qu'une oreille distraite aux conversations de la communauté universitaire sur le drame des Cole et la façon dont ils s'accommodaient de la perte de leurs fils ; cinq ans encore après les faits, le sujet continuait de défrayer les chroniques aux dîners donnés par Minty O'Hare et sa commère de femme. La mère d'Eddie s'appelait Dorothy mais tout le monde, à l'exception de son mari qui détestait les diminutifs, l'appelait Dot.

Eddie n'était pas amateur de potins. Par ailleurs, c'était un étudiant scrupuleux ; il se prépara à son job d'assistant d'écrivain par des recherches qui lui parurent plus pertinentes que de mémoriser les articles des journaux sur la tragédie.

S'il ignorait que les Cole avaient eu un autre enfant, la nouvelle n'avait pas échappé à ses parents : Ted Cole était ancien élève d'Exeter (promotion 31), ses fils y étudiaient tous deux au moment de leur mort, il n'en fallait pas davantage pour que la famille Cole au grand complet fît partie à jamais de la province universitaire. En outre, Ted Cole était un ancien élève célèbre. Or les O'Hare, mari et femme, étaient, contrairement à leur fils, éminemment sensibles à la gloire.

Le fait que Ted Cole comptât parmi les écrivains pour enfants les plus connus d'Amérique du Nord avait donné aux médias un angle d'attaque privilégié pour relater la tragédie. Comment un auteur-illustrateur de livres pour enfants fait-il pour « vivre » la mort de ses propres enfants ? Les reportages sur la vie privée des personnalités flirtent avec le ragot. Dans les familles d'universitaires, Eddie était peut-être le seul à ne pas accorder grande importance à ces potins. Mais il était certainement le seul à avoir lu les œuvres complètes de Ted Cole.

La plupart des jeunes de sa génération, et d'une demi-génération au-dessus ou au-dessous, avaient lu *La Souris qui rampait entre les cloisons*, ou bien, ce qui était plus probable, on leur avait lu l'histoire quand ils étaient encore trop petits pour savoir lire. La majorité des professeurs, et des élèves, avait également lu d'autres livres pour enfants écrits par Ted Cole. Mais personne d'autre, vraiment personne à Exeter, n'avait lu ses trois romans ; d'abord ils étaient épuisés, ensuite ils n'étaient pas fameux. Pourtant, en fidèle ancien élève de la faculté, Ted Cole avait envoyé un exemplaire de la première édition de chacun d'entre eux à la bibliothèque, ainsi que le manuscrit original de tous ses écrits.

Les bruits et les potins en auraient appris davantage à Eddie – en tout cas, ils l'auraient mieux préparé aux tâches de son premier boulot d'été –, mais sa boulimie de lecture montrait assez avec quel sérieux il prenait son travail d'assistant d'écrivain. Ce qu'il ignorait, c'est que Ted Cole était déjà en voie de devenir un ex-écrivain.

La vérité, c'est que le goût des jeunesses était chronique chez lui. Marion était déjà enceinte de Thomas lorsqu'il l'avait épousée, et elle n'avait que dix-sept ans. A l'époque, il avait vingt-trois ans lui-même. Le problème, c'est qu'à mesure que Marion vieillissait, elle avait beau avoir toujours six ans de moins que lui, il s'intéressait toujours aux femmes plus jeunes.

La nostalgie de l'innocence qui habite les rêves d'un homme mûrissant était un sujet qu'Eddie O'Hare, à seize ans, n'avait rencontré que dans les romans. Et les romans de Ted Cole, indiscrètement autobiographiques, n'étaient ni les premiers ni les meilleurs qu'il ait lus sur le chapitre. Pourtant, le point de vue critique qu'il avait sur les qualités d'écrivain de Ted Cole ne diminuait en rien son enthousiasme à l'idée d'être son assistant. Il va de soi qu'on peut apprendre des éléments de l'art et de la technique auprès de quelqu'un qui n'est pas un grand maître. A Exeter, en somme, Eddie avait beaucoup appris auprès de professeurs divers et variés, excellents dans l'ensemble. Rares étaient en effet les enseignants aussi ennuyeux que son propre père. Eddie lui-même sentait bien que Minty serait passé pour un représentant médiocre du corps enseignant dans une mauvaise université, or, à Exeter, le niveau était élevé.

Nourri dans le sérail d'un établissement de bonne tenue, il savait qu'on apprend beaucoup auprès des aînés qui se donnent de la peine, et qui reconnaissent certaines valeurs. Il ignorait que Ted Cole avait cessé de se donner de la peine, et que ce qui restait de ses « valeurs », d'ailleurs sujettes à caution, avait été compromis par l'insoutenable échec de son mariage – auquel venaient s'ajouter deux morts insupportables.

Eddie trouvait plus de profondeur intellectuelle, psychologique, voire émotionnelle à ses livres pour enfants qu'à ses romans. Les contes de Ted incitaient les jeunes lecteurs à la prudence ; il savait spontanément imaginer et exprimer leurs peurs – il savait satisfaire les enfants. Si Thomas et Timothy avaient atteint l'âge adulte, ils auraient sans aucun doute été déçus par leur père. Et ce fut à l'âge adulte que Ruth fut déçue par lui. Enfant, elle l'adorait.

A seize ans, Eddie O'Hare était en suspens entre l'enfance et l'âge adulte. A son avis, il n'y avait pas de meilleur début pour une histoire, n'importe quelle histoire, que la première phrase de *La Souris qui rampait entre les cloisons* : « Tom se réveilla, mais pas Tim. » Dans sa vie d'écrivain, Ruth, qui allait pourtant surpasser son père à tous égards, envierait toujours cette phrase. Et elle n'oublierait jamais la première fois qu'elle l'avait entendue, bien avant de savoir que c'était la première phrase d'un livre célèbre.

La chose se produisit ce même été 1958, l'été de ses quatre ans, juste avant qu'Eddie ne vînt s'installer à la maison. Cette fois-là, ce n'était pas le bruit d'un couple en train de faire l'amour qui l'avait réveillée – c'était un bruit entendu en rêve, et qu'elle avait importé à l'état de veille. Dans son rêve, son lit tremblait. Lorsqu'elle s'éveilla, c'était elle qui tremblait, et, par conséquent, elle eut l'impression que le lit tremblait aussi. L'espace d'une seconde ou deux, au réveil, le bruit du rêve persista. Puis il se tut soudain. On aurait dit le bruit de quelqu'un qui ne voulait pas faire de bruit.

« Papa », chuchota Ruth. Cette fois-là, elle se souvint tout de suite que c'était le tour de son père de rester avec elle, mais elle avait chuchoté si bas qu'elle n'avait même pas entendu le son de sa propre voix. En outre, Ted Cole dormait d'un sommeil de plomb. Comme la plupart des ivrognes, il ne s'endormait pas, il perdait conscience – du moins jusqu'à quatre ou cinq heures du matin, après quoi il lui était impossible de se rendormir.

Ruth se coula hors de son lit et traversa sur la pointe des pieds la grande salle de bains et la chambre de ses parents, où son père était couché, empestant le whisky ou le gin – comme une voiture l'huile de moteur ou l'essence, dans un garage fermé.

– Papa, répéta-t-elle, j'ai fait un rêve, j'ai entendu un bruit.

– Un bruit comment, Ruthie ?

Son père n'avait pas bougé, mais il était réveillé.

– Il est entré dans la maison.

– Qui ça ? Le bruit ?

– Il est dans la maison, mais il essaie de pas faire de bruit.

– Alors on va aller le chercher. Un bruit qui essaie de pas faire de bruit, il faut que je voie ça, moi.

Il la prit dans ses bras et l'emporta dans le long couloir du premier étage. Dans ce couloir, il y avait encore plus de photos de Thomas et Timothy que dans le reste de la maison, et lorsque Ted alluma la lumière, ses frères morts semblèrent quêter l'attention de Ruth, comme des princes qui rechercheraient la faveur d'une princesse.

– Bruit, où es-tu ? lança Ted.

– Va voir dans les chambres d'amis, répondit Ruth.

Son père l'emporta au bout du couloir, où se trouvaient trois chambres d'amis, avec leurs deux salles de bains, et des photos dans chacune. Ils allumèrent toutes les lumières, inspectèrent les placards, tirèrent les rideaux de douche.

– Sors de là, bruit, ordonna Ted.

– Sors de là, bruit, répéta Ruth.

– Il est peut-être descendu, suggéra son père.

– Non, il était en haut avec nous.

– Alors je crois qu'il est parti. A quoi il ressemblait, ce bruit ?

– On aurait dit le bruit de quelqu'un qui voudrait pas faire de bruit.

Il la posa sur un des lits de la chambre, puis il prit un bloc de papier et un stylo sur la table de nuit. Ce qu'elle venait de dire lui plaisait tellement qu'il voulait le noter. Mais il ne portait pas de pyjama, et par conséquent n'avait pas de poche pour y fourrer le papier, qu'il glissa entre ses dents lorsqu'il reprit Ruth dans ses bras. Comme à l'accoutumée, elle manifesta un intérêt éphémère pour sa nudité.

– Il est marrant ton sexe, dit-elle.

– Il est marrant mon sexe, oui, acquiesça-t-il.

C'était ce qu'il disait toujours avec désinvolture. Cette fois, avec le bout de papier entre ses dents, la remarque sembla encore plus désinvolte.

– Il est parti où, le bruit ? demanda Ruth.

Son père était en train de lui faire retraverser les chambres d'amis et leurs salles de bains en éteignant les lumières au passage, mais il s'arrêta si brusquement dans l'une des salles de bains que Ruth crut que Thomas ou Timothy, ou les deux, venaient de sortir de leurs photos, bras tendus pour l'agripper au passage.

– Je vais te raconter une histoire de bruit, lui dit son père, le papier palpitant entre ses dents.

Sur quoi, il s'assit sans la lâcher sur le rebord de la baignoire.

La photographie qui avait attiré son attention était l'une de celles qui représentaient Thomas à l'âge de quatre ans – l'âge de Ruth, exactement. La pose en était curieuse : l'enfant était assis sur un grand canapé tapissé d'un tissu à motifs floraux flous ; et ce débordement botanique semblait écraser complètement Timothy qui, âgé de deux ans, était maintenu contre son gré sur les genoux de son frère. Ce devait être en 1940, deux ans avant la naissance d'Eddie.

– Une nuit, Ruthie, quand Thomas avait ton âge, et que Timothy portait encore des couches, Thomas a entendu un bruit, commença Ted.

Ruth le reverrait toujours en train de retirer le bout de papier de sa bouche.

– Ils se sont réveillés tous les deux ? demanda Ruth, en fixant la photographie.

Et ce fut ce qui mit en route l'histoire mémorable ; dès la première ligne, Ted Cole la connaissait par cœur.

– *Tom se réveilla mais pas Tim.*

Ruth frissonna dans les bras de son père. Même une fois adulte, même écrivain encensé, Ruth Cole n'entendrait jamais, ne prononcerait jamais cette phrase sans avoir le frisson.

– *Tom se réveilla mais pas Tim. C'était au milieu de la nuit. « T'as entendu ? » demanda Tom à son frère. Mais Tim n'avait que deux ans. Même éveillé, il ne savait pas dire grand-chose.*

Tom réveilla son père, et lui demanda :

– T'as entendu ce bruit ?

– Qu'est-ce qu'on aurait dit ? demanda son père.

– On aurait dit un monstre sans bras ni jambes, mais ça essayait de bouger, dit Tom.

– Comment il fait pour bouger s'il n'a pas de bras ni de jambes ?

– Il se tortille, il rampe sur sa fourrure.

– Ah, il a de la fourrure ?

– Il avance en se poussant avec ses dents.

– Il a des dents, aussi ! s'exclama son père.

– Puisque je te dis que c'est un monstre !

– Mais c'était quel genre de bruit au juste qui t'a réveillé ?

– C'était un bruit comme si, dans la penderie, une des robes de maman devenait vivante et essayait de descendre du cintre, dit Tom.

Ruth Cole allait avoir peur des penderies pour le restant de ses jours. Elle ne pouvait pas dormir dans une chambre où la porte de la penderie était ouverte ; elle n'aimait pas y voir les robes pendues ; d'ailleurs, elle n'aimait pas les robes, point final. Enfant, elle n'ouvrait jamais une porte de penderie si la pièce était dans le noir, de peur qu'une robe vienne la happer.

– On va retourner dans ta chambre, et on écoutera le bruit, dit le père de Tom.

Ils y trouvèrent Tim, mais Tim dormait toujours, et il n'avait pas entendu le bruit. C'était le bruit de quelqu'un qui essayerait d'arracher les clous des lames du parquet, sous le lit. Le bruit d'un chien qui essayerait d'ouvrir une porte. Comme il avait la gueule pleine de salive, il n'arrivait pas à bien attraper le bouton de porte, mais il s'acharnait – il finira par y arriver, pensait Tom. On aurait dit un fantôme dans le grenier, qui laisserait tomber des cacahuètes volées à la cuisine.

A cet endroit-là, la première fois qu'elle entendit l'histoire, Ruth interrompit son père pour lui demander ce que c'était qu'un grenier. « C'est une grande pièce au-dessus des chambres », lui expliqua-t-il. L'existence incompréhensible de cette pièce la terrifia ; il n'y avait pas de grenier dans la maison de son enfance.

– Revoilà le bruit, dit Tom à son père. Tu l'as entendu ?

Cette fois, Tim se réveilla lui aussi. On aurait dit le bruit d'une chose qui serait prisonnière de la tête de lit. Elle essayait de sortir à coups de dents, en rongeant le bois.

Ici, Ruth interrompit son père pour la deuxième fois ; sa couchette n'avait pas de tête de lit, et elle ne savait pas ce que « ronger » voulait dire. Son père le lui expliqua.

Tom avait l'impression que le bruit venait bel et bien d'un monstre sans bras ni jambes qui se traînait sur son épaisse fourrure humide.

– C'est un monstre ! cria-t-il.

– Ce n'est qu'une souris qui rampe entre les cloisons, dit son père.

Tim poussa un cri. Il ne savait pas ce qu'était une souris. Ça lui faisait peur de penser à une chose sans bras ni jambes qui se traînait sur sa fourrure épaisse et mouillée entre les cloisons. Et puis d'abord, une chose pareille, comment ça pouvait entrer dans les cloisons ?

– Mais, demanda Tom à son père, c'est juste une souris ?

Son père donna un coup contre le mur du plat de la main, et ils écoutèrent la souris détaler.

– Si elle revient, dit-il à Tom et à Tim, vous n'avez qu'à cogner dans le mur.

– Une souris qui rampe entre les cloisons, dit Tom. Alors c'est tout ?

Il s'endormit bien vite, et son père regagna son lit et s'endormit, lui aussi. Mais Tim resta éveillé toute la nuit, parce qu'il ne savait pas ce que c'était qu'une souris, et qu'il ne voulait pas dormir quand la chose qui rampait entre les cloisons reviendrait. Chaque fois qu'il croyait entendre la souris ramper, Tim donnait un coup dans le mur, et la souris s'enfuyait – en traînant avec elle son épaisse fourrure humide, son corps sans bras ni jambes.

27

– *Et là*, dit le père de Ruth à sa fille, parce qu'il finissait toujours ses histoires de la même manière.

– *Et là*, reprit Ruth avec lui, *s'arrête notre histoire.*

Lorsque son père se leva du rebord de la baignoire, Ruth entendit ses genoux craquer. Elle le regarda glisser de nouveau le papier entre ses dents. Il éteignit la lumière dans la salle de bains des invités, où Eddie O'Hare allait bientôt passer un temps fou – à prendre des douches interminables jusqu'à ce qu'il n'y ait plus d'eau chaude, des enfantillages de ce genre. Le père de Ruth éteignit les lumières dans le long corridor du premier étage, où les photographies de Thomas et Timothy étaient parfaitement alignées. L'été de ses quatre ans, plus que les autres, Ruth eut l'impression qu'il y avait abondance de photos de Thomas et de Timothy à cet âge même. Plus tard, elle hasarderait l'hypothèse que sa mère préférait les enfants de quatre ans à tous les autres. Était-ce la raison pour laquelle elle l'avait abandonnée à la fin de cet été-là ?

Lorsque son père l'eut bordée de nouveau dans son lit, Ruth lui demanda :

– Il y a des souris, dans la maison ?

– Non, Ruthie, lui dit-il. Il n'y a rien qui rampe entre nos cloisons.

Mais même après qu'il lui eut dit bonsoir et donné un baiser, elle resta éveillée. Et si le bruit qu'elle avait rapporté de son rêve ne se fit plus entendre, cette nuit-là du moins, elle savait déjà qu'il y avait bien quelque chose qui rampait entre les cloisons. Ses frères morts ne se sentaient pas assignés à résidence sur les photographies. Ils se déplaçaient, et leur présence se manifestait de bien des manières invisibles.

Cette nuit-là, avant d'entendre la machine à écrire, Ruth sut que son père était encore éveillé, et qu'il ne retournerait pas se coucher. D'abord elle l'écouta se brosser les dents, puis elle l'entendit s'habiller – la fermeture éclair de sa braguette, le claquement de ses chaussures.

– Papa ? appela-t-elle.

– Oui, Ruthie ?

– Je veux un verre d'eau.

Elle n'avait pas vraiment soif, mais ça l'intriguait de voir que son père laissait toujours couler l'eau jusqu'à ce qu'elle soit fraîche, alors que sa mère prenait l'eau qui venait – tiède avec un goût de tuyau.

– N'en bois pas trop, sinon il faudra que tu ailles faire pipi, lui dit son père, alors que sa mère la laissait boire tout son saoul ; parfois, elle ne la regardait même pas boire.

Lorsque Ruth tendit le gobelet à son père, elle lui demanda : « Parle-moi de Thomas et de Timothy. » Son père soupira. Ces six derniers mois, elle avait fait montre d'un intérêt inextinguible pour la mort – ce qui n'était guère étonnant. Grâce aux photographies, elle était capable de distinguer Thomas de Timothy depuis l'âge de trois ans ; seules leurs photos de bébés l'induisaient parfois en erreur. Tant par son père que par sa mère, elle connaissait les circonstances qui entouraient chaque photo – si c'était papa ou maman qui avait pris celle-ci, si Thomas ou Timothy avait pleuré. Mais que les garçons soient morts tous les deux, c'était là un concept que l'enfant essayait de saisir depuis peu.

– Dis-moi, répéta-t-elle à son père, ils sont morts ?

– Oui, Ruthie.

– Et morts, ça veut dire qu'ils sont cassés ?

– Hmm, leurs corps, oui, sont cassés.

– Ils sont sous la terre ?

– Leurs corps, oui.

– Mais ils sont pas tout à fait partis ?

– Hmm, tant qu'on se souvient d'eux, non. Ils ne sont pas partis de nos cœurs ou de notre tête, dit son père.

– C'est comme s'ils étaient à l'intérieur de nous ?

– Hmm...

Son père n'en dit pas davantage, mais elle en obtiendrait encore moins de la part de sa mère. Sa mère ne prononçait jamais le mot « mort ». Ted et Marion Cole n'étaient religieux ni l'un ni l'autre. Fournir les détails nécessaires à une représentation du paradis, ils ne l'envisageaient pas, même si chacun des deux, au fil d'autres conversations avec Ruth sur ce chapitre, avait fait des allusions mystérieuses au ciel et aux étoiles, et s'ils avaient laissé entendre qu'il restait quelque chose des garçons, quelque part, ailleurs que sous la terre avec leurs corps cassés.

– Alors, demanda Ruth, dis-moi ce que ça veut dire, « mort ».

– Ruthie, écoute-moi.

– D'acc.

– Quand tu regardes Thomas ou Timothy sur les photos, tu te rappelles les histoires des choses qu'ils faisaient ? Sur les photos, je veux dire, tu te souviens de ce qu'ils étaient en train de faire sur les photos ?

– Oui, répondit Ruth, quoiqu'elle ne fût pas sûre de se rappeler ce qu'ils faisaient sur chacune.

– Eh bien alors, vois-tu, ils sont vivants dans ton imagination. Quand tu es mort, que ton corps est cassé, ça veut seulement dire qu'on ne peut plus voir ton corps, qu'il est parti.

– Qu'il est sous la terre, rectifia Ruth.

– Nous, on ne peut plus voir Thomas et Timothy, insista son père, mais ils n'ont pas disparu de notre imagination. Quand nous pensons à eux, c'est notre manière de les voir.

– Ils sont juste partis de ce monde-ci ? dit Ruth, qui, pour l'essentiel, ne faisait que répéter ce qu'elle avait entendu dire. Ils sont dans un autre monde ?

– Oui, Ruthie.

– Et moi aussi, je vais devenir morte ? demanda la fillette de quatre ans. Je vais toute me casser ?

– Pas avant longtemps longtemps, dit son père. Moi, je vais me casser avant toi, et même moi, ce sera pas avant longtemps longtemps.

– Pas avant longtemps longtemps ? répéta l'enfant.

– Promis, Ruth.

– D'acc.

Ils avaient une conversation de ce genre presque tous les jours. Avec sa mère, elle avait les mêmes, en plus court. Une fois, comme Ruth lui disait que parler de Thomas et Timothy rendait sa mère triste, Ted Cole avait reconnu qu'il était triste lui aussi.

– Mais maman est encore plus triste, avait dit Ruth.

– Hmm, oui.

C'est ainsi que Ruth restait éveillée dans la maison, où quelque chose rampait bien entre les cloisons, quelque chose de plus gros qu'une souris, et elle tendait l'oreille pour écouter le seul bruit qui réussirait jamais à la rassurer, même s'il la rendait mélancolique, avant même de savoir le sens du mot « mélancolique ». Ce bruit, c'était celui de la machine à écrire, le bruit d'une histoire qui va se raconter. Dans sa vie de romancière, elle ne se convertirait jamais à l'ordinateur ; elle écrirait à la main, ou avec une machine qui fasse le bruit le plus désuet qu'elle puisse trouver.

Elle ne savait pas encore, en cet été 1958, que son père était en train de commencer une histoire qui serait sa préférée. Il allait y travailler toute la saison ; ce serait la seule œuvre pour laquelle son apprenti assistant l'assisterait jamais. Et si aucune des histoires de Ted Cole n'atteindrait jamais le succès commercial ou le renom international de *La Souris qui rampait entre les cloisons,* le livre qu'il commença ce soir-là fut le préféré de Ruth. Il eut bien sûr pour titre : *Le Bruit de quelqu'un qui essaie de ne pas faire de bruit.* Ruth aurait toujours une tendresse particulière pour lui car elle en était l'inspiratrice.

Les mères malheureuses

On n'aurait pas pu classer les livres de Ted Cole selon l'âge de leur public. *La Souris qui rampait entre les cloisons* avait été diffusé en librairie comme un livre à lire à haute voix aux enfants entre quatre et six ans ; c'est bien en effet dans ce créneau que l'histoire avait connu le succès, comme celles que Ted Cole avait écrites par la suite. Cela n'empêchait pas les enfants de douze ans, par exemple, de relire Ted Cole d'un œil différent. Il n'était pas rare que ces lecteurs plus évolués écrivent alors à l'auteur et lui confient qu'ils voyaient jadis en lui un écrivain pour enfants – jadis, avant de découvrir des strates de sens plus profondes dans son œuvre. Leurs lettres, qui dénotaient un large éventail de compétences ou d'incompétences dans le domaine de l'écriture ou de l'orthographe, tapissèrent bientôt la « salle de travail » de Ted Cole.

C'était lui qui employait ce terme ; par la suite, Ruth se demanda s'il ne reflétait pas l'opinion que son père se faisait de lui-même d'une manière plus étroite qu'elle ne se l'était figuré enfant. Cette pièce n'avait jamais porté le nom d'« atelier » parce qu'il avait depuis longtemps cessé de considérer ses livres comme de l'art ; cela dit, « salle de travail » était plus prétentieux que « bureau », terme qu'on n'employa jamais non plus, car son père semblait tirer grande fierté

31

de ses facultés créatrices. Il était chagriné par l'idée répandue qu'il n'écrivait que pour des raisons financières. Par la suite, Ruth comprit qu'il valorisait davantage ses talents de dessinateur que ses talents d'écrivain, alors qu'il ne serait venu à l'idée de personne de considérer que les illustrations de *La Souris qui rampait entre les cloisons* ou de tout autre livre ultérieur avaient fait la qualité ou le succès de l'ouvrage.

En regard de la magie des contes eux-mêmes, toujours effrayants, courts, et écrits avec limpidité, les illustrations étaient rudimentaires – et il y en avait trop peu, au goût de tous les éditeurs. Pourtant, le public de Ted, ces millions d'enfants de quatre à quatorze ans et plus parfois, sans parler de leurs millions de mères, ne s'en plaignirent jamais. Ils étaient loin de se douter que le père de Ruth passait beaucoup plus de temps à dessiner qu'à écrire : pour chaque illustration parue dans un livre, il y avait des centaines de dessins. Or ces histoires qui faisaient sa célébrité, Ruth n'entendait son père les taper à la machine que la nuit.

Il faut imaginer le pauvre Eddie O'Hare. En 1958, lors d'un chaud matin de juin, il était planté près des docks de Pequod Avenue, à New London, dans le Connecticut, et il attendait le ferry qui le conduirait jusqu'à Orient Point, sur Long Island. Il pensait à son boulot d'assistant de l'écrivain Ted Cole, et il était loin de soupçonner que l'écriture n'avait qu'une part infinitésimale dans ce qui l'attendait.

Le bruit courait que Ted Cole avait quitté Harvard sans diplôme pour entrer dans une école de dessin de seconde zone – à vrai dire peuplée essentiellement d'étudiants au talent médiocre et aux ambitions modestes dans les arts commerciaux. Il ne s'était jamais essayé à la gravure ni à la lithographie ; il préférait le dessin pur et simple. Il se plaisait à dire que l'ombre était sa couleur préférée.

Ruth associa toujours la physionomie de son père aux crayons et aux gommes. Il avait les mains maculées de noir et de gris, et ses vêtements étaient saupoudrés en permanence de miettes de gomme du plus bel effet. Mais son signe particulier plus permanent encore, même lorsqu'il sortait du bain et qu'il était proprement vêtu, c'étaient ses doigts tachés d'encre. Au fil des livres, il changeait d'encre. « C'est un livre noir ou un livre marron, celui-ci, papa ? » lui demandait Ruth.

La Souris qui rampait entre les cloisons était un livre noir ; les dessins originaux avaient été exécutés à l'encre de Chine, noir favori de Ted. *Le Bruit de quelqu'un qui essaie de ne pas faire de bruit* serait un livre brun, d'où l'odeur dominante l'été 1958, car le brun favori de Ted Cole était l'encre de seiche à l'état naturel, qui, quoique plus noire que brune, tire sur le sépia et exhale, dans certaines conditions, une franche odeur de poisson.

Les expériences auxquelles Ted se livrait pour conserver sa fraîcheur à l'encre pesaient leur poids sur ses relations déjà tendues avec Marion, qui apprit à ne pas toucher aux petits pots de noir dans le réfrigérateur ; il y en avait aussi dans le freezer, dangereusement proches des bacs à glaçons – et, plus tard dans l'été, Ted alla jusqu'à tenter de conserver l'encre dans les bacs à glaçons mêmes, expérience laborieuse qui se solda par des résultats risibles.

L'une des premières tâches qui incombèrent à Eddie O'Hare sous sa casquette, non pas d'assistant de l'écrivain mais de chauffeur du chauffard, fut d'aller jusqu'à Montauk et retour (une heure et demie de route) parce que le poissonnier de la ville était le seul à mettre de côté l'encre de seiche à l'intention du célèbre auteur-illustrateur de livres pour enfants. (Sitôt que son mari était trop loin pour l'entendre, la femme du poissonnier répétait à Eddie qu'elle était la fan la plus passionnée de Ted.)

La salle de travail du père de Ruth était la seule pièce de la maison où il n'y eût pas la moindre photo de Thomas et de Timothy au mur. Ruth se demandait si c'était parce que son père ne parvenait pas à travailler ou à penser quand il avait l'image des disparus sous les yeux.

Hors de la présence de son père, la pièce lui était rigoureusement interdite. Elle se demandait s'il s'y trouvait quelque chose qui pourrait la blesser. Une infinité d'instruments pointus ? Il y avait en effet quantité de plumes métalliques qu'elle aurait pu avaler, mais elle n'était pas enfant à mettre un objet inconnu à la bouche. Pourtant, malgré les dangers qui la guettaient dans la salle de travail de son père, à supposer que danger il y eût, il n'était guère nécessaire de lui interdire les lieux, ni de mettre un verrou à la porte. L'odeur de seiche était assez dissuasive.

Sa mère ne s'aventurait jamais dans les parages, elle non plus, mais Ruth dut attendre d'avoir une vingtaine d'années pour comprendre que l'encre de seiche n'en était pas la seule cause. Car Marion refusait de voir, et à plus forte raison de rencontrer, les modèles de Ted – même lorsqu'il s'agissait d'enfants puisqu'ils ne venaient jamais poser sans leur mère. C'était seulement après que les enfants avaient posé une demi-douzaine de fois au moins que les mères venaient poser seules. Lorsqu'elle était petite, Ruth ne demanda jamais pourquoi on trouvait rarement les dessins de ces mères et leurs enfants dans les livres de son père. Bien sûr, dans cette littérature enfantine, il n'y avait jamais de nus. Or il dessinait pourtant des quantités de nus ; ces jeunes mères lui en inspiraient des centaines.

Du nu, le père disait : « C'est un exercice fondamental, un exercice de rigueur pour tout dessinateur, Ruthie. » Comme le paysage, pensa-t-elle tout d'abord, sauf que, justement, Ted en dessinait fort peu. Elle se dit que la raison de ce désintérêt relatif devait être l'uniformité et la platitude de la région, véritable piste de décollage qui s'étirait jusqu'à la mer, et se prolongeait dans l'uniformité, l'extrême platitude de la mer elle-même, sans parler des ciels, immenses et souvent maussades.

Elle avait cru son père si indifférent au paysage qu'elle s'étonna plus tard de l'entendre vitupérer contre les « nouvelles maisons », ces « aberrations architecturales », comme il les appelait. Sans préavis, les nouvelles maisons avaient poussé et elles rompaient la platitude des champs de pommes de terre sur lesquels les Cole avaient une vue jusque-là imprenable.

– Rien ne justifie la construction de maisons d'une telle laideur expérimentale, disait sentencieusement Ted au dîner, à qui voulait l'entendre. Nous ne sommes pas en guerre. Il n'est pas nécessaire de construire des éléments dissuasifs pour les parachutistes.

Mais le grief fit long feu. L'architecture des résidences secondaires dans cette partie du monde nommée les Hamptons n'offrait pas, ni aux yeux de Ruth ni à ceux de son père, le même intérêt que les nus, installés plus à demeure.

Pourquoi des jeunes femmes mariées ? Pourquoi toutes ces jeunes mères ? Lorsqu'elle entra à l'université, Ruth prit l'habitude de poser à son père des questions plus directes. Ce fut alors que des pensées troublantes lui vinrent à l'esprit. Mais quelles autres femmes aurait-il pu prendre pour modèles, ou, plus brièvement, pour maîtresses ? Qui rencontrait-il d'autre, à longueur de temps ? Les jeunes mères, elles, le reconnaissaient et venaient l'aborder.

– Mr Cole ? Je vous reconnais, vous êtes Ted Cole ! Je voulais simplement vous dire, ma fille est trop timide pour vous le dire elle-même, vous êtes son auteur favori. C'est vous qui avez écrit son livre préféré des préférés.

Alors la fille réticente, le fils gêné se voyaient poussés en avant pour serrer la main de Ted. Si la mère plaisait à ce dernier, il proposait que l'enfant vînt poser pour lui, avec sa maman, pour son prochain livre, peut-être. (Que la mère vînt poser toute seule pour du nu ferait l'objet d'une démarche ultérieure.)

– Mais elles sont mariées, en général, papa, disait Ruth.

– Oui, c'est sûrement pour ça qu'elles sont si malheureuses, Ruthie.

– Si tu attachais de l'importance à tes nus, je veux dire sur le plan technique, tu aurais pris des modèles professionnels. Mais je me dis que ce qui compte, ce sont plus ces femmes elles-mêmes que les dessins que tu en fais.

– C'est difficile pour un père d'expliquer ça à sa fille, Ruthie, mais si la nudité – je veux dire l'impression de nudité – est ce qu'on demande dans un dessin, il n'y a pas de nudité comparable à celle qu'on éprouve en étant nu devant quelqu'un pour la première fois.

– Adieu modèles professionnels, donc. Seigneur Dieu, papa, mais tu me prends pour qui ?

A cette époque, elle savait bien qu'il ne tenait assez ni à ses nus ni à ses dessins de mères avec leurs enfants pour les garder. Il ne les vendait pas à des particuliers et ne les envoyait pas non plus à sa galerie. Lorsque la liaison s'achevait – assez vite, d'ordinaire –, il donnait les croquis accumulés à sa conquête. Et Ruth se demandait : si les jeunes mères sont d'ordinaire si malheureuses en ménage – ou malheureuses tout court –, le don de ces œuvres d'art contribue-t-il à les rendre plus heureuses, ne serait-ce que temporairement ? Mais son père n'aurait jamais qualifié d'art ce qu'il faisait, et il ne se présentait pas non plus comme un artiste. Ni d'ailleurs comme un écrivain.

– Moi, je suis un amuseur, Ruthie, je fais le bonheur des enfants.

A quoi Ruth ajoutait :

– Et celui de leurs mamans, papa.

Même au restaurant, lorsque le serveur ou la serveuse ne pouvaient pas s'empêcher de fixer ses doigts tachés d'encre, ils ne s'attiraient jamais une explication du type : « Je suis un artiste » ou « Je suis auteur-illustrateur de livres pour enfants ». Ted préférait dire : « Je travaille avec de l'encre », ou encore, si le serveur ou la serveuse avaient lorgné ses doigts avec réprobation : « Je travaille avec de la seiche. »

Dans son adolescence, puis une fois ou deux, durant son ère universitaire hypercritique, elle était allée à des colloques d'écrivains avec son père, qui s'y trouvait seul auteur pour enfants parmi des romanciers et des poètes censément plus sérieux. Ruth s'amusait de voir que ces personnages, plus imposants avec leur aura littéraire que son bel homme de père avec ses doigts maculés d'encre, étaient non seulement envieux de la popularité de ses livres, mais encore chagrinés par son autodérision – quelle modestie... ostentatoire !

– Mais vous avez bien débuté dans la littérature par le roman ? lui demandait parfois un spécimen particulièrement odieux de la République des Lettres.

– Ah ! mais des romans effroyables, répondait allégrement le père de Ruth. C'est un miracle que tant de critiques aient aimé le premier. C'est un mystère qu'il m'en ait fallu trois pour comprendre que je n'étais pas un écrivain. Je ne suis qu'un amuseur d'enfants, moi. Et puis j'aime bien dessiner.

Il levait les doigts en manière de preuve ; il souriait toujours. Et quel sourire !

Ruth avait dit un jour à sa camarade de chambre à l'université (qui était déjà sa camarade de chambre en pension) : « Je te jure, on aurait entendu les culottes des femmes glisser sur le plancher. »

Ce fut à un colloque d'écrivains que Ruth fut confrontée pour la première fois au phénomène suivant : son père couchait avec une jeune femme encore plus jeune qu'elle – étudiante à la même université.

– Je croyais que tu m'approuverais, Ruthie, lui dit-il.

Lorsqu'elle le critiquait, il prenait souvent un ton apitoyé sur lui-même, comme si c'était elle la mère et lui l'enfant – ce qui n'était d'ailleurs pas tout à fait faux.

– T'approuver, papa ? lui demanda-t-elle, furieuse. Tu séduis une fille plus jeune que moi et tu voudrais que je t'approuve ?

– Mais Ruthie, elle n'est pas mariée, elle. Elle n'a pas d'enfants. Je croyais que tu m'approuverais sur ce point.

Ruth Cole, romancière, finirait par décrire la carrière de son père de la façon suivante : « Les mères malheureuses – voilà son fonds de commerce. »

Mais pourquoi Ted n'aurait-il pas su repérer les mères malheureuses ? En somme, les cinq premières années qui avaient suivi la mort de ses fils, il avait vécu avec la plus malheureuse d'entre elles.

Marion, au débarcadère

Orient Point, la pointe de la fourche nord de Long Island, est un lieu qui a tout à fait l'air de ce qu'il est : le bout d'une île, où la terre vient mourir. La végétation, rabougrie par le sel et courbée par le vent, y est rare. Le sable y est grossier, jonché de coquillages et de cailloux. Ce jour de juin 1958, où Marion attendait le ferry de New London qui amenait Eddie O'Hare depuis l'autre rive du Sound, on était à marée basse et Marion remarqua machinalement que les piliers du ponton étaient mouillés là où le reflux les avait découverts, et secs après la ligne de marée haute. Au-dessus du débarcadère vide, un chœur de mouettes planait ; puis elles se mirent à décrire des cercles au ras de l'eau, qui était ridée et changeait sans cesse de couleur sous l'inconsistant soleil, passant du gris ardoise au bleu-vert, pour revenir au gris. Le ferry n'était pas encore en vue.

Il n'y avait pas une douzaine de voitures garées près du débarcadère. Entre le soleil, qui se faisait prier, et le vent, qui soufflait du nord-est, la plupart des conducteurs attendaient à l'intérieur de leur véhicule. Au début, Marion avait attendu dehors, appuyée contre sa voiture ; puis elle s'était assise sur le pare-chocs, en étalant son exemplaire de l'annuaire d'Exeter pour 1958 sur le capot. Ce fut là, précisément, qu'elle s'arrêta pour la première fois sur les photographies les plus récentes d'Eddie O'Hare.

Elle détestait être en retard, et les retardataires baissaient immanquablement dans son estime. Elle avait garé sa voiture en tête de la file où les gens attendaient les arrivées. La rangée de voitures était

37

plus longue dans l'autre sens, au départ du ferry pour New London ; mais Marion n'y fit pas attention. Elle regardait rarement les gens lorsqu'elle se trouvait dans un lieu public, chose peu fréquente pour elle, d'ailleurs.

Elle, au contraire, tout le monde la regardait. Comment faire autrement ? Ce jour-là, à Orient Point, Marion Cole, qui avait trenteneuf ans, n'en paraissait pas plus de vingt-neuf, et encore. Tandis qu'elle était assise sur le pare-chocs de sa voiture et qu'elle tentait de maintenir ouvertes les pages de l'annuaire contre les assauts du vent de nord-est, ses jolies jambes, ses longues jambes, étaient presque entièrement dissimulées par une jupe-portefeuille vaguement beige. La coupe de cette jupe, contrairement à sa couleur, n'avait rien de vague, le vêtement lui allait comme un gant. Elle portait un vaste T-shirt blanc, rentré dans sa jupe, et, par-dessus, un cardigan en cachemire déboutonné, qui était d'un rose passé, comme l'intérieur de certains coquillages – un rose plus répandu sur une côte tropicale que sur les rivages moins exotiques de Long Island.

La brise prenait du mordant et Marion se drapa douillettement dans le cardigan. Le T-shirt était flou, mais elle avait passé un bras sous sa poitrine. On voyait bien qu'elle avait la taille longue, et il apparaissait aussi que ses seins, quoique volumineux et lourds, étaient fermes, sans rien devoir à l'artifice. Quant à sa chevelure ondulée, mi-longue, le soleil qui jouait à cache-cache la faisait passer de l'ambré au blond miel ; sa peau au léger hâle était éclatante. Marion était quasi parfaite.

Pourtant, à y regarder de plus près, il y avait quelque chose de singulier dans l'un de ses yeux. Dans son visage ovale, ses yeux en amande étaient bleu foncé ; mais l'iris de son œil droit présentait une tache hexagonale du jaune le plus vif. On aurait dit qu'un éclat de diamant, ou un glaçon, lui était tombé dans l'œil, et reflétait désormais le soleil en permanence. Sous certains éclairages, sous des angles imprévisibles, l'éclat de jaune faisait virer son œil droit du bleu au vert. Tout aussi déconcertante était sa bouche parfaite. Pourtant, lorsqu'elle souriait, son sourire était mélancolique – et, depuis cinq ans, rares étaient ceux qui l'avaient vue sourire.

Comme elle feuilletait l'annuaire de l'année à la recherche des photos les plus récentes d'Eddie O'Hare, Marion fronça les sourcils. L'année précédente, Eddie avait fait partie du club d'excursionnistes, mais pas cette année. L'année précédente, il s'était plu à la Junior Debating Society ; il n'en était plus membre cette année ; et il n'avait même pas été promu au cercle restreint des six garçons de l'équipe d'Exeter qui débattaient avec les représentants des autres universités. Est-ce qu'il avait purement et simplement laissé tomber le grand air et les débats ? (Ses propres fils n'étaient pas amateurs de clubs, eux non plus.)

C'est alors qu'elle le trouva, arborant une expression distante au sein d'un groupe de garçons qui prenaient des airs avantageux : c'étaient les rédacteurs en chef et principaux journalistes du *Pendulum*, magazine littéraire de l'université. Eddie se trouvait à un bout du rang du milieu, comme s'il était arrivé en retard pour la photo, et qu'avec une désinvolture étudiée il se fût glissé dans le cadrage à la dernière minute. Alors que certains posaient, et présentaient délibérément leur profil à l'objectif, lui le regardait de toute sa hauteur. Comme sur les photos de l'annuaire de 1957, sa beauté virile et son expression d'un sérieux inquiétant le faisaient paraître plus vieux que son âge.

Quant aux symptômes vestimentaires de son goût des belles-lettres, ils apparaissaient dans sa chemise sombre et sa cravate un ton plus foncé ; cette chemise n'était pas d'une coupe qui se porte avec une cravate. (Thomas, se rappela Marion, avait bien aimé ce style-là ; mais pas Timothy, plus jeune, plus classique dans ses préférences, les deux, peut-être.) Spéculer sur le contenu du *Pendulum* déprima Marion : ce devait être d'obscurs poèmes, ou des histoires de passage à l'âge adulte douloureusement autobiographiques – des versions élaborées de « Ce que j'ai fait pendant mes dernières vacances ». A cet âge-là, les garçons devraient se consacrer entièrement au sport, décréta-t-elle. (Thomas et Timothy n'avaient rien fait d'autre.)

Soudain, la brise et le voile de nuages la firent frissonner, à moins que son frisson n'ait eu d'autres causes. Elle referma l'annuaire de l'université et entra dans sa voiture, où elle l'étala sur le volant. Les hommes qui l'avaient vue se pencher avaient regardé sa chute de reins. C'était plus fort qu'eux.

A la rubrique des sports, Eddie O'Hare continuait de courir, point final. Elle le retrouvait, plus âgé d'un an, et donc plus musclé, sur les photos de l'équipe de cross et de l'équipe de course sur piste. Pourquoi la course ? se demanda-t-elle. (Ses fils aimaient le football européen et le hockey ; au printemps, Thomas jouait au *lacrosse* et Timothy au tennis. Aucun des deux n'avait voulu s'essayer au jeu favori de leur père – le squash, seul sport qu'il pratiquait.)

Si Eddie O'Hare n'était pas passé de l'équipe des juniors à celle de l'université, ni pour le cross ni pour la piste, il ne devait pas courir bien vite ou avec beaucoup d'enthousiasme. Mais, indépendamment de ses performances ou contre-performances, ses épaules nues attirèrent une fois de plus l'attention inconsciente et l'index de Marion. Elle portait un vernis à ongles rose nacré, assorti à son rouge à lèvres, rose à reflets argentés. L'été 1958, qui sait si Marion Cole n'était pas l'une des plus belles femmes du monde ?

A vrai dire, il n'y avait pas d'attirance sexuelle consciente dans ce geste de souligner du doigt les épaules nues d'Eddie O'Hare. En ce point de notre histoire, son mari était bien le seul à pressentir que cette observation compulsive des garçons de l'âge d'Eddie puisse prendre un caractère sexuel. Contrairement à Ted, qui faisait confiance à son instinct en la matière, Marion doutait fondamentalement du sien.

Plus d'une épouse fidèle tolère, voire accepte, les trahisons pénibles d'un mari volage ; Marion s'en accommodait parce qu'elle voyait bien que ses nombreuses maîtresses ne comptaient pas pour lui. S'il avait eu *une seule* autre femme dans sa vie, quelqu'un qui l'aurait tenu sous le charme dans la durée, alors, elle se serait peut-être laissé persuader de le quitter. Mais il ne la traitait jamais mal, et, surtout depuis la mort de Thomas et Timothy, il était constant dans sa tendresse envers elle. En somme, personne d'autre que lui n'aurait pu comprendre et respecter l'éternité de sa douleur.

Mais aujourd'hui, il y avait quelque chose d'affreusement inégal entre eux. Même Ruth l'avait observé du haut de ses quatre ans : sa mère était plus triste que son père. Or Marion ne pouvait espérer compenser une autre inégalité : Ted était meilleur père pour sa fille qu'elle n'était mère. Dire qu'elle avait été tellement meilleure que lui avec leurs fils ! Ces temps-ci, elle en était arrivée à le détester de digérer sa douleur mieux qu'elle. Restait à espérer qu'il la détestait pour la supériorité de sa tristesse.

Elle en arrivait à regretter qu'ils aient eu Ruth. A chaque étape de son développement, l'enfant leur rappelait douloureusement l'étape correspondante dans l'enfance de Thomas et de Timothy. Pour leurs fils, ils n'avaient jamais eu besoin de nourrice ; Marion était une mère sans faille à l'époque. Tandis que, pour Ruth, ils avaient des nourrices presque à plein temps. En effet, même si Ted manifestait plus de bonne volonté que Marion pour se consacrer à la petite, il n'était pas en mesure d'assumer les tâches quotidiennes, et pour incapable que fût Marion de les assumer elle-même, elle savait du moins en quoi elles consistaient, et qu'il fallait bien que quelqu'un, quelqu'un de responsable, les accomplisse.

L'été 1958, c'était Marion elle-même qui était devenue la principale cause de chagrin de son mari. Cinq ans après la mort de Thomas et de Timothy, elle pensait lui causer plus de peine que leur disparition. En outre, elle craignait de ne pas pouvoir éternellement se retenir d'aimer sa fille. Si je me laisse aller à l'aimer et qu'il lui arrive quelque chose, se disait-elle, qu'est-ce que je vais devenir ? Elle savait bien qu'elle n'aurait jamais la force de supporter la mort d'un enfant une fois de plus.

Ted avait récemment annoncé à Marion qu'il voulait « essayer une séparation » – seulement pour voir s'ils n'étaient pas plus heureux chacun de leur côté. Pendant des années, bien avant la mort des garçons bien-aimés, elle s'était demandé si elle ne devrait pas divorcer. Aujourd'hui, c'était lui qui le voulait ! S'ils avaient divorcé du vivant de Thomas et Timothy, la question de la garde des enfants ne se serait pas posée ; c'étaient ses fils *à elle*, ils l'auraient choisie, et Ted n'aurait jamais pu contester une vérité aussi évidente.

Mais à présent... elle ne savait plus que faire. Il y avait des moments où elle ne supportait même plus de parler à Ruth. La petite choisirait son père, cela se comprenait.

Alors c'est ça, l'arrangement ? se demandait-elle. Il prend tout ce qui reste : la maison, qu'elle adorait, mais dont elle ne voulait plus –, et Ruth, qu'elle ne pouvait ou ne voulait s'autoriser à aimer. Puisqu'il en était ainsi, Marion prendrait les garçons. De Thomas et Timothy, Ted n'aurait qu'à garder ce qu'il pouvait se rappeler. (Toutes leurs photos me reviennent de droit, décida-t-elle.)

La corne du ferry la fit sursauter. Son index, qui avait continué de souligner le contour des épaules nues d'Eddie O'Hare, s'enfonça trop profond dans la page de l'annuaire ; elle se cassa l'ongle et se mit à saigner. Elle remarqua le sillon que son ongle avait tracé, quelque part, sur l'épaule d'Eddie. Une minuscule goutte de sang avait taché la page ; elle suça son index pour l'humecter et fit partir le sang. C'est seulement alors qu'elle se souvint que Ted avait engagé Eddie à condition qu'il possédât le permis de conduire ; or les dispositions relatives à son engagement avaient été prises *avant* que Ted lui parlât de son désir d'« essayer une séparation ».

Le ferry corna de nouveau – un son si grave qu'il lui annonça ce qui était désormais une évidence : Ted savait déjà depuis quelque temps qu'il allait la quitter ! A sa surprise, la découverte de sa duplicité ne lui inspira aucune colère ; elle ne le détestait peut-être même pas assez pour y voir une preuve qu'elle l'avait aimé jadis. Est-ce que *tout* s'était arrêté, est-ce que tout avait changé pour elle, du jour où Thomas et Timothy étaient morts ? Jusqu'à présent, elle avait tenu pour acquis qu'à sa façon, Ted l'aimait encore ; mais enfin, c'était bien lui qui prenait l'initiative de cette séparation...

Lorsqu'elle ouvrit la portière de la voiture et qu'elle sortit pour voir de plus près les passagers qui débarquaient du ferry, elle touchait le fond d'une tristesse qu'elle connaissait depuis cinq ans ; pourtant, elle avait l'esprit plus clair que jamais. Elle ne s'opposerait pas au départ de Ted, et elle laisserait sa fille aller avec lui. Elle allait les quitter tous les deux, le prendre de vitesse. En s'avançant vers le débarcadère, Marion se disait : Tout mais pas les photos. Pour une femme qui venait juste d'en arriver à des conclusions aussi lourdes de conséquences, elle avait le pas bizarrement assuré. Ceux qui la voyaient eurent l'impression d'une femme absolument sereine.

Le chauffeur de la première voiture de la file, un parfait ahuri, fut si ébloui par la beauté de la femme qu'il voyait s'avancer vers lui qu'il quitta la route pour s'enfoncer dans le sable caillouteux de la plage ; sa voiture allait y rester bloquée plus d'une heure, mais même lorsqu'il prit conscience de cette fâcheuse situation, il ne put quitter Marion des yeux. C'était plus fort que lui. Marion ne prit pas garde à l'incident. Elle continua d'avancer d'un pas lent.

Eddie O'Hare croirait au destin pour le restant de ses jours. Après tout, à l'instant où il avait mis pied à terre, Marion était là, qui l'attendait.

Eddie s'ennuie – et il bande

Pauvre Eddie O'Hare. Paraître en public avec son père ne manquait jamais de le mortifier à l'extrême. Le jour où il lui fallut faire avec lui la longue route jusqu'au quai du ferry, à New London, et attendre (plus longuement encore, lui sembla-t-il) l'arrivée du bateau d'Orient Point, ne fit pas exception. Au sein de la communauté de l'université, les habitudes de Minty O'Hare étaient tout aussi connues que ses pastilles de menthe pour l'haleine ; Eddie avait dû se faire à l'idée que les étudiants et les professeurs fuyaient son père sans vergogne. Il était de notoriété publique qu'il n'avait pas son pareil pour raser son auditoire, quel qu'il fût. Les vertus soporifiques de sa pédagogie étaient trop fameuses ; les étudiants qu'il avait endormis, légion.

Pour ennuyer un auditoire, sa stratégie était dépourvue de méandres : il donnait dans la répétitivité pure et simple. Il lisait à haute voix des passages édifiants dans les textes qu'il avait demandé d'étudier la veille – pour que les élèves les aient présents à l'esprit. Leur présence d'esprit, toutefois, déclinait à vue d'œil à mesure que le cours s'enlisait, car Minty trouvait toujours quantité de passages édifiants, qu'il lisait avec beaucoup de sentiment, et ponctuait de nombreuses pauses, pour ménager ses effets (il lui fallait aussi des pauses plus longues – histoire de sucer ses pastilles). La répétition sans répit de ces passages familiers jusqu'à la satiété n'appelait que peu de débats : personne n'aurait pu discuter le sens évident de chaque passage ; on ne pouvait contester que la nécessité de les lire à haute voix. Hors de sa classe, Minty parlait si souvent de sa méthode d'enseignement de l'anglais qu'Eddie O'Hare eut le sentiment d'avoir subi sa pédagogie, lui qui n'était jamais allé à ses cours.

Mais il avait subi ailleurs la paternelle méthode. Il remerciait le ciel d'avoir, depuis la petite enfance, pris presque tous ses repas au réfectoire, d'abord à la table des professeurs, avec une autre famille d'universitaires, puis avec ses camarades. Par conséquent, les vacances scolaires étaient les seules périodes où les O'Hare dînaient chez eux, en famille. Quant aux dîners entre amis, que Dot O'Hare donnait régulièrement (même si peu de couples de professeurs trouvaient grâce à ses yeux), c'était une autre histoire. Eddie ne s'ennuyait pas à ces dîners, parce que ses parents y restreignaient sa présence à une apparition aussi brève que la politesse le permettait.

Mais pendant les vacances scolaires, lors des dîners en famille, Eddie était confronté à un phénomène abrutissant : le parfait ménage que formaient ses parents qui ne s'ennuyaient jamais l'un l'autre parce qu'ils ne s'écoutaient jamais. Une politesse tendre avait cours entre eux. Maman laissait papa parler, et puis c'était le tour de maman – presque toujours sur un sujet sans rapport. La conversation de Mr et Mrs O'Hare était un chef-d'œuvre de coq-à-l'âne ; en n'y participant pas, Eddie se distrayait du mieux qu'il pouvait à spéculer sur ce qui subsisterait des paroles de son père dans la mémoire de sa mère et *vice versa*.

Peu avant son départ sur le ferry d'Orient Point, le cas de figure se présenta, un soir, chez lui, à Exeter. L'année scolaire était finie, la remise des diplômes venait d'avoir lieu, et Minty O'Hare philosophait sur ce qu'il appelait l'indolence des étudiants au semestre de printemps. « Je sais bien qu'ils pensent à leurs vacances, répétait-il, peut-être pour la centième fois, je me rends bien compte que le retour du beau temps est en soi une invitation à la paresse, mais tout de même pas à une paresse aussi incommensurable que celle que j'ai observée ce printemps-ci. »

Son père faisait ces remarques chaque printemps ; remarques qui, elles-mêmes, distillaient une torpeur sans fond chez Eddie ; il s'était un jour demandé si la course, seul sport qui l'intéressât, n'était pas l'expression de son désir de fuir la voix paternelle, qui avait les modulations prévisibles et ininterrompues d'une scie circulaire dans une scierie.

Avant même que Minty n'ait tout à fait fini – il semblait n'avoir jamais tout à fait fini –, dès qu'il s'arrêtait du moins pour reprendre son souffle, ou avaler une bouchée, la mère d'Eddie enchaînait. « Tout l'hiver, nous avons pu constater que Mrs Havelock se dispense de soutien-gorge, et comme si ça ne suffisait pas, maintenant que revoilà les beaux jours, elle nous impose ses dessous de bras qu'elle refuse de raser. Et toujours pas de soutien-gorge en vue. Si bien qu'à présent on a droit à ses seins qui ballottent, et à ses aisselles velues en prime. »

Mrs Havelock était une jeune femme de professeur, nouvelle venue, raisons pour lesquelles, aux yeux d'Eddie et de la majorité des garçons d'Exeter, elle était plus intéressante que la plupart de ses homologues. Quant à son absence de soutien-gorge, ils la portaient à son crédit. Elle n'était pas jolie, plutôt potelée, et quelconque, mais le mouvement de son opulente poitrine juvénile la rendait tout à fait aimable aux yeux des étudiants, et d'une quantité de professeurs impossible à évaluer car ils n'auraient jamais avoué leur penchant. Tout cela se passait en 1958, avant les mouvements hippies, si bien que l'absence de soutien-gorge de Mrs Havelock, tout à fait insolite, ne pouvait passer inaperçue. Entre eux, les garçons l'appelaient « Ça balance ». Quant à Mr Havelock, ce veinard, qu'ils enviaient ardemment, ils lui témoignaient un respect sans précédent. Eddie, qui appréciait comme tout un chacun les libres avantages de Mrs Havelock, fut chagriné par la réprobation impitoyable de sa mère.

Pour ce qui est des aisselles velues, il fallait bien admettre qu'elles avaient semé une immense consternation parmi les étudiants les moins évolués. A cet époque, il y avait des élèves, à Exeter, qui semblaient ignorer que les femmes puissent avoir des poils sous les bras – à moins que les raisons pour lesquelles elles pouvaient vouloir les laisser pousser ne les aient plongés dans la détresse. Eddie, lui, voyait dans les aisselles velues de Mrs Havelock une preuve supplémentaire de sa capacité illimitée à faire plaisir. En robe d'été sans manches, les seins de Mrs Havelock ballottaient, et ses dessous de bras étaient velus. Depuis le retour du printemps, nombreux étaient les garçons qui lui avaient ajouté le surnom de « la Fourrée ». Mais sous le nom de « Ça balance » ou de « la Fourrée », le simple fait de penser à elle faisait bander Eddie.

« Sa prochaine, ça va sûrement être de ne plus se raser les jambes », dit la mère d'Eddie. Cette éventualité, il faut le reconnaître, laissa le jeune homme perplexe, mais il décida de ne pas se prononcer avant de voir de ses yeux si une toison sur les jambes de Mrs Havelock pourrait lui plaire.

Dans la mesure où Minty avait Mr Havelock pour collègue immédiat au département d'anglais, Dot O'Hare était d'avis qu'il ferait bien de lui toucher un mot de la *mise négligée* de sa femme, déplacée dans une université pour garçons. Mais si Minty n'avait pas son pareil pour raser son prochain, il était trop avisé pour se mêler de donner son avis sur les vêtements ou les pilosités de la femme d'autrui.

– Ma chère Dorothy, se borna-t-il à dire, Mrs Havelock est européenne.

– Je ne vois pas ce que tu entends par là, commenta la mère d'Eddie.

Mais déjà, son père avait rouvert – avec le même plaisir que s'il n'avait pas été interrompu – le chapitre de l'indolence estudiantine au printemps.

Eddie diagnostiqua que les seins mobiles de Mrs Havelock et ses aisselles fourrées étaient les seuls remèdes à son indolence, mais il garda cette opinion pour lui ; d'ailleurs, ce n'était pas le printemps qui le rendait indolent. C'étaient les conversations aussi décousues qu'interminables de ses parents ; elles laissaient dans leur sillage de véritables séquelles de paresse, de torpeur.

Parfois les camarades d'Eddie lui demandaient : « Euh, c'est quoi le vrai nom de ton père ? » Ils ne connaissaient O'Hare senior que sous le nom de Minty, ou, en sa présence, de Mr O'Hare.

« Joe, répondait Eddie. Joseph E. O'Hare. » Le E était l'initiale d'Edward, seul nom que son père lui donnait jamais.

« Si je t'ai donné le nom d'Edward, ce n'est pas pour t'appeler Eddie », lui disait-il périodiquement. Mais à part lui, tout le monde, y compris Dot, l'appelait Eddie. Il ne désespérait pas de s'entendre nommer « Ed » un jour.

Cet été-là, au dernier dîner en famille avant son départ, il avait tenté de glisser quelques mots de son cru dans les coq-à-l'âne sans fin de ses parents, mais la tentative s'était soldée par un échec.

– Je suis allé au gymnase aujourd'hui, et j'ai rencontré Mr Bennett, avait-il dit.

Mr Bennett avait été son professeur d'anglais au cours de l'année qui venait de s'écouler ; Eddie l'aimait beaucoup ; parmi les livres qu'il avait étudiés dans ses cours, certains étaient les meilleurs qu'il ait jamais lus.

– Nous aurons sans doute l'honneur et l'avantage de voir ses aisselles velues sur la plage tout l'été. J'aurai du mal à m'empêcher de faire une remarque, j'en ai peur.

– J'ai même fait une partie de squash avec Mr Bennett, ajouta Eddie. Je lui ai dit que j'avais toujours eu envie d'essayer, et il a pris le temps de taper quelques balles avec moi. Ça m'a plu davantage que j'aurais cru.

Outre son service au département d'anglais, Mr Bennett était entraîneur de squash pour l'équipe de l'université – et il réussissait fort bien. Taper dans une balle de squash avait été une petite révélation pour Eddie O'Hare.

– Peut-être que la solution passe par une réduction des vacances de Noël, avec allongement des vacances de printemps, déclara son père. Je sais bien que l'année scolaire est une longue tirée, mais il devrait y avoir moyen de faire revenir les garçons avec un peu plus d'énergie, au printemps, un peu plus de nerf.

– Je me demande si je ne vais pas prendre le squash, comme sport, l'hiver prochain, je veux dire. Ça ne m'empêcherait pas de faire du cross à l'automne, et je pourrais aller au stade au printemps.

L'espace d'un instant, il sembla que le mot « printemps » eût retenu l'attention de son père, mais il n'y avait que l'indolence du printemps pour le faire réagir.

– Peut-être que se raser lui donne des boutons, spécula la maman d'Eddie. Attention, je ne dis pas que ça ne m'arrive pas de temps en temps, à moi aussi. Mais ce n'est pas une excuse.

Plus tard, Eddie fit la vaisselle pendant que ses parents continuaient de bavasser. Juste avant de se coucher, il entendit sa mère demander à son père :

– Qu'est-ce qu'il nous a raconté sur le squash ? Qu'est-ce que c'est cette histoire de squash ?

– Qu'est-ce que *qui* a raconté ?

– Eddie. Il a parlé de squash, et de Mr Bennett.

– Bennett est entraîneur de squash.

– Ça, je le sais bien, Joe !

– Ma chère Dorothy, quelle est ta question, alors ?

– Qu'est-ce qu'a dit notre fils à propos du squash ?

– Eh bien, je te le demande.

– Honnêtement, Joe, parfois je me demande s'il t'arrive d'écouter ce qu'on te dit.

– Ma chère Dorothy, je suis tout ouïe, déclara le vieux raseur.

Ils en rirent tous deux de bon cœur. Ils riaient encore lorsque Eddie se mit laborieusement en devoir de se coucher. Il se sentait soudain si fatigué, si indolent, qu'il ne pouvait envisager de faire l'effort d'expliquer à ses parents ce qu'il voulait dire. Si ces deux-là faisaient « bon ménage », comme il semblait à tous égards, il se disait qu'un mauvais ménage avait peut-être beaucoup de bon. Il allait établir la preuve de cette théorie, et avec quelle ardeur, il était loin de s'en douter !

La trappe dans le plancher

Sur le chemin de New London, trajet pourtant repéré avec un excès de prudence fastidieux – comme Marion, ils étaient partis beaucoup trop tôt pour le ferry qui les intéressait –, le père d'Eddie se perdit aux environs de Providence.

– Est-ce la faute du pilote ou celle du navigateur ? demanda-t-il avec bonne humeur.

C'était les deux. Le père avait tant parlé qu'il n'avait pas fait attention à la route ; son « navigateur » de fils avait fait un tel effort pour rester éveillé qu'il en avait négligé de consulter la carte.

– On a bien fait de partir en avance, conclut le père.

Ils s'arrêtèrent à une pompe à essence, où Joe O'Hare fit de son mieux pour engager la conversation sur le mode anodin avec un membre de la classe ouvrière. « Alors, imaginez notre triste sort, dit-il au pompiste, qui semblait un brin demeuré. Deux Exoniens égarés en quête du ferry de New London pour Orient Point. »

Eddie croyait mourir d'embarras chaque fois qu'il entendait son père s'adresser à des étrangers. (En dehors des Exoniens eux-mêmes, qui aurait bien pu savoir ce que c'était qu'un Exonien ?) Comme victime d'une absence passagère, le pompiste fixa une tache d'huile sur le trottoir – un peu à droite de la chaussure de Minty. « Vous êtes dans le Rhode Island », tels furent les seuls mots du malheureux.

– Pourriez-vous nous indiquer la direction de New London ? lui demanda Eddie.

Lorsqu'ils eurent regagné la route, Minty régala Eddie de nouveaux propos sur la maussaderie intrinsèque de l'individu, souvent causée par un enseignement secondaire au rabais. « Le ralentissement du cerveau est une chose terrible, Edward », lui apprit-il.

Ils arrivèrent à New London si tôt qu'Eddie aurait pu prendre le ferry précédant le sien. « Mais alors, tu te retrouverais à attendre tout

seul à l'arrivée », lui fit remarquer Minty, puisque les Cole l'attendaient au suivant. Mais lorsque Eddie comprit combien il aurait préféré attendre tout seul à Orient Point, le ferry précédent était parti.

– Mon fils va faire son premier voyage sur l'océan, dit Minty à la
femme aux bras énormes qui vendit son billet à Eddie. Ce n'est pas
le *Queen Elizabeth* ou le *Queen Mary* ; ce n'est pas une traversée
de sept jours ; ce n'est pas Southampton, Angleterre, ni Cherbourg,
France. Mais, surtout quand on a seize ans, il suffit d'un petit voyage
en mer à Orient Point.

La femme sourit avec mansuétude parmi ses doubles mentons –
une ébauche de sourire : on voyait qu'il lui manquait quelques dents.

Après quoi, devant le front de mer, Minty O'Hare disserta sur les
excès alimentaires qui sont souvent le résultat d'une scolarité secondaire au rabais. Il ne leur avait pas fallu plus d'un bref voyage en
dehors de l'*Alma mater* pour découvrir des spécimens humains qui
auraient été tellement plus heureux, ou plus minces, voire les deux,
s'ils avaient eu la bonne fortune d'aller à leur université.

De temps à autre, le père d'Eddie lui dispensait de but en blanc
quelques recommandations relatives à son emploi d'été. « Ne te laisse
pas intimider par sa célébrité, lui dit-il ainsi *ex abrupto*. Ce n'est tout
de même pas un ténor de la littérature. Tâche d'en tirer ce que tu
peux. Note ses habitudes de travail, vois s'il y a une méthode dans
sa folie – tu vois le genre. »

A mesure qu'approchait le ferry où Eddie était censé monter, c'était
Minty qui commençait à s'inquiéter du boulot de son fils.

On embarqua les camions d'abord, et le premier de la file était
plein de palourdes fraîches, à moins qu'il n'ait été en route pour
charger une cargaison de palourdes fraîches. En tout cas il sentait les
palourdes, plus très fraîches, et son chauffeur, qui fumait une cigarette,
appuyé contre la ridelle constellée de mouches, fut la victime suivante
des conversations impromptues de Joe O'Hare.

– Mon fils, ici présent, va prendre son premier boulot d'été,
annonça-t-il, mettant Eddie au supplice encore davantage.

– Ah ouais ? répondit le camionneur.

– Il va être assistant d'un écrivain, claironna le père d'Eddie. Ma
foi, j'avoue que nous ignorons ce que cela recouvre au juste, mais ça
ne se bornera sûrement pas à tailler les crayons, changer le ruban
dans la machine, ou vérifier dans le dictionnaire les mots difficiles

que l'écrivain lui-même ne sait pas orthographier ! Je considère la chose comme un apprentissage, quel que soit le tour qu'il prendra.

Subitement ravi de faire le boulot qu'il faisait, le camionneur lança :
– Bonne chance, p'tit gars !

A la dernière minute, juste avant qu'Eddie monte à bord, son père courut jusqu'à la voiture et revint. « J'ai failli oublier », cria-t-il en tendant à Eddie une enveloppe renflée maintenue par un élastique, et un paquet dont le volume et la consistance évoquaient une miche de pain. L'objet, enveloppé d'un papier fantaisie, avait été écrasé sur le siège arrière de la voiture : le cadeau semblait abandonné, indésiré.

– C'est pour la petite – ta mère et moi y avons pensé.
– Mais quelle petite ? demanda Eddie.

Il coinça cadeau et enveloppe sous son menton parce qu'il avait déjà les deux mains prises, par son sac marin et sa valise légère. C'est ainsi qu'il embarqua, la démarche mal assurée.

– Les Cole ont une petite fille ; elle doit avoir dans les quatre ans ! brailla Minty.

Il y eut un grincement de chaînes, la toux des moteurs du bateau, des coups de corne intermittents ; d'autres gens criaient leurs au revoir.

– Ils ont eu un autre enfant pour remplacer ceux qui sont morts ! gueula le père d'Eddie.

Ces derniers mots semblèrent attirer l'attention du camionneur lui-même, qui avait garé son camion à bord, et se penchait à présent sur le bastingage du pont supérieur.

– Ah bon, dit Eddie. Au revoir !
– Je t'aime, Edward ! beugla son père, qui aussitôt se mit à pleurer.

Eddie ne l'avait jamais vu pleurer, mais enfin c'était la première fois qu'il quittait la maison. Sa mère aussi avait dû pleurer, il n'y avait pas fait attention. « Sois prudent », pleurnicha son père. Les passagers accoudés au bastingage du pont supérieur ouvraient des yeux ronds, à présent.

– Fais bien attention à elle !
– Mais à qui donc ? cria Eddie.
– A elle, tiens, à Mrs Cole, brailla O'Hare senior.
– Mais pourquoi ? s'égosilla Eddie.

Ils reculaient, les docks semblaient choir derrière eux ; la corne du ferry se faisait assourdissante.

– Il paraît qu'elle ne s'en est jamais remise, rugit Minty. C'est un zombie.

Allons bon, pensa Eddie, c'est maintenant qu'il me le dit. Mais il se contenta de faire un signe de la main. Il était loin de se douter que le prétendu zombie attendrait le ferry à Orient Point ; il ne savait pas davantage que Mr Cole n'avait plus le droit de conduire. Il avait été chagriné que son père ne lui laissât pas le volant sur la route de New London, au prétexte que la circulation allait être différente de ce qu'il connaissait à Exeter. Il voyait encore son père sur la côte amenuisée du Connecticut. Minty s'était détourné, la tête dans les mains – il pleurait.

Comment ça, un zombie ? Eddie s'était figuré Mrs Cole à l'image de sa mère, ou des nombreuses femmes de professeurs sans signe particulier, qui constituaient à peu près tout son champ d'expérience du féminin. Avec un peu de chance, Mrs Cole serait peut-être un rien bohème (comme l'entendait Dot O'Hare), même s'il n'osait guère espérer qu'elle gratifie son voyeurisme autant que la généreuse Mrs Havelock.

En 1958, les aisselles fourrées de Mrs Havelock et ses seins en goguette étaient absolument tout ce qui venait à l'esprit d'Eddie lorsqu'il pensait aux femmes. Quant aux filles de son âge, il n'avait guère eu de succès auprès d'elles ; d'ailleurs, elles le terrifiaient. Comme il était « fils de prof », les rares fois où il était sorti avec une fille, c'était une de ces filles de la ville d'Exeter qu'il avait connues dans le secondaire et avec qui il n'était pas à l'aise. Elles étaient plus adultes, à présent, et elles se méfiaient le plus souvent des garçons qui fréquentaient l'université : il fallait les comprendre, elles s'attendaient qu'ils les traitent avec condescendance.

Lors des week-ends où était organisé un bal, les filles qui ne venaient pas d'Exeter lui semblaient inabordables. Elles arrivaient en train ou en car, parfois d'autres universités, ou de New York et de Boston. Elles étaient bien mieux habillées, bien plus femmes, que la plupart des épouses de professeurs – à l'exception de Mrs Havelock.

Avant de quitter Exeter, Eddie avait feuilleté les pages de l'annuaire de 1953 pour y trouver des photos de Thomas et Timothy Cole – c'était le dernier annuaire où ils figuraient. Ce qu'il avait découvert l'avait beaucoup intimidé. Les garçons n'étaient membres d'aucun club, mais Thomas était photographié à la fois avec l'équipe de football européen et avec celle de hockey, et Timothy, à la remorque de son frère, avait été saisi sur les photos des mêmes équipes en junior. Ce qui intimidait Eddie, ce n'était pas qu'ils fussent capables de taper dans un ballon ou de patiner. C'était la quantité même de clichés où on les voyait sur l'annuaire – sur toutes les photos prises sur le vif, tous ces clichés d'élèves qui s'amusaient manifestement. Thomas et Timothy avaient toujours l'air de s'éclater. Qu'est-ce qu'ils ont été heureux ! comprit-il.

On les voyait en train de lutter dans une mêlée de garçons, au clopodrome (le fumoir du pavillon universitaire), faire les pitres sur des béquilles, poser avec des pelles à neige, ou jouer aux cartes – Thomas bien souvent avec une cigarette au coin de sa belle bouche. Et lors des week-ends dansants, ils étaient toujours photographiés avec les plus jolies filles. Sur l'une de ces photos, Timothy ne se contentait pas de danser, il serrait sa partenaire dans ses bras ; et, sur une autre encore, Thomas était en train d'embrasser une fille – ils étaient dehors, un jour de froid et de neige, tous deux vêtus de manteaux en poil de chameau, et Thomas attirait la fille à lui par l'écharpe qu'elle portait autour du cou. Qu'est-ce qu'ils avaient été populaires ! (Et puis ils étaient morts.)

Le ferry longea ce qui semblait être un chantier naval ; certains bateaux étaient en cale sèche, d'autres à flot. A mesure qu'on s'éloignait de la terre, on dépassa un ou deux phares ; en progressant vers le sud du Sound, les voiliers se faisaient plus rares. Dans l'arrière-pays, il avait fait une chaude journée, avec une brume de chaleur – dès le début de la matinée, où Eddie avait quitté Exeter –, mais sur l'eau le vent de nord-est était froid, et le soleil jouait à cache-cache avec les nuages.

Sur le pont supérieur, Eddie refaisait ses bagages ; il se débattait toujours avec son lourd sac marin et sa petite valise, plus légère – sans parler du cadeau pour l'enfant, dont l'emballage était déjà en lambeaux. Il connaîtrait de nouvelles avanies quand il fourrerait le paquet au fond du sac, mais du moins n'aurait-il pas à le porter sous son menton. Et puis il lui fallait des chaussettes ; il avait entamé la journée en mocassins, sans socquettes, mais il avait froid aux pieds. Il trouva aussi un sweat-shirt qu'il enfila par-dessus son T-shirt pour se réchauffer. En ce premier jour loin de l'université, voilà qu'il s'apercevait tout juste qu'il portait un T-shirt et un sweat-shirt à ses couleurs. Soudain gêné de découvrir cette publicité éhontée pour son école révérée, il tourna le sweat-shirt sur l'envers. C'est alors qu'il comprit pourquoi les étudiants de fin de cycle avaient adopté cet usage ; sa conscience toute fraîche d'être au summum de la mode lui donna à penser qu'il était prêt à affronter le prétendu monde réel – à supposer qu'il existât un monde où les Exoniens fussent bien avisés d'oublier leurs expériences exoniennes, ou de les tourner sur l'envers.

Autre détail vestimentaire réconfortant, il portait des jeans, ayant négligé l'avis maternel que des pantalons kaki seraient plus « convenables » ; pourtant, quoique Ted Cole eût écrit à Minty O'Hare que le garçon pouvait se dispenser de cravate et de veste, son emploi ne requérant pas ce que Ted appelait l'uniforme d'Exeter, son père avait insisté pour qu'il emportât plusieurs chemises habillées et cravates, ainsi que ce qu'il appelait une veste sport « passe-partout ».

Comme il refaisait ses bagages, sur le pont supérieur, Eddie remarqua la grosse enveloppe que son père lui avait tendue sans explications – chose singulière en soi, vu que Minty expliquait absolument tout. L'enveloppe était gravée au chiffre de la Phillips Exeter Academy, et elle portait le nom O'Hare, calligraphié par son père. Elle contenait le nom et l'adresse de tout Exonien encore vivant dans les Hamptons. C'était ainsi qu'O'Hare père parait à toute éventualité – on pouvait toujours appeler un condisciple à l'aide, en cas d'urgence ! Au premier coup d'œil, Eddie vit qu'il ne connaissait aucune de ces personnes. Il y avait six noms suivis d'adresses à Southampton, la plupart de ces gens sortis de l'université dans les années 30 ou 40 ; y figurait même un vieillard, qui avait quitté l'université en 1919, retraité sans aucun doute, et probablement trop âgé pour se rappeler avoir jamais été élève d'Exeter. (Au vrai, l'homme en question n'avait jamais que cinquante-sept ans.)

Il y avait trois ou quatre Exoniens à Bridgehampton, deux seulement à Sag Harbor, et un ou deux autres à Amagansett, Water Mill et Sagaponack ; les Cole, eux, vivaient à Sagaponack, Eddie le savait. Il était sidéré : fallait-il que son père le connût bien mal ! Jamais il ne lui serait venu à l'esprit de faire appel à ces inconnus, quand bien même il aurait été dans la plus mauvaise passe. Ah, les Exoniens ! faillit-il s'exclamer.

Il en connaissait, des familles d'universitaires, à Exeter ; la plupart d'entre elles, sans tenir pour normales les qualités de l'école, ne montaient pas en épingle le simple fait d'être exonien. Que son père pût lui inspirer cette exaspération par rapport à l'université, comme ça, inopinément, lui parut très injuste ; il savait pourtant qu'il avait de la chance d'y être élève. Il n'était pas sûr que sa candidature aurait été retenue s'il n'avait pas été fils de professeur, et il se sentait plutôt à sa place parmi ses pairs, pour autant que se sente à sa place dans une école de garçons un jeune que tous les sports indiffèrent. Cela dit, avec la terreur que lui inspiraient les filles de son âge, il n'était pas fâché de se trouver dans une école de garçons.

Il avait soin de toujours se masturber dans sa propre serviette, ou dans son gant, qu'il lavait ensuite pour les remettre dans la salle de bains, à leur place ; et il ne cornait pas les pages de catalogues de vente par correspondance de sa mère, où les divers mannequins pour lingerie féminine lui fournissaient la stimulation visuelle nécessaire. (Ce qui lui plaisait le plus, c'étaient les femmes épanouies en porte-jarretelles.) Sans ces catalogues, il s'était aussi allégrement masturbé dans le noir, où le goût salé des aisselles velues de Mrs Havelock lui venait au bout de la langue, et où ses seins qui se soulevaient, tels deux coussins ondulant sous sa tête, le berçaient, et il s'endormait souvent en rêvant d'elle. (Tout porte à croire que Mrs Havelock rendit cet appréciable service à nombre d'Exoniens qui passèrent par l'université au temps de sa splendeur.)

Mais en quoi Mrs Cole était-elle un zombie ? Eddie regardait le camionneur consommer un hot dog, qu'il fit descendre avec une bière. Le jeune homme avait faim : il n'avait rien pris depuis le petit déjeuner, mais la gîte du ferry et l'odeur de fuel ne l'incitaient guère à absorber quoi que ce soit. Parfois le pont supérieur tremblait, et tout le ferry penchait. En outre, il était assis sous le vent, avec la fumée du bateau dans les narines. Il était en train de verdir légèrement. Il se sentit un peu mieux en arpentant le pont, et décidément requinqué en trouvant une poubelle où il s'empressa de larguer l'enveloppe de son père avec le nom et l'adresse de tous les Exoniens vivant dans les Hamptons.

Sur quoi, il fit quelque chose dont il n'éprouva qu'une honte bien légère ; s'avançant d'un pas dégagé jusqu'au camionneur en proie aux affres de la digestion, il prit la liberté de s'excuser pour son père. Le chauffeur du camion de palourdes réprima un rot.

– Te fais pas de bile, p'tit gars, lui dit-il, on a tous un vieux.

– Oui, répondit Eddie.

– En plus, philosopha le camionneur, il se fait sûrement du mouron pour toi, c'est tout. Sans compter que ça m'a pas l'air commode de faire l'assistant écrivain. Je vois vraiment pas en quoi ça consiste.

– Eh bien, moi non plus, avoua Eddie.

– Tu veux de la bière ? proposa le chauffeur.

Mais Eddie déclina poliment ; maintenant qu'il se sentait mieux, il n'avait pas envie de virer au vert à nouveau.

Pas de fille ou de femme qui vaille le coup d'œil sur le pont supérieur, se dit-il (ce n'était apparemment pas l'avis du chauffeur, qui se mit à écumer le ferry en regardant intensément toutes les représentantes de la gent féminine). Il y avait bien deux jeunes personnes, montées avec leur voiture, mais elles étaient imbues d'elles-mêmes, et quoiqu'elles n'aient qu'un an ou deux de plus qu'Eddie, au grand maximum, il était clair qu'elles le trouvaient trop gamin pour elles. Il ne les regarda pas deux fois.

Des Européens, un couple, l'abordèrent pour lui demander avec un fort accent étranger s'il voulait bien les prendre en photo à la proue du bateau – ils étaient en voyage de noces, expliquèrent-ils. Eddie s'exécuta volontiers. Plus tard seulement il se demanda si la femme, européenne, pouvait avoir les aisselles velues. Impossible à dire, avec cette veste à manches longues. Et il n'avait pu déterminer davantage si elle portait un soutien-gorge.

Il retourna à son gros sac et à sa petite valise. Seules sa veste sport « passe-partout », ses chemises habillées et ses cravates se trouvaient dans cette dernière ; elle ne pesait presque rien, mais sa mère lui avait dit que de cette façon ses « bons » vêtements arriveraient sans se froisser. (C'était elle qui avait fait la valise.) Dans le sac marin se trouvait tout le reste, c'est-à-dire les vêtements dont il avait envie lui-même, ses carnets ainsi que plusieurs livres que lui avait conseillés Mr Bennett, son professeur d'anglais préféré.

Il n'emportait pas les œuvres complètes de Ted Cole : il les avait lues, alors à quoi bon ? Les deux seules exceptions étaient l'exemplaire familial de *La Souris qui rampait entre les cloisons*, parce que son père avait insisté pour se le faire dédicacer, et *La Trappe dans le plancher*, son propre choix parmi les livres pour enfants de Ted. Comme Ruth, il avait en effet une préférence personnelle pour un autre livre que la célèbre souris entre les cloisons. *La Trappe dans le plancher* lui fichait une trouille de tous les diables. Il n'avait pas fait assez attention à la date de copyright pour s'apercevoir que c'était le premier livre que l'auteur avait publié après la mort de ses fils. De ce fait, il avait dû avoir du mal à l'écrire, et l'histoire reflétait assez l'horreur de son existence à l'époque.

Si la mort des fils de Ted n'avait pas inspiré une telle compassion à son éditeur, le livre aurait peut-être été refusé. Les critiques unanimes, eux, n'avaient manifesté aucune sympathie pour cette histoire, qui s'était cependant vendue aussi bien que les autres – la popularité de Ted semblait de celles que rien n'ébranle. Dot O'Hare considérait pour sa part que lire le livre à un enfant équivaudrait à un attentat à la pudeur, à la limite des mauvais traitements. Mais Eddie trouvait palpitant *La Trappe dans le plancher* qui, d'ailleurs, faisait l'objet d'une sorte de culte sur les campus, tant il était mal vu des adultes.

A bord du ferry, Eddie feuilletait *La Souris qui rampait entre les cloisons*. Il l'avait lu tant de fois qu'il finissait par ne plus regarder que les illustrations ; elles lui plaisaient davantage qu'aux critiques, qui les trouvaient, au mieux, décoratives, ou anodines. Le plus souvent, le commentaire était plutôt négatif, sans l'être trop. (Ainsi : Les illustrations, si elles n'entravent pas la lecture, n'ajoutent pas grandchose. On attend mieux la prochaine fois.) Eddie, lui, les aimait bien.

Le monstre imaginaire rampait entre les cloisons ; il était là, sans bras ni jambes, à avancer à la force de ses dents, en se traînant sur sa fourrure. Meilleure encore était l'illustration de la robe qui faisait peur dans la penderie de maman, cette robe qui s'animait et qui essayait de descendre du cintre. Elle avait un pied, un seul pied nu, qui dépassait de son ourlet ; et une main, une seule main avec son poignet, qui sortait d'une manche en se tortillant. Le plus inquiétant, c'était un seul sein, qui renflait le vêtement, comme si une femme (ou une partie de femme) était en train de se former à l'intérieur de la robe.

On ne trouvait nulle part le dessin rassurant d'une vraie souris entre les cloisons. La dernière illustration montrait le cadet des garçons dans son lit, les yeux grands ouverts, terrifié à l'approche du bruit. De sa petite main l'enfant tapait dans le mur pour faire fuir la souris.

Or non seulement elle ne détalait pas, mais, sur l'image, elle était absolument énorme. Plus grosse que les deux frères réunis, plus grosse que la tête du lit – plus grosse que le lit et la tête de lit.

Eddie tira son Ted Cole favori de son sac marin pour le relire encore une fois avant de toucher terre. L'histoire de *La Trappe dans le plancher* n'aurait jamais la faveur de Ruth ; son père ne la lui lirait pas, et il faudrait encore quelques années pour qu'elle soit en mesure de la lire toute seule – elle la détesterait.

Il y avait une illustration discrète, mais très claire, d'un enfant encore dans le ventre de sa mère. *Il était une fois un petit garçon qui n'était pas sûr de vouloir naître, et sa maman non plus n'était pas sûre de vouloir qu'il naisse.* Ainsi commençait l'histoire.

C'était parce qu'ils vivaient dans une cabane de la forêt, sur une île au milieu d'un lac, et qu'il n'y avait personne alentour. Et que, au milieu de la cabane, il y avait une trappe dans le plancher.

Le petit garçon avait peur de ce qu'il y avait sous la trappe, et sa maman avait peur, elle aussi. Un jour, voici très longtemps, d'autres enfants étaient venus en visite dans la cabane, pour Noël, mais ils avaient ouvert la trappe dans le sol, et ils avaient disparu par le trou, ainsi que leurs cadeaux.

Une fois, la maman avait essayé d'aller les chercher, mais lorsqu'elle avait ouvert la trappe dans le plancher, elle avait entendu un bruit si abominable que ses cheveux étaient devenus tout blancs, comme des cheveux de fantôme. Et elle avait senti une odeur si épouvantable que sa peau s'était ridée comme celle d'une pomme. Il avait fallu toute une année pour que les cheveux de la maman retrouvent leur couleur, et pour que sa peau redevienne lisse. Et puis, quand elle avait ouvert la trappe du plancher, elle avait vu des choses tellement horribles qu'elle ne voulait plus jamais les revoir : un serpent qui pouvait se faire si petit qu'il passait par la fente entre la trappe et le plancher, même quand la trappe était fermée, et puis si gros après, qu'il pouvait porter la cabane sur son dos, comme s'il était un escargot géant et la maison sa coquille. (Cette illustration-là avait donné un cauchemar à Eddie O'Hare, et pas quand il était petit, mais à l'âge de seize ans !)

Les autres choses sous la trappe du plancher sont si affreuses qu'on ne peut que les imaginer. (Il y avait aussi une illustration, indescriptible, de ces choses affreuses.)

Et c'est pourquoi la maman se demandait si elle voulait vraiment avoir un petit garçon dans une cabane de la forêt, sur une île au milieu d'un lac, avec personne alentour, surtout à cause de toutes ces choses qui se trouvaient peut-être sous la trappe du plancher. Puis elle se dit : Pourquoi pas ? Il suffira que je lui dise de ne pas ouvrir la trappe du plancher.

Or cela, c'est bien facile à dire pour une maman, mais le petit garçon ? Il ne savait toujours pas s'il voulait naître dans un monde où il y avait une trappe dans le plancher, et personne alentour. Seulement il y avait aussi de belles choses, dans les bois, et sur l'île, et dans le lac. (Là, l'illustration représentait un hibou, des canards qui nageaient vers la rive, et deux lummes en train de se frotter le museau sur l'eau étale du lac.)

Pourquoi ne pas essayer ? se dit le petit garçon. Et c'est ainsi qu'il naquit, et qu'il fut très heureux. Sa maman aussi était de nouveau heureuse, mais elle répétait tout de même à son fils, au moins une fois par jour : « N'ouvre pas la trappe. Ne l'ouvre jamais, jamais, jamais. » Mais bien sûr, son fils n'était qu'un petit garçon. Et toi, si tu étais ce petit garçon, tu n'aurais pas envie d'ouvrir la trappe du plancher ?

Et ainsi finit notre histoire, pensa Eddie O'Hare – sans se douter que, dans la vraie histoire, le petit garçon était une petite fille, qu'elle s'appelait Ruth, et que sa maman n'était pas heureuse, elle. Il y avait une trappe d'un autre genre dans le plancher, mais Eddie n'en savait rien – rien encore.

Le ferry était arrivé à Plum Gut. Orient Point se dessinait clairement.

Eddie regarda tout à loisir les deux photos de Ted Cole, sur la jaquette de ses livres. Celle de *La Trappe dans le plancher* était plus récente que celles de *La Souris qui rampait entre les cloisons*. Sur les deux, il lui fit l'impression d'un bel homme, d'où il conclut qu'à l'âge vénérable de quarante-cinq ans on pouvait encore chavirer le cœur des dames, leur tourner la tête. Un homme comme ça ne risquait pas de passer inaperçu dans la foule, à Orient Point. Eddie ne savait pas que c'était Marion qu'il aurait dû chercher des yeux.

Une fois le ferry amarré au débarcadère, il scruta depuis le pont supérieur le petit groupe rassemblé sur la côte ; il n'y vit personne

qui corresponde aux élégantes photos des jaquettes. Allons bon, voilà
que Ted Cole l'avait oublié ! Pour une raison ou pour une autre, cette
défection lui inspira des pensées désobligeantes envers son père : ils
étaient bien, ses Exoniens, tiens !

Depuis le pont supérieur, cependant, Eddie vit une femme superbe
qui faisait des signes de la main à un passager ; elle était d'une beauté
si spectaculaire qu'il ne voulut même pas voir à qui elle faisait signe
(il présuma qu'il s'agissait d'un homme). Elle était d'une telle splendeur qu'il lui en devenait difficile de chercher Ted ; ses yeux reve-
naient sans cesse à elle ; ses signes de la main déclenchaient une
tempête. (Du coin de l'œil, Eddie vit une voiture déboîter et aller se
ficher dans le sable caillouteux de la plage, où elle cala aussitôt.)

Eddie débarqua avec les retardataires, son gros sac dans une main
et sa petite valise dans l'autre. Il fut sidéré de voir que la femme
d'une beauté à couper le souffle se trouvait toujours à l'endroit même
où il l'avait repérée, et qu'elle agitait la main. Elle était juste devant
lui, on aurait dit que c'était à lui qu'elle faisait signe. Il eut peur de
lui rentrer dedans. Elle était si proche qu'il aurait pu la toucher, il
sentit son odeur, une odeur délicieuse, lorsque, soudain, elle tendit la
main et se saisit de sa petite valise.

– Bonjour, Eddie, lui dit-elle.

S'il croyait mourir chaque fois que son père parlait à des étrangers,
il comprit alors ce que mourir voulait vraiment dire : il n'avait plus
de souffle, il ne pouvait plus articuler un mot.

– J'ai cru que vous n'alliez jamais me voir, dit la belle femme.

Dès cet instant, il n'allait jamais cesser de la voir, ne serait-ce qu'en
imagination, dès qu'il fermerait les yeux pour tenter de dormir. Elle
serait toujours présente.

– Mrs Cole ? dit-il dans un souffle.

– Marion, reprit-elle.

Il ne parvenait pas à dire son nom. Lesté par son sac, il la suivit
avec difficulté jusqu'à la voiture. Elle portait un soutien-gorge, et
alors ? Ça ne l'avait pas empêché de remarquer ses seins. Et avec ce
gilet lisse, à manches longues, pas moyen de savoir si elle se rasait
les aisselles. Et après ? Les touffes de poils de Mrs Havelock, ainsi
que ses seins baladeurs s'effaçaient dans un passé lointain ; il n'éprouvait qu'un embarras muet à l'idée qu'une femme aussi commune que
Mrs Havelock ait pu éveiller en lui un iota de désir.

Lorsqu'ils atteignirent la voiture, une Mercedes-Benz d'un rouge tomate poussiéreux, Marion lui tendit les clefs.

– Vous savez conduire, je crois ? lui demanda-t-elle. (Eddie ne pouvait toujours pas parler.) Je vous connais, vous, les garçons de votre âge, vous ne perdez jamais une occasion de conduire, non ?

– Oui, madame, répondit-il.

– Marion, répéta-t-elle.

– Je m'attendais à trouver Mr Cole, expliqua-t-il.

– Ted, rectifia Marion.

Ce n'étaient pas les règles d'Exeter. A l'université, et par extension chez lui, parce qu'il avait grandi dans le bain de l'université, on disait « monsieur » et « madame » à toutes et à tous ; et en parlant de tous. Maintenant, c'étaient Ted et Marion ; il était arrivé dans un monde différent.

Lorsqu'il se mit au volant, il découvrit que l'accélérateur, le frein et l'embrayage étaient réglés à la bonne distance : Marion et lui étaient de la même taille. L'émoi de cette découverte fut aussitôt tempéré, cependant, par la conscience qu'il prit de son érection monumentale ; cette trique maximale effleurait le bas du volant. C'est alors que le chauffeur du camion de palourdes les dépassa au ralenti – bien entendu il avait remarqué Marion, lui aussi.

– Joli boulot pour qui le décroche, lui lança-t-il.

Lorsque Eddie mit le contact, la Mercedes ronronna au quart de tour. Il regarda Marion de biais, et vit qu'elle l'évaluait d'une façon qui lui était aussi nouvelle que la voiture.

– Je ne sais pas où nous allons, lui avoua-t-il.

– Roulez, dit Marion au jeune homme, je me charge de vous donner les indications qu'il vous faudra.

Branlomanie

Le premier mois, cet été-là, Ruth et l'assistant de l'écrivain se virent rarement. Ils ne se rencontraient pas dans la cuisine des Cole, surtout parce que Eddie n'y prenait jamais ses repas. Et s'ils dormaient bien sous le même toit, leurs heures de coucher étaient fort différentes, et leurs chambres fort éloignées l'une de l'autre. Le matin, Ruth avait déjà pris son petit déjeuner, soit avec son père, soit avec sa mère, lorsque Eddie se levait. Au moment où il ouvrait l'œil, la première des trois nourrices était arrivée, et Marion avait déjà conduit enfant et nounou à la plage. Les jours où le temps ne s'y prêtait pas, elles jouaient dans la nursery, ou dans le salon de la grande maison, pièce où l'on n'allait presque jamais.

Les proportions de la maison la rendirent d'emblée exotique aux yeux d'Eddie O'Hare ; il avait passé la première partie de son enfance dans un petit logement de fonction, à l'intérieur d'une résidence universitaire, pour vivre ensuite dans une maison de professeur, qui n'était guère plus grande. Mais le fait que Ted et Marion soient séparés, qu'ils ne dorment pas sous le même toit, le surprenait bien davantage que les dimensions de leur demeure, et lui inspirait plus de spéculations. Pour Ruth, avec ses quatre ans, la séparation de ses parents était un changement mystérieux et tout nouveau ; elle n'avait pas moins de mal à se faire à cette bizarrerie qu'Eddie lui-même.

Indépendamment de ce que cet état de fait impliquait pour Ruth et pour Eddie quant à l'avenir, le premier mois de cet été-là fut une période de confusion. Quand Ted couchait dans la maison qu'ils avaient louée, il fallait qu'Eddie aille le chercher en voiture le lendemain matin ; Ted aimait se trouver dans sa salle de travail à dix heures au plus tard, ce qui laissait au jeune homme le temps de passer au magasin général de Sagaponack et de s'arrêter à la poste. Il récupérait le courrier, et il rapportait cafés et muffins pour lui et pour Ted. Si c'était Marion qui couchait à la maison de location, Eddie récupérait le courrier tout de même, mais il ne s'occupait que de son propre petit déjeuner car Ted avait pris le sien plus tôt, avec Ruth, et Marion n'avait pas besoin de chauffeur. Lorsqu'il n'était pas en train de faire des courses – il en faisait souvent –, il passait le plus clair de sa journée à travailler dans la maison de location, qui était vide.

Son travail n'était pas très absorbant : il consistait à répondre à une partie du courrier des fans de Ted, ainsi qu'à taper à la machine les révisions manuscrites que l'écrivain apportait au très court *Bruit de quelqu'un qui ne voudrait pas faire de bruit*. En effet, deux fois par semaine au moins, il ajoutait ou retranchait une phrase ; il ajoutait ou retranchait des virgules, aussi – il remplaçait les points-virgules par des tirets, pour revenir ensuite aux points-virgules. (Eddie en déduisait qu'il était en train de traverser une crise ponctuationnelle.) Dans le meilleur des cas, il créait de toutes pièces un nouveau paragraphe mal agencé – il tapait effroyablement mal à la machine – pour le réviser aussitôt par des corrections malpropres au crayon. Dans le pire des cas, le même paragraphe serait entièrement sabré le lendemain soir.

Eddie n'ouvrait pas le courrier de Ted, et ne le lisait pas ; la plupart des lettres qu'il tapait au propre étaient adressées à des enfants, car, aux mères, Ted répondait lui-même. Eddie ne vit jamais ce que les mères lui écrivaient, ni ce qu'il leur répondait. (Lorsque Ruth entendait la machine à écrire de son père, la nuit, et seulement la nuit, il s'agissait moins souvent d'un conte en train de s'élaborer que d'une lettre à une jeune mère.)

Les dispositions que prennent les couples pour rester courtois quand ils s'embarquent dans un divorce sont souvent exagérées lorsque la priorité officielle est de protéger un enfant. Ruth verrait peut-être sa mère saillie en levrette par un garçon de seize ans, mais elle n'entendrait jamais la colère ou la haine faire hausser le ton à ses parents, ni même son père ou sa mère lui parler en mauvais termes l'un de l'autre. Par cet aspect de leur couple détruit, Ted et Marion étaient des modèles de décence. Et si les dispositions relatives à la maison de location étaient aussi sordides que la pitoyable baraque elle-même, peu importait, Ruth n'eut jamais à y habiter.

En 1958, dans le jargon des agents immobiliers des Hamptons, ce logement s'appelait une maison-caravane ; en réalité, il s'agissait d'un petit deux-pièces sans air, édifié à la hâte et meublé à bon marché au-dessus d'un garage pour deux voitures. Le logement se trouvait sur Bridge Lane, à Bridgehampton, c'est-à-dire à quelque trois kilomètres de la maison des Cole, sur Parsonage Lane, à Sagaponack ; la nuit, elle procurait à Ted ou à Marion un lit où dormir assez éloignés l'un de l'autre. Le jour, c'était là que travaillait l'assistant de l'écrivain.

La cuisine de la « caravane » ne servait pas à préparer les repas ; la table de cuisine – il n'y avait pas de salle à manger – était couverte de piles de courrier en attente, ou de lettres inachevées. Elle tenait lieu de bureau à Eddie dans la journée, et Ted y prenait le relais à sa machine à écrire, les soirs où il venait. La cuisine était fournie en boissons alcoolisées de toutes sortes, ainsi qu'en café et en thé, point final. Le séjour, simple extension de la cuisine, possédait un poste de télévision et un canapé, sur lequel Ted sombrait régulièrement dans l'inconscience en regardant un match de base-ball ; il n'allumait jamais la télévision s'il n'y avait pas de match de base-ball ou de boxe au programme. Marion, quand elle n'arrivait pas à dormir, regardait les films qui passaient en fin de programme.

Dans la chambre, la penderie ne contenait qu'un minimum de vêtements de dépannage pour Ted et Marion. Il ne faisait jamais assez noir, dans cette chambre ; elle était pourvue d'un Velux sans store, qui fuyait souvent. Pour cacher la lumière, et pour boucher la fuite, Marion tendait une serviette contre la vitre, mais lorsque c'était Ted qui restait dormir, il retirait la serviette. Sans le Velux, en effet, il n'aurait pas su qu'il était temps de se lever ; il n'y avait pas de réveil, et il lui arrivait souvent de se coucher sans savoir où ni quand il avait retiré sa montre.

La bonne qui s'occupait du ménage dans la grande maison des Cole faisait halte à la « caravane », mais seulement pour passer l'aspirateur et changer draps et serviettes. Peut-être parce que la maison était à portée de narines du coin où les pêcheurs de crabes posaient leurs casiers, le plus souvent avec des bouts de poulet cru pour appâts, le deux-pièces sentait la volaille et l'iode en permanence. Et comme le propriétaire utilisait le garage pour ses deux voitures, Ted, Marion et Eddie se plaignaient tous trois de l'odeur d'essence et d'huile de moteur qui y flottait vingt-quatre heures sur vingt-quatre.

S'il y avait un détail pour relever, ne serait-ce qu'un peu, le logement, c'étaient les quelques photographies de Thomas et Timothy apportées par Marion. Elle les avait décrochées de la chambre qu'Eddie occupait chez les Cole, ainsi que de la salle de bains adjacente, qui lui revenait aussi. (Il ne pouvait pas savoir que les quelques crochets qui restaient aux murs nus préfiguraient leur plus grand nombre à venir. Il n'aurait pas pu prédire davantage que, pendant tant d'années, il serait hanté par l'image du papier peint nettement plus foncé là où les photos des garçons morts avaient été accrochées puis retirées.)

Il en restait pourtant encore quelques-unes dans la chambre et la salle de bains d'Eddie ; il les regardait souvent. Il y en avait une avec Marion, et c'était celle qu'il regardait le plus. Sur cette photo, prise un matin de soleil dans un hôtel parisien, Marion était couchée dans un lit de plumes à l'ancienne mode ; ébouriffée, encore somnolente, elle avait l'air heureuse. Auprès de sa tête, sur l'oreiller, on voyait un petit pied nu, avec seulement un bout de la jambe de l'enfant dans un pyjama, le reste étant caché par les couvertures. De l'autre côté du lit, un autre pied nu – qui devait appartenir à un autre enfant, à en juger par la distance considérable entre les deux pieds, mais aussi par le fait que la deuxième jambe ne portait pas le même pyjama.

Eddie ne pouvait pas savoir que la chambre se trouvait à Paris – dans un hôtel charmant du quai Voltaire, où les Cole étaient descendus lorsque Ted était venu faire la promotion de la traduction française de *La Souris qui rampait entre les cloisons*. Pour autant, il voyait bien qu'il y avait quelque chose d'étranger, d'européen peut-être, dans le lit et les meubles qui l'entouraient. Il présumait en outre que les pieds nus étaient ceux de Thomas et de Timothy, et que c'était Ted qui avait pris la photo.

Marion avait les épaules nues – seules étaient visibles les bretelles de sa combinaison, ou de son caraco, elle avait un bras sur les couvertures. Une vue partielle de son aisselle laissait voir qu'elle les rasait avec soin. Elle devait avoir une douzaine d'années de moins, sans doute n'avait-elle pas passé le cap de la trentaine, mais aux yeux d'Eddie, elle n'avait guère changé. (Sauf qu'elle avait l'air moins heureuse aujourd'hui.) Peut-être était-ce le soleil du matin qui passait sur les oreillers à l'oblique, mais on aurait dit que ses cheveux étaient plus blonds.

Comme toutes les photographies de Thomas et de Timothy, c'était un agrandissement, un vingt/vingt-six, qui avait été mis sous verre et encadré à grands frais. En le retirant du mur, Eddie pouvait l'appuyer contre le dossier de son fauteuil, de manière que Marion fût face à lui quand il se masturbait couché. Pour accentuer l'illusion que son sourire s'adressait à lui, il suffisait d'oublier les pieds nus des enfants. A cette fin, le mieux était encore de les dissimuler à sa vue ; deux bandes de papier scotchées sur le verre, et le tour était joué.

Cette activité était devenue un rituel nocturne quotidien, lorsqu'un soir Eddie fut interrompu. Il venait tout juste de commencer à se branler lorsqu'on frappa à la porte de la chambre, qui ne fermait pas à clef, et que Ted lança : « Eddie, vous êtes réveillé ? J'ai vu de la lumière, on peut entrer ? »

Eddie, on le comprend, bondit hors du lit. Il sauta dans un maillot de bain encore mouillé et affreusement moite qui séchait sur le bras du fauteuil, et il se précipita dans la salle de bains avec la photo, qu'il remit de travers contre le mur, en criant : « J'arrive ! » Il avait déjà ouvert la porte lorsqu'il se rappela les bandes de papier scotchées au verre pour cacher les pieds de Thomas et de Timothy. Comble d'infortune, il avait laissé la porte de la salle de bains ouverte. Il était trop tard pour y remédier : Ted, Ruth dans ses bras, s'encadrait sur le seuil de sa chambre.

– Ruth vient de faire un rêve, dit-il. N'est-ce pas, Ruthie ?

– Oui, répondit l'enfant, et il était pas très joli, mon rêve.

– Elle voulait s'assurer que la photo était toujours là. Je sais que ce n'est pas une de celles que sa maman a emportées dans l'autre maison, expliqua Ted.

– Ah bon, dit Eddie, qui sentait le regard de l'enfant le transpercer.

– Chaque photo a son histoire, dit Ted à Eddie. Et Ruth les connaît toutes, n'est-ce pas, Ruthie ?

– Oui, dit l'enfant. Ah, elle est là, s'écria-t-elle en désignant du doigt la photo qui se trouvait au-dessus de la table de nuit, près du lit en désordre.

Le fauteuil, qu'Eddie avait approché pour ses besoins personnels, n'était plus à sa place, si bien que Ted, Ruth toujours dans ses bras, dut le contourner incommodément pour regarder la photo de plus près.

Sur la photo, Timothy, qui venait de s'écorcher le genou, était juché sur le plan de travail d'une vaste cuisine. Thomas, qui faisait montre d'un intérêt clinique pour la blessure de son frère, était debout près de lui, un rouleau de gaze dans une main, et du sparadrap dans l'autre ; il jouait au docteur, soignant le genou ensanglanté. A l'époque, Timothy pouvait avoir un an de plus que Ruth aujourd'hui, et Thomas sept ans.

– Il a le genou qui saigne mais ça va aller ? demanda Ruth à son père.

– Ça ira très bien. Il lui faut seulement un bandage.

– Pas de points ? Pas d'aiguilles ?

– Non, Ruthie, un bandage, c'est tout.

– Il est juste un peu cassé, mais il va pas mourir, hein ?

– Non, Ruthie.

– Pas encore ?

– C'est ça, Ruthie.

– Il y a qu'un tout petit peu de sang, observa Ruth.

– Ruth s'est écorchée, aujourd'hui, expliqua Ted à Eddie, en lui montrant le Tricosteril sur le talon de l'enfant. Elle a marché sur un coquillage à la plage, et puis elle a fait un rêve.

Ruth, rassurée par l'histoire de l'écorchure, et par la présence de la photo, regardait à présent par-dessus l'épaule de son père ; un objet qui se trouvait dans la salle de bains avait attiré son attention.

– Où ils sont les pieds ? demanda la gamine de quatre ans.

– Quels pieds, Ruthie ?

Eddie s'avançait déjà pour leur obstruer la vue de la salle de bains.

– C'est quoi que tu leur as fait, aux pieds ? demanda-t-elle à Eddie. Qu'est-ce qui leur est arrivé ?

– Ruth, de quoi tu parles ? lui demanda son père ; il avait beau être ivre, il se tenait suffisamment ferme sur ses pieds.

Ruth montra Eddie du doigt.

– Les pieds ! dit-elle d'un air fâché.

– Ruthie, c'est pas poli, ça ! lui dit Ted.

– C'est pas poli de montrer du doigt ?

– Tu le sais très bien. Excusez-moi de vous ennuyer comme ça, Eddie. On a l'habitude de montrer les photos à Ruth quand elle veut les voir, mais, ces derniers temps, elle ne les a pas vues beaucoup parce qu'on ne voulait pas empiéter sur votre intimité.

– Tu peux venir voir les photos quand tu veux, dit Eddie à l'enfant qui le regardait toujours de travers.

Ils étaient dans le couloir devant la chambre d'Eddie lorsque Ted demanda :

– Dis bonne nuit à Eddie, Ruthie, d'accord ?

– Où ils sont les pieds ? lui répéta la gamine. C'est quoi que tu leur as fait ?

Elle ne cessait de le transpercer du regard.

Ils disparurent au fond du couloir, le père disant :

– Ça m'étonne de te voir comme ça, Ruthie, ça ne te ressemble pas d'être impolie.

– Je suis pas impolie, répliqua Ruth, fâchée.

– Hmm.

Eddie n'en entendit pas davantage. Sitôt qu'ils furent partis, il alla tout droit à la salle de bains et retira les bandes de papier qui cachaient les pieds des morts ; à l'aide d'un gant de toilette, il effaça toute trace de scotch sur le verre.

Le premier mois, cet été-là, Eddie serait une machine à se masturber, mais il ne retirerait plus jamais la photo de Marion du mur de la salle de bains ; et il n'imaginerait plus de cacher les pieds de Thomas et Timothy. Au lieu de cela, il se mit à se masturber presque tous les matins dans la « caravane », où il pensait qu'il ne serait ni interrompu ni pris sur le fait.

Après que Marion avait passé la nuit là-bas, il avait le plaisir de découvrir qu'il restait un peu de son odeur sur les oreillers du lit défait. D'autres matins, il lui suffisait de toucher et de sentir un de ses vêtements pour s'exciter. Elle laissait dans la penderie une combinaison ou une nuisette dans laquelle elle dormait ; il y avait un tiroir où elle mettait ses slips et ses soutiens-gorge. Eddie espérait toujours qu'elle laisse son cardigan en cachemire rose, celui qu'elle avait sur elle lorsqu'il l'avait vue pour la première fois, et qu'elle portait souvent quand il rêvait d'elle. Mais l'appartement à bon marché au-dessus du garage n'avait pas de ventilateur, et on avait beau ménager du courant d'air, la chaleur étouffante qui régnait ne s'en trouvait pas diminuée. Alors que la maison de Sagaponack était généralement fraîche et aérée, même au plus fort de la chaleur, le garni de Bridgehampton était un étouffoir à vous rendre claustrophobe. C'était trop d'optimisme que d'espérer que Marion y ait jamais besoin de son cardigan.

Malgré les virées à Montauk pour aller chercher la seiche puante, le boulot d'Eddie comme assistant de l'écrivain se ramenait à des journées peu fatigantes, de neuf heures du matin à cinq heures de l'après-midi, pour lesquelles Ted le payait cinquante dollars par semaine. Eddie se faisait aussi rembourser l'essence pour la voiture, qu'il avait beaucoup moins de plaisir à conduire que la Mercedes de Marion. La Chevy de Ted, modèle de 1957, était noire et blanche, ce qui reflétait peut-être l'étroitesse des intérêts de l'artiste.

Le soir, vers cinq ou six heures, Eddie allait à la plage se baigner – ou courir, ce qu'il ne faisait pas souvent, et avec un enthousiasme tout relatif. Parfois, il rencontrait des pêcheurs qui jetaient leurs filets dans le ressac pour prendre des thons rouges. Ils lançaient leurs camions à toute vitesse sur la plage pour poursuivre les bancs de poissons. Alors, repoussés sur la grève par les thons, des épinoches faisaient des bonds sur le sable humide et compact – raison de plus pour ne pas avoir grand plaisir à courir.

Chaque soir, avec la permission de Ted, Eddie prenait sa voiture pour se rendre à East Hampton ou Southampton, voir un film, ou simplement manger un hamburger. Il se payait le cinéma et ses repas sur son salaire, et il lui restait encore plus de vingt dollars par mois. Un soir qu'il était au cinéma à Southampton, il vit Marion.

Elle était venue toute seule, et elle portait son cardigan en cachemire. Ce soir-là, ce n'était pas son tour de passer la nuit à la « caravane », et il ne pouvait guère espérer que le cardigan finisse dans la penderie de l'appartement sordide au-dessus du garage pour deux voitures. Pourtant, après avoir aperçu Marion toute seule, Eddie se mit à chercher sa Mercedes dans Southampton aussi bien que dans East Hampton. Mais s'il réussit en effet à la repérer une ou deux fois, il ne revit plus jamais Marion au cinéma.

Elle sortait tous les soirs ; elle prenait rarement ses repas avec Ruth et ne faisait jamais la cuisine. Eddie présumait que si elle dînait en ville, c'était dans des restaurants d'un meilleur niveau que ceux qu'il choisissait d'ordinaire ; mais il savait aussi que s'il se mettait à la chercher dans les bons restaurants, ses cinquante dollars par semaine fondraient rapidement.

Quant à Ted, il était seulement clair qu'il ne pouvait pas prendre la voiture pour ses soirées. Il avait bien une bicyclette à l'appartement, mais Eddie ne l'avait jamais vu l'utiliser. Puis, un soir que Marion était sortie, le téléphone sonna chez les Cole, et la nounou du soir répondit et eut au bout du fil le barman d'un bar-restaurant de Bridgehampton, où, disait-il, Mr Cole venait dîner et boire des verres presque tous les soirs. Or ce soir-là, contrairement à l'accoutumée, Mr Cole lui avait fait l'effet d'être en équilibre instable sur sa bicyclette. Il espérait donc qu'il était bien rentré chez lui.

Eddie prit la voiture et se rendit à Bridgehampton, en suivant l'itinéraire supposé de Ted pour retourner à l'appartement. Comme de juste, il le trouva en train de pédaler au beau milieu d'Ocean Road ; soudain ébloui par les phares, l'écrivain fit une embardée sur l'accotement. Eddie s'arrêta pour lui demander s'il voulait monter (il lui restait moins d'un kilomètre à parcourir), à quoi l'autre lui répondit :

– Monter ? J'y vais ! avec un geste de la main pour lui dire de poursuivre son chemin.

Puis, au lendemain d'une nuit que Ted avait passée à la « caravane », Eddie trouva l'odeur d'une autre femme sur les oreillers de la chambre ; c'était un parfum plus musqué que celui de Marion. Alors, comme ça, il a quelqu'un d'autre, songea Eddie, qui ne connaissait pas encore ses schémas de fonctionnement avec les jeunes mères. (La jolie jeune mère du moment venait poser trois matinées par semaine ; elle vint d'abord avec son enfant, un petit garçon, puis toute seule.)

Pour expliquer sa séparation d'avec Marion, Ted s'était borné à regretter qu'Eddie fût venu travailler chez eux « en un moment aussi triste d'un mariage qui durait depuis si longtemps ». Si cette remarque impliquait que le prétendu « triste moment » puisse passer, plus le jeune homme voyait la distance que le couple entretenait, plus il était convaincu que le ménage était fini. En outre, Ted n'avait fait allusion qu'à sa durée, il n'avait pas dit que c'était une union réussie ou heureuse.

Pourtant, ne serait-ce que sur les nombreuses photos de Thomas et Timothy, Eddie voyait bien qu'il y avait eu jadis de la réussite et du bonheur, et que les Cole avaient eu des amis. Il y avait des photos de dîners avec d'autres familles ; Thomas et Timothy avaient fêté leurs anniversaires avec d'autres enfants. Même si Ted et Marion n'apparaissaient que rarement sur les photos (dont Thomas et Timothy, même réduits à leurs pieds, constituaient le sujet essentiel), les preuves ne manquaient pas qu'ils avaient été heureux, quand bien même cela n'aurait pas été l'un par l'autre. A supposer que leur mariage n'eût jamais été une union réussie, ils avaient passé des tas de bons moments avec leurs fils.

Pour sa part, Eddie O'Hare n'aurait pas risqué d'avoir autant de bons souvenirs qu'il s'en étalait sur ces photographies. Mais qu'étaient donc devenus les amis de Ted et de Marion ? En dehors des nounous et des modèles (ou plutôt du modèle), il ne venait jamais personne à la maison.

Si, à quatre ans, Ruth Cole comprenait déjà que Thomas et Timothy habitaient désormais un autre monde, Eddie trouvait pour sa part qu'ils *venaient* d'un autre monde : ils avaient été aimés, eux.

Tout ce que Ruth apprenait, elle l'apprenait de ses nounous ; dans l'ensemble, ces dernières n'avaient pas fait une forte impression à

Eddie. La première était une fille du coin, nantie d'un petit ami aux airs de tueur, enfant du pays lui aussi, selon la perception tout exonienne d'Eddie. Le petit ami en question était un maître nageur sauveteur, qui possédait l'imperméabilité totale à l'ennui que ces fonctions requièrent. Il passait déposer la nounou tous les matins, et gratifiait Eddie d'un regard mauvais chaque fois qu'il entrait dans son champ visuel. Cette nounou était celle qui accompagnait régulièrement Ruth à la plage, où le maître nageur sauveteur se faisait bronzer.

Le premier mois de cet été-là, Marion, qui avait coutume de conduire Ruth et sa nounou à la plage pour venir les chercher ensuite, ne demanda qu'une ou deux fois à Eddie de s'en charger. En ces occasions, la nounou ne lui adressa pas la parole, et, pour sa plus grande honte, Ruth trouva moyen de lui redemander : « Où ils sont les pieds ? »

La nounou de l'après-midi était une étudiante qui venait dans sa propre voiture. Elle se nommait Alice, et prenait vis-à-vis d'Eddie des airs trop supérieurs pour lui adresser la parole – sauf pour lui dire qu'elle avait autrefois connu quelqu'un qui avait fait ses études à Exeter. Bien entendu, ce garçon était sorti de l'université avant qu'Eddie n'y entre lui-même, et Alice ne connaissait que son prénom, Chickie, ou peut-être bien Chuckie.

– C'est sans doute un diminutif, avait dit sottement Eddie.

Alice avait soupiré en lui jetant un regard de pitié. Il craignait d'avoir hérité de son père un penchant pour énoncer l'évidence – penchant qui ne tarderait pas à lui valoir un surnom comme « Minty », destiné à lui coller à la peau pour le restant de ses jours.

La nounou étudiante faisait un autre boulot d'été ; elle était serveuse dans un restaurant des Hamptons, mais ce n'était pas le genre d'endroit fréquenté par Eddie. Elle était jolie, par ailleurs, si bien qu'Eddie ne put jamais la regarder sans être intimidé.

La nounou du soir était une femme mariée, dont l'époux travaillait la journée. Il lui arrivait parfois d'amener ses deux enfants avec elle ; ils étaient plus âgés que Ruth, mais jouaient respectueusement avec ses innombrables joujoux – surtout des poupées et des maisons de poupées que, pour sa part, la fillette ignorait le plus souvent, car elle préférait dessiner ou se faire raconter des histoires. Elle possédait un vrai chevalet de peintre dont on avait raccourci les pieds ; la seule poupée à laquelle elle tenait n'avait plus de tête.

Des trois nounous, la troisième était la seule qui fût gentille avec Eddie, mais celui-ci sortait tous les soirs, et, lorsqu'il était à la maison, il avait tendance à rester dans sa chambre. Comme celle-ci, avec sa salle de bains indépendante, se trouvait au fond du long couloir du premier étage, lorsque Eddie voulait écrire à papa-maman, ou simplement prendre des notes dans son carnet, on l'y laissait presque toujours parfaitement tranquille. Dans les lettres qu'il envoyait à ses parents, il n'avait pas jugé opportun de signaler que Ted et Marion s'étaient séparés pour l'été – et encore moins qu'il se masturbait régulièrement dans le parfum de Marion, en froissant dans sa main ses vêtements poids plume.

Le matin où Marion surprit Eddie en train de se masturber, il s'était appliqué à disposer sur le lit une véritable reconstitution de la jeune femme : un corsage d'été d'une étoffe légère, couleur pêche, bien adapté à l'étouffoir de la « caravane », et un soutien-gorge dans les mêmes tons. Il avait laissé la blouse déboutonnée. Le soutien-gorge, qu'il avait posé *grosso modo* à son emplacement logique, était partiellement visible, mais encore sous le corsage, comme si Marion en était arrivée à cette étape précise de son déshabillage. La mise en scène donnait à ses vêtements l'apparence de la passion, ou du moins, de l'impatience. Son slip, couleur pêche lui aussi, était placé dans le bon sens (taille en haut, entrejambe en bas), à bonne distance du soutien-gorge, comme si elle avait eu sur elle ses deux sous-vêtements. Eddie, qui était nu, et qui se masturbait toujours en se frottant le pénis de la main gauche contre la cuisse droite, avait enfoui le visage dans le corsage ouvert, contre le soutien-gorge. De sa main droite, il caressait l'inimaginable douceur soyeuse du slip de Marion.

Il ne fallut pas plus d'une fraction de seconde à Marion pour comprendre qu'Eddie était nu, et pour reconnaître ce qu'il était en train de faire – et avec quels adjuvants, visuels et tactiles ! Mais quand Eddie l'aperçut, elle n'était ni en train d'entrer dans la chambre ni en train d'en sortir. Elle s'était immobilisée, semblable à son propre fantôme. D'ailleurs il ne la vit pas en chair et en os, mais intercepta son reflet dans le miroir de la chambre. Quant à elle, qui voyait Eddie et son reflet dans la glace, elle eut ainsi une chance unique de le voir se masturber en double exemplaire.

Sitôt apparue dans l'encadrement de la porte, elle disparut. Eddie,

71

qui n'avait pas encore éjaculé, comprit non seulement qu'elle l'avait vu, mais aussi qu'elle avait tout deviné de lui.

– Je suis désolée, Eddie, lui dit-elle depuis la cuisine, tandis qu'il tentait maladroitement de remettre ses vêtements à leur place. J'aurais dû frapper.

Lorsqu'il se fut rhabillé, le courage de quitter la chambre lui manquait toujours. Il s'attendait à moitié à entendre les pas de la jeune femme descendre vers le garage, ou, avec un peu plus de chance encore, sa Mercedes s'éloigner. Mais elle l'attendait, au contraire. Et comme il n'avait pas entendu ses pas monter du garage, par ailleurs, il sut qu'il avait dû gémir.

– Eddie, c'est ma faute, lui disait-elle. Je ne suis pas fâchée, je suis simplement gênée.

– Moi aussi, je suis gêné, marmonna-t-il depuis la chambre.

– C'est rien, c'est naturel. Je sais ce que c'est que les garçons de votre âge…, sa voix se perdit.

Le temps qu'il rassemblât son courage pour la rejoindre, elle était assise sur le canapé-lit.

– Venez ici, regardez-moi au moins, lui dit-elle tandis qu'il demeurait pétrifié, les yeux rivés à ses chaussures. Allez, Eddie, c'est marrant. On va dire que c'est marrant, et puis on n'en parlera plus.

– C'est marrant, répéta-t-il piteusement.

– Eddie, viens ici, lui ordonna-t-elle.

Il s'avança vers elle en traînant les pieds, les yeux toujours baissés.

– Assieds-toi, lui intima-t-elle.

Mais le mieux qu'il put faire fut de se percher avec raideur à l'autre bout du canapé, le plus loin d'elle possible. « Non, ici », elle tapotait le canapé entre eux. Il était incapable de bouger.

– Eddie, Eddie, j'en connais, des garçons de ton âge. C'est ce que font les garçons de ton âge, non ? Tu t'imagines ne pas le faire ?

– Non, murmura-t-il.

Il se mit à pleurer. Il ne pouvait plus s'arrêter.

– Oh, ne pleure pas, surtout ! insista Marion.

Elle ne pleurait plus, désormais, elle avait pleuré toutes les larmes de son corps.

Puis elle fut si près de lui qu'il sentit le canapé s'enfoncer sous leur poids et qu'il se retrouva tout contre elle. Il continua de pleurer pendant qu'elle se répandait en paroles. « Eddie, écoute-moi, je t'en prie. Je croyais que c'était une des nanas de Ted qui mettait mes vêtements – parfois je les trouvais froissés, ou bien sur un autre cintre. Mais c'était toi ! Et même, tu es soigneux – tu es allé jusqu'à plier mes sous-vêtements ! Enfin, tu as essayé. Je ne plie jamais mes slips ni mes soutiens-gorge. Je savais bien que Ted ne les touchait pas », ajouta-t-elle pendant qu'Eddie sanglotait toujours. « Oh, Eddie, je suis flattée ! Mais si, c'est vrai ! Ce n'est pas le plus bel été de ma vie – ça me fait plaisir de me dire que quelqu'un pense à moi, au moins. »

Elle se tut ; elle eut l'air soudain plus embarrassée encore qu'Eddie. Elle se reprit aussitôt :

– Oh, je n'oserais pas supposer que tu pensais vraiment à moi. Mon Dieu, que c'est prétentieux de ma part ! C'était peut-être seulement mes vêtements. Mais même si c'est seulement ça, je suis flattée. Tu as sûrement des tas de filles à qui penser.

– Je pense à vous, bredouilla Eddie. Je ne pense qu'à vous.

– Alors ne sois pas gêné. Tu viens de faire plaisir à une vieille dame !

– Vous n'êtes pas une vieille dame ! cria-t-il.

– Tu me fais de plus en plus plaisir, Eddie.

Elle se leva d'un bond, comme prête à s'en aller. Il osa enfin la regarder. Lorsqu'elle vit son expression, elle lui dit :

– Fais attention à ce que tu éprouves pour moi, Eddie. Je veux dire, protège-toi.

– Je vous aime, lui dit-il bravement.

Elle se rassit auprès de lui, avec la même urgence que s'il s'était remis à pleurer. « Il ne faut pas m'aimer, Eddie, lui dit-elle avec une gravité qu'il n'aurait pas attendue. Pense à mes vêtements, rien qu'à eux. Ils ne te feront pas souffrir, mes vêtements. » En se penchant vers lui davantage, mais sans coquetterie, elle ajouta : « Dis-moi, est-ce qu'il y en a un qui te plaît particulièrement – parmi mes vête-ments ? » Il la regarda avec une telle fixité qu'elle répéta :

– Ne pense qu'à mes vêtements, Eddie.

– Ce que vous portiez quand je vous ai vue pour la première fois, répondit-il.

– Seigneur ! Je ne me souviens pas !

– Un lainage rose, qui se boutonne par-devant.

– Ce vieux machin ! dit-elle d'une voix stridente.

Elle était au bord du fou rire. Eddie se rendit compte qu'il ne l'avait jamais vue rire. Il était totalement sous le charme. S'il avait été incapable de la regarder, au début, à présent, il était incapable de détacher ses yeux d'elle. « Eh bien, si c'est ce qui te plaît, peut-être que je te ferai une surprise. » Elle se releva, d'un bond, comme la première fois. Il avait de nouveau envie de pleurer, car il voyait qu'elle s'apprêtait à partir. En haut des escaliers, sa voix se durcit.

– Ne prends pas les choses à cœur comme ça, Eddie. Ne prends pas les choses à cœur.

– Je vous aime, répéta-t-il.

– Il ne faut pas, lui rappela-t-elle.

Faut-il préciser qu'il n'eut guère sa tête à lui de toute la journée ?

Peu après cette aventure, un soir qu'il rentrait d'une séance de cinéma à Southampton, il la trouva debout dans sa chambre. La nounou de nuit était repartie chez elle. Il sut d'emblée, le cœur brisé, qu'elle n'était pas là pour le séduire. Elle se mit à parler de certaines photographies accrochées dans sa chambre et dans sa salle de bains ; elle s'excusait d'envahir son intimité ; elle ne s'autorisait pas à entrer sur son territoire pour regarder les photos, sinon en son absence. Elle avait pensé à l'une des photos en particulier, elle allait lui dire laquelle – et elle était restée à la regarder un peu plus longtemps que prévu.

Lorsqu'elle lui dit bonsoir et qu'elle le quitta, il se sentit plus malheureux qu'il n'aurait cru la chose humainement possible. Mais juste avant de se coucher, il s'aperçut qu'elle avait plié ses vêtements épars. Elle avait également pris la serviette posée sur le rideau de la douche, où lui la mettait, pour la replacer comme il fallait sur le porte-serviettes. Enfin, quoique ce fût le détail le plus voyant, il s'aperçut que son lit était fait. Il ne le faisait jamais, pour sa part ; et à la « caravane » du moins, Marion ne faisait pas davantage le sien.

Deux jours plus tard, après avoir déposé le courrier sur la table de la cuisine, là-bas, il se mit en devoir de faire du café. En attendant qu'il soit passé, il entra dans la chambre. Il crut d'abord que Marion était couchée sur le lit, mais ce n'était que son cardigan en cachemire rose (*son* cardigan !). Elle l'avait laissé déboutonné, en pliant les manches dans le dos, comme si une femme invisible avait croisé les bras derrière sa tête. Dans l'échancrure du gilet on voyait un soutien-gorge. La mise en scène était plus aguichante que toutes celles qu'Eddie avait pu imaginer lui-même. Le soutien-gorge était blanc, ainsi que le slip, qu'elle avait placé là où il aimait le trouver.

74

Approche

Cet été 1958, la « jeune mère » de Ted Cole, la furtive Mrs Vaughn, était une petite brune aux allures félines. Pendant un mois, Eddie ne l'avait vue que sur les dessins de Ted. Encore n'avait-il vu que ceux où elle posait avec son fils, lui aussi petit et brun, avec les mêmes allures félines, ce qui laissait fortement à penser à Eddie que mère et fils devaient être enclins à mordre les gens. Le visage d'elfe de Mrs Vaughn, sa coupe de cheveux espiègle, trop jeune pour elle, ne parvenaient pas à cacher comme une violence, ou du moins une instabilité de tempérament. Quant à son fils, il semblait sur le point de cracher et de feuler comme un fauve traqué – peut-être n'aimait-il pas les séances de pose.

Les premiers temps que Mrs Vaughn vint poser seule, au cours de ses allées et venues entre sa voiture et la maison des Cole, ses mouvements étaient particulièrement furtifs. Le moindre bruit lui arrachait des regards dans toutes les directions, comme un animal qui s'attend à être attaqué. Elle guettait l'arrivée éventuelle de Marion, bien sûr, mais Eddie ne savait pas encore qu'elle posait nue, ni, *a fortiori*, que l'odeur musquée détectée sur les oreillers de la chambre, à la « caravane », par lui aussi bien que par Marion, était son odeur. Il en conclut donc à tort que la petite femme était d'une nervosité pathologique.

D'ailleurs, il était trop absorbé dans ses rêveries de Marion pour accorder beaucoup d'attention à Mrs Vaughn. Marion n'avait pas réitéré sa provocation en recréant sa propre réplique disposée de manière si aguichante sur le lit, mais la façon dont il manipulait le cardigan en cachemire rose embaumé par son odeur délicieuse continuait de satisfaire l'adolescent comme il n'avait jamais été satisfait.

Eddie O'Hare habitait une sorte de paradis de la masturbation. Il aurait dû y rester, y élire résidence permanente. Car, il le découvrirait, avoir Marion plus qu'il ne la possédait déjà ne le contenterait pas. Mais dans leur relation, c'était Marion qui avait la main ; si les choses devaient évoluer, ce serait à son initiative.

Elle commença par l'emmener dîner en ville. Elle prit le volant sans lui demander s'il avait envie de conduire. Contre toute attente,

Eddie fut reconnaissant à son père d'avoir insisté pour qu'il emportât des chemises habillées et des cravates, ainsi que la veste de sport « passe-partout ». Mais lorsque Marion le vit dans son uniforme traditionnel d'Exeter, elle lui dit qu'il pouvait se dispenser de la veste ou de la cravate, car, là où ils allaient, il n'aurait pas besoin des deux. Le restaurant d'East Hampton était moins chic qu'Eddie n'aurait cru, et il était clair que les serveurs y connaissaient les habitudes de Marion : ils lui apportaient du vin sans qu'elle ait besoin d'en demander – elle en avait pris trois verres.

Elle se montra plus diserte qu'Eddie l'avait jamais vue : « J'étais déjà enceinte de Thomas quand j'ai épousé Ted – je n'avais qu'un an de plus que toi », lui dit-elle. (Elle insistait fréquemment sur leur différence d'âge.) « Quand tu es né, j'avais vingt-trois ans. Quand tu auras mon âge, j'en aurai soixante-deux », poursuivit-elle. Et elle se permit deux allusions au cadeau qu'elle lui avait fait : le cardigan en cachemire rose.

– Elle t'a plu, ma petite surprise ?

– Beaucoup, bégaya-t-il.

Changeant aussitôt de sujet, elle lui apprit que Ted n'avait pas vraiment quitté Harvard. On lui avait enjoint de demander un congé « pour "non-assurance de ses obligations", selon lui », précisa-t-elle.

Sur toutes les jaquettes de ses livres, dans les quelques lignes consacrées à l'auteur, il était toujours dit que Ted Cole avait quitté Harvard sans diplôme. Apparemment, cette semi-vérité lui plaisait : elle laissait entendre qu'il était assez doué pour entrer à Harvard, et assez original pour n'en avoir rien à faire. « La vérité, c'est tout simplement qu'il est feignant, dit Marion. Il n'a jamais aimé travailler dur. » Après un silence, elle demanda à Eddie :

– Et comment ça va, ton boulot ?

– Il n'y a pas grand-chose à faire, lui confia-t-il.

– Non, ça, je m'en doute. Ted t'a engagé parce qu'il avait besoin d'un chauffeur.

Marion était encore au lycée quand elle avait rencontré Ted et qu'il l'avait mise enceinte. Mais au fil des années, à mesure que Thomas et Timothy grandissaient, elle avait passé des équivalences pour entrer en faculté, et, sur divers campus de Nouvelle-Angleterre, elle avait suivi les cours à mi-temps. Elle avait mis dix ans pour décrocher son diplôme, à l'université du New Hampshire, en 1952, un an seulement avant que ses fils se tuent. Elle avait surtout suivi des cours de littérature et d'histoire, beaucoup plus qu'il n'était nécessaire pour le diplôme ; c'était son manque d'enthousiasme à s'inscrire dans d'autres disciplines obligatoires qui en avait retardé l'obtention.

– En fin de compte, confia-t-elle à Eddie, j'ai voulu un diplôme parce que Ted n'en avait pas.

Thomas et Timothy avaient été fiers de sa réussite.

– J'étais prête à devenir écrivain quand ils sont morts, lui avoua-t-elle. Ça a été le coup d'arrêt.

– Quoi, vous étiez écrivain ? Pourquoi vous vous êtes arrêtée ?

Elle lui expliqua qu'elle n'avait pas pu se plonger dans ses pensées les plus intimes, parce que les seules pensées qu'elle entretenait tournaient autour de la mort de ses fils ; elle ne pouvait pas se laisser aller à imaginer en toute liberté, parce que son imagination la conduisait inévitablement à Thomas et Timothy. « Et dire que j'avais aimé me retrouver seule avec mes pensées ! » lui dit-elle. Elle doutait que Ted eût jamais connu ce plaisir. « C'est pour ça qu'il écrit des histoires si courtes, et pour les enfants. C'est pour ça qu'il dessine à longueur de temps. »

Sans même se rendre compte à quel point il était las des hamburgers, Eddie dévorait un repas pantagruélique.

– Même l'amour ne réussit pas à couper l'appétit d'un garçon de seize ans, fit remarquer Marion.

Eddie rougit ; il n'était pas censé lui dire combien il l'aimait. Quand il l'avait fait, ça ne lui avait pas plu.

Alors elle lui raconta que lorsqu'elle avait disposé le cardigan en cachemire rose sur le lit à son intention, et surtout choisi le soutien-gorge et le slip assorti pour les mettre à leur place, « en vue de l'acte qu'elle imaginait », elle s'était rendu compte que c'était sa première pulsion créatrice depuis la mort de ses enfants ; ça avait été aussi son premier, son seul moment de « plaisir pur ». On peut discuter sur la pureté prétendue de ce type de plaisir, mais Eddie n'aurait jamais douté de la sincérité des intentions de Marion ; il fut un peu peiné, mais un peu seulement, de voir que ce qui était pour lui de l'amour n'était pour elle que du plaisir. Même à seize ans, il aurait dû mieux comprendre la mise en garde qu'elle lui prodiguait.

Lorsque Marion avait rencontré Ted, il s'était présenté comme un étudiant « en rupture de ban » avec Harvard, en train d'écrire un roman ; à la vérité, il avait quitté Harvard depuis quatre ans. Il suivait des cours aux Beaux-Arts de Boston. Il avait toujours su dessiner – il se disait « autodidacte ». (Les cours des Beaux-Arts le passionnaient moins que les modèles.) La première année de leur mariage, Ted avait pris un emploi chez un lithographe – travail qu'il avait détesté d'emblée. « Il aurait détesté n'importe quel boulot », expliqua Marion à Eddie. Il avait d'ailleurs appris à détester de même la lithographie ; la gravure ne le passionnait pas davantage. (« Le cuivre et la pierre, c'est pas mon truc », avait-il dit à Marion.)

Il avait publié son premier roman en 1937, alors que Thomas avait un an, et que Marion n'était pas encore enceinte de Timothy. Les critiques furent largement favorables, et les ventes bien supérieures à la moyenne pour un premier roman. Le couple avait décidé d'avoir un autre enfant. Les critiques du deuxième roman, paru en 1939, un an après la naissance de Timothy, n'avaient été ni nourries ni favorables. Quant au troisième roman, publié en 1941, « un an avant ta naissance », indiqua Marion à Eddie, il n'avait suscité que quelques rares articles, tous défavorables. Les ventes avaient été si médiocres que l'éditeur avait refusé d'en dire à Ted le chiffre final. Et puis, en 1942, alors que Thomas avait six ans et Timothy quatre, on avait publié *La Souris qui rampait entre les cloisons*. La guerre retarderait les nombreuses traductions étrangères, mais déjà il était clair que Ted n'aurait plus jamais à détester un emploi ou à écrire un roman.

– Dis-moi, demanda Marion à Eddie, ça te donne la chair de poule de savoir que tu es né la même année que *La Souris* ?

– Oui, avoua-t-il.

Mais pourquoi toutes ces villes universitaires ? (Les Cole avaient vécu un peu partout en Nouvelle-Angleterre.)

Les comportements sexuels de Ted faisaient du dégât. Il avait expliqué à sa femme qu'il n'y avait pas mieux que les villes universitaires pour élever des enfants. Les écoles y étaient en général d'un bon niveau ; la communauté s'y trouvait stimulée par les activités culturelles et les événements sportifs du campus. En outre, Marion pourrait y poursuivre ses études. Quant à la vie sociale, les familles d'universitaires seraient agréables à fréquenter. Au départ, Marion n'avait pas évalué combien de jeunes mères pouvaient se recruter parmi les femmes de professeurs.

Ted, qui évitait comme la peste tout ce qui ressemblait à un véritable emploi à la faculté, et qui, d'ailleurs, n'avait pas les qualifications pour en décrocher un, n'en donnait pas moins une conférence par semestre sur l'art d'écrire et d'illustrer des livres pour enfants ; souvent ces conférences avaient lieu sous l'égide conjointe du département des arts plastiques et de celui de la littérature. Ted était le premier à dire que la création d'un livre pour enfants n'était pas un art, à son humble avis ; elle relevait plutôt de l'artisanat.

Mais l'« artisanat » où il était passé maître, observa Marion, c'étaient la découverte et la séduction systématique des jeunes mères les plus jolies et les plus malheureuses parmi les femmes de professeurs ; il lui arrivait de temps en temps de jeter son dévolu sur une étudiante, mais la jeune mère était pour lui une proie plus facile.

Il n'est pas rare qu'une histoire d'amour se termine dans l'amertume ; et comme les mariages des épouses les plus malheureuses n'étaient déjà pas bien solides, il n'était guère surprenant que les frasques de Ted achèvent de les naufrager.

– Voilà pourquoi on passait notre temps à déménager, dit Marion à Eddie.

Dans les villes universitaires, ils trouvaient aisément une maison à louer ; il y avait toujours des professeurs qui partaient, et un taux de divorces relativement élevé. La seule maison que les Cole occupèrent avec quelque stabilité, c'était une ferme du New Hampshire où ils s'installaient pendant les vacances scolaires, pour les sports d'hiver, ainsi qu'un ou deux mois l'été. Si loin que remontât la mémoire de Marion, cette maison avait toujours été dans sa famille.

A la mort des garçons, Ted avait proposé de quitter la Nouvelle-Angleterre, avec tout ce qu'elle leur rappelait. La pointe de Long Island était surtout un havre estival et un refuge de week-end pour les New-Yorkais. Mieux vaudrait pour Marion ne pas parler avec ses vieilles amies.

– Changer de coin, changer de vie, faire un autre enfant, dit-elle à Eddie, en tout cas, on a cru que c'était le remède.

La fréquence des frasques de Ted n'avait pas diminué depuis qu'ils avaient quitté les villes universitaires de la Nouvelle-Angleterre ; mais il n'y avait là rien qui surprît Marion ; au contraire, ses infidélités s'étaient plutôt multipliées, au moins en quantité, sinon en intensité. Ces frasques étaient sa drogue. Marion spéculait sur le fait que sa dépendance envers les femmes l'emporterait sur sa dépendance envers l'alcool. (Elle aurait parié que oui.)

Et avec lui, poursuivit-elle pour la gouverne d'Eddie, la phase de séduction durait toujours plus longtemps que la liaison elle-même. D'abord venaient les portraits conventionnels, mère à l'enfant, d'ordinaire. Ensuite, la mère posait seule ; enfin, elle posait nue. Les nus eux-mêmes obéissaient à un schéma préétabli : on passait de l'innocence à la pudeur, puis à la dégradation et à la honte.

– Mrs Vaughn ! s'écria Eddie, qui se souvint des gestes furtifs de la petite femme.

– Mrs Vaughn connaît actuellement la phase de dégradation, lui dit Marion.

Pour une si petite personne, Mrs Vaughn laissait une forte empreinte olfactive sur les oreillers, pensa le jeune homme ; mais il pensa aussi qu'il serait mal avisé, voire libidineux, de faire part de cette opinion à Marion.

– Mais vous êtes restée avec lui toutes ces années, dit l'adolescent, d'un air malheureux. Pourquoi vous ne l'avez pas quitté ?

– Les garçons l'adoraient, expliqua-t-elle, et moi, j'adorais les garçons. J'avais prévu de m'en aller quand ils entreraient en faculté, quand ils quitteraient la maison. Ou encore à la fin de leurs études, ajouta-t-elle, avec moins de conviction.

Surmontant son chagrin, Eddie dévora un dessert gigantesque.

– Voilà ce que j'adore chez vous, les garçons, quelles que soient les circonstances, vous ne vous laissez jamais abattre.

Sur le chemin du retour, elle laissa le volant à Eddie. Elle baissa sa vitre et ferma les yeux. L'air de la nuit l'ébouriffait. « C'est bien agréable de se faire conduire, dit-elle à Eddie. Ted buvait toujours trop, c'était moi qui devais prendre le volant, toujours. Enfin, presque toujours… », ajouta-t-elle dans un murmure. Puis elle tourna le dos à Eddie. Peut-être pleurait-elle, ses épaules étaient agitées de secousses, mais elle ne faisait pas de bruit. Lorsqu'ils arrivèrent à la maison, à Sagaponack, soit le vent avait séché ses larmes, soit elle n'avait pas pleuré. Tout ce qu'Eddie savait, pour avoir pleuré devant elle, c'était qu'elle réprouvait les larmes.

Une fois à la maison, elle renvoya la nounou du soir, prit dans le réfrigérateur une bouteille de vin déjà ouverte et se versa un quatrième verre. Elle demanda à Eddie de l'accompagner pour voir si Ruth dormait, en lui chuchotant que, contrairement aux apparences, elle avait autrefois été bonne mère. « Mais je refuse d'être une mauvaise mère pour Ruth, ajouta-t-elle, tout bas encore. Je préférerais ne plus être une mère pour elle du tout, à tout prendre. » A l'époque, Eddie ne comprit pas qu'elle avait déjà décidé d'abandonner sa fille à Ted. (Marion, de son côté, ne comprenait pas que Ted avait engagé Eddie pour une tâche tout autre que de lui servir de chauffeur.)

La faible veilleuse de la chambre des parents dispensait une clarté si parcimonieuse dans la chambre de Ruth qu'ils avaient du mal à voir les quelques photos de Thomas et Timothy ; pourtant, Marion insista pour qu'Eddie les regardât. Elle voulait lui raconter ce que les garçons étaient en train de faire sur chacune d'entre elles, et pourquoi elle avait choisi celle-ci plutôt que celle-là pour la chambre de Ruth. Puis elle le conduisit dans la salle de bains des parents, où la veilleuse dispensait un jour à peine plus généreux. Eddie crut y discerner un thème aquatique, que Marion avait jugé approprié pour la salle de bains : un jour de fête à Tortola, un autre à Anguilla ; un pique-nique d'été au bord de l'étang, dans le New Hampshire ; Thomas et Timothy, tous deux plus petits que Ruth, pris ensemble dans la baignoire – Tim pleurait, mais pas Tom. « Il a du savon dans les yeux », chuchota Marion.

La visite commentée se poursuivit par la chambre des parents ; c'était la première fois qu'Eddie y pénétrait ; aussi n'avait-il jamais vu les photos qui évoquaient toutes une anecdote à Marion. Ils parcoururent ainsi la maison d'un bout à l'autre. Ils passaient de pièce en pièce, de photo en photo, et Eddie comprenait l'agitation de Ruth quand elle avait découvert les petits bouts de papier qui couvraient les pieds nus des garçons. Elle avait dû faire cette visite guidée du passé des tas de fois, dans les bras de son père ou de sa mère, et, pour cette enfant, l'histoire des photographies était sans aucun doute aussi importante que les photographies elles-mêmes – voire plus. Ruth était élevée dans la présence écrasante de ses frères morts, mais aussi dans l'importance sans égale de leur absence.

Les photos étaient des histoires, les histoires des photos. Y toucher, comme Eddie l'avait fait, c'était aussi impensable que toucher au passé. Le passé, lieu de résidence des frères morts de Ruth, n'était nullement susceptible de révision. Eddie se promit de réparer le tort fait à l'enfant, de lui assurer que tout ce qu'on lui avait raconté sur ses frères morts était immuable. Dans un monde peu sûr, avec un avenir incertain, l'enfant pourrait du moins tenir cela pour acquis. Quoique...

Plus d'une heure après, Marion acheva la visite par la chambre d'Eddie – et enfin par la salle de bains dont il avait la jouissance. Il y avait comme un clin d'œil du hasard à ce que la dernière photo qui inspirât les commentaires de Marion fût celle qui la représentait, au lit, avec les deux pieds nus.

– J'adore cette photo de vous, parvint-il à dire, sans oser ajouter qu'il s'était masturbé devant l'image de ses épaules nues, et de son sourire.

Comme si c'était la première fois, Marion se regarda sur ce cliché vieux de douze ans.

– J'avais vingt-sept ans, dit-elle, tandis que le passage du temps et la mélancolie qui l'accompagnait se lurent dans ses yeux.

Elle avait à la main son cinquième verre de vin, qu'elle finit machinalement ; puis elle tendit le verre vide à Eddie. Il resta debout, immobile, au milieu de la salle de bains pendant un bon quart d'heure après qu'elle fut partie. Le lendemain matin, à la « caravane », Eddie venait tout juste de commencer à disposer le cardigan en cachemire rose sur le lit – avec un caraco de soie mauve parme, et un slip assorti –, lorsqu'il entendit le pas exagérément lourd de Marion dans les escaliers qui montaient du garage. Elle frappa très fort à la porte. Cette fois-ci, elle n'avait pas l'intention de prendre Eddie sur le fait. Il ne s'était pas encore déshabillé pour s'allonger à côté des vêtements. Pourtant, il fut un instant en proie à l'indécision, et il n'eut pas le temps de faire disparaître les affaires de Marion. En effet, il venait de s'aviser que le choix des couleurs – du rose et du mauve – était particulièrement malheureux, mais enfin, les couleurs de ses vêtements n'étaient pas vraiment son critère. Il avait été attiré par la dentelle, à la taille du slip, et par celle du fabuleux décolleté du caraco. Il était encore dans les affres du doute lorsque Marion frappa pour la deuxième fois ; laissant les vêtements sur le lit, il se précipita pour aller ouvrir.

– J'espère que je ne te dérange pas, lui dit-elle avec un sourire.

Elle portait des lunettes de soleil, qu'elle retira en entrant dans l'appartement. Pour la première fois, Eddie s'aperçut de son âge aux pattes d'oie qu'elle avait au coin des yeux. La veille, elle avait trop

82

bu – cinq verres d'alcool, de n'importe quel alcool, c'était beaucoup pour elle.

A l'étonnement d'Eddie, elle se dirigea tout de suite vers les photos de Thomas et Timothy qu'elle avait apportées à l'appartement, et se mit en devoir de lui expliquer pourquoi elle les avait choisies. Elles représentaient les garçons lorsqu'ils avaient à peu près l'âge d'Eddie, ce qui voulait dire peu avant leur mort. Elle avait pensé qu'il trouverait les images de garçons de son âge familières, voire accueillantes, dans ces circonstances qui risquaient de l'être beaucoup moins. Elle s'était fait du souci pour lui, longtemps avant son arrivée, car elle savait qu'il n'aurait pas grand-chose à faire. Or elle ne croyait guère que cela lui faciliterait l'existence ; elle craignait qu'il n'ait aucune compagnie.

– A part la plus jeune des nounous de Ruth, qui aurais-tu pu rencontrer ? lui demanda-t-elle. A moins d'être particulièrement liant. Thomas était liant. Timothy, non – il était plus porté à l'introspection, comme toi. Physiquement, tu ressembles plus à Thomas, mais, comme caractère, tu me fais davantage penser à Timothy.

– Ah ! dit Eddie.

Il était stupéfait qu'elle ait pensé à lui avant même qu'il n'arrive.

La visite guidée des photos continua. On aurait cru que la « caravane » était une pièce dérobée dans les appartements d'amis de la maison, et qu'Eddie et Marion n'avaient pas encore achevé leur soirée ensemble ; qu'ils étaient simplement passés dans une autre pièce, voir d'autres photos. Ils traînèrent ainsi dans la cuisine de la « caravane » – Marion intarissable – et revinrent dans la chambre, où elle continua ses discours, désignant du doigt la photographie de Thomas et Timothy accrochée à la tête du lit.

Eddie reconnut sans mal un point de repère familier du campus d'Exeter. Les jeunes disparus posaient devant la grande porte du bâtiment principal, où, sous le triangle de la façade, on pouvait lire une inscription en latin. Ciselée dans le marbre blanc, lui-même mis en valeur par la masse de brique de l'édifice et la porte vert sapin à doubles battants, s'étalait cette leçon d'humilité :

HOC VENITE PVERI
VT VIRI SITIS

(Le u de *pueri* et de *ut* écrit v, comme il se doit.) On voyait là Thomas et Timothy, en veste et cravate du collège, l'année de leur mort. A dix-sept ans, Thomas avait presque l'air d'un homme, et Timothy, qui en avait quinze, paraissait encore très enfant. Cette porte monumentale contre laquelle ils se découpaient était le fond le plus souvent choisi par les parents fiers de leur exonienne progéniture. Eddie se demanda combien de jeunes corps et de jeunes esprits encore à former étaient passés par cette porte, sous cette invite sévère, rébarbative.

APPROCHEZ JEUNES GENS
POUR DEVENIR DES HOMMES

Mais Thomas et Timothy n'avaient pas connu cette issue. Eddie s'aperçut que Marion venait de marquer un temps dans son commentaire des photos ; ses yeux étaient tombés sur le cardigan en cachemire rose, qui s'étalait sur le lit (en compagnie du soutien-gorge et du slip mauve).

– Seigneur ! Du rose avec du mauve... !

– J'avais pas pensé aux couleurs, avoua Eddie, j'aimais bien la... dentelle.

Mais ses yeux le trahirent ; il regardait le décolleté du caraco, et il ne se rappelait pas le mot. C'est « corbeille » qui lui venait à l'esprit, mais il savait que ce n'était pas le bon.

– Le décolleté ? souffla Marion.

– Oui, murmura Eddie.

Marion quitta le lit des yeux et considéra l'image de ses fils heureux : *Hoc venite pueri* (Approchez jeunes gens) *ut viri sitis* (pour devenir des hommes). Eddie avait souffert toute sa deuxième année de latin. La sombre perspective d'une troisième année de cette langue morte se profilait pour lui. Il songea à la vieille plaisanterie qu'on faisait à Exeter, une traduction plus appropriée serait « Approchez et vous serez épuisés », mais Marion ne semblait pas d'humeur à rire, il le sentait bien.

Les yeux sur la photo de ses garçons au seuil de l'âge d'homme, elle lui dit : « Je ne sais même pas s'ils ont fait l'amour avant de mourir. » Eddie, qui se rappelait la photo de Thomas en train d'embrasser une fille dans l'annuaire de 1953, aurait dit que oui. « Thomas,

84

peut-être, reprit Marion, il avait un tel... succès. Mais Timothy, sûrement pas. Il était tellement timide. Et puis, il n'avait que quinze ans... » Sa voix se perdit et son regard revint sur le lit, où son cardigan qui jurait avec sa lingerie lui avait déjà attiré l'œil.

– Et toi, Eddie, tu as déjà fait l'amour ? lui demanda-t-elle brusquement.

– Non, oh non ! lui répondit-il.

Elle lui sourit d'un air de pitié. Il essaya de ne pas paraître aussi lamentable et aussi peu fait pour inspirer l'amour qu'il croyait l'être.

– Une fille qui mourrait avant d'avoir fait l'amour, moi, je dirais qu'elle a de la chance. Mais un garçon, mon Dieu..., vous ne pensez qu'à ça, vous autres, les hommes et les garçons. Ce n'est pas vrai ? Vous rêvez d'autre chose ?

– Si, c'est vrai, répondit l'adolescent avec désespoir.

Debout au bord du lit, Marion ramassa le caraco au décolleté vertigineux ; elle prit le slip assorti, aussi, mais elle poussa le cardigan à l'autre bout du lit. « Il fait trop chaud, dit-elle à Eddie. J'espère que tu ne m'en voudras pas de ne pas mettre le lainage. »

Il restait planté là, pétrifié, le cœur battant la chamade, tandis qu'elle se mettait à déboutonner son chemisier. « Ferme les yeux, Eddie », dut-elle lui dire. Les yeux fermés, il avait peur de s'évanouir. Il se sentait partir d'un côté, puis de l'autre ; c'était tout ce qu'il pouvait faire pour ne pas bouger les pieds. « C'est bon », l'entendit-il dire. Elle était allongée sur le lit, en slip et caraco. « A mon tour de fermer les yeux », lui dit-elle.

Il se déshabilla gauchement – il lui fallait la regarder sans cesse. Lorsqu'elle sentit son poids sur le lit auprès d'elle, elle se retourna pour lui faire face. Quand ils se regardèrent dans les yeux, Eddie eut un coup au cœur. Il lisait dans son sourire plus de sentiment maternel qu'il n'aurait oser espérer y trouver.

Il ne la toucha pas, mais quand il commença à se toucher, elle le prit par la nuque et lui enfonça le visage entre ses seins, où il n'avait même pas osé regarder. De l'autre main, elle lui saisit la main droite et la plaça là où elle l'avait vu la mettre la première fois – au bas de sa culotte. Il se sentit exploser dans la paume de sa main gauche, si vite et si fort qu'il tressaillit contre elle ; quant à elle, de surprise, elle tressaillit en retour. « Oh là là ! Déjà ! » s'écria-t-elle. Sa main plaquée contre lui, Eddie se précipita dans la salle de bains pour ne rien salir.

Après s'être lavé, il revint dans la chambre où il la trouva allongée sur le flanc, presque dans la position où il l'avait laissée. Il hésita avant de se recoucher auprès d'elle. Mais, sans se lever ni le regarder, elle lui enjoignit : « Approche. »

Ils demeurèrent allongés, les yeux dans les yeux, pendant un temps qui parut infini à Eddie – en tout cas, il aurait voulu que ça ne finisse jamais. Toute sa vie il considérerait cet instant comme l'essence même de l'amour. L'amour, c'était ne rien vouloir de plus, ne pas chercher à ce que les gens fassent autre chose que ce qu'ils venaient d'accomplir ; c'était ce sentiment de plénitude.

– Tu as fait du latin ? lui chuchota Marion.

– Oui, répondit-il sur le même ton.

Elle leva les yeux pour désigner la photographie de ce cap important, que ses fils n'avaient pas doublé.

– Dis-le en latin pour moi…, chuchota-t-elle.

– *Hoc venite pueri*, commença-t-il tout bas.

– Approchez jeune gens…

– *Ut viri sitis*, conclut Eddie.

Marion lui avait pris la main pour la replacer entre ses cuisses.

– Pour devenir des hommes, chuchota-t-elle.

De nouveau, elle lui saisit la nuque et lui enfouit le visage entre ses seins.

– Mais tu n'as toujours pas fait l'amour ? lui demanda-t-elle. Pas jusqu'au bout.

Eddie ferma les yeux dans l'odeur délicieuse de sa poitrine.

– Non, non, pas jusqu'au bout, reconnut-il ; il s'inquiétait parce qu'il n'aurait pas voulu avoir l'air de se plaindre. Mais je suis très très heureux comme ça. Rien ne me manque.

– Je vais te faire voir ce qui te manque vraiment, lui dit Marion.

Le pion

Au sommet de la puissance sexuelle, un garçon de seize ans est capable de faire et refaire l'acte un nombre de fois stupéfiant au cours d'un laps de temps que Marion, avec ses trente-neuf ans, considérait comme remarquablement court. « Oh là là ! s'exclamait-elle devant l'évidence perpétuelle, quasi constante de ses érections. Tu n'as pas besoin de… de récupérer ? » Mais Eddie n'avait pas besoin de récupérer ; paradoxalement, il était vite satisfait, et jamais rassasié.

Marion ne se rappelait pas avoir été aussi heureuse depuis la mort de ses fils. D'abord, elle était épuisée. Cela faisait des années qu'elle n'avait pas dormi d'un sommeil aussi profond. Ensuite, elle ne se donnait aucun mal pour cacher sa nouvelle vie à Ted. « Il n'oserait pas me faire de remarques », dit-elle à Eddie, pas très sûr pour autant que Ted ne se permettrait pas de lui en faire, à lui.

Le pauvre Eddie était anxieux, on le comprend, devant la façon dont leur affriolante liaison s'étalait au grand jour. Ainsi, chaque fois que leurs ébats laissaient des traces sur les draps, à la « caravane », c'était lui qui se montrait partisan de faire la lessive – pour éviter que Ted ne voie les taches révélatrices. Mais Marion disait toujours : « Qu'il se demande si c'est moi ou Mrs Vaughn. » (Lorsqu'il y avait des taches sur le lit chez les Cole, où ce ne pouvait pas être Mrs Vaughn, il avait droit à la variante plus appropriée : « Qu'il se pose des questions. »)

Quant à Mrs Vaughn, qu'elle sût ou non la vigueur des corps à corps entre Marion et Eddie, sa relation moins flamboyante avec Ted avait changé. Elle, naguère allégorie de l'inquiétude, du temps où elle jetait des regards furtifs dans l'allée du garage, avec des gestes hésitants et impulsifs à la fois, pour descendre de voiture et y remonter, venait désormais poser avec la résignation d'un chien qu'on fouette. Lorsqu'elle quittait la salle de travail de Ted, elle remontait en voiture en tenant tout juste sur ses jambes, avec une indifférence donnant à penser qu'elle avait abdiqué tout amour-propre ; on aurait dit que la pose du jour l'avait défaite. Il était clair qu'elle avait passé la phase de dégradation, comme disait Marion, pour entrer dans la phase ultime de la honte.

Ted ne lui avait jamais rendu visite plus de trois fois par semaine dans sa résidence d'été de Southampton. Mais, à présent, ses visites s'espaçaient, et s'écourtaient de manière sensible. Eddie le savait pour lui servir de chauffeur. Mr Vaughn, lui, passait la semaine à New York. Ted connaissait le sommet de son bonheur dans les mois d'été, aux Hamptons, où tant de jeunes mères se retrouvaient esseulées, leurs maris restés en ville. Il préférait les New-Yorkaises aux femmes qui vivaient là à demeure. Marion pensait que, selon le goût de Ted, les vacancières restaient sur Long Island juste la « durée idéale » pour une liaison.

La formule inquiéta Eddie. Il se demandait quelle idée d'une « durée idéale » Marion se faisait pour sa liaison avec lui. Il n'osa pas lui poser la question.

Pour Ted, les jeunes mères qui vivaient sur place hors saison posaient plus de problèmes au moment de la rupture ; après la liaison, toutes n'avaient pas la bonne grâce de la femme du poissonnier, en qui Eddie n'avait vu jusque-là qu'une fidèle pourvoyeuse d'encre de seiche. A la fin de l'été, Mrs Vaughn réintégrerait Manhattan – où elle pourrait s'effondrer à quelque cent cinquante kilomètres de Ted. Le fait que la résidence des Vaughn fût sise sur Gin Lane, à Southampton, ne manquait pas de sel, quand on connaissait le penchant du dessinateur pour le gin et les quartiers chic.

– Je ne suis jamais obligé de l'attendre, observa Eddie. Je le trouve le plus souvent en train de marcher le long de la route à l'heure où j'arrive pour le chercher. Mais je me demande bien ce qu'elle fait de son gosse.

– Il prend sûrement des cours de tennis, avait fait remarquer Marion.

Mais ces derniers temps, les escapades de Ted avec Mrs Vaughn ne duraient pas plus d'une heure.

– Et la semaine dernière, je ne l'y ai déposé qu'une seule fois, rapporta Eddie à Marion.

– Il en a presque fini avec elle, dit Marion. Je le devine toujours.

Eddie supposait que Mrs Vaughn vivait dans une belle demeure, même si la propriété, du côté océan de l'avenue, était dérobée aux regards par des haies vertigineuses. Dans l'allée du garage qui se cachait elle aussi, les graviers minuscules étaient ratissés de frais. Ted disait toujours à Eddie de le déposer à l'entrée de cette allée. Peut-être aimait-il la sensation de se rendre à un rendez-vous galant en foulant un gravier aussi dispendieux.

Comparé à Ted, Eddie n'était qu'un séducteur en herbe, un bleu, mais pourtant il avait vite appris que l'attente du plaisir est presque aussi excitante que le plaisir lui-même. Ted, lui, préférait même l'attente, selon Marion... Lorsqu'il était dans les bras de la jeune femme, Eddie, avec ses seize ans, trouvait cette éventualité inimaginable.

Ils faisaient l'amour dans la « caravane » tous les matins ; et quand c'était le tour de Marion d'y passer la nuit, Eddie restait jusqu'à l'aube. Ils se fichaient que la Mercedes et la Chevy soient garées toutes deux devant le garage, au vu et au su de tout le monde. Ils se fichaient qu'on les voie dîner ensemble au même restaurant d'East Hampton tous les soirs. Marion prenait un plaisir non déguisé à voir Eddie manger. Elle aimait aussi toucher son visage, ses mains, ses cheveux, même si on les regardait. Elle alla même avec lui chez le coiffeur pour lui indiquer où couper et quand arrêter de couper. Elle s'occupait de son linge sale. En août elle se mit à lui acheter des vêtements.

Certains moments, quand il dormait, l'expression d'Eddie lui rappelait tellement une de celles de Thomas ou de Timothy qu'elle le réveillait et le traînait tout somnolent devant la photo précise, simplement pour lui montrer comment il venait de lui apparaître. Car qui peut décrire l'expression qui déclenche le souvenir des êtres chers qui nous ont quittés ? Qui peut prévoir le froncement de sourcils, le sourire, la mèche folle où l'on reconnaît sans hésiter le message ailé du passé ? Qui pourra jamais évaluer le pouvoir des associations d'idées, toujours plus intense au moment de l'amour, et dans le souvenir des morts ?

C'était plus fort qu'elle. Dans ce qu'elle faisait pour Eddie, elle pensait à ce qu'elle avait fait pour Thomas et Timothy ; elle pourvoyait en outre à ses plaisirs qu'elle pensait être restés inconnus d'eux. Pour éphémère que ce fût, Eddie O'Hare venait de ramener ses fils à la vie.

Marion avait beau n'avoir cure que Ted soit au courant de sa liaison avec Eddie, son silence sur le chapitre la sidérait – car il devait sûrement savoir. Il était tout aussi aimable qu'au début avec Eddie, et, depuis quelque temps, il cultivait même sa compagnie.

Muni d'un grand carton de dessins vaguement mis en liasse, il lui avait demandé de le conduire à New York. Comme il y avait cent cinquante kilomètres, ils avaient pris la Mercedes. Ted avait mené Eddie à sa galerie d'art, qui se trouvait à l'angle de Thompson Street et de Broome Street, à moins que ce ne fût dans Broome Street, près de Thompson Avenue – il avait oublié. Après avoir livré les dessins,

Ted l'avait emmené déjeuner dans un endroit où il emmenait autrefois les garçons. Thomas et Timothy s'y plaisaient bien, expliqua-t-il à Eddie. Lui aussi s'y plut, même s'il se sentit mal à l'aise lorsque Ted lui dit, sur le chemin du retour, qu'il le remerciait d'être en si bons termes avec Marion. Elle qui avait été si malheureuse, c'était merveilleux de la revoir sourire.

– Il a dit ça ? demanda Marion.

– Textuellement.

– C'est vraiment bizarre. J'aurais cru qu'il allait faire des sous-entendus.

Mais Eddie ne détectait jamais le moindre sous-entendu chez Ted. Ce dernier avait bien fait une allusion à sa « forme physique », mais il aurait été incapable de dire si la remarque supposait que Ted était au courant du sport en chambre qu'il pratiquait de jour comme de nuit avec Marion.

Dans sa salle de travail, auprès du téléphone, Ted avait affiché une liste d'une demi-douzaine de noms, ceux de ses partenaires de squash habituels – aux dires de Marion, les seuls hommes qu'il fréquentât. Un après-midi, après que l'un d'entre eux avait annulé un match, Ted demanda à Eddie de jouer. Eddie lui avait déjà fait part de son nouvel attrait pour le jeu, sans lui cacher qu'il n'avait même pas le niveau d'un débutant.

La grange qui jouxtait la maison des Cole avait été restaurée ; au-dessus de ce qui tenait lieu de garage à leurs deux voitures, le grenier avait été aménagé selon les instructions de Ted en salle de squash presque réglementaire. Ted prétendait que les règles de construction de la ville l'avaient empêché de surélever le toit de la grange – de sorte que le plafond de la salle de squash était plus bas que la norme ; d'autre part, les lucarnes ouvertes sur l'océan donnaient à l'un des murs une forme irrégulière, et une surface de jeu sensiblement plus réduite que celle du mur d'en face. La forme et les dimensions singulières qui résultaient de ces conditions donnaient à Ted un avantage incontestable lorsqu'il jouait à domicile.

En réalité, il n'y avait pas de règle de construction contraignante qui lui ait interdit de surélever le toit ; en revanche, il avait économisé une somme coquette, et l'excentricité de sa salle de squash sur mesure lui avait plu. Parmi les joueurs du coin, il était considéré comme imbattable dans sa drôle de grange, véritable étouffoir privé d'air en été, glacière intenable en hiver, puisqu'elle n'était pas chauffée – la balle y avait alors à peu près autant de rebond qu'une pierre.

Lors de leur seul et unique match, Ted mit Eddie en garde contre les particularités du court ; mais comme Eddie n'avait jamais joué qu'une fois auparavant, ce court-là ne présentait pas plus de difficultés qu'un autre. Ted le fit courir d'un coin à l'autre, tout en conservant sa propre position au centre du T ; il n'eut ainsi jamais à faire plus d'un demi-pas dans une direction quelconque. Eddie, suant et soufflant, ne réussit pas à marquer un point, alors que Ted n'avait même pas le sang aux joues.

– M'est avis qu'on n'aura pas besoin de vous bercer ce soir, lui dit-il après qu'ils eurent joué cinq jeux. D'ailleurs, vous avez peut-être du sommeil en retard.

Il donna une tape sur les fesses de l'adolescent du bout de sa raquette. Impossible de dire s'il avait mis ou non des sous-entendus dans sa phrase, rapporta Eddie à Marion, qui ne sut plus que penser de l'attitude de son mari.

Elle était plus préoccupée par Ruth. Cet été 1958, le sommeil de l'enfant s'était fait capricieux. Elle dormait souvent d'une traite, si profondément qu'on la retrouvait le matin dans la position même où elle s'était endormie, et toujours impeccablement bordée. D'autres nuits, elle se retournait comme une carpe. Elle se couchait en travers sur la couchette inférieure de son lit gigogne, et ses pieds finissaient par passer entre les barreaux ; alors elle se réveillait en pleurant pour qu'on la délivrât. Pis encore, parfois, ses pieds coincés entraient dans son cauchemar ; elle se réveillait, fermement convaincue qu'un monstre l'avait attaquée et la coinçait entre ses griffes. Alors, non seulement elle pleurait pour qu'on la dégageât des barreaux, mais il fallait la porter dans la chambre des parents, où elle se rendormait en pleurant dans le grand lit, avec Marion, ou avec Ted.

Ted avait bien essayé de retirer les barreaux, mais alors Ruth tombait ; et s'il y avait une carpette pour amortir la chute, l'enfant se trouvait tout de même désorientée, et, une fois, elle s'égara dans le couloir. D'ailleurs, avec ou sans barreaux, elle faisait des cauchemars. Bref, si Eddie et Marion n'avaient pas envie d'être interrompus dans leurs ébats, ils ne pouvaient guère tenir pour acquis que la petite dormirait d'une traite. Elle pouvait toujours se réveiller en hurlant, ou apparaître sans bruit au chevet de sa mère, de sorte qu'il devenait hasardeux de faire l'amour dans la chambre des parents, et pour Eddie de s'y endormir, lorsqu'il voguait vers le paradis dans les bras de Marion. Mais quand ils faisaient l'amour dans la chambre d'Eddie, qui était fort loin de celle de Ruth, Marion craignait de ne pas entendre sa fille appeler ou pleurer, ou encore qu'elle entre dans la chambre des parents, la trouve vide et prenne peur.

Alors, quand ils couchaient ensemble dans la chambre d'Eddie, ils se relayaient pour aller tendre l'oreille dans le hall. Et lorsqu'ils se trouvaient dans le lit de Marion, dès qu'il entendait le frottement des petits pieds sur le sol de la salle de bains, Eddie s'en éjectait d'un bond. Une fois, il avait dû rester allongé nu de l'autre côté du lit pendant une demi-heure, jusqu'à ce que Ruth finisse par s'endormir auprès de sa mère. Après quoi, il était sorti à quatre pattes. A l'instant où il allait ouvrir la porte du couloir pour retourner dans sa chambre à pas de loup, Marion lui chuchota : « Bonne nuit, Eddie. » Et il faut croire que l'enfant ne dormait que d'un œil, car elle murmura en écho, d'une voix somnolente : « Bonne nuit, Eddie. »

Dans ces circonstances, il était inévitable qu'une nuit Marion et Eddie n'entendissent ni l'un ni l'autre les petits pas approcher. C'est pourquoi, la nuit où Ruth parut avec la serviette parce qu'elle pensait, à l'entendre, que sa mère était en train de vomir, Marion n'en fut pas surprise. Et comme elle était en train de se faire prendre par-derrière et qu'elle avait les seins dans les mains d'Eddie, elle ne pouvait pas faire grand-chose ; elle parvint tout de même à s'empêcher de gémir.

En revanche, Eddie réagit à l'apparition inopinée de Ruth par une acrobatie fulgurante mais inepte. Il se retira si brusquement que Marion se sentit vide et abandonnée, les hanches ondulant encore. Eddie, après un vol plané éclair vers l'arrière, demeura un instant en suspension ; comme il n'était pas parvenu à éviter la lampe de chevet, il se retrouva avec l'objet en morceaux sur la carpette, où son effort spontané mais inutile pour masquer ses parties honteuses avec l'abat-jour offrit du moins à Marion un bref instant de cocasserie.

Malgré les hurlements de sa fille, elle comprit que le traumatisme serait plus durable pour Eddie que pour Ruth. C'est pourquoi elle déclara avec une nonchalance apparente : « Ne hurle pas, mon poussin, c'est Eddie et moi, c'est tout. Retourne te coucher. »

A la grande surprise d'Eddie, la petite avait sagement obtempéré.

Lorsqu'il s'était remis au lit avec Marion, elle avait murmuré, comme pour elle-même : « Bon, ça n'a pas été aussi terrible qu'on aurait pu croire ; au moins, on n'aura plus besoin de s'en faire pour ça. » Sur quoi, elle s'était retournée pour offrir son dos à Eddie, les épaules agitées de secousses, mais sans pleurer, ou alors, des pleurs tout intérieurs. Malgré tout, elle ne réagit pas à ses caresses ni à ses mots tendres, et il eut la sagesse de la laisser tranquille.

Cet épisode permit de savoir où on en était avec Ted. Avec une hypocrisie sans faille, il choisit le moment où Eddie le conduisait à Southampton chez Mrs Vaughn. « Je présume que c'était la faute de Marion, commença-t-il, mais ça n'en est pas moins une faute, de votre part à tous deux – de laisser Ruth vous voir ensemble. » Eddie ne répondit pas.

– Ne le prenez pas comme une menace, Eddie, reprit Ted, mais il faut bien que je vous dise que vous pourriez être appelé à témoigner.

– Comment ça, témoigner ? dit l'adolescent.

– Pour le cas où il y aurait litige sur la garde, pour savoir lequel de nous deux est le mieux habilité à l'avoir, répondit Ted. Moi, je ne laisserais jamais un enfant me voir avec une autre femme, alors que Marion n'a fait aucun effort pour empêcher Ruth de voir… ce qu'elle a vu. Et si vous deviez être appelé à témoigner sur ce qui s'est passé, je compte que vous ne mentiriez pas, au tribunal du moins.

Mais Eddie garda le silence.

– Si j'ai bien compris, vous la preniez par-derrière – attention, je n'ai rien contre cette position, ni aucune autre d'ailleurs, pour ma part, ajouta-t-il promptement, mais pour un enfant, je suppose que le voir faire à la chien, comme ça, doit paraître particulièrement bestial.

Eddie imagina une seconde que Marion ait pu parler à Ted ; puis il s'aperçut avec désarroi que Ted avait parlé à Ruth.

Marion, elle, en conclut que Ted posait des questions à sa fille depuis le début : avait-elle vu Eddie et sa mère ensemble ? Et si oui, ils faisaient comment ? Soudain, tout s'éclaira pour Marion.

– Mais alors, c'est pour ça qu'il t'a engagé ! s'écria-t-elle.

Il savait qu'elle voudrait le prendre pour amant, et qu'il ne pourrait jamais lui résister. Mais s'il croyait bien la connaître, il se trompait ; il ne la connaissait pas assez bien pour comprendre qu'elle ne lui contesterait jamais la garde de Ruth. Marion savait depuis toujours que Ruth était perdue pour elle. Elle n'avait jamais voulu cette enfant.

Elle se sentit insultée que Ted ne l'estime pas assez pour comprendre que jamais, au grand jamais, ni au tribunal, ni même ailleurs, elle n'irait prétendre que la petite n'était pas mieux avec son traître, son infidèle de père. Oui, Ted lui-même s'y prendrait mieux avec la petite que Marion, c'est du moins ce qu'elle pensait.

– Je vais te dire ce qu'on va faire, Eddie, lui expliqua-t-elle. Ne t'en fais pas. Ted ne va pas te citer comme témoin, nous n'irons pas au tribunal. J'en sais bien plus long sur lui qu'il n'en sait sur moi.

Durant trois jours qui leur parurent une éternité, ils ne purent pas faire l'amour parce que Marion avait une infection – qui rendait les rapports douloureux. Elle se coucha pourtant le long d'Eddie, et lui tint le visage contre ses seins pendant qu'il se masturbait à cœur joie. Elle lui demanda pour le taquiner s'il n'aimait pas cela autant, voire plus, que de faire l'amour avec elle. Comme il niait, elle le taquina un peu plus. Elle doutait sincèrement que les femmes qu'il connaîtrait dans sa vie aient pour ce penchant la même indulgence qu'elle. Elle trouvait la chose plutôt attendrissante, quant à elle.

Mais Eddie protesta : il n'arrivait pas à imaginer qu'il puisse jamais s'intéresser à d'autres femmes.

– D'autres femmes s'intéresseront à toi, répliqua Marion. Elles ne se sentiront pas forcément assez sûres d'elles pour te laisser te masturber au lieu de leur faire l'amour. Ce que je t'en dis, c'est dans ton intérêt. Les filles de ton âge trouveront ça égoïste de ta part.

– Je ne m'intéresserai jamais aux filles de mon âge, déclara Eddie O'Hare, avec dans la voix une profonde tristesse que Marion s'était mise à aimer.

Cette déclaration qui lui valut d'autres taquineries, il allait y être fidèle : il ne s'intéressa jamais à une femme de son âge (en quoi Marion ne lui avait pas forcément rendu un mauvais service.)

– Il suffit que tu me fasses confiance, Eddie, lui dit-elle. Il ne faut pas avoir peur de Ted. Je sais exactement ce que nous allons faire.

– D'accord, répondit-il.

Il était couché, le visage enfoui dans ses seins, sachant que leur liaison tirait à sa fin, car comment en aurait-il été autrement ? Dans moins d'un mois, il serait de retour à Exeter, et même un garçon de seize ans n'est pas assez fou pour croire qu'il peut entretenir une maîtresse de trente-neuf sans contrevenir au règlement de l'université.

– Ted croit que tu es un pion dans son jeu, Eddie. Mais tu es un pion dans mon jeu, à moi.

– D'accord, répondit l'adolescent, mais il ne savait pas encore à quel point il était un pion dans cette guerre conjugale de vingt-deux ans, qui venait d'atteindre son paroxysme.

L'œil droit de Ruth

Pour un pion, Eddie posait beaucoup de questions. Lorsque Marion fut remise et put de nouveau faire l'amour, il lui demanda quel genre d'infection elle avait eu.

« Une infection urinaire », lui répondit-elle. Elle était restée plus mère qu'elle ne l'aurait cru. De peur de le traumatiser, elle voulait lui épargner la vérité, à savoir que cette infection avait été causée par ses assiduités.

Ils venaient de finir de faire l'amour dans la position préférée de Marion. Elle aimait s'asseoir sur Eddie, le « chevaucher », comme elle disait, parce qu'elle avait plaisir à voir son visage. Ce n'était pas seulement parce qu'elle avait plaisir à se laisser habiter par ses expressions, qui lui rappelaient si souvent celles de Thomas et de Timothy, mais aussi parce qu'elle s'était engagée dans le processus du renoncement à ce garçon, qui la touchait plus profondément qu'elle ne l'aurait cru possible.

Elle savait certes à quel point elle le touchait, et cela l'inquiétait. Mais en le regardant, en faisant l'amour avec lui, et tout particulièrement en le regardant lorsqu'ils faisaient l'amour, elle s'imaginait voir sa vie sexuelle, si ardemment quoique si brièvement ranimée, toucher à son terme.

Elle n'avait pas précisé à Eddie qu'avant lui elle n'avait fait l'amour qu'avec Ted. Elle n'avait pas davantage cru bon de lui dire que, depuis la mort de ses fils, elle n'avait fait l'amour avec lui qu'une fois, et que cette fois unique – tout à l'initiative de Ted – avait pour seul but de la mettre enceinte. (Elle ne voulait pas de cet enfant, pourtant, mais dans son désespoir elle n'avait pas eu la force de résister.) Et depuis la naissance de Ruth, elle n'avait jamais été tentée d'avoir des rapports. Avec Eddie, ce qui avait commencé comme une faveur accordée à un garçon timide – qui lui rappelait beaucoup ses fils – s'était épanoui, transformé en une relation très enrichissante pour elle. Mais si l'excitation et la satisfaction qu'elle en avait tirées l'étonnaient, le plaisir que le garçon lui donnait ne l'avait nullement persuadée de changer ses plans.

Elle ne quittait pas seulement Ted et Ruth. En disant adieu à Eddie O'Hare, elle disait aussi adieu à toute vie sexuelle. Oui, elle en était là, à dire adieu au sexe alors qu'elle y prenait plaisir pour la première fois de sa vie.

Si Marion et Eddie étaient de la même taille en cet été 1958, elle se rendait compte qu'elle pesait plus que lui : il était d'une maigreur effarante. Quant elle était sur lui, qu'elle pesait sur lui, elle avait l'impression qu'elle concentrait son poids et sa force dans ses hanches. Lorsqu'elle le bloquait sous elle, elle avait parfois le sentiment que c'était elle qui le pénétrait. De fait, le mouvement de ses hanches était le seul entre eux – Eddie n'aurait pas eu la force de la soulever. Il y avait un instant où elle avait la sensation non seulement d'entrer dans le corps du garçon, mais même, c'était une quasi-certitude, de le paralyser.

Au moment où sa respiration lui disait qu'il allait jouir, elle se laissait tomber de tout son poids sur sa poitrine en s'accrochant à ses épaules, et elle le faisait passer sur elle parce qu'elle ne supportait pas de voir se transformer l'expression de son visage quand il jouissait. On y lisait une émotion qui se rapprochait trop de l'anticipation de la douleur. Elle supportait à peine de l'entendre geindre – et il geignait chaque fois. On aurait dit un enfant qui pleure dans son demi-sommeil avant de retomber profondément endormi. C'était, de toute sa relation avec Eddie, la seule fraction de seconde qui lui inspirait un doute. Lorsque le jeune homme poussait ce gémissement infantile, elle se sentait coupable.

Après l'amour, il s'allongea sur le flanc, la tête contre ses seins, et elle passa les doigts dans sa chevelure. Même dans ces moments-là, elle ne pouvait pas s'empêcher d'évaluer sa coupe de cheveux de façon critique – elle prit note en pensée de dire au coiffeur d'en enlever un peu moins sur la nuque la prochaine fois. Puis, elle révisa sa note. L'été tirait à sa fin : il n'y aurait pas de prochaine fois.

C'est alors qu'Eddie posa la deuxième question de la nuit : « Parle-

96

moi de l'accident, demanda-t-il. Je veux dire, tu sais comment ça s'est passé ? C'était de la faute de quelqu'un ? »

Une seconde auparavant, il avait pu sentir le cœur de Marion battre dans sa poitrine, tout contre sa tempe à lui. Maintenant, il avait l'impression que ce cœur avait cessé de palpiter. Lorsqu'il leva la tête pour regarder son visage, elle lui tournait déjà le dos. Cette fois, ses épaules ne tressautèrent pas ; elle avait la colonne vertébrale bien droite, le dos rigide, les épaules d'équerre. Il fit le tour du lit, s'agenouilla à son chevet et la regarda dans les yeux, des yeux bien ouverts, et lointains ; ses lèvres, dans son sommeil pleines et entrouvertes, étaient minces et serrées.

« Pardon, murmura-t-il. Je ne te le demanderai plus jamais. » Mais Marion demeura telle quelle – son visage un masque, son corps une pierre.

« Maman », appela Ruth. Mais Marion ne l'entendit pas ; elle ne cilla même pas. Eddie se figea. Il attendit le petit pas de l'enfant sur le sol de la salle de bains. L'enfant restait dans son lit. « Maman ? » appela-t-elle de nouveau, mais avec moins de conviction, une note d'inquiétude dans la voix. Sans se rhabiller, Eddie traversa la salle de bains à pas de loup, et se ceignit d'une serviette – plus appropriée qu'un abat-jour. Puis, en faisant le moins de bruit possible, il recula vers le couloir.

– Eddie, appela l'enfant dans un souffle.

– Oui, répondit le jeune homme, résigné.

Il serra la serviette autour de ses reins et gagna pieds nus la chambre de la petite. Il se disait que si elle voyait sa mère dans l'état où elle était, comme soudain tombée en catatonie, elle n'en aurait que plus peur.

Ruth était assise immobile dans son lit lorsque Eddie entra dans sa chambre.

– Où elle est, maman ? lui demanda-t-elle.

– Elle dort, mentit le jeune homme.

– Ah bon, dit la fillette. D'un regard, elle désigna la serviette qu'il s'était drapée autour des reins : T'as pris un bain ?

– Oui, mentit-il de nouveau.

– Ah bon, dit Ruth. De quoi j'ai rêvé ?

– Comment ça, de quoi tu as rêvé ? répéta-t-il stupidement. Ben, je sais pas. C'est pas moi qui l'ai fait, ton rêve. Alors, qu'est-ce que tu as rêvé ?

– Dis-le-moi, intima l'enfant.

– Mais c'est ton rêve à toi, lui fit-il remarquer.

– Ah oui.

– Tu veux un verre d'eau ?

– D'acc, répondit-elle.

Elle attendit qu'il ait fait couler l'eau pour qu'elle soit fraîche, et qu'il la lui apportât dans une tasse. En lui rendant la tasse, elle lui demanda :

– Où ils sont les pieds ?

– Sur la photo, ils n'ont pas bougé.

– Mais où qu'ils étaient passés ?

– Nulle part, lui assura-t-il Tu veux les voir ?

– Oui, répondit la petite fille.

Elle lui tendit les bras pour qu'il la portât, et il la souleva de son lit.

Tous deux naviguèrent à travers le couloir obscur ; tous deux perçurent l'infinie variété des expressions sur les visages des garçons morts, dont les photos étaient, Dieu merci, plongées dans la pénombre. Tout au bout du couloir, la lampe de chevet d'Eddie brillait comme un phare. Il emporta Ruth dans la salle de bains, où, sans parler, ils regardèrent la photo de Marion à l'Hôtel du Quai Voltaire.

Puis, Ruth dit :

– C'était le matin de bonne heure. Maman venait de se réveiller. Thomas et Timothy s'étaient glissés sous les couvertures. C'est papa qui a pris la photo, en France.

– A Paris, oui, dit le jeune homme. (Marion lui avait dit que l'hôtel donnait sur la Seine. C'était la première fois qu'elle allait à Paris, la seule fois que les garçons iraient.)

Ruth montra du doigt le pied nu le plus grand. « Thomas », dit-elle. Puis elle désigna le plus petit ; elle attendait qu'Eddie parlât.

– Timothy, devina-t-il.

– C'est ça. Mais qu'est-ce que tu leur avais fait, aux pieds ?

– Moi ? Rien.

– On aurait dit du papier, des petits bouts de papier, lui dit-elle.

Ses yeux fouillaient la pièce. Elle l'obligea à la poser par terre pour jeter un coup d'œil à la corbeille à papier. Mais la bonne était venue faire le ménage bien des fois depuis qu'Eddie avait retiré les petits bouts de papier. Enfin, l'enfant lui tendit les bras ; il la reprit.

– J'espère que ça arrivera plus, lui dit-elle.

– Peut-être que ça n'est jamais arrivé. Peut-être que ça n'était qu'un rêve.

– Non, répliqua l'enfant.

– Alors, c'est sûrement un mystère.

– Non, répéta Ruth. C'était du papier, deux petits bouts de papier.

Elle fixait la photo d'un œil sévère, comme pour la mettre au défi de se métamorphoser. Des années plus tard, Eddie O'Hare ne serait pas surpris que la romancière Ruth Cole ait choisi le réalisme.

Enfin, il demanda à la petite :

– Tu ne veux pas retourner au lit ?

– Si, mais emporte la photo.

Ils longèrent le couloir obscur, qui semblait plus sombre encore à présent – la faible loupiote de la salle de bains des parents ne jetait qu'une clarté des plus anémiques par la porte de la chambre de Ruth. Eddie emporta la petite contre sa poitrine. Il la trouvait lourde à porter d'un seul bras, puisque de l'autre main, il tenait la photo.

Il remit Ruth au lit, et cala la photo de Marion à Paris contre une commode. Elle faisait face à Ruth, mais l'enfant se plaignit qu'elle était trop loin du lit pour bien la voir. Il finit par la caler contre le tabouret, à la tête de son lit. Ruth en fut satisfaite. Elle se rendormit.

Avant de retourner dans sa chambre, Eddie alla jeter un coup d'œil sur Marion. Elle avait les yeux fermés, les lèvres entrouvertes dans son sommeil ; son corps avait perdu sa rigidité terrifiante. Elle n'avait qu'un drap sur les hanches, le reste de son corps découvert. La nuit était tiède, mais Eddie remonta le drap et lui couvrit les seins. Cela lui donna l'air un peu moins abandonné.

Il était si fatigué qu'il s'endormit avec la serviette autour des reins. Le matin, ce fut la voix de Marion qui l'éveilla – elle était en train de crier son nom – et il entendait Ruth pousser des pleurs hystériques. Il se précipita dans le couloir, toujours ceint de sa serviette, et trouva mère et fille dans la salle de bains, penchées sur un lavabo ensanglanté. Il y avait du sang partout, sur le pyjama de l'enfant, sur son visage, sur ses cheveux. La source en était une seule coupure profonde à l'index droit de la petite. Le coussinet de sa première phalange était entaillé jusqu'à l'os. La coupure était bien droite, et très mince.

– Elle dit que c'est du verre, mais il n'y a pas de verre dans la plaie. Mais quel verre, mon poussin ?

– C'est la photo, la photo, pleura l'enfant.

Pour s'efforcer de cacher la photo sous sa couchette, elle avait dû cogner le cadre contre les montants du lit, ou contre le tabouret. Le sous-verre était en miettes ; le cliché lui-même n'avait pas souffert, alors que le fond en carton était plein de sang.

« Quoi j'ai fait ? » ne cessait de demander l'enfant. Eddie la garda dans les bras tandis que sa mère s'habillait. Puis ce fut Marion qui la prit tandis qu'il s'habillait à son tour.

Ruth avait cessé de pleurer ; elle s'inquiétait désormais davantage de la photographie que de son doigt. Ils retirèrent la photo de son cadre brisé et de son carton taché de sang, et ils l'emportèrent avec eux, car Ruth ne voulait pas s'en séparer pour aller à l'hôpital. Marion s'employa à préparer sa fille aux points de suture, et à la piqûre, car il y en aurait au moins une ; en fait il y en aurait deux, avec celle de procaïne avant les points, plus celle contre le tétanos. Malgré sa profondeur, la coupure était si propre et si étroite que selon Marion il ne faudrait pas plus de deux ou trois points, et qu'il ne resterait pas de cicatrice visible.

– Qu'est-ce que c'est, une cicatrice ? demanda l'enfant. Je vais mourir ?

– Mais non, mais non, tu ne vas pas mourir, mon poussin, lui assura sa mère.

Puis la conversation s'engagea sur la réparation du sous-verre. Lorsqu'ils auraient fini à l'hôpital, ils déposeraient la photo chez un encadreur de Southampton. Ruth se remit à pleurer, parce qu'elle ne voulait pas l'abandonner à la boutique. Eddie lui expliqua qu'il faudrait un nouveau fond, un nouveau cadre, et un nouveau sous-verre.

– C'est quoi, un fond ?

Lorsque Marion lui fit voir le fond taché de sang, Ruth voulut savoir pourquoi la tache n'était pas rouge ; en effet, déjà sèche, elle avait viré au brun.

– Je vais virer au brun, moi aussi ? Je vais mourir ?

– Non, ma chérie, non tu ne vas pas virer au brun, ni mourir non plus.

Bien entendu, elle hurla à la vue des aiguilles, et elle hurla pour les points – deux seulement. Le docteur s'émerveilla de la rectitude parfaite de la blessure ; la pulpe du doigt avait été coupée en deux par le milieu ; un chirurgien qui l'aurait voulu aurait eu du mal à faire aussi bien avec son scalpel, tant le doigt était petit.

Après qu'ils eurent déposé la photo chez l'encadreur, Ruth resta sagement assise sur les genoux de sa mère. Eddie prit le volant pour rentrer à Sagaponack, les yeux plissés dans le soleil. Marion baissa le pare-soleil côté passager, mais Ruth était si petite qu'elle avait la lumière en plein dans l'œil, si bien qu'elle se tourna vers sa mère. Soudain, celle-ci se mit à la regarder fixement dans les yeux, dans l'œil droit, plus précisément.

– Qu'est-ce qui se passe ? demanda Eddie. Elle a quelque chose dans l'œil ?

– C'est rien.

L'enfant se blottit contre sa mère, qui l'abrita du soleil avec sa main. Épuisée d'avoir tant pleuré, elle s'endormit avant Sagaponack.

– Qu'est-ce que tu as vu ? demanda Eddie à Marion, dont le regard était sans conteste redevenu distant (mais pas aussi distant que la nuit précédente, lorsqu'il l'avait interrogée sur l'accident des garçons). Dis-le-moi.

Marion désigna du doigt le défaut qu'elle avait elle-même dans l'iris de l'œil droit, cet hexagone jaune qu'il avait souvent admiré ; il lui avait dit plus d'une fois combien il aimait ce minuscule éclat – cette façon qu'il avait, dans certaines lumières, sous des angles imprévisibles, de transformer son œil bleu en œil vert.

Ruth avait les yeux bruns, mais Marion avait vu dans son iris droit le même hexagone, exactement, jaune vif. Lorsque la petite cillait dans le soleil, on pouvait observer la propriété de cet hexagone qui nuançait d'ambre le brun de son œil droit.

Marion continua de serrer sa fille endormie contre sa poitrine ; d'une main, elle lui protégeait le visage du soleil. Eddie ne l'avait encore jamais vue manifester une telle tendresse physique à la petite.

– Ton œil est très... distingué, dit l'adolescent. C'est comme une tache de naissance, en plus mystérieux.

– Pauvre enfant, l'interrompit Marion. Je ne tiens vraiment pas à ce qu'elle soit comme moi !

Mrs Vaughn se fait larguer

Les cinq ou six jours qui suivirent, tant qu'on ne lui eut pas retiré ses points, Ruth n'alla pas à la plage. Tenir la blessure au sec était une contrainte qui rendait les nounous irritables. Eddie détectait une morosité accrue dans les rapports entre Ted et Marion ; ils s'étaient toujours évités, mais à présent ils ne s'adressaient plus la parole, et ils ne se regardaient même plus. Lorsqu'ils avaient des griefs l'un envers l'autre, ils passaient par Eddie. Ainsi Ted tenait Marion responsable de la coupure de sa fille, quoique Eddie lui eût dit maintes fois que c'était lui qui avait permis à Ruth de prendre la photo.

– Là n'est pas la question, dit Ted. La question, c'est que ce n'était pas à vous d'entrer dans sa chambre, pour commencer, c'était à sa mère de le faire.

– Je vous l'ai dit, elle était endormie.

– J'en doute. Je doute qu'« endormie » soit le mot qui convienne pour décrire son état. Je croirais plus volontiers qu'elle était « out ».

Eddie n'était pas sûr de comprendre.

– Elle n'était pas saoule, si c'est ce que vous voulez dire.

– Je n'ai pas dit qu'elle était saoule. Elle n'est jamais saoule. Je dis qu'elle était « out ». Je me trompe ?

Eddie ne sut que dire ; il rapporta le problème à Marion.

– Tu lui as dit pourquoi ? demanda-t-elle au garçon. Tu lui as dit ce que tu m'avais demandé ?

– Non, bien sûr, répondit-il, choqué.

– Eh bien, dis-le-lui ! s'exclama-t-elle.

Alors Eddie raconta à Ted ce qui s'était passé lorsqu'il avait posé à Marion sa question au sujet de l'accident.

– C'est sans doute moi qui l'ai mise « out », expliqua-t-il, je me tue à vous le dire, tout ça, c'est de ma faute.

– Non, c'est de la faute de Marion, soutint Ted.

– Mais on s'en fout de savoir de qui c'est la faute ! s'écria Marion.

– Moi, je ne m'en fous pas, répondit Eddie. C'est bien moi qui ai permis à Ruth d'emporter la photo dans sa chambre.

– La photo ! Il est bien question de ça, tu penses ! Ne sois pas bête, tu n'es pour rien dans tout ça, Eddie ! dit-elle à l'adolescent.

Ce fut un coup pour lui de réaliser qu'elle disait vrai. Il était engagé dans une relation qui serait la plus marquante de sa vie ; et pourtant il n'était pour rien dans ce qui se passait entre Ted et Marion.

Pendant ce temps, Ruth s'enquérait tous les jours de la photo manquante. Tous les jours, il fallait téléphoner chez l'encadreur de Southampton, mais encadrer une vingt et un/vingt-six n'était guère une de ses priorités en pleine saison.

Est-ce que le nouveau fond aurait une tache de sang ? voulait savoir Ruth. (Non, il n'y en aurait pas.) Est-ce que le nouveau cadre et le nouveau verre seraient exactement comme les anciens ? (Oui, à peu de chose près.)

Et tous les jours, toutes les nuits, Ruth menait les nounous, son père, sa mère, ou Eddie défiler devant les galeries de photos accrochées chez les Cole. Et si elle touchait cette photo-là, est-ce que le verre pourrait la blesser ? Et si elle laissait tomber celle-ci, est-ce que c'était aussi du verre ? Est-ce qu'il allait se casser ? Et puis d'abord, pourquoi ça se casse, le verre ? Et puisque ça coupe, alors pourquoi on en met dans les maisons ?

Mais avant les questions répétées de Ruth, on avait doublé le cap de la mi-août ; les nuits étaient sensiblement plus fraîches. On dormait bien, même à la « caravane ». Une nuit qu'Eddie et Marion y dormaient, cette dernière oublia de coincer la serviette dans le Velux. Le matin, ils furent réveillés de bonne heure par un vol d'oies sauvages qui passait en rase-mottes. « Les voilà déjà parties vers le sud ? » s'exclama Marion. Après quoi, elle n'adressa plus la parole à Eddie ni à Ruth de toute la journée.

Ted révisa *Le Bruit de quelqu'un qui ne voudrait pas faire de bruit* de fond en comble ; pendant près d'une semaine, tous les matins, il gratifia Eddie d'une version nouvelle. Eddie tapait le manuscrit le jour même ; le lendemain, Ted l'avait réécrit, et lui faisait parvenir la nouvelle mouture. Alors qu'il commençait tout juste à se sentir son assistant, la réécriture cessa. Il ne reverrait jamais *Le Bruit de quelqu'un qui ne voudrait pas faire de bruit* avant sa publication, et si le livre fut l'un des préférés de Ruth, il n'eut jamais sa faveur, car Eddie en avait vu trop de variantes pour apprécier la version définitive.

Et au courrier, un matin, juste avant qu'on retire les points à Ruth, il arriva une grosse enveloppe que son père envoyait à Eddie. Elle contenait le nom et l'adresse des anciens élèves d'Exeter qui vivaient dans les Hamptons. A vrai dire, c'était la liste même qu'Eddie avait balancée du ferry en traversant le Sound de Long Island. Quelqu'un avait retrouvé l'enveloppe gravée aux armes de la Phillips Exeter Academy, et le nom d'O'Hare père soigneusement calligraphié – ce devait être un employé, un membre de l'équipage du ferry, ou tout simplement un indiscret qui fouillait dans les ordures. En tout cas cet idiot avait renvoyé la liste à Minty O'Hare.

« Tu aurais dû me dire que tu avais perdu cette liste, écrivait ce dernier. Je t'aurais recopié les noms et les adresses, et je te les aurais renvoyés. Heureusement, quelqu'un a compris qu'ils étaient précieux. C'est un magnifique exemple de gentillesse – en une époque de notre histoire où ils se font rares. La personne, homme ou femme, n'a même pas demandé à être remboursée des frais de réexpédition ! C'est sûrement à cause du nom d'Exeter – sur l'enveloppe, je veux dire. Je l'ai toujours dit, on ne saurait trop insister sur l'influence de notre bonne renommée... » Minty avait même ajouté un nom et une adresse : Dieu sait comment, un Exonien qui habitait dans la région de Wainscot avait été omis sur la liste originale.

Pour Ted aussi, ce fut une période irritante. Ruth prétendait que les points de suture lui donnaient des cauchemars ; elle en faisait surtout quand c'était le tour de garde de son père. Une nuit, l'enfant se mit à réclamer sa mère à cor et à cri ; il n'y avait que sa maman, et – comble de l'exaspération pour son père – Eddie, qui puissent la consoler. Ted dut les appeler à la « caravane » et leur dire de venir. Puis il fallut qu'Eddie reconduisît Ted à la « caravane », où, imaginait-il, l'empreinte de leurs corps était encore marquée, voire tiède, dans les draps.

De retour chez les Cole, il trouva allumées toutes les lumières du premier. Pour calmer Ruth, il fallait absolument la promener devant toutes les photos. Eddie se porta volontaire pour achever la visite guidée, et permettre à Marion de retourner se coucher, mais celle-ci semblait s'amuser ; de fait, elle avait conscience que ce serait probablement son dernier voyage à travers l'histoire photographique de ses fils morts avec sa fille dans les bras. Elle fit donc bel et bien durer le commentaire de chaque cliché. Eddie s'endormit dans sa chambre, mais en laissant la porte du couloir ouverte, de sorte qu'il entendit encore un moment les voix de Ruth et de Marion.

La question de l'enfant lui fit comprendre qu'elles étaient en train de regarder, dans la chambre d'amis du milieu, la photo où Timothy pleurait, couvert de boue. « Mais qu'est-ce qui lui est arrivé, à Timothy ? » demanda Ruth, qui connaissait l'histoire aussi bien que Marion. A présent, Eddie lui-même les connaissait toutes.

– Thomas l'a poussé dans une flaque, dit Marion.

– Et il a quel âge, Timothy, sur celle de la boue ?

– Il a ton âge, mon poussin. Il avait tout juste quatre ans.

Eddie connaissait la photo suivante, aussi ; elle représentait Thomas dans sa tenue de hockey sur glace, après un match à la patinoire d'Exeter. On le voyait entourer sa mère de son bras, comme si elle avait eu froid pendant tout le match ; mais elle semblait aussi très fière de se trouver là, avec le bras de son fils autour de sa taille. Même sans ses patins, arborant sa tenue de hockey avec d'absurdes chaussures de basket non lacées aux pieds, Thomas était plus grand que Marion. Ce que Ruth aimait sur cette photo, c'était que Thomas y faisait un large sourire, un palet de hockey coincé entre ses dents.

– Il a quel âge, Thomas, avec ce truc dans sa bouche ?

– Il a l'âge d'Eddie. Il avait seize ans tout juste…

Vers sept heures du matin, le téléphone sonna, et Marion décrocha dans son lit. Elle comprit au silence qu'il s'agissait de Mrs Vaughn. « Il est à l'autre maison », dit-elle avant de raccrocher.

Au petit déjeuner, elle lança à Eddie :

– Tu paries qu'il la quitte avant qu'on enlève les points à Ruth ?

– Mais on ne les lui enlève pas vendredi ? demanda Eddie (autrement dit, deux jours plus tard).

– Moi, je te parie qu'il rompt avec elle aujourd'hui. En tout cas, il va essayer. Si elle fait des difficultés, ça lui prendra peut-être un ou deux jours de plus.

En effet, Mrs Vaughn allait faire des difficultés. Et sans doute parce qu'il le pressentait, Ted tenta de rompre en envoyant Eddie à sa place.

– Mais qu'est-ce que je vais faire au juste ? demanda ce dernier.

Ils étaient devant la plus grande table de la salle de travail de Ted, sur laquelle ce dernier avait empilé une centaine de dessins représentant Mrs Vaughn. Ted eut du mal à fermer le portfolio renflé ; c'était le plus grand qu'il avait, il était gravé à ses initiales en lettres d'or, TTC (Theodore Thomas Cole).

– Vous allez lui porter ça, mais pas le portfolio. Donnez-lui les dessins, mais le portfolio s'appelle reviens, expliqua-t-il à Eddie, qui savait que l'objet était un cadeau de Marion (elle le lui avait dit).

– Mais vous n'allez pas voir Mrs Vaughn, aujourd'hui ? Elle ne vous attend pas ?

– Dites-lui que je ne viendrai pas, mais que j'ai tenu à ce qu'elle prenne les dessins.

– Elle va me demander quand vous viendrez, alors.

– Vous lui direz que vous n'en savez rien. Donnez-lui les dessins. N'en dites pas plus qu'il n'est nécessaire.

Eddie eut à peine le temps d'annoncer la nouvelle à Marion. « Il t'envoie rompre avec elle – quel lâche ! » dit Marion, en passant la main dans les cheveux d'Eddie de son geste maternel. Il était persuadé qu'elle allait exprimer son insatisfaction permanente quant à sa coupe. Mais elle dit : « Vas-y de bonne heure, ça vaudra mieux. Comme ça, elle sera en train de s'habiller et sera moins tentée de te faire entrer. Tu n'as pas envie qu'elle te pose une avalanche de questions. Le mieux serait encore de sonner et de lui tendre les dessins, simplement. Il ne faudrait pas qu'elle te fasse entrer entre ses quatre murs, derrière des portes closes, crois-moi. Prends garde qu'elle ne t'assassine pas. »

Fort de ces recommandations, Eddie parvint de bonne heure à la maison de Gin Lane. A l'entrée cossue de l'allée, il s'arrêta près d'une impressionnante barrière de troènes pour retirer les dessins de leur portfolio. Il craignait d'être gêné s'il devait remettre les croquis et reprendre le portfolio avec la petite brune furieuse en face de lui. Mais il n'avait pas bien pris la direction du vent. Après avoir mis le portfolio dans le coffre de la Chevy, il installa les dessins sur le siège arrière, où le vent les éparpilla ; il lui fallut alors fermer portières et fenêtres pour reclasser les feuilles sur le siège. A ce moment-là, il ne put s'empêcher de les regarder.

Cela commençait par des portraits de Mrs Vaughn avec son petit garçon hargneux. Leurs petites bouches pincées lui parurent un trait génétique fâcheux. En outre, mère et fils avaient les mêmes yeux intenses et impatients ; assis côte à côte, ils serraient les poings, qu'ils avaient posés rigides sur leurs cuisses. Sur les genoux de sa mère, l'enfant semblait sur le point de se dégager à coups de griffes et à coups de pied – à moins qu'elle, qui paraissait aussi à bout de nerfs, ne décide de l'étrangler avant. Il y avait une bonne douzaine de portraits de cette veine, où se lisaient l'exaspération chronique, et la tension croissante.

Puis Eddie parvint à Mrs Vaughn toute seule – entièrement vêtue, d'abord, mais profondément seule. Il eut aussitôt de la peine pour elle. Si la première chose qu'il ait remarqué chez elle était ses manières traquées, qui avaient cédé à des attitudes soumises, pour laisser place au désespoir, il était passé à côté de ce mal-être mortel qui émanait d'elle. Or Ted Cole avait saisi ce trait avant même qu'elle ne commençât à retirer ses vêtements.

Les nus suivaient leur triste logique. Au début, les poings demeuraient serrés sur les cuisses tendues ; on voyait Mrs Vaughn de profil – souvent l'une de ses épaules cachait ses petits seins. Lorsqu'elle faisait enfin face à l'artiste qui la détruisait, elle serrait ses bras sur sa poitrine, ses genoux rivés l'un à l'autre ; son entrecuisse le plus souvent caché, sa toison pubienne, quand on l'apercevait, réduite à quelques lignes allusives.

Puis Eddie gémit dans la voiture fermée ; les derniers nus de Mrs Vaughn étaient aussi peu voilés, aussi explicites qu'un cliché médico-légal. Ses bras pendaient mous le long de ses flancs, comme si elle s'était sauvagement démis les clavicules dans une chute violente. Sans soutien, ses seins nus pendaient ; un téton semblait plus grand et plus sombre que l'autre, et plus pointé vers le bas. Ses genoux étaient largement écartés, comme si elle ne sentait plus ses jambes, ou qu'elle s'était cassé le pelvis. Pour une femme si petite, son nombril était trop large, sa toison pubienne trop abondante. Son vagin était béant et flasque. Les nus de la fin étaient les premiers échantillons de pornographie qu'Eddie eût jamais vus, sans qu'il pût comprendre exactement ce qu'ils avaient de pornographique. Il en eut la nausée et regretta amèrement d'avoir regardé ces dessins, qui réduisaient Mrs Vaughn à l'orifice central de son corps ; qui réussissaient à la réduire à moins encore que l'odeur forte qu'elle laissait sur les oreillers de l'appartement.

Sous les pneus de la Chevy, les graviers parfaits de l'allée crissèrent comme les os broyés d'un petit animal. Passant le long d'une fontaine crachotante au rond-point de l'allée, Eddie aperçut le mouvement d'un rideau, au premier étage. Il sonna et faillit faire tomber les dessins, qu'il maintint des deux bras contre sa poitrine. Il attendit une éternité que la petite brune vînt lui ouvrir.

Marion avait vu juste. Elle n'avait pas fini de s'habiller, ou alors elle n'était pas parvenue au stade de déshabillage étudié qu'elle avait prévu pour aguicher Ted. Ses cheveux mouillées pendaient, sa lèvre supérieure semblait avoir été frottée à vif ; au coin de la bouche, sourire inachevé de clown, il restait une trace de crème dépilatoire qu'elle avait retirée à la hâte. Elle avait dû décrocher le premier peignoir qu'elle avait trouvé, car elle s'encadrait dans la porte vêtue de ce qui ressemblait à une serviette-éponge géante et disgracieuse. C'était sans doute le peignoir de son mari : il lui tombait sur les chevilles, l'ourlet balayant le seuil. Elle était pieds nus, et, faute d'avoir séché, le vernis à ongles sur son gros orteil droit avait maculé son pied, de sorte qu'on aurait cru qu'elle saignait d'une coupure.

– Qu'est-ce que vous voulez ? demanda-t-elle.

Puis son regard le gomma pour se porter sur la voiture de Ted. Avant qu'Eddie n'ait pu répondre, elle lui demanda :

– Où est-il ? Il ne vient pas ? Qu'est-ce qui se passe ?

– Il a eu un empêchement, mais il tenait à ce que vous preniez… ceci.

A cause du vent déchaîné, il n'osait pas lui tendre les dessins ; si bien qu'il continuait de les serrer gauchement sur sa poitrine.

– Il a eu un empêchement ? Mais comment ça ?

– Je ne sais pas. Mais il y a tous ces dessins… je peux les poser quelque part ? implora-t-il.

– Quels dessins ? Ah, les dessins ! Ah bon…, dit Mrs Vaughn, comme si elle venait de recevoir un direct à l'estomac.

Elle fit un pas en arrière, se prit les pieds dans le long peignoir blanc et faillit tomber. Eddie la suivit à l'intérieur ; il se faisait l'effet d'être son bourreau. Le lustre pendu au plafond se reflétait dans le sol de marbre étincelant ; au loin, par une porte ouverte à double battant, il en apercevait un autre, pendu au-dessus de la table de la salle à manger. La maison avait l'air d'un musée, et, là-bas, la salle à manger était aussi grande qu'une galerie des banquets. Eddie s'approcha de la table (il eut l'impression de faire un kilomètre), et y posa les dessins, sans s'apercevoir avant de se retourner pour partir que Mrs Vaughn l'avait suivi comme son ombre, et sans faire plus de bruit. Lorsqu'elle vit le dessin du haut, qui la représentait avec son fils, elle s'étrangla.

– Il me les donne ? s'écria-t-elle. Il n'en veut plus ?

– Je ne sais pas, dit Eddie, malheureux.

Mrs Vaughn feuilleta rapidement les dessins jusqu'au premier nu, puis elle retourna la liasse et retira celui du dessous qui était à présent le premier. Eddie amorça une sortie ; il savait bien ce que représentait ce dernier dessin.

– Oh…, souffla Mrs Vaughn, comme si on l'avait frappée de nouveau. « Mais quand est-ce qu'il vient ? Il vient vendredi, non ? J'ai toute la journée pour le voir, vendredi – il sait que j'ai toute ma journée. Il le sait ! » lança-t-elle à Eddie, qui tentait de ne pas se laisser arrêter. Il entendit ses pieds nus sur le marbre ; elle courait après lui. Elle le rattrapa sous le grand lustre.

– Arrêtez ! cria-t-elle. Est-ce qu'il viendra vendredi ?

– Je ne sais pas, répéta Eddie, en se dirigeant vers la porte.

Le vent tenta de le refouler dans la maison.

– Mais si, vous le savez ! hurla Mrs Vaughn. Dites-le-moi.

Elle le suivit à l'extérieur, mais le vent faillit la renverser. Son peignoir s'ouvrit ; elle tenta de le fermer. Eddie garderait toujours cette image d'elle, comme pour se rappeler ce qu'il y avait de pire dans la nudité ; cet aperçu bien involontaire de ses seins flasques et du triangle sombre de toison rêche.

– Arrêtez ! cria-t-elle encore, mais les graviers pointus de l'allée l'empêchaient de le suivre jusqu'à la voiture.

Elle se pencha pour en ramasser une poignée qu'elle lui jeta ; ils atterrirent surtout sur la Chevy.

– Il vous les a fait voir, ces dessins ? Vous les avez regardés ? Espèce de salaud, vous les avez regardés, hein ?

– Non, mentit le jeune homme.

Comme elle se penchait pour ramasser une autre volée de cailloux, le vent lui fit perdre l'équilibre. En un éclair, la porte d'entrée se referma dans son dos.

– Oh, mon Dieu, me voilà à la porte, dit Mrs Vaughn à Eddie.

– Il n'y a pas une autre porte, qui ne soit pas fermée à clef ? demanda-t-il. (Une maison de maître comme celle-ci devait bien en avoir une douzaine !)

– Je croyais que Ted allait venir. Il aime bien que toutes les portes soient fermées à clef.

– Vous ne cachez pas une clef quelque part, en cas d'urgence ?

– Le jardinier en a une, mais je l'ai renvoyé chez lui. Ted n'aime pas le voir traîner.

– Mais vous ne pouvez pas l'appeler, ce jardinier ?

– Et sur quel téléphone ? Il va falloir que vous enfonciez une porte.

– Moi ? demanda l'adolescent.

– Eh, vous saurez vous y prendre, vous, non ? lui dit la petite brune d'une voix plaintive, moi, je ne saurai pas.

Il n'y avait pas de fenêtre ouverte à cause de la climatisation. (Les Vaughn climatisaient leur maison pour préserver leur collection d'objets d'art.) Des portes à la française ouvraient sur un jardin, derrière la maison, mais Mrs Vaughn prévint Eddie que le verre était particulièrement épais, et armé d'un grillage, qui le rendait presque impénétrable. En lançant un gros caillou enveloppé dans son T-shirt, Eddie finit par casser un carreau, mais il lui fallut encore trouver des outils de jardinier pour venir à bout du grillage, passer sa main par le trou, et déverrouiller la porte de l'intérieur. Le caillou, qui occupait le centre d'une baignoire d'oiseaux, avait maculé le T-shirt d'Eddie, et les bris de verre l'avaient déchiré. Il décida de laisser caillou et T-shirt au milieu des bris de verre, près de la porte qu'il venait d'ouvrir.

Mais Mrs Vaughn, qui était pieds nus, insista pour qu'il la porte à l'intérieur de la maison ; elle ne tenait pas à se couper sur les éclats de verre. Torse nu, Eddie la passa donc dans la maison, en prenant bien garde de ne pas l'attraper par le mauvais côté du peignoir. Elle lui parut légère comme une plume, presque aussi légère que Ruth. Mais le peu de temps qu'il la tint dans ses bras, son odeur forte faillit lui tourner la tête. C'était un effluve indescriptible ; il n'aurait su le rapprocher de rien, mais il lui donnait envie de vomir. Lorsqu'il la posa à terre, elle perçut sa répulsion non déguisée.

– Vous avez l'air dégoûté, lui dit-elle. Comment osez-vous ? Comment osez-vous me détester, moi ?

Eddie se tenait dans une pièce où il n'avait pas encore mis les pieds. Il ne savait pas comment retrouver le grand lustre de l'entrée principale ; lorsqu'il se retourna vers les portes à la française qui donnaient sur le jardin, un dédale de passages ouverts s'offrit à lui ; il ne voyait plus par quelle porte il était entré.

– Comment je ressors ? demanda-t-il à Mrs Vaughn.

– De quel droit est-ce que vous me détestez ? La vie que vous menez vous-même n'est pourtant pas blanche comme neige, que je sache ?

– Je vous en prie... Je voudrais rentrer.

Une fois qu'il eut dit ces mots, il se rendit compte à quel point il les pensait ; il ne pensait pas à Sagaponack, pourtant, mais à Exeter, New Hampshire. Oui, il voulait vraiment rentrer chez lui. Il connut une faiblesse qui l'accompagnerait toute sa vie ; il aurait toujours tendance à pleurer devant les femmes plus âgées, comme il avait naguère pleuré devant Marion, et comme il était en train de le faire devant Mrs Vaughn.

Sans un mot de plus, elle le prit par le poignet, et lui fit traverser sa maison-musée pour arriver jusque sous le lustre de l'entrée. Sa petite main froide lui faisait l'effet d'une patte d'oiseau, comme si un minuscule perroquet, ou une perruche, l'avait attrapé. Lorsqu'elle ouvrit pour le pousser dehors, dans le vent, il entendit claquer des tas de portes dans la maison ; et comme il se retournait pour lui dire au revoir, il vit soudain tourbillonner les abominables dessins de Ted, que le vent venait de faire tomber de la table de la salle à manger.

Eddie en resta muet, Mrs Vaughn aussi. Lorsqu'elle entendit le froissement des dessins derrière elle, elle fit volte-face dans son grand peignoir blanc, comme pour parer à une attaque. En effet, avant que la porte d'entrée ne claquât de nouveau au vent, Mrs Vaughn était bel et bien sur le point d'être attaquée. Elle reconnaîtrait sûrement dans ces dessins une part au moins de l'agression qu'elle avait consenti à subir.

– Elle t'a lancé des pierres ? demanda Marion à Eddie.

– Des petits cailloux, reconnut-il, et ils ont surtout atteint la voiture.

– Elle t'a obligé à la porter ?

– Elle était pieds nus, et il y avait du verre coupé partout.

– Et tu as laissé ton T-shirt là-bas ? Mais pourquoi ?

– Il était fichu ! C'était jamais qu'un T-shirt.

Avec Ted, la conversation fut d'une teneur un peu différente.

111

– Tout son vendredi à elle ? Non mais, qu'est-ce qu'elle a voulu dire ? Elle se figure que je vais passer toute la journée avec elle ?

– Je n'en sais rien, répondit l'adolescent.

– Qu'est-ce qui lui fait croire que vous avez regardé les dessins ? Au fait, c'est vrai ? Vous les avez regardés ?

– Non, mentit Eddie.

– Nom de Dieu, bien sûr que si !

– Elle s'est exhibée à moi.

– Seigneur Dieu ! Exhibée ?

– Pas exprès, reconnut Eddie, mais elle s'est montrée. C'est un coup de vent qui a ouvert son peignoir.

– Seigneur Dieu !

– Elle était à la porte à cause de vous. Elle dit que vous voulez qu'elle ferme toutes les portes à clef, et que vous n'aimez pas voir traîner le jardinier.

– Elle vous a raconté ça ?

– J'ai dû entrer par effraction – j'ai cassé le carreau d'une double porte avec un caillou, celui qui est au centre de la baignoire d'oiseaux. Il m'a fallu porter Mrs Vaughn par-dessus les bris de verre, et j'ai bousillé mon T-shirt, se plaignit Eddie.

– On s'en fout complètement de votre T-shirt ! brailla Ted. Il est pas question que je passe toute la journée avec elle vendredi. Vous allez me déposer là-bas à la première heure, vendredi matin, mais il faudra revenir me chercher dans les trois quarts d'heure qui suivront. Non, même pas, la demi-heure. Je ne crois pas pouvoir passer trois quarts d'heure avec cette folle.

– Fais-moi confiance, Eddie, c'est tout, lui dit Marion, je vais t'expliquer ce qu'on va faire.

– OK, dit le jeune homme.

Il ne pouvait s'empêcher de penser au plus noir des dessins. Il aurait voulu parler à Marion de l'odeur de Mrs Vaughn, mais il n'arrivait pas à la décrire.

– Vendredi matin, tu vas le déposer chez Mrs Vaughn, commença Marion.

– Je sais ! Pour une demi-heure.

– Non, non, pas pour une demi-heure. Tu vas le laisser chez elle, et tu ne retourneras pas le chercher. Sans voiture, il lui faudra presque toute la journée pour rentrer. Je te parie tout ce que tu veux que Mrs Vaughn ne lui proposera pas de le raccompagner.

– Mais comment il va faire ?

– Il ne faut pas avoir peur de Ted, lui rappela Marion. Comment il va faire ? Il se rappellera sûrement que la seule personne qu'il connaisse à Southampton, c'est le docteur Leonardis. (David Leonardis était l'un de ses partenaires habituels au squash.) Ça va lui prendre une demi-heure à trois quarts d'heure pour arriver jusqu'à son cabinet. Une fois là, qu'est-ce qu'il fera ? Il lui faudra attendre toute la journée que les patients soient passés avant que le docteur le raccompagne – à moins que l'un des patients ne soit quelqu'un de sa connaissance, ou quelqu'un qui aille dans la direction de Sagaponack.

– Il va être furieux, prévint Eddie.

– Il faut me faire confiance, Eddie.

– OK.

– Quand tu auras déposé Ted chez Mrs Vaughn, tu reviendras ici pour prendre Ruth, et tu l'emmèneras chez le médecin pour se faire retirer les points. Puis je veux que tu l'emmènes à la plage. Qu'elle se mouille ! Ça s'arrose, de s'être fait retirer les points.

– Excuse-moi, interrompit Eddie, pourquoi une de ses nounous ne l'emmènerait pas à la plage ?

– Il n'y aura pas de nounou, vendredi, lui apprit Marion. Il me faut ma journée, ou tout ce que tu pourras m'en donner, ici, toute seule.

– Mais qu'est-ce que tu vas faire ?

– Je vais te le dire. Il faut que tu me fasses confiance, jusqu'au bout.

– OK, dit-il.

Mais, pour la première fois, il sut qu'il ne faisait pas confiance à Marion, du moins pas jusqu'au bout. Après tout, il était un pion dans son jeu, et la journée qu'il venait de passer lui faisait l'effet d'une journée de pion.

– J'ai regardé les dessins de Mrs Vaughn, avoua-t-il.

– Miséricorde ! lui dit-elle.

Il ne voulait pas se mettre à pleurer, mais il la laissa lui enfouir le visage entre ses seins ; il la laissa le prendre dans ses bras pendant qu'il cherchait les mots pour exprimer ce qu'il avait ressenti.

– Sur ces dessins, elle était, comment dire, plus que nue, commença-t-il.

113

– Je sais bien, chuchota Marion.

Elle l'embrassa sur le haut de la tête.

– C'était pas seulement qu'elle était nue, insista Eddie. On avait l'impression de voir tout ce à quoi elle avait dû se soumettre. On aurait dit qu'elle avait été torturée, je sais pas...

– Je sais, répéta Marion. Je regrette vraiment...

– En plus, il y a eu un coup de vent, son peignoir s'est ouvert, et je l'ai vue, bredouilla Eddie. Une seconde seulement, mais j'ai eu l'impression de tout connaître d'elle. (C'est alors qu'il réalisa à quoi lui faisait songer l'odeur de Mrs Vaughn.) Et quand il m'a fallu la porter dans les bras, j'ai senti son odeur, comme dans les draps, mais en plus fort. Ça m'a donné envie de vomir.

– Qu'est-ce qu'elle sentait ?

– Elle sentait la mort.

– La pauvre !

Dix heures du matin, pourquoi s'affoler ?

Peu avant huit heures, le vendredi matin, Eddie passa prendre Ted à la « caravane » pour le conduire à Southampton pour passer ce qu'il croyait devoir être une demi-heure avec Mrs Vaughn. Le jeune homme était d'une nervosité extrême, et pas seulement parce qu'il craignait que Ted ne se retrouvât avec Mrs Vaughn sur les bras bien plus longtemps qu'il ne l'escomptait. Marion lui avait établi un scénario précis de la journée. Il avait des tas de choses à se rappeler.

Lorsqu'il s'arrêta pour prendre un café avec Ted au magasin général de Sagaponack, il comprit parfaitement ce que faisait là le camion de déménagement. Les deux déménageurs costauds buvaient le café en lisant leur journal dans la cabine. Quand Eddie serait rentré de chez Mrs Vaughn, pour emmener Ruth se faire retirer les points de suture, Marion irait trouver les déménageurs. Tout comme Eddie, ces derniers avaient reçu des instructions : attendre au magasin que Marion vienne les chercher. Ted et Ruth, ainsi que les nounous qui avaient congé pour la journée, ne pourraient les voir.

Le temps que Ted réussisse à rentrer de Southampton, les démé-

nageurs auraient disparu, ainsi que tout ce que Marion voulait emporter avec elle. Elle aurait disparu elle-même, Eddie était prévenu. Il
lui reviendrait donc d'expliquer la situation à Ted. Tel était le scénario
qu'il ne cessait de repasser dans sa tête sur la route de Southampton.

– Mais Ruth, qui va lui expliquer, à elle ? avait-il demandé.

Alors, le visage de Marion s'était empreint de la même distance
que la fois où il l'avait interrogée sur l'accident. Il était clair qu'elle
n'avait pas de place, dans son scénario, pour des explications à Ruth.

– Quand Ted te demandera où je suis partie, tu diras que tu n'en
sais rien.

– Mais où tu vas ?

– Tu n'en sais rien, répéta Marion. S'il insiste pour avoir des
réponses plus précises, sur n'importe quel point, dis-lui qu'il aura des
nouvelles de mon avocat. Mon avocat lui expliquera tout.

– Génial ! conclut Eddie.

– Et s'il te frappe, rends les coups. D'ailleurs, il ne te donnera
jamais un coup de poing ; au pire, il te mettra une gifle, mais toi, il
faut lui mettre un coup de poing, lui conseilla-t-elle. Mets-lui un coup
de poing dans le nez ; si tu fais ça, il s'arrêtera.

Oui, mais Ruth ? Les instructions étaient vagues sur ce chapitre. Si
Ted se mettait à crier, que pouvait-on laisser l'enfant entendre ? S'il
y avait bagarre, que lui laisser voir ? Si les nounous étaient de sortie,
il faudrait bien que l'enfant restât avec Ted, ou avec Eddie, voire les
deux. N'y avait-il pas là de quoi la bouleverser ?

– Tu n'as qu'à appeler Alice, si tu as besoin d'aide pour Ruth,
suggéra Marion. Je lui ai dit que toi ou Ted pourriez l'appeler. Je lui
ai même dit de téléphoner à la maison en milieu d'après-midi, pour
le cas où on aurait finalement besoin d'elle.

Alice était la nounou de l'après-midi, la jolie étudiante motorisée,
mais celle qu'il aimait le moins, lui rappela-t-il.

– Tu aurais intérêt à l'aimer un petit peu, répliqua Marion. Si Ted
te vire – et je vois mal comment il pourrait vouloir que tu restes –, il
te faudra quelqu'un pour t'emmener au ferry à Orient Point. Tu sais
bien que Ted n'a pas le droit de conduire, et, de toute façon, il ne
voudrait pas te servir de chauffeur.

– Ted va me virer, et il va falloir que je demande à Alice de me
conduire, répéta Eddie en écho.

Marion se contenta de l'embrasser.

Et puis ce fut l'heure. Lorsque Eddie s'arrêta devant l'allée cachée de Mrs Vaughn sur Gin Lane, Ted lui dit :

– Vous feriez mieux de m'attendre ici. Je ne tiendrai jamais une demi-heure avec cette femme. Vingt minutes au max. Plutôt dix.

– Je vais faire un aller-retour, dit Eddie.

– Soyez là dans un quart d'heure, lui enjoignit Ted.

C'est alors qu'il aperçut les longs lambeaux de son papier familier. Des bribes de dessins flottaient au vent ; les œuvres elles-mêmes avaient été lacérées. L'impressionnant rempart de troènes avait empêché les lambeaux de se retrouver dans la rue, mais les haies étaient chamarrées d'oriflammes et de bandes de papier, comme si les invités turbulents d'un mariage avaient jonché la propriété des Vaughn de confetti improvisés.

Tandis que Ted remontait l'allée d'un pas lent et accablé, Eddie sortit de la voiture pour le regarder ; il le suivit même sur une courte distance. La cour était jonchée des restes de dessins. La fontaine crachotante était bouchée par des tampons de papier humide ; l'eau elle-même avait viré au gris-brun sépia.

« L'encre de seiche ! » s'exclama Ted. Eddie regagnait déjà la voiture à reculons. Il avait aperçu le jardinier perché sur une échelle, en train de cueillir des papiers sur la haie. L'homme leur avait décoché un regard noir à tous les deux, mais Ted n'avait remarqué ni échelle ni jardinier tant son attention était obnubilée par l'encre de seiche qui troublait la fontaine. « Oh là là », murmurait-il quand Eddie le quitta.

Le jardinier lui-même était mieux habillé que Ted. Il y avait toujours quelque chose de négligé, de fripé dans les affaires de l'artiste – un T-shirt rentré dans son jean et, en ce vendredi matin plutôt frisquet, une chemise de flanelle non boutonnée qui flottait au vent ; Ted avait en outre omis de se raser, ne négligeant aucun détail pour faire la plus mauvaise impression possible sur Mrs Vaughn. (Quant au jardinier, l'œuvre et l'artiste lui avaient déjà fait la plus mauvaise impression possible.)

– Cinq minutes, cinq ! cria Ted à Eddie.

Avec la longue journée qui l'attendait, peu importait qu'il ne l'entendît pas.

A Sagaponack, Marion avait rempli un grand sac de plage pour Ruth, laquelle avait déjà son maillot de bain, son short et son T-shirt sur elle. Le sac contenait des serviettes et deux tenues de rechange, dont un pantalon et un sweat-shirt.

– Tu peux l'emmener où tu voudras pour déjeuner, dit Marion à Eddie, la seule chose qu'elle veuille manger, c'est un sandwich au fromage fondu avec des frites.

– Et du ketchup, compléta l'enfant.

Marion voulut donner à Eddie un billet de dix dollars pour le déjeuner.

– J'ai de l'argent, protesta-t-il.

Mais quand il se retourna pour faire monter Ruth dans la Chevy, elle lui fourra le billet dans la poche arrière de son jean et il se rappela la sensation éprouvée la première fois qu'elle l'avait attiré à elle par les passants – le contact de ses doigts contre son ventre nu. Puis elle avait déboutonné la pression du haut, et ouvert sa braguette, ce qu'il se rappellerait encore cinq ou dix ans – chaque fois qu'il se déshabillerait.

– N'oublie pas, mon poussin, ne pleure pas quand le docteur va t'enlever les points. Ça fait pas mal, je te le promets.

– Je pourrai les garder, les fils ? demanda la fillette.

– Sans doute…, répondit Marion.

– Mais bien sûr que tu pourras, lui assura Eddie.

– Bye, Eddie, lança Marion.

Elle portait un short et des chaussures de tennis, elle qui n'y jouait pas, et une chemise de flanelle vague trop grande pour elle, qui appartenait à Ted. Elle n'avait pas mis de soutien-gorge. Un peu plus tôt dans la matinée, au moment où Eddie s'en allait chercher Ted à la « caravane », elle lui avait pris la main pour la glisser sous sa chemise et la tenir contre ses seins nus ; mais quand il avait voulu l'embrasser, elle s'était écartée, laissant dans la main d'Eddie l'empreinte de son sein, qu'il continuerait de sentir pendant dix ou quinze ans.

– Comment ça fait, les fils ? demanda Ruth à Eddie au moment où il tournait à gauche.

– Tu ne vas vraiment pas sentir grand-chose quand le docteur va te les enlever.

– Pourquoi ? demanda l'enfant.

Avant de prendre le tournant suivant, à droite, il eut le temps de voir Marion et la Mercedes dans le rétroviseur. Elle ne tournait pas, il le savait, les déménageurs attendaient, droit devant elle. La moitié gauche de son visage était illuminée par le soleil du matin qui ruisselait de son côté ; la vitre de sa portière était baissée, il voyait le vent ébouriffer ses cheveux. A l'instant où il allait tourner, elle lui fit un signe de la main (ainsi qu'à sa fille), comme si elle se proposait encore d'être là à leur retour.

– Mais pourquoi ça va pas faire mal de retirer les fils ?

– Parce que la coupure a cicatrisé ; la peau s'est ressoudée, expliqua Eddie.

A présent, Marion avait disparu. Alors c'est tout, se demandait-il. « Bye, Eddie », ce seraient là les derniers mots qu'elle lui aurait adressés ? Et « Sans doute », ses derniers mots à sa fille ? Il avait du mal à croire à la brutalité de cette séparation : par la vitre ouverte de la Mercedes, les cheveux de Marion au vent, son bras leur faisant signe à la fenêtre. Une seule moitié de son visage au soleil, le reste de sa personne invisible. Eddie O'Hare ne pouvait pas savoir que ni lui ni Ruth ne reverraient Marion avant trente-sept ans. Mais, pendant toutes ces années, il s'étonnerait de la nonchalance apparente de son départ.

Comment avait-elle pu ? se demanderait-il, tout comme Ruth, un jour, se le demanderait.

Les deux points partirent si vite que Ruth n'eut pas le temps de pleurer. A quatre ans, l'enfant s'intéressait davantage aux fils eux-mêmes qu'à sa cicatrice, presque parfaite. La fine ligne blanche était à peine maculée par des traces de teinture d'iode, ou d'un antiseptique quelconque, qui avait laissé une marque brunâtre. Maintenant qu'elle pouvait de nouveau se mouiller le doigt, lui dit le médecin, la tache partirait au premier bain. Mais Ruth tenait bien davantage à ce que les deux fils, chacun coupé en deux, fussent gardés dans une enveloppe, et qu'on n'abîmât pas sa croûte de peau, près du nœud de l'un des fils.

– Je veux faire voir mes fils à maman, avec ma croûte, dit-elle.

– Allons d'abord à la plage, proposa Eddie.

– On va d'abord lui faire voir la croûte, et puis les fils, répondit Ruth.

– On va voir, commença Eddie.

Il prit le temps de calculer que le cabinet du médecin, à Southampton, n'était pas à plus d'un quart d'heure de la maison de Mrs Vaughn sur Gin Lane. Il était à présent dix heures moins le quart. Si Ted y était toujours, cela faisait déjà plus d'une demi-heure qu'il se trouvait en tête à tête avec Mrs Vaughn. Il était donc plus probable qu'il l'eût déjà quittée. Mais il pouvait s'être rappelé que Ruth se faisait enlever ses fils ce matin, et il pouvait savoir où se trouvait le cabinet médical.

– Allons à la plage, dit Eddie à Ruth, dépêchons.

– D'abord la croûte, et puis après les fils ; après on ira à la plage, rectifia l'enfant.

– On en parlera dans la voiture, proposa Eddie.

Mais on ne négocie pas sans ruser avec un enfant de quatre ans ; à de rares exceptions près, passer un marché requiert un investissement considérable en termes de temps.

– Est-ce qu'on n'a pas oublié la photo ? demanda Ruth à Eddie.

– La photo ? Quelle photo ?

– Les pieds ! cria Ruth.

– Ah, la photo ! Elle n'est pas prête.

– Eh ben ça, c'est pas gentil, déclara l'enfant. Mes fils, ils sont prêts, et ma coupure, elle est réparée.

– C'est vrai, admit Eddie, qui crut avoir trouvé le moyen de distraire la fillette de son envie de montrer sa croûte et ses fils à sa mère avant d'aller à la plage. On n'a qu'à aller chez l'encadreur et lui demander de nous rendre la photo, proposa-t-il.

– Réparée, ajouta l'enfant.

– Bonne idée ! proclama Eddie.

Il ne viendrait jamais à l'esprit de Ted d'aller chez l'encadreur, décida-t-il, l'encadreur n'était pas un endroit plus risqué que la plage. Il commencerait par faire tout un esclandre autour de la photo, comme ça la petite ne penserait plus à montrer croûte et fils à Marion. Pendant qu'elle regardait un chien se gratter sur le parking, il mit l'enveloppe qui les contenait dans la boîte à gants. Mais la boutique de l'encadreur était un endroit plus risqué pour eux qu'il ne le supposait.

Ted ne s'était pas souvenu que Ruth se faisait retirer ses fils ce matin-là ; Mrs Vaughn ne lui avait pas laissé le temps de se souvenir de grand-chose. Moins de cinq minutes après avoir atteint la porte, il eut à ses trousses Mrs Vaughn qui brandissait un couteau-scie en lui

119

hurlant qu'il était « l'Incarnation du Mal ». Il se souvint vaguement que c'était le titre d'un effroyable tableau de la regrettable collection d'objets d'art des Vaughn.

Le jardinier, qui avait regardé l'« artiste » (c'est par ce terme de dérision qu'il le stigmatisait) s'approcher d'un pas *trépide* de la demeure vaughnienne, fut aussi témoin de sa retraite *intrépide* à travers la cour, où, à force de faire des moulinets impitoyables avec son couteau, Mrs Vaughn avait failli le précipiter dans la fontaine trouble. Il s'était enfui, remontant l'allée puis la rue, talonné par son ancien modèle en fureur.

Terrorisé à l'idée que l'un ou l'autre fonce tête baissée dans son échelle, qui mesurait cinq mètres de haut, le jardinier s'accrocha en équilibre instable au sommet d'une haute haie de troènes ; ainsi perché, il put voir que Ted Cole courait plus vite que Mrs Vaughn ; celle-ci dut abandonner la poursuite quelques allées avant le croisement de Gin Lane et de Wyandanch Lane. Une autre haie de troènes s'élevait près du carrefour et, depuis son poste d'observation désormais éloigné, le jardinier perdit Ted, dissimulé dans les buissons, ou fuyant vers le nord dans Wyandanch Lane sans se retourner. Mrs Vaughn, toujours en rage, et sans cesser d'invectiver son « Incarnation du Mal », repartit vers l'allée. Machinalement, le jardinier avait l'impression que le geste était incontrôlé, elle continuait de faire des moulinets avec le couteau-scie.

Un silence lourd s'abattit sur la propriété des Vaughn, et jusque sur Gin Lane. Prisonnier d'un inextricable fouillis de troènes, Ted avait tout juste la place de regarder sa montre ; le fourré était si épais qu'un terrier Jack Russell n'aurait pas pu y passer ; il s'était écorché les mains et le visage contre la haie, il saignait. Mais enfin, il avait échappé au couteau à pain, et, pour l'instant, à Mrs Vaughn. Mais où était donc passé Eddie ? Caché dans ses troènes, Ted guettait sa Chevy 57.

Le jardinier, qui s'était escrimé à récupérer les dessins en lambeaux de sa patronne et de son fils une bonne heure au moins avant l'arrivée de Ted, avait cessé depuis longtemps de regarder les vestiges de ses œuvres ; même en pièces détachées, elles le mettaient trop mal à l'aise. Il connaissait déjà les yeux, la petite bouche, le reste du visage crispé de Mrs Vaughn ; il connaissait déjà ses mains, et la tension insolite de ses épaules. Il aurait de loin préféré imaginer ses seins et son vagin, car la réalité de sa nudité telle qu'il l'avait vue sur les dessins lacérés n'était guère engageante. En outre, il avait travaillé à la vitesse grand V, car s'il comprenait bien que Mrs Vaughn ait voulu se débarrasser des dessins, il ne voyait pas quelle démence l'avait saisie de déchirer cet étalage pornographique de sa nudité toutes fenêtres ouvertes pendant un ouragan. Côté océan, les lambeaux de papier avaient été arrêtés par les buissons de roses maritimes, mais des détails de Mrs Vaughn et de son fils avaient pris le sentier qui menait à la mer et se promenaient aux quatre vents sur la plage.

Le jardinier n'était pas fou du fils Vaughn, gosse arrogant qui avait un jour pissé dans la baignoire pour oiseaux et nié le fait. Mais, fidèle employé de la famille bien avant la naissance du marmot, il se sentait en outre des responsabilités envers le quartier. Il ne voyait personne qui pût apprécier l'intimité de Mrs Vaughn, même sous forme de puzzle ; son zèle à réparer les dégâts était cependant freiné par ses interrogations médusées sur le sort de l'artiste : ce dernier s'embusquait-il dans une haie voisine, ou avait-il réussi à gagner la ville ?

A neuf heures et demie du matin, alors qu'Eddie O'Hare avait déjà une heure de retard, Ted se glissa hors des buissons de troènes et passa avec circonspection le long de l'allée des Vaughn – pour permettre à Eddie de l'apercevoir si, pour une raison ou pour une autre, ce dernier l'attendait à l'extrémité ouest de Gin Lane, qui coupait South Main Street.

Le jardinier vit là un geste téméraire, dangereusement téméraire. Depuis la tourelle du deuxième étage, Mrs Vaughn surplombait tout le buisson de troènes. Si elle se trouvait en ce point de la maison, la femme bafouée avait vue sur tout Gin Lane.

De fait, elle avait dû jouir du coup d'œil, car Ted n'était pas passé depuis quelques secondes devant l'allée du jardin, pour presser le pas sur Gin Lane, que le jardinier entendit le feulement inquiétant de la voiture de sa patronne, une Lincoln noire étincelante, qui sortit du garage comme une flèche, dérapa sur les graviers et faillit plonger dans la fontaine trouble. Pour éviter l'obstacle à la dernière seconde, Mrs Vaughn tourna trop près de la haie ; la Lincoln cisailla le bas de l'échelle du jardinier, tandis que celui-ci, hagard, se raccrochait au sommet des branches. « Tirez-vous ! » cria-t-il à Ted.

Si Ted réussit à finir la journée vivant, il le dut à l'exercice rigoureux et régulier qu'il s'imposait sur les courts de squash, et qui lui conféra un avantage inique. A quarante-cinq ans, il avait encore une bonne foulée. Il dépassa des rosiers sans casser son élan, et traversa une pelouse, laissant bouche bée un homme qui passait un aspirateur de piscine. Il fut ensuite pris en chasse par un chien, fort heureusement petit et poltron : il suffit à Ted d'attraper un maillot de bain de femme en train de sécher sur une corde à linge et de le lui faire claquer au nez pour mettre en déroute ce pleutre animal. Bien entendu, plusieurs jardiniers, bonnes et ménagères se mirent à lui hurler aux oreilles ; cela ne l'empêcha pas d'escalader trois barrières et un mur de pierres assez élevé, en ne piétinant que deux parterres. Et il ne put voir la Lincoln noire de Mrs Vaughn couper le coin de Gin Lane vers South Main Street, où elle emboutit un panneau routier dans son acharnement. Ce fut par les fentes d'une palissade de Toylsome Lane qu'il aperçut le véhicule d'un noir de corbillard filer parallèlement à lui. Ted traversa deux pelouses, une cour pleine d'arbres fruitiers et quelque chose qui ressemblait à un jardin japonais – où il marcha dans un bassin de poissons rouges peu profond, trempant ses chaussures, et son jean jusqu'aux genoux.

Il fit demi-tour sur Toylsome Lane. Lorsqu'il osa traverser, il aperçut l'éclair des feux arrière de la Lincoln et redouta que Mrs Vaughn ne l'ait vu dans le rétroviseur, et ne s'arrête pour faire demi-tour, elle aussi. Mais elle ne l'avait pas vu, il venait de la semer. Il entra donc dans Southampton en triste état, mais se dirigea hardiment vers le cœur commerçant de South Main Street. S'il n'avait pas consacré toute son énergie à guetter la Lincoln noire, il aurait pu voir sa propre Chevy 57, garée devant la boutique d'encadrement ; mais il passa devant sa voiture sans la reconnaître et entra dans une librairie du trottoir opposé, presque en face.

On le connaissait, à la boutique ; on connaissait Ted Cole dans toutes les librairies, bien sûr, mais il était un habitué de celle-ci en particulier, où il faisait des visites périodiques pour signer tous les exemplaires de ses précédents ouvrages en magasin. Le libraire et sa vendeuse l'avaient déjà vu mal rasé, vêtu plus souvent comme un étudiant, ou un ouvrier, que comme un auteur-illustrateur à succès de livres pour enfants, quelle que soit la mode parmi ces derniers. Mais ils n'avaient pas l'habitude de le voir arriver en aussi triste état que ce matin-là.

C'était surtout le sang qui mettait une note de nouveauté dans la physionomie de Ted. Les écorchures et le sang sur son visage, le sang plus sale sur le dos de ses mains (il avait dû se faufiler à coups d'ongles à travers une haie séculaire) disaient la mésaventure, ou l'incartade, au libraire ahuri, qui répondait inexplicablement au nom de Mendelssohn. Il n'était pas parent du compositeur allemand, et il se trouvait aimer si fort son patronyme, ou détester si fort son prénom qu'il ne révélait jamais ce dernier. A Ted qui le lui avait demandé, Mendelssohn s'était contenté de répondre : « Pas Félix. »

Ce vendredi-là, mis en effervescence par la vue du sang sur l'écrivain, ou les gouttes d'eau que répandait son jean sur le sol – ses chaussures crachotaient de l'eau à chacun de ses pas –, Mendelssohn l'attrapa par les pans maculés de sa chemise déboutonnée et flottante, et il s'exclama un ton trop fort :

– Ted Cole !

– Oui, c'est bien moi, reconnut celui-ci. Bonjour, Mendelssohn.

– Oui, c'est Ted Cole, c'est bien lui ! répéta le libraire.

– Excusez-moi, je saigne, lui dit Ted avec flegme.

– Quelle importance, il n'y a pas de quoi s'excuser ! brailla Mendelssohn.

Puis il se retourna vers sa jeune employée, abasourdie ; elle se tenait toute proche, l'horreur le disputant à la révérence dans son regard. Le libraire lui ordonna d'apporter une chaise à Mr Cole :

– Vous voyez pas qu'il saigne !

Mais l'écrivain demanda s'il pouvait d'abord passer aux lavabos – il venait d'être mêlé à un accident, dit-il avec solennité. Sur quoi, il s'enferma dans les petits lavabos, dotés de toilettes. Il évalua les dégâts dans la glace, tout en composant, comme seul le peut un écrivain, une histoire d'une simplicité confondante sur son « accident ». Il découvrit qu'une branche de la haie maléfique lui avait fouetté un œil, qui larmoyait désormais. Sur son front, le sang provenait d'une entaille plus profonde ; une de ses joues était barrée par une égratignure qui saignait moins mais cicatriserait sans doute plus difficilement. Il se lava les mains ; les coupures cuisaient, mais le dos de ses mains avait cessé de saigner. Il retira sa chemise de flanelle et en attacha autour de sa taille les manches boueuses – l'une des deux avait elle aussi connu les eaux du bassin aux poissons rouges.

Il en profita pour admirer sa sveltesse ; à quarante-cinq ans, il pouvait encore rentrer son T-shirt dans son jean et être fier de l'effet général. Cependant, son T-shirt blanc ne gagnait rien à être grassement maculé d'herbe à l'épaule gauche et au sein droit, et son jean, trempé au-dessous du genou, continuait de goutter dans ses chaussures inondées.

Avec toute la dignité possible en la circonstance, il sortit des toilettes et fut aussitôt accueilli avec plus d'effusions par Mendelssohn tout court, qui avait déjà avancé une chaise pour son écrivain en visite, la plaçant près d'une table, où quelques douzaines d'exemplaires de ses livres attendaient sa signature.

Mais l'écrivain voulut d'abord passer un coup de téléphone, deux à vrai dire. Il appela la « caravane » pour voir si Eddie y était ; pas de réponse. Bien sûr, chez lui, il n'en obtint pas davantage – Marion se serait bien gardée de répondre au téléphone en ce vendredi réglé comme du papier à musique. Eddie avait-il eu un accident ? L'adolescent conduisait en dépit du bon sens, ce matin. Baiser Marion avait dû lui vider la cervelle, à force, conclut Ted.

Marion avait eu beau régler l'emploi du temps de ce vendredi, elle s'était trompée en pensant que Ted n'aurait d'autre recours, s'il voulait se faire raccompagner, que d'aller jusqu'au cabinet du docteur Leonardis, son partenaire de squash, et d'attendre que ce dernier, ou l'un de ses patients, le ramène à Sagaponack. Le cabinet de Dave Leonardis se trouvait à l'autre bout de Southampton, sur l'autoroute de Montauk ; la librairie était plus près de la maison de Mrs Vaughn, et il était bien plus logique que Ted y attendît un coup de main. Il aurait d'ailleurs pu entrer dans presque n'importe quelle librairie du monde pour demander à se faire raccompagner chez lui.

Il ne tarda pas à faire cette demande, en effet, sitôt qu'il se fut installé au bureau pour signer ses dédicaces.

– Pour tout dire, je cherche un chauffeur qui me raccompagne chez moi, annonça l'écrivain célèbre.

– Un chauffeur, s'écria Mendelssohn, mais bien sûr, pas de problème ! Vous habitez Sagaponack ? Je vais vous accompagner moi-même ! Ah, il va falloir que j'appelle ma femme ; il se peut qu'elle soit partie faire des courses, mais pas pour longtemps. Vous comprenez, ma voiture à moi est au garage.

– J'espère que ce n'est pas le garage où j'avais laissé la mienne, dit Ted à cet enthousiaste. Je venais juste de la récupérer. Ils avaient

124

oublié de fixer la tige du volant. On aurait dit ce dessin animé, vous savez. J'avais le volant en main, mais les roues ne répondaient pas. J'ai donné un coup de volant à droite, et la voiture s'est déportée sur la gauche. J'ai quitté la chaussée ; par chance, je n'ai heurté qu'un troène – une grande haie. J'ai dû sortir par la vitre, de mon côté ; je me suis écorché aux buissons. Et puis j'ai mis les pieds dans un bassin de poissons rouges.

A présent, ils l'écoutaient avec attention. Debout, immobile auprès du téléphone, Mendelssohn retardait le moment d'appeler sa femme. La jeune vendeuse, tout à l'heure bouche bée, souriait. Elle n'était pas ce que Ted considérait comme son genre de femme, mais enfin, si elle lui proposait de le raccompagner, il aurait peut-être une ouverture.

Sans doute n'avait-elle pas quitté la faculté depuis longtemps ; son absence de maquillage, ses cheveux raides, son teint pâle annonçaient la mode de la décennie à venir. Elle n'était pas jolie, elle était même carrément moche, mais Ted voyait dans sa pâleur terne une sorte de franchise sexuelle ; quant à son rejet de toute sophistication, il reflétait une réceptivité à n'importe quelle expérience qu'elle jugerait « créative ». C'était le genre de fille qu'on séduisait par l'intellect. (L'apparence négligée de l'écrivain en la circonstance ne serait pas pour le desservir.) Et comme elle était encore assez jeune pour qu'une aventure pût avoir l'attrait de la nouveauté, elle y verrait sans doute une aventure « authentique », surtout avec un écrivain célèbre.

Hélas, elle n'avait pas de voiture. « Je roule en bicyclette, lui dit-elle, autrement, je vous aurais ramené chez vous. »

Dommage, pensa Ted, mais il convint qu'il n'aimait guère la disproportion entre la minceur de sa lèvre inférieure et le renflement excessif de sa lèvre supérieure.

Mendelssohn se faisait du souci parce que sa femme n'était toujours pas rentrée ; il allait continuer à appeler – elle ne tarderait plus. Un garçon affligé d'un défaut de prononciation indescriptible – c'était le seul autre membre du personnel présent à la boutique en ce vendredi matin – s'excusa : il avait prêté sa voiture à un ami qui avait envie d'aller à la plage.

Ted resta assis là, à dédicacer ses livres, lentement. Il n'était encore que dix heures. Si Marion avait su où il était, et qu'il était sur le point de trouver un chauffeur, elle se serait peut-être affolée. Si Eddie O'Hare avait su qu'il était sur le trottoir d'en face en train de signer

125

des livres – pendant que lui, chez l'encadreur, soutenait que la photo aurait dû être prête ce jour-là pour que Ruth l'emportât –, lui aussi aurait pu s'affoler.

Ted, cependant, n'avait aucune raison de paniquer. Il ne savait pas que sa femme était en train de le quitter ; il se figurait encore que c'était lui qui la lâchait. Et il n'était plus sur le macadam, à risquer sa vie (sous les coups de Mrs Vaughn). A supposer même que la femme de Mendelssohn ne revînt jamais des courses, d'ici quelques minutes, il entrerait bien à la boutique un lecteur passionné de ses livres. Ce serait sans doute une femme ; il en serait quitte pour acheter un exemplaire d'un de ses livres et le lui dédicacer, mais enfin, elle le ramènerait chez lui. Si elle était jolie, etc., qui sait s'il n'aurait pas une ouverture. Dix heures du matin. Pourquoi s'affoler ?

Il était loin de se douter de quoi que ce soit.

Comment l'assistant de l'écrivain devint écrivain

Pendant ce temps, chez l'encadreur tout proche, Eddie O'Hare était en train de trouver sa voix propre. Au début, il n'eut pas conscience du changement puissant qui était en train de s'opérer en lui ; il crut seulement être en colère. Il y avait de quoi. La vendeuse qui s'occupait de lui fut désagréable. Elle n'était guère plus âgée que lui, mais elle estima un peu trop vite qu'un garçon de seize ans et une petite fille de quatre ans qui demandaient l'encadrement d'une photo en vingt et un/vingt-six n'étaient pas en haut de la liste des mécènes de South-ampton dont la boutique recherchait la clientèle.

Eddie demanda à parler au directeur, mais la vendeuse fut de nouveau désagréable ; elle répéta que la photo n'était pas prête.

– La prochaine fois, je vous suggère de passer un coup de fil avant de venir, lui dit-elle.

– Tu veux voir mes fils ? lui proposa Ruth. Et puis j'ai une croûte, aussi.

La vendeuse, une gamine à vrai dire, n'avait pas d'enfants, c'était clair ; elle ignora Ruth superbement, ce qui eut le don d'exaspérer Eddie davantage.

– Fais-lui voir ta cicatrice, Ruth, dit-il à la fillette.

– Écoutez..., commença la vendeuse.

– Non, c'est vous qui allez m'écouter, rétorqua Eddie, sans comprendre qu'il était en train de trouver sa voix.

Il n'avait jamais parlé sur ce ton à personne ; tout à coup, il n'arrivait plus à s'arrêter. Sa nouvelle voix reprit :

– Je suis prêt à faire des efforts envers quelqu'un de désagréable avec moi, mais je ne veux pas discuter avec quelqu'un de désagréable avec un enfant. S'il n'y a pas de directeur ici, il doit bien y avoir quelqu'un d'autre – quelqu'un qui fait les travaux, par exemple. Enfin, il y a bien une arrière-boutique où on coupe les fonds, et où on encadre les photos. Vous n'êtes tout de même pas la seule à travailler ici. Je ne repartirai pas tant que je n'aurai pas cette photo, et je ne discute plus avec vous.

Ruth regarda Eddie :

– T'es fâché contre elle ?

– Oui, répondit-il.

Si peu sûr de lui qu'il fût, la vendeuse n'aurait pas risqué de deviner qu'il était souvent en proie au doute. Pour elle, il était l'assurance incarnée ; elle le trouva tout à fait terrifiant. Sans mot dire, elle battit en retraite vers la fameuse « arrière-boutique » dont il avait affirmé l'existence avec un tel aplomb. Il y en avait même deux, en fait, le bureau du directeur, et ce que Ted aurait appelé une salle de travail. Le directeur, une mondaine divorcée de Southampton nommée Penny Pierce, et le jeune homme qui coupait les fonds et encadrait les photos (à tour de bras, toute la journée) étaient là tous les deux.

La vendeuse revêche leur fit entendre que, malgré sa physionomie anodine, Eddie était « effrayant ». Penny Pierce savait qui était Ted, et elle se souvenait très bien de Marion, à cause de sa beauté ; mais elle ne voyait pas qui était Eddie O'Hare. L'enfant était sans doute cette malheureuse petite fille que les Cole avaient eue pour compenser la perte de leurs deux fils. Elle se souvenait très bien des garçons. Comment oublier la poule aux œufs d'or de la boutique ? Ils avaient fourni des centaines de photos à encadrer, et Marion n'avait pas regardé à la dépense. Leur compte se chiffrait en milliers de dollars, se souvint Penny Pierce. On aurait dû leur réencadrer la photographie ensanglantée dans les plus brefs délais. On aurait même dû la leur faire gratuitement, s'avisa-t-elle.

Mais enfin, il se prenait pour qui, cet adolescent ? De quel droit soutenait-il qu'il ne quitterait pas la boutique sans sa photo ?

– Il me fait peur, répéta la vendeuse.

L'avocat qui s'était occupé de son divorce avait appris une chose à Penny Pierce : il ne faut jamais laisser parler quelqu'un qui est en colère – il faut lui faire coucher ses griefs par écrit. Elle avait importé cette stratégie dans son commerce – que son ex-mari lui avait acheté en règlement de leur affaire.

Avant d'affronter Eddie, elle demanda à l'employé d'encadrer toutes affaires cessantes la photo de Marion à l'Hôtel du Quai Voltaire. Elle n'avait pas vu le cliché revenir à la boutique depuis, quoi, quatre ou cinq ans. Elle se rappelait la fois où Marion avait rapporté tous les clichés ; certains des négatifs étaient rayés. Du vivant des garçons, leurs vieilles photos avaient été tenues pour acquises, et on n'en avait pas pris grand soin. Après leur mort, il fallait croire que Marion avait jugé le moindre instantané digne d'être agrandi et encadré – rayé ou pas.

Mrs Pierce, au courant des circonstances de l'accident, n'avait pas pu s'empêcher de regarder de près toutes les photos. « Ah, c'est celle-là », dit-elle en voyant la photo de Marion au lit, avec les pieds de ses fils qui dépassaient. Ce qui l'avait toujours frappée, sur cette photo, outre la beauté sans égale de Marion, c'était l'évidence de son bonheur insigne. Or aujourd'hui que son bonheur s'était enfui, sa beauté était restée intacte. C'était un fait qui frappait toutes les femmes. Quoique la beauté et le bonheur n'eussent pas tout à fait fui Penny Pierce, elle avait le sentiment de n'avoir pas connu l'un et l'autre à la mesure de Marion. Avant d'approcher Eddie, Mrs Pierce prit sur son bureau une bonne douzaine de feuilles de papier. « Je comprends que vous soyez fâché, je suis absolument désolée », dit-elle d'un ton aimable à ce bel adolescent qui lui semblait peu fait pour inspirer l'effroi. (Il va falloir que je me trouve une meilleure vendeuse, se dit-elle, sans faire de lui le cas qu'elle aurait dû. Plus elle le regardait de près, plus elle trouvait qu'il était trop joli pour qu'on le dise beau.) « Lorsque mes clients sont fâchés, je leur demande de mettre leurs réclamations par écrit – si ça ne vous fait

UNE VEUVE DE PAPIER

rien », ajouta-t-elle, toujours sur un ton affable. Le jeune homme vit que la directrice lui tendait du papier et un stylo.

– Je travaille pour Mr Cole, je suis son assistant.

– Eh bien alors, vous ne verrez pas d'inconvénient à écrire, sûrement ?

Eddie prit le stylo. La patronne le gratifia d'un sourire d'encouragement. Sans être belle, ni rayonnante de bonheur, elle n'était pas dépourvue d'attraits, et elle avait bon caractère. Non, il ne verrait pas d'inconvénient à écrire, il s'en apercevait. C'était exactement l'invite qu'il lui fallait ; c'était ce que sa voix, longtemps prisonnière en lui, voulait. Il voulait écrire. Après tout, c'était la raison pour laquelle il avait recherché ce boulot. Ce qui l'attendait, au lieu de cela, c'était Marion. Maintenant qu'il était en train de la perdre, il trouvait ce qu'il avait cherché avant le début de l'été.

Non que Ted lui eût enseigné quoi que ce fût. Ce qu'il avait appris de lui, il l'avait appris dans ses livres. Un écrivain s'instruit auprès d'un autre en quelques phrases. Dans *La Souris qui rampait entre les cloisons*, Eddie s'était instruit en deux phrases seulement. La première étant « Tom se réveilla mais pas Tim », et la seconde : « C'était un bruit dans la penderie, le bruit qu'aurait fait une des robes de maman qui s'animerait et qui essaierait de descendre du cintre. »

Cette phrase, qui vaudrait à Ruth un œil différent sur les penderies et les placards pour le restant de ses jours, faisait entendre à Eddie O'Hare le bruit de la robe prenant vie et glissant du cintre aussi clairement que n'importe quel bruit réel ; il voyait le mouvement de cette robe serpentine dans la pénombre du placard, en plein sommeil.

Dans *La Trappe dans le plancher*, il y avait un autre incipit vraiment pas mal : « Il était une fois un petit garçon qui ne savait pas s'il voulait venir au monde. » Après l'été 1958, Eddie comprendrait enfin ce que le petit garçon éprouvait. Et puis cette phrase aussi : « Sa maman ne savait pas non plus si elle voulait qu'il vienne au monde. » Ce fut seulement après sa rencontre avec Marion qu'il comprit les sentiments de cette maman. Ce vendredi-là, chez l'encadreur de Southampton, Eddie O'Hare eut une révélation qui allait changer sa vie : si l'assistant écrivain était devenu écrivain, c'était parce que Marion lui avait donné sa voix. Lorsqu'il était dans ses bras – dans son lit, dans son corps –, il avait eu pour la première fois le sentiment d'être presque arrivé à l'âge d'homme, mais c'était de l'avoir perdue qui lui donnait quelque

129

chose à dire. C'était la pensée de sa vie sans Marion qui lui donnait l'autorité nécessaire pour écrire.

« Avez-vous une image de Marion Cole présente à l'esprit ? écrivit-il. C'est-à-dire, est-ce que vous la voyez, est-ce que vous savez exactement à quoi elle ressemble ? » Puis il montra ces deux premières phrases à Mrs Pierce.

– Oui, bien sûr. Elle est très belle, dit la patronne.

Eddie acquiesça. Puis il continua d'écrire ce qui suit :

« Bon. Bien que je sois l'assistant de Mr Cole, c'est avec Mrs Cole que j'ai couché cet été. D'après mes calculs, nous avons dû faire l'amour environ soixante fois. »

– Soixante ? s'exclama Mrs Pierce.

Elle avait fait le tour du comptoir pour pouvoir lire par-dessus son épaule. Il écrivit :

« Nous l'avons fait pendant six ou sept semaines, et nous le faisions deux fois par jour – souvent plus. Mais il y a eu la fois où elle a attrapé une infection, et où on n'a pas pu le faire. En retirant les jours où elle avait ses règles… »

– Je vois, dans les soixante fois, alors, dit Penny Pierce. Continuez…

« Bon, écrivit Eddie. Pendant que Marion et moi nous étions amants, Mr Cole, Ted de son prénom, avait une maîtresse. C'était d'ailleurs son modèle. Mrs Vaughn, vous la connaissez ? »

– Les Vaughn de Gin Lane ? Ils ont une… collection impressionnante, dit l'encadreuse. (Tiens, en voilà une clientèle intéressante.)

« Oui. Cette Mrs Vaughn a un fils, un petit garçon. »

– Oui, oui, je sais, dit Mrs Pierce. Continuez, je vous en prie.

« Bon. Ce matin Ted, Mr Cole, donc, est allé rompre avec Mrs Vaughn. J'imagine mal que leur liaison ait pu avoir un dénouement heureux. Mrs Vaughn avait l'air rudement chamboulée. Pendant ce temps-là, Marion est en train de faire ses valises. Elle s'en va. Ted n'en sait rien, mais elle s'en va. Et Ruth… c'est elle, elle a quatre ans. »

– Oui, oui, interrompit Mrs Pierce.

« Ruth non plus ne sait pas que sa mère s'en va, écrivit Eddie. Quand Ruth et son père vont rentrer chez eux, à Sagaponack, ils vont découvrir que Marion est partie. Et toutes les photos, ces photos que vous avez encadrées – toutes, à l'exception de celle que vous avez chez vous –, seront parties avec elle. »

– Oui, oui – oh, mon Dieu, qu'est-ce que vous dites ? s'écria Penny Pierce.

Ruth lui lança un regard noir. Elle tenta de son mieux de sourire à l'enfant.

Eddie écrivit : « Marion emporte toutes les photos avec elle. Quand Ruth rentrera, sa mère aura disparu, et les photos avec elle. Ses frères morts et sa mère auront disparu. Et le pire, c'est qu'il y a une histoire autour de chaque photo – il y en a des centaines, et Ruth les connaît toutes par cœur. »

– Qu'est-ce que vous attendez de moi ? s'écria Mrs Pierce.

– Rien que la photo de la mère de Ruth, dit Eddie à haute voix. Elle est couchée dans une chambre d'hôtel à Paris…

– Oui, je la connais, cette photo, bien sûr que vous pouvez l'avoir !

– Eh bien voilà, alors, dit Eddie, puis il écrivit : « Je me disais seulement que l'enfant aurait très besoin de quelque chose à mettre au chevet de son lit, ce soir. Il n'y aura pas d'autres photos – toutes ces photos auxquelles elle a été habituée. Je me suis dit que surtout si c'était une photo de sa mère… »

– Mais ce n'est pas une très bonne photo des garçons, on ne voit que leurs pieds, interrompit Mrs Pierce.

– Oui, je sais, répondit le jeune homme. Ruth aime particulièrement les pieds.

– Ils sont prêts, les pieds ? demanda la fillette.

– Mais oui, ma chérie, lui dit Penny Pierce avec sollicitude.

– Tu veux voir mes fils ? Et… ma croûte ? demanda l'enfant à la patronne.

– L'enveloppe est dans la voiture, Ruth, elle est dans la boîte à gants.

– Ah ? C'est quoi, la boîte à gants ?

– Je vais m'assurer que la photo est prête, annonça Penny Pierce. Elle est presque prête, j'en suis sûre.

Nerveusement, elle ramassa les pages sur le comptoir, alors qu'Eddie avait encore le stylo en main. Il la saisit par le bras avant qu'elle ne s'en aille.

– Excusez-moi, dit-il en lui tendant le stylo, ceci vous revient, mais est-ce que vous pourriez me rendre ce que j'ai écrit, s'il vous plaît ?

– Oui, bien sûr, répondit la patronne en lui rendant la liasse de feuilles, y compris les feuilles blanches.

– Qu'est-ce que tu as fait ? demanda Ruth à Eddie.

– Je lui ai raconté une histoire, à la dame.

– Raconte-la-moi, cette histoire.

– Je vais t'en raconter une autre, dans la voiture, dès qu'on aura récupéré la photo de ta maman, promit-il.

– Et des pieds, insista la fillette.

– Des pieds, aussi.

– Quelle histoire tu vas me raconter ?

– Je sais pas, reconnut-il.

Il faudrait qu'il en trouve une. Curieusement, ça ne l'inquiétait pas du tout ; il était sûr d'avoir l'inspiration. Il ne s'inquiétait pas non plus de ce qu'il raconterait à Ted. Tout ce que Marion lui avait dit de dire – sans compter ce qui lui viendrait à l'esprit. J'en suis capable, pensait-il. Il avait l'*autorité*.

Penny Pierce savait elle aussi qu'il l'avait. Lorsqu'elle revint de l'arrière-boutique, elle ne se contentait pas d'apporter la photo dûment réencadrée. Sans s'être changée, elle s'était pourtant subtilement transformée ; elle offrait désormais une physionomie révisée – une fragrance neuve (elle avait mis un nouveau parfum) mais aussi une tout autre attitude qui la rendait presque aguichante. Eddie l'aurait trouvée séduisante, à la limite, lui qui ne l'avait pas remarquée en tant que femme.

Elle avait lâché son chignon et opéré quelques aménagements dans son maquillage. Ces transformations, Eddie n'eut pas de mal à les repérer. Elle avait souligné ses yeux d'un trait plus noir, et plus prononcé ; son rouge à lèvres était plus soutenu, lui aussi. Son visage, à défaut de paraître plus jeune, avait plus d'éclat. Elle avait ouvert sa veste de tailleur, remonté ses manches – et déboutonné les deux boutons du haut de son chemisier.

En se penchant pour montrer la photo à Ruth, elle révéla des profondeurs de décolleté insoupçonnées ; et comme elle se relevait, elle chuchota à Eddie : « Je ne vous compte rien pour l'encadrement, bien sûr. »

Eddie acquiesça en souriant, mais Penny Pierce n'allait pas le laisser partir comme ça. Elle lui fit voir un feuillet ; elle avait une question à lui poser, par écrit, parce qu'elle n'aurait jamais pu poser une question pareille à haute voix devant une enfant.

« Et vous aussi, elle vous quitte, Marion Cole ? »

– Oui, répondit le jeune homme.

Mrs Pierce lui serra le poignet pour le réconforter.

– J'en suis désolée, murmura-t-elle.

Eddie ne sut que dire.

– Tout le sang est parti ? demanda Ruth.

A ses yeux d'enfant, c'était un miracle qu'on ait pu restaurer si parfaitement la photo. A elle, après cet accident, il restait bien une cicatrice.

– Oui, ma chérie, elle est comme neuve, lui assura Mrs Pierce. Jeune homme, ajouta-t-elle à l'intention d'Eddie comme il prenait Ruth par la main, si vous cherchez du travail...

Avec la photo dans une main, et la main de l'enfant dans l'autre, il ne pouvait pas prendre la carte professionnelle que Mrs Pierce lui tendait. En un geste qui lui rappela celui de Marion fourrant le billet de dix dollars dans sa poche-revolver, Mrs Pierce lui glissa prestement la carte dans la poche gauche de son jean.

– Peut-être l'été prochain, ou le suivant. J'ai toujours besoin d'extras, en été, lui dit-elle.

De nouveau, il ne sut que dire. Une fois de plus, il acquiesça en souriant. C'était un endroit chic, cette boutique d'encadrement. La salle d'exposition était disposée avec goût ; on y voyait surtout des exemplaires de cadres sur mesure. L'art de l'affiche, qui avait toujours les faveurs de la clientèle en été, était représenté par des affiches de cinéma des années 30, Greta Garbo dans le rôle d'Anna Karénine, Margaret Sullavan dans celui de la morte dont le fantôme revient à la fin de *Trois Camarades*. Les publicités pour les vins et liqueurs avaient aussi leur succès : il y avait une femme aux airs de beauté fatale en train de siroter un Campari soda, et un homme aussi beau que Ted Cole buvant un Martini parfaitement dosé avec le meilleur vermouth.

Cinzano, faillit dire Eddie à haute voix – il essayait de s'imaginer comment ce serait de travailler là. Il lui faudrait un an et demi pour comprendre que Penny Pierce lui avait proposé davantage qu'un travail. Sa toute nouvelle *autorité* lui était si insolite qu'il n'avait pas encore pris la mesure de son pouvoir.

Quasi biblique

Pendant ce temps, à la librairie, Ted Cole atteignait les sommets de la calligraphie sur la table des dédicaces. Son écriture était superbe. Sa signature lente, qu'on aurait dite gravée, une pure merveille. Pour un auteur qui écrivait si peu, et des livres si courts, son autographe était l'œuvre de l'amour – de l'amour de soi, avait un jour résumé Marion pour la gouverne d'Eddie. Les libraires, qui se plaignaient souvent que la signature de leurs écrivains fût un gribouillage infâme, aussi indéchiffrable qu'une ordonnance de médecin, couronnaient Ted Cole roi de l'autographe. Il n'y avait rien de bâclé dans sa signature, pas même sur les chèques. Sa cursive évoquait plus les italiques imprimées que l'écriture manuscrite.

Ted jugea les stylos de mauvaise qualité. Il envoya Mendelssohn aux quatre coins de la boutique pour lui en trouver un parfait ; il fallait que ce fût un stylo à encre, avec la plume idoine ; quant à l'encre, qu'elle fût noire, ou alors rouge, mais de la bonne nuance de rouge (« plutôt rouge sang que couleur voiture de pompiers », expliqua-t-il au libraire). Le bleu, quelle qu'en fût la nuance, il l'abominait.

Si bien qu'Eddie O'Hare eut de la chance. Pendant qu'il prenait la main de Ruth pour mener l'enfant jusqu'à la Chevy, Ted prenait son temps. Il savait qu'en tout chasseur d'autographes qui s'approcherait de la table des dédicaces il pourrait trouver un chauffeur ; il faisait le difficile ; il n'avait pas l'intention de monter avec n'importe qui.

Ainsi, Mendelssohn le présenta à une femme qui habitait Wainscot, une certaine Mrs Hickenlooper. Celle-ci déclara qu'elle serait ravie de le déposer chez lui à Sagaponack ; ça ne l'obligerait même pas à un détour. Simplement, il lui restait des courses à faire à Southampton. Elle en avait pour une petite heure, après quoi, elle repasserait volontiers à la librairie. Mais Ted lui dit de ne pas se déranger ; il lui assura qu'il aurait trouvé un autre chauffeur d'ici là.

– Mais ça ne m'ennuie pas du tout, dit Mrs Hickenlooper.

Moi si ! pensa Ted par-devers lui ; il éloigna la femme d'un geste aimable de la main. Elle repartit avec un exemplaire de *La Souris qui rampait entre les cloisons*, que Ted avait consciencieusement dédicacé

134

à ses cinq enfants. Elle aurait dû s'en offrir un par enfant, se dit-il, tout en signant l'ouvrage après avoir casé les cinq noms de la progéniture Hickenlooper, qui tenaient tout juste sur la page.

– Mes enfants sont adultes, à présent, lui dit-elle, mais qu'est ce qu'ils ont pu vous aimer quand ils étaient petits !

Ted se contenta de sourire. Mrs Hickenlooper frisait la cinquantaine. Elle avait une croupe de mule, une robustesse de fermière. Elle faisait du jardinage, semblait-il : elle portait une vaste jupe en jean, et ses genoux étaient tout rouges, avec des traces de terre. « Impossible de désherber proprement sans se mettre à genoux », l'entendit-il dire à un autre client qui devait partager son passe-temps – ils comparaient des livres de jardinage.

Ted était malvenu de dédaigner les jardiniers. Après tout, il devait la vie à celui de Mrs Vaughn – car si ce brave homme ne lui avait pas dit de courir, qui sait s'il aurait échappé à la Lincoln noire. Pour autant, Mrs Hickenlooper ne correspondait pas à l'idée qu'il se faisait d'un chauffeur à son goût.

C'est alors qu'il repéra une candidature plus prometteuse. Une jeune personne sur la réserve – elle avait au moins l'âge de posséder son permis de conduire – qui hésitait à s'approcher de la table où il était installé ; elle observait l'auteur-illustrateur célèbre avec ce mélange de timidité et d'espièglerie qui caractérisait selon lui les filles au seuil d'une féminité plus épanouie. Dans quelques années, l'hésitation d'aujourd'hui ferait place au calcul, voire à la rouerie. Cette grâce de poulain, cette effronterie seraient bientôt tenues en bride. Il fallait bien qu'elle eût dix-sept ans au moins, mais sûrement pas encore vingt ans. Elle était tout à la fois fringante et gauche, peu sûre d'elle, et avide de faire ses preuves. Maladroite, mais hardie. Vierge, sans doute. Ou pour le moins très inexpérimentée, conclut-il.

– Salut, lui lança-t-il.

La jolie jeune fille, presque une femme, fut si désarçonnée par son attention inopinée qu'elle demeura sans voix – tout en virant au rouge cramoisi, quelque part entre la couleur du sang et celle des voitures de pompiers. Sa camarade, une mocharde aux faux airs de gourde, se répandit en gloussements. Il n'avait pas remarqué que la petite jolie était en compagnie d'un laideron. N'y a-t-il pas auprès de toute jeune fille intéressante et sexuellement vulnérable une compagne rustaude et sans attraits avec laquelle il faut compter ?

135

Ted ne fut pas découragé par la présence de cette comparse. A la limite, il voyait en elle un défi titillant ; certes, sa présence réduisait ses chances de baiser aujourd'hui même, mais il n'en trouvait pas moins engageante la perspective de séduire la jolie. Comme Marion l'avait fait remarquer à Eddie, ce n'était pas tant le passage à l'acte qui l'émoustillait, mais plutôt la phase d'anticipation ; il avait plus de plaisir à attendre qu'à consommer.

– Salut, finit par articuler la jolie.

Sa piriforme camarade ne put plus se tenir ; elle déclara, la mettant au supplice :

– Elle a écrit sa dissertation trimestrielle sur vous, en première année !

– Tais-toi, Effie ! dit la jolie.

Ah bon, c'est une étudiante, conclut Ted ; elle devait adorer *La Trappe dans le plancher*.

– Et c'était quoi, le sujet de votre dissertation ? s'enquit-il.

– Analyse des symboles ataviques de la peur dans *La Trappe dans le plancher*, répondit la jolie, manifestement mortifiée. Par exemple, le petit garçon qui n'est pas sûr de vouloir venir au monde, et la mère, qui n'est pas sûre de vouloir l'avoir, c'est très tribal. Les tribus primitives ont ces peurs-là. Et les mythes et les contes de fées des tribus primitives sont pleins d'images comme celles des portes magiques, d'enfants qui disparaissent, de gens qui ont si peur que leurs cheveux blanchissent dans la nuit. Et puis, dans les mythes et les contes, il y a des tas d'animaux qui changent de taille subitement, comme le serpent – le serpent est très tribal, bien sûr, lui aussi…

– Bien sûr, approuva Ted. Elle était longue, cette dissertation ?

– Douze pages, annonça la jolie, sans compter les notes et la bibliographie.

Sans compter les illustrations, mais seulement les pages du tapuscrit à double interligne, *La Trappe dans le plancher* tenait en une page et demie ; pourtant, le conte avait été publié comme un livre complet, et on laissait des étudiants écrire des dissertations dessus. Quelle blague ! se dit Ted.

Il aimait les lèvres de cette fille ; elle avait une petite bouche ronde. Ses seins étaient bien formés, presque potelés. D'ici quelques années, elle aurait des problèmes de poids, mais, pour l'instant, ses rondeurs étaient séduisantes, et sa taille encore fine. Ted aimait bien classer les femmes par morphologie. Dans la plupart des cas, il était persuadé de visualiser ce que l'avenir réservait à leur corps. Après sa première grossesse, celle-ci pourrait dire adieu à la finesse de sa taille ; il n'était pas exclu que ses hanches devinssent envahissantes, alors qu'à présent ses formes voluptueuses étaient encore contenues – de justesse. D'ici l'âge de trente ans, elle sera aussi piriforme que sa copine, conclut-il, mais il s'enquit simplement :

– Vous vous appelez comment ?

– Glorie, mais pas avec y, Glorie i-e, répondit la jolie personne, et elle, c'est Effie.

Je m'en vais t'en donner, moi, de l'atavisme, Glorie, se dit-il. L'homme de quarante-cinq ans et la fille de dix-huit sont fréquemment associés dans les tribus primitives, non ? Je t'en foutrai, moi, du tribal, se promit-il. Mais il déclara sobrement :

– Vous n'avez pas de voiture, sûrement, les filles ? Incroyable mais vrai, j'ai besoin qu'on me dépose.

Incroyable mais vrai, Mrs Vaughn, après avoir perdu Ted, avait irrationnellement dirigé son terrible courroux contre son courageux jardinier sans défense. Elle avait garé la Lincoln en marche arrière, moteur ronronnant, à l'entrée de l'allée ; le mufle noir de la voiture féline, son étincelante grille argentée pointaient dans Gin Lane. Postée à son volant, où elle resta près d'une demi-heure, jusqu'à ce que la voiture tombe en panne sèche, Mrs Vaughn attendait que la Chevy 57 noir et blanc débouche sur Gin Lane depuis Wyandanch Lane ou South Main Street. Elle ne pensait pas que Ted s'éloignerait des parages, puisque, comme lui, elle se figurait que l'amant de Marion – le « petit mignon », comme elle l'appelait par-devers elle – demeurait son chauffeur. Par conséquent, elle monta le volume de la radio, et attendit.

A l'intérieur de la Lincoln noire, la musique palpitait ; à cause du volume, et des basses qui faisaient vibrer les haut-parleurs, Mrs Vaughn faillit ne pas s'apercevoir que la Lincoln était tombée en panne sèche. S'il n'y avait pas eu un sursaut aussi brutal, elle aurait pu continuer d'attendre au volant jusqu'à ce qu'on ramène son fils de sa leçon de tennis.

Surtout, la panne de la Lincoln épargna peut-être une mort cruelle au jardinier de Mrs Vaughn. Le pauvre homme qui avait senti son échelle se dérober sous lui était, depuis cet instant, prisonnier de la haie impitoyable, où le monoxyde de carbone de l'échappement avait commencé par lui donner la nausée, pour finir par l'asphyxier ou presque. Il était à moitié groggy, mais conscient de son état, lorsque la voiture avait rendu l'âme, et qu'une brise de mer toute fraîche l'avait fait revenir à lui.

Au cours de sa première tentative pour descendre de la haie, il s'était coincé le talon droit dans une nodosité de l'arbre. Voulant se dégager, il avait perdu l'équilibre, et s'était effondré tête la première dans l'épaisseur du taillis, de sorte que le talon de sa chaussure s'était fiché plus solidement encore dans la haie tenace. Il s'était cruellement tordu la cheville au cours de sa chute, et, pendu par le talon, il s'était fait un claquage abdominal pour avoir tenté de défaire ses lacets.

Eduardo Gomez, petit bonhomme d'origine latino-américaine, nanti d'une petite bedaine en rapport avec sa silhouette, n'avait pas l'habitude de s'adonner à des tractions à l'envers dans une haie. Il portait des chaussures montantes, lacées au-dessus de la cheville, et malgré sa tentative de rétablissement, il n'avait pas pu supporter la douleur assez longtemps pour les desserrer. La chaussure refusait de glisser.

Pendant ce temps, entre les hurlements de la radio et les basses qui faisaient vibrer la voiture, Mrs Vaughn n'entendait pas ses appels à l'aide. Le malheureux jardinier suspendu, qui sentait les vapeurs d'échappement de la Lincoln s'élever vers lui et stagner dans la haie, était convaincu qu'il occupait là sa dernière demeure. Il serait donc victime du stupre d'un autre, et de la femme dédaignée par un autre – femme dédaignée dont le courroux est proverbial. Ironie du sort – ironie qui n'échappait pas au jardinier moribond –, c'étaient les lambeaux de portraits pornographiques de sa patronne qui l'avaient logé où il était, dans la haie meurtrière. Si la Lincoln n'était pas tombée en panne sèche, il aurait peut-être été la première victime tragique de la pornographie à Southampton, mais sûrement pas la dernière, se dit-il en sombrant dans les vapeurs de monoxyde de carbone. L'idée traversa son esprit embrumé que c'était Ted Cole qui méritait cette mort, plutôt qu'un jardinier innocent.

Aux yeux de Mrs Vaughn, son jardinier n'était en rien innocent. Elle l'avait entendu crier : « Tirez-vous ! » En avertissant Ted, il l'avait trahie ! Si ce triste pantin de la haie avait fermé sa gueule, Ted n'aurait jamais gagné ces quelques inestimables secondes d'avance, alors qu'il avait pu prendre toute sa vitesse avant que la Lincoln noire ait fait irruption sur Gin Lane. Elle était persuadée qu'elle aurait pu l'aplatir comme une crêpe, tel le panneau qu'elle avait broyé au coin de South Main Street. Il ne s'en était sorti qu'à cause de la trahison du jardinier !

Par conséquent, lorsque la Lincoln tomba en panne et que Mrs Vaughn en sortit – claquant la portière pour la rouvrir aussitôt car elle avait oublié d'éteindre la radio infernale –, elle entendit pour la première fois les cris affaiblis d'Eduardo, et une colère froide l'envahit. Elle piétina les petits cailloux de la cour au pas de charge, faillit se prendre les pieds dans l'échelle à terre, et seulement alors découvrit son Judas, lamentablement pendu par un pied au milieu des troènes. Sa fureur s'aggrava lorsqu'elle s'aperçut qu'il n'avait pas encore ramassé les dessins révélateurs. Il y avait quelque chose de tout à fait illogique dans sa haine envers le jardinier : il avait sans nul doute vu sa terrible nudité sur les dessins – comment en aurait-il été autrement ? Voilà pourquoi elle le haïssait, comme elle haïssait Eddie O'Hare, qui, lui aussi, l'avait vue si… vulnérable.

– Madame, s'il vous plaît, supplia Eduardo, si vous avez la force de soulever l'échelle, si je peux seulement m'y accrocher, je pourrai peut-être descendre.

– Oh, vous ! lui cria-t-elle, en ramassant une volée de graviers, qu'elle lança dans la haie.

Le jardinier ferma les yeux, mais le taillis était si dense qu'aucun caillou ne l'atteignit.

– Vous l'avez averti ! Sale petit bonhomme ! piailla Mrs Vaughn, en lui lançant une seconde volée de graviers, tout aussi inoffensive que la première.

Ne pas pouvoir atteindre un jardinier immobile tête en bas mit un comble à son ire.

– Vous m'avez trahie ! cria-t-elle.

– Si vous l'aviez tué, vous seriez allée en prison ! lui dit-il pour la raisonner.

Mais elle s'écartait de lui, d'un pas fier. Même tête en bas, il devina qu'elle rentrait chez elle ; ses petits pas décidés, son petit cul serré… Il n'eut pas à attendre qu'elle ait atteint la porte pour savoir qu'elle allait la claquer derrière elle. Il l'avait deviné depuis longtemps :

c'était une femme qui piquait des crises, une claqueuse de portes invétérée – comme si leur fracas la consolait de sa taille minuscule. Il redoutait les petites femmes ; il avait toujours pensé que leurs colères étaient inversement proportionnelles à leur gabarit. Sa femme à lui était vaste, d'une mollesse douillette ; c'était une femme d'un bon naturel, généreuse, de complexion clémente.

– Nettoyez-moi ces saletés, et fichez-moi le camp. C'est votre dernier jour, cria Mrs Vaughn à Eduardo, tétanisé dans sa haie, comme paralysé d'incrédulité. Vous êtes viré !

– Mais je *peux pas* descendre ! lui lança-t-il faiblement, tout en sachant avant même de parler que la porte claquerait.

Malgré l'abdominal qu'il s'était froissé, il trouva la force de surmonter sa douleur ; il fut sans nul doute galvanisé par un sentiment d'injustice, car il parvint à exécuter une nouvelle traction, et tint la position assez longtemps cette fois pour délacer sa chaussure. Son pied captif se libéra. Il tomba comme une pierre au cœur de la haie, battant l'air de ses bras et de ses jambes, et il atterrit pour son plus grand soulagement à quatre pattes dans les racines, en crachant des brindilles et des feuilles.

Il avait encore la nausée, la tête qui lui tournait et l'esprit embrumé par les vapeurs d'échappement de la Lincoln, qu'il avait trop longtemps respirées ; sa lèvre supérieure s'était déchirée à une branche. Il tenta de marcher mais dut promptement se remettre à quatre pattes, et c'est dans cette posture bestiale qu'il s'approcha de la fontaine bouchée. Il y plongea la tête, en oubliant l'encre de seiche. L'eau était immonde, elle puait le poisson ; lorsqu'il se redressa en s'ébrouant, il avait le visage et les mains teints en sépia. Il eut envie de vomir en grimpant à l'échelle pour récupérer sa chaussure.

Toujours sonné, il se mit à boiter dans la cour, sans but. Puisqu'il était viré, quel intérêt aurait-il eu à achever sa tâche, et récupérer les lambeaux pornographiques, comme Mrs Vaughn le lui avait demandé ? Ça n'aurait pas de sens commun d'accomplir quelque besogne que ce fût pour une femme qui l'avait viré, et, en plus, laissé pour mort ; seulement, lorsqu'il décida de s'en aller, il s'aperçut que la Lincoln en panne sèche obstruait l'allée. Sa camionnette, qu'il garait toujours à l'abri des regards, derrière la cabane à outils, le garage et l'abri où on mettait les pots de fleurs, ne pourrait donc pas passer le long de la haie. Il dut siphonner l'essence de la tondeuse

140

pour faire démarrer la Lincoln, puis la remettre au garage. Hélas, cette activité n'échappa pas à Mrs Vaughn.

Elle l'affronta dans la cour, avec la fontaine pour seul obstacle entre eux. Le bassin souillé était désormais aussi affreux à voir qu'une baignoire pour oiseaux où se seraient noyées des centaines de chauves-souris. Mrs Vaughn avait quelque chose à la main – un chèque. Son épave de jardinier la tenait à l'œil ; il partit sur le côté en boitillant, et prit garde de laisser la fontaine entre eux car il voyait sa patronne s'avancer vers lui en contournant les eaux noires.

– Vous n'en voulez pas ? C'est votre dernière paie ! dit la méchante nabote.

Eduardo fit une pause. Si elle avait l'intention de le payer, peut-être resterait-il nettoyer les derniers confetti pornographiques. Après tout, l'entretien de la propriété des Vaughn représentait sa source de revenus principale depuis des années. C'était un homme fier et cette micro-garce l'avait humilié, mais il se dit que même si ce chèque devait être le dernier qu'il recevrait d'elle, il serait conséquent.

Main tendue devant lui, il se mit à contourner précautionneusement la fontaine souillée, pas à pas, dans sa direction. Elle le laissa approcher. Elle était presque à sa portée lorsqu'elle plia plusieurs fois le chèque en toute hâte, pour lui donner une vague forme de petit bateau, qu'elle lança dans l'eau noire. Le chèque partit voguer au milieu du bassin funéraire. Eduardo dut se mettre à l'eau lui-même, ce qu'il ne fit pas sans inquiétude.

– Bonne pêche ! lui glapit Mrs Vaughn.

Tout en cueillant son chèque, il s'aperçut que l'encre avait dégouliné ; il ne pouvait plus lire le montant, ni la signature serrée. Avant même de s'être extirpé de la fontaine nauséabonde, il comprit, sans avoir besoin de regarder s'éloigner la silhouette dédaigneuse de sa patronne, que la porte allait claquer de nouveau. Le jardinier congédié essuya son chèque contre son pantalon, et le mit dans son portefeuille, sans savoir pourquoi il se donnait ce mal.

Consciencieusement, il remit l'échelle à sa place, le long de l'appentis où l'on rangeait les pots de fleurs. Il avisa un râteau qu'il se proposait de réparer et se demanda un instant ce qu'il était censé en faire ; il le laissa sur l'établi, dans la cabane à outils. Là-dessus, il serait rentré chez lui et il se dirigeait déjà vers sa camionnette en boitillant quand il aperçut tout à coup les trois grands sacs à feuilles mortes qu'il avait déjà remplis de lambeaux de dessins ; il avait calculé que le reste, quand il l'aurait ramassé, en remplirait encore deux autres.

Il prit donc le premier des trois sacs, et le vida sur la pelouse. Le vent s'empressa de disséminer quelques papiers, mais le jardinier jugea l'effet insuffisant ; il se mit à courir dans le tas en y donnant des coups de pied comme un gosse dans un tas de feuilles. Les longs lambeaux se mirent à voleter dans le jardin, et allèrent se déposer sur la baignoire aux oiseaux. Au fond de la cour, les roses maritimes, devant le sentier qui menait à la mer, aimantèrent les morceaux de papier ; ils allaient se coller à tout ce qu'ils touchaient, comme les guirlandes sur les sapins de Noël.

Le jardinier revint dans la cour en claudiquant, muni des deux sacs qui restaient. Il retourna le premier dans la fontaine, où le papier absorba l'eau noire comme une éponge géante. Le dernier sac se trouvait contenir quelques-unes des meilleures représentations, fortement endommagées, certes, de l'entrejambe de Mrs Vaughn ; ce n'était pas ce qui tiendrait en échec la créativité d'Eduardo. Dans un élan d'inspiration, il se mit à claudiquer en cercles dans la cour, le sac ouvert au-dessus de sa tête. On aurait dit un cerf-volant qui refuserait de décoller ; mais les innombrables confetti pornographiques finirent par prendre leur essor ; ils s'envolèrent dans la haie où l'héroïque jardinier les avait cueillis, et montèrent plus haut encore. Comme pour récompenser Eduardo Gomez de son courage, une forte brise de mer diffusa alors les détails des seins et du vagin de Mrs Vaughn d'un bout à l'autre de Gin Lane.

On rapporta plus tard à la police de Southampton que deux petits garçons en vélo s'étaient trouvés gratifiés d'un aperçu discutable de l'anatomie de Mrs Vaughn, alors qu'ils circulaient sur First Neck Lane – ce qui prouvait la force du vent, qui avait précipité ce gros plan du téton de Mrs Vaughn, avec son aréole irrégulière, par-dessus le lac Agawam. (Les gamins, deux frères, avaient rapporté le lambeau pornographique chez eux, où leurs parents, découvrant cette obscénité, avaient porté plainte.)

Le lac Agawam, qui n'était pas plus grand qu'une mare, séparait Gin Lane de First Neck Lane ; et c'était sur First Neck Lane que, au moment précis où Eduardo libérait les vestiges de l'œuvre de Ted

142

Cole, l'artiste lui-même poursuivait sa conquête d'une fille de dix-huit ans un peu trop bien en chair. Elle l'avait emmené chez elle pour le présenter à sa mère, surtout parce qu'elle n'avait pas de voiture personnelle, et qu'il lui fallait la permission d'emprunter le véhicule familial. Il n'y avait pas beaucoup à marcher depuis la librairie jusque chez Glorie, mais l'entreprise de séduction de Ted avait été plusieurs fois interrompue par les questions insultantes de sa pathétique amie piriforme. Contrairement à Glorie, Effie n'était nullement une inconditionnelle de *La Trappe dans le plancher*. Ce n'était pas elle qui aurait écrit sa dissertation trimestrielle sur les présomptions d'atavisme dans les symboles de la peur chez Ted Cole. Elle était peut-être d'une laideur intense, tragique, mais elle n'avait pas tendance à se gargariser de mots comme Glorie.

Et comme Ted, d'ailleurs. A vrai dire, la grosse était perspicace : leur courte marche lui donna le temps de prendre en grippe l'auteur célèbre ; elle estima les efforts de séduction de Ted pour ce qu'ils étaient. Quant à Glorie, si elle voyait l'évolution de la situation, elle offrait peu de résistance.

Ted fut le premier étonné de l'intérêt sexuel que la mère de Glorie éveilla en lui. Car si Glorie était un peu trop jeune, un peu trop inexpérimentée pour son goût – et, à la limite, trop bien en chair –, sa mère, plus âgée que Marion, appartenait à un type de femme qu'il n'avait pas coutume de regarder.

Mrs Mountsier était d'une maigreur anormale, pour avoir perdu l'appétit à la suite de la mort récente et brutale de son mari. On voyait bien que c'était une veuve qui avait aimé son mari profondément et qui – c'était manifeste même pour Ted – n'était pas sortie de son deuil. Bref, c'était une femme que personne ne pouvait séduire ; mais enfin, Ted Cole n'était pas n'importe qui, et il ne pouvait réprimer l'attirance imprévisible qu'il éprouvait pour elle.

Les formes opulentes de Glorie devaient lui venir d'une grand-mère, ou d'une tante lointaine. Mrs Mountsier avait une beauté classique, mais spectrale ; elle s'approchait du moule inimitable de Marion. Cependant, alors que le chagrin inextinguible de Marion l'avait détourné d'elle, la tristesse impériale de Mrs Mountsier l'excitait. Son envie de la fille n'avait pas diminué pour autant – tout à coup, il lui fallait les deux ! Dans une situation analogue, beaucoup se seraient dit : quel dilemme ! Mais Ted Cole ne pensait qu'en termes de possibilités. Quelle ouverture ! se dit-il. Il laissa donc Mrs Mountsier lui faire un sandwich – après tout, il était presque l'heure du déjeuner –, et, cédant aux instances de Glorie, il la laissa mettre au séchoir son jean mouillé et ses chaussures détrempées.

– Ça sera sec dans un quart d'heure, vingt minutes, promit l'adolescente. (Pour les chaussures, il faudrait bien une demi-heure au bas mot, mais on n'était pas pressé, après tout.)

Ted Cole consomma son déjeuner vêtu du peignoir de bain de feu Mr Mountsier. Mrs Mountsier lui avait montré la salle de bains, pour qu'il pût se changer, et elle lui avait tendu le peignoir de son mari avec une tristesse qu'il avait trouvée particulièrement charmante.

C'était la première fois qu'il tentait de séduire une veuve – et une mère et sa fille. Il avait passé l'été à dessiner Mrs Vaughn. Cela faisait longtemps qu'il ne s'était pas attelé aux illustrations du *Bruit de quelqu'un qui ne voudrait pas faire de bruit*, dont le texte lui-même n'était d'ailleurs pas achevé ; il commençait tout juste à avoir une idée de ce qu'elles représenteraient. Pourtant, là, dans cette confortable maison de First Neck Lane, voilà que se présentait à son esprit un portrait de mère avec sa fille singulièrement prometteur – il était sûr qu'il fallait tenter sa chance.

Mrs Mountsier ne déjeunait pas. Son visage émacié, qui paraissait fragile, friable, dans la lumière de midi, donnait à penser qu'il ne lui restait qu'un appétit capricieux, et encore, ou bien qu'elle avait du mal à garder un repas. Elle avait délicatement poudré les cernes sombres de ses yeux ; comme Marion, elle ne parvenait à dormir que sur de courtes plages de temps, quand elle était épuisée. Ted remarqua que le pouce de sa main gauche ne cessait de frotter son alliance, mais que ce geste permanent était inconscient.

Lorsque Glorie vit le geste de sa mère, elle lui pressa la main. Mrs Mountsier lança à sa fille un regard de gratitude et d'excuse ; la sympathie passa entre elles comme une lettre qu'on glisse sous une porte. (Dans les premiers dessins, Ted représenterait la fille en train de tenir la main de sa mère.)

– Mais vous savez que c'est une fameuse coïncidence, commença-t-il, figurez-vous que je cherchais deux modèles qui me conviennent pour un portrait de mère avec sa fille – c'est quelque chose qui m'intéresse pour mon prochain livre.

– Ce sera encore un livre pour enfants ? demanda Mrs Mountsier.

144

– Théoriquement, oui, mais je ne crois pas qu'aucun de mes livres soit vraiment pour les enfants. D'abord, ce sont les mères qui doivent les acheter, et, d'habitude, les mères sont les premières à les lire, à haute voix. D'ordinaire, les enfants les entendent raconter avant de savoir les lire. Et puis, souvent, ils y reviennent dans l'âge adulte pour les relire.

– C'est exactement ce qui m'est arrivé, dit Glorie.

Effie, qui boudait, leva les yeux au ciel.

Tout le monde était content, sauf elle. Mrs Mountsier venait d'entendre que les mères avaient le premier rôle, Glorie avait été félicitée de ne plus être une enfant, l'auteur célèbre l'avait reconnue comme adulte.

– Et quel genre de dessin est-ce que vous avez envie de faire ? demanda Mrs Mountsier.

– Hmm, j'aimerais d'abord vous dessiner avec votre fille. Comme ça, quand je vous dessinerai séparément, la présence de celle qui manquera sera d'une certaine façon prolongée.

– Super ! Tu veux bien qu'on le fasse, m'man ? demanda Glorie. (Effie recommençait à lever les yeux au ciel, mais Ted ne regardait jamais longtemps une femme sans beauté.)

– Je ne sais pas. Ça prendrait combien de temps ? demanda Mrs Mountsier. Ou plutôt, laquelle voulez-vous dessiner en premier ? Je veux dire quand vous le ferez séparément, après nous avoir dessinées ensemble ? (Dans un élan de désir, Ted s'aperçut que la veuve était ravagée.)

– C'est quand, la rentrée universitaire ? demanda-t-il à Glorie.

– Quelque chose comme le 5 septembre, répondit-elle.

– Le 3 septembre, rectifia Effie. Et tu es censée passer le week-end de la fête du Travail avec moi dans le Maine, ajouta-t-elle.

– Alors il faudrait que je commence par Glorie, dit Ted à Mrs Mountsier. D'abord je vous croquerai toutes les deux, puis Glorie toute seule, puis, après la rentrée, vous toute seule.

– Ah, je ne sais pas…, dit Mrs Mountsier.

– Allez, maman, ça sera marrant, dit Glorie.

– Hmm, dit Ted, son fameux hmm qui laissait tout en suspens.

– Eh bien quoi, hmm ? demanda Effie grossièrement.

– Ce que je veux dire, c'est que vous n'êtes pas obligées de vous décider aujourd'hui. Pensez-y. (Il lisait sur le visage de Glorie à quoi elle pensait déjà. Elle ne lui résisterait pas. Et puis, quel automne, et quel hiver délicieusement longs cela promettait ! Il se figurait la conquête infiniment plus lente de la mère en chagrin, ça pourrait prendre des mois, un an peut-être.)

Laisser mère et fille le reconduire toutes deux à Sagaponack allait requérir un certain doigté. Mrs Mountsier se porta volontaire ; puis elle s'aperçut qu'elle avait blessé sa fille, qui mourait vraiment d'envie de ramener chez lui le célèbre auteur-illustrateur.

– Ah mais, je t'en prie, vas-y donc, Glorie, dit Mrs Mountsier. Je n'avais pas compris combien ça te tenait à cœur.

Ça ne va pas marcher si elles se disputent, pensa Ted. « En tout égoïsme, déclara-t-il en gratifiant Effie d'un sourire charmeur, je serais très honoré que vous me raccompagniez toutes les trois. » Et si son charme n'opérait pas sur Effie, mère et fille furent instantanément réconciliées – pour l'heure.

Il eut la même influence pacificatrice lorsqu'il fallut décider qui prendrait le volant, de Glorie ou sa mère. « Personnellement, dit-il en souriant à Glorie, je pense que les gens de votre âge conduisent mieux que leurs parents. Mais, d'un autre côté – il adressa son sourire à Mrs Mountsier –, les gens comme nous font des passagers insupportables, qui tiennent un volant mental. » Il se retourna donc vers Glorie : « Laissez votre mère conduire, lui dit-il, c'est la seule façon de l'empêcher d'être passagère. »

Alors qu'il n'avait pas semblé se soucier des mimiques d'Effie, il la prit de vitesse : il se retourna vers la malheureuse laideronne, et ce fut lui qui leva les yeux au ciel, pour bien lui montrer qu'il savait à quoi s'en tenir.

Pour qui les aurait vus, installés dans la voiture, ils avaient l'air d'une famille raisonnablement normale. Mrs Mountsier était au volant, avec, auprès d'elle, l'auteur célèbre et néanmoins chauffard. A l'arrière, les enfants. Celle qui avait le malheur d'être laide était comme de juste maussade et renfermée ; ce qui était d'autant plus logique que sa « sœur » était relativement jolie. Assise derrière Ted, Effie décochait des regards noirs à sa nuque. Glorie, penchée en avant, comblait l'espace entre les deux sièges vert foncé de la Saab maternelle. En se mettant de trois quarts pour voir le profil sublime de la mère, Ted apercevait aussi la fille, pleine de vivacité à défaut d'être vraiment belle.

146

Mrs Mountsier conduisait bien, et ne quittait jamais la route des yeux. Sa fille ne quittait pas Ted des yeux. Pour une journée qui avait si mal commencé, quelles ouvertures elle recelait ! Ted jeta un coup d'œil à sa montre, et constata avec surprise qu'on était en début d'après-midi. Il serait chez lui avant deux heures, ce qui lui laisserait tout le temps de montrer à la mère et à la fille sa salle de travail sous une bonne lumière. Ne jamais juger une journée sur sa matinée, décida-t-il lorsque Mrs Mountsier eut dépassé le lac Agawam pour tourner de Dune Road dans Gin Lane. Il était si médusé par les attraits comparés de la mère et de la fille qu'il en avait oublié de surveiller l'itinéraire.

– Ah, vous passez par là, souffla-t-il.

– Pourquoi baissez-vous la voix ? demanda Effie.

Une fois sur Gin Lane, Mrs Mountsier fut contrainte de ralentir et de rouler au pas. La rue était jonchée de papiers ; il en pendait sur les haies. Il s'en enroulait à la voiture ; un petit bout se colla sur le pare-brise. Mrs Mountsier fut tentée de s'arrêter.

– Ne vous arrêtez surtout pas ! Mettez les essuie-glaces, lui dit Ted.

– Ah, ces passagers ! persifla Effie.

Mais, au grand soulagement de Ted, les essuie-glaces firent leur office. Le bout de papier délictueux s'envola. (Ted avait vu en un éclair qu'il s'agissait de l'aisselle de Mrs Vaughn ; détail d'une série des plus compromettantes où on la voyait sur le dos, mains croisées derrière la tête.)

– Mais qu'est-ce que c'est que ça ? demanda Glorie.

– Le contenu d'une poubelle, sans doute, répondit sa mère.

– Oui, dit Ted, ça doit être un chien du voisinage qui a fouillé dans une poubelle.

– Quelle saleté ! déclara Effie.

– Ça mérite une amende, dit Mrs Mountsier.

– Oui, approuva Ted. Même si c'est un chien, il faudrait lui coller une amende.

Tout le monde rit, sauf Effie.

Comme ils touchaient au bout de Gin Lane, un tourbillon de papiers enveloppa la voiture dans sa course ; on aurait dit que les bribes de l'humiliation de Mrs Vaughn ne voulaient pas lâcher Ted. Mais le coin fut tourné, et au-devant, la route s'étendait, dégagée. Ted éprouva une vague de bonheur sauvage, mais il n'essaya pas de l'exprimer.

Un rare instant de réflexion le submergea, quasi biblique. Ivre de son impunité quant à Mrs Vaughn, émoustillé par la compagnie de Mrs Mountsier et de sa fille, la pensée qui s'imposait à lui repassait dans sa tête comme une litanie. Le stupre entraîne le stupre, qui entraîne le stupre, encore et toujours. Et c'est ça qui est chouette !

L'autorité de l'écrit

L'histoire qu'Eddie raconta à Ruth dans la voiture, elle s'en souviendrait toujours. Si elle venait à l'oublier un instant, il lui suffisait de regarder la mince cicatrice, à son index gauche, qui ne s'effacerait jamais. Quand elle atteignit la quarantaine, la cicatrice était devenue si minuscule qu'elle était la seule à la voir, à part ceux qui savaient qu'elle se trouvait là, qui la cherchaient.

– Il était une fois une petite fille, commença Eddie.

– Comment elle s'appelait ?

– Elle s'appelait Ruth.

– Oui, approuva la fillette. Continue.

– Elle s'était coupé le doigt sur un bout de verre, et son doigt saignait, saignait, il n'arrêtait pas de saigner. Jamais elle n'aurait cru qu'il y avait autant de sang dans son doigt. Elle se disait que ce sang devait venir de partout, de tout son corps.

– C'est vrai, dit Ruth.

– Mais lorsqu'elle alla à l'hôpital, il fallut seulement deux piqûres et deux fils.

– Trois aiguilles, lui rappela Ruth, en comptant chaque point.

– Ah oui, convint Eddie, mais Ruth était très courageuse, et ça ne lui fit rien de ne pas pouvoir se baigner dans l'océan pendant presque une semaine, et de ne pas pouvoir se mouiller le doigt, même dans la baignoire.

– Pourquoi ça me faisait rien ? demanda Ruth.

– Bon, peut-être que ça te faisait un peu quelque chose, mais tu ne t'es pas plainte.

– J'ai été courageuse ? demanda l'enfant.

– Très. Tu es courageuse.

– Qu'est-ce que ça veut dire, courageuse ?

– Ça veut dire que tu pleures pas.

– J'ai pleuré un petit peu, lui rappela-t-elle.

– Un petit peu, c'est normal. Courageuse, ça veut dire que tu acceptes ce qui t'arrive, et que tu essayes d'en tirer le meilleur parti.

– Raconte encore la coupure.

– Quand le docteur a retiré les fils, la cicatrice était fine, et blanche, en parfaite ligne droite. Tout le reste de ta vie, si tu as besoin d'être courageuse, tu n'auras qu'à regarder ta cicatrice.

Ruth la regarda, les yeux écarquillés.

– Elle va jamais partir ?

– Jamais, lui dit-il. Ta main va grandir, ton doigt va grandir, mais la cicatrice aura toujours la même taille. Quand tu seras grande, la cicatrice paraîtra plus petite parce que le reste de ton corps aura poussé, mais elle sera toujours pareille. On la remarquera moins, elle sera de plus en plus difficile à voir. Il faudra que tu la montres dans la lumière, et que tu dises : « Vous voyez ma cicatrice. » Et il faudra que les gens regardent de près, et alors, seulement, ils la verront. Toi tu la verras toujours parce que tu sais où il faut regarder. Et puis, bien sûr, on la verra sur tes empreintes digitales.

– C'est quoi, une empreinte digitale ?

– C'est un peu difficile à te montrer dans la voiture.

Lorsqu'ils arrivèrent à la plage, Ruth lui posa la question de nouveau, mais même dans le sable mouillé, ses doigts étaient trop petits pour laisser des empreintes nettes, ou alors c'est le sable qui était trop grossier. Dans l'eau peu profonde où jouait Ruth, l'antiseptique brunâtre fut dissous ; mais la cicatrice demeura, ligne blanche sur son index. Il lui fallut être au restaurant pour découvrir ce que c'était qu'une empreinte digitale.

Là, sur l'assiette de son sandwich au fromage fondu et de ses frites, Eddie étala une belle flaque de ketchup. Il lui trempa l'index droit dans la sauce et l'imprima délicatement sur une serviette en papier. A côté de cette empreinte, il en déposa une seconde, celle de son index gauche. Il lui dit de regarder la serviette à travers son verre, qui grossissait les empreintes, de sorte qu'elle vit les circonvolutions dissymétriques. Et elle put voir, là où elle serait toujours, cette ligne verticale parfaite à son index droit, que le verre grossissait presque deux fois.

– Voilà tes empreintes digitales, expliqua Eddie, personne n'aura jamais les mêmes.

– Et ma cicatrice, elle partira jamais ?

– Elle fera partie de toi pour toujours, promit-il.

Après le déjeuner à Bridgehampton, Ruth voulut garder la serviette qui portait ses empreintes. Eddie la glissa dans l'enveloppe qui contenait déjà ses fils et sa croûte. Il vit que la croûte s'était ratatinée ; elle n'était pas plus grosse qu'un quart de coccinelle, et comme cet insecte, rougeâtre avec des points noirs.

Vers deux heures et quart, cet après-midi-là, Eddie O'Hare s'engageait dans Parsonage Lane, à Sagaponack. Il était encore assez loin de la maison des Cole lorsqu'il constata avec soulagement que le camion de déménagement et la Mercedes de Marion n'étaient plus en vue. En revanche, une voiture qu'il ne connaissait pas, une Saab vert foncé, était garée dans l'allée. Il ralentit pour rouler au pas. Ted, ce séducteur impénitent, était en train de dire au revoir à trois femmes, dans la Saab.

Il avait déjà fait visiter son atelier à ses futurs modèles, Mrs Mountsier et sa fille Glorie. Quant à Effie, elle avait refusé de quitter la banquette arrière. La pauvre était en avance sur son temps : c'était une fille pleine d'intégrité, de clairvoyance, d'intelligence, prisonnière d'un corps que la plupart des hommes ignoraient ou dédaignaient ; en ce vendredi après-midi, sur les trois femmes de la Saab, Effie était la seule assez avisée pour voir que Ted était aussi fiable qu'un préservatif percé.

L'espace d'une seconde, le cœur d'Eddie s'arrêta de battre : il avait pris la conductrice de la Saab vert foncé pour Marion ; mais lorsqu'il s'engagea dans l'allée, il s'aperçut que Mrs Mountsier lui ressemblait moins qu'il ne l'avait cru. Pendant une seconde, il avait espéré que Marion ait changé d'avis. Elle n'abandonne pas Ruth, après tout ; ni moi. Mais Mrs Mountsier n'était pas Marion ; et Glorie, sa fille, n'était pas Alice (il l'avait prise pour la jolie nounou étudiante qu'il n'appréciait pas). Non, il s'apercevait à présent qu'il s'agissait seulement de trois femmes qui avaient raccompagné Ted Cole chez lui. A laquelle s'intéressait-il ? Sûrement pas à celle sur la banquette arrière.

Tandis que la Saab vert foncé quittait l'allée, Eddie vit tout de suite à l'expression innocente et vaguement surprise de Ted qu'il ne savait pas que Marion était partie.

150

– Papa, papa ! cria Ruth, tu veux voir mes fils ? Il y en a quatre.
Et puis j'ai une croûte. Montre la croûte à papa, dit la fillette à Eddie,
qui tendit l'enveloppe à Ted.

– C'est mes empreintes digitales, expliqua l'enfant à son père qui
ouvrait des yeux ronds sur la serviette en papier tachée de ketchup.

– Faites bien attention que la croûte n'aille pas s'envoler au vent,
lui dit Eddie.

Elle était si minuscule que Ted la regarda sans la sortir de l'enveloppe.

– C'est rudement chouette, Ruthie, dit Ted à sa fille. Puis, se tournant vers Eddie : Alors, vous êtes allé chez le médecin lui faire retirer
ses fils ?

– Et puis on est allés à la plage, et puis au restaurant, raconta Ruth.
Et j'ai mangé un sandwich au fromage fondu, avec des frites et du
ketchup. Et puis Eddie il m'a montré mes empreintes, et ma cicatrice,
elle partira jamais.

– C'est très bien, Ruthie, dit Ted tout en regardant Eddie sortir le
sac de plage de la Chevy.

Sur le dessus, on voyait les feuillets de l'encadreuse de Southampton – l'histoire de cet été 1958 qu'Eddie avait écrite pour Penny
Pierce. Il lui vint une idée en les voyant. Il alla jusqu'au coffre de la
voiture chercher la photographie dans son cadre neuf. Ted suivait tous
ses gestes avec un malaise croissant.

– Je vois qu'ils ont fini par réencadrer la photo, dit-il.

– On a retrouvé les pieds, papa ! La photo est réparée !

Ted prit sa fille dans ses bras et l'embrassa sur le front.

– Tu as du sable dans les cheveux, et tu es pleine de sel. Il va falloir
que tu prennes un bain, Ruthie.

– Oui, mais pas un shampooing.

– Ah si, Ruthie, tu as besoin d'un shampooing aussi.

– Non, j'aime pas ça, les shampooings, ça me fait pleurer.

– Hmm... Ted marqua sa pause habituelle. (Il ne quittait plus Eddie
des yeux.) Je vous ai attendu un bon bout de temps, ce matin, lui
dit-il, où est-ce que vous étiez passé ?

Eddie lui tendit les pages qu'il avait écrites pour Penny Pierce.

– La dame de la boutique d'encadrement m'a demandé de lui écrire
ça. Elle voulait que je lui explique pourquoi je refusais de quitter le
magasin sans la photo.

Sans prendre les feuillets, Ted posa sa fille et se mit à regarder sa propre demeure, interloqué.

– Où est donc Alice ? Ce n'est pas Alice qui vient l'après-midi ? Où est-elle, cette nounou ? Et Marion, au fait ?

– Je vais donner son bain à Ruth, répondit l'adolescent en lui tendant les feuillets une seconde fois. Vous feriez mieux de lire ça.

– Répondez-moi, Eddie.

– Lisez d'abord, insista Eddie.

Il porta Ruth sur un bras et se dirigea vers la maison, le sac de plage sur l'épaule. De sa main libre, il serrait la photo de Marion et des pieds.

– Mais vous ne lui avez jamais donné de bain, vous n'allez pas savoir comment vous y prendre, criait Ted dans son dos.

– Je vais me débrouiller, Ruth m'expliquera, lui répondit le jeune homme, et il répéta : Lisez ça.

– D'accord, d'accord, accepta Ted qui commença à lire, à haute voix : « Avez-vous une image de Marion Cole présente à l'esprit ? » Mais enfin, qu'est-ce que c'est que ça ?

– Les seules pages intéressantes que j'aie écrites cet été, répondit Eddie en faisant entrer Ruth dans la maison.

Une fois arrivé, il se demanda comment faire pour donner un bain à Ruth, dans n'importe quelle baignoire de la maison, sans qu'elle s'aperçoive que les photos de ses frères morts avaient disparu.

Le téléphone sonnait ; il espéra que c'était Alice, et, sans poser l'enfant, alla répondre dans la cuisine. Il n'y avait jamais eu plus de deux ou trois photos de Thomas et Timothy dans cette pièce-là ; il espérait que leur absence passerait inaperçue. En outre, comme il lui avait fallu traverser le hall en courant pour répondre au téléphone, la petite pouvait ne pas avoir remarqué les rectangles de papier peint plus foncés, que la lumière n'avait pas décolorés, et les crochets pour les cadres, que Marion avaient laissés et qui attiraient l'attention sur les murs nus.

C'était bien Alice, au bout du fil. Il lui dit de venir sur-le-champ. Puis il fit passer Ruth sur ses épaules, et, tout en la tenant fermement, il grimpa l'escalier en courant.

– Je fais la course pour arriver à la baignoire, lui expliqua-t-il. Dans laquelle tu veux prendre un bain ? Celle de papa et maman, la mienne, une autre ?

– La tienne ! cria Ruth.

Il tourna dans le long couloir du premier, où il vit avec surprise à quel point les crochets ressortaient. Il y en avait des dorés, des argentés, ils étaient tous plus ou moins affreux. On aurait dit la maison infestée de cloportes métalliques.

– T'as vu ça ? demanda Ruth.

Mais Eddie la transporta dans sa chambre au bout du couloir sans cesser de courir, et de là dans la salle de bains, où il accrocha la photo de Marion à l'Hôtel du Quai Voltaire, exactement comme au début de l'été.

Eddie mit le bain à couler et il aida Ruth à se déshabiller, ce qui ne fut pas une mince affaire parce que l'enfant ne cessait de tourner la tête vers les murs tandis qu'il lui retirait son T-shirt. A l'exception de la photo de Marion à Paris, les murs étaient nus, les autres photos manquaient. Les crochets semblaient plus nombreux qu'ils n'étaient. Eddie avait l'impression de les voir grouiller comme des blattes.

– Où elles sont, les autres photos ? demanda l'enfant pendant qu'Eddie la plongeait dans la baignoire en train de se remplir.

– Peut-être que ta maman les a enlevées. Regarde, tu as du sable entre les doigts de pieds, et dans les cheveux, et puis dans les oreilles.

– Y en a dans ma fente, aussi – il y en a toujours, remarqua Ruth.

– Ah oui… c'est vrai qu'il était grand temps de prendre un bain.

– Pas de shampooing, insista Ruth.

– Et le sable dans tes cheveux, alors ?

La baignoire avait un accessoire à l'européenne, une douche télé-phone, dont Eddie se mit à asperger l'enfant qui poussa de petits cris.

– Pas de shampooing !

– Juste un tout petit peu. Ferme les yeux.

– Ça me rentre dans les oreilles, aussi ! glapit la petite.

– Je croyais que tu étais courageuse ? Tu n'es pas courageuse ? lui demanda Eddie.

Sitôt le shampooing fini, Ruth cessa de pleurer. Eddie la laissa jouer avec la douche jusqu'à ce qu'elle l'asperge.

– Où est-ce qu'elle a mis les photos, maman ?

– Je ne sais pas, avoua Eddie. (D'ici le soir et même avant, la phrase allait tourner au refrain.)

– Elle a enlevé celles du couloir, aussi ?

– Oui, Ruth.

– Pourquoi ? s'enquit l'enfant.

– Je ne sais pas, répéta-t-il.

En désignant du doigt les murs de la salle de bains, Ruth déclara :

– Elle a pas enlevé ces machins, maman. Comment ça s'appelle, ces machins ?

– Des crochets.

– Pourquoi elle les a pas enlevés, maman ?

– Je ne sais pas, dit encore Eddie. L'enfant était debout dans la baignoire pleine de sable, où l'eau était en train de s'évacuer. Elle frissonna dès qu'Eddie la prit pour la poser sur le tapis de bain.

Tout en l'essuyant, il se demandait comment il était censé lui démêler les cheveux ; ils étaient assez longs, et pleins de nœuds. Il n'arrivait pas à se concentrer parce qu'il essayait de se rappeler, mot pour mot, ce qu'il avait écrit à l'intention de Penny Pierce ; il tentait aussi de se figurer comment Ted réagirait à certaines phrases. Par exemple : « D'après mes évaluations, Marion et moi avons dû faire l'amour une soixantaine de fois », et puis après celle-là, celle-ci : « Lorsque Ruth rentrera chez elle, sa mère et les photos auront disparu. Ses frères morts et sa mère auront disparu. »

Comme il se rappelait sa conclusion mot pour mot, il se demanda si Ted apprécierait la litote : « Je me disais seulement que l'enfant aurait très besoin de quelque chose à mettre au chevet de son lit, ce soir, avait-il écrit. Il n'y aura pas d'autres photos – toutes ces photos auxquelles elle a été habituée. Je me suis dit que surtout si c'était une photo de sa mère… »

Eddie avait déjà enveloppé Ruth dans une serviette lorsqu'il avisa Ted, dans l'embrasure de la porte. En un échange muet, il remit l'enfant à son père, qui lui rendit les feuillets écrits.

– Papa, papa, dit la petite, maman a enlevé toutes les photos, mais pas les… comment tu dis ? demanda-t-elle à Eddie.

– Les crochets.

– C'est ça. Pourquoi qu'elle a fait ça ? demanda Ruth à son père.

– Je ne sais pas, Ruthie.

– Je vais prendre une douche rapide, annonça Eddie à Ted.

– C'est ça, rapide, répondit celui-ci en emportant sa fille dans le couloir.

– Regarde tous les… comment on dit ?

154

– Les crochets, Ruthie.

Après sa douche, Eddie s'aperçut que Ted et Ruthie avaient emporté la photo de Marion ; ils avaient dû la mettre au mur de la chambre de Ruth. Il trouvait fascinant de voir se réaliser ce qu'il avait écrit. Il voulait se retrouver en tête à tête avec Ted, pour lui dire tout ce que Marion lui avait demandé de lui dire, et ce qui lui viendrait à l'esprit. Il voulait le blesser avec toutes les vérités dont il pourrait faire flèche. Seulement, en même temps, il voulait mentir à Ruth. Trente-sept ans durant il voudrait lui mentir, lui prodiguer toutes les paroles censées lui mettre du baume au cœur.

Une fois habillé, il voulut fourrer dans son sac marin vide les feuillets qu'il avait écrits. Il n'allait pas tarder à faire ses valises, et il ne voulait à aucun prix les oublier. Mais il eut la surprise de constater que le sac n'était pas vide. Tout au fond, il trouva le cardigan en cachemire rose de Marion ; elle avait mis également son caraco mauve avec le slip assorti, malgré sa conviction que le rose et le mauve juraient. Elle savait que c'étaient le décolleté et la dentelle qui avaient plu à Eddie.

Eddie fouilla dans le sac, espérant y trouver autre chose : peut-être Marion lui avait-elle écrit une lettre. Ce qu'il découvrit le surprit tout autant que ses vêtements. C'était le cadeau écrabouillé en forme de miche de pain, le cadeau que son père lui avait remis au moment où il embarquait pour Long Island ; le cadeau pour Ruth, dont l'emballage avait beaucoup souffert de sa résidence prolongée tout un été au fond du sac. Eddie avait le sentiment que le moment serait mal choisi pour remettre quelque cadeau que ce fût à Ruth.

Soudain, il pensa que les pages écrites pour Penny Pierce et montrées à Ted pourraient remplir un nouvel office. Lorsque Alice arriverait, elles seraient utiles pour la mettre au courant. Car il faudrait bien que la nounou soit au courant – du moins si on voulait qu'elle se montre compatissante envers Ruth. Il plia les feuillets et les glissa dans sa poche arrière, à droite. Son jean était encore un peu humide parce qu'il l'avait enfilé par-dessus son maillot mouillé quand il avait quitté la plage avec Ruth. Le billet de dix dollars donné par Marion était un peu humide, lui aussi, de même que la carte de visite de Penny Pierce, où elle avait ajouté son numéro de téléphone personnel à la main. Il mit carte et billet dans son sac de voyage ; ils faisaient déjà partie des souvenirs de cet été 1958, qui représentait pour lui –

il en prenait conscience – un tournant et pour Ruth un héritage qu'elle emporterait avec elle aussi longtemps que sa cicatrice.

Pauvre gosse, pensait-il, sans se rendre compte que cette compassion aussi marquait un tournant. A seize ans, Eddie O'Hare était sorti de l'adolescence en ceci qu'il avait cessé de ne s'intéresser qu'à lui, pour se préoccuper de quelqu'un d'autre. Au cours des heures qui suivraient, il résolut de dire ce qu'il dirait, et de faire ce qu'il ferait, pour Ruth. Il prit le couloir vers la chambre de la fillette, où Ted avait déjà accroché la photo de Marion et des pieds à l'un des nombreux crochets nus, sur les murs dépouillés.

– Regarde, Eddie, lui dit-elle en lui désignant du doigt la photo de sa mère.

– Je vois, répondit-il. Elle fait très bien, ici.

Depuis le rez-de-chaussée, une voix de femme les appelait :

– Hello ! Hello ?

– Maman ! s'écria Ruth.

– Marion ? appela Ted.

– C'est Alice, expliqua Eddie.

Il arrêta la nounou à mi-escalier.

– Il faut que vous soyez au courant de la nouvelle situation, Alice, dit-il à l'étudiante en lui tendant les feuillets. Lisez ça, ça vaudra mieux.

Ah, l'autorité de l'écrit !

Une orpheline

Un enfant de quatre ans n'a qu'une notion floue du temps. Pour Ruth, la seule évidence, c'était que sa mère avait disparu, ainsi que les photos de ses frères morts. Elle ne tarderait pas à demander quand l'une et les autres seraient de retour.

L'absence de Marion avait une qualité qui suggérait la permanence, même à une enfant de quatre ans. Il n'y avait pas jusqu'à cette lumière de fin d'après-midi, qui s'attarde au bord de la mer, qui ne semblât se prolonger plus encore, en ce vendredi soir ; on avait l'impression qu'il ne ferait jamais nuit. Et la présence des crochets au mur, sans compter les rectangles plus sombres qui se détachaient sur le papier à fleurs, contribuait à donner le sentiment que les photos avaient disparu à jamais.

Marion aurait mieux fait de laisser les murs tout à fait vides. Les crochets semblaient dessiner le plan d'une cité bien-aimée, mais détruite. Au fond, les photographies de Thomas et de Timothy étaient les principales histoires de la vie de Ruth – même en y incluant sa toute première expérience de *La Souris qui rampait entre les cloisons*. Et comment l'enfant aurait-elle trouvé une ombre de consolation dans la réponse unique et frustrante à ses nombreuses questions ?

« Quand est-ce qu'elle rentre, maman ? » ne lui valait que le sempiternel « Je ne sais pas », qu'elle entendait répéter par son père, par Eddie, et plus récemment par la nounou, toujours sous le choc de la découverte. A la suite de ses brèves pages de lecture, Alice avait perdu son aplomb. Elle ne savait que répéter le pathétique « Je ne sais pas » d'une voix qui n'était plus qu'un murmure à peine audible.

Et la fillette continuait de poser des questions : « Mais où elles sont les photos, maintenant ? Est-ce qu'il y a eu du verre cassé ? Et maman, quand est-ce qu'elle revient ? »

Étant donné la notion du temps qui était la sienne, quelles réponses aurait-on pu lui faire qui la réconfortent ? « Demain » aurait pu la rassurer, mais seulement jusqu'au lendemain. Car Marion ne serait pas rentrée alors. « La semaine prochaine », ou « le mois prochain » ? Autant dire « l'an prochain » à un enfant de quatre ans. La vérité, elle, n'était pas de nature à réconforter Ruth – et elle ne l'aurait pas comprise. La maman de Ruth ne reviendrait pas – pas avant trente-sept ans.

– J'imagine que Marion ne se propose pas de revenir ? demanda Ted à Eddie lorsqu'ils furent enfin en tête à tête.

– C'est ce qu'elle dit, répondit le jeune homme.

Ils se trouvaient dans la salle de travail de Ted, et celui-ci s'était déjà versé un verre. Il avait également appelé le docteur Leonardis pour annuler leur partie de squash. (« Je ne joue pas ce soir, Dave, ma femme m'a quitté. ») Eddie éprouva le besoin de lui dire que Marion avait cru que ce serait le docteur qui le raccompagnerait à la maison. Quand Ted lui expliqua qu'il était allé à la librairie, Eddie connut sa première et d'ailleurs unique illumination religieuse.

Pendant sept ans, presque huit, soit son dernier cycle scolaire et tout son premier cycle universitaire, mais pas au-delà, Eddie O'Hare allait être sincèrement, quoique discrètement, religieux : il fallait bien que ce fût Dieu, ou quelque puissance céleste, qui ait empêché Ted de voir la Chevy garée sur le trottoir d'en face, légèrement décalée, tout le temps qu'il avait fallu pour négocier le retour de la photo chez l'encadreuse. (Si ça n'était pas un miracle, alors... !)

– Et où est-elle donc ? demanda Ted en agitant les glaçons dans son verre.

– Je ne sais pas.

– Ne me mentez pas ! cria Ted.

Sans même prendre le temps de poser son verre, il le gifla au visage de sa main libre. Eddie fit ce qu'on lui avait dire de faire. Il ferma le poing, avec une hésitation, parce que c'était la première fois qu'il frappait quelqu'un, et il cogna Ted sur le nez.

– Seigneur ! s'écria Ted, qui tourna sur lui-même et renversa son whisky.

Il porta le verre froid contre son nez.

– Seigneur, moi, je vous ai mis une claque – du plat de la main, encore, et vous, vous me collez un coup de poing. Bon Dieu !

– Marion m'a dit que ça vous arrêterait.

– Marion ! Et qu'est-ce qu'elle vous a dit d'autre ?

– J'essaie de vous le dire. Elle a dit que ce n'était pas la peine que vous reteniez quoi que ce soit, parce que son avocat vous redira tout.

– Si elle se figure qu'elle a l'ombre d'une chance d'obtenir la garde de Ruth, elle va déchanter.

– Elle ne se figure pas qu'elle va obtenir la garde de Ruth. Elle n'a pas l'intention d'essayer.

– Elle vous l'a dit ?

– Elle m'a dit tout ce que je vous rapporte.

– Mais quelle mère il faut être pour ne pas demander la garde de sa fille ? brailla Ted.

– Ça, elle ne me l'a pas dit, avoua Eddie.

– Seigneur..., commença Ted.

– Il y a quand même une condition pour la garde, coupa Eddie, il faudra faire attention à ne pas boire. Finie la conduite en état d'ivresse. Si vous chopez encore une suspension pour ça, vous risquez de perdre la garde de Ruth. Marion veut être sûre que Ruth ne court pas de risque dans votre voiture.

– Elle est bien placée pour juger des risques que Ruth court avec moi, peut-être ?

– Je suis sûr que l'avocat vous l'expliquera. Moi, je ne fais que vous répéter ce qu'elle m'a dit.

– Après l'été qu'elle vient de s'offrir avec vous, si elle se figure qu'on va la croire !

– Elle m'a dit que vous diriez ça. Et qu'elle connaît plus d'une Mrs Vaughn qui serait ravie de témoigner si on devait en arriver là. Mais elle ne cherche pas à avoir la garde de Ruth, je vous dis seulement de surveiller votre consommation d'alcool.

– C'est bon, c'est bon, dit Ted en finissant son verre. Mais pourquoi il a fallu qu'elle emporte toutes les photos, bon Dieu ! On a les négatifs, elle n'avait qu'à les prendre, et les faire refaire.

– Elle a aussi emporté les négatifs, annonça Eddie.

– Non mais vous déconnez, là ! hurla Ted.

Il sortit de la salle de travail en trombe, Eddie sur ses talons. Les négatifs se trouvaient d'ordinaire avec les originaux ; il y en avait une centaine, dans des enveloppes, toutes rangées à l'intérieur du bureau cylindrique de l'alcôve située entre la cuisine et la salle à manger. C'était le bureau où Marion s'asseyait pour payer les factures. Ted et Eddie virent qu'il avait disparu.

– J'avais oublié de vous le dire, avoua Eddie. Elle dit que le bureau est à elle – c'est le seul meuble qu'elle voulait.

– Je me fous pas mal du bureau, merde ! gueula Ted, mais elle peut pas avoir les photos *et* les négatifs. C'étaient mes fils à moi aussi, bon Dieu !

– Elle a dit que c'est ce que vous diriez. Elle dit que vous vouliez avoir Ruth, et pas elle. Maintenant vous avez Ruth, et elle, elle a les garçons.

– J'ai droit à la moitié des photos, pour l'amour du ciel ! Et Ruth, alors ? Elle n'a pas droit à la moitié ?

– Marion ne m'a rien dit là-dessus. Je suis sûr que l'avocat vous l'expliquera.

– Marion n'ira pas bien loin. Même la voiture est à mon nom ; les deux voitures sont à mon nom.

– L'avocat vous dira où la Mercedes est garée. Elle lui enverra les clefs, elle dit qu'elle n'a pas besoin de voiture.

– Elle va avoir besoin d'argent, dit Ted d'un ton mauvais. Comment elle fera, pour l'argent ?

– Elle dit que l'avocat vous dira combien il lui faut.

– Bon Dieu !

– Vous vouliez divorcer, de toute façon, non ?

– C'est elle qui demande ou c'est vous, là ?

– C'est moi.

– Tenez-vous-en à ce que Marion vous a dit de dire, Eddie.

– Elle ne m'avait pas dit de récupérer la photo. L'idée vient de Ruth, et de moi. C'est Ruth qui l'a eue la première.

– C'était une bonne idée, convint Ted.

– J'ai pensé à Ruth.

– Je sais bien, je vous en remercie.

Là-dessus, ils se turent une seconde ou deux. Ils entendaient Ruth harceler la nounou de questions. En cet instant, les nerfs d'Alice semblaient plus près de lâcher que ceux de Ruth.

– Et celle-ci ? Raconte-la, exigeait l'enfant.

Ted et Eddie comprirent qu'elle devait être en train de désigner un des crochets ; elle voulait que la nounou lui raconte l'histoire d'une des photos absentes. Bien entendu, Alice ne se rappelait pas quelle photo au juste était accrochée ici ou là. Du reste, elle ne savait pas l'histoire relative à la plupart des photos.

– Raconte ! raconte celle-ci !

– Je suis désolée, Ruth, je ne la sais pas.

– C'est celle de Thomas avec le grand chapeau, dit Ruth avec humeur. Timothy essaie de l'attraper, mais il y arrive pas parce que Thomas est monté sur un ballon.

– Ah, tu t'en souviens.

Combien de temps s'en souviendra-t-elle ? se demanda Eddie en regardant Ted se verser un autre verre.

– Timothy a donné un coup de pied dans le ballon, et il a fait tomber Thomas, poursuivit Ruth. Thomas s'est mis en colère, et il a commencé la bagarre. A la bagarre, c'était toujours Thomas qui gagnait parce que Timothy était plus petit.

– On voyait la bagarre sur la photo ? demanda Alice.

Question idiote, Eddie le savait.

– Mais non, que t'es bête ! La bagarre, c'était après la photo !

– Ah bon, dit Alice, pardon.

160

– Vous voulez boire quelque chose ? demanda Ted à Eddie.

– Non, répondit celui-ci. On devrait prendre la voiture et aller voir à la « caravane » si Marion n'a rien laissé.

– Bonne idée, dit Ted. C'est vous qui prenez le volant.

Tout d'abord, ils ne trouvèrent rien dans le triste appartement en location. Marion avait emporté les rares vêtements qu'elle y laissait – à l'exception, Eddie le savait et lui en vouait une reconnaissance éternelle, du cardigan en cachemire rose et du caraco de soie mauve avec le slip assorti. Des rares photos qu'elle avait apportées pour l'été, il n'en restait qu'une seule. Elle n'avait pas pris celle des garçons morts qui trônait au-dessus du lit, Thomas et Timothy au seuil du bâtiment principal, au seuil de l'âge d'homme, durant leur dernière année à Exeter.

HOC VENITE PVERI VT VIRI SITIS

« Approchez jeunes gens, pour devenir des hommes », comme elle l'avait traduit dans un murmure.

C'était la photographie qui marquait le théâtre de l'initiation d'Eddie. Un bout de papier avait été scotché sur le sous-verre. On y lisait, de la main de Marion sans aucun doute possible :

Pour Eddie

– Comment ça, pour vous ! braille Ted ; il arracha le papier et gratta le scotch qui restait avec son ongle. Eh ben, c'est pas pour vous, Eddie. C'est mes fils – c'est la seule photo qui me reste d'eux !

Eddie n'essaya pas de discuter. Il se rappelait la phrase latine assez bien pour n'avoir pas besoin de la photo. Il lui restait deux ans à passer à Exeter, il s'engagerait assez souvent sous le portail et sous son inscription. Il n'avait que faire d'une photo de Thomas et de Timothy. Ce n'était pas eux qu'il lui fallait se rappeler. Il pouvait se souvenir de Marion sans eux. Il l'avait connue *sans* eux, tout en admettant que leur présence était sensible autour d'elle.

– Mais bien sûr qu'elle est à vous, cette photo.

– Et comment donc ! Qu'est-ce qui a bien pu lui prendre de vouloir vous la donner ?

161

– Je ne sais pas, mentit le jeune homme.

En l'espace d'une journée, « Je ne sais pas » était devenu la réponse de tous à tout.

C'est ainsi que la photographie de Thomas et Timothy sur le seuil d'Exeter revint à Ted. C'était un souvenir plus évocateur des garçons morts que le détail, les fameux pieds, désormais accroché dans la chambre de Ruth. Ted allait exposer celle-ci dans la grande chambre – ce n'étaient pas les crochets vacants qui manquaient.

Lorsque Ted et Eddie quittèrent le minable appartement au-dessus du garage, ce dernier emporta les quelques affaires qui s'y trouvaient – il voulait faire ses bagages. Il attendait que Ted lui dise de partir, et il eut en effet l'obligeance de le lui dire sur le chemin du retour vers Parsonage Lane.

– On est quoi, demain, samedi ?

– Oui, c'est ça, samedi.

– Je veux que vous ayez vidé les lieux demain, ou dimanche au plus tard.

– Soit. Il faut simplement qu'on m'accompagne au ferry.

– Alice pourra le faire.

Eddie décida qu'il serait mal avisé de répéter à Ted que Marion avait elle aussi vu en Alice un chauffeur tout indiqué pour aller à Orient Point.

Lorsqu'ils arrivèrent à la maison, Ruth s'était endormie à force de pleurer ; elle avait d'ailleurs refusé de prendre son dîner ; quant à Alice, elle pleurait sans bruit dans le couloir, au premier étage. Pour une étudiante, elle paraissait singulièrement anéantie par la situation. Eddie ne parvenait pas à mobiliser beaucoup de compassion pour elle ; c'était une arrogante qui l'avait snobé d'emblée du haut de sa supériorité présumée, uniquement due, d'après lui, aux quelques années qu'elle avait de plus que lui.

Ted pilota Alice pour descendre l'escalier, et il lui donna un mouchoir propre.

– Je suis désolé que tout ça vous soit tombé dessus, Alice, dit-il ; mais rien ne pouvait apaiser la jeune fille.

– Mon père a quitté ma mère quand j'étais toute petite, pleurnicha-t-elle, alors moi, je m'en vais, là. Je m'en vais, c'est tout. Et toi, Eddie, tu devrais avoir la décence de t'en aller aussi.

162

– C'est trop tard pour que je m'en aille, Alice, je viens de me faire virer, lui apprit-il.

– Je ne savais pas que vous étiez une personne aussi supérieure, Alice, lui dit Ted.

– Alice a passé l'été à m'accabler de sa supériorité, dit Eddie à Ted, tout en n'aimant pas ce côté de la transformation qui s'était opérée en lui : avec cette autorité, cette nouvelle voix qu'il s'était découvertes, il avait aussi développé un goût de la cruauté dont il aurait été incapable la veille.

– Je te suis supérieure moralement, Eddie, ça, j'en suis sûre, dit la nounou.

– Moralement supérieure ? répéta Ted, oh, le beau concept. Ça vous arrive de vous sentir moralement supérieur, Eddie ?

– A vous, oui.

– Vous voyez, Alice, conclut l'écrivain, tout le monde se sent moralement supérieur à quelqu'un !

Eddie ne s'était pas rendu compte qu'il était déjà ivre.

Alice s'en alla en pleurant, Eddie et Ted regardèrent sa voiture s'éloigner.

– Adieu, chauffeur pour le ferry, dit le jeune homme.

– N'empêche que je veux que vous ayez vidé les lieux demain.

– C'est bien joli, mais je ne vais pas aller à Orient Point à pied, et vous n'avez pas le droit de m'y conduire.

– Vous êtes un garçon astucieux, Eddie, vous allez bien trouver quelqu'un pour vous y emmener.

– C'est plutôt vous qui êtes fort pour vous trouver des chauffeurs…, répliqua Eddie.

Cet échange de piques aurait pu durer toute la nuit, et il ne faisait même pas encore noir dehors. Il était bien trop tôt pour que Ruth dorme. Ted, s'inquiétant à haute voix, se demanda s'il ne devrait pas la réveiller et la convaincre de manger quelque chose. Mais lorsqu'il entra dans sa chambre sur la pointe des pieds, il la trouva en train de travailler à son chevalet ; elle avait dû se réveiller, à moins qu'elle n'ait seulement fait croire à Alice qu'elle dormait.

Les dessins de Ruth étaient nettement en avance sur ce que font les enfants de son âge. Signe de talent, ou, plus modestement, effet des conseils de son père pour dessiner certaines choses, les visages essentiellement – il était trop tôt pour le dire. En tout cas, elle savait

163

dessiner une figure ; à vrai dire, elle ne dessinait que ça. (A l'âge adulte, elle ne dessinerait plus du tout.)

Or l'enfant était en train de dessiner des choses insolites. Des silhouettes en bâtonnets, gauches et mal formées, comme en dessinent les enfants de quatre ans plus normaux (artistes qui s'ignorent). Il y avait trois de ces silhouettes, pas bien dessinées du tout, avec des têtes ovales sans visage, lisses comme des melons. Par-dessus, ou peut-être derrière, la perspective n'était pas claire, on voyait se dresser plusieurs gros monticules qui ressemblaient à des montagnes. Pourtant, Ruth était l'enfant des champs de patates et de l'océan ; là où elle avait grandi, il n'y avait que du plat.

– C'est des montagnes, ça, Ruthie ? demanda Ted.

– Non ! cria l'enfant.

Elle voulait qu'Eddie vienne voir son dessin, lui aussi. Ted l'appela.

– C'est des montagnes ? demanda Eddie dès qu'il vit le dessin.

– Non, non et non ! cria Ruth.

– Ruthie, mon poussin, ne crie pas, dit Ted ; puis, en désignant les silhouettes sans visage, il demanda : C'est qui, ces gens, Ruthie ?

– Des mortes personnes.

– Tu veux dire des morts, Ruthie ?

– Oui, des mortes personnes.

– Je vois. C'est des squelettes, dit son père.

– Où sont leurs visages ? demanda Eddie.

– Les mortes personnes, elles ont pas de visage, répliqua l'enfant.

– Et pourquoi, chérie ? s'enquit Ted.

– Parce qu'elles sont enterrées. Elles sont sous la terre, lui expliqua Ruth.

Ted désigna les monticules qui n'étaient pas des montagnes, et il demanda :

– Alors ça, c'est la terre, hein ?

– Oui, acquiesça Ruth. Les mortes personnes, elles sont dessous.

– Je vois, dit Ted.

Ruth mit son doigt sur la silhouette du milieu et dit :

– Celle-là, c'est maman.

– Mais ta maman n'est pas morte, mon poussin, objecta Ted. Maman n'est pas une morte personne.

– Et ça, c'est Thomas, et ça, c'est Timothy, poursuivit Ruth en désignant les deux autres squelettes.

– Ruthie, maman n'est pas morte – elle est seulement partie.

– Ça, c'est maman, répéta Ruth en montrant de nouveau le squelette du milieu.

– Qu'est-ce que tu dirais d'un sandwich au fromage fondu avec des frites ? lui demanda Eddie.

– Et avec du ketchup, répondit Ruth.

– Bonne idée, Eddie, dit Ted à l'adolescent.

Les frites étaient congelées ; il fallut préchauffer le four, et Ted était trop ivre pour trouver la poêle qu'il préférait pour faire des sandwiches au fromage fondu ; ils parvinrent pourtant tous trois à avaler ces aliments déplorables – le ketchup les fit passer. Eddie fit la vaisselle tandis que Ted essayait de mettre Ruth au lit. Compte tenu des circonstances, le dîner avait été civilisé, pensait le jeune homme, en écoutant père et fille traverser le premier étage et se décrire mutuellement les photos absentes. Parfois, Ted en inventait une – en tout cas, il en décrivait une qu'Eddie ne se rappelait pas avoir vue –, mais cela ne semblait pas gêner Ruth. Elle en inventa une ou deux, elle aussi.

Un jour, quand le souvenir de nombre d'entre elles lui ferait défaut, elle inventerait presque tout. Eddie, longtemps après qu'il les aurait presque toutes oubliées, ferait de même. Seule Marion serait exempte de cette œuvre de recréation de Thomas et de Timothy. Quant à Ruth, elle devrait bientôt apprendre à inventer sa mère, bien sûr.

Tout en faisant ses bagages, Eddie entendait Ted et Ruth broder à l'envi sur les photos, réelles ou imaginaires ; ils l'empêchaient de se concentrer sur son problème immédiat : qui allait le conduire au ferry d'Orient Point ? C'est alors qu'il tomba sur la liste de tous les anciens d'Exeter habitant les Hamptons, avec son ajout le plus récent, un certain Percy S. Wilmot, de la promotion 46, qui habitait tout près, à Wainscot.

Eddie devait avoir l'âge de Ruth lorsque ce Mr Wilmot avait quitté l'université, mais il était possible que l'homme se rappelât O'Hare père. A coup sûr, tous ceux qui étaient passés par Exeter en avaient au moins entendu parler ! De là à dire que ce lien avec Exeter lui vaudrait un chauffeur pour Orient Point, rien n'était moins sûr. Pourtant, Eddie conclut qu'il serait édifiant d'appeler Percy S. Wilmot, ne serait-ce que pour contrarier son père – pour le malin plaisir de lui apprendre : « Écoute, j'ai appelé tous les anciens d'Exeter qui vivent dans les Hamptons, je les ai suppliés de me conduire au ferry, et ils ont tous refusé ! »

Mais lorsqu'il descendit téléphoner à la cuisine, un coup d'œil sur la pendule lui signala qu'il était presque minuit : il serait plus sage d'appeler Mr Wilmot le lendemain matin. Toutefois, malgré l'heure tardive, il n'hésita pas à réveiller ses parents : il ne pouvait avoir de brève conversation avec son père que si celui-ci était à moitié endormi. Or il voulait que cette conversation fût brève. Même à moitié endormi, Minty s'affolait facilement.

– Tout va bien, papa. Non, il n'y a pas de problème. Je voulais seulement que toi ou maman soyez à portée du téléphone, demain, pour le cas où j'appellerais. Si je peux trouver quelqu'un qui m'accompagne au ferry, je vous passerai un coup de fil avant de partir.

– Tu t'es fait mettre à la porte ? demanda Minty ; et Eddie l'entendit chuchoter à sa mère : C'est Edward. Je crois qu'il s'est fait remercier.

– Non, je ne me suis pas fait mettre à la porte, mentit le jeune homme. Je suis simplement arrivé au terme de mon travail.

Naturellement, Minty se répandit en considérations – il n'aurait jamais, disait-il, imaginé que c'était le genre de travail qu'on finissait. Il calcula aussi qu'il lui faudrait trente minutes de plus pour aller d'Exeter à New London qu'il n'en faudrait à Eddie pour se rendre de Sagaponack à Orient Point, et prendre le ferry jusqu'à New London.

– Eh bien alors, je t'attendrai tout simplement à New London, papa.

Connaissant Minty, Eddie savait que même en le prévenant à la dernière minute, il le trouverait sur le quai, et qu'il aurait emmené sa mère, pour lui servir de « navigateur ».

Ensuite Eddie sortit dans la cour, sans but. Il lui fallait échapper aux murmures qui lui parvenaient du premier étage, où Ted et Ruth étaient encore en train de se réciter les histoires des photos disparues, réelles et imaginaires. Dans la fraîcheur de la cour, leurs voix se mêlaient à la cacophonie des criquets et des rainettes, ainsi qu'au bruit de la mer pilonnant la grève, au loin.

Le seul vrai différend qu'Eddie ait entendu entre Ted et Marion s'était déroulé là, dans cette cour-jardin spacieuse, mais mal entretenue. Marion disait que c'était un jardin à venir, mais c'était plutôt un jardin interrompu par l'indécision et le désaccord. Ted voulait une

166

piscine. Marion disait que cela ferait de Ruth une enfant gâtée – si elle ne s'y noyait pas.

– Avec toutes les nounous qu'elle a autour d'elle, ça ne risque rien ! avait objecté Ted, ce que Marion avait pris comme une critique de plus sur la façon dont elle remplissait ses devoirs de mère.

Ted avait également envie d'une douche extérieure, qui serait commode pour le court de squash de la grange, mais assez proche de la piscine pour que les enfants puissent rincer le sable au retour de la plage avant d'entrer dans le bassin.

– Quels enfants ? avait demandé Marion.

– Et surtout avant d'entrer dans la maison, avait ajouté Ted.

Il avait horreur du sable dans une maison. Il n'allait jamais à la plage, sauf l'hiver, après les tempêtes. Il aimait bien voir ce que la mer rejetait sur le sable ; parfois, il rapportait des choses pour les dessiner (du bois flotté à la forme singulière, la carapace d'un crabe des Moluques, ou une raie à la face de masque de Halloween et à la queue barbée ; une mouette morte.)

Marion n'allait à la plage que pour accompagner Ruth, le week-end, ou bien si, pour une raison ou pour une autre, il n'y avait pas de nounou pour le faire. Elle n'aimait pas trop s'exposer au soleil ; à la plage, elle se couvrait d'une chemise à manches longues. Elle mettait une casquette de base-ball et des lunettes noires, si bien que personne ne la reconnaissait jamais, et elle restait assise là à regarder Ruth jouer au bord de l'eau « pas tellement comme une mère, plutôt comme une nounou ». C'est en ces termes qu'elle s'était décrite à Eddie. « Comme quelqu'un qui s'intéresse encore moins à l'enfant que ne le ferait une bonne nounou. »

Ted voulait plusieurs pommes de douche pour pouvoir prendre une douche en même temps que son partenaire de squash – comme dans un vestiaire, avait-il précisé – et puis les enfants pourraient se doucher ensemble.

– Mais quels enfants ? avait répété Marion.

– Eh bien, Ruth et sa nounou, alors.

Dans l'état actuel, la cour, qui n'était pas entretenue, se fondait avec un champ de hautes herbes plein de marguerites. Il faudrait agrandir la pelouse, avait décidé Ted. Et installer un écran quelconque pour empêcher les voisins de les voir lorsqu'ils seraient à la piscine.

– Quels voisins ? avait demandé Marion.

– Oh, nous aurons des tas d'autres voisins, un jour, lui avait-il répondu. (Il avait raison sur ce point.)

Mais Marion avait vu la cour-jardin autrement. Elle aimait ce champ d'herbes hautes, et ces marguerites ; elle n'aurait pas détesté avoir davantage de fleurs des champs ; elle aimait les jardins ensauvagés. Une tonnelle de vigne, peut-être, à condition de la laisser foisonner à sa guise. Et il faudrait rétrécir la pelouse, au contraire, avoir davantage de fleurs, mais pas des fleurs gnan-gnan.

– Gnan-gnan…, avait dit Ted, d'un ton dédaigneux.

– C'est gnan-gnan, une piscine, avait dit Marion, et si on agrandit la pelouse, elle aura l'air d'un terrain de sport. Qu'est-ce qu'on aura à faire d'un terrain de sport ? Ruth ne va pas lancer une balle ou taper dans un ballon avec toute une équipe ?

– Si les garçons étaient toujours là, tu voudrais l'agrandir, la pelouse, lui avait dit Ted, ils adoraient jouer au ballon.

Là-dessus, le chapitre avait été clos. La cour était restée en l'état – pas tout à fait en devenir, mais en tout cas inachevée.

Dans le noir, l'oreille tendue au chant des criquets, des rainettes, et aux percussions lointaines sur la grève, Eddie s'imaginait ce qu'il en adviendrait. Il entendit les glaçons s'entrechoquer dans le verre de Ted avant de voir ce dernier, ou que lui-même ne l'ait vu.

Il n'y avait pas de lumière au rez-de-chaussée, mais seulement celle du couloir du premier, celle de la chambre d'amis, qu'Eddie avait laissée, et celle de la veilleuse dans la salle de bains des parents, qu'on laissait toujours allumée pour Ruth. Eddie s'émerveilla que Ted ait réussi à se verser un autre verre dans la cuisine obscure.

– Ruth dort ? lui demanda-t-il.

– Enfin ! répondit Ted, la pauvre gosse !

Il continuait de secouer les glaçons dans son verre, et de siroter. Pour la troisième fois, il proposa à boire à Eddie ; celui-ci refusa.

– Prenez au moins une bière, bon Dieu ! Oh Seigneur, regardez-moi cette cour !

Eddie décida de prendre une bière ; à seize ans, ce serait la première. Dans les grandes occasions, ses parents buvaient du vin au dîner, et il avait la permission d'en boire avec eux ; mais il n'avait jamais aimé ça.

La bière lui parut fraîche, mais amère ; il n'allait pas la finir. Pourtant le simple fait d'aller jusqu'au réfrigérateur, d'allumer la cuisine (qu'il laissa éclairée) avait interrompu les rêveries de Ted ; il avait oublié la question de la cour et s'était mis à penser plus précisément à Marion.

– Je n'arrive pas à croire qu'elle ne veuille pas la garde de sa fille, déclara-t-il.

– Je ne suis pas sûr que ce soit ça. Ce n'est pas qu'elle ne veuille pas de Ruth, mais elle ne veut pas être une mauvaise mère ; elle croit qu'elle ne sera pas à la hauteur.

– Mais quelle mère il faut être pour abandonner sa fille ! A la hauteur, tu parles !

– Elle m'a dit qu'elle avait voulu être écrivain, autrefois.

– Marion est écrivain, seulement elle veut pas s'y mettre.

Marion avait expliqué à Eddie qu'elle ne pouvait pas se pencher sur ses pensées les plus intimes, parce qu'elles roulaient toutes sur la mort de ses fils. Eddie avança avec circonspection :

– Je crois qu'elle a toujours envie d'écrire, mais la mort de ses fils est le seul sujet qui l'intéresse. Enfin, je veux dire, c'est le seul sujet qui s'impose à elle, et elle ne peut pas écrire là-dessus, justement.

– Voyons si je vous suis bien, Eddie. Alors, comme ça, Marion emporte toutes les photos existantes des garçons sur lesquelles elle peut mettre la main – et tous les négatifs en prime –, et elle part pour être écrivain, parce que la mort des garçons est le seul sujet qui s'impose à elle, sauf qu'elle est dans l'impossibilité d'écrire dessus... Mouais... Hyperlogique, tout ça, hein ?

– Je ne sais pas, convint le jeune homme. (Toutes les théories qu'on pouvait élaborer sur Marion avaient une faille ; il y avait toujours une brèche dans ce qu'on disait ou qu'on savait d'elle.) Je ne la connais pas assez pour la juger.

– Vous voulez que je vous dise, Eddie ? Eh bien, moi non plus, je la connais pas assez pour la juger.

Eddie le croyait sans peine, mais il ne voulait pas lui laisser le bénéfice d'une attitude vertueuse.

– N'oubliez pas que c'est quand même vous qu'elle quitte, lui lança-t-il, il faut croire qu'elle vous connaissait assez bien.

– Assez bien pour m'avoir jugé, vous voulez dire ? Ça, c'est sûr ! admit Ted ; il avait descendu plus de la moitié de son whisky ; il suçotait les glaçons et les recrachait dans son verre, puis buvait encore une gorgée. Mais vous aussi, elle vous quitte, hein, Eddie ? Vous

169

n'espérez pas qu'elle vous téléphone pour vous donner un rendez-vous galant ?

– Non. Je n'espère pas avoir de ses nouvelles, reconnut le jeune homme.

– Eh bien, moi non plus, conclut Ted. (Il cracha encore quelques glaçons dans son verre.) Oh ! là, là, c'est vraiment dégueulasse, constata-t-il.

– Vous avez des dessins de Marion ? demanda subitement Eddie. Vous l'avez déjà dessinée ?

– Il y a très très longtemps, oui…, commença Ted. Vous voulez les voir ?

Même dans la pénombre, car la cour n'était éclairée que par les fenêtres de la cuisine, Eddie percevait sa réticence.

– Bien sûr, répondit-il.

Il suivit Ted dans la maison ; ce dernier alluma l'interrupteur de l'entrée, et ils se retrouvèrent bientôt dans la salle de travail, aveuglés par les néons après l'obscurité de la cour.

Il n'y en avait pas douze en tout, de ces dessins de Marion. Eddie mit d'abord sur le compte de l'éclairage leur aspect peu naturel.

– Ce sont les seuls que j'aie gardés, dit Ted comme pour se justifier, Marion n'a jamais aimé poser.

Eddie put voir qu'elle n'avait jamais voulu se déshabiller non plus – il n'y avait pas de nus, du moins aucun que Ted ait conservé. Sur les dessins où elle posait avec Thomas et Timothy, elle devait être très jeune, car les enfants étaient tout petits – mais sa beauté était sans âge aux yeux d'Eddie. Outre sa joliesse, le seul trait que Ted ait véritablement saisi était sa distance. Surtout lorsqu'elle posait seule, elle semblait lointaine, froide, même.

Puis Eddie comprit ce qui différenciait les portraits de Marion des autres œuvres de Ted, et singulièrement de ses croquis de Mrs Vaughn. La lubricité infatigable de Ted en était absente. Pour anciens qu'ils fussent, il avait déjà perdu tout désir pour elle. C'était pourquoi elle n'était pas ressemblante – du moins pas aux yeux d'Eddie, qui était tout désir pour Marion.

– Vous en voulez un ? Vous pouvez en prendre un, proposa Ted.

Eddie n'en voulait surtout pas ; aucun ne représentait la Marion qu'il connaissait.

– Je pense qu'ils reviennent à Ruth, dit-il.

– Bonne idée. Vous êtes plein de bonnes idées, Eddie.

Ils remarquèrent en même temps la couleur du breuvage de Ted. Le contenu de son verre presque vide était du même sépia que la fontaine de Mrs Vaughn. Dans l'obscurité de la cuisine, le peintre s'était trompé de bac à glaçons ; il avait allongé son whisky avec les glaçons d'encre de seiche, désormais à demi fondus. Ses lèvres, sa langue et jusqu'à ses dents étaient d'un marron tirant sur le noir.

Marion aurait goûté cette image : Ted à genoux devant la cuvette des toilettes de l'entrée, en train de vomir. Le bruit de ses vomissements parvint à Eddie, qui était resté dans la salle de travail à regarder les dessins. « Seigneur, soufflait Ted entre deux spasmes. J'en ai fini avec les alcools – à partir de maintenant, je m'en tiens au vin et à la bière. » Il ne parla pas de l'encre de seiche, ce qui étonna Eddie. Après tout, c'était l'encre qui le rendait malade, pas le whisky.

Peu importait à Eddie qu'il tînt parole. Pourtant, en finir avec les alcools forts, consciemment ou pas, c'était céder à la réserve de Marion sur la garde de Ruth. Il n'aurait plus jamais d'amende pour conduite en état d'ébriété. S'il lui arrivait d'avoir un verre de trop en prenant le volant, du moins, il ne conduisit jamais ivre avec Ruth à ses côtés.

Hélas, toute modération de son penchant pour l'alcool ne servit qu'à exacerber son penchant pour les femmes ; or, à long terme, les effets de ce penchant-là allaient se révéler plus dangereux pour lui que son alcoolisme.

Sur le moment, cette issue – Ted Cole à genoux, gerbant dans les toilettes – parut clôturer comme il fallait une longue et rude journée. Eddie lui lança « bonne nuit » sur un ton supérieur et Ted fut bien incapable de répondre, encore secoué par la violence de ses vomissements.

Eddie passa s'assurer que Ruth dormait bien, loin de se douter que ce coup d'œil serait le dernier avant trente ans. Il ne se doutait pas qu'il partirait bien avant que Ruth ne se réveillât.

Il comptait lui donner le cadeau de ses parents le lendemain matin, il comptait lui dire au revoir avec un baiser. Mais il avait trop compté. Malgré son expérience avec Marion, il n'était encore qu'un garçon de seize ans, qui avait sous-estimé l'aspérité émotionnelle de l'instant – après tout, il n'avait jamais connu pareille situation. Et là, dans la

171

chambre de la fillette endormie, il trouva facile de présumer que tout irait bien.

Rares sont les choses à paraître aussi peu atteintes par la réalité qu'un enfant qui dort.

La jambe

Ce fut l'avant-dernier samedi d'août, l'été 1958. Vers trois heures du matin, le vent qui soufflait du sud-ouest tourna au nord-est. Dans la pénombre de sa chambre, Eddie n'entendit plus le ressac : il n'y avait que le vent du sud pour porter le bruit de la mer jusqu'à Parsonage Lane. Et le jeune homme comprit que c'était un vent de nord-est parce qu'il eut froid. Il lui semblait approprié que sa dernière nuit à Long Island fût déjà une nuit d'automne, mais il ne parvint pas à se réveiller assez pour se lever fermer ses fenêtres. Au lieu de cela, il serra les maigres couvertures contre lui, se roula en boule, et souffla sur ses mains fermées pour les réchauffer, puis il essaya de se rendormir plus profondément.

Quelques secondes, quelques minutes plus tard, peut-être, il rêva que Marion couchait encore à ses côtés, mais qu'elle venait de se lever pour fermer les fenêtres. Il tendit le bras, croyant toucher la place chaude qu'elle aurait sûrement laissée, mais le lit était froid. Puis, après avoir entendu qu'on fermait les fenêtres, il entendit qu'on tirait les rideaux. Il ne tirait jamais les rideaux et avait convaincu Marion de les laisser ouverts. Il aimait tant la voir endormie aux premières lueurs de l'aube.

Même au plus noir de la nuit, et trois heures du matin n'en sont pas loin, il y avait toujours une vague clarté dans la chambre d'Eddie ; on y distinguait du moins les contours massifs du mobilier. La lampe à col de cygne, sur la table de chevet, projetait son ombre indistincte sur la tête de lit. Et la porte de la chambre, toujours entrebâillée pour que Marion pût entendre Ruth si celle-ci venait à l'appeler, était bordée d'un liseré de clarté anthracite. Le peu de lumière qui passait par le long couloir, quand ce n'aurait été que la veilleuse de la salle

172

de bains des parents, parvenait jusqu'à la chambre d'Eddie, parce que la porte de Ruth n'était jamais fermée non plus.

Cette nuit-là, au contraire, quelqu'un avait fermé fenêtres et rideaux ; et lorsque Eddie ouvrit les yeux dans cette obscurité totale si peu naturelle, on avait refermé la porte de sa chambre. En retenant son souffle, il entendit respirer.

Beaucoup d'adolescents ne sont sensibles qu'à la persistance des ténèbres ; où qu'ils regardent, ils voient du noir. Eddie, qui avait la chance de nourrir plus d'espérance, tendait à chercher ce qui pouvait rester de lumière. Dans l'obscurité totale de sa chambre, il crut tout d'abord que Marion lui était revenue.

– Marion, murmura-t-il.

– Seigneur ! quel optimisme ! dit Ted Cole. J'ai bien cru que vous n'alliez jamais vous réveiller.

Sa voix semblait venir de partout et de nulle part à la fois, dans les ténèbres environnantes. Eddie se dressa sur son séant et chercha la lampe de chevet à tâtons ; mais il n'avait pas l'habitude de ne pas la voir du tout, et il ne la trouva pas.

– Ne pensez plus à la lumière, Eddie, lui dit Ted, cette histoire gagne à être entendue dans l'obscurité.

– Quelle histoire ? demanda Eddie.

– Je sais que vous voulez la connaître. Vous m'avez dit que vous aviez demandé à Marion de vous la raconter, mais Marion ne peut pas affronter cette histoire. Ça la change en pierre, rien que d'y penser. Vous vous souvenez que vous l'aviez changée en pierre, rien qu'en le lui demandant – vous vous en souvenez, Eddie ?

– Oui, je m'en souviens, dit le jeune homme.

C'était donc cette histoire-là. Ted voulait lui raconter l'accident.

C'était de Marion qu'il aurait voulu la tenir, mais que dire ? Il lui fallait l'entendre, fût-ce de la bouche de Ted.

– Allez-y, racontez, dit l'adolescent sur un ton aussi détaché que possible.

Dans l'obscurité de la chambre, il ne voyait pas où était Ted, ni même s'il était debout ou assis – mais ça n'avait pas d'importance, parce que la voix de Ted, lorsqu'il racontait une histoire, n'importe quelle histoire, ne résonnait que mieux dans une atmosphère de ténèbres.

Sur le plan du style, le récit de l'accident de Thomas et Timothy avait de nombreux points communs avec *La Souris qui rampait entre les cloisons* et *La Trappe dans le plancher*, voire avec les nombreuses moutures du *Bruit de quelqu'un qui essaie de ne pas faire de bruit*, fidèlement transcrites par Eddie. En d'autres termes, c'était une histoire à la Ted Cole ; dans le genre, la version de Marion n'aurait donc jamais valu celle de son mari.

Avant tout, Eddie le comprit d'emblée, Ted avait travaillé son histoire. Ça aurait tué Marion de s'attacher avec une telle précision aux détails de la mort de ses fils. D'autre part, Marion aurait fait son récit sans phrases ; au contraire, elle se serait efforcée de raconter le plus simplement possible. Tandis que l'astuce principale du récit de Ted était tout à fait délibérée, et relevait de l'artifice ; mais, sans elle, peut-être aurait-il été incapable de raconter.

Comme dans presque toutes les histoires de Ted Cole, cette astuce principale était particulièrement habile. Il parlait de lui à la troisième personne ; cela lui permettait de rester à une distance considérable de lui-même et de son récit. Il n'y disait jamais « je », ou « moi » ou « moi-même », mais toujours « Ted », « lui », « lui-même ». De sorte qu'il n'était plus qu'un personnage secondaire, étayant l'histoire des protagonistes.

Si c'était Marion qui avait raconté, elle aurait été si proche de son récit qu'elle aurait fini par sombrer dans la folie – une folie bien plus terrible que celle qui pouvait lui avoir fait abandonner son unique enfant vivante.

– Eh bien, voici la donne, commença Ted. Thomas avait le permis de conduire, mais pas Timothy. Tommy avait dix-sept ans, il conduisait depuis un an, alors que Timmy en avait quinze et qu'il venait tout juste de prendre ses premières leçons, avec son père. C'était d'ailleurs Ted qui avait appris à conduire à Thomas ; selon le père, Timothy, qui débutait tout juste, montrait déjà des dispositions plus attentives que Thomas. Non pas que Thomas fût mauvais conducteur, du reste. Il était vigilant, sûr de lui, il avait d'excellents réflexes. En outre, il était assez cynique pour anticiper ce que les mauvais conducteurs allaient faire, avant même qu'ils n'en aient l'idée. Tabler sur le fait que les autres conduisent mal, Ted lui avait appris que c'était la clef d'une conduite sûre, et il l'avait cru.

Il y avait un point important sur lequel Ted pensait que son fils cadet serait meilleur que l'aîné. Timothy avait toujours eu plus de patience que Thomas. Ainsi, il prenait le temps de toujours regarder dans son rétroviseur, tandis que Tommy n'y jetait pas tous les coups d'œil de routine qu'il fallait, selon Ted. Et c'est souvent quand il s'agit de tourner à gauche que la patience d'un conducteur est mise à l'épreuve d'une façon très subtile et très spécifique : quand on est à l'arrêt et qu'on attend pour tourner que soit passée la file d'en face, il ne faut jamais, mais alors jamais, commencer à braquer à gauche pour se préparer. Jamais, au grand jamais.

– Quoi qu'il en soit, poursuivit Ted, Thomas était de ces jeunes gens impatients qui braquent souvent à gauche quand ils s'apprêtent à tourner, alors que son père, et d'ailleurs sa mère, et même son jeune frère lui avaient souvent dit de ne pas le faire avant le moment voulu. Vous savez pourquoi, Eddie ?

– Parce que si un véhicule qui arrive derrière vous rentre dedans, vous ne serez pas poussé dans la voie d'en face, vous serez seulement poussé en avant dans la vôtre.

– Qui vous a appris à conduire, Eddie ?

– Mon père.

– Il a bien fait ! Vous lui direz de ma part qu'il a fait du bon boulot !

– Soit, répondit Eddie dans l'obscurité, continuez...

– Bon... Où en étions-nous ? Eh bien, nous étions dans l'Ouest, en fait. Nous étions partis au ski comme le font les gens de la côte Est quand le ski de printemps (comme on l'appelle) n'est plus assez fiable chez eux : pour être sûr d'avoir de la neige en mars-avril, il faut aller dans l'Ouest. C'est comme ça qu'on y trouve des tas de vacanciers dépaysés. Sans compter qu'Exeter n'était sans doute pas la seule université en congé, il y avait nombre d'écoles et d'universités dans le même cas, ce qui veut dire qu'on trouvait des tas d'étrangers, qui ne connaissaient pas les routes du coin mieux que les montagnes. Avec ça, beaucoup de ces skieurs étaient au volant de voitures qu'ils ne connaissaient pas bien non plus, des voitures de location, par exemple. La famille Cole, justement, avait loué une voiture.

– Je vois le tableau, annonça Eddie, persuadé que Ted Cole prenait tout son temps pour en venir au fait – sans doute parce qu'il voulait lui faire anticiper l'accident, presque autant qu'il voulait le lui faire voir.

– Hmm. Ça se passait après une longue journée de ski, où il avait neigé sans désemparer, une neige lourde et humide ; une neige qui se serait changée en pluie avec un ou deux degrés de plus. Or Ted et

Marion n'étaient plus des skieurs aussi acharnés et irréductibles que leurs deux fils, Thomas et Timothy, qui à dix-sept et quinze ans, finissaient par laisser sur place leurs parents, lesquels, à trente-quatre et quarante ans, quittaient les pistes un tout petit peu plus tôt qu'eux. Ce jour-là, en fait, Ted et Marion s'étaient repliés sur le bar de la station, où ils avaient attendu un temps qui leur avait paru passablement long que leurs rejetons aient fait leur dernière descente, et puis la suivante. On connaît les garçons, ils n'en ont jamais leur dose, et, pendant ce temps-là, papa et maman attendent...

– Je vois le tableau, vous étiez ivre.

– C'était un de ces points qui allaient devenir triviaux – dans les querelles entre Marion et Ted, je veux dire. Marion a prétendu que Ted était ivre, quoiqu'il n'en ait pas eu le sentiment lui-même. Quant à Marion, même si elle n'était pas ivre, elle avait bu davantage qu'à l'accoutumée, cet après-midi-là. Lorsque Thomas et Timothy retrouvèrent leurs parents au bar, ils virent bien qu'aucun des deux ne tenait la forme idéale pour prendre le volant de la voiture de location. Or comme Thomas avait son permis, et qu'il n'avait rien bu, la question ne se posait donc même pas de savoir qui allait conduire.

– C'est Thomas qui s'est mis au volant, interrompit Eddie.

– Et, comme les frères ne se séparent pas, Timothy s'est assis à côté de lui, tandis que les parents s'installaient là où la plupart des parents finiront un jour : sur la banquette arrière. En l'occurrence, ils continuèrent ce que bien des parents font sans trêve, se disputer, même si le sujet de leur querelle demeurait trivial, éternellement trivial. Ainsi Ted avait nettoyé la neige sur le pare-brise, mais pas sur la lunette arrière. Marion soutenait qu'il aurait dû le faire aussi, et Ted rétorquait que dès que la voiture chaufferait et qu'on partirait, la neige glisserait. Ce fut d'ailleurs le cas, elle glissa au sol bien avant que la voiture n'ait atteint sa vitesse de croisière – mais Marion et Ted continuèrent de se disputer. Seul le sujet avait changé, mais il était toujours aussi futile.

« C'était une de ces stations de ski où la ville elle-même est réduite à sa plus simple expression. La rue principale n'est qu'une route à trois voies, dont la voie centrale est affectée aux véhicules qui tournent, mais il y a toujours quelques abrutis pour confondre voie de stockage et voie de dépassement. J'ai horreur des routes à trois voies, Eddie, pas vous ?

176

Eddie ne voulut pas répondre. C'était l'histoire de Ted Cole : on voit toujours ce dont on est censé avoir peur ; on le voit venir, depuis le début ; le problème, c'est qu'on ne peut pas tout prévoir.

– Quoi qu'il en soit, poursuivit Ted, Thomas se débrouillait bien, compte tenu des conditions de route difficiles. Il neigeait toujours, et, en plus, il faisait nuit à présent : rien n'était familier. Ted et Marion commencèrent à s'accrocher sur le meilleur itinéraire pour regagner leur hôtel. C'était idiot parce que toute la ville se répartissait sur les deux côtés de la route à trois voies : sur chaque rive, ce n'était qu'un défilé ininterrompu d'hôtels, de motels, de pompes à essence, de restaurants et de bars ; si bien qu'il suffisait de savoir de quel côté de l'artère on allait. Or Thomas le savait. De toute façon, il lui faudrait tourner à gauche. Que son père et sa mère s'acharnent à déterminer où exactement il lui faudrait tourner ne l'avançait pas à grand-chose. Il pouvait tourner à gauche à la hauteur même de l'hôtel, par exemple – Ted préconisait cette approche directe. Ou alors, il pouvait dépasser l'hôtel, aller jusqu'au prochain feu, attendre qu'il passe au vert et faire demi-tour ; de cette façon, il aborderait l'hôtel par la droite. Marion jugeait qu'il serait moins risqué de faire demi-tour au feu que de tourner à gauche sur une file mal éclairée.

– Ça va, ça va ! Je vois le tableau, c'est bon ! cria Eddie dans le noir.

– Oh que non, vous ne voyez pas, dit Ted en haussant le ton à son tour. Vous ne risquez pas de voir avant que tout soit fini ! A moins que vous préfériez que je m'arrête ?

– Non. Continuez, je vous en prie.

– Donc... Thomas s'engage dans la voie centrale – qui n'est pas prévue pour le dépassement, et il met son clignotant, sans savoir que ses deux feux arrière sont couverts d'une neige humide et collante, que son père a oublié de dégager, en même temps qu'il négligeait de dégager la lunette arrière. Derrière la voiture, personne ne peut voir le signal de direction de Thomas, ni même les feux arrière, ni les feux de freinage. Pour ceux qui arrivent derrière, la voiture n'est pas visible, sinon à la dernière seconde.

Pendant ce temps-là, Marion est en train de dire :

– Ne tourne pas ici, Tommy, attends les feux, là-bas, c'est plus sûr.

– Tu veux qu'il fasse demi-tour et qu'il prenne une amende, Marion ? demanda Ted à sa femme.

– Ça m'est bien égal qu'il ait une amende ; c'est moins dangereux aux feux, répondit Marion.

– Ça suffit, vous deux, dit Thomas. Je ne veux pas prendre une amende, maman.

– Très bien, alors tourne ici, dit Marion.

– Mais vas-y, alors, dit Ted, ne t'endors pas.

– Ah ! ils sont bons les chauffeurs de la banquette arrière, commenta Timothy.

C'est alors qu'il remarqua que son frère avait déjà braqué à gauche, avant de démarrer.

– T'as encore braqué trop tôt, lui dit-il.

– C'est parce que je croyais que j'allais tourner tout de suite, et puis finalement non, connard !

– Tommy, ne traite pas ton frère de connard, veux-tu ! dit Marion.

– En tout cas, pas devant ta mère, ajouta Ted.

– Non, ce n'est pas ce que je dis. Je lui dis de ne pas traiter son frère de connard, un point c'est tout.

– T'entends ça, connard ? lança Timothy à son frère.

– Timmy, je t'en prie !

– Tu pourras tourner après le chasse-neige, suggéra Ted à son fils.

– Papa, je sais, c'est moi qui conduis, répondit l'adolescent.

Mais, tout à coup, l'intérieur de la voiture fut inondé de lumière – c'étaient les phares du véhicule qui arrivait par-derrière, une familiale pleine d'étudiants du New Jersey qui venaient dans le Colorado pour la première fois. Il faut croire que, dans le New Jersey, il n'y a pas de différence entre les voies réservées aux voitures qui tournent et à celles qui doublent.

En tout cas, les étudiants pensaient doubler. Ils ne virent qu'à la dernière seconde la voiture qui attendait pour tourner que le chasse-neige soit passé. Alors la voiture de Thomas a fait un tête-à-queue, et comme il avait déjà braqué, elle s'est retrouvée sur la file d'en face, percutée par le gros chasse-neige, qui faisait bien du soixante-dix. Les étudiants ont dit par la suite que leur véhicule était à quatre-vingts.

– Seigneur…, souffla Eddie.

– Le chasse-neige a coupé la voiture de Thomas presque parfaitement en deux, poursuivit Ted. Tommy a été tué par le volant, qui lui est entré dans la poitrine ; il est mort sur le coup. Et pendant près de vingt minutes, Ted est resté bloqué à l'arrière, juste derrière lui. Il ne pouvait pas le voir, mais il savait qu'il était mort parce que Marion qui, elle, le voyait, même si elle n'employait jamais le mot « mort », ne cessait de répéter : « Oh, Ted, Tommy est parti. Tommy est parti. Est-ce que tu vois Timmy ? Timmy est pas parti, lui aussi, hein ? Tu vois s'il est parti ? »

Comme Marion est restée coincée sur la banquette arrière, derrière Timothy, pendant plus d'une demi-heure, elle n'a pas pu le voir. Ted, au contraire, voyait très bien son fils cadet, inconscient parce que sa tête était passée à travers le pare-brise ; il ne mourut pas sur le coup, pourtant ; Ted le voyait respirer ; mais ce que Ted ne voyait pas, c'est que le chasse-neige, qui avait coupé la voiture en deux, avait aussi sectionné la jambe gauche de Timmy au niveau de la cuisse. Tandis que les ambulanciers avec une équipe de sauveteurs luttaient pour les extraire de la voiture écrabouillée en accordéon entre le chasse-neige et la familiale, Timothy Cole se vida de son sang parce qu'il avait l'artère fémorale sectionnée.

Pendant ce qui lui sembla une vingtaine de minutes – mais dura peut-être moins de cinq –, Ted vit mourir son fils cadet. On le dégagea une dizaine de minutes avant de parvenir à dégager sa femme ; il ne s'était cassé que quelques côtes, il n'avait rien. Il vit donc les ambulanciers enlever le corps de Timmy (mais pas sa jambe gauche). La jambe sectionnée était toujours prisonnière du siège avant, bloquée par le chasse-neige, lorsque les sauveteurs réussirent à extraire Marion de la banquette arrière. Elle savait que Thomas était mort, mais seulement que Timothy avait été sorti de la ferraille ; elle espérait qu'il avait été emmené à l'hôpital et elle ne cessait de demander à Ted : « Timmy est pas parti, lui aussi, hein ? Tu vois s'il est parti ? »

Mais Ted n'avait pas le courage de répondre à cette question. Il la laissa sans réponse – alors et à jamais. Il demanda à l'un des sauveteurs de recouvrir la jambe de Timmy d'une bâche pour que Marion ne la voie pas. Et une fois Marion hors de la voiture… elle était même debout, et marchait en boitant (on découvrirait qu'elle avait une cheville fracturée)… Ted essaya de dire à sa femme que leur fils cadet était mort, tout comme leur aîné. Mais il n'y réussit pas. Avant qu'il ait pu la prévenir, Marion aperçut la chaussure de Timmy. Elle ne pouvait pas savoir, pas même imaginer, que cette chaussure était toujours attachée à la jambe de son fils. Elle croyait que c'était seulement sa chaussure. Alors elle dit : « Oh, regarde, Ted, il va avoir besoin de son soulier », et sans que personne ne l'arrête, elle boita jusqu'à l'épave de la voiture et se pencha pour ramasser la chaussure.

Ted voulut l'arrêter, bien sûr, mais, quand on emploie l'expression « pétrifié »… en cet instant, il se sentit complètement paralysé. Il ne pouvait plus bouger, ni parler. C'est comme ça qu'il laissa sa femme découvrir que la chaussure tenait encore à une jambe. Et c'est alors que Marion comprit peu à peu que Timmy était parti, lui aussi.

– Et ainsi, conclut Ted à sa manière, ainsi finit notre histoire.

– Sortez d'ici, lui intima Eddie. C'est ma chambre, cette nuit encore, du moins.

– Il fait presque jour, lui dit Ted.

Il ouvrit un rideau pour que le jeune homme vît les premières lueurs d'un jour couleur de mort.

– Sortez, répéta Eddie.

– Simplement, ne croyez pas me connaître, ni Marion. Vous ne nous connaissez pas ; surtout Marion.

– Ça va, ça va, dit Eddie.

Il vit que la porte de la chambre était ouverte ; le liseré de lumière anthracite familier arrivait du long couloir.

– Il a fallu attendre jusqu'après la naissance de Ruth pour que Marion me dise quelque chose, continua Ted. Ce que je veux dire, c'est qu'elle n'avait jamais parlé de l'accident, mais pas un mot. Jusqu'au jour où elle est entrée dans ma salle de travail – vous savez qu'elle ne s'en approchait jamais – et où elle m'a dit : « Comment tu as pu me laisser voir la jambe de Timmy ? Comment tu as pu faire ça ? » Il a fallu que je lui dise que j'étais physiquement incapable de bouger ; que j'étais paralysé, changé en pierre. Mais elle n'a su que me dire : « Comment tu as pu ? », et on n'en a jamais reparlé. J'ai bien essayé, mais elle refusait.

– S'il vous plaît, sortez, intima Eddie.

En se retirant, Ted lança :

– A tout à l'heure.

Le rideau que Ted avait tiré ne laissait pas entrer assez de jour, cette pâle lueur de l'aube, pour qu'Eddie sût quelle heure il était. Il voyait seulement que sa montre et son poignet – ainsi que sa main et son bras – étaient d'une couleur malsaine, grisâtre, cadavérique. Il fit tourner sa main, mais ne distingua aucune nuance de gris. Sa paume et le dos de sa main étaient de la même couleur ; en fait, sa peau, les oreillers et les draps froissés étaient de la même couleur : un gris de mort, uniforme. Il resta allongé à attendre une lumière plus vraie. Par la fenêtre, il guettait le ciel. Il le vit pâlir, lentement. Peu avant le lever du soleil, il avait pris la nuance d'une meurtrissure vieille d'une semaine.

Eddie savait que Marion avait dû voir souvent ces heures, ces premières lueurs. Elle les voyait sans doute en ce moment même – car sûrement, où qu'elle ait pu être, elle ne dormait pas. Et dans toutes ses insomnies, il savait désormais ce qu'elle voyait : la neige humide fondant sur la route mouillée, noire, qui devait être striée par les reflets ; les enseignes au néon qui promettaient le gîte, le couvert, et même des attractions ; les phares qui défilaient sans interruption, les voitures qui roulaient au ralenti parce que tout le monde voulait voir l'accident ; le gyrophare bleu de la voiture de police ; les clignotants jaunes de la dépanneuse, et les feux rouges de l'ambulance, aussi. Pourtant, dans tout ce chaos, c'était la chaussure qui avait attiré son attention !

« Oh, regarde, Ted, il va avoir besoin de son soulier ! » Elle se rappellerait toujours avoir dit cette phrase en boitant vers l'épave, et en se penchant.

Quel genre de chaussure était-ce ? Ce détail manquant empêchait Eddie de visualiser la jambe. Peut-être un après-ski. Peut-être une vieille tennis, que Timmy ne craignait pas de mouiller. Mais cette absence de nom empêchait Eddie de voir la chaussure, et ne pas la voir l'empêchait de voir la jambe. Il ne parvenait même pas à l'imaginer.

Il avait de la chance. Marion n'avait pas cette chance-là. Elle reverrait toujours la chaussure souillée de sang ; le détail précis du soulier l'amènerait toujours à se souvenir de la jambe.

Au service de Mr Cole

Parce qu'il ne savait pas quel genre de chaussure c'était, Eddie se rendormit sans le vouloir. Il s'éveilla aux longs rayons du soleil qui passaient par la fenêtre, le rideau ouvert ; le ciel était d'un bleu sans nuage, comme une toile empesée. Il ouvrit une fenêtre pour sentir s'il faisait froid. Il ferait frisquet sur le ferry – à supposer qu'il se trouvât un chauffeur pour Orient Point. Or, là, dans l'allée, il vit un camion qu'il ne connaissait pas. C'était une camionnette à plateau. A l'arrière, on voyait deux tondeuses, une tondeuse-tracteur, et une du type que l'on pousse devant soi, ainsi que des râteaux, des pelles et des bêches, avec tout un assortiment de jets d'arrosage, et enfin un long tuyau, enroulé avec soin.

Ted Cole tondait sa pelouse lui-même ; il l'arrosait aussi, chaque fois qu'elle avait l'air d'en avoir besoin, ou qu'il décidait de s'y astreindre. La cour n'étant pas aménagée, par suite du différend entre lui et Marion, elle ne méritait guère l'attention d'un jardinier à plein temps. Pourtant, le gars de la camionnette avait tout l'air d'un jardinier à plein temps.

Eddie s'habilla et descendit à la cuisine ; de l'une de ses fenêtres, il verrait mieux l'homme du camion. Contre toute attente, Ted était déjà réveillé, et il avait même fait une cafetière ; de l'une des fenêtres, il épiait le mystérieux jardinier, qui n'était nullement mystérieux pour lui.

– C'est Eduardo, souffla-t-il à Eddie. Qu'est-ce qu'il fiche ici ?

A présent Eddie reconnaissait le jardinier de Mrs Vaughn, quoiqu'il ne l'eût vu qu'une seule fois – et brièvement – lorsque ce dernier lui avait jeté un regard noir depuis l'échelle où il ramassait les lambeaux de dessins pornographiques dans la haie, cet homme tragiquement maltraité.

– Peut-être que Mrs Vaughn l'a engagé pour vous tuer, spécula Eddie.

– Oh non, pas Eduardo ! Mais vous la voyez quelque part, vous ? Elle n'est pas dans la cabine, ni à l'arrière.

– Elle est peut-être couchée sous le camion.

– Pour l'amour du ciel ! Je ne plaisante pas !

– Moi non plus.

Ils avaient tous deux des raisons de croire que Mrs Vaughn serait capable de tuer ; mais Eduardo Gomez semblait seul ; il était tout bonnement assis dans la cabine de son camion ; Ted et Eddie virent la vapeur sortir de sa Thermos lorsqu'il se versa une tasse de café ; il attendait bien poliment que la maison lui fasse savoir qu'elle était réveillée, elle aussi.

– Pourquoi vous n'allez pas lui demander ce qu'il veut ? dit Ted.

– Moi ? Je vous rappelle que je suis viré !

– Seigneur Dieu ! Eh bien, venez avec moi, au moins.

– Il vaut mieux que je reste à proximité du téléphone. S'il a un fusil et qu'il vous tire dessus, j'appelle la police.

Mais Eduardo Gomez n'était pas armé ou alors sa seule arme était un bout de papier apparemment inoffensif, qu'il tira de son portefeuille pour le montrer à Ted : c'était le chèque délavé et illisible que Mrs Vaughn avait mis à voguer dans la fontaine.

– Elle m'a dit que c'était ma dernière paie, expliqua-t-il à Ted.

– Elle vous a viré ?

– C'est parce que je vous ai prévenu qu'elle vous coursait en voiture.

– Oh là là ! dit Ted, qui ne pouvait détacher les yeux de ce chèque inutilisable. On n'y voit rien, elle aurait aussi bien pu le faire en blanc.

Suite à son séjour dans la fontaine, le chèque était couvert d'une patine d'encre de seiche délavée.

– C'était pas mon seul emploi, expliqua le jardinier, mais enfin, c'était mon plus gros. Mon revenu essentiel.

– Ah bon, dit Ted ; il rendit à Eduardo le chèque sépia, que le jardinier remit solennellement dans son portefeuille. Je voudrais être sûr de bien vous comprendre, Eduardo, vous estimez m'avoir sauvé la vie, et que cela vous a coûté votre emploi ?

– C'est tout de même vrai, que je vous ai sauvé la vie, et que ça m'a coûté mon emploi.

La vanité de Ted, qui s'étendait à son pied ailé, l'obligeait à penser que même avec un départ arrêté, il aurait pu prendre de vitesse Mrs Vaughn et sa Lincoln ; néanmoins, il ne lui serait pas venu à l'idée de contester que le jardinier s'était en effet montré courageux.

– Ça veut dire que vous voulez combien, au juste ? demanda-t-il.

– Je ne veux pas de votre argent, répondit Eduardo. Je ne suis pas venu demander l'aumône. J'espérais que vous pourriez avoir du boulot pour moi.

– Vous voulez du travail ?

– Seulement si vous en avez à me donner, répliqua le jardinier.

Il considérait avec désespoir la cour minable. Même la pelouse, mitée, ne semblait pas entretenue par un professionnel. Elle avait besoin d'engrais – et il était clair qu'elle ne buvait pas assez. Pas d'arbustes à fleurs, pas de vivaces, pas d'annuelles – en tout cas, il

183

n'en voyait pas. Mrs Vaughn lui avait dit un jour que Ted était riche et célèbre ; il fallait croire que l'argent passait ailleurs que dans un jardin paysagé.

– J'ai pas l'impression que vous en ayez pour moi, dit-il à Ted.

– Attendez voir, je m'en vais vous montrer où j'aimerais installer une piscine, et faire quelques autres aménagements.

Depuis la fenêtre de la cuisine, Eddie les vit faire le tour de la maison ; leur conversation ne semblait pas devoir mener au meurtre. Il pouvait les rejoindre sans crainte.

– Je voudrais une piscine rectangulaire, toute simple, pas besoin qu'elle soit de dimensions olympiques, expliquait Ted à Eduardo. Je veux seulement un grand bain, un petit bain, et des marches pour descendre. Et pas de plongeoir. Je trouve que c'est dangereux pour les enfants, et j'ai une fille de quatre ans.

– Moi, j'ai une petite-fille de quatre ans, et je suis d'accord avec vous, répondit Eduardo. Je construis pas de piscines, mais je connais des gars qui le font. Par contre, je peux vous l'entretenir. Nettoyer, doser les produits, vous savez, pour que l'eau devienne pas trouble, ou que votre peau devienne pas verte, quoi.

– Comme vous voudrez, dit Ted, vous pouvez en avoir la responsabilité. Je ne veux pas de plongeoir, c'est tout. Et puis il faudrait faire quelques plantations autour, pour que les voisins et les passants ne soient pas tout le temps en train de nous regarder comme des bêtes curieuses.

– Je vous conseille une berme, pour ça – ou même trois bermes. Et au-dessus, pour retenir le terrain, je verrais des oliviers de Russie. Ils se plaisent par ici, et leurs feuilles sont d'un joli vert argenté. Ils font des fleurs jaunes parfumées, et des fruits qui ressemblent à une olive. On les appelle aussi oléastres.

– Comme vous voudrez, lui dit Ted. Je vous charge de ça. Et puis, il y a aussi le problème du périmètre de la propriété. J'ai pas l'impression qu'il y ait jamais eu une limite visible, à cette propriété.

– On peut toujours mettre des troènes, répondit Eduardo Gomez.

Le petit homme sembla parcouru d'un bref frisson au souvenir de la haie où il s'était trouvé suspendu moribond, dans les vapeurs du pot d'échappement. Pour ce qui est des troènes, il avait les doigts verts : par ses bons soins, ceux de Mrs Vaughn avaient grandi d'une moyenne de quarante centimètres par an.

– Il faut seulement leur donner de l'engrais, beaucoup d'eau – et surtout les tailler, ajouta-t-il.

– Bien sûr, alors mettons des troènes, dit Ted, j'aime bien les haies.

– Moi aussi, mentit Eduardo.

– Et puis, je veux plus de pelouse. Je veux me débarrasser de ces marguerites nunuches, et des hautes herbes. Je suis sûr qu'il y a des tiques, dans cette herbe.

– Ça, bien sûr, confirma Eduardo.

– Je veux une pelouse comme un stade, précisa Ted avec vindicte.

– Vous voulez qu'on peigne des couloirs dessus ?

– Non, non. Je voulais dire, de la taille d'un stade.

– Ah ! Ça en fait beaucoup ; beaucoup à tondre, beaucoup à arroser...

– Et la menuiserie ? demanda Ted.

– Eh bien quoi, la menuiserie ?

– Je veux dire, vous vous y connaissez ? J'avais envie de douches en plein air, avec plusieurs pommes de douche. C'est pas considérable, comme menuiserie.

– Bien sûr, je peux m'en charger. Je fais pas la plomberie, mais je connais un gars...

– C'est vous qui voyez, je vous donne carte blanche. Et votre femme ?

– Comment ça, ma femme ?

– Eh bien, je veux dire, elle travaille ? Qu'est-ce qu'elle fait ?

– Elle fait la cuisine. Elle garde notre petite-fille, parfois ; et des fois les enfants des autres. Elle fait des ménages.

– Ça lui dirait peut-être de le faire ici. Peut-être qu'elle accepterait de faire la cuisine pour moi et de s'occuper de ma fille de quatre ans. Elle est mignonne, elle s'appelle Ruth.

– Bien sûr, je vais lui demander ; je suis sûr qu'elle sera d'accord, répondit Eduardo.

Eddie était convaincu que Marion aurait été effondrée si elle avait assisté à ces transactions. Elle n'était pas partie depuis vingt-quatre heures que son mari – en pensée du moins – l'avait déjà remplacée. Il avait engagé un jardinier, menuisier, gardien et homme à tout faire, en somme – et bientôt sa femme viendrait faire la cuisine et s'occuper de Ruth.

– Comment s'appelle votre femme ? demanda Ted.

185

– Conchita.

Conchita finirait par venir faire la cuisine pour Ted et Ruth ; non seulement elle deviendrait la nounou en titre de Ruth, mais lorsque Ted serait en déplacement, Conchita et Eduardo s'installeraient dans la maison de Parsonage Lane, et ils s'occuperaient d'elle comme de vrais parents. Et Maria, leur petite-fille, qui était du même âge qu'elle, serait souvent sa compagne de jeux.

S'être fait virer par Mrs Vaughn n'aurait que des conséquences fastes pour Eduardo ; bientôt c'est de Ted Cole qu'il tirerait son principal revenu, et ce dernier fournirait aussi le principal revenu de Conchita. Il se révélerait bien plus fiable et bien plus sympathique comme employeur que comme homme. (Sauf aux yeux d'Eddie O'Hare !)

– Et vous pourriez commencer quand ? demanda Ted à Eduardo en ce samedi d'août 1958, le matin de bonne heure.

– Quand vous voudrez.

– Hmm. Vous pouvez commencer aujourd'hui, Eduardo.

Sans regarder Eddie, qui les avait rejoints dans la cour, il précisa :

– Vous pouvez commencer par conduire ce jeune homme au ferry à Orient Point.

– Mais certainement.

Eduardo fit un signe de tête poli à Eddie, qui le lui rendit.

– Vous pouvez partir tout de suite, Eddie, dit Ted à l'adolescent, avant le petit déjeuner, je veux dire.

– Ça me va, répliqua Eddie. Je vais prendre mes affaires.

Et c'est ainsi qu'Eddie O'Hare s'en alla sans dire au revoir à Ruth ; il lui fallut partir pendant qu'elle était encore endormie. C'est tout juste s'il prit le temps d'appeler chez lui. Après avoir tiré ses parents du sommeil passé minuit, il les réveilla avant sept heures du matin.

– Si j'arrive avant vous à New London, je vous attendrai sur les quais, voilà tout, dit Eddie à son père. Conduis prudemment.

– J'y serai. Je t'attendrai au ferry. On y sera tous deux, Edward, dit Minty O'Hare d'un trait.

Quant à la liste des anciens d'Exeter habitant les Hamptons, Eddie faillit l'emporter, mais finalement, il déchira chaque page en longues lanières, dont il fit une boule qu'il jeta dans sa corbeille à papier. Après son départ, Ted irait fouiller dans la pièce et découvrirait cette liste, qu'il prendrait pour des lettres d'amour. Il se donnerait du mal pour rassembler les morceaux, et finirait par comprendre qu'Eddie et Marion n'avaient pas pu rédiger des lettres d'amour de ce genre.

Sur le dessus de sa valise, Eddie avait déjà rangé l'exemplaire familial de *La Souris qui rampait entre les cloisons*, que Minty souhaitait se faire dédicacer par le célèbre auteur-illustrateur ; mais, en la circonstance, Eddie se voyait mal demander sa signature à celui-ci. Il préféra donc subtiliser un des stylos de Ted, un stylo à encre avec le type de plume qu'il affectionnait pour les dédicaces. Sur le ferry, pensait le jeune homme, il aurait tout le temps de s'appliquer à imiter la superbe calligraphie de Ted Cole ; il espérait bien que papa et maman n'y verraient que du feu.

Dans l'allée, les au revoir, formels ou informels, furent réduits à leur plus simple expression.

– Hmm, commença Ted, puis il réussit à formuler : Vous êtes un bon conducteur, Eddie.

Eddie accepta de serrer la main qu'il lui tendait et, de la main gauche, lui remit avec précaution le paquet abîmé en forme de miche de pain et destiné à Ruth – il ne pouvait plus guère en faire autre chose.

– C'est pour Ruth, mais je ne sais pas ce que c'est. C'est de la part de mes parents. C'est resté au fond de mon sac tout l'été.

Il vit avec quelle répugnance Ted examinait le papier froissé, le paquet presque défait. Le cadeau suppliait qu'on l'ouvre, ne serait-ce que pour être délivré de son abominable emballage. Eddie était certes curieux de voir ce qu'il contenait, tout en devinant qu'il serait gêné quand il le verrait. Il voyait bien que Ted avait envie de l'ouvrir, lui aussi.

– Je l'ouvre, ou je laisse Ruth l'ouvrir ? demanda-t-il.

– Si vous l'ouvriez ?

Ted ouvrit donc le cadeau. C'était un vêtement, un petit T-shirt. Quel enfant de quatre ans s'intéresse aux vêtements ? Si Ruth avait ouvert le paquet elle-même, elle aurait été déçue de ne pas y trouver un jouet ou un livre. En outre, le T-shirt était déjà trop petit pour elle ; l'été suivant, quand ce serait de nouveau la saison de porter des T-shirts, l'enfant n'y entrerait plus.

Ted déplia le T-shirt complètement, et le tendit à bout de bras pour le faire voir à Eddie. Le thème exonien n'aurait pas dû le surprendre, mais il venait, pour la première fois en seize ans, de passer trois mois dans un monde où l'université ne constituait pas le quotidien de la conversation. Sur le devant du T-shirt, en marron sur champ de gris, il lut :

EXETER 197-

Ted lui fit également voir le petit mot qu'avait joint Minty :

Quoiqu'il soit improbable, de notre vivant du moins, que l'université reçoive des jeunes filles, j'ai pensé qu'en tant qu'ancien d'Exeter, vous seriez sensible à la possibilité que votre fille y entre. Avec tous mes remerciements pour avoir donné son premier emploi à mon fils !

Le billet était signé Joe O'Hare, promotion 36. Ironie des choses, pensa Eddie, cette année 1936, où son père était sorti de l'université, était aussi celle où Ted avait épousé Marion.

Autre ironie des choses, malgré les doutes de Minty et de bien d'autres membres de l'université sur la mixité des études dans un avenir proche, Ruth Cole y fut en effet acceptée. En fait, le 27 février 1970, le conseil d'administration annonça que l'établissement ouvrirait ses portes aux jeunes filles dès l'automne. Ruth quitterait donc sa vie à Long Island pour la vénérable pension du New Hampshire ; elle aurait seize ans. A l'âge de dix-neuf ans, elle quitterait l'université avec son diplôme, dans la promotion 73.

Cette année-là, Dot O'Hare, la mère d'Eddie, écrirait à son fils pour lui raconter que la fille de son ancien employeur venait de sortir de l'université, avec 46 autres jeunes filles, contre 239 garçons. Dot avoua à Eddie que la balance des effectifs penchait peut-être encore davantage en faveur de ces derniers, parce qu'elle avait dû en prendre quelques-uns pour des filles – ils étaient si nombreux à porter les cheveux longs !

C'est vrai : la promotion 73 démontre bien que les cheveux longs faisaient fureur chez les garçons. Pour les filles, c'étaient les longs cheveux raides, avec la raie au milieu. Ruth ne faisait pas exception. Elle passerait ses années d'université avec cette coiffure, jusqu'à ce qu'elle ait enfin le droit de faire ce qu'elle voulait, et adopte une coupe courte, dont elle avait toujours eu envie, disait-elle, et pas seulement pour faire pièce à son père.

L'été 1973, Eddie séjourna brièvement chez ses parents, pour leur rendre visite, et n'accorda qu'une attention passagère à l'annuaire de la promotion de Ruth. (Minty le lui avait fourré dans les mains.)

« Je crois qu'elle a la beauté de sa mère », lui avait-il dit. Il n'en savait rien puisqu'il n'avait jamais rencontré Marion. Il pouvait en avoir vu une photo dans un journal ou un magazine à l'époque où les garçons s'étaient tués, mais ce qu'il dit n'en retint pas moins l'attention d'Eddie.

Lorsqu'il vit le portrait de Ruth en dernière année, il fut d'avis qu'elle ressemblait davantage à Ted. Non pas seulement parce qu'elle était brune, mais à cause de son visage carré, de ses yeux très écartés du nez, de sa petite bouche, de ses maxillaires saillants. Elle était sans conteste séduisante, mais elle avait plus de caractère que de vraie beauté ; elle était attirante quoiqu'un peu garçonnière.

Cette impression qu'elle donnait à dix-neuf ans était confirmée par ses allures d'éphèbe sur la photo de l'équipe de squash. Il faudrait attendre l'année suivante pour que l'université ait une équipe de squash féminine ; en 1973, Ruth avait reçu l'autorisation de jouer dans l'équipe masculine, où elle était classée troisième joueur. Et sur la photo de l'équipe, on aurait facilement pu la prendre pour un garçon.

La seule autre photo de Ruth sur l'annuaire de 1973 était un portrait de groupe des pensionnaires de Bancroft Hall. On lui voyait un sourire serein au milieu d'un groupe de filles ; elle paraissait satisfaite de son sort, mais seule.

C'est ainsi que ce coup d'œil superficiel sur les photos de l'annuaire d'Exeter permit à Eddie de continuer à la considérer comme la « pauvre gosse » qu'il avait vue pour la dernière fois endormie, l'été 1958. Vingt-deux ans plus tard, à l'âge de vingt-six ans, Ruth publierait son premier roman. Eddie O'Hare aurait trente-huit ans lorsqu'il le lirait ; c'est seulement alors qu'il reconnaîtrait qu'elle tenait peut-être plus de Marion que de Ted. Et Ruth elle-même aurait quarante et un an lorsque Eddie se rendrait compte qu'elle ressemblait surtout à elle-même.

Mais comment aurait-il pu le prédire à partir d'un T-shirt déjà trop petit pour elle lors de l'été 1958 ? En cet instant, Eddie, comme

Marion avant lui, n'avait qu'une envie, partir, et son chauffeur l'atten-dait. Le jeune homme monta dans la cabine du camion à ses côtés. Tandis que le jardinier faisait marche arrière dans l'allée, il se deman-dait s'il devait adresser un signe de la main à Ted, qui était toujours planté là ; s'il me fait un signe, je réponds, décida-t-il. Il lui semblait que Ted se préparait à agiter le petit T-shirt, mais l'écrivain se pro-posait une intervention plus mémorable.

Avant qu'Eduardo Gomez n'ait quitté l'allée, il se mit à courir pour arrêter le camion. L'air du matin était frais, mais Eddie portait son sweat-shirt d'Exeter à l'envers, et il avait le coude sur la vitre baissée du camion. Ted lui serra donc le coude en parlant : « A propos de Marion, il faut que vous sachiez autre chose – même avant l'accident, c'était une femme difficile. Ce que je veux dire, c'est que même s'il n'y avait pas eu l'accident, elle aurait été difficile à vivre. Vous comprenez ce que je vous dis, Eddie ? »

La poigne de Ted sur son coude exerçait une pression régulière, mais Eddie ne parvint ni à bouger le bras ni à parler. Il arrête le camion pour me dire que Marion est une femme « difficile ». Même pour un garçon de seize ans, la formule ne sonnait pas vrai ; elle semblait même tout à fait bidon. Une expression strictement mascu-line. C'est ce que disent de leur ex-femme les hommes qui veulent rester polis. Ce que dit un homme d'une femme qui n'est pas dispo-nible – ou qui s'est rendue inaccessible, d'une façon ou d'une autre. Ce que dit un homme d'une femme pour dire autre chose, n'importe quoi d'autre. Et lorsqu'un homme le dit, c'est toujours péjoratif, sûrement. Mais Eddie ne trouva rien à répondre.

– J'ai oublié de vous dire quelque chose, une dernière chose, la chaussure...

Si Eddie avait été en mesure de bouger, il se serait bouché les oreilles, mais il était paralysé, changé en statue de sel. Il comprit que Marion ait été pétrifiée à la simple mention de l'accident.

– C'était une chaussure de basket, continua Ted, Timmy les appelait ses « montantes ».

C'était tout ce que Ted avait à lui dire.

Comme le camion traversait Sag Harbor, Eduardo expliqua : « C'est là que j'habite. Je vendrais ma maison très cher, mais au train où vont les choses, je n'aurais pas les moyens de m'en acheter une autre, du moins pas dans le secteur. »

Eddie hocha la tête et sourit au jardinier. Il ne pouvait articuler un mot ; son coude, toujours en appui à la fenêtre côté passager, était ankylosé par l'air froid, mais il n'arrivait pas à bouger le bras.

Ils prirent d'abord le petit ferry de Shelter Island et traversèrent l'île, puis le second petit ferry de la pointe nord, pour se rendre à Greenport. (Des années plus tard, Ruth considérerait ces courts trajets en ferry comme une mise en condition pour quitter son foyer, et retourner à Exeter.)

A Greenport, Eduardo Gomez dit à Eddie O'Hare :

– Avec ce que je tirerais de ma maison à Sag Harbor, je pourrais m'acheter quelque chose de vraiment joli par ici ; seulement on gagne pas sa vie comme jardinier à Greeenport.

– Non, sans doute, articula Eddie, mais sa langue lui faisait un effet bizarre, et le son de sa propre voix lui parut insolite.

A Orient Point, le ferry n'était pas encore en vue ; l'eau bleu sombre était émaillée de crêtes blanches. Comme on était samedi, il y avait du monde à l'embarcadère ; la plupart des passagers n'étaient là que pour la journée, c'étaient des piétons qui se rendaient à New London faire des courses – une foule bien différente de celle de ce jour de juin où Eddie avait touché terre à Orient Point, accueilli par Marion (« Hello, Eddie, j'ai bien cru que vous n'alliez jamais me voir ! » Comme s'il ne l'avait pas vue ! Comme s'il avait pu manquer de la voir !)

– Eh bien, au revoir, dit-il au jardinier, et merci pour la course.

– Si je peux me permettre de vous poser une question, dit Eduardo sans y entendre malice, c'est comment d'être au service de Mr Cole ?

En quittant Long Island

Il faisait si froid et si venteux sur le pont supérieur du ferry qui traversait le détroit qu'Eddie alla se réfugier sous le vent, derrière la cabine de pilotage ; là, à l'abri des rafales, il s'entraîna à imiter la signature de Ted Cole sur l'un de ses cahiers. Les majuscules, T et

C, ne lui donnèrent pas de mal ; l'écriture de Ted ressemblait à des lettres d'imprimerie sans empattement. Mais les minuscules étaient redoutables ; petites, parfaitement penchées, on aurait dit un équivalent manuscrit des italiques Baskerville. Après une vingtaine d'essais sur son cahier, il discernait encore des traces de sa propre écriture plus spontanée dans ses imitations de la signature de Ted. Il craignit que ses parents, qui connaissaient fort bien l'écriture de leur fils, ne se doutent de la supercherie.

Dans sa concentration forcenée, il n'avait pas remarqué le camionneur aux palourdes qui avait fait le trajet avec lui en ce jour de juin fatidique. L'homme, qui prenait le ferry d'Orient Point à New London et retour tous les jours sauf le dimanche, reconnut Eddie et vint s'asseoir sur le banc à côté de lui. Il ne put s'empêcher d'observer que le jeune homme était absorbé dans une tâche qui consistait apparemment à imiter une signature à la perfection ; il se souvint qu'Eddie avait été engagé pour une étrange besogne – ils avaient brièvement évoqué ce que pouvait être l'emploi d'un assistant d'écrivain – et il en déduisit que réécrire le même nom court plusieurs fois devait faire partie de ses singulières attributions.

– Comment ça va, p'tit gars ? s'enquit-il. T'as l'air de bosser dur.

En tant que futur écrivain (même s'il ne devait jamais avoir un succès phénoménal), Eddie O'Hare savait d'instinct reconnaître la fin parfaite d'un épisode ; il fut donc content de revoir le camionneur. Il lui expliqua de quoi il retournait : ayant « oublié » de demander une dédicace à Ted Cole, il ne voulait pas décevoir papa et maman.

– Laisse-moi essayer, suggéra le camionneur.

C'est ainsi qu'à l'abri de la cabine de pilotage, sur un pont supérieur battu par les vents, le conducteur d'un camion de palourdes exécuta une imitation irréprochable de la signature de l'auteur à succès. Au bout d'une petite demi-douzaine d'essais sur le cahier, il était prêt à se lancer sur le livre lui-même. Eddie le laissa donc dédicacer avec jubilation l'exemplaire familial de *La Souris qui rampait entre les cloisons*. Confortablement protégés des rafales, l'homme et l'adolescent admirèrent le résultat. Dans sa gratitude, Eddie offrit au camionneur le stylo à encre de Ted Cole.

– Tu charries ! s'exclama le camionneur.

– Prenez-le, il est à vous, lui dit le jeune homme. Vraiment, je n'en ai pas besoin.

192

La vérité, c'est qu'il ne voulait pas de ce stylo, que le camionneur fixa fièrement dans la poche intérieure de son coupe-vent crasseux. L'homme sentait le hot dog et la bière, et, surtout à l'abri du vent, les palourdes. Il offrit à Eddie une bière, que celui-ci déclina, puis il lui demanda si l'« assistant de l'écrivain », reviendrait à Long Island l'été suivant.

Eddie ne le croyait pas. Mais, à la vérité, il n'allait jamais quitter Long Island tout à fait, surtout en imagination, et s'il allait passer l'été suivant chez lui, à Exeter, et travailler pour l'université au bureau des inscriptions, où il recevrait les futurs étudiants et leurs parents pour leur faire une visite guidée de l'établissement, il retournerait à Long Island deux étés plus tard.

L'année où il sortit avec son diplôme, en 1960, Eddie fut tenté de chercher un emploi d'été hors de chez lui. Ce désir, combiné avec sa conscience croissante d'être attiré par les femmes plus âgées – et de les attirer –, lui remit en mémoire la carte de visite professionnelle de Penny Pierce, qu'il avait conservée. Ainsi, à la veille de quitter l'université, il se rendit compte qu'un an et demi auparavant, à la boutique d'encadrement de Southampton, Penny Pierce lui avait peut-être proposé un emploi… et davantage.

L'étudiant en dernière année écrivit à la divorcée de Southampton avec une candeur désarmante :

Bonjour,
Vous ne vous souvenez peut-être pas de moi. J'ai été l'assistant
de Ted Cole. Je me trouvais à votre magasin, un jour, et vous
m'avez proposé du travail. Vous vous rappellerez peut-être que
j'ai été, brièvement, l'amant de Marion Cole.

La réponse de Penny Pierce fut des plus explicites :

Bonjour, vous.
Si je me rappelle ? Soixante fois en – combien déjà ? – six ou
sept semaines, ça ne s'oublie pas. Si vous voulez un emploi pour
l'été, considérez-vous comme engagé.

Outre son travail au magasin, il allait bien entendu devenir l'amant de Mrs Pierce. Au début de cet été 1960, il s'installa dans la chambre d'amis de la maison que Mrs Pierce venait d'acheter sur First Neck Lane, en attendant de trouver un logement qui lui convienne. Mais ils devinrent amants avant qu'il n'ait trouvé ce logement, pour tout dire, avant même qu'il ne se soit mis à chercher. Penny Pierce eut plaisir à avoir sa compagnie dans la grande maison vide, dont la décoration avait bien besoin d'être égayée.

Pourtant, il ne suffirait pas de changer les papiers peints et les tapisseries pour bannir de la maison son aura de tragédie. Une veuve, une certaine Mrs Mountsier, s'y était suicidée peu de temps auparavant, et la propriété avait été promptement vendue par sa fille unique, encore étudiante, et que l'on disait brouillée avec sa mère au moment de sa mort.

Eddie ne sut jamais que cette Mrs Mountsier était la femme qu'il avait prise pour Marion dans l'allée des Cole, et il devina moins encore le rôle de Ted dans cette triste histoire.

L'été 1960, il n'eut aucun contact avec Ted, et il ne vit pas davantage Ruth. Il aperçut tout de même des photographies de la petite, qu'Eduardo Gomez donnait à faire encadrer au magasin. Penny lui expliqua que, depuis le moment où Marion avait emporté les photos des frères morts, on ne lui avait apporté qu'un petit nombre de clichés pour les remplacer.

Ils étaient tous de Ruth, et – comme la demi-douzaine qu'il vit cet été 1960 – tous posés, peu naturels. Ils ne possédaient en rien la magie prise sur le vif des centaines de photos de Thomas et Timothy. Ruth était une enfant sérieuse, aux sourcils froncés, qui regardait l'appareil d'un œil soupçonneux ; quand on arrivait à lui arracher un sourire, il manquait de spontanéité.

En deux ans, l'enfant avait grandi ; ses cheveux, qui avaient poussé et foncé, étaient souvent coiffés en nattes. Penny Pierce fit remarquer à Eddie que les nattes étaient tressées d'une main experte, et que les rubans au bout n'avaient pas été choisis au hasard. Ce ne pouvait être l'œuvre de Ted, spéculait-elle, et pas davantage celle d'une enfant de six ans. (C'était en effet Conchita Gomez qui s'occupait des nattes et des rubans.)

– Elle est mignonne, cette petite, conclut Mrs Pierce, mais j'ai bien peur qu'elle n'hérite pas de la beauté de sa mère – tant s'en faut.

Après avoir fait l'amour à Marion une soixantaine de fois l'été 1958, Eddie O'Hare allait rester presque deux ans sans avoir de rapports sexuels. Sa dernière année à Exeter, il s'inscrivit en anglais 4E – le E signifiait écriture créative ; ce fut donc à ce cours, dirigé par Mr Havelock, qu'il se mit à raconter l'initiation sexuelle d'un jeune homme dans les bras d'une femme plus âgée. Auparavant, ses seuls efforts pour romancer ses expériences de l'été 1958 avaient donné naissance à une nouvelle un peu longuette inspirée de la livraison désastreuse des dessins de Ted Cole à Mrs Vaughn.

Dans la nouvelle d'Eddie, ce ne sont pas des dessins, mais des poèmes pornographiques. Le personnage de l'assistant de l'écrivain ressemble beaucoup à Eddie, en ceci qu'il est une victime impuissante de la rage de Mrs Vaughn, qui elle-même n'est pas modifiée dans la nouvelle, à l'exception de son nom, changé en Wilmot (d'après le seul nom qu'Eddie se rappelait sur la liste des anciens d'Exeter vivant dans les Hamptons). Naturellement, cette Mrs Wilmot est dotée d'un jardinier compatissant, d'origine latino-américaine, noble personnage à qui il échoit de récupérer les confetti de poèmes pornographiques dans les haies environnantes – et dans la petite fontaine de l'allée circulaire.

Le personnage du poète, lui, ne ressemble que de loin à Ted Cole. Il est aveugle, ce qui fait qu'il a besoin d'un assistant, et à plus forte raison d'un chauffeur. Dans la nouvelle d'Eddie, le poète n'est pas marié, et la fin de sa liaison avec le personnage de Mrs Wilmot – inspiratrice et dédicataire des poèmes scandaleux – est le fait de cette dernière. Le poète aveugle est un personnage tout à fait sympathique, qui connaît l'infortune répétée d'être séduit et abandonné par des femmes laides.

Messager du poète, dont l'amour pour la méchante Mrs Wilmot menace d'être d'une constance tragique, l'assistant vilipendé fait un effort héroïque qui lui coûte son emploi. Il décrit au poète aveugle la véritable physionomie de Mrs Wilmot ; cette description jette le poète dans une telle rage qu'il met l'assistant à la porte, mais elle le libérera tout de même de son attirance autodestructrice pour les femmes de cet acabit. (Le thème de la laideur est un peu brut, traité avec un certain amateurisme, car alors même qu'Eddie veut parler d'une laideur tout intérieure, c'est surtout la laideur physique de Mrs Wilmot qui ressort, de manière assez choquante, pour le lecteur.)

Pour être honnête, c'est une nouvelle ratée. Mais Mr Havelock y vit un échantillon des promesses d'Eddie O'Hare, et il en fut assez

195

impressionné pour admettre Eddie en anglais 4E. Ce fut donc là, dans la classe des aspirants écrivains, que se mit à couler dans la prose d'Eddie son thème de prédilection, son thème le plus engageant : le jeune homme et la femme plus âgée.

Eddie était bien trop timide pour présenter ses premières tentatives en classe. C'est à titre tout à fait confidentiel qu'il les fit voir à Mr Havelock, lequel ne les passa qu'à sa femme. Car nous parlons bien de la dame aux seins en liberté et aux aisselles fourrées qui avait naguère donné à Eddie un avant-goût du nirvana masturbatoire. Mrs Havelock allait prendre un intérêt actif au développement que le jeune homme ferait connaître à son thème de prédilection.

On comprendra aisément qu'elle se soit davantage intéressée au sujet qu'au style d'Eddie. Après tout, cette femme de trente ans sans enfants se trouvait être le seul objet de désir manifeste d'une communauté autarcique d'environ huit cents adolescents. Tout en n'ayant jamais été tentée sexuellement par aucun d'entre eux, il ne lui avait pas échappé qu'ils se consumaient de désir pour elle. La seule idée d'une liaison de ce genre l'atterrait. Elle était heureuse en ménage et croyait dur comme fer que les garçons n'étaient jamais que… des garçons, justement. Par conséquent, la nature d'une relation entre un garçon de seize ans et une femme de trente-neuf, décrite à plaisir dans les nouvelles d'Eddie, éveillait chez Mrs Havelock une curiosité morose. Née en Allemagne, elle avait rencontré son mari, sujet britannique, en Écosse, où elle résidait, dans le cadre d'un échange d'étudiants. Se trouver coincée dans une université pour garçons de l'élite américaine ne cessait de la stupéfier et de la déprimer.

Malgré le jugement de la mère d'Eddie sur les côtés bohèmes de Mrs Havelock, celle-ci ne faisait rien pour allumer les pensionnaires. En bonne épouse, elle essayait seulement de plaire à son mari : c'était lui qui aimait qu'elle ne porte pas de soutien-gorge, lui qui la suppliait de ne pas se raser les aisselles – le naturel lui plaisait plus que tout. Mrs Havelock, pour sa part, estimait que cela lui donnait un côté négligé ; elle constatait avec désarroi l'effet qu'elle produisait sur ces garçons en rut, dont elle savait qu'ils se branlaient sans vergogne en pensant à elle.

Anna Havelock, née Rainer, ne pouvait pas sortir de son appartement dans la résidence universitaire sans faire rougir quelques garçons qui traînaient dans le hall, et qui allaient se cogner dans les portes et

196

les murs faute de pouvoir détacher les yeux de sa personne ; chez elle, elle ne pouvait pas servir du café et des beignets aux étudiants qui travaillaient avec son mari, ou aux élèves du cours d'anglais 4E, sans les condamner au mutisme pour cause de trouble excessif. Elle avait le bon sens de détester cette situation, et suppliait son mari de la ramener en Angleterre ou en Allemagne, où elle savait par expérience qu'elle pourrait passer inaperçue, être plus libre. Mais Arthur Havelock adorait la vie à Exeter, où, professeur dynamique, il était très apprécié des étudiants et de ses collègues.

Ce fut donc dans un ménage foncièrement heureux, ce seul sujet de divergence mis à part, qu'Eddie O'Hare vint apporter ses nouvelles troublantes qui racontaient ses frasques avec Marion Cole. Bien entendu, il avait transposé son propre personnage, et celui de Marion davantage encore. Dans ces histoires, il n'était pas assistant d'un célèbre auteur-illustrateur de livres pour enfants. (Minty O'Hare ayant abreuvé ses collègues de récits extatiques sur le premier boulot d'été de son fils, tout le département d'anglais savait qu'Eddie avait travaillé pour Ted Cole.)

Dans les nouvelles d'Eddie, le jeune homme prenait un boulot d'été dans une boutique d'encadrement de Southampton, et le personnage de Marion était calqué sur les souvenirs imprécis qui lui restaient de Penny Pierce ; comme il n'arrivait pas à se rappeler à quoi elle ressemblait, sa description mêlait de manière peu convaincante le beau visage de Marion et le corps de matrone de Penny Pierce, qui n'arrivait pas à la cheville de celui de Marion.

Comme Mrs Pierce, le personnage de Marion était divorcé. Le personnage d'Eddie ne se privait pas des fruits sauvages de son initiation sexuelle : soixante fois pour un seul bref été, l'idée choquait aussi bien Mr que Mrs Havelock. Le jeune homme jouissait aussi des avantages de la généreuse pension alimentaire de Penny Pierce – car, dans les nouvelles, l'adolescent vivait dans la demeure princière que possédait l'encadreuse à Southampton, demeure qui offrait une ressemblance frappante avec celle des Vaughn sur Gin Lane.

Alors que sa femme était sidérée, et puissamment perturbée, par l'authenticité sexuelle des nouvelles, Mr Havelock, en bon professeur, se souciait davantage du style d'Eddie. Il lui fit remarquer ce que le jeune homme soupçonnait déjà : certains aspects de ses nouvelles faisaient plus authentiques que d'autres. Les précisions sexuelles, le noir pressentiment du garçon que l'été va finir – et, avec l'été, son histoire d'amour avec une femme qui est tout pour lui (alors qu'il pense compter beaucoup moins pour elle) –, l'attente inlassable du sexe, presque aussi excitante que l'acte lui-même... oui, ces éléments-là sonnaient vrai. (Et pour cause, se disait Eddie.)

D'autres détails, en revanche, étaient moins convaincants. Ainsi, pour en revenir à la description du poète aveugle dont le jeune homme était l'assistant : ce poète était un personnage trop peu fouillé ; quant aux poèmes pornographiques, on n'y croyait pas en tant que poèmes, et ils n'étaient pas assez explicites pour être pornographiques – tandis que la description de Mrs Vaughn en colère, de l'accueil qu'elle réservait à la pornographie, ou au malheureux assistant qui lui livrait les poèmes, ah oui, ça c'était bon. Ça aussi, ça sonnait vrai. (Pardi, songeait le jeune homme.)

Eddie avait inventé le poète aveugle et ses poèmes pornographiques ; il avait fabriqué la description physique du personnage de Marion, mélange peu convaincant de la vraie Marion et de Penny Pierce. Mr et Mrs Havelock trouvèrent l'un comme l'autre que le personnage de Marion elle-même n'était pas clair ; ils n'arrivaient pas à bien la « situer », dirent-ils à Eddie.

Quand la source de ses écrits était autobiographique, il savait écrire avec autorité et authenticité. Mais quand il essayait d'imaginer, d'inventer, de créer, il ne réussissait pas aussi bien que lorsqu'il se servait de sa mémoire. C'est un handicap grave pour un écrivain ! (A l'époque où il était encore étudiant à Exeter, il ne se doutait pas à quel point.)

Il finirait par jouir d'une modeste réputation dans le monde des lettres ; il y tiendrait une place peu connue mais respectée. Il n'aurait jamais l'impact de Ruth Cole sur la psyché américaine, ni sa maîtrise de la langue ; il ne s'approcherait jamais de la grandeur et de la complexité de ses personnages et de ses intrigues – et moins encore de son souffle de conteuse.

Ce qui ne l'empêcherait pas de vivre de sa plume. On ne peut lui dénier son existence d'écrivain sous prétexte qu'il ne devait jamais être ce que Chesterton écrivit jadis de Dickens : « Une flamme nue, une flamme de pur génie, née chez un homme sans culture, sans tradition, sans l'aide des religions historiques et des philosophies, ni des grandes écoles étrangères. »

Certes, cette définition ne saurait s'appliquer à Eddie O'Hare. (Au reste, sauf à faire preuve d'une générosité excessive, on ne pourrait guère l'appliquer à Ruth Cole non plus.) Du moins serait-il publié.

Le fait est qu'Eddie écrivait des romans autobiographiques dont le sujet lui était familier, variations sur un thème cent fois travaillé. Malgré le soin avec lequel il écrivait (sa prose était limpide), malgré sa fidélité à l'époque et aux lieux, et à des personnages crédibles, cohérents, ses romans manquaient d'imagination ; or quand il laissait libre cours à son imagination, justement, ils manquaient de vraisemblance.

Son premier roman, qui reçut un accueil favorable dans l'ensemble, n'allait pas déjouer les pièges que Mr Havelock, son bon professeur, lui avait indiqués dès le début. Sous le titre *Un emploi pour l'été*, c'était essentiellement une nouvelle mouture des récits qu'il écrivait à l'université. (Sa publication, en 1973, coïncida presque avec la date où Ruth Cole sortit diplômée de cet établissement naguère réservé aux garçons.)

Dans *Un emploi pour l'été*, le poète est sourd, pas aveugle ; sa raison d'engager un assistant est plus proche de la vérité : c'est un poivrot. Mais si la relation entre l'homme mûr et l'adolescent est convaincante, les poèmes, eux, ne sont pas crédibles – Eddie était fort incapable d'écrire de la poésie –, et ce qui est censé être pornographique n'est pas assez brut, ni assez envahissant pour mériter le qualificatif. La maîtresse courroucée de l'ivrogne sourd, le personnage de Mrs Vaughn, donc, qui s'appelle toujours Mrs Wilmot, vaut au lecteur un assez joli portrait de laide hargneuse ; mais l'épouse tolérante du poète, le personnage de Marion, n'est toujours pas convaincante, elle n'est ni Marion ni Penny Pierce.

Eddie avait essayé d'en faire une femme mûre très éthérée, mais universelle ; voilà pourquoi elle est bien trop vague pour qu'on voie en elle l'objet d'amour de l'assistant écrivain. Ses mobiles ne sont pas davantage établis ; le lecteur ne comprend pas ce qu'elle trouve à ce garçon de seize ans. Eddie a omis la présence des fils morts ; ils n'apparaissent pas dans son roman, et Ruth non plus.

Ted Cole s'amusa en lisant *Un emploi pour l'été* ; il déclara avec onction y voir une œuvre mineure, mais fut reconnaissant à Eddie, qui signait là son premier roman à l'âge de trente et un ans, d'avoir opéré certaines transpositions. Ruth – lorsqu'elle serait assez grande

– apprendrait par son père qu'Eddie O'Hare et sa mère avaient été amants, et elle ne serait pas moins reconnaissante à Eddie de l'avoir laissée en dehors de l'histoire. Il ne lui viendrait jamais à l'esprit que le personnage de Marion ressemblait, même de loin, à sa mère ; de celle-ci, elle saurait seulement qu'elle était toujours portée disparue.

En ce samedi d'août 1958, tandis qu'il traversait le Sound de Long Island en compagnie du chauffeur d'un camion de palourdes, Eddie O'Hare n'avait pas de télescope braqué sur l'avenir. Il n'aurait jamais pu prévoir sa carrière de romancier modérément loué et peu connu. Pourtant, il lui resterait toujours une petite audience fidèle ; parfois, le fait que ses fans étaient surtout des femmes d'un certain âge et, plus rarement, des jeunes gens, le déprimerait vaguement. Pour autant, on sentait le métier dans ses romans – il ne serait jamais au chômage. Il parviendrait à gagner sa vie en enseignant dans les universités – tâche dont il s'acquittait honorablement, sinon avec brio et distinction. Ses étudiants et ses collègues le respecteraient, sans jamais l'adorer.

Lorsque le camionneur lui demanda : « Si tu veux pas faire assistant d'écrivain, tu veux faire quoi, plus tard ? », il répondit sans hésiter à ce type aux effluves nauséabonds malgré son âme pure :

– Je serai écrivain.

Certes, l'adolescent ne pouvait pas se figurer la peine qu'il allait parfois faire aux gens. Aux Havelock, sans le vouloir, et même à Penny Pierce, qu'il n'avait voulu blesser qu'un petit peu. Dire que les Havelock avaient été si gentils avec lui ! Mrs Havelock l'aimait bien ; en partie parce qu'elle sentait qu'il avait dépassé la concupiscence qu'il avait naguère éprouvée pour elle. Elle voyait bien qu'il était amoureux d'une autre, et, sans ambages, elle ne mit pas longtemps à lui demander de qui. Mr et Mrs Havelock savaient tous deux qu'il n'était pas assez doué pour avoir imaginé ces scènes explicitement érotiques entre un jeune homme et une femme mûre. Il y avait trop de détails absolument justes.

C'est ainsi qu'Eddie confessa sa liaison de six ou sept semaines avec Marion aux Havelock ; à eux, il avoua aussi les choses terribles, celles qu'il n'avait pu se résoudre à mettre dans ses histoires. Le premier mouvement de Mrs Havelock fut de dire que Marion l'avait pratiquement violé, qu'elle était coupable d'avoir profité d'un « garçon mineur », comme elle disait – un crime. Mais il parvint à la persuader que la réalité était passablement différente.

Comme il en avait l'habitude auprès des femmes faites, il trouva facile et réconfortant de pleurer devant Mrs Havelock, dont les aisselles velues et les seins ballottant sans contrainte pouvaient encore lui remémorer sa concupiscence passée. Comme une ex-petite amie, il arrivait qu'à l'occasion elle parvînt à l'exciter très légèrement – il n'était pas au-dessus de cette étincelle de désir en sa présence maternelle et chaleureuse.

Dommage qu'il ait écrit sur elle de cette façon. Il contracta en effet la maladie du deuxième roman à un stade aigu – son deuxième roman fut le plus mauvais qu'il écrivît jamais ; du reste, à la suite du succès relatif d'*Un emploi pour l'été*, il marqua le nadir de sa carrière littéraire. Après lui, sa réputation connut un léger mieux, et se poursuivit dans la stabilité et la médiocrité relative.

Tout porte à croire qu'Eddie devait avoir trop lu *Thé et Sympathie*, de Robert Anderson, pièce dont on tira un film avec Deborah Kerr dans le rôle de la femme mûre ; l'œuvre dut faire une impression durable sur lui. *Thé et Sympathie* était particulièrement connu des Exoniens parce que Robert Anderson faisait lui-même partie de la promotion 35 ; ce détail rendit la situation plus embarrassante encore lorsque Eddie publia son deuxième roman, *Du café avec des beignets*.

Dans *Du café avec des beignets*, on voit un étudiant qui a tendance à s'évanouir en présence de la femme de son professeur d'anglais favori. Cette dame, que ses aisselles velues et ses seins plantureux en liberté désignent à jamais comme Mrs Havelock, supplie son mari de l'emmener loin de l'enceinte du campus. Être l'objet du désir de tant de garçons l'humilie, sans parler du fait qu'elle est navrée d'avoir irrémédiablement déglingué un certain garçon en particulier par son sex-appeal involontaire.

Il aurait fallu transposer davantage, comme Minty O'Hare allait l'expliquer à son fils par la suite. Même Dot O'Hare allait regarder avec pitié la physionomie accablée d'Anna Havelock après la publication de *Du café avec des beignets*. Dans sa naïveté, Eddie avait conçu le livre comme une sorte d'hommage à *Thé et Sympathie* – et aux Havelock, qui l'avaient tant aidé. Seulement, dans le livre, le personnage de Mrs Havelock couche avec l'adolescent transi ; c'est le seul moyen qu'elle trouve pour convaincre son insensible mari de l'arracher à l'atmosphère masturbatoire de l'université. (Comment Eddie O'Hare avait pu voir dans son livre un hommage aux Havelock, comprenne qui pourra.)

Pour Mrs Havelock, la publication de *Du café avec des beignets* eut au moins un effet souhaité : son mari l'emmena en Angleterre, comme elle le lui avait demandé. Il finit par se retrouver quelque part en Écosse, pays où ils s'étaient rencontrés. Mais si *Du café avec des beignets* eut pour conséquence imprévue d'offrir un heureux dénouement au problème des Havelock, ils ne remercièrent jamais Eddie d'avoir commis ce livre embarrassant ; pour tout dire, ils ne lui adressèrent plus jamais la parole.

La seule personne ou presque qui aima jamais *Du café avec des beignets* se fit passer pour Robert Anderson, promo 35. Le prétendu auteur de *Thé et Sympathie* envoya à Eddie une lettre élégante où il disait avoir compris l'hommage qui lui était rendu, ainsi que la part de comédie délibérée. (Eddie fut effondré lorsqu'il découvrit dans une parenthèse qui suivait le nom de Robert Anderson la mise au point de l'imposteur : « Non, c'est pour rire. »)

Ce samedi-là, alors qu'il partageait le pont supérieur du ferry avec le camionneur, Eddie était d'humeur morose. On aurait cru qu'il prévoyait non seulement sa liaison d'un été avec Penny Pierce, mais aussi la lettre amère qu'elle lui écrirait après avoir lu *Un emploi pour l'été*. Car elle n'aimerait pas le personnage de Marion, dans ce roman – elle la verrait dans le personnage de Penny, bien sûr.

Pour être honnête, avouons que Penny Pierce serait déçue par Eddie O'Hare bien avant de lire *Un emploi pour l'été*. L'été 1960, elle allait coucher trois mois avec lui, soit à peu près deux fois plus longtemps que Marion n'avait pu le faire ; il serait pourtant loin de lui faire l'amour soixante fois...

– Tu sais pas ce qui me revient, p'tit gars ? était en train de dire le camionneur.

Pour être sûr d'attirer son attention, il lui tendait la bouteille de bière par-delà le rempart de la cabine de pilotage ; le vent faisait siffler la bouteille.

– Non, qu'est-ce qui vous revient ?

– Cette poule avec qui tu étais, celle en gilet rose, qui était venue

202

te chercher dans sa mignonne petite Mercedes, t'étais pas son assistant à elle, quand même ?

Eddie marqua un temps.

– Non, j'étais celui de son mari. C'était lui, l'écrivain.

– Eh ben, il est verni, çui-là ! s'exclama le camionneur. Mais attention, hein, les autres femmes, moi, je les regarde, c'est tout ; je donne pas de coups de canif dans le contrat. Ça fait bientôt trente-cinq ans que je suis marié – avec ma petite chérie de l'école. Je dirais qu'on est assez heureux. C'est pas une beauté, mais c'est ma femme. C'est comme les palourdes, quoi.

– Pardon ?

– Ma femme, mes palourdes, quoi... c'est peut-être pas tout ce qu'il y a d'excitant, mais ça marche. Je voulais avoir ma propre affaire, ou au moins mon camion. Je voulais pas rouler pour un patron. Dans le temps, je trimbalais des tas de trucs – pas que des palourdes. Mais c'était compliqué. Quand j'ai vu que je pouvais m'en sortir rien qu'avec les palourdes, ça été plus simple. La solution de facilité, si tu veux.

– Je vois, dit Eddie.

La femme, les palourdes, l'analogie était tirée par les cheveux quelle que soit la manière de l'exprimer, pensa le futur romancier. Il serait injuste de prétendre qu'il choisirait le métier d'écrivain comme solution de facilité. Il n'était pas si mauvais que ça.

Une fois de plus, le camionneur tendit sa bouteille de bière à Eddie ; comme elle était presque vide, elle sifflait sur une note plus grave. Le ferry se mit à ralentir, on approchait du débarcadère.

Eddie et le camionneur s'avancèrent à la proue du pont supérieur, face au vent. Sur le quai, le père et la mère de l'adolescent lui adressaient des signes frénétiques, qu'il leur rendit en bon fils qu'il était. Dot et Minty étaient en larmes. Ils se serraient l'un contre l'autre, chacun essuyant le visage ruisselant de son conjoint, comme si Eddie rentrait de guerre indemne. Au lieu d'éprouver sa gêne habituelle devant le comportement hystérique de ses parents, il comprit combien il les aimait, et quelle chance il avait d'avoir des parents comme Ruth Cole n'en aurait jamais.

Alors les chaînes qui permettaient à la passerelle de s'abaisser firent entendre leur lourd grincement familier ; les dockers devaient brailler pour en couvrir le bruit. « C'était sympa de faire la causette avec toi, p'tit gars ! » cria le camionneur.

Eddie jeta ce qu'il croyait être un dernier coup d'œil, au-delà du port, sur l'eau écumeuse du détroit de Long Island. Il était loin de se douter que ce trajet lui deviendrait un jour aussi habituel que de passer le seuil du bâtiment principal de l'université, sous l'inscription en latin qui l'invitait à entrer pour devenir un homme.

« Edward, mon Edward », sanglotait son père. Quant à sa mère, elle pleurait trop pour parler. Il lui suffit d'un regard pour comprendre qu'il ne pourrait jamais leur raconter ce qui s'était passé. S'il avait eu davantage de facultés prémonitoires, il aurait pu, en cet instant, reconnaître ses limites comme écrivain de fiction – le fait qu'il ne saurait jamais mentir avec art. Non seulement il ne put jamais confier à ses parents la nature de ses relations avec Ted, Marion et Ruth, mais il ne parvint jamais à élaborer un mensonge satisfaisant.

Il allait mentir surtout par omission, et se contenter de dire qu'il venait de passer un été triste, parce que Mr et Mrs Cole étaient pris dans les prémices de leur divorce ; et que Marion venait de planter là Ted et leur petite fille, point final. Une occasion de mentir plus stimulante survint lorsque sa mère découvrit le cardigan en cachemire rose dans son placard.

Cette fois-là, il mentit avec plus de spontanéité et d'inventivité que dans toute sa fiction, déficiente sous ce rapport. Un jour qu'il était allé faire des courses avec Mrs Cole, expliqua-t-il à sa mère, elle lui avait dit avoir toujours aimé ce vêtement et espéré que son mari le lui offre, mais, à présent qu'ils étaient en instance de divorce, il aurait meilleur usage de son argent.

Eddie était retourné à la boutique, et il avait acheté ce coûteux gilet. Mais Mrs Cole était partie en laissant derrière elle son mariage, sa maison, son mari, sa fille, enfin tout – avant qu'il n'ait eu l'occasion de lui donner le vêtement ! Il conclut en expliquant à sa mère qu'il voulait le garder, au cas où le hasard le mettrait en présence de Marion.

Dot O'Hare avait été fière du beau geste de son fils. Pour le plus grand embarras de celui-ci, il lui arrivait de sortir le cardigan et de le montrer aux collègues – elle trouvait que l'histoire de ce cardigan en cachemire rose et de l'attention de son fils envers la malheureuse Mrs Cole faisait un excellent sujet de conversation à table. Mais le mensonge d'Eddie n'avait pas fini de se retourner contre lui.

L'été 1960, pendant qu'il laissait Penny Pierce sur sa faim des soixante fois contractuelles, Dot O'Hare rencontra parmi les épouses de professeurs une dame à qui le cardigan allait parfaitement. Lorsqu'il rentra de Long Island pour la deuxième fois, sa maman venait de donner l'objet...

Il dut s'estimer heureux qu'elle n'ait pas trouvé le caraco de soie mauve et le slip assorti, qu'il cachait dans le tiroir où étaient rangés ses slips de maintien pour le sport et ses shorts de squash. Il est douteux que Dot O'Hare eût félicité son fils pour la délicate attention d'acheter à Mrs Cole des sous-vêtements aussi suggestifs.

Sur le quai de New London, en ce samedi d'août 1958, lorsque Eddie serra son père dans ses bras, quelque chose dans la sûreté de son geste persuada Minty de lui passer les clefs de la voiture. Il ne souffla mot de la circulation qui les attendait, et qui n'avait rien à voir avec celle d'Exeter. Il n'était pas inquiet. Il voyait qu'Eddie avait mûri. (« Joe, c'est un adulte aujourd'hui ! » lui avait chuchoté Dot.)

Minty avait garé la voiture assez loin du quai, vers la gare de chemin de fer de New London. Il y eut un léger accrochage entre les parents pour savoir lequel des deux allait s'asseoir devant et faire le copilote sur le long trajet du retour, puis ils s'installèrent dans la voiture avec une confiance toute enfantine. Eddie était aux commandes, et voilà tout.

Ce fut seulement en quittant le parking de la gare qu'Eddie aperçut la Mercedes rouge tomate de Marion, garée tout près des quais. Les clefs étaient sans doute déjà postées à l'avocat, qui transmettrait à Ted la liste des exigences de sa femme.

Elle n'était donc sans doute pas partie à New York. Ce qui ne le surprenait pas outre mesure. Qu'elle ait abandonné sa voiture à la gare de New London ne signifiait d'ailleurs pas qu'elle était retournée en Nouvelle-Angleterre. Elle pouvait très bien s'être dirigée plus au nord – vers Montréal, par exemple, puisque, il s'en souvenait, elle parlait français.

Mais à quoi pensait-elle, à présent ? se demandait-il, comme il se le demanderait pendant trente-sept ans. Que faisait-elle ? Où était-elle allée ?

II

Automne
1990

Eddie à quarante-huit ans

C'était un jour pluvieux de septembre, en début de soirée. Eddie O'Hare se tenait avec raideur au bar du New York Athletic Club. Il avait quarante-huit ans, et ses cheveux jadis noirs étaient à présent largement striés de gris argenté ; comme il essayait de lire en s'appuyant sur le comptoir, une épaisse mèche lui tombait constamment sur l'œil. Il la renvoyait en arrière, en se servant de ses longs doigts comme d'un peigne. En effet, il n'avait jamais de peigne sur lui, et sa chevelure avait le volume un peu rebelle de celles qu'on vient de laver ; c'était bien le seul trait rebelle chez lui.

Il était grand et mince. Assis ou debout, il redressait les épaules de manière peu naturelle ; son maintien était d'une rectitude et d'une tension quasi militaires. Il souffrait de lombalgies chroniques. Il venait de perdre trois matches de squash d'affilée contre un petit bonhomme chauve qui s'appelait Jimmy (il n'arrivait jamais à se rappeler son nom de famille). Jimmy était un retraité – on disait qu'il devait avoir dans les soixante-dix ans – qui passait ses après-midi au club pour ne pas manquer l'occasion d'un match avec des adversaires plus jeunes à qui leur partenaire avait posé un lapin.

Eddie, qui était en train de boire un Coca light, sa seule boisson, avait déjà perdu contre Jimmy ; et, bien entendu, on lui avait déjà posé des lapins. Il avait quelques amis intimes à New York, mais aucun d'entre eux ne jouait au squash. Il était entré au club seulement trois ans auparavant, en 1987, lors de la parution de son quatrième roman, *Soixante Fois*. Malgré une presse favorable sans être dithyrambique, le seul membre du comité de sélection du club à l'avoir lu n'en avait pas trouvé le sujet engageant. Un autre membre du comité avait confié à Eddie qu'on avait fini par l'accepter non pas à cause de ses romans, mais à cause du nom qu'il portait ; car le New York Athletic Club avait compté une dynastie d'O'Hare, auxquels, toutefois, il n'était pas apparenté.

Tout en ayant fait l'expérience de l'hospitalité sélective et parcimonieuse du club, il était content d'y être entré. C'était une adresse peu dispendieuse où descendre lorsqu'il venait à New York. Or depuis la parution de son troisième roman, *En quittant Long Island*, une dizaine d'années auparavant, il s'y rendait assez souvent, ne serait-ce que pour une ou deux nuits. En 1981, il avait acheté sa première et sa seule maison, à Bridgehampton, à quelque cinq minutes en voiture de Sagaponack et de la maison de Ted Cole. En neuf ans de résidence fiscale dans le Suffolk County, il n'était jamais passé devant la maison de Parsonage Lane.

La maison d'Eddie était dans Maple Lane – si près de la gare de Bridgehampton qu'il pouvait s'y rendre à pied pour prendre le train, ce qu'il faisait rarement car il détestait ces tas de ferraille. Ils passaient si près de chez lui qu'il avait parfois l'impression de vivre dans un train. L'agente immobilière elle-même avait bien dû convenir que l'adresse chic n'était pas sans inconvénients, lesquels mettaient d'ailleurs la maison à sa portée. Et elle n'était pas si insignifiante qu'il ait du mal à la louer. Il détestait les Hamptons en juillet-août et récoltait des sommes astronomiques en louant son logis pendant ces mois de folie.

Entre ce qu'il tirait de ses romans et ce qu'il tirait de sa maison en été, il lui suffisait de faire cours un semestre par an. Il y avait toujours une université où il était écrivain en résidence. Ajoutons qu'il lui fallait se déplacer pour donner des conférences sur le métier d'écrivain, et, tous les étés, trouver une location moins chère que le prix qu'il demandait de sa maison des Hamptons. Mais il n'aurait pas eu l'idée de se plaindre de son sort ; il était apprécié dans le circuit des écrivains-enseignants, où on pouvait tenir pour acquis qu'il ne coucherait pas avec ses étudiantes – du moins pas avec ses jeunes étudiantes.

Fidèle à la déclaration qu'il avait faite à Marion vingt-deux ans auparavant, il n'avait jamais couché avec une femme de son âge ou plus jeune. La plupart des étudiantes qui suivaient ses cours et ses conférences étaient des veuves et des divorcées qui s'étaient tournées vers l'écriture comme vers une forme de thérapie, mais personne n'aurait vu en elles des innocentes à protéger des préférences sexuelles de leur professeur. En outre, dans son cas, c'étaient toujours les femmes mûres qui faisaient le premier pas : il arrivait précédé de sa réputation.

Tout bien considéré, c'était un homme qui s'était fait peu d'ennemis ; les seules inimitiés lui venaient de femmes qui lui en voulaient de les avoir mises dans ses romans. Elles avaient pourtant tort de se reconnaître dans ses personnages. Il s'était seulement servi de leur corps, de leur chevelure, de leurs gestes ou de leurs expressions favorites. Et l'amour impérissable que vouaient ses personnages de jeunes gens à ses personnages de femmes mûres était toujours une variante de celui qu'il avait éprouvé pour Marion. Il n'avait jamais rien ressenti de tel pour aucune des maîtresses qu'il avait eues depuis.

Pour ses romans, il n'avait fait qu'emprunter le quartier où elles habitaient, le toucher de leurs vêtements ; parfois, la tapisserie du canapé du salon ; un jour, le motif de roses qui ornait les draps et les oreillers d'une bibliothécaire solitaire, mais sans mettre en scène la bibliothécaire elle-même. (Quoique : il avait emprunté le grain de beauté de son sein gauche.)

Et s'il s'était fait des ennemies des quelques femmes qui s'étaient reconnues dans l'un ou l'autre de ses quatre romans, il s'était aussi lié d'amitié durable avec de nombreuses femmes mûres, y compris celles avec qui il avait couché. L'une d'entre elles lui avait dit un jour qu'elle se méfiait des hommes qui restaient amis avec leurs anciennes maîtresses ; cela devait vouloir dire qu'ils n'étaient pas des amants fracassants, mais plutôt des chic types. Eddie O'Hare avait fait la paix depuis longtemps avec l'idée qu'il n'était peut-être qu'un « chic type » ; d'innombrables femmes lui avaient dit qu'il y avait largement de quoi s'en contenter – les chic types, ça ne court pas les rues.

Une fois de plus, Eddie renvoya en arrière la mèche qui lui tombait sur l'œil droit. Il leva les yeux vers le miroir du bar, dans l'obscurité du soir pluvieux, et reconnut dans son reflet un homme grand, à la mine fatiguée qui se trouvait, en cet instant, fort dépourvu de confiance en soi. Il se replongea dans la page du manuscrit posé sur le comptoir tout en buvant une gorgée de son Coca light. C'était un texte d'une vingtaine de pages dactylographiées, qu'il avait copieu-sement raturées au stylo rouge ; il appelait ce stylo « le chouchou du prof ». Il avait aussi consigné les scores de ses parties de squash contre Jimmy sur la première page (15-9, 15-5, 15-3). Chaque fois que Jimmy l'avait crevé à le faire courir, il s'était figuré en train de perdre contre Ted Cole. Il devait avoir dans les soixante-dix ans, à présent, à peu près comme Jimmy.

Depuis neuf ans qu'il habitait Bridgehampton, ce n'était pas par hasard qu'Eddie n'était jamais passé devant la maison de Ted. Pour vivre dans Maple Lane et ne jamais se retrouver en train de tourner dans Parsonage Lane, il faut tout de même y réfléchir assez constam-ment. Il s'étonnait par ailleurs de ne pas avoir rencontré Ted à un cocktail, où au supermarché de Bridgehampton – il aurait dû se douter que c'était Conchita Gomez (bientôt octogénaire) qui faisait toutes les courses, Ted ne mettait pas les pieds dans les magasins.

S'ils ne se rencontraient pas dans les cocktails, c'est qu'ils appar-tenaient à des générations différentes, et n'allaient pas aux mêmes soirées. Et puis, quoique ses livres pour enfants eussent toujours une large audience, à soixante-dix-sept ans, l'auteur lui-même n'était plus si célèbre – du moins dans les Hamptons. Eddie n'était pas mécontent de se dire qu'il n'était désormais plus aussi célèbre que sa fille, et de loin.

Mais si sa renommée allait déclinant, son squash, surtout quand il jouait dans sa grange à malices, était tout aussi énergique que celui de Jimmy. Malgré ses soixante-dix-sept ans, il aurait mis une raclée à Eddie tout aussi facilement à l'automne 1990 qu'il l'avait fait l'été 1958. Eddie jouait très mal, à vrai dire. Il était gauche, il était lent, il n'anticipait jamais les tirs de son adversaire ; il rattrapait la balle trop tard – quand il la rattrapait –, et il précipitait son tir en conséquence. Quant à son service lobé, où il excellait, il ne lui aurait servi de rien dans la grange de Ted, où le plafond n'avait pas cinq mètres de hauteur.

Ruth, qui jouait assez bien pour s'être classée troisième dans une équipe de garçons, à Exeter, n'avait jamais pu battre son père à domi-cile, dans sa grange infernale. En 1990, à l'âge de trente-six ans, la seule raison qui la poussait à retourner à Sagaponack, c'était son désir de battre son père dans sa grange avant qu'il ne meure. Mais, à soixante-dix-sept ans, Ted Cole n'avait vraiment rien d'un moribond.

Devant le New York Athletic Club, au coin de Central Park et de la Septième Avenue, la pluie battait l'auvent couleur crème ; si Eddie avait su combien de membres étaient déjà en train de faire la queue sous la marquise pour attendre un taxi, il aurait depuis longtemps quitté le bar et pris son tour. Mais il continuait de relire et de réviser son manuscrit trop long et raturé, sans s'apercevoir qu'au lieu de s'inquiéter de son discours il aurait dû redouter d'arriver trop tard pour le prononcer.

Au coin de la Cinquante-neuvième Rue et de la Septième Avenue, il se trouvait trop loin de la maison des jeunes de la Quatre-vingt-douzième Rue (au niveau de Lexington Avenue) pour y aller à pied – surtout sous la pluie, vu qu'il n'avait ni imperméable ni parapluie. Et il aurait dû évaluer l'incidence de l'averse sur les probabilités de trouver un taxi à New York, surtout en début de soirée. Mais il était trop anxieux des scories de son discours ; il avait toujours souffert de tendances défaitistes, et, à présent, il regrettait d'avoir accepté de faire ce speech.

Moi, présenter Ruth Cole ? se disait-il misérablement.

Ce fut le barman qui l'empêcha de rater tout à fait l'événement redouté. « Un autre Coca light, Mr O'Hare ? » lui demanda-t-il. Eddie consulta sa montre. Si Marion s'était trouvée là, elle aurait surpris dans l'expression de son ancien amant quelque chose du désarroi de ses seize ans.

Il était dix-neuf heures vingt. On l'attendait à l'YMCA dans dix minutes. Un taxi mettrait un minimum de dix minutes pour arriver à l'angle de la Quatre-vingt-douzième Rue et de Lexington Avenue, à supposer qu'il en trouve un à la seconde même où il sortirait du club. Mais, en sortant du club, il se heurta à une file d'attente où régnait la mauvaise humeur ; sur l'auvent crème, l'emblème rouge sang, un pied ailé, dégoulinait de pluie.

Il fourra ses livres et le manuscrit de son discours dans son gros cartable marron. S'il attendait un taxi, il serait en retard. Il allait se faire saucer, mais enfin, avant même de se retrouver sous la pluie, sa mise affichait un négligé tout universitaire. Au club, veste et cravate étaient de rigueur ; or, si Eddie se sentait tout à fait à l'aise dans cette tenue, à cause de ses antécédents familiaux et de son milieu – après tout, c'était un Exonien –, le portier du club lui donnait toujours l'impression qu'il n'était pas en conformité avec l'usage.

Sans savoir que faire, Eddie se mit à longer Central Park à petites foulées ; il pleuvait à seaux. A l'approche du Saint-Moritz, puis du Plaza, il caressa le rêve de découvrir une file de taxis attendant les clients sur le bord du trottoir. Il trouva en revanche une file de clients déterminés, attendant des taxis.

Il fonça dans le Plaza et se présenta à la réception pour demander la monnaie, des monceaux de monnaie, d'un billet de dix dollars. S'il avait l'appoint, il pourrait prendre un bus pour remonter Madison Avenue. Mais avant même qu'il ait articulé sa requête, la réceptionniste lui demanda s'il était client de l'hôtel. Il arrivait à Eddie d'être capable de mentir en toute spontanéité, mais presque jamais quand il en avait besoin.

– Non, je ne suis pas client ; j'ai seulement besoin de monnaie pour le bus, avoua-t-il.

L'employée secoua la tête.

– Je vais avoir des problèmes, si vous n'êtes pas client, lui dit-elle.

Il lui fallut remonter la Cinquième Avenue au pas de course avant de pouvoir traverser au niveau de la Soixante-deuxième Rue. Puis il remonta Madison jusqu'à une cafétéria où il commanda un Coca light pour faire de la monnaie. Il laissa son Coca à la caisse, avec un pourboire royal, mais la caissière n'y trouva pas son compte. Pour elle, Eddie venait de lui laisser un Coca à jeter, tâche au-dessous d'elle ou bien insurmontable, voire les deux.

– Comme si j'avais pas assez de problèmes ! lui cria-t-elle ; elle devait détester faire de la monnaie.

Il attendit son bus sous la pluie. Il était déjà trempé, et il avait déjà cinq minutes de retard. Il était maintenant dix-neuf heures trente-cinq et l'événement commençait à vingt heures. Les organisateurs de la lecture publique de Ruth Cole à l'YMCA souhaitaient que les deux écrivains se rencontrent en coulisses pour avoir le temps de se détendre – « pour faire connaissance ». Personne, surtout pas Eddie ni Ruth, n'avait dit « refaire connaissance ». (Comment refaire connaissance avec une personne qu'on a connue quand elle avait quatre ans, et qui en a aujourd'hui trente-six ?)

Les autres personnes qui attendaient l'autobus eurent le bon sens de reculer du bord du trottoir, mais lui resta planté où il était. Avant de s'arrêter, le bus l'arrosa jusqu'à la taille et la poitrine d'une eau sale régurgitée par l'égout. Maintenant, non seulement il était trempé, mais il était répugnant. Et la flaque d'eau sale ruisselait sur son cartable.

Il avait dédicacé un exemplaire de *Soixante Fois* à Ruth, quoique le roman ait été publié trois ans auparavant, de sorte que si la jeune femme avait eu envie de le lire, elle l'avait déjà lu. Il s'imaginait souvent les remarques que Ted Cole avait pu lui faire au sujet du roman. « Soixante fois ! Il prend ses désirs pour des réalités ! », ou encore : « Quelle exagération, elle l'a à peine connu, ta mère, ce type-là ! » Mais Ted avait fait à Ruth une remarque bien plus intéressante, et tout à fait judicieuse. Il avait dit :

– Ce pauvre môme, il ne s'en est jamais remis, d'avoir baisé ta mère.

– C'est plus un môme, papa, avait répliqué Ruth, moi, j'ai la trentaine, Eddie O'Hare doit avoir la quarantaine, non ?

– C'est toujours un môme, Ruthie. Eddie O'Hare sera toujours un môme.

A vrai dire, en cet instant où il se hissait péniblement dans le bus de Madison Avenue, l'anxiété et la détresse accumulées sur son visage lui donnaient bel et bien l'air d'un adolescent de quarante-huit ans. Il insupporta le chauffeur en ne sachant pas le montant exact de son trajet, et parce que, malgré la poignée de monnaie qui lui gonflait la poche, son pantalon était si trempé qu'il n'arrivait pas à sortir les pièces une par une. Et il insupporta les gens derrière lui, pour la plupart sous la pluie pendant ce temps-là.

Puis, en tentant d'écoper l'eau d'égout tombée sur son cartable, il renversa une flaque brunâtre sur la chaussure d'un vieillard qui ne parlait pas anglais. Il ne comprit pas ce qu'il disait, ni d'ailleurs dans quelle langue il parlait. On entendait mal, dans l'autobus, et il était impossible de saisir les interjections occasionnelles du chauffeur – peut-être était-ce le nom des rues traversées, des arrêts qu'on dépassait ?

La raison pour laquelle Eddie avait du mal à entendre, c'est qu'un jeune Noir assis sur un siège côté couloir tenait sur ses genoux une radiocassette portable, laquelle diffusait plein pot une chanson lascive et syncopée, dont les seules paroles distinctes étaient une formule

215

obsédante : « Tu reconnaîtrais pas la vérité même si elle s'asseyait sur ta tronche, mec. »

– Excusez-moi, dit Eddie au jeune homme, ça vous ennuierait de baisser un peu le son, j'arrive pas à entendre ce que dit le chauffeur.

Sur quoi, le jeune homme lui fit un charmant sourire en lui répondant :

– J'arrive pas à entendre ce que tu dis, mec, c'est con, la radio marche trop fort.

Autour d'eux, soit par nervosité, soit par amusement réel, quelques passagers rirent. Eddie se pencha par-dessus sa voisine, une opulente matrone noire, pour essuyer la buée sur la vitre de la paume de la main. Ainsi, il arriverait peut-être à voir, du moins, le nom des rues qu'on passait. Mais son volumineux cartable à bandoulière glissa de son épaule – la bride était aussi mouillée que ses vêtements – et alla frapper la femme au visage.

Elle fit tomber les lunettes de la malheureuse, qui eut tout de même la chance de les rattraper sur ses genoux ; seulement elle les serra trop fort, et l'un des verres sauta de la monture. La femme leva un œil aveugle vers Eddie, avec une folie née de maints chagrins et déconvenues : « Pourquoi vous vous en prenez à moi pour me faire des problèmes ? »

Aussitôt les syncopes de la vérité assise sur la tronche s'arrêtèrent. Le jeune Noir assis de l'autre côté du couloir se leva, sa radiocassette silencieuse pressée contre sa poitrine comme un projectile.

« Touche pas à ma rem ! » dit-il. Il était petit ; le haut de sa tête arrivait tout juste au nœud de cravate d'Eddie ; mais son cou était aussi large que la cuisse de l'écrivain, et ses épaules deux fois plus larges que les siennes. « Pourquoi tu cherches des problèmes à ma rem ? » lui dit cette armoire à glace.

Depuis qu'il avait quitté le New York Athletic Club, c'était la quatrième fois qu'Eddie entendait le mot « problème ». C'était pour cela qu'il n'avait jamais voulu habiter New York.

– J'essayais juste de voir mon arrêt, où je descends, expliqua Eddie.

– Il est là, ton arrêt, lui dit la jeune brute, en tirant le cordon.

Le bus freina, déséquilibrant Eddie. Une fois de plus, sa lourde sacoche glissa de son épaule ; mais elle ne heurta personne, parce qu'il la tenait à deux mains. « C'est là que tu descends », lui dit le jeune costaud. Sa mère et plusieurs passagers autour d'eux approuvèrent.

Enfin, pensa Eddie en descendant du bus, on n'est peut-être plus très loin de la Quatre-vingt-douzième. (On était à la Quatre-vingt-unième.) Il entendit quelqu'un lancer « Bon débarras ! » comme le bus s'ébranlait.

Quelques minutes plus tard, il dépassa la Quatre-vingt-neuvième au pas de charge, pour se diriger vers le trottoir est de Park Avenue, où il repéra un taxi en maraude. Sans réfléchir qu'il n'était plus qu'à trois rues de sa destination, il héla la voiture, monta, et dit au chauffeur où il allait.

– A l'angle de Lexington et de la Quatre-vingt-douzième ! s'exclama celui-ci. Fallait y aller à pied, merde !

– Oui, mais je suis en retard, répondit piteusement Eddie.

– On est tous en retard, répliqua le chauffeur.

Le prix de la course était si modique qu'Eddie crut se racheter en donnant sa poignée de monnaie comme pourboire au chauffeur.

– Mais qu'est-ce que vous voulez que je foute avec ça ? cria ce dernier.

Du moins n'avait-il pas prononcé le mot « problème », songea Eddie en fourrant les pièces dans la poche de sa veste. Tous les billets de son portefeuille étaient trempés, et ne trouvèrent pas davantage grâce aux yeux du taxi.

– Vous êtes en retard, vous êtes trempé, mais ça, c'est rien, conclut-il, vous êtes un problème ambulant !

– Merci, lui dit Eddie. (Dans un accès d'humeur philosophe, Minty lui avait enseigné à ne jamais dédaigner un compliment – on ne vous en fait pas tant que ça dans une vie.)

C'est donc un Eddie ruisselant et crotté qui se présenta à la jeune femme au contrôle des billets, dans le hall bondé de l'YMCA, sur la Quatre-vingt-douzième Rue.

– Je viens pour la lecture publique, je sais que je suis un peu en retard, commença-t-il.

– Votre ticket ? lui demanda la fille. Nous sommes complets. Nous sommes complets depuis des semaines.

Complets ! Eddie avait rarement vu le Kaufman Concert Hall faire salle comble. Il y avait entendu plusieurs auteurs célèbres y faire des lectures publiques ; il en avait même présenté un ou deux. Lorsqu'il y avait fait lecture de ses propres œuvres, c'était toujours au même programme que d'autres écrivains. Il n'y avait que des auteurs célèbres comme Ruth Cole pour faire des lectures en solo. La dernière fois qu'Eddie était passé dans cette salle, c'était lors d'une soirée consacrée au roman de mœurs – ou peut-être au roman de mœurs comique ? Il se rappelait seulement que les deux autres romanciers du programme avaient été plus drôles que lui.

– Euh…, dit-il à la jeune fille qui contrôlait les tickets. Je n'ai pas besoin de ticket, parce que je suis le présentateur.

Il se mit à farfouiller dans son cartable inondé pour en extraire l'exemplaire de *Soixante Fois* qu'il avait dédicacé à Ruth ; Il voulait montrer à la jeune fille la photo de la jaquette, pour preuve de son identité.

– Vous êtes qui ? dit la fille.

C'est alors qu'elle vit le livre trempé qu'il lui tendait.

E D O ' H A R E

S o i x a n t e   F o i s

r o m a n

C'est seulement sur la jaquette de ses livres qu'Eddie finit par se faire appeler Ed. Son père l'appelait toujours Edward, tous les autres l'appelaient Eddie. Même lorsque les critiques n'étaient pas fameuses, il aimait bien se voir appeler Ed O'Hare, tout simplement.

– C'est moi qui vais présenter l'écrivain, répéta-t-il à la fille qui prenait les tickets. Je suis Ed O'Hare.

– Oh seigneur ! s'écria la fille. Vous êtes Ed O'Hare ! Mais on vous attend depuis des heures. Vous êtes très en retard !

– Je suis navré…, commença-t-il, mais déjà la fille l'entraînait en fendant la foule.

Complets ! se répéta-t-il. En voilà une cohue. Et jeune, avec ça ! Ils avaient l'air d'étudiants, pour la plupart. Ce n'était pas le public typique de l'YMCA, même si les habitués, il s'en rendait compte à présent, étaient là, eux aussi. Selon lui, ces habitués étaient une bande d'amateurs de belles lettres à la physionomie grave, de complexion sourcilleuse *a priori*. Ce n'était guère son public à lui : y manquaient les dames mûres un peu fluettes, toujours seules, ou en compagnie d'une amie en pleine crise existentielle ; ainsi que ces jeunes gens traumatisés et timides, qui lui semblaient toujours un peu trop jolis pour être virils. (C'était d'ailleurs son propre défaut à ses yeux, cette joliesse lui interdisant la beauté virile.)

Mais qu'est-ce que je fiche ici, pour l'amour du ciel ? se dit-il. Pourquoi est-ce que j'ai accepté de présenter Ruth Cole ? Pourquoi me l'ont-ils demandé, d'ailleurs ? Oui, pourquoi ? Est-ce que c'est venu d'elle ?

Avec la chaleur moite qui régnait dans les coulisses, il ne savait plus s'il transpirait ou si ses vêtements étaient trempés de pluie – sans oublier la déferlante de l'égout. « Il y a des lavabos au bout de la loge, si vous voulez vous… rafraîchir », lui expliquait la jeune fille.

Je suis une épave, et je n'ai rien d'intéressant à dire, conclut-il. Cela faisait des années qu'il rêvait de ces retrouvailles avec Ruth Cole, mais il se les était figurées on ne peut plus différentes – dans l'intimité, à déjeuner, ou à dîner. Ruth y avait peut-être pensé de temps en temps, elle aussi. Car enfin, Ted avait bien dû lui parler de sa mère, lui raconter les circonstances de cet été 1958. Il n'était pas homme à s'en priver. Et, à coup sûr, lui, Eddie, avait dû figurer dans le récit, voire y jouer le rôle du salaud principal.

Et n'était-il pas juste de compter qu'Eddie et Ruth auraient des tas de choses à se dire, même si leur point commun essentiel était Marion ? En somme, ils écrivaient tous deux des romans, même si leurs œuvres étaient à des années-lumière l'une de l'autre, Ruth étant une vedette, et lui… Mais qu'est-ce que je suis, moi, mon Dieu ? se demanda-t-il. A côté d'elle, je suis… une nullité parfaite. Tiens, ça pouvait constituer une entrée en matière, dans le fond.

Pourtant, lorsqu'il avait reçu cette invitation, il s'était dit qu'il avait les meilleures raisons de l'accepter. Depuis six ans, en effet, il détenait un secret qu'il voulait partager avec Ruth Cole, et dont il avait gardé la pièce à conviction par-devers lui. Or, en cette soirée de naufrage, il portait cette preuve avec lui, dans son gros cartable marron. Si elle avait un peu pris l'eau, cela ne risquait pas de l'invalider pour autant.

Car, dans le cartable, se trouvait un second livre, beaucoup plus important pour Ruth que l'exemplaire dédicacé de son *Soixante Fois*. Six ans auparavant, lorsqu'il avait découvert ce livre, il avait été tenté d'en faire part à Ruth tout de suite. Il avait même songé à le lui faire parvenir par courrier anonyme. Mais il avait vu la romancière au cours d'une interview télévisée, et elle y avait tenu des propos qui l'avait dissuadé de passer à l'acte.

Ruth ne parlait jamais vraiment de son père, ni des livres pour enfants qu'elle pourrait ou ne pourrait pas écrire. Lorsque les journalistes lui demandaient si c'était son père qui lui avait appris à écrire, elle répondait : « Il m'a appris comment raconter une histoire, il m'a appris le squash, mais à écrire..., non, dans ce domaine, il ne m'a rien appris, franchement. » Et lorsqu'on lui posait des questions sur sa mère, qu'on voulait savoir si elle avait reparu, ou si être abandonnée dans l'enfance avait eu de grands retentissements sur sa personnalité (d'écrivain ou de femme), elle ne semblait guère intéressée par la question.

« Non, on peut dire que ma mère n'a pas reparu, mais je ne la cherche pas non plus. Si elle m'avait cherchée, elle m'aurait trouvée. Et comme c'est elle qui est partie, je ne veux pas m'imposer. Si elle veut me trouver, ce n'est pas bien difficile. »

Au cours de l'interview qui avait dissuadé Eddie d'entrer en contact avec elle, six ans auparavant, le journaliste avait hasardé une hypothèse personnelle sur ses romans : « Mais dans vos livres, il n'y a pas de mères, jamais. » (« Pas de pères non plus », avait-elle répondu.) « Certes, avait repris le journaliste, mais enfin, vos personnages féminins ont des amis femmes et hommes, des amants, mais ce sont des femmes qui n'ont pas de relations avec leur mère. Ces mères n'apparaissent que rarement, d'ailleurs. Vous ne trouvez pas ça... comment dirais-je, inhabituel ? » (« Pas pour quelqu'un qui n'a pas de mère », avait-elle conclu.)

Ruth ne voulait rien savoir de sa mère, en avait-il déduit. Si bien qu'il avait gardé sa « pièce à conviction » pour lui. Seulement, à recevoir cette invitation pour présenter Ruth Cole à l'YMCA de la Quatre-vingt-douzième Rue, il avait tout à fait changé d'avis ! C'est ainsi qu'il avait accepté de la présenter. Et c'est ainsi que dans le marécage de son cartable, il transportait le mystérieux livre qu'il avait failli lui faire parvenir d'autorité, six ans plus tôt.

Il était convaincu, en effet, que l'auteur de ce livre n'était autre que Marion.

Il était déjà vingt heures passées. Comme un grand fauve qui tourne dans sa cage, le public énorme manifestait son impatience, même si Eddie ne le voyait plus d'où il était. La jeune fille saisit son bras trempé pour lui faire prendre un couloir obscur et moisi, puis un escalier en colimaçon le long des rideaux vertigineux, derrière la scène encore éteinte. Il y vit un machiniste assis sur un tabouret. Le jeune homme à la triste figure semblait hypnotisé par un écran vidéo dont la caméra était braquée sur le podium de la scène. Eddie repéra le verre d'eau attendant l'orateur, ainsi que le micro. Il prit note dans sa tête de ne pas toucher à ce verre d'eau, qui était pour Ruth, et non pour son humble présentateur.

Il se retrouva ensuite poussé dans la loge, éclairée *a giorno* par des miroirs et des spots aveuglants. Il avait longuement répété ce qu'il dirait à Ruth en la revoyant : « Eh bien, dites donc, vous avez profité ! » Pour un romancier comique, la plaisanterie n'était pas son fort. Mais enfin, il avait cette réplique sur les lèvres. Il dégagea sa main droite dégoulinante de la bandoulière de son cartable, mais la femme qui s'avançait pour le saluer n'était pas Ruth Cole, et ne serra pas la main qu'il lui tendait. C'était cette dame absolument charmante qui faisait partie des organisateurs de l'YMCA ; il l'avait déjà rencontrée plusieurs fois. Elle était toujours cordiale et sincère, et faisait de son mieux pour le mettre à l'aise, tâche surhumaine au demeurant. Melissa, elle s'appelait Melissa. Elle embrassa la joue mouillée d'Eddie, en lui disant :

– Nous nous faisions du souci pour vous !

– Eh bien dites donc, repartit celui-ci, vous avez profité !

Melissa, qui n'avait pas « profité » – elle n'était même pas enceinte, à ce moment-là –, en fut quelque peu déconcertée. Mais elle était d'une telle bienveillance qu'elle se préoccupa du bien-être d'Eddie au lieu de se vexer. Quant à lui, sa gaffe lui mettait les larmes aux yeux.

Puis quelqu'un serra la main tendue d'Eddie. La poigne était trop vigoureuse pour venir de Ruth, si bien qu'il parvint à réprimer sa malencontreuse réplique. C'était Karl, autre gentil organisateur, qui coiffait les activités du centre Uterberg, maison de la poésie. Karl était poète lui-même, ce qui ne l'empêchait pas d'être élégant ; aussi grand qu'Eddie, il avait toujours été très gentil avec lui, c'était d'ailleurs lui qui avait eu la gentillesse de l'associer à nombre de soirées à l'YMCA, y compris celles dont il se sentait indigne, comme ce soir-là.

« Il... il pleut », annonça Eddie à Karl. Il devait y avoir une demi-douzaine de personnes qui se pressaient dans la loge. La remarque déclencha une salve de rires. C'était bien le type d'humour pince-sans-rire qu'ils s'attendaient à trouver dans ses romans ! Mais il n'avait tout simplement pas su que dire d'autre. Il continua de serrer des mains à la ronde, dégoulinant comme un chien mouillé.

Le VIP de Random House, directeur littéraire de Ruth, était là (la directrice littéraire qui s'était occupée des deux premiers romans de Ruth venait de mourir et c'était cet homme qui lui avait succédé). Eddie l'avait rencontré trois ou quatre fois, mais il ne se rappelait jamais son nom. Quant à ce Mr X, il ne se rappelait jamais qu'ils s'étaient déjà rencontrés. Jusque-là, Eddie ne lui en avait pas voulu pour autant.

Les murs de la loge étaient tapissés de photographies des plus grands auteurs mondiaux ; Eddie se trouvait au milieu d'écrivains de stature et de renommée internationales. Il reconnut la photo de Ruth avant d'apercevoir Ruth elle-même ; elle tenait tout à fait sa place au mur, parmi plusieurs prix Nobel. (Il ne lui serait jamais venu à l'idée de chercher sa propre photo sur le mur, et, en effet, il ne l'aurait pas trouvée.)

Ce fut le nouvel éditeur qui poussa Ruth à la rencontre d'Eddie. Il avait des allures joviales et conquérantes, un genre paternaliste. Il cala sa grande main familière entre les épaules de Ruth, et la poussa vers le milieu de la pièce pour lui faire quitter le coin où, semblait-il, elle se cachait. Elle n'était pas timide, pourtant, Eddie avait pu le constater au cours de ses nombreuses interviews. Mais en la voyant en personne, et ce pour la première fois à l'âge adulte, il réalisa qu'il y avait chez elle comme une petitesse délibérée – comme si elle se *faisait* petite.

A vrai dire, elle n'était pas plus petite que le gros bras de Madison Avenue. Elle était de la taille de son père, et donc pas particulièrement petite pour une femme, mais pas aussi grande que Marion. Pourtant cette petitesse n'avait rien à voir avec sa stature ; comme Ted, elle était athlétique et trapue. Elle portait le T-shirt noir qu'elle mettait pour les signatures, et qui laissait voir d'emblée l'hypertrophie musculaire de son bras droit, plus développé que le gauche – effet du squash ou du tennis.

Un seul regard sur sa main suffit à persuader Eddie qu'elle était de force à mettre une raclée à son père. De fait, elle aurait pu, sur n'importe quel court de squash réglementaire. Eddie ne se serait jamais figuré à quel point elle en mourait d'envie, ni que le vieil homme avait encore le dessus sur sa coriace de fille dans sa grange truquée.

– Bonjour, Ruth, j'attendais ce moment avec impatience, déclara Eddie.

– Re-bonjour, dit Ruth en lui serrant la main ; elle avait les doigts courts et carrés de son père.

– Ah, vous vous connaissez déjà ? dit le type de Random House, je ne savais pas.

Ruth avait le sourire malin de son père, aussi ; un sourire qui dissuada Eddie d'en dire davantage.

– Vous voulez passer aux toilettes d'abord ? lui demanda-t-elle.

Puis de nouveau, la grande main paternelle vint se poser, avec un peu trop de familiarité, cette fois, entre les épaules d'Eddie.

– Mais oui, mais oui, laissons Mr O'Hare faire son ravalement de dernière minute, dit le nouvel éditeur de Ruth.

Une fois tout seul dans les toilettes, Eddie se rendit enfin compte à quel point le ravalement en question s'imposait. Non content d'être trempé et sale, il avait un sachet en cellophane, de ceux qui enveloppent les cigarettes dans leur paquet, qui adhérait à sa cravate. Un papier de chewing-gum, qui, à mieux y regarder, contenait encore une gomme bien mâchée, collé à sa braguette. Sa chemise était à tordre. Dans le miroir, il ne reconnut point tout d'abord ses tétons, qu'il prit pour deux autres boules de chewing-gum.

Il décida qu'à tout prendre il valait mieux retirer veste et chemise et les tordre ; il tordit de même sa cravate. Lorsqu'il se rhabilla, il vit qu'il venait de froisser irrémédiablement chemise et cravate, et que sa chemise, naguère du blanc de rigueur pour la circonstance, avait pris une nuance rosâtre, veinée. Il regarda ses mains et les trouva maculées par l'encre rouge du stylo dont il se servait pour faire des corrections, le fameux chouchou du prof, et – sans même prendre la peine de regarder dans son cartable – il comprit que les révisions apportées à son manuscrit avaient dû couler puis virer au rose sur les pages humides.

Lorsqu'il jeta un œil à son discours de présentation, il put voir que toutes les corrections manuscrites étaient effacées, délavées, illisibles, et que le texte original, qui ressortait désormais moins bien sur fond rose, s'en trouvait sensiblement moins clair. Il est vrai qu'au départ, il s'inscrivait sur une page blanche toute propre...

Sa poignée de monnaie lui déformait la poche. Il ne put découvrir de corbeille à papier ; dans un accès de cafouillage qu'il espéra à son comble pour la journée, il balança sa mitraille dans la cuvette des toilettes. Après avoir tiré la chasse et attendu que l'eau s'évacue, il s'avisa avec sa résignation habituelle que les pièces d'un *quarter* étaient restées au fond.

Ruth passa aux toilettes après lui. Au moment où il la suivait dans les coulisses pendant que les autres se mêlaient au public et prenaient un siège dans la salle, elle regarda par-dessus son épaule et lui lança : « Drôle de fontaine aux souhaits, non ? » Il lui fallut une seconde ou deux pour comprendre qu'elle parlait des pièces dans la cuvette ; mais évidemment, impossible de dire si elle se doutait que c'étaient ses pièces à lui.

Et puis, directe, sans malice, elle lui dit : « J'espère qu'on va pouvoir dîner, après – qu'on ait l'occasion de parler un peu ? »

Le cœur d'Eddie fit un bond. Avait-elle voulu dire en tête à tête ? Non, il n'était pas assez naïf pour croire ça. Elle avait voulu dire avec Karl et Melissa, et sans aucun doute avec son nouvel éditeur paternaliste, aux grandes mains familières. Mais tout de même, peut-être pourrait-il lui voler un instant en tête à tête ; ou encore, à défaut, lui proposer un rendez-vous en plus petit comité.

Il souriait d'un sourire niais, fasciné par son visage agréable, que d'aucuns auraient dit joli. Sa lèvre supérieure, mince, était celle de Marion ; ses seins volumineux, déjà un peu lourds, étaient aussi ceux de sa mère. Mais comme elle n'avait pas la taille longue de celle-ci, ils paraissaient trop gros pour sa silhouette. Et elle avait les jambes courtes et vigoureuses de son père.

Son T-shirt noir, coûteux, lui allait très bien. Il était d'une matière soyeuse, plus fine que du coton, supposa-t-il. Son jean n'était pas un vulgaire jean non plus. Il était noir, lui aussi, et de bonne coupe. Il l'avait vue laisser sa veste à son éditeur, une veste de cachemire noir de bon faiseur, qui habillait l'ensemble. Pour sa lecture, elle n'avait pas voulu garder sa veste, parce qu'elle savait que ses fans attendaient le T-shirt, conclut Eddie. Et il était clair que ses lecteurs étaient plus que des lecteurs ; c'étaient des fans. S'adresser à eux fichait un vrai trac à Eddie.

Lorsqu'il s'aperçut que Karl était en train de le présenter, il préféra ne pas écouter. Le machiniste à la triste figure avait proposé son tabouret à Ruth, mais elle préférait rester debout, faisant passer le poids de son corps d'une jambe sur l'autre – comme si elle se préparait pour une partie de squash plutôt que pour une lecture publique.

– Mon discours…, souffla Eddie. Il ne m'emballe pas ; toute l'encre a coulé.

Elle lui fit « chut » de son index court et carré. Comme il se taisait, elle se pencha vers lui pour lui murmurer à l'oreille : « Merci de ne m'avoir jamais mise dans vos romans ; je sais bien que vous auriez pu. » Eddie en resta muet ; tant qu'il ne l'avait pas entendue chuchoter, il ne s'était pas rendu compte qu'elle avait la voix de sa mère.

Alors, elle le poussa vers la scène ; comme il n'avait pas écouté la présentation de Karl, il ne savait pas que ce dernier et le public – le public de Ruth Cole – l'attendaient.

Ruth, elle, attendait depuis toujours cette rencontre avec Eddie O'Hare ; depuis le jour où on lui avait parlé pour la première fois des relations entre lui et sa mère, elle voulait le rencontrer. A présent, elle n'osait pas le regarder s'avancer sur la scène parce qu'il s'éloignait d'elle. Mais elle le regarda sur l'écran vidéo. Il vient à ma rencontre, enfin ! se disait-elle.

Mais qu'est-ce que ma mère a bien pu lui trouver ? Quel pauvre garçon, il en est pathétique ! Sur le petit écran, elle le détaillait en noir et blanc. L'image à faible définition lui donnait un air juvénile ; elle devinait comme il avait dû être beau dans son adolescence. Mais chez l'homme fait, la joliesse des traits ne séduit qu'un instant.

Tandis qu'il commençait à parler d'elle et de son œuvre, elle se laissa distraire par une question aussi familière que troublante : qu'est-ce qui me plaît durablement chez un homme ?

Ruth à trente-six ans

Il faut qu'un homme ait de l'assurance, pensait Ruth. Après tout, il a été formé pour le combat. Pourtant, son goût des hommes affirmés jusqu'à l'agressivité l'avait parfois conduite à des relations discutables. Jusque-là, les épisodes violents lui avaient été épargnés, contrairement à certaines de ses amies. Ruth tenait ces dernières pour responsables, en partie du moins, de leurs mésaventures. Elle qui faisait si peu de cas de son instinct quant aux hommes se croyait contre toute attente capable de détecter dès le premier rendez-vous un type enclin à brutaliser les femmes.

Dans l'univers déconcertant du sexe, c'était l'un de ses rares sujets de fierté. Mais Hannah Grant, sa meilleure amie, lui avait dit bien des fois qu'elle avait tout simplement eu de la chance. (« T'es pas tombée sur le bon, enfin, je veux dire, sur le mauvais. T'es jamais sortie avec un type comme ça, c'est tout. »)

Il faut qu'un homme respecte mon indépendance, croyait-elle. Elle n'avait jamais caché qu'elle ne savait trop à quoi s'en tenir sur le mariage, et moins encore sur la maternité. Seulement les hommes qui respectaient ladite indépendance affichaient souvent un peu trop d'indépendance à son égard. Et Ruth ne tolérait pas l'infidélité ; même, elle exigeait que ses amis lui soient fidèles dès le début. Était-elle simplement vieux jeu ?

Hannah s'était souvent moqué de ce qu'elle appelait ses « contradictions ». A trente-six ans, Ruth n'avait jamais vécu avec un homme ; cela ne l'empêchait pas d'exiger que son petit ami du moment lui soit fidèle, même sans vivre avec elle. « Je ne vois aucune contradiction là-dedans », avait-elle répondu à Hannah, mais celle-ci considérait avoir l'avantage sur elle quand il s'agissait de débattre des relations entre hommes et femmes (sous prétexte qu'elle en avait eu davantage, supposait Ruth).

Selon les critères de Ruth, et même selon des critères plus permissifs, Hannah Grant n'était pas un prix de vertu. Et en cet instant où Ruth se préparait à lire des extraits de son nouveau roman à l'YMCA de la Quatre-vingt-douzième Rue, Hannah était en retard, par-dessus le marché. Elle avait pensé la retrouver dans la loge avant la lecture, et maintenant, elle se disait avec inquiétude que, si elle arrivait trop tard, on ne la laisserait pas entrer, malgré la place qu'on lui avait réservée. C'était bien d'elle ! Elle avait dû rencontrer un type et se mettre à causer. (Causer et + si aff.)

En se plongeant de nouveau dans l'écran noir et blanc, Ruth essaya de se concentrer sur ce qu'Eddie O'Hare était en train de dire. Elle avait été présentée bien des fois, mais jamais par l'ex-amant de sa mère ; si ce dernier trait le distinguait des autres, il n'y avait, en revanche, rien de distingué dans sa présentation.

« Il y a dix ans… », avait-il commencé. Ruth avait enfoncé son menton dans sa poitrine. Cette fois, lorsque le jeune machiniste lui offrit son tabouret, elle accepta ; si Eddie devait remonter au déluge, mieux valait s'asseoir.

« Publié en 1980, alors qu'elle n'avait que vingt-six ans, entama-t-il comme une litanie, le premier roman de Ruth Cole, *Le Même Orphelinat*, se passe dans un petit village de la Nouvelle-Angleterre, réputé pour avoir toujours soutenu des modes de vie marginaux. Une communauté de gauchistes lesbiennes y avait prospéré, pour se séparer finalement. Une école qui avait des critères de recrutement douteux y avait connu une brève opulence ; sa seule vocation était de fournir un sursis de quatre ans aux jeunes gens qui ne voulaient pas partir au Vietnam. A la fin de la guerre, l'école avait fermé boutique. Et pendant les années 60 et le début des années 70 – avant l'arrêté de la Cour suprême légalisant l'avortement, en 1973 – le village avait de même soutenu un petit orphelinat. Toutes les années où l'avortement était encore illégal, on savait bien, sur place du moins, que le médecin de l'orphelinat pratiquait des avortements.

Eddie marqua un temps ; l'éclairage de la salle était si faible qu'il ne voyait pas un seul visage dans le vaste public. Sans réfléchir, il but une gorgée dans le verre d'eau destiné à Ruth.

A vrai dire, Ruth était sortie d'Exeter l'année même de l'arrêté de la Cour suprême. Dans son roman, les deux filles d'Exeter tombent enceintes ; elles se font renvoyer sans avoir trahi le nom du futur père – il apparaît qu'il s'agit du même garçon. L'auteur, alors âgée de vingt-six ans, avait répondu au cours d'une interview que le titre « opérationnel » du roman *Le Même Orphelinat* était *Le Même Petit Ami*.

Eddie O'Hare, quoique voué au roman autobiographique pour sa part, n'avait pas la bêtise de supposer que Ruth parlait d'elle dans son livre. Il comprit dès la première lecture qu'elle valait mieux que cela. Cependant, au cours de plusieurs interviews, elle avait avoué avoir une amie proche à la faculté – avec qui, effectivement, elle avait partagé un faible pour le même garçon. Eddie ne savait pas que la camarade de chambre et meilleure amie de Ruth là-bas s'appelait Hannah Grant, et que cette Hannah Grant était attendue dans la salle. Elle était déjà venue à d'autres lectures de Ruth, mais pour elle, comme pour son amie, cette lecture n'était pas comme les autres, car elles avaient longuement parlé d'Eddie O'Hare. Hannah mourait d'envie de le rencontrer.

Que les deux amies aient jadis eu « un faible » pour le même garçon à l'université, il ne pouvait pas le savoir, mais il se doutait fort justement que Ruth n'avait jamais fait l'amour à Exeter. D'ailleurs – la chose tenait de l'exploit dans les années 70 –, elle avait même traversé ses années d'université en restant vierge. Hannah, en revanche, s'était bien gardée d'attendre. Elle avait fait l'amour plusieurs fois à Exeter, et elle s'était fait avorter pour la première fois avant même d'avoir son premier diplôme.

Dans le roman de Ruth, lorsque les deux filles qui ont partagé le même petit ami se font renvoyer, les parents de l'une des deux les conduisent à l'orphelinat du titre. L'une y accouche, mais choisit de garder le bébé parce qu'elle ne supporte pas l'idée qu'il soit adopté ; l'autre se fait avorter illégalement. Quant au garçon, deux fois futur père, et désormais diplômé, il épouse la fille qui a gardé le bébé. Le jeune couple s'efforce de rester marié « pour l'enfant », mais le ménage se défait – au bout de la bagatelle de dix-huit ans ! Celle qui a choisi l'avortement, et qui est toujours célibataire aux abords de la quarantaine, retrouve son ex-petit ami... et l'épouse.

Au fil du roman, l'amitié entre les deux filles est mise à rude épreuve. Avec le temps et les changements intervenus dans les mœurs, ce choix entre l'avortement et l'adoption va les hanter. Ruth faisait un portrait sympathique des deux filles, ses opinions personnelles sur l'avortement (elle était en faveur de la légalisation) avaient été rendues possibles par l'attitude des féministes. Et, tout en étant didactique, le roman obtint des critiques dithyrambiques et fut traduit dans plus de vingt-cinq langues.

Il eut aussi ses détracteurs. Il se clôt en effet sur la dissolution amère de l'amitié entre les deux femmes, ce qui ne fit pas le bonheur de *toutes* les féministes. Le fait que la femme qui s'était fait avorter ne puisse plus être enceinte fut dénoncé par des féministes favorables à l'IVG comme de la « mythologie anti-avortement », quoiqu'il ne soit insinué nulle part que c'est parce qu'elle a avorté autrefois. « Peut-être qu'elle n'arrive pas à être enceinte parce qu'elle a trente-huit ans », avait déclaré Ruth dans une interview, propos dénoncés par plusieurs femmes au nom de toutes celles qui avaient décidé d'avoir un enfant après quarante ans.

C'était le type même de roman qui prête le flanc à la critique. La femme qui divorce, celle qui a eu son bébé peu après s'être fait renvoyer, propose d'en avoir un second et de le donner à son amie. Elle sera mère porteuse, avec le sperme de son ex-mari ! Mais celle qui est stérile décline son offre ; elle préfère s'accommoder de sa stérilité. Dans le livre, les mobiles de l'ex-femme sont douteux ; pourtant, quelques mères porteuses pionnières attaquèrent ce roman comme s'il les présentait toutes sous un jour défavorable.

A vingt-six ans déjà, Ruth Cole n'était pas partisane de se défendre pied à pied contre ce type de critiques. « Écoutez, c'est un roman, répondait-elle. Ce sont mes personnages, ils font ce que je leur dis de faire. » De même, elle dédaignait la description ordinaire du *Même Orphelinat* comme un roman sur l'avortement. « C'est un roman, répétait-elle. Il n'est sur rien. C'est une bonne histoire. On démontre comment les choix que font ces deux femmes vont les affecter pour le restant de leurs jours. C'est tout de même vrai que nos choix nous affectent, non ? »

Et elle prit ses distances par rapport à bon nombre de ses lecteurs les plus avides en déclarant qu'elle ne s'était jamais fait avorter. Certaines lectrices qui l'avaient fait jugèrent insultant que Ruth se soit contentée de l'imaginer. « Je ne suis certes pas hostile à l'avortement, ni pour moi ni pour les autres, mais, pour ce qui me concerne, la question ne s'est pas posée. »

Elle le savait, la question s'était posée deux autres fois pour Hannah Grant. Elles avaient déposé un dossier dans les mêmes universités, les meilleures. Mais comme Hannah n'avait pas été retenue dans la plupart des cas, elles étaient entrées à Middlebury. Ce qui comptait pour elles, du moins à les entendre, c'était de rester ensemble, même s'il fallait pour cela passer quatre ans dans le Vermont.

Rétrospectivement, Ruth se demandait pourquoi « rester ensemble » avait tant importé à Hannah, qui avait passé le plus clair de son temps de fac avec un joueur de hockey porteur d'une fausse dent amovible ; il l'avait engrossée deux fois, et, après leur rupture, il avait essayé de sortir avec Ruth. C'était ce qui avait suscité la remarque désormais notoire de Ruth à Hannah au sujet des « règles de conduite » entre les gens.

– Comment ça, des règles ? Tu ne vas pas me dire qu'il faut des règles entre amis ?

– Surtout entre amis, justement. Moi, par exemple, je ne sors pas avec les types qui sont sortis avec toi, ou qui te l'ont proposé avant moi.

– Et *vice versa* ? s'était enquise Hannah.

– Hmm… (un tic verbal que Ruth tenait de son père). C'est toi qui vois.

Hannah n'avait jamais mis la règle à l'épreuve, du moins pas à sa connaissance. Quant à elle, elle s'y était tenue strictement.

Et voilà qu'Hannah était en retard ! Tandis que sur l'écran vidéo, elle voyait Eddie O'Hare s'emberlificoter dans sa présentation, elle se rendit compte que le machiniste à l'œil sournois avait le regard fixé sur elle. C'était le genre de garçon qu'Hannah aurait trouvé « mignon », et avec qui, sans doute, elle aurait flirté, mais Ruth, elle, flirtait rarement. Et puis, il n'était pas son genre – à supposer qu'elle en eût un. (Que si, elle en avait un ! Et ce genre l'interpellait sur elle-même bien davantage qu'elle n'aurait pu le dire.)

Ruth jeta un coup d'œil à sa montre. Eddie en était encore à son premier roman. A ce train-là, comme il en reste deux, on va y passer la nuit, se dit-elle en le regardant de nouveau boire son eau. Et s'il a un rhume, je suis bonne pour l'attraper.

Elle envisagea d'attirer son attention. Mais elle regarda le machiniste, qui reluquait ses seins. Si elle avait dû nommer un comportement masculin idiot, elle aurait choisi celui-là : les hommes n'ont pas l'air de se rendre compte qu'une femme voit très bien quand ils lorgnent ses seins.

« Je n'irais pas dire que c'est mon pire grief », avait répondu Hannah. Ses seins étaient plutôt petits – du moins pour son goût. « Avec des nichons comme les tiens, avait-elle ajouté, qu'est-ce que tu veux qu'ils regardent, les mecs ? »

Cela dit, lorsque les deux femmes étaient ensemble, c'était plutôt Hannah qu'on regardait la première. Grande, blonde, une silhouette fuselée. Elle est plus sexy que moi, pensait Ruth.

– C'est la façon dont je m'habille, c'est tout. Je m'habille plus sexy. Si tu t'habillais comme une femme, les hommes te regarderaient peut-être plus ! lui avait répondu Hannah.

– Ils regardent mes seins, c'est déjà pas mal, avait conclu Ruth.

Si elles s'étaient si bien entendues comme camarades de chambre, et si elles avaient voyagé ensemble en tant d'occasions – ce qui est encore plus difficile que de partager un appartement –, c'était peut-être parce qu'elles ne voulaient pas, qu'elles ne pouvaient pas, échanger leurs vêtements.

Ce n'était pas parce qu'elle avait grandi sans mère que Ruth Cole aimait les vêtements d'homme ; enfant, elle avait été habillée de manière mignarde par Conchita Gomez, qui l'avait expédiée à Exeter avec une valise pleine de jupes et de robes de petite fille, pour sa plus grande horreur.

Elle aimait les jeans, ou les pantalons aussi près du corps que les jeans. Elle aimait les T-shirts et les chemises d'homme ou de garçon – pas les cols roulés, parce qu'elle était trapue, et qu'elle n'avait pour ainsi dire pas de cou, ni les sweaters, trop volumineux, qui la grossissaient. Elle n'était pas forte, et elle paraissait petite sans l'être. Néanmoins, elle avait malmené les codes vestimentaires d'Exeter en s'alignant sur ceux des garçons ; et depuis, c'était resté son style.

Aujourd'hui, bien sûr, ses vestes, même celles d'une coupe masculine, étaient taillées sur mesure. Dans les cérémonies, elle portait un smoking de femme, sur mesure, lui aussi. Elle possédait bien la prétendue incontournable petite robe noire, mais, sauf en période de canicule, elle ne portait jamais de robe. Le substitut à cet article qu'elle endossait le plus fréquemment était un tailleur-pantalon bleu marine à fines rayures, sa tenue préférée pour les cocktails et les restaurants chic ; son uniforme aux enterrements, aussi.

Elle dépensait pas mal d'argent en vêtements, mais c'était toujours le même style. Elle en dépensait encore davantage en chaussures. Elle aimait être chaussée presque à plat, avec une semelle solide, qui assurait à ses chevilles la même sécurité ou presque que ses chaussures de squash – ses chaussures tendaient à se ressembler, elles aussi.

Elle accepta qu'Hannah lui donne une adresse de coiffeur où se faire couper les cheveux, mais refusa de l'écouter lorsqu'elle lui conseilla de se les laisser pousser. Et à part un rouge ou un stick à lèvres incolore, elle ne portait jamais de maquillage. Une bonne crème de soin, le shampooing qui convenait à sa nature de cheveux, un déodorant adéquat, et voilà tout. Elle laissait également Hannah lui acheter ses sous-vêtements. « Eh merde ! Ça me tue de t'acheter tes putains de soutifs en 90 D. Mes deux nichons rentreraient dans un de tes bonnets ! »

Ruth trouvait qu'il était trop tard pour envisager de se faire remodeler les seins par la chirurgie esthétique. Mais, adolescente, elle avait supplié son père de lui permettre l'opération. Il n'y avait pas que le volume de ses seins qui la dérangeait, leur poids aussi ; ses tétons et ses aréoles trop basses et trop larges la désespéraient. Son père n'avait jamais voulu en entendre parler ; il trouvait aberrant de vouloir « mutiler » la silhouette que Dieu lui avait donnée. (Un sein n'était jamais trop gros pour lui.)

Ah, papa, papa, papa ! pensa Ruth avec rancune en voyant le regard du machiniste obsessionnel rivé à sa poitrine.

Elle sentait qu'Eddie O'Hare la noyait sous les fleurs ; il était en train de dire quelque chose à propos de sa déclaration, souvent citée, qu'elle n'écrivait pas des romans autobiographiques. Mais il était toujours englué dans son premier roman. C'était la présentation la plus longue de tous les temps ! Quand viendrait son tour de parler, le public dormirait à poings fermés.

Hannah lui avait dit qu'elle avait tort de monter sur ses grands chevaux quand il était question d'autobiographie.

– C'est vrai, quoi, je suis pas ton autobiographie, moi ? Tu passes ton temps à parler de moi, dans tes bouquins !

– Je me sers peut-être de tes expériences, Hannah. Après tout, tu en as eu beaucoup plus que moi. Mais je t'assure que je ne « parle pas de toi ». Mes personnages, je les invente, et mes histoires aussi.

– C'est moi que tu inventes à longueur de temps ! C'est peut-être ta version de ce que je suis, mais c'est moi, toujours moi. T'es bien plus autobiographique que tu crois, ma puce ! (Ruth avait horreur qu'Hannah l'appelle ma puce à tout bout de champ.)

Hannah était journaliste. Pour elle, tout roman était largement autobiographique. Ruth était romancière ; en considérant ses livres, elle voyait ce qu'elle avait inventé. Hannah y voyait les données du réel – à savoir les variations sur sa propre personne. (La vérité, comme il se doit, se situait entre les deux théories.)

Dans les romans de Ruth, on trouvait en général une aventurière, le personnage d'Hannah, comme disait celle-ci, et une autre femme, plus réservée ; la moins hardie, disait Ruth ; le personnage de Ruth, disait Hannah.

Ruth était tout à la fois admirative et effarée devant la hardiesse d'Hannah. Quant à Hannah, tout en admirant Ruth, elle la critiquait sans arrêt. Elle respectait le succès de son amie, mais réduisait ses romans à des documentaires. Ruth, elle, était extrêmement affectée par les interprétations-classifications bipolaires d'Hannah.

Dans son deuxième roman, *Avant la chute de Saigon*, publié en 1985, les deux héroïnes sont voisines de chambre à Middlebury pendant la guerre du Vietnam. Le personnage d'Hannah, qui est la hardiesse incarnée, propose un contrat à son petit ami : elle va l'épouser et avoir un enfant de lui, de sorte que, quand il passera son diplôme et que son sursis expirera, il échappera à la conscription selon le nouveau régime, puisqu'il sera marié et père de famille. Elle lui fait promettre que si leur ménage ne marche pas, il divorcera – selon des termes fixés par elle. (Elle aura la garde de l'enfant ; il lui paiera une pension.) L'ennui, c'est qu'elle n'arrive pas à être enceinte.

– Tu as du culot de l'appeler le personnage d'Hannah, lui disait souvent Ruth. Toi qui as passé tes années de fac à essayer d'éviter les grossesses et qui n'arrêtais pas de tomber enceinte.

Mais Hannah répliquait que la capacité de ce personnage à prendre des risques, c'était « tout elle ».

Dans le roman, cette fille qui n'arrive pas à être enceinte passe un nouveau contrat, avec sa camarade de chambre, cette fois. Elle la persuade de coucher avec son petit ami, pour être enceinte de lui. Alors, elle l'épousera pour lui épargner de partir au Vietnam. Quand la guerre sera finie, ou qu'on n'y enverra plus d'appelés, la bonne camarade, vierge jusqu'à cette expérience effroyable, divorcera du garçon, lequel épousera aussitôt sa première petite amie (personnage d'Hannah) avec laquelle il élèvera le bébé (du personnage de Ruth).

Ruth était vexée qu'Hannah ose appeler la voisine de chambre vierge « le personnage de Ruth », car elle n'avait pas perdu sa virginité à l'université, et s'était encore moins fait engrosser par un petit ami d'Hannah. (Hannah était d'ailleurs la seule de ses amies à savoir dans quelles circonstances elle avait perdu sa virginité, ce qui est une autre histoire.) Mais Hannah répondait que cette fille qui avait un peu peur de perdre sa virginité était « tout elle ».

Dans le roman, bien sûr, le personnage de Ruth n'a que mépris pour le petit ami, et elle est traumatisée par leur seul rapport sexuel ; le petit ami, en revanche, tombe amoureux d'elle et renâcle à divorcer lorsque la guerre du Vietnam s'achève.

La chute de Saigon, en avril 1975, fournit la toile de fond du roman ; c'est lors de cet événement que la jeune fille qui avait accepté le contrat se rend compte qu'elle ne veut pas renoncer au bébé. Tout en détestant le père de son enfant, elle accepte de partager la garde avec lui quand ils auront divorcé. Le personnage d'Hannah, instigatrice du mariage, perd donc et son petit ami et son bébé – ainsi que l'amitié avec son ancienne camarade de chambre, bien entendu.

C'est une farce sexuelle, mais dont les conséquences sont amères ; les touches de comédie sont mises en valeur par les lézardes plus sombres entre les personnages – on y voit l'éventail des attitudes d'une Amérique divisée au sujet de la guerre du Vietnam, et ce que les garçons de la génération de Ruth envisageaient de faire pour ñe pas y partir. « Singulier point de vue féminin sur les manières d'esquiver la conscription », avait écrit un critique.

Hannah avait raconté à Ruth qu'elle avait couché avec ce critique, elle ne savait plus trop quand, mais elle savait au moins comment il s'y était pris lui-même pour échapper au service. Il avait fait valoir les préjudices psychologiques qu'il aurait subis en couchant avec sa propre mère, laquelle avait corroboré ses dires ; c'était d'ailleurs elle qui avait eu l'idée de cette fabulation. Et comme il avait réussi à échapper à la guerre par ce stratagème, il avait fini par coucher effectivement avec sa mère.

– Alors il sait de quoi il parle quand il évoque la perspective singulière, avait conclu Ruth.

Hannah était toujours agacée de voir que Ruth ne râlait pas contre les critiques négatives avec autant de véhémence qu'elle. « Ça fait de la publicité gratuite, même quand elles sont mauvaises », se plaisait à dire la romancière.

On mesurera la stature internationale de Ruth, sa renommée, quand on saura que son troisième et dernier roman était attendu avec une telle impatience dans les pays européens où elle était traduite que deux traductions paraissaient en même temps que les éditions américaine et britannique.

Après sa lecture, Ruth devait passer une journée à New York ; elle avait accepté plusieurs interviews agrémentées d'un peu de publicité. Ensuite elle resterait une journée et une nuit à Sagaponack avec son père, puis partirait pour l'Allemagne et la foire de Francfort. (Après Francfort et la promotion de la traduction allemande, on l'attendait à Amsterdam, où on venait de publier la traduction néerlandaise.)

Ruth allait rarement voir son père à Sagaponack, et pourtant, elle attendait cette visite avec impatience. Il y aurait sans doute quelques parties de squash dans la grange, pas mal de discussions – sur tous les sujets – et même un peu de repos à la clef. Hannah avait promis de l'accompagner. Ruth préférait toujours ne pas se retrouver en tête à tête avec son père ; avec un ami, même s'il s'agissait d'un de ses petits amis (elle qui en avait peu les choisissait toujours mal), cela faisait du moins une tierce personne.

Mais Hannah flirtait avec Ted, ce qui excédait Ruth, qui soupçonnait d'ailleurs qu'Hannah le faisait exprès. Quant à son père, ne connaissant pas d'autre rapport avec une femme, il entrait dans ce jeu.

C'était à Hannah que Ruth avait fait sa remarque vulgaire sur le charme de son père auprès des femmes : « On aurait entendu leurs culottes glisser par terre. »

La première fois qu'Hannah l'avait rencontré, elle avait dit à Ruth : « C'est quoi, ce petit bruit ? Tu entends ? » Ruth voyait rarement venir une plaisanterie ; sa première idée était toujours que tout le monde était totalement sérieux.

– Quel bruit ? Non, j'entends pas, avait-elle répondu en regardant autour d'elle.

– C'est rien, c'est ma culotte qui glisse par terre, avait répondu Hannah, et c'était devenu une phrase codée entre elles.

Chaque fois qu'Hannah présentait un de ses nombreux petits amis à Ruth, s'il lui plaisait, Ruth disait : « T'as entendu ce bruit ? » Et s'il ne l'emballait pas, ce qui était souvent le cas, elle disait : « J'ai rien entendu, et toi ? »

Ruth n'aimait pas présenter ses amis à Hannah, parce que celle-ci disait toujours : « Oh, ce boucan ! Y a un chiffon mouillé qui vient de tomber par terre, ou est-ce que j'ai des hallucinations auditives ? » (Le mouillé était une référence constante dans le vocabulaire sexuel d'Hannah ; cela remontait au temps d'Exeter.) Et Ruth n'était en général pas fière de ses petits amis ; elle avait rarement envie de les présenter à qui que ce soit. D'ailleurs, ils ne faisaient pas assez long feu auprès d'elle pour qu'Hannah dût les rencontrer.

Pourtant, en ce moment, assise sur son tabouret, subissant à la fois les regards du machiniste entiché de ses seins et la laborieuse présentation de l'œuvre de sa vie par Eddie (il s'était tout de même embourbé dans son deuxième roman), elle repensa à Hannah, qu'elle maudit d'être en retard ou de lui faire faux bond.

Non seulement elles avaient parlé avec enthousiasme de la perspective de rencontrer Eddie O'Hare, mais, en plus, Ruth mourait d'envie de présenter à Hannah son petit ami actuel ; pour une fois, elle avait vraiment besoin d'avoir son avis, alors que si souvent, par le passé, elle aurait préféré qu'elle le gardât pour elle. Et voilà, maintenant que j'ai besoin d'elle, où est-elle passée ? En train de se faire baiser jusqu'à la moelle, sûrement, pour parler comme elle (c'est du moins ce que Ruth se figurait).

Elle poussa un profond soupir ; elle eut conscience que ses seins se soulevaient, et que le crétin de machiniste en était médusé. Elle l'aurait entendu soupirer en réponse, ce jeune vicieux, si Eddie n'avait pas continué son topo soporifique. Par désœuvrement, elle croisa le regard du jeune machiniste et le soutint jusqu'à ce qu'il détournât les yeux. Il avait une de ces barbes naissantes clairsemées, une velléité de bouc avec moustache, impalpables comme de la suie. Si je ne m'épilais pas régulièrement à la cire, pensait Ruth, je crois que j'obtiendrais une moustache plus convaincante que la sienne.

Elle soupira de nouveau, pour mettre le jeune vicieux au défi de regarder ses seins. Mais il était soudain intimidé. Il lui fallut donc un effort de concentration pour le dévisager, mais elle perdit bientôt toute curiosité à son égard. Son jean était déchiré à un genou – c'était sans

236

doute celui qu'il préférait pour paraître en public. Ce qui ressemblait à une éclaboussure alimentaire avait laissé une tache huileuse sur la poitrine de son col roulé marron foncé, devenu tout à fait informe, avec des poches aux coudes grosses comme des balles de tennis.

Mais dès que Ruth se concentra de nouveau sur la lecture qu'elle allait faire, sur le passage choisi, le regard animal du machiniste se jeta de nouveau sur ses fameux seins. Elle lui trouva un regard perplexe ; des yeux vifs, mais déconcertés, un peu comme ceux d'un chien – un chien voué à une fidélité d'esclave, à la limite de l'obséquiosité.

Puis elle changea d'avis sur le passage à lire ; elle allait lire le premier chapitre, plutôt. Elle se pencha en avant sur le tabouret du machiniste, et tint le livre devant elle ; on aurait dit un recueil de cantiques qu'elle se proposait de chanter ; et ainsi, elle dérobait ses seins à la vue du jeune homme.

Elle entendit avec soulagement qu'Eddie en était enfin arrivé à son troisième et dernier roman « une variation sur le thème familier chez Mrs Cole de l'amitié féminine qui tourne court », était-il en train de dire.

Encore des sophismes sans mélange ! pensa-t-elle. Mais il y avait un grain de vérité dans cette thèse. Elle avait déjà entendu cette analyse dans la bouche d'Hannah : « Alors, cette fois-ci... le personnage de Ruth et le personnage d'Hannah commencent par être ennemies. Mais, à la fin, on devient amies. C'est différent, je l'admets, mais pas tant que ça. »

Dans le roman, le personnage de Ruth est une veuve de fraîche date, une romancière qui s'appelle Jane Dash. C'était la première fois qu'elle parlait d'un écrivain ; elle allait prêter le flanc à de nouvelles interprétations autobiographiques, de celles qu'elle détestait.

Le personnage d'Hannah, ennemie de Mrs Dash au début du roman, meilleure amie à la fin, se nomme Eleanor Holt. Les deux femmes, hostiles l'une à l'autre depuis longtemps, sont réunies bien contre leur gré par leurs enfants adultes ; en effet, le fils de l'une tombe amoureux de la fille de l'autre et l'épouse.

Jane Dash, la mère du garçon, et Eleanor Holt, la mère de la fille, devront partager la responsabilité d'élever les petits après que leurs propres enfants se seront tués dans un accident d'avion. (Le voyage, une seconde lune de miel, avait été entrepris pour fêter leurs dix ans de mariage.)

C'était le premier roman de Ruth Cole à avoir une fin optimiste (sinon tout à fait heureuse), même si Jane Dash ressentait un certain malaise quant à son amitié avec Eleanor Holt – à cause des revirements complets de cette dernière, qui avaient tant marqué son passé. Hannah, qui se reconnaissait pleinement dans Eleanor Holt, avait pris ombrage de ce trait.

– Quels revirements complets tu as observés chez moi, je te prie ? avait-elle instamment demandé. Tu as le droit de ne pas toujours approuver ma conduite, mais dis-moi au moins où sont mes inconstances, ou mes contradictions.

– Il n'y a pas de contradictions chez toi, Hannah, avait répondu Ruth à son amie. Je te trouve bien plus cohérente que moi. Je n'ai jamais remarqué le moindre changement en toi – pas même le plus mineur, pas même un changement souhaitable –, alors un revirement complet...

Hannah trouva cette réponse déroutante, et le lui dit. Mais Ruth se borna à laisser entendre que c'était la preuve même, s'il en était besoin, qu'Eleanor Holt n'était pas Hannah Grant, contrairement à ce qu'elle croyait. Ainsi s'était achevé leur conflit inconfortable – du moins jusqu'à ce que Ruth invite Hannah à la lecture, pas tant pour le roman, qu'Hannah avait déjà lu, que pour la perspective excitante de rencontrer Eddie O'Hare.

L'autre personne qu'Hannah mourait d'envie de rencontrer presque à l'égal d'Eddie, disait-elle, c'était l'homme dont Ruth lui avait parlé comme de son « petit ami actuel ». A vrai dire, il s'agissait plutôt d'un petit ami virtuel, « un petit ami en liste d'attente », comme aurait dit Hannah. Ce petit ami virtuel se trouvait aussi être son nouveau directeur littéraire, le VIP de chez Random House, celui qu'Eddie avait trouvé antipathique pour cause de jovialité paternaliste, et d'amnésie sélective.

Oui, Ruth l'avait déjà dit à Hannah, il était le meilleur éditeur qu'elle ait rencontré. Oui, c'était bien la première fois qu'elle trouvait quelqu'un à qui elle puisse parler, et qu'elle puisse écouter, avec autant d'intérêt. Elle pensait que personne, à l'exception d'Hannah, ne la connaissait aussi bien. Non seulement il était droit, et fort, mais il la mettait au défi « de toutes les manières positives ».

– C'est quoi, les manières positives ? avait demandé Hannah.

– Oh, je vais te le présenter, tu verras. Et puis c'est un gentleman.

– A son âge, c'est normal. C'est une question de génération, je veux dire. Combien il a, déjà ? Douze ans, quinze ans de plus que toi ?

– Dix-huit, avait répondu Ruth sans sourciller.

– Oui, c'est bien un gentleman. Et il n'a pas d'enfants ? Seigneur, ils ont quel âge ? Ils sont peut-être aussi vieux que toi !

– Il n'a pas d'enfants.

– Mais il a pas été marié pendant des lustres ? Comment ça se fait qu'il ait pas d'enfants ?

– Sa femme n'en voulait pas – elle avait peur d'avoir des enfants.

– Ça te ressemble un peu, tiens, ça…

– Allan voulait un enfant, sa femme n'en voulait pas.

– Alors il en veut toujours un, conclut Hannah.

– Nous en parlons, reconnut Ruth.

– Et je suppose qu'il continue à parler à son ex-femme, aussi. Espérons que c'est bien la dernière génération d'hommes qui jugent nécessaire de parler à leurs ex-femmes, dit Hannah avec dérision.

Elle exprimait là sa sensibilité de journaliste : il faut entrer dans une catégorie d'âge, de niveau d'études, dans un type. Quelle manière de penser exaspérante ! se dit Ruth en se mordant la langue.

– Donc, ajouta Hannah, philosophe, je suppose que, côté sexe, il comble ton attente.

– On n'a pas encore couché ensemble.

– Lequel de vous deux attend ?

– Tous les deux, mentit Ruth.

Allan se montrait patient ; c'était Ruth qui « attendait ». Elle avait tellement peur de ne pas aimer faire l'amour avec lui qu'elle retardait le moment. Elle ne voulait pas avoir à cesser de voir en lui l'homme de sa vie.

– Mais tu m'as dit qu'il t'avait demandé de l'épouser ! s'écria Hannah. Il veut t'épouser et il a pas encore couché avec toi ? C'est plus une question de génération – là, c'est la génération de son père, celle de son grand-père !

– Il tient à ce que je sache que pour lui je ne suis pas une petite amie comme les autres.

– Tu n'es même pas une petite amie du tout !

– Je trouve ça charmant. Il est amoureux de moi avant d'avoir couché avec moi. Je trouve ça mignon.

– Ça change, convint Hannah. Alors qu'est-ce qui t'inquiète ?

– Rien, mentit Ruth.

– En général, tu tiens pas à ce que je fasse la connaissance de tes petits amis, lui rappela Hannah.

– Celui-là, il est particulier.

– Tellement particulier que t'as pas couché avec lui.

– Il me bat au squash, ajouta Ruth piteusement.

– Ton père aussi. Et ça lui fait quel âge ?

– Soixante-dix-sept ans, tu sais très bien son âge.

– Non, c'est vrai ? Bon Dieu, il les fait pas.

– Moi, je te parle d'Allan Albright, pas de mon père, dit Ruth, fâchée. Allan Albright n'a que cinquante-quatre ans. Il m'aime, il veut m'épouser, et je crois que je serais heureuse avec lui.

– Tu m'as dit que tu l'aimais ? Je t'ai pas entendu le dire.

– Je ne l'ai pas dit. Ça, je n'en sais rien.

– Si tu n'en sais rien, c'est que tu ne l'aimes pas. Et puis, je croyais qu'il avait une réputation de… enfin, que c'était un homme à femmes, quoi !

– Oui, c'était un homme à femmes, dit Ruth lentement. Il me l'a dit lui-même, en précisant qu'il avait changé.

– Mouais. Ça change, les hommes ?

– Et nous ?

– T'en as très envie, hein ?

– Je suis lasse des petits amis nuls.

– C'est vrai que t'as un certain talent pour les trouver. Mais je croyais que tu les prenais pour ça. Je croyais que tu les prenais parce que tu savais qu'ils se tireraient. Et des fois même avant que tu leur demandes.

– Toi aussi tu en as ramassé des nuls, parfois.

– Bien sûr, tout le temps, reconnut Hannah. Mais j'en ai aussi ramassé des bons – seulement ils restent pas.

– Je crois qu'Allan a l'intention de rester.

– Bien sûr. Et donc, là, tu t'inquiètes de savoir si toi, tu vas rester.

– Oui, avoua Ruth, c'est ça.

– Je veux faire sa connaissance. Je te dirai si tu vas rester. Je le saurai à la minute même où je le verrai.

Et voilà qu'elle m'a laissée en plan ! pensait Ruth. Elle ferma l'exemplaire de son roman avec un bruit mat et le tint contre ses seins. Elle avait envie d'éclater en sanglots tant elle était fâchée contre Hannah, mais elle vit que son geste inopiné avait fait sursauter le machiniste en rut ; elle aima son expression alarmée.

– Le public peut vous entendre de la salle, lui chuchota-t-il d'un air sournois ; il avait un sourire pointilleux.

La réaction de Ruth ne fut pas spontanée ; presque tout ce qu'elle disait était mûrement réfléchi.

– Au cas où vous vous poseriez la question, chuchota-t-elle, ils font un 90 D.

– Qui ?

Il est trop crétin pour comprendre, décida Ruth. En outre, le public venait d'éclater en applaudissements retentissants. Sans avoir entendu ce qu'Eddie avait raconté, elle comprit qu'il avait fini par finir.

Elle attendit pour lui serrer la main avant de s'engager sur le podium. Lui, un peu égaré, rejoignit les coulisses au lieu de se diriger vers le siège qui lui était réservé dans la salle ; une fois là, il fut trop gêné pour gagner sa place. Il regarda d'un air éperdu le machiniste revêche, qui n'était pas disposé à lui céder son tabouret.

Ruth attendit la fin des applaudissements. Elle prit le verre d'eau vide, et le reposa aussitôt. Oh mon Dieu ! j'ai bu son eau, s'aperçut Eddie.

– Quelle bande de chahuteurs, hein ? chuchota le machiniste à Eddie, qui ne répondit rien mais prit un air coupable. (Il n'avait pas entendu. Sans doute était-ce une remarque au sujet du verre d'eau.)

Conscient du petit rôle qu'il avait joué dans le déroulement de la soirée, le machiniste se sentit soudain plus petit encore qu'à l'accoutumée ; il n'avait pas plus tôt articulé le mot « chahuteurs » que cet écervelé comprit à retardement ce que la romancière célèbre venait de lui susurrer. Elle fait un 90 D ! Mais pourquoi elle m'a dit ça ? Elle m'a fait des avances ou quoi ? se demanda le demeuré.

Lorsque les applaudissements eurent enfin cessé, Ruth dit : « Vous voulez bien monter un peu les lumières dans la salle, s'il vous plaît ? Je voudrais pouvoir voir la tête de mon éditeur. Si je le vois tiquer, je saurai que j'ai raté quelque chose, ou qu'il a raté quelque chose. »

La demande fit rire, ce qui était son propos, mais son propos entre autres. Ruth n'avait pas besoin de voir le visage d'Allan Albright ;

elle l'avait assez en tête comme ça. Ce qu'elle voulait voir, c'était le siège vide auprès du sien, celui qu'on avait réservé à Hannah Grant. En fait, il y en avait même deux, puisque Eddie était coincé dans les coulisses. Mais elle n'eut d'yeux que pour l'absence d'Hannah.

Va te faire voir, Hannah ! pensa Ruth. Mais elle était sur scène, à présent. Elle n'avait plus qu'à baisser les yeux sur la page ; son œuvre l'absorbait totalement. En apparence, elle était semblable à elle-même : calme. Et dès qu'elle se mettrait à lire, elle serait calme à l'intérieur aussi.

Elle ne savait peut-être pas s'y prendre avec les hommes – surtout avec celui qui voulait l'épouser ; elle ne savait peut-être pas s'y prendre avec son père, pour lequel elle nourrissait les sentiments les plus cruellement mélangés. Elle ne savait peut-être pas si elle devait détester sa meilleure amie ou lui pardonner. Mais, quant à l'écriture, Ruth Cole était l'image même de l'assurance et de la concentration.

A vrai dire, elle était même si concentrée sur son premier chapitre, qui s'appelait « Le matelas pneumatique rouge et bleu », qu'elle en oublia d'annoncer le titre du roman au public. Peu importait ; la plupart des gens le connaissaient déjà, et plus de la moitié d'entre eux l'avaient lu jusqu'au bout.

Les origines du premier chapitre étaient singulières. Le supplément littéraire d'un journal allemand, la *Süddeutsche Zeitung*, lui avait commandé une nouvelle pour le numéro annuel consacré à littérature de fiction. Elle écrivait rarement des nouvelles ; elle avait toujours un roman en chantier dans sa tête, même si elle n'avait pas commencé à l'écrire. Mais les règles du jeu l'avaient intriguée : toutes les nouvelles que le magazine publierait devaient porter le titre « Le matelas pneumatique rouge et bleu », et le matelas lui-même devait intervenir une fois au moins dans le récit. (On suggérait par ailleurs que son importance devait être assez stratégique pour mériter de faire le titre.)

Ruth aimait bien les contraintes. Pour la plupart des auteurs, les règles sont risibles, mais Ruth était aussi joueuse de squash ; elle aimait les jeux. Le sel de la chose, pour elle, c'était où et comment amener le matelas pneumatique dans l'histoire. Elle connaissait déjà ses personnages. Ce serait Jane Dash, veuve de fraîche date, et son ennemie jusque-là, Eleanor Holt.

– Et c'est ainsi, déclara-t-elle à son public de la Quatre-vingt-douzième Rue, que je dois mon premier chapitre à un matelas pneumatique.

Le public rit. Pour lui aussi, c'était un jeu.

Eddie O'Hare avait l'impression que ce rustre de machiniste attendait beaucoup du matelas pneumatique rouge et bleu. Autre signe de la renommée internationale de Ruth Cole, le premier chapitre de son dernier roman avait été publié en allemand sous le titre *Die blaurote Luftmatratze* avant qu'un seul de ses nombreux lecteurs ait pu le lire en anglais.

Ruth annonça à son auditoire : « Je voudrais dédier cette lecture à ma meilleure amie, Hannah Grant. » Un jour ou l'autre, Hannah entendrait parler de cette dédicace qu'elle avait manquée ; quelqu'un, dans le public, ne manquerait pas de lui en parler.

Selon l'expression consacrée, lorsque Ruth entama la lecture du premier chapitre, on aurait entendu une mouche voler.

Le matelas pneumatique
rouge et bleu

Jane Dash était veuve depuis un an, mais elle était toujours aussi portée à se laisser balayer par « le flot de souvenirs » qui l'avait emportée le matin où elle s'était réveillée et avait trouvé son mari, mort, à côté d'elle. Romancière, elle n'avait aucune intention d'écrire ses mémoires ; l'autobiographie ne l'intéressait pas ; surtout la sienne. Mais elle voulait garder la haute main sur ses souvenirs, première nécessité pour toute veuve.

Or une intrusion fort indésirable de son passé se manifesta en la personne de l'ex-hippie Eleanor Holt. Eleanor était attirée par les malheurs d'autrui ; même, ils semblaient l'exalter. Les veuves, en particulier, lui plaisaient. Mrs Dash voyait en elle la preuve vivante que la *bonne* justice n'est pas la chose du monde la plus répandue. Plutarque lui-même aurait eu du mal à convaincre Jane Dash qu'Eleanor Holt récolterait un jour ce qu'elle avait semé.

Comment ça s'appelait, déjà, ce que Plutarque avait écrit ? « Pourquoi les dieux sont-ils si lents à punir les méchants ? » Elle ne se rappelait plus très bien. En tout cas, malgré les siècles qui les séparaient, c'était bien à Eleanor Holt qu'il avait dû penser.

Le défunt mari de Mrs Dash l'avait jadis définie comme une femme qui vivait dans le stress de l'autorévision permanente. (Jane trouvait cette formule d'une indulgence coupable.) Au temps de son premier mariage, Eleanor était de celles qui font un tel étalage de leur bonheur conjugal que tous les divorcés la détestaient cordialement. Sitôt divorcée, elle était devenue une inconditionnelle du divorce, au point que tous ceux qui étaient encore heureux en ménage avaient envie de la tuer.

Dans les années 60, elle était gauchiste, ce qui n'étonnera personne ; dans les années 70, féministe. Du temps qu'elle habitait New York, elle considérait que les Hamptons (qu'elle appelait « la campagne ») étaient réservés aux week-ends des beaux jours ; y vivre à l'année ou y partir par temps maussade était bon pour les culs-terreux et autres attardés.

Dès qu'elle avait quitté Manhattan pour s'installer dans les Hamptons à l'année, lors de son second mariage, elle avait décrété que la vie citadine était l'affaire des prédateurs sexuels et des amateurs de sensations fortes, incapables de la connaissance de soi qu'elle avait atteinte. (Après toutes ces années dans les Hamptons, elle continuait de considérer comme rurale la fourche sud de Long Island, faute de connaître autre chose de la vie à la campagne.) Elle était sortie d'une université de filles dans le Massachusetts, expérience qu'elle jugeait rétrospectivement sans appel comme contre nature, mais ni rurale ni urbaine pour autant.

Elle avait jadis brûlé son soutien-gorge en public, devant un petit groupe, dans un parking de Grand Union, mais au cours des années 80, elle avait milité pour le parti républicain, prétendument sous l'influence de son deuxième mari. Ayant tenté sans succès d'être enceinte pendant plusieurs années, elle avait fini par concevoir son seul enfant avec le concours d'un donneur de sperme anonyme ; sur quoi, elle était devenue une farouche adversaire de l'avortement. Peut-être était-ce cette fois le fait de la loterie du sperme, comme disait feu Mr Dash.

En vingt ans, elle était passée d'une alimentation omnivore à une alimentation strictement végétarienne, pour revenir à l'omnivore. Elle avait imposé ses changements de régime pendulaires à son enfant de la banque du sperme, une petite fille hagarde, dont elle avait réussi à gâcher le sixième anniversaire – comme il avait été gâché pour ses petits invités – en décidant de passer la vidéo de son accouchement. Le fils unique de Jane Dash se trouvait parmi ces enfants traumatisés. L'épisode avait troublé Mrs Dash, qui avait toujours été pudique devant son fils. Feu son mari était souvent nu dans la maison, il dormait sans pyjama, etc., mais cela ne perturbait pas Jane, du moins pas pour son fils. En somme, c'étaient deux mâles. Mais elle, elle faisait un effort pour se couvrir. Or voilà que son fils était rentré de l'anniversaire chez la petite Holt en y ayant vu le film, apparemment réaliste, d'une vraie naissance, où Eleanor Holt s'étalait comme un livre ouvert.

Au fil des ans, Eleanor imposerait encore plusieurs fois le documentaire obstétrique à sa malheureuse fille, sans impératif pédagogique flagrant, mais plutôt pour faire son intéressante : elle éprouvait le besoin irrépressible de montrer à sa fille combien elle avait souffert, du moins pour la mettre au monde.

Innée ou acquise, la fille avait pour sa part une personnalité tout à fait opposée : que ce soit pour cause de saturation devant le grand-guignol de sa naissance, ou grâce à un facteur génétique lié à la loterie du sperme, elle semblait résolue à mettre sa mère mal à l'aise. Et les dispositions contrariantes de la malheureuse encouragèrent Mrs Holt à incriminer des facteurs extérieurs de perturbation – car elle ne se sentait jamais coupable de rien.

Ce que Mrs Dash se rappellerait toujours, c'était lorsque Eleanor Holt s'était trouvée piquet de grève antipornographie. Le sex-shop qui se trouvait à la périphérie de Riverhead, Long Island (loin des Hamptons), n'était pas un endroit qui attirait traîtreusement les lecteurs jeunes ou innocents. C'était une bâtisse de bois, basse, avec de petites fenêtres et un toit en tôle ondulée. L'enseigne extérieure n'avait rien d'ambigu :

LIVRES ET MAGAZINES CLASSÉS X
RÉSERVÉ AUX ADULTES

Eleanor et une bande de matrones indignées n'étaient entrées qu'une fois dans l'établissement. Elles en étaient sorties rougissantes, en proie à l'agitation (« Les forts qui oppriment les faibles », dit

Eleanor à un journaliste local). Les tenanciers de la boutique étaient un couple âgé qui avait voulu échapper à l'ennui des hivers à Long Island. Dans le scandale qui s'ensuivit, ils persuadèrent un groupe de pression (à l'initiative d'Eleanor) d'acheter les murs de la boutique. Mais le groupe en question paya la vieille bicoque trop cher, et, par-dessus le marché, resta avec, hum, l'inventaire (ainsi disait Jane Dash) sur les bras.

Intéressée à titre d'écrivain, elle se porta volontaire pour évaluer le stock. Elle avait auparavant poliment décliné l'invitation d'Eleanor à s'engager dans la croisade contre la pornographie en arguant qu'elle était écrivain, et, de ce fait, fondamentalement opposée à la censure. Comme Eleanor insistait, en précisant qu'elle faisait appel « à la femme d'abord et à l'écrivain ensuite », Jane l'avait surprise et s'était surprise elle-même en lui répondant :

– Moi, je suis écrivain d'abord.

Elle reçut donc l'autorisation d'explorer la pornographie tout son saoul. Sa « valeur » mise à part, elle la trouva décevante. La vulgarité n'en avait rien d'étonnant, sauf, apparemment, pour Eleanor Holt. La grossièreté est la norme pour tant de gens. La curiosité crue et salace est le mobile majeur de toutes sortes d'individus – fort heureusement, Mrs Dash ne les fréquentait pas. Elle avait beau regretter que l'instruction ne fût pas assez bien partagée, elle n'en pensait pas moins que c'était du gaspillage pour la majorité des gens qu'elle avait rencontrés.

Dans la collection d'obscénités du sex-shop, désormais fermé pour de bon, il n'y avait pas de descriptions d'actes sexuels avec des animaux ou des enfants mineurs. Mrs Dash trouva vaguement rassurant que ces dépravations n'aient pas encore avancé aussi loin à l'est de Manhattan que le Suffolk County, du moins sous forme de magazines ou de livres. Ce qui abondait, en revanche, c'était l'exagération banale de l'orgasme féminin, et des hommes (toujours dotés de pénis d'une taille improbable) manifestant un intérêt douteux pour la besogne entreprise. Les partenaires des deux sexes étaient de bien mauvais acteurs, conclut Jane Dash. Elle trouva les gros plans sur d'innombrables sexes féminins de toutes formes, disons, intéressants d'un point de vue clinique. C'était la première fois qu'elle se penchait sur d'autres femmes dans leurs détails les plus rebutants.

Pressée de donner son avis sur le fonds de commerce, elle déclara que c'étaient des ordures sans valeur – à moins que le groupe de pression ne veuille rentrer dans ses frais en vendant ce qui restait du stock à des curieux du coin. Mais à étaler ces denrées sur la voie publique, il se transformerait lui-même en pornographe. C'est ainsi que livres et magazines furent brûlés – perte intégrale.

En se définissant de nouveau comme « écrivain d'abord », Mrs Dash refusa de participer à l'autodafé, même en spectatrice. La presse locale saisit un groupe de femmes clairsemé mais triomphant, en train de nourrir le feu, sous le regard anxieux de vrais pompiers présents sur les lieux, pour le cas où la combustion des photos de vigoureuses activités sexuelles et d'appareils génitaux épars prendrait tout à coup des ampleurs de brasier.

Dans le Suffolk County, six ans s'écoulèrent sans nouvelles manifestations publiques dans le domaine des mœurs sexuelles. La fille de la banque du sperme avait douze ans lorsqu'elle apporta le godemiché d'Eleanor – un vibromasseur à piles – à l'école autogérée de Bridgehampton pour cette discipline tant décriée dans l'éducation américaine : la « leçon de choses ». Une fois de plus, le fils de Jane Dash, qui avait assisté à la projection de l'anniversaire, compta parmi les *happy few* à entrevoir l'expérience jusque-là intime d'Eleanor Holt.

Par bonheur, la fillette se montra maladroite dans la manipulation de l'engin, que le professeur ébahi lui retira prestement des mains. Il n'y avait rien à signaler en dehors de la taille effarante de l'objet. Mrs Dash, qui ne le vit jamais, déduisit de la description de son fils que le godemiché ne correspondait à aucune mensuration d'un vrai membre mâle. Le garçon le compara à « un genre de missile ». Ce qui était également resté dans sa mémoire, c'était le bruit du missile quand on l'allumait – car, comme son nom l'indiquait, le vibromasseur vibrait. Avant que le professeur n'ait escamoté le godemiché des mains de la gamine et ne l'ait éteint, le bruit, caractéristique sans être en soi extraordinaire, frappa tout ceux qui l'entendirent.

– Et il faisait quel bruit au juste ? demanda Jane Dash à son fils.

– Bzzt, bzzt, bzzt, répondit l'enfant.

Il y avait une pointe d'avertissement dans ce bruit, pensa Mrs Dash. Un bourdonnement, mais avec un t à la fin. La romancière n'arrivait plus à se le sortir de la tête.

Et c'est là que la malice de feu son mari revenait l'obséder. Chaque fois qu'ils apercevaient Eleanor Holt, à un dîner, au supermarché, ou en train de déposer sa fille à l'école autogérée, son mari lui chuchotait à l'oreille : « Bzzt. » Elle avait l'impression qu'à sa manière maligne, il lui disait : « Fais attention. »

Encore et toujours, c'étaient ces rires partagés qui lui manquaient le plus. La vue même d'Eleanor Holt lui rappelait son veuvage, et ce qu'elle avait perdu.

Il s'était écoulé encore cinq années, et pourtant Jane Dash se rappelait l'épisode du godemiché comme si c'était hier. Le démon qui la possédait de confronter Eleanor Holt avec une imitation quasi parfaite du bruit que faisait son vibromasseur tenait à deux choses : elle mourait d'envie de faire revivre le sens de l'humour de son mari ; et elle savait que si elle ne faisait pas une farce à Eleanor, il faudrait qu'elle la mette dans un roman, ce qui serait pire. Mrs Dash trouvait méprisable de mettre les gens de sa connaissance dans ses romans ; elle y voyait une faillite de l'imagination – un romancier digne de ce nom doit pouvoir inventer des personnages plus intéressants que nature. Mettre Eleanor Holt dans un livre, fût-ce pour la ridiculiser, aurait été trop flatteur.

En outre, l'instant où elle décida d'imiter le bruit du vibromasseur ne releva nullement d'une décision, mais fut le fait du pur hasard. Contrairement à ses romans, la chose n'obéit à aucun plan. Cela se passait au pique-nique annuel de l'école autogéré, repas où l'on sentait l'anticonformisme puisqu'il avait lieu bien après la fin de l'année scolaire, pour pouvoir coïncider avec la baignade des premiers vrais beaux jours, au début de l'été. L'océan Atlantique était glacial jusqu'à la fin juin. Mais si l'école attendait juillet pour faire son pique-nique, la plage publique serait alors infestée de « vacanciers ».

Mrs Dash n'avait aucune intention de se baigner avant le mois d'août ; elle ne se baignait jamais en ces occasions, même du vivant de son mari. Et dans la mesure où son fils avait quitté l'école, leur présence à tous deux cette année-là tenait plus du désir de retrouver les anciens élèves, comme on va à une amicale ; elle marqua aussi la sortie publique de Jane Dash à Bridgehampton depuis son veuvage. Certains s'étonnèrent de la voir. Pas Eleanor Holt.

« Bravo, Jane, lui dit-elle. Il était grand temps que tu ressortes dans le monde. » Ce fut probablement ce qui déclencha l'idée chez

Mrs Dash. Elle ne considérait guère ce pique-nique comme une mondanité, et ne se souciait pas davantage d'être félicitée par Eleanor Holt.

Pour se distraire, elle observa son fils avec satisfaction : comme il avait grandi ! Et ses anciens camarades… ils avaient poussé, eux aussi. Même la fille d'Eleanor, autrefois si perturbée, était aujourd'hui une bien jolie créature, détendue, sociable – depuis qu'elle était pensionnaire, délivrée de la cohabitation avec le film glauque de sa naissance et le missile nucléaire du plaisir maternel.

Elle s'amusa aussi à observer les plus petits. Elle n'en connaissait pas beaucoup, et certains des jeunes parents lui étaient étrangers. Le professeur qui avait escamoté le godemiché vint s'asseoir à côté de Jane, et lui dit quelques mots qu'elle n'entendit pas, car elle se demandait comment formuler sa question, et si elle allait oser la poser. (Et quand vous avez mis la main sur l'engin, les secousses étaient fortes ? Enfin… comme celles d'un mixer, peut-être, d'un robot ménager, ou bien, hmm, plus légères ?) Mais, bien sûr, elle était incapable de poser une question pareille ; elle se contenta de sourire, et le professeur finit par s'éloigner.

Comme l'après-midi s'assombrissait, les jeunes enfants se mirent à frissonner. La plage prit une couleur coquille d'œuf brune, l'océan vira au gris. Il y avait aussi des enfants qui frissonnaient dans le parking lorsque Jane et son fils allèrent ranger le panier de pique-nique, les serviettes et les couvertures de plage dans le coffre de leur voiture. Ils s'étaient garés à côté d'Eleanor Holt et de sa fille. Jane eut la surprise de voir le second mari d'Eleanor. C'était un avocat spécialisé dans les divorces, un homme procédurier au possible, qu'on voyait rarement dans ce genre d'occasions.

Le vent se leva. Les jeunes enfants s'en plaignirent. Un objet de couleur vive – on aurait dit un radeau – s'envola. Échappant des mains d'un petit garçon, il vint se poser sur le toit de la voiture d'Eleanor. L'avocat tendit le bras pour l'attraper, mais l'objet continua son vol. Jane Dash le bloqua au passage.

C'était un matelas pneumatique rouge et bleu en partie dégonflé, et le petit garçon qui l'avait laissé s'envoler accourut.

– J'étais en train d'essayer de le dégonfler, expliqua-t-il, parce qu'il entre pas dans la voiture. Et puis, avec le vent, il s'est envolé.

– Attends, je vais te faire voir quelque chose, dit Jane Dash. Il y a un truc.

Elle regardait Eleanor Holt se pencher, mettre un genou à terre pour renouer son lacet. Son procédurier de mari s'était posté au volant avec une assurance agressive. L'enfant de la loterie du sperme était assise, maussade, sur la banquette arrière, manifestement replongée dans les affres de son enfance par cette réunion.

Jane trouva un caillou de la bonne taille dans le parking. Elle dévissa le bouchon de la valve du matelas et enfonça le caillou dans la valve. Le caillou appuya sur la valve, l'air s'échappa en sifflant.

– Tu pousses le caillou au fond, comme ça, montra-t-elle au petit ; l'air s'échappait par bouffées. Et si tu serres le matelas fort, comme ça, il se dégonflera plus vite.

Mais avec ce geste, l'air fit ronfler le galet contre la valve. Eleanor entendit le bruit au moment où elle se relevait.

« Bzzt, bzzt, bzzt ! » disait le matelas pneumatique. Le visage du petit garçon était radieux. Il trouvait ce bruit tout à fait extraordinaire. Mais on put lire sur les traits d'Eleanor Holt qu'elle comprenait qu'on venait de la démasquer. Au volant, son mari se retourna vers le bruit comme on se retourne contre son adversaire. Sa fille l'imita. Jusqu'au fils de Jane Dash, deux fois initié aux secrets de l'intimité d'Eleanor Holt, qui reconnut le bruit émoustillant et se retourna.

Bouche bée, Eleanor regarda Jane, et le matelas qui se dégonflait rapidement, comme une femme qu'on aurait déshabillée devant la populace.

– C'est pourtant vrai qu'il était temps que je ressorte dans le monde, concéda Jane à Eleanor.

Quant au « monde » avec ses embûches, et au moment où une veuve pouvait y revenir sans risque, le matelas pneumatique rouge et bleu n'avait qu'un mot de mise en garde à offrir : « Bzzt ! »

Allan à cinquante-quatre ans

Ruth avait lu d'une voix neutre. Dans le public, certains furent déconcertés par le mot de la fin. Eddie, qui avait lu le roman deux fois, adorait le « bzzt » qui concluait le premier chapitre, mais une partie du public s'abstint d'applaudir, pas tout à fait sûre que le chapitre était terminé. Le machiniste idiot regardait l'écran, bouche bée, comme s'il se préparait à prononcer un épilogue. Il n'arrivait pas à articuler un mot, pas même un de ses commentaires triviaux traduisant une admiration infatigable des nichons canons de la romancière célèbre.

Ce fut Allan Albright qui applaudit le premier, avant Eddie lui-même. Lui, l'éditeur, connaissait bien le « bzzt » de la fin. Les applaudissements qui suivirent enfin furent généreux, et durèrent assez longtemps pour que Ruth apprécie le glaçon abandonné au fond du verre, et qui, en fondant, lui avait donné une gorgée d'eau.

Les questions et les réponses qui suivirent la lecture furent décevantes ; Eddie était navré pour Ruth : après sa performance distrayante, il lui fallait endurer l'ennui que les questions du public engendrent toujours. Pendant tout cet appendice, Allan Albright ne cessa de la regarder d'un air désapprobateur – il semblait croire qu'elle aurait pu intervenir pour élever le débat. Au cours de la lecture, ses mimiques expressives avaient agacé Ruth – comme s'il était censé l'amuser pendant sa propre prestation !

La première question fut ouvertement hostile ; elle donna un ton que les suivantes ne purent faire oublier tout à fait.

– Pourquoi vous répétez-vous ? demanda un jeune homme. A moins que ce ne soit par inadvertance ?

Ruth lui donnait dans les vingt-huit ans. Il est vrai que la salle n'était pas assez éclairée pour révéler l'expression de son visage – il était assis vers le fond ; mais au ton de sa voix, elle comprit qu'il ironisait à ses dépens.

Au bout de trois romans, Ruth avait l'habitude qu'on lui reproche de recycler ses personnages d'une histoire à l'autre, et de jalonner ses récits d'excentricités qui étaient comme sa signature. Il faut sans doute reconnaître que ma liste de personnages est assez limitée, se dit-elle. Mais elle savait par expérience que les lecteurs qui accusent un auteur de se répéter font en général allusion à un détail qu'ils n'ont pas aimé dès la première fois. Après tout, même dans la littérature, quand quelque chose plaît, au nom de quoi ne pas le reprendre ?

– Vous parlez sans doute du godemiché ? dit Ruth à son accusateur.

Il y en avait un dans son deuxième roman, aussi. Mais aucun n'avait dressé la tête (si l'on ose dire) dans son premier – un oubli, à n'en pas douter, pensa-t-elle. Elle continua :

– Je sais que beaucoup d'entre vous, jeunes gens, se sentent menacés par les godemichés ; mais il ne faut pas vous inquiéter : ils ne vous remplaceront jamais tout à fait. (Elle fit une pause pour laisser les gens rire.) Et puis, ce godemiché-là n'est vraiment pas du tout le même genre de godemiché que celui de mon roman précédent. Ce ne sont pas tous les mêmes, vous savez.

– Il n'y a pas que les godemichés qui se répètent, commenta le jeune homme.

– Oui, je sais, l'amitié féminine qui tourne à l'aigre, qu'on perd, ou qu'on retrouve, au contraire, dit Ruth en se rendant compte seulement après avoir parlé qu'elle était en train de citer la présentation fastidieuse d'Eddie.

En coulisses, ce dernier fut d'abord enchanté ; puis il se demanda si elle se moquait de lui.

– Les petits amis déplorables, ajouta le jeune homme tenace (ce thème-là, il fallait le reconnaître…).

– Le petit ami du *Même Orphelinat* est un type bien, rappela-t-elle à son détracteur.

– Il n'y a jamais de mère ! cria une femme d'un certain âge, au sein du public.

– Ni de père non plus, rétorqua Ruth.

Allan Albright se prenait la tête à deux mains. Il lui avait déconseillé d'attendre les questions du public. Il lui avait dit que si elle était incapable de laisser passer une réflexion malveillante, incapable de « laisser couler », alors mieux valait renoncer aux questions. Et puis il ne fallait pas avoir la contre-attaque si prompte.

– Mais j'aime contre-attaquer, lui avait-elle dit.

– Soit, mais jamais du premier coup, ni du second, d'ailleurs.

Il avait pour devise : « Soyons courtois deux fois. » Ruth était d'accord sur le principe, mais elle trouvait le conseil difficile à suivre en pratique.

Selon Allan, on ignorait la première et la deuxième agression verbale. Mais si la personne vous provoquait ou vous donnait un signe d'hostilité une troisième fois, alors il ne fallait pas lui faire de cadeau. C'était peut-être un principe de gentleman, trop flegmatique pour Ruth.

Lorsqu'elle le vit se prendre la tête dans les mains, elle lui en voulut de manifester ainsi ouvertement sa réprobation. Pourquoi était-elle si souvent d'humeur à trouver à redire à sa conduite ? La plupart du temps, elle admirait sa façon d'être, sa façon de travailler, du moins, et elle ne doutait pas qu'il eût une bonne influence sur elle.

C'était le texte de sa vie qui réclamait une mise au point, plus que celui de ses romans – sur ce point, Hannah Grant elle-même aurait été d'accord.

– Question suivante ? demanda-t-elle.

Elle avait essayé d'adopter un ton enjoué, voire engageant, mais ne parvenait pas à cacher l'animosité de sa voix. Ce n'était pas une invite qu'elle faisait au public, mais un défi qu'elle lui lançait.

– Où allez-vous chercher vos idées ? demanda une âme innocente.

La personne était invisible dans l'immense salle, sa voix étrangement asexuée. Allan leva les yeux au ciel. C'était ce qu'il appelait la question sur les bonnes adresses ; celle des lecteurs qui se figurent prosaïquement qu'on va au marché pour y trouver les ingrédients d'un roman.

– Mes romans ne sont pas des idées – je n'ai pas d'idées, répondit Ruth. Je commence par les personnages, ce qui me mène aux problèmes qu'ils sont susceptibles de rencontrer, et c'est comme ça que l'intrigue se noue – chaque fois. (En coulisses, Eddie se disait qu'il ferait bien de prendre des notes.)

– Est-il exact que vous n'ayez jamais exercé un métier, un vrai métier ?

C'était de nouveau le jeune impertinent, celui qui lui avait reproché de se répéter. Elle ne l'avait pas sonné, celui-là ; il revenait à la charge sans y avoir été invité.

De fait, Ruth n'avait jamais exercé de « vrai métier », mais avant qu'elle n'ait pu répondre à ces insinuations, Allan Albright se leva et se retourna, sans aucun doute pour s'adresser au jeune acharné du fond de la salle.

– Être écrivain, c'est un vrai métier, connard ! lui lança-t-il.

Ruth comprit qu'il avait compté jusqu'à trois, et que, d'après ses calculs, elle avait été aimable deux fois.

Des applaudissements modérés suivirent cet éclat. Lorsque Allan Albright se tourna vers la scène pour regarder Ruth, il lui fit un geste caractéristique, en passant son pouce le long de sa gorge comme il l'aurait fait d'un couteau. Ça voulait dire : quitte la scène.

– Merci, merci encore ! dit Ruth au public.

Sur le chemin des coulisses, elle s'arrêta une fois, se retourna et fit un signe de la main au public : les applaudissements étaient toujours chaleureux.

– Comment se fait-il que vous ne dédicaciez pas vos livres ? lui cria son persécuteur. Tous les autres écrivains le font !

Avant qu'elle ne soit repartie vers les coulisses, Allan s'était levé de nouveau, et s'était retourné. Elle n'avait pas besoin de le regarder pour savoir qu'il était en train de faire un doigt d'honneur à son tourmenteur. Il adorait outre mesure faire des gestes obscènes aux gens.

Je l'aime vraiment beaucoup, se dit-elle. Et il s'occupera vraiment bien de moi. Néanmoins, elle ne pouvait pas se cacher qu'il l'irritait aussi pas mal.

Une fois dans les coulisses, il l'agaça de nouveau. La première chose qu'il lui dit fut :

– Tu n'as pas mentionné le titre du roman.

– J'ai carrément oublié, lui répondit-elle.

Est-ce qu'il n'aurait pas pu faire taire l'éditeur en lui, cinq minutes ?

– Je n'avais pas compris que tu allais lire le premier chapitre. Tu le trouvais trop comique, pas assez représentatif du roman dans son entier.

– J'ai changé d'avis ; j'ai décidé que j'avais envie d'être comique.

– On ne peut pas dire que tu les aies fait mourir de rire en répondant à leurs questions.

– Mais moi, au moins, je n'ai traité personne de connard.

– Je lui ai laissé ses deux chances, répliqua Allan.

Une vieille dame avec un cabas plein de livres avait réussi à se frayer un passage dans les coulisses. Elle avait raconté à celui qui voulait l'arrêter qu'elle était la mère de Ruth Cole. Elle tenta de mentir à Eddie, aussi. Elle l'avait trouvé s'encadrant dans la porte de la loge, avec l'indécision qui lui était coutumière, ni tout à fait dedans, ni tout à fait dehors. La vieille dame au cabas le prit pour un agent du personnel.

– Il faut que je voie Ruth Cole, dit-elle à Eddie.

Il aperçut les livres, dans le cabas.

– Ruth Cole ne dédicace pas ses livres, dit-il pour la mettre en garde ; elle ne les signe jamais.

– Laissez-moi passer, je suis sa mère.

Eddie n'avait pas besoin de regarder la vieille dame de près, il était bien placé pour savoir que son seul point commun avec Marion était son âge. (Marion devait avoir soixante et onze ans, aujourd'hui.)

– Madame, lui dit-il, vous n'êtes pas la mère de Ruth Cole.

Mais on venait de dire à Ruth que sa mère était là. Elle poussa Allan pour s'avancer sur le seuil de la loge, où la vieille dame lui saisit la main.

– Je transporte ces livres depuis Lichtfield pour vous les faire signer, dit-elle, c'est dans le Connecticut.

– C'est vilain de se faire passer pour la mère des gens, dit Ruth.

– Il y en a un pour chacun de mes petits-enfants, dit la vieille dame.

Il y avait en effet une demi-douzaine d'exemplaires des romans de Ruth dans le cabas, mais avant qu'elle ait pu commencer à les sortir, Allan arriva et posa sa grande main sur son épaule. Il la poussa dehors en douceur.

– On l'a annoncé, Ruth Cole ne dédicace pas ses livres, elle ne le fait pas, c'est comme ça, lui dit-il. Je suis désolé, mais si elle signait les vôtres, ce serait injuste pour les autres, qui voudraient une dédicace, eux aussi, non ?

La vieille dame l'ignora. Elle n'avait pas lâché la main de Ruth.

– Mes petits-enfants adorent tout ce que vous avez écrit. Ça ne vous prendra que deux minutes.

Ruth était comme pétrifiée.

– Je vous en prie, dit Allan à l'aïeule au cabas, mais cette dernière, avec une promptitude déconcertante, posa son sac et chassa la main d'Allan de son épaule.

– Je vous interdis de me pousser ! lui dit-elle.

– C'est pas ma mère, hein ? demanda Ruth à Eddie.

– Non, bien sûr que non.

– Écoutez, tout ce que je vous demande, c'est de signer ces livres pour mes petits-enfants. Ce sont vos livres, tout de même, je les ai ACHETÉS, ces livres…

– Madame, je vous en prie…, commença Allan.

– Mais enfin, en quoi ça vous gêne, bon sang ? demanda la vieille dame à Ruth.

– Allez vous faire foutre, vous et vos petits-enfants, lui lança Ruth.

La vieille dame n'aurait pas fait une autre tête si on l'avait giflée.

255

– Qu'est-ce que vous venez de me dire ? s'écria-t-elle.

Elle avait des manières impérieuses, qu'Hannah aurait mises sur le compte de sa génération, mais que Ruth attribuait plutôt à sa richesse et ses privilèges probables, car l'arrogance de cette odieuse vieille ne pouvait être le seul fait de l'âge.

Ruth plongea la main dans le cabas et en ressortit un de ses romans. « Vous auriez un stylo ? » demanda-t-elle à Eddie qui farfouilla dans sa veste humide et en tira un stylo rouge : son chouchou du prof.

Tout en dédicaçant le livre à la vieille dame, Ruth prononçait les mots à haute voix à mesure qu'elle les écrivait : « Allez vous faire foutre, vous et vos petits-enfants. » Elle le remit dans le sac, et si elle en avait retiré d'autres, elle les aurait tous dédicacés de cette façon, sans les signer, mais la vieille lui arracha le sac des mains.

– Comment osez-vous ? s'écria-t-elle.

– Allez vous faire foutre, vous et vos petits-enfants, répéta Ruth, de sa voix neutre propre aux lectures publiques.

Elle retourna dans la loge et lança en passant à Allan :

– Vous pouvez tous aller vous faire foutre pour que je sois aimable deux fois, et même une seule !

Eddie, conscient que sa présentation avait été trop longue, trop universitaire, entrevit une façon de se racheter. Qui que fût cette vieille dame, elle était de l'âge de Marion. Il ne considérait pas comme « vieilles » les femmes de l'âge de Marion ; elles étaient d'un certain âge, oui, mais pas âgées – pas pour lui.

Il avait vu un signet gravé sur la page de garde que Ruth avait dédicacée à la grand-mère terrible.

ELIZABETH J. BENTON

– Mrs Benton ? lui demanda-t-il.

– Quoi ? Qui êtes-vous ?

– Ed O'Hare, lui dit-il en lui offrant son bras. C'est une broche admirable que vous avez là.

Mrs Benton scruta le revers de sa veste de tailleur prune ; sa broche était une coquille Saint-Jacques en argent incrustée de perles.

– Elle me vient de ma mère, lui dit-elle.

– Comme c'est intéressant, répondit-il. Ma mère à moi en avait une tout à fait semblable. D'ailleurs, on l'a même enterrée avec. (Dot O'Hare se portait comme un charme.)

– Oh, je suis navrée, dit Mrs Benton.

Les longs doigts d'Eddie semblaient suspendus au-dessus de la broche d'une laideur quintessentielle. Mrs Benton gonfla la poitrine en direction de la main hésitante et le laissa toucher sa coquille en argent, puis passer son doigt sur les perles.

– Je n'aurais pas cru revoir un jour une broche comme celle-ci..., dit-il.

– Oh ! Vous étiez très proche de votre mère ? Oui, vous avez dû être très proches.

– Oui, mentit Eddie. (Pourquoi est-ce que je ne sais pas faire ça dans mes livres ? D'où tirons-nous nos mensonges, mystère ! Pourquoi ne peut-on pas les produire à volonté ? Pourquoi ne me reste-t-il plus qu'à espérer qu'il veuille bien s'en présenter un à point nommé ?)

Quelques minutes plus tard, il avait raccompagné la dame à l'entrée des artistes. Dehors, sous une pluie têtue, un petit groupe de jeunes résolus attendaient dans l'espoir d'apercevoir Ruth Cole – et pour lui demander de signer leurs propres exemplaires.

– L'auteur est déjà partie. Elle est sortie par la grande porte, fabula Eddie.

Il était stupéfait de ne pas avoir su mentir à la réceptionniste du Plaza. S'il en avait été capable, il aurait eu un peu plus tôt de la monnaie pour prendre le bus ; il aurait peut-être même eu la chance d'attraper celui d'avant.

Mrs Benton, meilleure fabulatrice qu'Eddie, se régala encore un moment de sa compagnie avant de lui souhaiter le bonsoir d'une voix chantante ; elle se fit un devoir de le remercier pour sa conduite de « gentleman ».

Il lui avait en effet proposé de lui procurer la signature de Ruth pour ses petits-enfants. Il l'avait persuadée de lui confier son cabas de livres, dont celui que Ruth avait « gâché » (comme elle disait). Il savait qu'à défaut d'obtenir la signature de l'auteur, il pourrait du moins fournir à Mrs Benton un faux raisonnablement convaincant.

L'audace de Mrs Benton l'avait conquis, il en aurait convenu, malgré le fait qu'elle avait usurpé l'identité de la mère de Ruth. Il avait admiré la façon dont elle avait tenu tête à Allan Albright. On retrouvait aussi quelque audace dans ses boucles d'oreilles en améthyste, trop d'audace, peut-être. Elles n'allaient pas vraiment très bien avec le prune plus sourd de son tailleur. Quant à la grosse bague qui avait tendance à glisser, sur son majeur droit, peut-être avait-elle jadis orné son annulaire.

Il se sentait attendri, aussi, par son corps émacié et voûté – car il se rendait bien compte qu'elle se voyait toujours jeune. Comment en serait-il autrement ? Comment n'aurait-il pas été ému par elle ? Et, comme la plupart des écrivains (à l'exception de Ted), Eddie pensait qu'un autographe n'a pas en soi d'importance. Alors, pourquoi ne pas obliger Mrs Benton ?

Quelle différence cela aurait-il fait pour Mrs Benton que les raisons du refus de Ruth Cole soient fondées ? Celle-ci en effet détestait l'impression de vulnérabilité qu'elle éprouvait en signant ses livres à la foule ; il se trouvait toujours quelqu'un pour la dévisager, souvent, quelqu'un qui se tenait à l'écart de la queue, sans livre.

Elle avait déclaré publiquement que lorsqu'elle s'était trouvée à Helsinki, par exemple, elle avait signé ses livres, traduits, parce qu'elle ne parlait pas finnois. En Finlande et dans bien d'autres pays étrangers, c'était la seule chose qu'elle pouvait faire. Mais, dans son pays, elle préférait lire en public, ou bien tout simplement bavarder avec ses lecteurs – bref, n'importe quoi plutôt que de dédicacer des livres. Au vrai, elle n'aimait pas tellement parler avec ses lecteurs non plus. Pour qui avait remarqué son agitation au cours de cette lamentable séance, cela sautait aux yeux : Ruth Cole avait peur de ses lecteurs.

Elle avait eu sa part de lecteurs en embuscade. D'ordinaire, c'étaient des hommes jeunes, un peu minables. Ils croyaient déjà la connaître tant ils avaient lu et relu ses livres jusqu'à l'obsession. Ils croyaient pouvoir lui faire du bien, en somme – en tant qu'amants, c'est ce qu'ils laissaient entendre, souvent, ou simplement comme correspondants littéraires ayant la même tournure d'esprit qu'elle. (Bien entendu, nombre d'entre eux voulaient devenir écrivains).

Mais les rares femmes qui avaient fondu sur elle de la même manière l'avaient perturbée davantage. C'étaient souvent des femmes qui voulaient que Ruth écrive leur histoire à elles ; elles pensaient avoir leur place dans son œuvre.

Ruth avait besoin d'intimité. Elle voyageait beaucoup. Elle travaillait très bien dans une chambre d'hôtel, ou dans divers appartements et maisons de location, entourée par l'univers d'autrui : photos, meubles, vêtements, voire animaux familiers dont elle s'occupait. Elle ne possédait qu'un seul endroit bien à elle, une vieille ferme dans le Vermont, qu'elle restaurait avec un certain manque de conviction. Elle l'avait achetée dans la seule idée d'avoir un port d'attache, et parce qu'on lui avait quasiment vendu les services d'un gardien avec la propriété. Cet homme infatigable, sa femme et sa famille habitaient en effet à côté, dans une ferme. C'était un couple nanti d'enfants innombrables ; Ruth essayait de les occuper à diverses tâches, et surtout celle de « restaurer » sa ferme – une pièce à la fois, et toujours pendant qu'elle était en voyage.

Pendant les quatre ans qu'elles avaient passés à Middlebury, Ruth et Hannah s'étaient plaintes de l'isolement du Vermont, sans parler de ses hivers, car elles ne skiaient ni l'une ni l'autre. A présent, Ruth adorait le Vermont, même en hiver, et il lui plaisait d'avoir une maison à la campagne. Mais elle aimait bien se déplacer, aussi, et alléguait toujours ses voyages quand on lui demandait pourquoi elle ne s'était pas mariée et ne voulait pas d'enfants.

Allan Albright était trop malin pour se contenter de cette réponse simplette. Ils avaient parlé tout à loisir des raisons plus profondes qu'avait Ruth de refuser le mariage et la maternité ; c'était la première fois qu'elle en discutait avec quelqu'un (Hannah mise à part). Elle regrettait particulièrement de n'en avoir jamais discuté avec son père.

Dans la loge, Ruth remercia Eddie pour son intervention opportune et bienvenue auprès de Mrs Benton.

– Il faut croire que j'ai un bon rapport avec les gens de cet âge, avoua-t-il – sans ironie, observa Ruth (qui observa aussi qu'il était revenu avec le cabas).

Allan lui-même se fendit de congratulations sur le mode bourru – c'est-à-dire qu'il approuva de manière hypervirile l'héroïsme d'Eddie auprès de la chasseuse d'autographes acharnée.

– Bien joué, O'Hare ! s'exclama-t-il avec chaleur.

Il faisait partie de ces types pleins d'assurance qui appellent les hommes par leur nom de famille. (Usage qu'Hannah aurait jugé caractéristique de sa génération.)

Il avait enfin cessé de pleuvoir. Comme ils partaient par l'entrée des artistes, Ruth leur dit sa gratitude, à tous les deux.

259

– Je sais que vous avez fait tout votre possible pour me protéger de moi-même.

– Ce n'est pas de toi-même qu'il faut te protéger, c'est des connards, lui dit Allan.

Non, non, pensa Ruth, de *moi-même*. Mais elle se contenta de sourire en pressant le bras d'Allan. Eddie ne soufflait mot, mais il pensait qu'il fallait protéger Ruth contre elle-même, contre les connards – et peut-être aussi contre Allan Albright.

Quant aux connards en question, il y en avait un spécimen en train d'attendre Ruth entre la Quatre-vingt-quatrième et la Quatre-vingt-cinquième Rue ; il avait dû deviner où ils allaient dîner, à moins qu'il n'ait eu l'astuce de suivre Karl et Melissa jusqu'au restaurant. C'était l'impudent assis au fond de la salle de concert, celui qui l'avait vrillée avec ses questions.

– Je voulais m'excuser, dit-il à Ruth. Je ne voulais pas vous fâcher. (Il n'avait pas l'air autrement contrit.)

– Je n'étais pas fâchée contre vous, dit Ruth, avec une sincérité relative. Je suis fâchée contre moi-même chaque fois que je me livre en public. Il ne faudrait pas que je me laisse aller à le faire.

– Mais à quoi ça tient ? demanda le jeune homme.

– T'as assez posé de questions, mon gars, lui dit Allan.

Quand Allan appelait quelqu'un « mon gars », c'est qu'il cherchait la bagarre.

– Je m'irrite moi-même quand je me dévoile en public, expliqua Ruth. Oh, mon Dieu ! Vous êtes journaliste, non ?

– Vous, vous n'aimez pas les journalistes, hein ? demanda le jeune homme.

Ruth le laissa à la porte du restaurant, où il continua de se quereller avec Allan pendant un temps considérable. Eddie ne resta qu'un instant avec Allan et le journaliste. Puis il entra dans le restaurant, où Ruth s'était déjà installée avec Karl et Melissa.

– Ils ne vont pas se battre, la rassura-t-il. S'ils devaient le faire, ils auraient déjà commencé.

Il apparaissait que ce journaliste n'avait pas pu obtenir d'interview avec Ruth pour le lendemain. Il faut croire que l'attaché de presse de chez Random House ne l'avait pas jugé assez important, d'autant que Ruth n'accordait jamais qu'un nombre d'interviews limité.

– Rien ne t'oblige à en donner un seul, lui avait dit Allan, mais elle avait cédé aux attachés de presse.

Chez Random House, il était de notoriété publique qu'Allan sapait les efforts du service de presse. Selon lui, un romancier, et même un romancier à succès comme Ruth Cole, c'était quelqu'un qui restait chez lui à écrire. Et ses auteurs appréciaient justement qu'il ne les accablât pas d'obligations annexes, contrairement aux autres éditeurs. Il était tout dévoué à ses auteurs ; parfois, il prenait leur œuvre plus au sérieux qu'ils ne le faisaient eux-mêmes. Ruth ne douta jamais qu'elle adorait cet aspect chez lui. Mais il n'avait pas peur de la critiquer, sur n'importe quel sujet, et ça, c'était un aspect qu'elle n'adorait pas sans réserve.

Pendant qu'Allan discutait sur le trottoir avec le jeune journaliste agressif, Ruth signa promptement les livres du cabas de Mrs Benton, y compris celui qu'elle avait « gâché ». (Elle écrivit « pardon », entre parenthèses.) Puis Eddie cacha le cabas sous la table, Ruth lui ayant dit qu'Allan serait déçu qu'elle ait signé les livres de Mamy Arrogance. A la façon dont elle le dit, il soupçonna que son intérêt pour la romancière célèbre allait au-delà de l'intérêt professionnel.

Si bien que lorsque Allan les rejoignit enfin, il ouvrit l'œil pour voir la nature de ses autres intérêts. Ruth y accordait elle-même la plus grande attention.

Pendant toute la période de mise au point du texte, y compris leur différend aigu sur le titre, elle ne s'était pas doutée qu'Allan éprouvait pour elle un tendre sentiment ; il était resté boulot-boulot, parfait professionnel. Il n'aimait pas le titre qu'elle avait choisi et elle ne s'était pas rendu compte qu'il en avait fait une affaire bizarrement personnelle ; qu'elle refusât de lui céder sur ce point – elle n'avait pas voulu entendre parler de sa contre-proposition – l'avait affecté hors de proportion. Il lui tenait rancune de ce titre, comme un mari contrarié qui ramène sans cesse sur le tapis un sujet de discorde chronique dans un ménage par ailleurs harmonieux.

Elle avait intitulé son troisième roman *Pas pour les enfants*. (Il ne l'était pas, en effet.) Dans le livre, c'était le slogan des pourfendeurs de la pornographie ; il était inventé par l'ennemie de Mrs Dash qui finirait par être son amie, Eleanor Holt. Toutefois, au fil du roman, la formule prend un sens bien différent. Dans leur besoin mutuel d'aimer leurs petits-enfants orphelins et de les élever, Eleanor Holt et

261

Jane Dash comprennent qu'elles doivent mettre entre parenthèses leur réprobation mutuelle ; leurs vieux antagonismes ne sont pas pour les enfants, eux non plus.

Allan aurait voulu appeler le roman *Pour les enfants*. (Il disait que les deux adversaires se réconcilient comme un couple qui ne s'entend pas mais se supporte « pour les enfants ».) Mais Ruth voulait garder le lien explicite et implicite avec la croisade antipornographique. Il lui importait que son opinion personnelle sur la question apparût avec force dans le titre – cette opinion politique étant qu'elle redoutait encore plus la censure qu'elle ne détestait la pornographie, ce qui n'était pas peu dire.

Quant à protéger les enfants contre la pornographie, c'était l'affaire de chacun ; protéger les enfants de tout ce qui n'était pas bon pour eux (y compris des romans de Ruth Cole, avait-elle déclaré dans plusieurs interviews) relevait du bon sens, pas de la censure.

Au fond, Ruth avait horreur de discuter avec les hommes ; ça lui rappelait ses discussions avec son père. Si elle lui laissait le dernier mot, il avait la puérilité de lui rappeler qu'il avait raison. Mais si elle avait manifestement le dessus, il refusait de l'admettre, ou alors il avait des humeurs.

– Tu commandes toujours de la roquette, lui dit Allan.

– J'aime bien ça, lui répondit-elle, et on n'en trouve pas partout.

A les entendre, Eddie avait l'impression qu'ils étaient mariés depuis des années. Il avait envie de parler de Marion à Ruth, mais il lui faudrait attendre. Lorsqu'il quitta la table sous prétexte d'aller aux toilettes, il espéra que Ruth saisirait l'occasion de faire de même : ils pourraient ainsi échanger quelques mots, ne serait-ce qu'entre deux portes. Mais elle resta à table.

– Mon Dieu, dit Allan sitôt qu'Eddie les eut quittés, pourquoi avoir choisi O'Hare pour faire la présentation ?

– Je l'ai trouvé bien, mentit Ruth.

Karl expliqua que Melissa et lui-même le lui avaient souvent demandé en d'autres occasions : il était fiable. Et Melissa ajouta qu'il ne refusait jamais de présenter personne.

Cela fit sourire Ruth, mais Allan s'écria :

– Fiable ! Qu'est-ce qu'il vous faut, il est arrivé en retard, on aurait dit que le bus lui était passé dessus !

En effet, il avait été un peu longuet, convinrent Karl et Melissa. C'était la première fois que cela lui arrivait.

– Mais pourquoi est-ce que tu tenais à ce que ce soit lui qui te présente ? demanda Allan à Ruth. Tu m'avais dit que la perspective te plaisait. (De fait, l'idée venait d'elle.)

Qui a dit qu'il n'est pas de meilleure compagnie quand on veut faire des révélations confidentielles que celle d'étrangers parfaits ou presque ? (C'était Ruth qui avait écrit ça dans *Le Même Orphelinat.*)

– Eh bien, annonça Ruth, consciente que Karl et Melissa étaient ces étrangers de circonstance, Eddie O'Hare a été l'amant de ma mère. Il avait seize ans et elle trente-neuf. Moi, je ne l'ai jamais revu depuis l'âge de quatre ans, mais j'ai toujours voulu le revoir, comme vous pouvez l'imaginer...

Personne ne dit mot. Ruth savait combien Allan serait blessé – qu'elle ne lui en ait pas parlé avant, et qu'elle ait fini par le faire devant Karl et Melissa.

– Puis-je te demander, commença-t-il de manière un peu formelle, si la femme mûre qu'on trouve dans tous ses romans est ta mère ?

– Non, pas selon mon père. Mais je crois qu'Eddie a aimé ma mère sincèrement, et que c'est son amour pour elle, en femme mûre, qu'on retrouve dans ses romans.

– Je vois, dit Allan.

Il avait déjà chipé un peu de roquette dans l'assiette de Ruth, avec les doigts. Pour un gentleman, qu'il était en effet – New-Yorkais de naissance, raffiné –, il avait d'abominables manières de table. Il mangeait dans l'assiette de tout le monde, et il était fichu de vous dire qu'il n'aimait pas ce que vous aviez commandé – sans compter que les aliments avaient tendance à se coincer entre ses dents.

Ruth lui jeta un coup d'œil, s'attendant à voir un petit pavillon de roquette au voisinage d'une de ses canines effilées. Son nez aussi était long, et son menton de même, mais ils donnaient une impression d'élégance distante, mise en valeur par un front large et plat, et une chevelure franchement brune coupée en brosse. A cinquante-quatre ans, il ne présentait aucun signe de calvitie, et il n'avait pas un cheveu gris.

Il était bel homme, à l'exception de ses longues dents, qui lui donnaient un vague air de loup. Et lui, si mince et en forme, mangeait avec appétit. Il lui arrivait de boire avec un peu trop d'enthousiasme, aussi, s'inquiétait Ruth, en l'évaluant. Il lui semblait qu'à présent elle passait son temps à l'évaluer, et trop souvent sans indulgence. Il faudrait que je couche avec lui et que je me décide, pensa-t-elle.

Puis Ruth se rappela qu'Hannah Grant l'avait laissée en plan. Elle avait l'intention de se servir de son amie comme prétexte pour ne pas coucher avec Allan – ce devait être le prétexte cette fois-ci, du moins. Elle se proposait de dire à Allan qu'Hannah et elle étaient amies depuis si longtemps qu'elles veillaient toujours toute la nuit, à parler indéfiniment.

Lorsque son éditeur ne lui offrait pas de chambre à New York, en général Ruth allait passer la nuit chez Hannah ; elle avait même un trousseau de clefs de l'appartement.

Maintenant qu'Hannah lui avait fait faux bond, Allan allait lui proposer de la ramener chez lui, ou alors il demanderait à voir la suite que Random House lui avait réservée au Stanhope. Il avait manifesté beaucoup de patience devant ses hésitations à coucher avec lui ; il avait même vu dans cette réticence un signe qu'elle prenait ses sentiments pour elle très au sérieux – ce qui était le cas. Mais il ne lui était pas venu à l'idée qu'elle hésitait parce qu'elle craignait de ne pas y prendre plaisir du tout. N'étaient pas étrangères à la répugnance de Ruth la façon qu'il avait de piquer dans l'assiette d'autrui, et la hâte avec laquelle il bâfrait.

Mais ce n'était surtout pas sa réputation d'ex-homme à femmes. Il lui avait dit franchement que la femme qu'il attendait (elle, apparemment) avait changé tout ça ; elle n'avait pas de raison de ne pas le croire. Ce n'était pas non plus à cause de son âge. Il était en meilleure forme que bien des hommes plus jeunes, il ne paraissait pas ses cinquante-quatre ans, et il était intellectuellement stimulant. Il leur était arrivé de veiller toute une nuit – bien plus récemment qu'Hannah et Ruth – à se lire leurs passages favoris de Graham Greene.

Le premier cadeau qu'il avait fait à Ruth était une biographie de Greene par Norman Sherry. Ruth la lisait depuis avec une lenteur délibérée, d'abord parce qu'elle la savourait, et aussi parce qu'elle avait peur de ce qu'elle pourrait y découvrir de déplaisant sur Greene. Lire la biographie de ses auteurs favoris la mettait mal à l'aise ; elle préférait ignorer leurs traits moins aimables. Jusqu'à présent, la biographie traitait l'auteur avec tous les honneurs que Ruth croyait qu'il méritait. Mais Allan s'impatientait davantage de la voir lire si lentement que de sa réserve sexuelle. (Il lui avait fait remarquer qu'au train où elle avançait Norman Sherry aurait publié le tome deux avant qu'elle ait fini le premier.)

Puisque Hannah brillait par son absence, Ruth s'avisa qu'Eddie O'Hare pourrait lui servir de prétexte à ne pas coucher avec Allan ce soir. Avant qu'il soit revenu des toilettes, elle annonça : « Après dîner, j'espère que ça n'ennuiera personne, je voudrais avoir Eddie pour moi toute seule. » Karl et Melissa attendirent la réaction d'Allan, mais Ruth poursuivit :

– Je ne vois pas ce que ma mère lui a trouvé, sauf qu'à seize ans j'imagine qu'il devait être joli comme un cœur.

– O'Hare est toujours « joli comme un cœur », grogna Allan. (Oh, mon Dieu, se dit Ruth, ne me dites pas qu'il va être jaloux.)

– Ma mère n'était peut-être pas éprise de lui comme il était épris d'elle. Mon père lui-même ne peut pas lire un de ses livres sans faire remarquer qu'il a dû lui vouer un culte.

– *Ad nauseam*, commenta Allan, qui, lui, ne pouvait pas lire un de ses livres sans faire un commentaire de ce genre.

– Je t'en prie, Allan, ne sois pas jaloux.

C'était sa voix des lectures publiques, d'une platitude inimitable, qu'ils connaissaient tous. Allan eut l'air piqué. Elle se détesta. Dans la même soirée, elle avait réussi à dire « Allez vous faire foutre » à une grand-mère et à ses petits-enfants, et maintenant, voilà qu'elle venait de blesser le seul homme qu'elle ait jamais envisagé d'épouser.

– Quoi qu'il en soit, je suis tout émoustillée à l'idée de le voir en tête à tête.

Pauvres Karl et Melissa ! pensa-t-elle. Mais ils avaient l'habitude des écrivains, et ils avaient dû voir des comportements plus répréhensibles.

– Il est clair que ta mère n'a pas quitté ton père pour O'Hare, dit Allan.

Il parlait avec plus de circonspection que d'habitude. Il essayait de se conduire comme il fallait. C'était un homme bon ; elle vit qu'elle lui avait fait peur avec ses sautes d'humeur, et elle s'en détesta de plus belle.

– C'est sûrement vrai, répondit-elle avec la même mesure, mais n'importe quelle femme aurait eu tout lieu de quitter mon père.

– Ta mère t'a abandonnée, toi aussi, interrompit-il (bien entendu, ils avaient déjà largement évoqué le sujet).

– C'est vrai aussi. C'est justement de ça que je veux parler à Eddie. Je sais ce que mon père dit de ma mère, mais mon père ne l'aime pas. Je veux savoir ce que dit d'elle quelqu'un qui l'aime.

– Tu penses qu'O'Hare aime toujours ta mère ?

– Tu as lu ses livres.

– *Ad nauseam*, répéta Allan.

C'est un affreux snob, pensa Ruth. Mais elle aimait bien les snobs. Puis Eddie revint à leur table.

– Nous parlions de vous, O'Hare, lui lança Allan, cavalièrement.

Eddie eut l'air nerveux.

– Je leur ai raconté, pour vous et maman.

Eddie tenta d'avoir l'air calme, mais le lainage humide de sa veste le moulait comme un linceul. A la lueur des chandelles, il vit l'hexagone jaune vif briller dans l'iris droit de Ruth ; quand la flamme vacillait, ou quand elle tournait le visage vers la lumière, son œil changeait de couleur. Il passait du brun à l'ambre – exactement comme cet hexagone jaune faisait virer au vert l'œil bleu de Marion.

– J'aime votre mère, dit Eddie sans embarras.

Il lui suffit de penser à Marion pour recouvrer son calme, qu'il avait laissé sur le court de squash en perdant trois jeux contre Jimmy et qu'il n'avait pas cru pouvoir retrouver jusque-là.

Il demanda au serveur du ketchup et une serviette en papier, sous l'œil ébahi d'Allan : ce n'était pas le genre de restaurant où l'on servait du ketchup, ni où l'on trouvait des serviettes en papier. L'éditeur prit donc la situation en main, c'était une de ses aimables qualités. Il sortit sur la Deuxième Avenue et repéra rapidement un restaurant plus démocratique ; cinq minutes plus tard, il était de retour avec une demi-douzaine de serviettes en papier et une bouteille de ketchup au quart pleine.

– J'espère que ça suffit, dit-il.

Il avait payé cinq dollars cette inestimable denrée.

– Ça suffit largement, pour ce que je veux en faire, le rassura Eddie.

– Merci, Allan, dit Ruth avec chaleur.

Galamment, il lui souffla un baiser dans les airs.

Eddie fit une tache qui s'étala sur son assiette à beurre. Le serveur suivait les opérations avec une gravité écœurée.

266

– Plongez votre index droit dans la tache, demanda Eddie à Ruth.

– Moi ?

– S'il vous plaît. Je voudrais simplement voir si vous avez bonne mémoire.

– Si j'ai bonne mémoire…, dit Ruth.

Elle fourra son doigt dans le ketchup en fronçant le nez, comme une enfant.

– Maintenant touchez la serviette, lui dit-il en la faisant glisser vers elle.

Comme elle hésitait, il lui prit la main et appuya doucement son index droit contre la serviette.

Ruth lécha ce qui restait de ketchup sur son doigt pendant qu'Eddie plaçait la serviette exactement où il voulait ; sous le fond du verre de Ruth, pour qu'il fasse loupe et grossisse l'empreinte. Et en effet, là, là pour toujours, on put voir la verticale parfaite sur son index droit ; à travers le verre, elle était grossie presque deux fois.

– Vous vous rappelez ? demanda Eddie.

L'hexagone jaune de son iris droit était terni par les larmes. Elle ne pouvait plus parler.

– Personne n'aura jamais les mêmes empreintes digitales que toi, lui dit-il, comme il le lui avait dit le jour du départ de sa mère.

– Et ma cicatrice, elle sera toujours là ? lui demanda-t-elle, comme elle l'avait fait trente-deux ans auparavant, quand elle avait quatre ans.

– Ta cicatrice fera toujours partie de toi, lui promit-il comme il le lui avait promis alors.

– Oui, je me rappelle, je me rappelle presque tout, murmura Ruth à travers ses larmes.

Plus tard, une fois seule dans sa suite, au Stanhope, Ruth se rappela qu'Eddie lui avait tenu la main pendant qu'elle pleurait. Elle se rappela aussi à quel point Allan avait été compréhensif – une merveille. Sans un mot, ce qui ne lui ressemblait guère, il avait conduit Karl et Melissa à une autre table, où, chose plus remarquable encore, il les avait accompagnés. Et il avait insisté auprès du maître d'hôtel pour que ce fût une table éloignée, d'où ils ne puissent pas entendre ce que se diraient Ruth et Eddie. Elle ne les avait pas vus partir. Et enfin, au moment où Eddie et elle en étaient arrivés à se disputer l'addition (elle avait bu une bouteille de vin entière et lui ne buvait pas), le serveur avait clos le débat en disant qu'Allan avait déjà tout réglé.

A présent, dans sa chambre d'hôtel, elle se demandait si elle n'allait pas l'appeler pour le remercier, mais il devait déjà dormir : il était presque une heure. Et puis elle avait trouvé si palpitant de parler à Eddie, et de l'écouter, qu'elle n'avait pas envie de se sentir déçue par comparaison, ce qui risquait d'arriver si elle parlait à Allan.

La sensibilité de l'éditeur l'avait impressionnée, mais le chapitre maternel, qu'Eddie avait ouvert immédiatement, lui trottait encore trop dans la tête. Bien qu'elle eût déjà largement assez bu, elle ouvrit une de ces petites bouteilles de cognac meurtrières qui vous tendent des embuscades dans tous les mini-bars. Allongée dans son lit, sirotant l'alcool fort, elle réfléchit à ce qu'elle allait écrire dans son journal ; elle avait envie de raconter tant de choses !

Surtout, Eddie lui avait assuré que sa mère l'aimait. (Il y avait de quoi écrire tout un livre, là-dessus.) Son père avait bien essayé de la rassurer sur ce point – pendant trente-deux ans –, mais son cynisme vis-à-vis de Marion l'en avait empêché.

Bien sûr, elle était au fait de sa théorie – à savoir que la mort de ses deux frères avait ôté à sa mère sa capacité d'aimer un enfant ; autre théorie, Marion avait eu peur d'aimer Ruth, dans la perspective de perdre sa fille unique si une calamité comme celle qui lui avait arraché ses fils devait se reproduire.

Mais Eddie, lui, avait raconté le moment où Marion avait reconnu la même irrégularité dans l'œil de sa fille que dans le sien : cet hexagone jaune vif. Et il lui avait dit qu'elle en avait crié de peur, de peur que cette tache ne signifie qu'elle serait semblable à elle – or elle ne voulait surtout pas que sa fille soit comme elle.

Pour Ruth, cette mère qui n'avait rien voulu lui léguer avait dû l'aimer plus qu'elle ne pouvait le supporter.

Puis Ruth et Eddie s'étaient demandé si elle ressemblait davantage à son père ou à sa mère. (Plus il l'écoutait, plus il voyait Marion en elle.) La question était cruciale pour Ruth, parce qu'elle ne voulait pas avoir d'enfants si elle devait être une mauvaise mère.

– C'est exactement ce que votre mère disait, lui expliqua Eddie.

– Mais qu'est-ce qu'une mère peut faire de pire que d'abandonner son enfant ?

– C'est ce que dit votre père, ça, n'est-ce pas ?

Elle lui expliqua que son père était un « prédateur sexuel », mais qu'il avait été un père à peu près passable. Il ne l'avait jamais négligée. C'était en tant que femme adulte qu'elle le détestait ; enfant, elle en était folle : lui, au moins, il était là.

– Il aurait eu une influence effroyable sur ses garçons, s'ils avaient vécu, lui fit observer Eddie. (Elle en convint aussitôt.) C'est pourquoi votre mère avait déjà pensé à le quitter – je veux dire avant l'accident.

Elle l'ignorait. Elle exprima une amertume considérable envers son père pour le lui avoir caché, mais Eddie lui expliqua que Ted ne risquait pas de lui en parler, pour la bonne raison qu'il n'en savait rien lui-même.

Ils avaient abordé tant de sujets, tous les deux, qu'elle ne savait pas par quoi commencer dans son journal. Eddie avait même déclaré que Marion était l'origine et l'apothéose de sa vie sexuelle. (Formule qu'elle réussit à coucher sur le papier.)

Et dans le taxi qui les conduisait au Stanhope, avec le cabas de livres de cette horrible vieille entre les genoux, il lui avait confié :

– Cette horrible vieille, comme vous dites, a à peu près l'âge de votre mère, donc, pour moi, ça ne peut pas être une « horrible vieille ».

Ruth trouvait inimaginable qu'un homme de quarante-huit ans nourrisse encore une flamme pour une dame qui en avait maintenant soixante et onze.

– Imaginez que ma mère vive jusqu'à l'âge de quatre-vingt-dix ans, vous serez un amoureux transi de soixante-huit ans ?

– J'en suis absolument certain.

Ce que Ruth Cole écrivit également dans son journal, c'est qu'Eddie O'Hare était l'antithèse exacte de Ted Cole. A soixante-dix-sept ans, ce dernier s'intéressait aux femmes de l'âge de sa fille, même s'il réussissait de moins en moins bien auprès d'elles. Ses conquêtes les plus fréquentes étaient des femmes qui approchaient de la cinquantaine – des femmes de l'âge d'Eddie !

S'il vivait jusqu'à quatre-vingt-dix ans et plus, peut-être s'attaquerait-il enfin à des femmes qui paraîtraient du moins plus proches de lui par l'âge – c'est-à-dire des femmes qui n'auraient *que* dans les soixante-dix ou soixante-quinze ans !

Le téléphone sonna. Elle ne put s'empêcher d'être déçue que ce ne soit qu'Allan. Elle avait espéré Eddie – qui se serait rappelé quelque chose d'autre à lui dire.

– Je ne te réveille pas, j'espère ? dit Allan, qui ajouta aussitôt : Et tu es seule, bien sûr ?

– Je ne dormais pas, et je suis absolument seule, lui répondit-elle.

Pourquoi fallait-il qu'il gâchât l'impression favorable faite au dîner, qu'il laissât percer sa jalousie ?

– Comment ça s'est passé ? s'enquit-il.

Elle se sentit soudain trop fatiguée pour lui raconter ces détails, qui, quelques instants auparavant, l'avaient mise dans une telle effervescence.

– Ça a été une soirée très particulière. Ça m'a donné une image bien plus précise de ma mère, et de moi d'ailleurs. J'ai peut-être tort de croire que je ferais une mauvaise épouse ; il n'est même pas couru d'avance que je sois une mauvaise mère.

– Mais ça je te l'ai dit, moi, lui rappela-t-il.

Pourquoi ne pouvait-il se contenter de cette porte ouverte, qu'elle lui laissait ?

A ce moment-là, elle sut qu'elle ne ferait pas l'amour avec lui la nuit suivante non plus. A quoi bon coucher avec quelqu'un et s'envoler pour l'Europe deux semaines, presque trois ? Mais à quoi bon retarder l'instant de coucher avec lui ? se dit-elle par ailleurs. Elle n'accepterait pas de l'épouser sans avoir couché avec lui, au moins une fois.

– Écoute, Allan, commença-t-elle, je suis crevée, et j'ai trop de choses nouvelles en tête...

– Je t'écoute...

– Je ne veux pas dîner avec toi demain soir ; je ne veux pas te revoir avant mon retour d'Europe.

Elle espérait à moitié qu'il essaie de lui faire changer d'avis, mais il se tut. Jusqu'à sa patience, qui arrivait à l'irriter.

– Je t'écoute toujours, dit-il parce qu'elle avait marqué un temps.

– Je veux coucher avec toi. Il faut que je couche avec toi, lui assura-t-elle. Mais pas juste avant de partir, pas juste avant de revoir mon père, ajouta-t-elle, ce qui n'avait rien à voir, elle le savait. « J'ai besoin de prendre du recul pour penser à nous » – telle fut finalement sa formule.

– Je comprends, lui dit-il.

Elle savait que c'était un homme bon, mais elle n'était pas sûr qu'il était l'homme qu'il lui fallait, et cela lui brisait le cœur. Et comment est-ce que ce « recul » l'aiderait à en juger ? Ce dont elle avait besoin, au contraire, c'était de plus de temps auprès de lui.

Mais elle dit :

– Je savais que tu comprendrais.

– Je t'aime beaucoup.

– Je le sais bien.

Plus tard, tout en cherchant le sommeil, elle essaya de ne pas penser à son père. Ted lui avait parlé de la liaison de sa mère avec Eddie O'Hare, mais ce qu'il avait omis de lui dire, c'était qu'il en était l'instigateur. Lorsque Eddie lui avait raconté qu'il les avait réunis à dessein, elle en avait été choquée. Ce qui la choquait, ce n'était pas qu'il eût joué les maris complaisants pour que sa mère pense qu'elle n'était pas une bonne mère ; elle le savait déjà enclin à la complaisance. Ce qui la choquait, c'est qu'il ait voulu sa fille pour lui tout seul, qu'il ait voulu si fort être son père.

A trente-six ans, avec tout l'amour et toute la haine qu'elle lui vouait, découvrir à quel point il l'aimait la tourmentait.

Hannah à trente-cinq ans

Ruth n'arrivait pas à dormir. Le cognac en était la cause, ainsi qu'un aveu qu'elle avait fait à Eddie O'Hare, et qu'elle n'avait jamais fait auparavant, même à Hannah : à tous les tournants de sa vie, elle avait espéré recevoir des nouvelles de sa mère. Lorsqu'elle était sortie de l'université d'Exeter avec son diplôme, par exemple ; mais rien ne s'était passé. Puis c'est de Middlebury qu'elle était sortie diplômée, et toujours pas un mot.

Néanmoins, elle avait continué d'espérer – surtout en 1980, à la publication de son premier roman. Puis à la parution des deux suivants, le deuxième en 1985 et le troisième maintenant, à l'automne 1990. C'était pour cela que la présomptueuse Mrs Benton l'avait mise dans une telle rage en se faisant passer pour sa mère :

elle s'était toujours figuré que Marion s'annoncerait de but en blanc, exactement de cette façon.

– Vous croyez qu'elle finira par se montrer un jour ? avait-elle demandé à Eddie dans le taxi.

Eddie l'avait déçue. Si cette soirée palpitante en sa compagnie avait fait beaucoup pour contredire la première impression injuste qu'elle avait eue de lui, dans le taxi, il avait tristement vasouillé.

– Euh... j'imagine que votre mère a besoin de faire la paix avec elle-même avant de pouvoir... euh... entrer dans votre vie.

Il laissa son idée en suspens, comme s'il espérait que le taxi était déjà arrivé au Stanhope.

– Euh..., reprit-il, Marion a ses démons, ses fantômes, je suppose, et il faut qu'elle les affronte avant de pouvoir se rendre accessible à vous.

– Mais je suis sa fille, bon Dieu ! C'est moi, le démon qu'il faut qu'elle affronte ! s'était écriée Ruth dans le taxi.

Mais tout ce qu'Eddie avait trouvé à répondre, c'était : « J'ai failli oublier ! J'ai un livre, deux d'ailleurs, que je voulais vous donner. »

C'est là qu'elle lui avait posé la question la plus importante de sa vie : était-elle raisonnable d'espérer que sa mère la contacte un jour ? Et il avait farfouillé dans son cartable trempé pour en extraire les deux livres ravagés par le dégât des eaux.

L'un des deux était un exemplaire dédicacé de *Soixante Fois*, ouvrage-litanie de sa félicité sexuelle avec Marion. Et l'autre ? Bien en peine de lui expliquer de quoi il s'agissait, il s'était contenté de les lui flanquer sur les genoux dans le taxi.

– Vous m'avez dit que vous partez pour l'Europe. Ça vous fera une bonne lecture pour l'avion.

En un moment pareil, pour répondre à sa question majeure, il lui avait offert « une bonne lecture pour l'avion ». Puis le taxi s'était arrêté devant le Stanhope. Eddie lui avait donné la poignée de main la plus gauche qui fût, et elle, bien sûr, l'avait embrassé, ce qui l'avait fait rougir – comme un gosse de seize ans.

– Il faudra qu'on se voie quand vous rentrerez d'Europe, lui avait-il crié depuis le taxi qui démarrait.

Il n'était peut-être pas très fort pour les au revoir. Pour être honnête, les mots « pathétique » et « lamentable » ne lui rendaient pas justice. Il avait élevé le culte de la modestie au niveau d'une œuvre d'art. « Il portait l'autodérision comme une médaille d'honneur, avait-elle écrit de lui dans son journal. Et il n'y avait rien de fourbe en lui. » (Elle avait souvent entendu son père le traiter de fourbe.)

De plus, avant même que ne s'avance leur soirée en tête à tête, elle avait compris ceci : il ne se plaignait jamais. Outre sa joliesse, sa beauté fragile, la loyauté qu'il lui témoignait, ce que sa mère avait pu lui trouver, c'était qu'en dépit des apparences il était d'un courage remarquable ; il avait accepté Marion comme elle était. Or, en cet été 1958, songeait Ruth, elle n'était sans doute pas au mieux de sa forme psychologique.

A demi nue, elle se mit à fouiller sa suite pour retrouver la prétendue lecture d'avion donnée par Eddie. Elle était trop saoule pour se plonger dans *La Vie de Graham Greene* dont elle ne voulait pas perdre un mot, et elle avait déjà lu *Soixante Fois* ; à vrai dire, elle l'avait même lu deux fois.

A sa surprise teintée de déception, le livre en question semblait être un roman policier. Elle fut aussitôt rebutée par le titre, *Le Cirque du Hamburger ailé*. L'auteur et l'éditeur lui étaient inconnus tous deux. A y regarder de plus près, l'éditeur était canadien.

Jusqu'à la photo de l'auteur, qui entretenait le mystère. La femme, car l'auteur était une femme, posait de profil et ce qu'on voyait de son visage avait été pris à contre-jour. En outre, elle portait un chapeau, lequel cachait l'œil qui regardait l'objectif. Tout ce qu'on voyait de ce visage était un nez bien fait, un menton volontaire et une pommette saillante. La chevelure, ou ce qui s'en échappait du chapeau, pouvait être blonde, ou grise, ou presque blanche. L'âge, impossible à déterminer.

C'était une photographie exaspérante, et Ruth ne fut pas surprise de lire que le nom de cet auteur inconnu était un pseudonyme ; une femme qui dérobe son visage ne peut que prendre un nom de plume. Ainsi, voilà ce qu'Eddie appelait un roman d'aéroport. Avant même de l'entamer, elle était sceptique. Et le début ne fit rien pour changer l'opinion qu'elle s'était faite (d'après la couverture).

Elle lut :

Une vendeuse, serveuse à ses heures, avait été retrouvée morte dans son appartement, dans Jarvis Street, au sud de Gerrard Street. Si elle pouvait s'offrir cette adresse de prestige, c'est

273

qu'elle partageait l'appartement avec deux autres vendeuses.
Toutes trois vendaient des soutiens-gorge chez Eaton.

Un polar ! Elle referma le livre d'un coup sec. Où y avait-il une Jarvis Street, et une Gerrard Street ? Qu'est-ce que c'était que « chez Eaton » ? Et qu'avait-elle à faire des vendeuses de soutiens-gorge ?

Elle avait fini par s'endormir – il était deux heures passées – lorsque le téléphone la réveilla.

– Tu es toute seule ? Tu peux parler ? lui demanda Hannah à voix basse.

– Toute seule, absolument. Mais pourquoi est-ce que je voudrais te parler ? Espèce de traîtresse !

– Je savais que tu serais fâchée. J'ai failli pas appeler.

– C'est comme ça que tu t'excuses ? demanda Ruth à sa meilleure amie.

Elle ne l'avait jamais entendue s'excuser.

– Il m'est arrivé quelque chose.

– Quelque chose ou quelqu'un ?

– C'est du pareil au même. Il a fallu que je quitte New York sur-le-champ.

– Mais pourquoi tu parles tout bas ?

– Je préfère ne pas le réveiller.

– Tu veux dire que tu es avec quelqu'un en ce moment ? Il est là ?

– Pas tout à fait, chuchota Hannah. Il a fallu que j'aille m'installer dans une autre chambre parce qu'il ronfle. Ça ne me serait jamais venu à l'idée.

Ruth s'abstint de tout commentaire. Hannah ne manquait jamais de révéler un détail intime sur ses partenaires sexuels.

– J'ai été déçue que tu ne sois pas avec moi, finit par dire Ruth.

Mais au moment où elle disait ces mots, elle se rendit compte que si Hannah avait été là, elle ne l'aurait jamais laissée en tête à tête avec Eddie, elle aurait été trop curieuse d'en savoir plus sur lui, elle l'aurait voulu pour elle toute seule.

– A bien réfléchir, je suis contente que tu n'aies pas été là, j'ai réussi à me trouver en tête à tête avec Eddie O'Hare.

– Alors, tu t'es toujours pas fait Allan, chuchota Hannah.

– L'événement de la soirée, ça a été Eddie. Je n'avais jamais vu ma mère aussi clairement que je la vois maintenant.

– Mais quand est-ce que tu vas te faire Allan ?

– Probablement quand je rentrerai d'Europe. Tu ne veux pas que je te parle de ma mère ?

– Quand tu rentreras d'Europe ? C'est quand, ça ? Dans deux, trois semaines ? Mais, bon Dieu, et s'il rencontre quelqu'un d'ici là ? Et toi, alors ? Même toi, tu pourrais rencontrer quelqu'un d'autre.

– Si Allan ou moi rencontrons quelqu'un d'autre, ce sera une excellente chose que nous n'ayons pas couché ensemble.

C'est seulement en formulant les choses de cette façon qu'elle s'aperçut qu'elle craignait davantage de perdre l'éditeur que le mari, en Allan.

– Bon, alors, dis-moi tout sur Eddie O'Hare.

– Il est charmant. Assez bizarre, mais surtout charmant.

– Oui, mais il est sexy ? Enfin, tu pouvais te le représenter avec ta mère ? Ta mère était si belle...

– Eddie O'Hare a sa beauté, lui aussi.

– Tu veux dire qu'il est efféminé ? Oh, mon Dieu, il est pas homo, si ?

– Non, non, pas homo. Pas efféminé non plus. Seulement très doux ; étonnamment délicat.

– Je le croyais grand.

– Grand et délicat.

– Je vois mal. Il a l'air bizarre.

– Je te l'ai dit, il est bizarre. Bizarre, et charmant, et délicat. Et il est tout dévoué à ma mère. Je veux dire, il l'épouserait demain.

– Ah oui, chuchota Hannah. Mais quel âge ça lui ferait, à ta mère ? Soixante-dix et des poussières ?

– Soixante et onze. Et Eddie n'a que quarante-huit ans.

– C'est quand même bizarre.

– Tu ne veux pas que je te parle de ma mère ? répéta Ruth.

– Une petite minute. (Hannah s'éloigna du combiné, puis elle revint.) Je croyais qu'il disait quelque chose, mais il continuait à ronfler.

– Je peux te raconter une autre fois, si ça ne t'intéresse pas, dit Ruth avec froideur (presque sur le ton de ses lectures publiques).

– Bien sûr que si, ça m'intéresse ! Je suppose que vous avez parlé de tes frères morts.

– On a parlé des photos de mes frères morts.

– J'y compte bien !

– C'était curieux, parce qu'il y en avait qu'il se rappelait et pas moi, et d'autres que je me rappelais et pas lui. Celles-là, on s'est dit qu'on avait dû les inventer. Mais il y en avait d'autres qu'on se rappelait tous les deux, et celles-là, on a pensé qu'elles devaient exister vraiment. Je crois qu'on en avait tous deux davantage d'inventé que de vraies.

– Toi, avec ce qui est inventé et ce qui est vrai, c'est bien ton sujet favori…

Ruth en voulait à Hannah pour son manque évident d'intérêt, mais elle poursuivit :

– La photo de Thomas qui joue au docteur pour soigner le genou de Timothy, celle-là est vraie, c'est sûr. Et celle où Thomas est plus grand que ma mère, et où il tient un palet de hockey entre ses dents, celle-là aussi, on s'en souvient tous les deux.

– Moi, je me rappelle celle de ta mère au lit, avec les pieds de tes frères, dit Hannah.

Il n'était guère surprenant qu'elle s'en souvînt. Ruth l'avait emportée à Exeter avec elle, et à Middlebury, aussi ; à l'heure actuelle, elle se trouvait dans sa chambre, dans la maison du Vermont. (Ce qu'Eddie n'avait pas jugé utile de lui confier, c'était qu'il s'était masturbé devant cette photo après qu'il avait masqué les pieds des enfants. Lorsque Ruth avait évoqué le souvenir de ces pieds couverts de quelque chose qui ressemblait à des bouts de papier, il lui avait répondu qu'il ne se rappelait rien de semblable. « Ce détail-là, aussi, j'ai dû l'inventer », avait-elle conclu.)

– Et puis je me rappelle celle de tes frères à Exeter avec cette bonne vieille connerie, là : « Entrez ici, jeunes gens, pour devenir des hommes. » Qu'est-ce qu'ils étaient beaux gosses, tes frères !

Ruth lui avait montré la photo de ses frères la première fois qu'elle l'avait accompagnée chez elle, à Sagaponack. Elles étaient étudiantes à Middlebury, à l'époque. La photo était dans la chambre de son père, et elle y avait mené Hannah pendant que ce dernier faisait une partie de squash dans sa grange perfide. Hannah avait dit la même chose, ce jour-là, qu'ils étaient beaux. C'est bien d'elle de ne se rappeler que ça, pensa Ruth.

– Eddie et moi, on se rappelait celle qui était encadrée dans la cuisine – celle où on les voyait manger du homard, tous les deux. Thomas décortique le sien avec la facilité et la froideur d'un savant. On ne lit pas la moindre trace d'effort sur sa figure. Mais on dirait que Timothy se bat contre le sien, et que c'est le homard qui a le dessus ! Je crois que c'est la photo que je me rappelle le mieux. Toutes ces années, je m'étais demandé si elle était vraie ou inventée. Eddie pense que comme c'est aussi celle qu'il se rappelle le mieux, ça doit être une vraie.

– Tu as jamais demandé à ton père, pour ces photos ? Parce qu'enfin il doit mieux s'en souvenir que toi ou Eddie.

– Il en voulait tellement à ma mère de les avoir toutes emportées qu'il refusait d'en parler.

– Tu es trop dure envers lui, moi, je le trouve charmant.

– Je l'ai vu charmer un peu trop souvent. Et en plus c'est tout ce qu'il sait faire – surtout quand tu es dans le secteur.

Contrairement à ses habitudes, Hannah laissa la remarque glisser.

Selon la théorie d'Hannah, nombre de femmes qui avaient connu Marion (ne serait-ce qu'en photo) devaient se sentir flattées par les attentions de Ted Cole – simplement parce que Marion était si belle. A l'énoncé de ce raisonnement, Ruth s'était écriée : « C'est ça qui a dû faire un bien fabuleux à ma mère, tiens ! »

A présent, elle était lasse d'essayer d'expliquer l'importance de cette soirée avec Eddie. Hannah n'y comprenait rien.

– Mais qu'est-ce qu'il a dit question sexe ? Il en a parlé ?

C'est vraiment tout ce qui l'intéresse, pensa Ruth. Ce sujet la mettait au désespoir, parce qu'elle savait qu'il ramènerait bientôt Hannah à ses questions sur le moment où Ruth allait « se faire » Allan.

– Cette photo que tu te rappelles si bien, commença Ruth, mes beaux gosses de frères sur le seuil du bâtiment principal...

– Eh bien ?

– Il m'a dit que ma mère lui avait fait l'amour pour la première fois sous cette photo. C'était la première fois qu'ils le faisaient. Ma mère a laissé la photo pour lui, mais mon père l'a prise.

– Et il l'a accrochée dans sa chambre, tiens, c'est intéressant, ça, murmura Hannah d'une voix rauque.

277

– Tu as une mémoire d'éléphant, Hannah, dit Ruth. Tu te rappelles même que cette photo de mes frères est dans la chambre de mon père !

Mais Hannah ne réagit pas et Ruth se sentit de nouveau lasse de cette conversation (lasse surtout qu'Hannah ne s'excuse jamais).

Elle se demandait parfois si elle aurait conservé son amitié si elle n'était pas devenue célèbre. A son échelle, pourtant, dans le cercle plus restreint des magazines, Hannah était célèbre, elle aussi. Elle avait commencé par se faire un nom dans la chronique intimiste. Elle tenait un journal drolatique, relatant essentiellement ses exploits sexuels. Mais bientôt fatiguée de l'autobiographie, elle était passée à la vitesse supérieure, et avait donné dans la mort et la dévastation.

Dans sa phase morbide, elle avait interviewé des gens *in articulo mortis*, elle s'était consacrée aux incurables. Les enfants en phase terminale avaient monopolisé son attention dix-huit mois durant. Par la suite, elle avait fait un papier sur le service des grands brûlés, puis sur une colonie de lépreux. Elle s'était rendue dans des zones de combats, des pays de famine.

Puis elle était de nouveau montée en grade ; elle avait abandonné la mort et la dévastation pour l'ange du bizarre et le démon de la perversité. Elle avait écrit un reportage sur un acteur vedette du porno qu'on disait en érection permanente – dans le milieu, on l'avait surnommé Mr Metal. Après quoi, elle avait interviewé une Belge de soixante-dix ans, qui avait joué dans plus de trois mille *live shows* ; elle avait eu pour seul partenaire son mari, qui était mort après l'un de ces shows sexuels. La veuve éplorée était restée chaste depuis. Non seulement elle avait été fidèle à son mari pendant quarante ans, mais les vingt dernières années de leur mariage, ils n'avaient fait l'amour qu'en public.

Or aujourd'hui, Hannah avait opéré une nouvelle transformation et s'intéressait désormais aux célébrités, c'est-à-dire, en Amérique, essentiellement les vedettes de cinéma, les héros du sport, et une poignée d'excentriques à la richesse alarmante. Elle n'avait jamais interviewé d'écrivain, quoiqu'elle ait lancé l'idée d'une interview de Ruth qui « épuise le sujet » – « Le sujet ou l'auteur ? » avait demandé Ruth.

Ruth croyait depuis longtemps que la seule chose intéressante, chez elle, c'était ce qu'elle écrivait. L'idée qu'Hannah l'interviewe la laissait profondément ironique, parce qu'elle savait bien que son amie s'intéressait davantage à sa vie qu'à son œuvre. Et que ce qui l'intéressait dans son œuvre, c'était précisément ce qui était personnel, et qu'elle aurait appelé « vrai ».

Elle va sans doute détester Allan, se dit Ruth brusquement. Allan avait déjà reconnu qu'il considérait la célébrité de Ruth sinon comme un fardeau, du moins comme une tracasserie. Il avait édité beaucoup d'auteurs célèbres, mais il ne se soumettait à une interview que si ses remarques demeuraient « anonymes ». Il était si discret qu'il ne permettait même pas à ses auteurs de lui dédicacer leurs livres ; un jour que l'un d'eux insistait, il avait accepté sous condition qu'il se servirait de ses initiales, « rien que mes initiales, alors ». C'est ainsi que le livre avait été dédicacé à AFA. Ruth se taxa d'infidélité pour ne pas se souvenir du nom auquel correspondait le F.

– Faut que j'y aille – je crois que je l'entends, chuchota Hannah.

– Tu ne vas pas me laisser tomber pour Sagaponack, hein ? demanda Ruth. Je compte sur toi pour me protéger de mon père.

– J'y serai. Je me débrouillerai pour venir. Je crois plutôt que c'est ton père qui a besoin qu'on le protège contre toi, le pauvre !

Depuis quand son père était-il « le pauvre » ? Mais Ruth était trop fatiguée pour relever cette réflexion.

Après avoir raccroché, Ruth modifia ses projets. Puisqu'elle ne dînerait pas avec Allan le lendemain, elle pouvait partir pour Sagaponack après sa dernière interview, un jour plus tôt que prévu. Ça lui ferait donc une seule soirée en tête à tête avec son père. Une soirée en tête à tête, passe encore. Hannah arriverait le lendemain, et ils passeraient cette soirée-là ensemble, tous les trois.

Elle était impatiente de dire à son père à quel point Eddie O'Hare lui avait plu – et plus encore de lui raconter certaines choses qu'il lui avait dites sur sa mère. Mieux vaudrait qu'Hannah ne soit pas là lorsqu'elle lui révélerait que Marion avait songé à le quitter avant la mort des garçons. Elle ne voulait pas que son amie soit témoin de cette conversation parce qu'elle prenait toujours le parti de son père – ne serait-ce que pour l'agacer, elle.

Elle était si montée contre Hannah qu'elle eut du mal à se rendormir. Dans son insomnie, elle se prit à se remémorer la fois où elle avait perdu sa virginité. Il lui était impossible de se rappeler cet événement sans considérer la contribution d'Hannah à cette catastrophe mineure.

Tout en ayant un an de moins que Ruth, Hannah avait toujours paru plus âgée, pas seulement à cause des trois avortements qu'elle avait subis avant que Ruth réussisse à perdre sa virginité, mais parce que son expérience sexuelle plus étendue lui donnait un air de maturité et de sophistication.

Ruth avait seize ans et Hannah quinze lors de leur rencontre, et c'est pourtant Hannah qui avait fait montre d'une assurance supérieure dans ce domaine (avant même d'avoir eu ses premiers rapports sexuels !). Ruth avait écrit dans son journal : « Elle était entourée d'une aura d'expérience du monde bien longtemps avant de s'y être effectivement frottée. »

Les parents d'Hannah, un ménage heureux – elle les disait « ennuyeux et rassis » –, avaient élevé cette enfant unique dans une belle demeure ancienne de Brattle Street, à Cambridge, Massachusetts. Son père, professeur à la faculté de droit de Harvard, avait des manières patriciennes ; il cultivait le détachement en toutes circonstances, attitude qu'Hannah disait convenir à cet homme qui avait épousé une femme riche et en tout point dénuée d'ambition.

Ruth avait toujours bien aimé la mère d'Hannah, personne d'une amabilité et d'un naturel tout à fait débonnaires. Et puis c'était une fervente lectrice – on ne la voyait jamais sans un livre. Elle avait un jour confié à Ruth que si elle n'avait pas eu d'autres enfants, c'était parce qu'après la naissance d'Hannah elle avait tellement manqué de temps pour lire. Hannah confirma à Ruth que sa mère n'avait qu'une hâte, qu'elle soit assez grande pour s'amuser toute seule, et la laisser revenir à ses chers bouquins. De fait, Hannah ne se priva pas de « s'amuser ». (Peut-être était-ce sa mère qui avait fait d'elle une lectrice impatiente et superficielle.)

Si Ruth trouvait que son amie avait bien de la chance d'avoir un père fidèle à sa femme, Hannah disait au contraire que quelques histoires de femmes l'auraient rendu « moins prévisible », par quoi elle entendait « plus intéressant ». Elle prétendait que le côté distant de son père venait de toutes ces années passées à la faculté, où ses ruminations abstraites sur la théorie du droit semblaient l'avoir éloigné

280

de toute appréciation de sa pratique. Il éprouvait en effet le plus grand mépris pour les hommes de loi.

Le professeur Grant avait poussé sa fille à apprendre les langues étrangères. Le summum de ses aspirations aurait été qu'elle fasse carrière dans la finance internationale, car c'était la carrière qu'avaient fini par embrasser les plus doués, les plus brillants de ses élèves.

Il nourrissait par ailleurs le plus grand mépris pour les journalistes. Hannah était à Middlebury, où elle faisait des études de français et d'allemand, lorsqu'elle décida d'embrasser la carrière de journaliste. Et elle s'était sentie aussi sûre d'elle que Ruth, lorsque, plus jeune encore, elle avait su qu'elle serait romancière. Elle annonça comme une évidence qu'elle irait à New York, et qu'elle ferait son chemin dans le monde des magazines. A cet effet, une fois son diplôme en poche, elle demanda à ses parents de l'envoyer passer un an en Europe. Elle pourrait y pratiquer son français et son allemand, et elle tiendrait un journal ; ses « capacités d'observation », seraient, comme elle disait, « aiguisées ».

Ruth, qui avait postulé pour entrer au séminaire d'écriture de fiction de l'université de l'Iowa, et qui y avait été acceptée, fut prise au dépourvu par la suggestion de son amie de l'accompagner en Europe. « Si tu dois devenir écrivain, lui avait déclaré Hannah, il faut bien que tu aies quelque chose à raconter. »

Ruth savait déjà que la question ne se posait pas en ces termes – en tout cas, pas pour elle. Il ne lui fallait en effet que du temps pour écrire ; son sujet l'attendait déjà, dans son imagination. Mais elle retarda son inscription dans l'Iowa. Après tout, son père avait les moyens de l'entretenir, et passer un an en Europe avec Hannah promettait d'être distrayant.

– En plus, conclut Hannah, il est grand temps que tu te fasses baiser, et si tu me lâches pas, t'as toutes tes chances.

La chance ne s'était pas trouvée à Londres, première étape de leur voyage, mais Ruth avait été palpée par un garçon au bar du Royal Court Hotel. Elle l'avait rencontré à la National Portrait Gallery, où elle était allée voir les portraits de quelques-uns de ses auteurs préférés. Le jeune homme l'avait emmenée au théâtre, et dans un restaurant italien chic, du côté de Sloane Square. C'était un Américain qui vivait à Londres, fils d'un vague diplomate. Elle sortait pour la première fois avec un garçon qui avait des cartes de crédit (celles de son père, soupçonna-t-elle).

Ils s'étaient saoulés au bar du Royal Court au lieu de baiser parce que, lorsque Ruth eut rassemblé le courage de ramener le jeune homme à l'hôtel, Hannah avait déjà « pris » la chambre qu'elles y occupaient toutes les deux. Elle était en train de faire l'amour bruyamment à un Libanais qu'elle avait levé dans une banque, où elle était entrée encaisser un chèque de voyage. (« Ma première expérience dans le domaine de la finance internationale, avait-elle écrit dans son journal. Enfin, mon père aurait été content de moi. »)

La deuxième étape de ce tour d'Europe était Stockholm. Contrairement aux prédictions d'Hannah, tous les Suédois n'étaient pas blonds. Les deux jeunes gens qui avaient dragué Hannah et Ruth étaient de beaux bruns, encore étudiants, mais déjà très sûrs d'eux, et l'un des deux – celui qui se retrouva avec Ruth – parlait un excellent anglais. Celui qui était encore mieux physiquement, et qui parlait à peine anglais, s'était aussitôt branché sur Hannah.

Le partenaire désigné de Ruth les emmena tous les quatre chez lui, à trois quarts d'heure de Stockholm, ses parents étant partis pour le week-end.

C'était une maison moderne, avec beaucoup de bois clair. Le soupirant de Ruth, qui s'appelait Per, pocha un saumon à l'aneth, qu'ils mangèrent avec des pommes de terre nouvelles, une salade de cresson et œufs durs, parfumée à la ciboulette. Hannah et Ruth burent deux bouteilles de vin blanc tandis que les garçons carburaient à la bière, puis celui qui était un peu mieux que l'autre physiquement entraîna Hannah dans une des chambres d'amis.

Ruth avait déjà entendu Hannah faire l'amour, mais, cette fois, c'était un peu différent dans la mesure où son partenaire ne parlait pas anglais, et où, pendant qu'elle râlait tout son saoul, Ruth et Per faisaient la vaisselle.

Per répétait sans cesse : « Je suis ravi que ton amie passe un moment aussi excellent. »

A quoi Ruth ne cessait de répondre : « Hannah passe toujours un moment excellent. »

Elle aurait bien voulu avoir davantage de vaisselle à laver, mais elle savait bien qu'elle avait atermoyé assez longtemps, et elle finit par dire :

– Je suis vierge.

– Tu veux le rester ? demanda Per.

– Non, mais j'ai un trac fou.

Ça ne l'empêcha pas de lui jeter un préservatif à la figure avant même qu'il ait commencé à se déshabiller. Des trois grossesses d'Hannah, elle tirait quelque enseignement – et quoiqu'un peu tard, Hannah elle-même en tirait aussi.

Mais lorsque Ruth lui jeta un préservatif à la figure, le jeune Suédois eut l'air surpris.

– Tu es sûre que tu es vierge ? demanda-t-il. Je n'ai jamais été avec une vierge.

Il avait le trac presque autant qu'elle, ce qui la réconforta. Par ailleurs, il avait bu trop de bière, si bien qu'à mi-coït, il lui souffla à l'oreille un « Öl », qu'elle prit pour l'annonce de sa jouissance imminente, alors qu'au contraire il s'excusait du temps qu'il y mettait (« Öl » veut dire « bière » en suédois).

Mais Ruth n'avait aucun élément de comparaison ; pour elle, ce rapport sexuel n'était ni trop long ni trop court. Son mobile essentiel était d'en finir avec son pucelage, simplement pour l'avoir enfin fait. Elle ne ressentit rien.

Alors, pour se conformer au protocole sexuel en vigueur en Suède, elle dit « Öl », elle aussi, quoiqu'elle ne fut nullement en train de jouir.

Lorsque Per se retira, il sembla déçu qu'il n'y ait pas plus de sang. Il avait cru qu'une vierge saignait beaucoup. Ruth se dit que cela signifiait sans doute que l'expérience n'avait pas été à la hauteur de son attente.

En tout cas, pour elle, c'était une déception. Moins de plaisir, moins de passion, moins de douleur, même. Moins de tout, en somme. Elle avait d'autant plus de mal à imaginer ce qui pouvait faire râler Hannah si férocement, depuis toutes ces années.

Mais ce que cette première expérience apprit à Ruth Cole, c'est que les conséquences du sexe sont parfois plus mémorables que l'acte lui-même. Pour Hannah, elles étaient toutes négligeables ; ses trois avortements eux-mêmes ne l'avaient pas dissuadée de répéter l'acte tant et plus, cet acte qu'elle trouvait beaucoup plus important que toute conséquence.

Le lendemain matin, lorsque les parents de Per rentrèrent de week-end bien avant l'heure prévue, Ruth était toute seule, et toute nue dans leur lit. Per était sous la douche lorsque sa mère fit irruption dans la chambre et interpella Ruth en suédois.

Ruth ne comprenait pas un mot de ce qu'elle disait, et, comble de malheur, ne trouvait plus ses vêtements – quant à Per, avec le bruit de la douche, il ne pouvait pas entendre sa mère glapir.

C'est alors que le père du jeune homme entra à son tour. Si Per avait été déçu que Ruth saigne si peu, elle vit qu'elle avait saigné sur la serviette étalée sur le lit. (Elle avait consciencieusement pris soin de ne pas tacher les draps des parents de Per.) A présent, tandis qu'elle tentait de se couvrir en toute hâte avec la serviette maculée, elle se rendait compte que les parents l'avaient vue tout entière, ainsi que le sang.

Le père du garçon, un homme à l'air austère, en resta muet, mais la façon dont il dévisageait Ruth était aussi impitoyable que l'hystérie croissante de sa femme.

Ce fut Hannah qui aida Ruth à retrouver ses vêtements. Elle, encore, qui eut la présence d'esprit d'ouvrir la porte de la salle de bains et de hurler à Per de sortir de la douche. « Dis à ta mère d'arrêter d'engueuler mon amie ! » Puis elle se mit à brailler à l'intention de la mère elle-même : « C'est ton fils qu'il faut engueuler, pauvre connasse, pas elle ! »

Mais la mère continuait de se répandre en invectives et Per était trop lâche – ou trop convaincu que Ruth et lui étaient dans leur tort – pour faire front.

Quant à Ruth, elle était aussi incapable de faire un geste décisif que de tenir des propos cohérents. Sans un mot, elle laissa Hannah l'habiller comme une enfant.

– Ma pauvre puce, lui dit Hannah, c'est vraiment pas de bol pour une première fois. D'habitude, ça se termine mieux que ça.

– Pour le sexe, y avait rien à dire, bredouilla Ruth.

– Rien à dire ? T'entends ça, pauvre mollasson, elle dit qu'il y a rien à dire !

Puis Hannah s'aperçut que le père du jeune homme dévisageait Ruth et elle lui cria :

– Hé toi, tête de nœud, ça te fait jouir de mater, ou quoi ?

– Désirez-vous que je vous appelle un taxi, à vous et à votre camarade ? répondit-il dans un anglais meilleur encore que celui de son fils.

– Si vous me comprenez, dites à votre salope injurieuse de femme d'arrêter d'engueuler mon amie. Dites-lui qu'elle a qu'à engueuler son branleur de fils.

– Jeune fille, répondit le père, voici bien des années que mes paroles n'ont plus aucun effet notable sur ma femme...

Ruth se rappellerait la tristesse majestueuse du père bien mieux que la veulerie du fils. Et lorsqu'il l'avait regardée avec tant d'insistance, ce n'était pas la lubricité qu'elle avait vue dans ses yeux, mais l'envie. (Quel veinard, son fils !)

Dans le taxi qui les ramenait à Stockholm, Hannah avait demandé à Ruth :

– C'était pas un Suédois, le père d'Hamlet ? Et sa garce de mère, et son salaud d'oncle aussi, sûrement ? Sans parler de l'idiote qui s'en va se noyer. C'étaient pas des Suédois, tous ?

– Non, c'étaient des Danois, répondit Ruth.

Elle éprouvait une satisfaction masochiste à constater qu'elle saignait encore, ne serait-ce qu'un peu.

– Les Suédois, les Danois, c'est du pareil au même. Tous des connards.

Plus tard, elle avait annoncé :

– Je regrette qu'il y ait rien eu à dire de ta baise – pour moi, c'était super. Il avait la plus grosse queue que j'ai vue jusqu'ici.

– Pourquoi, plus c'est gros, mieux c'est ? J'ai pas regardé celle de Per, j'aurais dû ?

– Ma pauvre puce, va. N'oublie pas de regarder, la prochaine fois. Mais enfin, ce qui compte, c'est quel effet ça fait dedans.

– C'était OK, je pense. Mais c'était pas ce à quoi je m'attendais.

– Tu t'attendais à mieux ou à pire ?

– A mieux et à pire, les deux, je crois.

– Ça viendra, promit Hannah. Tu peux y compter ; tu auras nettement mieux et nettement pire.

Là-dessus au moins, Hannah avait raison. Enfin, Ruth se rendormit.

Ted à soixante-dix-sept ans

Il paraissait cinquante-sept ans au grand maximum. Ce n'était pas seulement que le squash le maintenait en forme, même si Ruth constatait, non sans un certain trouble, que le corps mince et compact de son père, qui était le prototype du sien même, s'était imposé à ses yeux comme le modèle de la forme mâle. Ted avait gardé sa taille de jeune homme. (Outre l'habitude qu'il avait de piocher dans l'assiette d'autrui, le problème d'Allan, c'était son gabarit : il était beaucoup plus grand et un peu plus lourd que les hommes qui lui plaisaient en général.)

Mais la théorie de Ruth, pour expliquer que son père n'ait pas réussi à vieillir, n'avait pas trait à sa forme physique ni à son gabarit. Le front de Ted était sans rides ; il n'avait pas de poches sous les yeux. Ses pattes d'oie étaient à peine plus marquées que celles de sa fille. La peau de son visage était si lisse, si fraîche qu'on aurait dit une peau d'éphèbe qui vient tout juste de commencer à se raser, ou qui n'a pas encore besoin de se raser plus de deux fois par semaine.

Depuis que Marion l'avait quitté et que – au moment où il vomissait de l'encre de seiche dans la cuvette des WC – il s'était interdit les alcools forts, il ne buvait que de la bière ou du vin et il dormait comme un nourrisson. Et quelle qu'ait pu être sa douleur de perdre ses fils, et plus tard, leurs photos, il semblait avoir réussi à mettre cette douleur en veilleuse. Son atout le plus exaspérant était peut-être cette capacité à dormir si profondément et si longtemps.

Pour Ruth, son père était un homme sans conscience, dépourvu des anxiétés de tout un chacun ; le stress lui était étranger. Comme Marion l'avait souligné, il ne s'épuisait pas à la tâche ; en tant qu'auteur et illustrateur de livres pour enfants, il avait déjà réussi dès 1942 au-delà de ses ambitions modestes. Il n'avait rien écrit depuis des années, mais il n'en avait pas besoin. Ruth se demandait s'il en avait jamais vraiment eu envie.

La Souris qui rampait entre les cloisons, La Trappe dans le plancher, Le Bruit de quelqu'un qui essaie de ne pas faire de bruit... il n'y avait pas une librairie au monde qui, pourvu qu'elle ait un rayon

286

pour enfants honorable, ne possédât la liste des œuvres de Ted Cole. Il y avait aussi des vidéocassettes ; Ted avait fourni des croquis pour les dessins animés. Dessiner, c'était à peu près la seule chose qu'il faisait encore à présent.

Et si son statut de célébrité avait perdu son lustre dans les Hamptons, il était toujours très demandé ailleurs. Chaque été, il séduisait au moins une mère à un congrès en plein air, en Californie, une autre à un colloque dans le Colorado, et une troisième dans le Vermont. Il était également populaire sur les campus – surtout dans les universités publiques d'États reculés. A de rares exceptions près, les étudiantes étaient trop jeunes à présent pour se laisser séduire par un homme de l'âge de Ted, quand bien même il ne paraîtrait nullement cet âge. Mais la solitude et l'abandon de la femme de l'universitaire, dont la nichée a grandi et quitté la maison, n'avaient pas diminué ; or ces femmes étaient encore ses cadettes.

Entre les congrès d'écrivains et les campus, on pourrait s'étonner qu'en trente-deux ans sa route n'ait jamais croisé celle d'Eddie. Mais Eddie avait pris ses précautions pour que cela n'arrive pas. Il lui suffisait de demander la liste des chargés de cours, et des professeurs en visite ; chaque fois qu'il tombait sur le nom de Ted, il déclinait l'invitation.

Et si on s'arrêtait aux pattes d'oie, Ruth déplorait le fait qu'elle paraissait son âge bien plus que son père. Pis encore, elle redoutait que la triste opinion qu'il avait du mariage n'ait déteint sur elle.

A l'occasion de son trentième anniversaire, qu'elle avait fêté avec lui et Hannah, à New York, elle avait fait une remarque d'une désinvolture qui ne lui ressemblait pas sur le chapitre de ses rares et éphémères relations avec les hommes.

– Ah, papa, tu espérais sans doute que je serais mariée, à mon âge, et que tu pourrais cesser de t'en faire pour moi.

– Non, Ruthie, c'est quand tu seras mariée que je commencerai à m'en faire.

– Mais ouais, avait dit Hannah, pourquoi tu veux te marier ? Tu peux avoir tous les mecs que tu veux.

– Tous les hommes sont fondamentalement infidèles, Ruthie, avait dit son père.

Il lui avait déjà dit ça – avant même qu'elle ne parte pour Exeter, alors qu'elle n'avait que quinze ans –, mais il trouvait moyen de le lui répéter au moins deux fois par an.

– Mais quand même, si je veux un enfant…, avait commencé Ruth.

Elle savait ce qu'Hannah pensait de la maternité ; Hannah ne voulait pas d'enfants. Et elle connaissait aussi très bien la position de son père : à savoir que, quand on a un enfant, on vit dans la peur constante qu'il lui arrive quelque chose, sans compter l'évidence que la mère de Ruth avait, selon son expression, « échoué à l'examen ».

– Tu veux vraiment avoir un enfant, Ruthie ? lui avait-il demandé.

– Je n'en sais rien, avait-elle avoué.

– Tu as tout le temps de rester célibataire, alors, lui avait dit Hannah.

Mais aujourd'hui, elle avait trente-six ans ; si elle voulait un enfant il ne restait pas tant de temps. Et à la simple mention du nom d'Allan Albright, son père lui avait dit :

– Il a quoi, douze ans, quinze ans de plus que toi, non ? (Parce qu'il savait tout sur tous dans le monde de l'édition ; il avait peut-être cessé d'écrire, mais il ne s'était pas retiré des « affaires littéraires ».)

– Allan a dix-huit ans de plus que moi, papa, mais il est comme toi, en pleine santé.

– Je me fiche de sa santé. S'il a dix-huit ans de plus que toi, un jour il va mourir et te laisser en plan. Et s'il te laisse avec un jeune enfant à élever ? Toute seule…

Le spectre de cet enfant qu'il lui faudrait élever toute seule l'avait hantée. Elle savait à quel point elle et son père avaient eu de la chance : Conchita Gomez l'avait pratiquement élevée. Mais Eduardo et Conchita étaient de l'âge de son père, à ceci près qu'eux le paraissaient. Si Ruth n'avait pas bientôt un bébé, Conchita serait trop vieille pour l'aider à l'élever. D'ailleurs, comment l'aiderait-elle, en fait ? Les Gomez travaillaient toujours pour son père.

Comme d'habitude lorsqu'elle envisageait le sujet, elle avait mis la charrue avant les bœufs ; elle se préoccupait de la question de l'enfant avant d'avoir répondu à celle du mariage, du choix du mari, et, d'ailleurs, du choix du mariage en soi. Or elle n'avait personne avec qui en parler, sinon Allan. Sa meilleure amie ne voulait pas d'enfants. Hannah serait toujours Hannah, et, en somme, son père ne changerait jamais non plus. Aujourd'hui, plus encore que quand elle était enfant, elle avait envie de parler à sa mère.

Qu'elle aille au diable, à la fin ! pensa-t-elle. Elle avait résolu depuis longtemps qu'elle ne rechercherait pas sa mère. C'était Marion qui était partie. A elle de revenir, ou de rester où elle était.

Et puis il fallait être un drôle de type pour ne pas avoir d'amis hommes, réfléchit-elle. Elle l'en avait un jour accusé très directement.
– Mais j'en ai, avait-il protesté.
– Nomme-m'en deux, je te mets au défi de m'en nommer un seul !
A sa grande surprise, il en avait nommé quatre. Leurs noms ne lui disaient rien : il venait d'énoncer hardiment la liste de ses partenaires habituels de squash, dont les noms changeaient au fil des années car, à mesure qu'ils vieillissaient, ils n'étaient plus à son niveau. Ses partenaires actuels étaient de l'âge de sa fille, voire plus jeunes. Elle avait d'ailleurs rencontré leur benjamin.

Son père avait la piscine de ses rêves, avec des douches en plein air – tout à fait comme il l'avait décrite à Eduardo et Eddie en l'été 1958, le lendemain du départ de Marion. C'était une cabine de bois avec deux pommes de douche, côte à côte, « comme dans un vestiaire », selon sa formule.

Depuis son plus jeune âge, Ruth avait toujours vu des hommes nus, et son père, qui sortaient de la douche en courant pour plonger dans la piscine. Malgré son inexpérience sexuelle, elle avait donc vu beaucoup de pénis. Peut-être était-ce cette image d'inconnus sous la douche et dans la piscine, en compagnie de son père, et comme lui dans le plus simple appareil, qui la conduisait à contester le présupposé d'Hannah, « plus c'est gros, mieux c'est ».

Cela faisait un an cet été qu'elle avait « rencontré » le benjamin des partenaires de squash de son père, un avocat entre trente-cinq et quarante ans – Scott quelque chose. Elle était sortie sur la terrasse de la piscine pour faire sécher sa serviette et son maillot sur la corde, et elle avait trouvé là son père et son jeune partenaire dans leur nudité d'après le squash ou d'après la douche.

– Ruthie, je te présente Scott. Scott, ma fille, Ruth..., avait commencé Ted, mais dès que Scott l'avait vue, il avait plongé dans la piscine.

– Il est avocat, avait ajouté son père, tandis que l'intéressé demeurait immergé.

Puis Scott quelque chose avait resurgi dans le grand bain, où il avait fait des battements de pieds. Il avait des cheveux blond paille et il était bâti comme son père. Queue de taille moyenne, évalua-t-elle.

– Heureux de vous rencontrer, Ruth, avait dit le jeune avocat.

Il avait les cheveux courts, bouclés ; des taches de rousseur.

– Tout le plaisir est pour moi, Scott, avait répondu Ruth en entrant dans la maison.

Son père, toujours nu sur le bord de la piscine, avait lancé à Scott :

– Je n'arrive pas à décider si je vais me baigner ou pas. Elle est froide ? Elle était passablement froide, hier.

Et elle avait entendu l'avocat répondre :

– Elle est frisquette, oui. Mais une fois qu'on y est, ça va.

Et c'était cette valse de partenaires de squash qu'il essayait de faire passer pour ses amis ! Ils n'étaient même pas très bons au squash, son père ayant horreur de perdre. Le plus souvent, il choisissait de bons sportifs, plus ou moins débutants à ce jeu. Les mois d'hiver, il trouvait beaucoup de joueurs de tennis à qui l'exercice manquait ; ils avaient une bonne approche des sports de raquette, mais les volées de squash ne sont pas les volées de tennis – on joue au squash avec son poignet. L'été, lorsque les amateurs de tennis retournaient à leur sport, ils s'apercevaient que leur style s'était détérioré – on ne joue pas au tennis avec son poignet. De sorte que Ted se retrouvait parfois avec un converti au squash par la force des choses.

Il choisissait ses partenaires de jeu avec le même égoïsme et le même calcul qu'il choisissait ses partenaires sexuelles. Peut-être étaient-ils en effet ses seuls amis. Était-il invité à dîner chez eux ? Plaisait-il à leurs femmes ? S'interdisait-il quelque chose ? Elle aurait bien voulu le savoir.

Elle se trouvait côté sud de la Quarante et unième Rue, entre Lexington et la Troisième Avenue, à attendre le *jitney*, l'autocar-navette entre New York et Long Island, qui la conduirait dans les Hamptons. Une fois à Bridgehampton, elle se proposait de téléphoner à son père pour qu'il vienne la chercher.

Elle l'avait déjà appelé, d'ailleurs, mais il était sorti, ou bien il ne répondait pas au téléphone, et il n'avait pas branché son répondeur. Elle avait beaucoup de bagages – tous les vêtements qu'il lui faudrait en Europe. Elle se disait qu'elle aurait dû appeler Eduardo ou Conchita Gomez. Lorsqu'ils n'avaient rien à faire pour Ted Cole, qu'ils n'étaient pas occupés chez lui, ils étaient toujours chez eux. C'est ainsi qu'elle se préoccupait des petits détails de dernière minute en prévision de son voyage, lorsque le benjamin des partenaires de squash de son père l'aborda sur le trottoir de la Quarante et unième Rue.

– Vous rentrez dans vos foyers ? lui demanda Scott quelque chose. Vous êtes bien Ruth Cole, n'est-ce pas ?

Ruth avait l'habitude d'être reconnue. Au départ, elle le prit pour un lecteur. Puis elle remarqua ses taches de rousseur juvéniles et ses cheveux courts et bouclés. Elle ne connaissait pas tant d'hommes blond paille. En outre, il portait une serviette légère et un sac de sport à la fermeture éclair entrouverte, d'où dépassait le manche de deux raquettes de squash.

– Ah, le baigneur ! s'exclama-t-elle ; et elle éprouva une curieuse satisfaction à le voir rougir.

C'était une tiède journée ensoleillée, une journée d'été de la Saint-Martin. Scott quelque chose avait retiré sa veste, qu'il avait passée dans la bandoulière de son sac de sport. Il avait desserré sa cravate, et retroussé les manches de sa chemise blanche au-dessus du coude. Elle remarqua qu'il avait le bras gauche plus développé, plus musclé que le droit, alors même qu'il lui tendait la main droite.

– Je m'appelle Scott, Scott Saunders, lui rappela-t-il, en lui serrant la main.

– Vous êtes gaucher, non ? lui demanda-t-elle.

Ted était gaucher. Elle n'aimait pas jouer contre les gauchers. Son meilleur service était vers la partie gauche du court. Un gaucher pouvait le lui retourner avec l'avant-bras.

– Vous avez pris votre raquette ? lui demanda-t-il après avoir confirmé qu'il était gaucher.

Il avait remarqué tous ses bagages.

– J'en ai pris trois, répondit-elle, elles sont dans mes valises.

– Vous allez passer quelques jours chez votre père ?

– Deux seulement. Puis je pars pour l'Europe.

– Ah. Pour affaires ?

– Oui, des traductions.

Elle savait déjà qu'ils feraient route à côté l'un de l'autre dans le car. Peut-être avait-il sa voiture qui l'attendait au parking, à Bridge-hampton. Alors, il pourrait l'emmener, avec toutes ses valises, à Sagaponack. Peut-être que sa femme venait le chercher, auquel cas ils la déposeraient volontiers. Dans la piscine, son alliance reflétait le soleil du soir, pendant qu'il faisait des battements de pieds pour se maintenir à la surface. Mais lorsqu'ils furent assis côte à côte dans le *jitney*, elle vit que son alliance avait disparu. Parmi les règles qui régissaient les rapports de Ruth avec autrui, il y en avait une inviolable : jamais d'hommes mariés.

On entendit le son assourdissant d'un avion – le car dépassait La Guardia – lorsque Ruth avança :

– Dites-moi si je me trompe. Vous étiez tennisman et mon père vous a converti au squash… Avec votre carnation, vous êtes très blond, vous prenez vite des coups de soleil… le squash vaut mieux pour votre peau. Au squash, vous ne vous exposez pas au soleil.

Il eut un sourire matois, cachottier, qui trahissait sa tendance à penser que presque tout pouvait donner lieu à procès. Sûrement pas le genre chic type, ce Scott Saunders.

– La vérité, commença-t-il, c'est que j'ai laissé tomber le tennis pour le squash quand j'ai divorcé. Au titre de la répartition, mon ex-femme a obtenu de garder la carte de membre au Country Club. C'était très important pour elle, et puis, il y avait les leçons de natation des enfants, ajouta-t-il, généreux.

– Quel âge ont-ils ? lui demanda consciencieusement Ruth.

Longtemps auparavant, Hannah lui avait expliqué que c'était la première question à poser à un divorcé. « Ils se donnent l'impression d'être bons pères quand ils parlent de leurs gosses. Et puis, si tu dois vivre quelque chose de sérieux avec un type, il faut bien que tu saches si tu vas avoir affaire à un enfant de trois ans ou à un ado. C'est pas la même chose ! »

A mesure que le *jitney* roulait vers l'est, Ruth avait déjà oublié l'âge des enfants de Scott Saunders. Elle était plus curieuse de savoir son niveau par rapport à son père.

– Oh, d'habitude, c'est lui qui gagne, avoua l'avocat. Quand il a gagné trois ou quatre parties, il lui arrive de m'en concéder une ou deux.

– Vous jouez tant que ça ? Des cinq ou six matches ?

– On joue au moins une heure, souvent une heure et demie. Mais on ne compte pas vraiment les parties.

Tu tiendrais pas une heure et demie contre moi, décida Ruth. Mon vieux a dû perdre la main. Mais elle se borna à dire :

– Vous devez aimer courir.

– Je suis en assez bonne forme, dit-il.

Il avait l'air au mieux de sa forme, à vrai dire. Mais Ruth ne releva pas. Elle regarda par la fenêtre, sachant qu'il saisissait l'occasion pour évaluer ses seins. (Elle voyait son reflet dans la vitre.)

– Votre père dit que vous jouez très bien, mieux que la plupart des hommes. Mais il dit qu'il est quand même meilleur que vous, pour quelques années encore.

– Il a tort, dit Ruth. Il n'est pas meilleur que moi. Seulement, il est trop malin pour jouer sur un court homologué. Et il connaît bien sa grange. Il ne joue jamais contre moi ailleurs.

– Il y a sans doute là un avantage psychologique, dit l'avocat.

– Je vais le battre, dit Ruth. Et alors, peut-être, j'arrêterai de jouer.

– On pourrait se faire un match, un de ces jours. Mes enfants ne viennent que le week-end, nous sommes aujourd'hui mardi…

– Vous ne travaillez pas le mardi ?

Elle vit son sourire éclairer son visage de nouveau – comme un secret dont il voulait que vous sachiez l'existence, mais qu'il ne vous révélerait jamais.

– Je suis en congé de divorce, expliqua-t-il. Je m'absente du cabinet autant que j'en ai besoin.

– Ça s'appelle vraiment un congé de divorce ? demanda Ruth.

– C'est moi qui appelle ça comme ça. En matière de travail, je suis très indépendant.

Il avait énoncé ce trait comme il avait dit qu'il était en assez bonne forme. Ça pouvait vouloir dire qu'il venait de se faire virer, ou qu'il était un tueur du barreau, dont les succès ne se comptaient plus.

Et me voilà encore piégée, se dit Ruth. Elle pensait que ce qui l'attirait chez les types peu recommandables, c'était la brièveté transparente de leur avenir auprès d'elle.

– On pourrait se faire une petite tournante tous les trois, lui proposa-t-il, vous savez : vous jouez contre lui, lui contre moi, puis moi contre vous…

– Je ne joue pas les tournantes. Moi, je ne joue qu'un contre un, mais longtemps. Dans les deux heures…, lui dit-elle en regardant par la fenêtre à dessein pour lui laisser lorgner sa poitrine.

– Deux heures…, répéta-t-il.

– Non, c'est pour rire, dit-elle, et en se retournant vers lui, elle lui sourit.

– Ah bon. Peut-être qu'on pourrait faire un match demain, rien que nous deux.

– Je veux battre mon père d'abord.

Elle savait bien que c'était avec Allan Albright qu'il lui fallait coucher, mais elle constata avec trouble qu'elle devait faire un effort pour se le mettre en tête. Historiquement, Scott Saunders était davantage son genre.

L'avocat à la chevelure blond paille avait garé sa voiture près du stade de deuxième division, à Bridgehampton ; lui et Ruth, avec son monceau de bagages, durent faire environ deux cents mètres à pied. Scott conduisait toutes vitres ouvertes. Comme ils tournaient sur Parsonage Lane, à Sagaponack, plein est, l'ombre de la voiture s'allongeait devant eux. Au sud, les rayons obliques donnaient aux champs de pommes de terre une couleur vert jade ; l'océan qui ressortait contre le bleu délavé du ciel était d'un bleu saphir, profond, étincelant.

Malgré tous les aspects surfaits et frelatés des Hamptons, à l'entrée de l'automne, une fin d'après-midi pouvait encore y éblouir l'œil. Ruth se prit à penser que, ne serait-ce qu'à cette époque de l'année, l'endroit était racheté par ses fins d'après-midi bénies. Ted devait avoir terminé ses parties de squash ; lui et son adversaire malheureux seraient sans doute en train de prendre une douche ou de se baigner nus dans la piscine.

L'immense rempart de troènes en fer à cheval qu'Eduardo avait plantés à l'automne 1958 dérobait tout à fait la piscine au soleil déclinant. Il était si touffu que seuls les rayons les plus effilés y pénétraient, petits diamants de lumière qui diapraient les eaux sombres du bassin d'un éclat phosphorescent, pièces d'or qui auraient flotté à la surface au lieu de couler au fond. Une terrasse en caillebotis bordait l'eau ; quand on nageait dans la piscine, l'onde clapotait comme celle d'un lac contre un embarcadère.

Lorsqu'ils arrivèrent à la maison, Scott aida Ruth à porter ses bagages jusque dans le hall d'entrée. La Volvo bleu marine, l'unique voiture de son père, était dans l'allée, mais Ted ne répondit pas à son appel.

En s'en allant, Scott lui dit :

– Il est sans doute à la piscine, c'est son heure.

– Oui, répondit Ruth qui ajouta en criant dans son dos : Merci !

Oh, Allan, protège-moi, se disait-elle. Elle espérait bien ne jamais revoir Scott Saunders, ni aucun homme qui lui ressemblât.

Elle avait trois valises : une grosse, un portemanteau, et une petite qui lui servirait de bagage à main dans l'avion. Elle commença par monter cette dernière et le portemanteau au premier. Des années auparavant, lorsqu'elle avait neuf ou dix ans, elle était passée de la nursery où il lui fallait partager la salle de bains de son père à la chambre d'amis la plus spacieuse et la plus éloignée, celle qu'Eddie O'Hare occupait l'été 1958. Elle aimait cette chambre éloignée de celle de son père, et qui possédait une salle de bains attenante.

La porte de la chambre de maître était entrebâillée, mais son père ne s'y trouvait pas. Ruth appela « Papa » de nouveau en passant devant. Une fois de plus, les photographies du long couloir captèrent son attention.

Tous les crochets, qu'elle se rappelait mieux que les photos de ses frères morts, étaient recouverts, à présent ; il y avait des centaines de photos quelconques de Ruth, à toutes les phases de son enfance et jusque dans ses premières années de femme. Parfois on voyait son père sur la photo, mais, le plus souvent, il était derrière l'objectif. Il n'était pas rare que Conchita Gomez apparût à côté de Ruth. Et puis, il y avait d'innombrables photos des troènes. Les troènes mesuraient la croissance de Ruth, d'un été sur l'autre, alors qu'elle posait solennellement avec Eduardo devant l'implacable fourré. Ruth avait beau grandir, la haie irrépressible grandissait plus vite qu'elle, jusqu'à ce qu'un jour elle atteignît le double de la taille d'Eduardo, qui, d'ailleurs, sur plusieurs photos, semblait en avoir un peu peur. Et, bien entendu, il y avait aussi quelques clichés récents de Ruth avec Hannah.

Ruth marchait pieds nus sur la moquette du couloir lorsqu'elle entendit des « plouf » dans la piscine, derrière la maison. Depuis la cage d'escalier et les chambres du haut, le bassin était invisible. Les chambres, en effet, donnaient au sud, et avaient été conçues pour avoir vue sur la mer.

Ruth n'avait pas remarqué de deuxième voiture dans l'allée – seulement la Volvo bleu marine de son père –, mais peut-être le partenaire

de squash du jour habitait-il assez près pour être venu en bicyclette ;
une bicyclette n'aurait pas attiré son regard.

Son désir envers Scott Saunders lui laissait le sentiment familier
de manquer de confiance en elle. Elle ne voulait plus voir un seul
autre homme de la journée, tout en doutant qu'un autre partenaire de
squash de son père ait pu l'attirer aussi violemment que l'avocat aux
cheveux blond paille.

Dans l'entrée, elle empoigna la valise qui restait, la grosse, et se
mit à grimper les marches, en évitant la vue sur la piscine qui s'offrit
à elle lorsqu'elle passa devant la salle à manger. Le bruit des éclaboussures ne la suivit qu'à mi-hauteur de l'escalier. Le temps qu'elle
ait ouvert ses valises, le type – qui que ce fût – serait parti. Mais Ruth
était une voyageuse chevronnée ; elle défit ses bagages en un tourne-
main. Quand ce fut fait, elle mit son maillot de bain. Après le départ
du partenaire de squash, elle se proposait de sauter dans la piscine.
Ça lui faisait toujours du bien quand elle arrivait de la ville. Puis, elle
s'occuperait du dîner. Elle préparerait un bon dîner à son papa. Et
alors, ils parleraient.

Toujours pieds nus, elle avait traversé le couloir du premier étage,
et passait devant la chambre paternelle, entrouverte, lorsqu'une brise
marine en referma la porte. Pensant trouver un livre ou une chaussure
pour la bloquer, elle rouvrit la porte de la pièce. La première chose
qui attira son regard, ce fut un escarpin à talon haut, d'un beau rose
saumon. Elle le prit dans ses mains : cuir de qualité ; fabriqué à Milan.
Le lit était défait, un petit soutien-gorge noir gisait sur le dessus des
draps froissés.

Tiens, tiens… son père n'était donc pas dans la piscine avec son
partenaire de squash. Elle regarda le soutien-gorge de plus près, et
d'un œil plus critique. C'était un coûteux modèle pigeonnant, dont
elle n'aurait eu que faire pour sa part. Mais la femme en train de
nager avec son père devait juger qu'elle en avait besoin : elle avait
des petits seins, du 80 B.

C'est alors que Ruth reconnut la valise ouverte sur le plancher de
la chambre de son père, une valise de cuir agréablement patinée avec
ses compartiments fonctionnels et ses courroies bien conçues, et son
air d'avoir beaucoup voyagé. Elle avait toujours connu cette valise à
Hannah. (« Elle lui donnait l'allure d'une journaliste avant même

qu'elle le soit », avait-elle écrit dans son journal, Dieu sait combien d'années auparavant.)

Là, dans la chambre de son père, Ruth était aussi pétrifiée que si elle les avait trouvés tous les deux nus dans le lit. La fenêtre laissa passer une nouvelle bouffée de brise et la porte claqua une fois de plus. Elle eut l'impression d'avoir été enfermée dans un placard. Si quelque chose l'avait frôlée, une robe sur un cintre, elle aurait poussé un cri ou se serait évanouie.

Elle fit un effort considérable pour recouvrer le calme qui l'habitait quand elle composait ses romans. Pour elle, un roman évoquait une grande maison où le ménage n'est pas fait, une demeure en désordre ; sa tâche consistait à la rendre vivable, à lui imposer un semblant d'ordre. Les moments où elle écrivait étaient les seuls où elle n'avait pas peur.

Lorsqu'elle avait peur, elle avait du mal à respirer. La peur la paralysait. Enfant, la proximité soudaine d'une araignée la figeait sur place. Un jour, invisible derrière une porte, un chien lui avait aboyé après, elle avait été incapable de lâcher la poignée.

A présent, la pensée d'Hannah avec son père lui coupait le souffle. Elle dut faire un effort considérable rien que pour bouger. Elle commença par des mouvements très lents. Elle plia le petit soutien-gorge noir et le rangea dans la valise ouverte d'Hannah. Elle trouva le second escarpin sous le lit, et rangea la paire le long de la valise, pour qu'elle soit visible d'emblée. Comme les événements allaient se précipiter, elle le savait, elle ne voulait pas qu'Hannah oublie un seul de ses accessoires sexy chez elle.

Avant de sortir de la chambre de son père, elle regarda la photo de ses frères sur le seuil du bâtiment principal, et se dit que la mémoire d'Hannah n'était pas si phénoménale qu'elle l'avait cru au téléphone.

C'était donc ça !... Hannah m'a posé un lapin parce qu'elle était en train de baiser avec mon père, se dit Ruth. Elle sortit dans le couloir, où elle retira son maillot de bain. Elle jeta un coup d'œil dans les deux petites chambres d'amis. Les deux lits étaient faits, mais il y en avait un où l'on reconnaissait la forme d'un corps svelte ; les oreillers étaient calés contre la tête de lit. Le téléphone, normalement posé sur la table de nuit, se trouvait par terre. C'était donc de cette chambre qu'Hannah l'avait appelée, en chuchotant pour ne pas réveiller son père après avoir baisé avec lui.

297

Ruth était nue à présent ; elle traînait son maillot de bain derrière elle et se dirigeait vers sa propre chambre, où elle passa des vêtements qui lui ressemblaient davantage : un jean, l'un des bons soutiens-gorge achetés par Hannah, un T-shirt noir. Pour ce qu'elle se proposait de faire, elle voulait être en uniforme.

Puis elle descendit à la cuisine. Hannah, partisane du moindre effort mais du maximum de rendement, avait décidé de peler des légumes ; elle avait découpé un poivron rouge et un poivron jaune, et les avait mélangés dans un saladier avec des têtes de brocoli ; les légumes étaient luisants. Ruth goûta un morceau de poivron jaune. Hannah les avait saupoudrés de sel et de sucre, pour qu'ils suent leur eau. Elle se rappelait lui avoir appris cette astuce lors d'un week-end passé ensemble dans sa maison du Vermont – à se plaindre des petits amis lamentables, cela lui revenait subitement.

Hannah avait également pelé et pilé une racine de gingembre ; elle avait mis le wok en route, avec de l'huile d'arachide. En ouvrant le réfrigérateur, Ruth vit des crevettes mariner dans un bol. Elle connaissait bien le menu qu'Hannah avait en tête ; elle l'avait elle-même proposé à Hannah et à divers petits amis bien des fois. La seule chose qui n'était pas prête à cuire, c'était le riz.

Il y avait deux bouteilles de vin blanc dans la porte du réfrigérateur. Ruth en prit une, l'ouvrit, et s'en versa un verre. Elle traversa la salle à manger et sortit par la porte-moustiquaire sur la terrasse. Lorsque Hannah et son père entendirent la porte se refermer, ils s'éloignèrent aussitôt l'un de l'autre mais se retrouvèrent au bout du grand bain. Au départ, ils étaient accroupis dans le petit bain – à moins que Ted n'ait été accroupi avec Hannah flottant sur ses genoux.

A présent, dans le grand bain, leurs têtes étaient toutes petites contre le champ de bleu étincelant. Hannah paraissait moins blonde que d'habitude ; mouillés, ses cheveux fonçaient. Les cheveux de Ted étaient sombres, eux aussi. Son épaisse chevelure crantée avait viré au gris métallique, généreusement strié de blanc. Mais dans la piscine bleu foncé, ses cheveux mouillés ressortaient presque noirs.

La tête d'Hannah semblait aussi fine et lisse que son corps. Elle a l'air d'un rat, pensa Ruth. Parce qu'elle pédalait dans l'eau, ses petits seins ballottaient, et l'image qui vint à l'esprit de Ruth, c'est qu'on aurait dit des poissons-cyclopes dardant la tête.

– Je suis arrivée de bonne heure, commença Hannah.

Mais Ruth l'interrompit.

– Tu étais là hier soir. Tu m'as appelée après avoir baisé avec mon père. Je te l'aurais dit, moi, qu'il ronflait.

– Ruthie, je t'en prie…, dit Ted.

– C'est toi qui as un problème de baise, ma puce, lui dit Hannah.

– Hannah, je t'en prie…, dit Ted.

– La plupart des pays civilisés ont des lois, leur dit Ruth, la plupart des sociétés ont des règles de conduite.

– Je suis au courant ! lui cria Hannah, mais son petit visage n'avait pas son assurance habituelle. (Peut-être était-ce seulement que, nageuse médiocre, les battements de pieds ne lui étaient pas naturels.)

– La plupart des familles respectent certaines règles, papa. Et la plupart des amis aussi, Hannah.

– Ça va, ça va, dit Hannah à son amie, je suis sans foi ni loi.

– Tu sais pas t'excuser, hein ?

– Ça va, excuse-moi. Tu te sens mieux, comme ça ?

– C'est un accident – on n'avait rien prévu, dit Ted à sa fille.

– Alors ça a dû te changer, papa.

– On s'est rencontrés en ville, par hasard, expliqua Hannah, je l'ai vu à l'angle de la Cinquième Avenue et de la Cinquante-neuvième Rue, près du Sherry-Netherland. Il attendait que le feu passe au rouge.

– Épargnez-moi les détails, leur dit Ruth.

– Il faut toujours que tu prennes des airs supérieurs ! cria Hannah. (Puis elle se mit à tousser.) Moi, je ferais mieux de sortir de cette putain de piscine avant de me noyer.

– Tu peux sortir de chez moi, aussi, lui dit Ruth, prends tes affaires et va-t'en !

Il n'y avait pas d'échelle dans la piscine de Ted Cole – il les trouvait inesthétiques. Hannah dut nager jusqu'au bout du petit bain et monter les marches en passant devant Ruth.

– Et depuis quand c'est ta maison ? Je croyais que c'était celle de ton père.

– Hannah, s'il te plaît, dit Ted, une fois de plus.

– Je veux que tu t'en ailles toi aussi, papa. Je veux être seule. J'étais venue pour être avec toi, et avec ma meilleure amie, mais maintenant je veux que vous partiez tous les deux.

– Je suis toujours ta meilleure amie, pour l'amour du ciel ! dit Hannah, en s'enveloppant dans une serviette.

Espèce de rat rabougri, va, pensa Ruth.

– Et moi, je suis toujours ton père, Ruthie. Rien n'a changé.

– Ce qui a changé, c'est que je ne veux plus vous voir, et je ne veux pas dormir sous le même toit que vous.

– Ruthie, Ruthie…, dit son père.

– Je te l'avais dit ! C'est une princesse, une diva ! lança Hannah à Ted. Tu as commencé par la gâter, et maintenant le monde entier la gâte !

Alors, ils avaient parlé d'elle, en plus.

– Hannah, s'il te plaît, dit le père de Ruth.

Mais Hannah entra dans la maison en faisant claquer la porte-moustiquaire. Ted continua de battre des pieds dans le grand bain, il pouvait tenir toute la journée à faire ça.

– J'avais des tas de choses à te dire, papa.

– Rien ne nous empêche de parler, Ruthie. Rien n'a changé.

Ruth avait fini son verre. Elle regarda le verre vide, et elle le jeta à la tête de son père, qui émergeait. Elle le rata de beaucoup. Le verre chuta et s'enfonça, intact, virevoltant, comme un chausson de danse, jusqu'au fond du grand bain.

– Je veux rester seule. Tu as voulu baiser Hannah, maintenant tu n'as qu'à partir avec elle. Vas-y, va-t'en avec elle.

– Je suis désolé, Ruthie, lui répondit-il, mais elle rentra dans la maison, le laissant pédaler dans l'eau.

Ruth était dans la cuisine. Les genoux flageolants, elle lava le riz et le mit à égoutter dans une passoire. Elle était certaine que tout cela lui avait coupé l'appétit. A son soulagement, son père et Hannah ne tentèrent plus de lui parler.

Elle avait entendu claquer les hauts talons d'Hannah dans l'entrée ; elle imaginait comme ils devaient être parfaits, ces escarpins saumon, sur une blonde élancée. Puis elle entendit la Volvo bleu marine – ses pneus larges qui écrasaient les cailloux de l'allée. (L'été 1958, à Sagaponack, une simple allée de terre battue menait à la maison des Cole, mais Eduardo Gomez avait converti Ted aux gravillons – idée qu'il tenait lui-même de la fameuse allée de tous les dangers, chez Mrs Vaughn.)

Ruth resta dans la cuisine et écouta la Volvo se diriger vers l'ouest, dans Parsonage Lane. Peut-être son père ramènerait-il Hannah à New

York. Peut-être s'installeraient-ils tous deux chez Hannah. Ils devraient être trop gênés pour passer une deuxième nuit ensemble, se disait Ruth. Mais si son père pouvait être penaud, il n'était jamais gêné. Quant à Hannah, elle n'avait même pas de remords ! Ils iraient sans doute à Sag Harbor, où ils s'installeraient à l'American Hotel. Puis, plus tard, ils téléphoneraient, tous les deux, mais en décalage. Elle se souvint que le répondeur de son père n'était pas branché, et décida qu'elle ne répondrait pas au téléphone.

Mais lorsqu'il sonna, une heure après seulement, pensant que ce pouvait être Allan, elle décrocha.

– J'envisage toujours de faire une partie de squash avec vous, dit Scott Saunders.

– Je ne suis pas d'humeur, mentit Ruth.

Il avait une peau dorée, cet homme, se souvint-elle. Et ses taches de rousseur avaient la couleur de la plage.

– Si je peux vous voler à votre père, qu'est-ce que vous diriez de dîner avec moi demain ?

Ruth avait été incapable de mettre sur le feu le repas si bien mis en route par Hannah ; elle savait qu'elle ne pourrait rien avaler.

– Désolée, je ne suis pas d'humeur, répéta-t-elle à l'avocat.

– Vous changerez peut-être d'avis demain, lui dit-il.

Elle imaginait son sourire – son sourire autosatisfait.

– Peut-être, avoua-t-elle.

Sans savoir comment, elle trouva la force de raccrocher.

Elle ne répondit plus, et laissa sonner la moitié de la nuit. A chaque nouvelle sonnerie, elle espérait que ce n'était pas Allan, et elle regrettait d'être incapable d'enclencher le répondeur de son père. La plupart des appels, à coup sûr, émanaient de son père et d'Hannah.

Elle qui n'avait pas eu la force de manger trouva celle de descendre les deux bouteilles de vin blanc. Elle avait recouvert les légumes coupés d'un film plastique, et elle avait fait de même avec le riz, qu'elle avait mis au réfrigérateur. Les crevettes qui, elles, s'y trouvaient toujours, tiendraient bien une nuit dans leur marinade, mais, pour plus de sûreté, elle les arrosa d'une second jus de citron. Peut-être aurait-elle envie de manger une bricole le lendemain. (Peut-être en compagnie de Scott Saunders.)

Elle était sûre que son père reviendrait. Elle n'aurait pas été surprise de trouver sa voiture dans l'allée en se levant. Il aimait bien jouer les martyrs ; il aurait adoré lui donner l'impression qu'il avait passé la nuit dans sa Volvo.

Mais le lendemain matin, la voiture n'était pas là. Le téléphone se mit à sonner dès sept heures, et Ruth refusa toujours de répondre. Elle essaya de mettre la main sur le répondeur, mais il n'était pas dans la salle de travail, à sa place. Peut-être était-il en panne et Ted l'avait-il porté à une quelconque boutique pour le faire réparer.

Elle regretta d'être entrée dans la pièce. Au-dessus du bureau de son père, où il n'écrivait plus guère que des lettres à présent, il y avait une liste punaisée des noms et des numéros de téléphone des partenaires de squash du moment. Scott Saunders était en haut de la liste. Allons bon, se dit Ruth, voilà que je plonge de nouveau. Il y avait deux numéros en face de son nom, un à New York, et un à Bridgehampton. Elle fit celui de Bridgehampton. Il n'était pas encore sept heures et demie. Ruth comprit au son de sa voix qu'elle venait de le réveiller.

– Vous envisagez toujours de faire une partie de squash avec moi ? s'enquit-elle.

– Il est encore tôt. Vous avez déjà battu votre père ?

– J'ai envie de vous battre d'abord.

– Vous pouvez toujours essayer. Et si on allait dîner, après la partie ?

– On verra comment le match tourne.

– A quelle heure ?

– Comme d'habitude. L'heure à laquelle vous jouez contre mon père.

– A cinq heures, alors, lui dit Scott.

Cela laisserait toute la journée à Ruth pour se préparer à le battre. Il y avait des coups et des services bien précis qu'elle voulait travailler avant de jouer contre un gaucher. Mais son père était le plus gaucher des gauchers ; or, par le passé, elle n'avait jamais réussi à se préparer de manière efficace pour le battre. Et, à présent, elle se disait que jouer contre Scott Saunders serait l'échauffement idéal pour jouer contre lui.

Elle commença par appeler Eduardo et Conchita. Elle n'avait pas envie de les avoir dans les jambes. Elle s'excusa auprès de Conchita, lui disant qu'elle ne pourrait pas la voir cette fois-ci, et Conchita fit ce qu'elle faisait toujours quand elle parlait avec Ruth : elle pleura.

Elle lui promit qu'elle viendrait la voir à son retour d'Europe, tout en doutant fort qu'elle rende visite à son père alors.

A Eduardo, elle annonça qu'elle allait écrire toute la journée ; elle ne voulait donc pas qu'il tonde la pelouse, qu'il taille les haies, ou qu'il fasse quoi que ce soit dans la piscine. Elle avait besoin d'être tranquille. Pour parer à l'éventualité que son père ne soit pas de retour à temps pour la conduire à l'aéroport le lendemain, elle lui dit qu'elle l'appellerait. Elle prenait un vol pour Munich de bonne heure le jeudi matin ; il lui suffirait de quitter Sagaponack vers deux ou trois heures de l'après-midi le lendemain.

C'était bien de Ruth Cole, cette organisation minutieuse, pour tenter de structurer sa vie aussi bien que ses romans. (« Tu crois toujours pouvoir couvrir toutes les contingences », lui avait dit Hannah, un jour. Elle croyait pouvoir, et surtout, elle croyait devoir.)

La seule chose à faire, mais qu'elle ne fit pas, aurait été d'appeler Allan. Au contraire, elle laissa le téléphone sonner sans répondre.

Les deux bouteilles de vin blanc qu'elle avait bues ne lui avaient pas donné la gueule de bois, mais elle avait la bouche acide, et l'idée de toute nourriture solide lui révulsait l'estomac. Elle trouva quelques fraises, une pêche, une banane et les passa au mixer avec du jus d'orange ainsi que trois cuillerées à soupe bombées de la poudre protéique préférée de son père. La mixture avait un goût de flocons d'avoine liquides, mais lui donna l'impression de pouvoir rebondir contre les murs, ce qui était l'effet recherché.

Il n'y a que quatre bons coups au squash, croyait-elle, dogmatique.

Dans la matinée, elle allait pratiquer sa parallèle et sa frappe croisée – qui étaient solides et profondes toutes les deux. D'autre part, il y avait un angle mort sur le mur de face, dans la grange ; à peu près à hauteur de la cuisse, un peu à gauche du centre, bien au-dessous de la ligne de service. Son père avait traîtreusement marqué ce point d'une tache de craie de couleur. Elle allait travailler son tir sur ce point. On avait beau frapper la balle aussi fort qu'on pouvait, si elle touchait ce point, c'était une balle morte, qui retombait comme un amorti. Elle perfectionnerait aussi son service fort dans la matinée. Elle voulait faire toutes ses frappes fortes avant midi. Après quoi, elle se mettrait de la glace sur l'épaule, peut-être en allant s'asseoir dans le petit bain, avant et après la collation qu'elle se préparerait pour déjeuner.

L'après-midi, elle travaillerait ses amortis. Elle avait aussi deux bons doubles murs – l'un depuis le milieu du court, et l'autre lorsqu'elle était proche des côtés. Elle jouait rarement un coin inverse ; elle trouvait que c'étaient des feintes, ou des coups hasardeux, et elle n'aimait pas les feintes.

L'après-midi, elle mettrait au point son service long. Dans cette grange basse de plafond, elle n'essaierait même pas de travailler son lob, mais quant à son chip, il avait fait des progrès récents. Lorsqu'elle « sliçait » son service, qu'elle frappait très bas depuis le mur de face – à peine au-dessus de la ligne de service –, la balle frappait la paroi latérale très bas, et son rebond sur le sol était très plat.

Il était encore très tôt lorsque Ruth entra dans la grange, au rez-de-chaussée de laquelle son père garait sa voiture durant les mois d'hiver ; poussant la trappe (qu'on tenait fermée pour empêcher guêpes et autres insectes de remonter jusqu'au court de squash), elle grimpa l'échelle. Sur le palier du court, au second niveau de la grange, autrefois le fenil, se trouvaient toute une collection de raquettes, de balles, de poignets de force et des protections pour les yeux, et, punaisée à la porte du court, une photocopie grisâtre de l'équipe de squash de Ruth à Exeter ; elle avait été faite d'après l'annuaire de 1973. On y voyait Ruth au bout du premier rang, à droite, dans l'équipe des garçons. C'était son père qui avait fait cette photocopie, qu'il avait fièrement affichée à la porte.

Ruth l'arracha et la chiffonna. Elle entra sur le court, et fit des assouplissements, les cuisses d'abord, puis les mollets, et enfin, l'épaule droite. Elle commençait toujours par faire face à la paroi latérale, côté gauche ; elle aimait commencer par les revers. Elle frappa les volées et les traversées du court avant de passer à ses services forts. La dernière demi-heure, elle ne fit que des services forts ; et elle en frappa jusqu'à ce qu'ils atterrissent exactement là où elle voulait.

Va te faire foutre, Hannah ! La balle s'envolait du mur de face comme un être animé. *Je t'emmerde, papa !* La balle filait comme une guêpe ou comme une abeille, mais bien plus vite. Son adversaire imaginaire ne pourrait jamais retourner cette balle au vol. Tout ce qu'il pourrait faire serait d'éviter sa trajectoire.

Elle s'arrêta seulement lorsqu'elle crut que son bras droit allait se détacher de son corps. Alors, elle retira tous ses vêtements et alla s'asseoir sur la dernière marche du petit bain pour bien profiter du coussin de glace qui épousait parfaitement le contour de son épaule droite. Avec ce temps magnifique de l'été de la Saint-Martin, le soleil de midi lui chauffait le visage. L'eau fraîche de la piscine couvrait son corps à l'exception de ses épaules, dont la droite éprouvait une douloureuse sensation de froid, qui se changerait dans quelques minutes en un merveilleux engourdissement.

Le fabuleux bénéfice qu'elle trouva à frapper la balle aussi fort et aussi longtemps fut que, quand elle en eut fini, elle avait fait le vide le plus parfait dans son esprit. Elle ne pensait plus à Scott Saunders, ni à ce qu'elle allait faire avec lui après la partie de squash. Ni à son père, et ce qu'il était possible et impossible de faire à son propos. Elle ne pensait même plus à Allan Albright, qu'elle aurait dû appeler. De même elle avait oublié Hannah – tout à fait oublié.

Dans la piscine, sous le soleil, Ruth sentit puis oublia la glace, et sa vie disparut autour d'elle, comme la nuit tombe soudain, ou se dissipe pour faire place à l'aube. Lorsque le téléphone sonna, ce qu'il fit tant et plus, elle n'y accorda pas la moindre importance non plus.

Si Scott Saunders avait assisté à son entraînement matinal, il aurait proposé de jouer au tennis – voire de se contenter de dîner. Si Ted avait vu les vingt dernières balles qu'elle avait servies, il se serait bien gardé de rentrer. Si Allan Albright avait constaté à quel point elle avait réussi à s'abstraire, il se serait beaucoup, beaucoup inquiété. Et si Hannah Grant, qui était toujours sa meilleure amie, ou qui, du moins, la connaissait mieux que personne, avait assisté à sa préparation physique et mentale, elle aurait su que ce qui attendait l'avocat aux cheveux blond paille, ce jour (et cette nuit)-là, allait bien au-delà des performances qu'il lui faudrait atteindre au cours de quelques parties de squash effrénées.

Ruth se souvient
de ses leçons de conduite

Cet après-midi-là, après avoir frappé ses coups longs, elle alla s'asseoir au bout du petit bain avec de la glace sur l'épaule pour lire *La Vie de Graham Greene*.

Elle aimait bien l'anecdote sur les premiers mots du petit Graham, « Pauvre chien », selon son biographe. Il s'agissait du chien de sa sœur, qui avait été renversé dans la rue. La nourrice avait glissé son cadavre dans le landau avec l'enfant.

« Tout petit qu'il était – commentait le biographe –, il dut avoir une conscience instinctive de la mort d'après la carcasse, l'odeur, peut-être le sang, ou la façon dont le rictus de la mort retroussait les babines du chien. N'eut-il pas un sentiment d'effroi, une nausée, à se retrouver enfermé, irrévocablement condamné à partager l'espace clos du landau avec un chien mort ? »

Il y a des choses pires, pensait Ruth. « Dans l'enfance, avait écrit Greene dans *Le Ministère de la peur*, nous vivons sous la clarté de l'immortalité – le ciel est aussi proche, aussi réel que le bord de mer. A côté des complications du monde se dressent ses simplicités : Dieu est bon, l'homme ou la femme adultes ont réponse à toutes les questions ; la vérité existe, et la justice est infaillible, réglée comme une pendule. »

Pas dans son enfance à elle. Sa mère l'avait abandonnée à l'âge de quatre ans ; Dieu n'existait pas ; son père ne disait pas la vérité, ou refusait de répondre à ses questions, ou les deux. Quant à la justice – il avait couché avec tant de femmes qu'elle en perdait le compte.

Sur l'enfance, elle préférait ce que Greene avait écrit dans *La Puissance et la Gloire* : « Il y a toujours un moment, dans l'enfance, où la porte s'ouvre pour laisser entrer l'avenir. » Ah oui, là, Ruth était d'accord. Sauf qu'elle aurait rectifié : pas un seul moment, plusieurs, parce qu'il n'y a pas qu'un seul avenir. Par exemple, il y avait eu l'été 1958, comme moment le plus flagrant, où la porte en question s'était ouverte pour laisser entrer l'avenir en question. Mais il y avait aussi eu le printemps 1969, le printemps de ses quinze ans, où son père lui avait appris à conduire.

Depuis plus de dix ans, elle lui demandait de lui raconter l'accident qui avait tué Thomas et Timothy ; il avait toujours refusé. « Quand tu seras assez grande pour entendre l'histoire, disait-il, quand tu sauras conduire. »

Ils conduisaient tous les jours, le plus souvent à la première heure, même les week-ends d'été, alors qu'il y avait foule dans les Hamptons. Son père voulait l'habituer aux mauvais conducteurs. Cette année-là, le dimanche soir, lorsque le trafic était engorgé sur l'autoroute de

306

Montauk, dans la file de l'ouest, et que les gens en week-end trahissaient déjà des signes d'impatience – certains d'entre eux étant morts d'envie de rentrer à New York –, Ted emmenait Ruth dans la vieille Volvo blanche. Il tournait dans le coin jusqu'à ce qu'il ait trouvé un « bel embouteillage ». La circulation était bloquée, et il y avait des demeurés qui prenaient à droite, sur l'accotement, d'autres qui essayaient de sortir de la file de voitures, de faire demi-tour et de rentrer dans leur résidence secondaire – ne serait-ce que pour attendre une heure ou deux, ou bien boire du raide avant de se remettre en route.

« Oh, le bel embouteillage que voilà, Ruth ! », disait-il.

Alors il lui passait le volant, parfois sous les coups de klaxon d'automobilistes furibonds derrière eux. Il y avait des petites routes, bien sûr, elle les connaissait toutes. Elle pouvait avancer au pas sur la grand-route de Montauk, puis sortir de l'embouteillage en bifurquant sur une route secondaire, et filer parallèlement à l'autoroute, parfaitement capable d'entrer dans la queue par la suite. Son père jetait un coup d'œil derrière eux, et il disait : « On dirait bien que tu as gagné dans les sept places, si cette gourde de Buick qui est là est celle que je pense. »

Il lui arrivait parfois de rouler jusqu'à la voie express de Long Island avant que son père ne lui dise : « On va peut-être s'en tenir là pour aujourd'hui, Ruthie, sinon on va se retrouver à Manhattan avant d'avoir compris ce qui nous arrive. »

D'autres dimanches, on roulait si mal que son père jugeait qu'elle avait fait montre d'assez de compétence si elle réussissait à faire un demi-tour pour rentrer chez eux.

Il insistait pour qu'elle gardât toujours un œil dans le rétroviseur, et, bien sûr, elle savait que lorsqu'elle était à l'arrêt pour tourner à gauche avec des voitures qui arrivaient en face, elle ne devait jamais, au grand jamais, braquer vers la gauche pour gagner du temps. « Jamais, jamais », lui avait dit son père dès sa première leçon. Mais il ne lui avait pas encore dit ce qui était vraiment arrivé à Thomas et à Timothy. Elle savait seulement que c'était Thomas qui conduisait.

– Patience, Ruthie, patience, répétait-il inlassablement.

– Mais je suis patiente, papa, répondait-elle. J'attends toujours que tu me racontes l'histoire, non ?

– Sois patiente au volant, c'est de ça que je parle, Ruthie, sois toujours patiente en voiture.

La Volvo, comme toutes les Volvo de Ted, qui s'était mis à en acheter dans les années 60, avait un levier de vitesse. (Ted avait dit à sa fille de ne jamais faire confiance à un garçon qui conduirait avec une transmission automatique.)

– Et si tu es sur le siège passager, et que j'ai le volant, je ne te regarde jamais ; quoique tu dises, même si tu as une attaque, même si tu t'étouffes. Si je conduis, je peux te parler, mais je ne te regarde pas. Jamais. Et toi, quand tu conduis, tu ne me regardes pas, ni personne sur le siège du passager. Pas avant d'avoir quitté la route et de t'être arrêtée. Compris ?

– Compris, dit Ruth.

– Et si tu sors avec un garçon, et que c'est lui qui conduit, s'il te regarde, quelle qu'en soit la raison, tu lui dis d'arrêter de le faire, et que sinon tu descendras et tu marcheras à pied. Ou alors tu lui dis de te laisser le volant. Tu piges ça aussi ?

– Je pige. Dis-moi ce qui est arrivé à Thomas et Timothy.

Mais pour toute réponse, il poursuivit :

– Et si tu es bouleversée – par exemple, si quelque chose à quoi tu viens de penser t'a contrariée subitement, et que tu te mettes à pleurer – et que tu ne puisses plus voir la route à cause de tes larmes... si jamais tu pleures toutes les larmes de ton corps, quelle qu'en soit la raison...

– D'accord, d'accord, j'ai compris.

– Bon, si jamais ça devait t'arriver de pleurer tellement fort que tu puisses plus voir la route, alors tu t'arrêtes sur le bas-côté, et c'est tout.

– Et l'accident ? Tu y étais ? Vous y étiez, dans la voiture, maman et toi ?

Tout au bout du petit bain, Ruth sentait fondre la glace sur son épaule ; le filet froid glissait le long de sa clavicule, et descendait sur sa poitrine pour se fondre dans l'eau tiède de la piscine ; le soleil avait disparu derrière le rempart de troènes.

Elle pensait au père de Graham Greene, l'instituteur, et au conseil qu'il donnait à ses anciens élèves, qui l'adoraient, conseil étrange, mais charmant à sa manière : « Souvenez-vous d'être fidèle à votre future femme », avait-il dit à un garçon qui quittait l'école pour l'armée, en 1918. A un autre d'entre eux, juste avant sa confirmation, il avait déclaré : « Une armée de femmes vit de la lubricité des hommes. »

Où était-elle passée, cette armée de femmes ? Si elle existait, Hannah en était sans doute une des soldates égarées.

Si loin que remontât sa mémoire, avant de savoir lire, dès que son père lui avait raconté une histoire, les livres et leurs personnages étaient entrés dans sa vie, et ils s'y étaient fixés. Ils étaient même plus fixés que son père et sa meilleure amie – sans parler des hommes de passage, qui, pour la plupart, s'étaient révélés presque aussi peu fiables que Ted et Hannah.

« Toute ma vie, écrivait Graham Greene dans *Un genre de vie*, son autobiographie, mon instinct m'a fait abandonner tout ce pour quoi je n'avais aucun talent. » C'était un instinct sûr, mais si Ruth l'avait mis en pratique, il lui aurait fallu par la force des choses ne plus entretenir le moindre commerce amoureux avec les hommes. De tous ceux qu'elle avait connus, seul Allan lui paraissait admirable et constant. Et pourtant, alors qu'elle était assise dans la piscine pour se préparer à affronter Scott Saunders, c'était aux dents de loup d'Allan qu'elle pensait le plus. Ainsi qu'aux poils sur le dos de ses mains... il en avait trop.

Elle n'avait pas aimé jouer au squash avec lui. Il était sportif, bien entraîné pour ce sport, mais trop grand pour le court – dangereux quand il faisait des bonds, quand il plongeait en avant. Pourtant, jamais il n'aurait essayé de lui faire mal ou de l'intimider. Et quoiqu'elle ait perdu deux fois contre lui, elle ne doutait pas de pouvoir le battre au bout du compte. Il lui suffirait d'apprendre à ne pas se trouver sur son chemin. Les deux fois qu'elle avait perdu contre lui, elle lui avait cédé le T. La prochaine fois, s'il devait y en avoir une, elle était bien décidée à ne pas lui abandonner la meilleure part du court.

Tandis qu'elle profitait des derniers moments où la glace fondait, elle se dit : au pire, je m'en sors avec des points de suture sur l'arcade sourcilière, ou le nez cassé. D'ailleurs, s'il lui donnait un coup de raquette malencontreux, il serait consterné, et, par la suite, c'est lui qui lui céderait la meilleure place du court. En un rien de temps, qu'il l'ait cognée ou pas, elle le battrait facilement. Puis elle se dit : Pourquoi vouloir le battre à tout prix ?

Comment imaginer de renoncer aux hommes ? Elle se méfiait des femmes encore davantage.

309

Elle était restée assise trop longtemps à la piscine, alors que l'ombre de la fin d'après-midi fraîchissait, à quoi s'ajoutait le froid visqueux du sac de glace fondu sur son épaule. Cette note froide évoquait novembre au milieu de l'été de la Saint-Martin ; il lui revint une nuit de novembre 1969, où son père lui avait donné son « ultime leçon de conduite », son « examen blanc ».

Elle aurait seize ans au printemps suivant, et obtiendrait alors son permis d'apprenti conducteur, après quoi elle passerait l'examen sans la moindre difficulté. Mais ce soir de novembre, son père, qui se fichait éperdument des examens de conduite, l'avait prévenue :

– J'espère que ton parcours d'examen ne sera jamais plus dur que celui-là, Ruthie. Allons-y.

– Oui, mais où ? avait-elle demandé.

C'était le dimanche soir du long week-end de Thanksgiving.

Déjà la piscine était couverte pour l'hiver, les arbres fruitiers avaient perdu leurs fruits et leurs feuilles ; le fourré de troènes lui-même était nu, son squelette agité de mouvements raides par le vent. Il y avait une lueur à l'horizon du nord : c'étaient les feux des voitures déjà bloquées sur la file ouest de l'autoroute de Montauk ; les New-Yorkais en week-end qui rentraient chez eux. (En principe, deux heures de route, trois tout au plus.)

– J'ai envie de voir les lumières de Manhattan, ce soir, avait dit Ted à sa fille. Je voudrais savoir s'ils ont déjà mis les décorations de Noël sur Park Avenue. J'ai envie de boire un verre au bar du Stanhope. J'y ai bu un armagnac 1910, une fois. Je ne bois plus d'armagnac, c'est vrai, mais j'ai envie de boire quelque chose d'aussi bon. Un vrai bon porto, peut-être. Allons-y.

– Tu veux conduire jusqu'à New York ce soir, papa ? demanda Ruth.

Après le week-end de la fête du Travail, celui qui suivait le 4 Juillet, et peut-être celui du Memorial Day, c'était vraisemblablement le pire soir de l'année pour aller à New York.

– Non, je n'ai pas l'intention de conduire jusqu'à New York. Je ne peux pas prendre le volant, parce que j'ai bu. J'ai bu trois bières, et une bouteille de vin rouge. La seule chose que j'aie promise à ta mère, c'est de choisir entre boire et conduire, du moins quand tu serais dans la voiture. C'est toi qui prends le volant, Ruthie.

– Je n'ai jamais conduit jusqu'à New York, dit Ruth.

Mais ça n'aurait rien prouvé, si tel avait été le cas.

Lorsqu'ils finirent par arriver sur la voie express de Long Island, à Manorville, Ted lui dit :

– Prends la file de gauche, et maintiens-toi à la vitesse maximale autorisée. N'oublie pas de regarder dans le rétroviseur. Si quelqu'un arrive derrière toi et que tu as le temps et la place de te rabattre, rabats-toi. Mais s'il arrive un forcené qui veut doubler, laisse-le te doubler par la droite.

– C'est pas illégal, papa ?

Il lui semblait que l'apprentissage de la conduite comportait quelques restrictions, par exemple qu'elle n'avait pas le droit de conduire la nuit, ou hors d'un rayon de vingt-cinq kilomètres de chez elle. Elle ne savait pas qu'elle était déjà dans l'illégalité faute d'avoir un permis d'apprenti conducteur.

– On ne peut pas apprendre tout ce qu'il faut savoir en respectant les interdictions, lui répondit son père.

Il lui fallut se concentrer intensément sur sa conduite ; ce fut l'une des rares fois qu'ils prirent ensemble la vieille Volvo blanche sans qu'elle lui demandât ce qui était arrivé à Thomas et Timothy. Il attendit les abords de Flushing Meadows ; puis, sans prévenir, il se mit à lui raconter l'histoire exactement comme il l'avait racontée à Eddie O'Hare, en parlant de lui à la troisième personne, comme s'il était un simple personnage, voire un personnage secondaire.

Au moment où il lui expliquait que Marion et lui avaient trop bu et que le fait que Thomas prenne le volant s'imposait puisqu'il était le seul à avoir son permis et à être à jeun, il s'interrompit pour dire à Ruth de quitter la file de gauche et de gagner celle tout à fait à droite : « Là, tu vas sur Grand Central Parkway, Ruthie », lui dit-il d'un air détaché. Il lui fallut changer de file un peu trop vite, mais elle s'en sortit. Bientôt elle vit Shea Stadium, à sa droite.

Lorsqu'il en arriva à la discussion qu'il avait eue avec Marion sur le meilleur endroit pour tourner, il s'interrompit de nouveau pour lui dire de prendre Northern Boulevard et traverser le Queens.

Elle savait que la vieille Volvo blanche avait tendance à surchauffer dans les à-coups de la circulation, mais lorsqu'elle en dit un mot, son père lui répondit : « Touche pas à l'embrayage, Ruthie. Si tu es bloquée un instant, mets au point mort, et écrase le frein. Évite de mettre

311

le pied sur l'embrayage autant que possible, et n'oublie pas ton rétroviseur. »

Elle était déjà en train de pleurer. Il avait passé la scène du chasse-neige, Marion savait que Thomas était mort, mais elle ne savait pas encore pour Timothy. Elle ne cessait de demander à Ted si son fils cadet allait bien, mais Ted ne voulait rien lui dire – il venait de le voir mourir, mais il n'arrivait pas à parler.

Puis ils passèrent sur Queensboro Bridge pour entrer dans Manhattan, au moment où Ted parlait de la jambe gauche de Timothy – que le chasse-neige avait sectionnée à mi-cuisse, et qu'ils avaient dû laisser sur place en emportant le corps.

– Je vois plus la route, papa.

– Ah bon. Mais il n'y a pas la place de s'arrêter, hein ? Il faut que tu continues à rouler, hein ?

Puis il lui raconta comment sa mère avait aperçu la chaussure de son frère. (« Oh, regarde Ted, ça va lui manquer, sa chaussure », avait-elle dit sans se rendre compte que la chaussure tenait encore à la jambe, etc.)

Ruth se dirigea vers le nord, sur la Troisième Avenue.

– Je te dirai où il faudra couper pour trouver Park Avenue. Il y a un endroit où les décorations de Noël valent vraiment le coup.

– Je pleure trop, je ne vois plus où je vais, papa, lui dit-elle de nouveau.

– Mais c'est ça, l'épreuve, Ruthie. L'épreuve, c'est que, parfois, il n'y a pas la place de s'arrêter ; parfois, c'est impossible, et il faut que tu te débrouilles pour rouler. Compris ?

– Compris, dit-elle.

– Comme ça, maintenant tu sais tout.

Elle se rendit compte qu'elle venait aussi de réussir à une partie de l'examen dont il n'avait pas été question. Elle n'avait jamais regardé son père, resté invisible pour elle sur le siège passager. Et tout le temps qu'il racontait l'histoire, elle n'avait jamais détaché les yeux de la route ou de son rétroviseur. Cela aussi faisait partie de l'épreuve.

Ce soir de novembre 1969, son père lui avait fait remonter Park Avenue, sans cesser de faire des commentaires sur les décorations de Noël. Arrivé au niveau des Quatre-vingtièmes Rues, il lui avait dit de rejoindre la Cinquième Avenue, qu'ils avaient redescendue pour s'arrêter au Stanhope, en face du Metropolitan Museum. C'était la première fois qu'elle entendait les drapeaux du musée claquer au vent. Son père lui dit de remettre les clefs de la vieille Volvo au chasseur ; il s'appelait Mammy ; le fait qu'il connaissait son père l'avait impressionnée.

Mais tout le monde le connaissait, au Stanhope. Il devait être un habitué. C'est là qu'il amène ses femmes, comprit-elle. « Descends toujours ici, quand tu pourras te le permettre, lui avait-il dit, c'est un bon hôtel. » (Depuis 1980, elle pouvait se le permettre.)

Ce soir-là, ils s'étaient installés au bar, et son père avait changé d'avis : au lieu du porto, il avait commandé une bouteille d'excellent pommard, dont il était venu à bout pendant qu'elle buvait un double espresso, sachant qu'il lui faudrait prendre le volant pour rentrer à Sagaponack. Tout le temps qu'ils passèrent au bar, elle eut la sensation d'être encore accrochée à son volant. Et même s'il lui était permis de regarder son père au bar, avant de remonter dans la Volvo, elle ne put tourner les yeux vers lui – comme s'il avait encore été en train de lui faire ce terrible récit.

Il était plus de minuit lorsque son père lui fit remonter Madison Avenue ; quelque part au niveau des Quatre-vingt-dixièmes Rues, il lui dit de tourner vers l'est. Ils prirent le FDR Drive vers Triborough, puis Grand Central Parkway vers la voie express de Long Island, et son père s'endormit. Elle se rappelait qu'il lui fallait prendre la sortie de Manorville, si bien qu'elle n'eut pas besoin de le réveiller pour lui demander par quel chemin rentrer.

Elle roulait à contresens des retours de week-end – avec les phares de la horde new-yorkaise dans la figure en permanence, alors que, de son côté, les voies étaient presque désertes. Une ou deux fois, elle poussa la vieille Volvo pour voir jusqu'où elle monterait. Elle atteignit presque les cent quarante kilomètres heure une fois, et presque cent cinquante une autre, mais, à ces vitesses, les roues avant chassaient, et elle eut peur. Sur presque toute la route, elle s'en tint à la vitesse maximale autorisée, et pensa à la façon dont ses frères étaient morts – et surtout au moment où sa mère avait voulu récupérer la chaussure de Timmy.

Son père ne se réveilla pas avant la traversée de Bridgehampton.

– Comment se fait-il que tu n'aies pas pris les petites routes ? lui demanda-t-il.

– J'avais envie d'avoir les lumières de la ville autour de moi, et les phares des autres voitures.

– Ah bon, dit son père comme s'il allait se rendormir.

– C'était quoi, comme chaussure ?

– Une chaussure de basket, la marque préférée de Timmy.

– Des « montantes » ? devina-t-elle.

– Exactement.

– Compris, dit Ruth en tournant sur la grand-rue.

Il n'y avait pas de voiture en vue, mais elle alluma son clignotant – bien cinquante mètres avant de tourner.

– Tu as bien conduit, Ruth, lui dit son père. Si jamais tu dois rouler dans des conditions plus difficiles que ce soir, je suis sûr que tu te rappelleras ce que tu as appris.

Lorsque Ruth sortit enfin de la piscine, elle frissonnait. Elle savait qu'il faudrait s'échauffer avant de jouer contre Scott Saunders, mais les souvenirs de ses débuts au volant et la biographie de Graham Greene l'avaient déprimée. Ce n'était pas la faute de Norman Sherry, mais la biographie de Greene venait de prendre un tour avec lequel elle n'était pas d'accord. Sherry était convaincu que, pour chaque protagoniste des romans de Greene, il y avait un modèle dans la réalité. Dans une interview au *Times*, Greene lui-même avait confié à V.S. Pritchett : « Je ne sais pas inventer. » Néanmoins, au cours de cette même interview, tout en reconnaissant que ses personnages étaient un composé d'éléments de personnes réelles, il avait nié les importer telles quelles : « Les personnes réelles sont débordées par les personnages, les personnes réelles limiteraient trop l'auteur. » Cela n'empêchait pas Sherry de consacrer beaucoup trop de pages de la biographie à ces personnes réelles.

Les débuts de Greene dans la vie amoureuse attristaient particulièrement Ruth. Ce que son biographe appelait son « obsession amoureuse » pour la fervente catholique qui allait devenir sa femme était précisément le genre de choses qu'elle préférait ne pas savoir sur un auteur dont elle aimait l'œuvre. « Le romancier a un glaçon dans le cœur », avait écrit Greene dans *Un genre de vie*. Mais les lettres quotidiennes qu'il envoyait dans sa jeunesse à Vivien, sa future femme, n'exprimaient que le pathos trop familier d'un amoureux fou.

Ruth n'avait jamais été folle amoureuse. Une des raisons pour lesquelles la demande en mariage d'Allan Albright ne trouvait chez elle qu'un écho bien tiède, c'est qu'elle se rendait compte à quel point il était fou d'elle.

Elle avait cessé de lire la biographie à la page 338, au début du chapitre 24 qui s'intitulait : « Et enfin, le mariage. » Il est dommage qu'elle ne soit pas allée au bout du chapitre, car elle y aurait peut-être découvert un détail qui lui eût rendu Greene et sa future épouse plus sympathiques. Sitôt après leur mariage, pendant leur voyage de noces, la jeune Mrs Greene remit à Graham une lettre encore cachetée que sa mère, femme indiscrète, lui avait confiée « pour son éducation sexuelle ». Il la lut et la déchira aussitôt, de sorte que Vivien n'en connut jamais le contenu. Ruth aurait apprécié que la jeune épouse ait décidé de se débrouiller sans les conseils de sa mère.

Quant à « Et enfin, le mariage », pourquoi le titre du chapitre, la formule elle-même la déprimaient-ils ainsi ? Était-ce de cette manière qu'elle allait se marier elle-même ? On aurait dit le titre d'un roman que Ruth Cole n'aurait jamais l'idée d'écrire, ni même l'envie de lire.

Convaincue de ne pas vouloir en savoir davantage sur sa vie, elle se dit qu'elle devrait désormais s'en tenir à relire les œuvres de Greene. Elle en était là, à ruminer sur son sujet favori selon Hannah, l'analyse des rapports entre personnes réelles et personnages de roman, lorsque la simple pensée de son amie la ramena au présent.

Elle ne voulait pas que Scott Saunders la voie nue dans la piscine. Pas tout de suite.

Elle entra dans la maison et passa une tenue de squash propre et sèche. Elle déposa un peu de talc dans les poches de devant de son short pour que sa raquette reste sèche et lisse et ne lui fasse pas d'ampoules. Elle avait déjà mis le vin blanc au frais, et elle plaça le riz dans l'autocuiseur. Il lui suffirait d'appuyer sur le bouton pour le mettre en route. Elle avait déjà disposé le couvert dans la salle à manger – avec deux sets de table.

Enfin, elle grimpa l'échelle qui menait au premier étage de la grange et, après ses assouplissements, elle se mit à chauffer la balle.

Elle trouva un rythme où elle se sentait à l'aise : quatre coups droits, puis elle frappait la tôle révélatrice. Chaque fois qu'elle la touchait, en visant bas exprès, elle frappait la balle assez fort pour faire du bruit. Quand elle jouait pour de bon, elle ne tapait jamais sur la tôle ; si le match était rude, il pouvait lui arriver de la toucher deux fois. Mais elle voulait s'assurer que quand Scott Saunders arriverait, il l'entendrait frapper la tôle. Et en grimpant l'échelle pour jouer contre elle, il se dirait : Pour une prétendue joueuse de joli niveau, elle cogne beaucoup sur la tôle. Si bien que pendant la partie, il serait surpris de voir que cela ne lui arrivait pratiquement jamais.

On sentait une légère vibration sur le court chaque fois que quelqu'un montait à l'échelle. Lorsque Ruth la ressentit, elle compta encore cinq coups et frappa la tôle au cinquième. Elle n'eut aucun mal à taper ces cinq coups dans le temps qu'il lui fallut pour dire « Papa avec Hannah ».

Scott frappa deux fois à la porte du court du bout de sa raquette · puis il ouvrit avec précaution.

– Salut, dit-il, J'espère que vous ne vous entraînez pas contre moi.

– Oh, si peu ! lui répondit Ruth.

Deux tiroirs

Elle le tint à l'œil pour les cinq premiers points, voulant observer comment il bougeait. Il était raisonnablement rapide, mais il maniait sa raquette comme au tennis, sans tirer sur son poignet. Et il n'avait qu'un seul service : un dur, de plein fouet ; le plus souvent, il passait trop haut, ce qui laissait à Ruth le temps de se garer et de retourner la balle contre le mur du fond. Son retour de service était faible ; la balle retombait sur le sol à mi-court ; Ruth parvenait à l'amortir avec un coup de coin. Elle le fit courir du fond vers le devant, d'un coin du fond sur l'autre.

Elle lui prit le premier jeu 15 à 8 avant qu'il ait compris à quel point elle jouait bien. Il faisait partie des joueurs qui se surestiment. Quand il commença à perdre, sa première pensée fut qu'il n'avait pas encore donné sa mesure ; il ne lui vint pas à l'esprit avant la quatrième ou cinquième partie qu'il était dominé. Ruth essaya de maintenir un écart assez faible entre eux dans les deux jeux suivants car elle avait plaisir à le voir courir.

Elle remporta la deuxième partie 15 à 6, et la troisième 15 à 9. Scott Saunders était en excellente condition physique, mais après la troisième partie, il eut besoin de la bouteille d'eau. Ruth n'en but pas : c'était lui qui courait.

Il n'avait pas tout à fait retrouvé son souffle lorsqu'il fit une faute sur son premier service de la troisième partie. Elle détecta son exaspération comme on détecte une mauvaise odeur soudaine.

– J'arrive pas à croire que votre père vous batte encore, dit-il, haletant.

– Oh, je le battrai un jour. Peut-être la prochaine fois.

Elle remporta la quatrième partie 15 à 5. En allant chercher un amorti dans le coin de devant, il glissa dans une flaque de sa propre sueur, tomba sur la hanche, et cogna la tôle de la tête.

– Ça va ? lui demanda Ruth. Vous voulez qu'on arrête ?

– Encore une partie, rétorqua-t-il sur un ton agressif.

Sa réaction ne lui plut pas. Elle le battit 15 à 1 dans leur dernier jeu, et le seul point qu'il put marquer ce fut lorsque, contre sa conviction, elle tenta un coin inverse qui alla frapper la tôle – pour la première fois en cinq parties. Elle s'en voulut beaucoup d'avoir tenté ce coup-là ; cela confirmait son opinion sur les coups hasardeux ; si elle s'était contentée de laisser la balle en jeu, elle était sûre qu'elle aurait remporté la dernière partie 15 à 0.

Mais perdre 15 à 1 avait suffi à Scott Saunders. Elle se demandait s'il faisait la moue ou si c'était simplement une grimace inhabituelle qui lui tordait le visage parce qu'il était hors d'haleine. Ils étaient en train de quitter le court lorsqu'une guêpe passa par la porte ouverte et qu'il essaya gauchement de l'estourbir avec sa raquette. Il la manqua, elle se mit à zigzaguer. Ses bordées désordonnées montaient vers le plafond, où elle serait hors de leur portée, lorsque Ruth la cueillit en plein vol d'un revers. Certains disent que le revers de volée au-dessus de la tête est le coup le plus difficile au squash. Les cordes de sa raquette sectionnèrent le corps annelé de la bestiole.

– Bien joué, dit Scott, comme s'il était sur le point de vomir.

Ruth s'assit sur le bord de la piscine ; elle retira ses chaussures et ses chaussettes et se rafraîchit les pieds dans l'eau. Scott semblait ne pas savoir quoi faire. Il avait l'habitude de retirer tous ses vêtements et de passer sous la douche avec Ted. Il faudrait qu'elle y aille la première.

Elle se leva et retira son short. Elle enleva son T-shirt, redoutant le moment gênant où il lui faudrait s'extraire de son soutien-gorge de sport trempé de sueur avec tout un festival d'acrobaties. Mais elle réussit à se débarrasser du soutien-gorge en spandex sans contorsions disgracieuses. Elle retira son slip en dernier et se dirigea vers les douches sans regarder Scott. Elle s'était déjà savonnée et se laissait rincer par le jet lorsqu'il entra dans la cabine et ouvrit sa pomme de douche. Elle s'était fait un shampooing qu'elle rinçait, et lui demanda s'il était allergique aux crevettes.

– Non, j'aime les crevettes, lui dit-il.

Les yeux fermés, tout en se rinçant les cheveux, elle devina qu'il ne pouvait pas faire autrement que de regarder ses seins.

– Tant mieux, parce que c'est notre menu de ce soir, lui dit-elle.

Elle arrêta la douche et alla sur le bord de la piscine ; puis elle plongea dans le grand bain. Lorsqu'elle refit surface, il était debout sur la terrasse de caillebotis et regardait derrière elle.

– Ce n'est pas un verre à vin, que je vois au fond de l'eau ? demanda-t-il. Vous avez fait la fête, récemment ?

– Pas moi, mon père, répondit-elle en pédalant dans l'eau.

Scott Saunders avait la queue plus grosse qu'elle ne l'avait cru tout d'abord. Il plongea au fond de la piscine et remonta le verre.

– Ça a dû être une fête relativement débridée.

– Mon père est plus que relativement débridé.

Elle se mit à faire la planche ; lorsque Hannah la faisait, c'est tout juste si ses tétons affleuraient.

– Vous avez de beaux seins, lui dit-il.

Il faisait des battements de pieds auprès d'elle ; il remplit le verre d'eau et le vida sur ses seins.

– Ma mère en avait sans doute de plus beaux. Qu'est-ce que vous savez d'elle ?

– Rien. Des rumeurs...

– Elles sont sans doute vraies. Vous en savez peut-être à peu près autant que moi.

Elle nagea jusqu'au petit bain et il la suivit – sans lâcher le verre. S'il n'y avait pas eu cette ânerie de verre, il l'aurait déjà touchée. Elle sortit de la piscine et s'enveloppa dans une serviette. Elle le vit se sécher, méticuleusement, puis elle entra dans la maison, toujours drapée dans la serviette, les seins nus.

– Si vous mettez vos vêtements dans le sèche-linge, ils seront secs après dîner, lui dit-elle.

Il la suivit à l'intérieur, sa serviette autour des reins.

– Dites-moi si vous avez froid, poursuivit-elle, je vous passerai des affaires de papa.

– Je me sens à l'aise, dans la serviette.

Ruth mit le riz en route et ouvrit une bouteille de vin blanc. Elle en versa un verre pour Scott et un pour elle. Elle était agréable à regarder, vêtue de cette seule serviette, les seins nus. « Moi aussi, je me sens à l'aise, dans ma serviette », lui dit-elle. Elle le laissa lui embrasser les seins ; il en prit un dans sa main en coupe.

– Je ne m'attendais pas à cette bonne fortune, lui dit-il.

Sans blague ! pensa-t-elle. Quand elle avait jeté son dévolu sur quelqu'un, elle trouvait mortellement ennuyeux d'attendre qu'il la séduise. Cela faisait quatre mois, presque cinq, qu'elle n'avait pas été avec un homme ; elle n'avait pas envie d'attendre.

– Je vais vous montrer quelque chose, lui dit-elle.

Elle le conduisit dans la salle de travail de son père, où elle ouvrit le dernier tiroir de ce qu'il appelait son « écritoire ». Ce tiroir était plein de Polaroid noir et blanc – il y en avait des centaines – et d'une douzaine de tubes de fixateur. Le fixateur répandait une odeur désagréable dans le tiroir et sur les photos.

Ruth tendit à Scott une pile de Polaroid sans commentaires. C'étaient des photos prises par Ted de ses modèles avant et après les dessins qu'il en faisait ; il leur disait qu'il avait besoin de photos pour continuer à travailler sur les dessins hors des séances de pose « pour référence ». En fait, il ne continuait jamais à travailler sur les dessins. Il n'y avait que les photos qui l'intéressaient.

Lorsque Scott eut fini de regarder une pile de photos, elle lui en passa une autre. Elles avaient ce côté amateur qui caractérise la mauvaise pornographie en général. Mais le fait que les modèles n'étaient pas des professionnelles ne suffisait pas à l'expliquer. Il y avait bien une gaucherie dans leurs poses qui trahissait le viol de la pudeur, mais on sentait aussi que les photos elles-mêmes avaient été prises à la hâte, sans soin.

– Pourquoi vous me faites voir ça ? demanda Scott à Ruth.

– Ça vous excite ?

– C'est toi qui m'excites.

– Je suppose que ça excite mon père. Elles ont toutes posé pour ses dessins, et il les a toutes baisées jusqu'à la dernière.

319

Scott feuilletait rapidement les photos sans vraiment les regarder ;
c'est difficile de regarder des photos quand on n'est pas seul.

– Il y en a des femmes, là-dedans…, dit-il.

– Hier et avant-hier, mon père a baisé ma meilleure amie.

– Ton père a baisé ta meilleure amie…, répéta Scott, pensif.

– On est ce qu'un étudiant en socio un peu débile appellerait une
famille dysfonctionnelle.

– J'ai été étudiant en socio, moi, avoua Scott Saunders.

– Et ça t'a appris quoi ?

Elle était en train de remettre les Polaroid dans le tiroir d'en bas.
L'odeur du fixateur lui donnait la nausée. D'une certaine manière,
elle était pire que celle de l'encre de seiche. (Ruth avait douze ans
lorsqu'elle avait découvert ces photos dans le tiroir de son père.)

– J'ai décidé de m'inscrire en droit – voilà ce que ça m'a appris,
dit l'avocat aux cheveux blond paille.

– T'as pas entendu des rumeurs sur mes frères, aussi ? lui demanda-
t-elle. Ils sont morts.

– Je crois que j'en ai entendu parler. C'était il y a longtemps, non ?

– Je vais t'en montrer une photo – ils étaient beaux mecs, lui dit-elle
en lui prenant la main.

Elle lui fit monter l'escalier. Sur la carpette, leurs pieds nus ne
faisaient pas le moindre bruit. Le couvercle de l'autocuiseur clapotait ;
le sèche-linge était en route, lui aussi – un objet en bois ou en métal
raclait contre le tambour.

Ruth emmena Scott dans la chambre de maître, où le grand lit était
dans le désordre le plus total ; elle devinait l'empreinte du corps de
son père et de celui d'Hannah dans les draps chiffonnés.

– Les voilà, dit-elle en désignant la photo de ses frères.

Les yeux plissés sur la photo, Scott essayait de déchiffrer l'inscription en latin au-dessus de la porte.

– Tu n'as pas dû apprendre le latin, en socio.

– Il y a beaucoup de formules latines dans le droit.

– Ils étaient beaux, hein, mes frères ?

– Oui, en effet, dit Scott. *Venite*, ça ne veut pas dire « venez » ?

– Entrez ici, jeunes gens, pour devenir des hommes, lui traduisit-
elle.

– En voilà un défi ! s'écria-t-il. Moi, je préférais être un gamin.

– Mon père est resté gamin, dit-elle.

320

– C'est la chambre de ton père, ici ?

– Regarde dans le tiroir du haut, celui de la table de nuit. Vas-y, ouvre-le.

Scott hésita. Sans doute craignait-il de retomber sur des Polaroid.

– T'inquiète pas. Il n'y a pas de photos, là-dedans, dit Ruth.

Il ouvrit le tiroir. Il était plein de préservatifs dans des étuis de couleurs vives, et il y avait aussi un tube de gel lubrifiant.

– Ah, c'est bien la chambre de ton père, alors, dit Scott en jetant des regards nerveux autour de lui.

– Voilà un tiroir plein de trucs de gamin, ou je ne m'y connais pas, commenta Ruth. (Elle avait neuf ou dix ans lorsqu'elle avait découvert les préservatifs et le gel dans le tiroir de son père.)

– Et il est où, ton père ?

– Je ne sais pas.

– Il va pas revenir ?

– Personnellement, je dirais qu'il va revenir en milieu de matinée demain.

Scott Saunders regarda tous les préservatifs dans le tiroir ouvert.

– Oh là là ! J'ai pas mis un préservatif depuis la fac.

– Il va falloir que tu en mettes un tout de suite, lui dit-elle. (Elle retira la serviette qui lui entourait la taille et s'assit nue sur le lit défait.) Mais si tu as oublié comment on fait, je peux te rafraîchir la mémoire.

Il choisit un préservatif dans un étui bleu. Il l'embrassa longuement et la lécha plus longtemps encore ; elle n'eut pas besoin du gel lubrifiant qui était dans la table de nuit de son père. Elle jouit quelques secondes après qu'il l'eut pénétrée, et le sentit jouir à peine quelques instants plus tard. Presque tout le temps, mais surtout pendant qu'il la léchait, elle regarda la porte ouverte de la chambre de son père ; elle tendit l'oreille pour entendre ses pas dans l'escalier, ou dans le couloir du premier, mais on n'entendait que le ferraillement du sèche-linge. (Le couvercle de l'autocuiseur ne clapotait plus ; le riz était cuit.) Et lorsque Scott entra en elle, elle comprit qu'elle allait jouir presque instantanément, et que le reste serait fini très vite aussi – alors elle se dit : Allez, rentre à la maison, papa. Monte et vois-moi, maintenant.

Mais Ted ne rentra pas à temps pour voir sa fille dans la posture où elle l'aurait voulu.

321

Une douleur insolite

Hannah avait mis trop de sauce au soja dans la marinade ; en plus, les crevettes y languissaient depuis plus de vingt-quatre heures, si bien qu'elles n'avaient plus le goût de crevettes. Cela n'empêcha guère Ruth et Scott de les finir, ainsi que le riz et les légumes sautés, et de liquider en prime un genre de chutney au concombre qui avait connu des jours meilleurs. Ils descendirent la deuxième bouteille de vin blanc, et Ruth ouvrit une bouteille de rouge pour le fromage et les fruits, bouteille qu'ils terminèrent de même.

Ils dînèrent ainsi, vêtus de leurs seules serviettes, les seins de Ruth hardiment nus. Elle espérait que son père entre dans la salle à manger, mais cela ne se produisit pas. Et malgré la convivialité de ce dîner copieusement arrosé, malgré le succès apparent de leur rencontre à forte charge sexuelle, la conversation fut contrainte. Scott dit à Ruth qu'il avait divorcé « à l'amiable » et entretenait des relations « cordiales » avec son ex-femme. Les hommes divorcés depuis peu ont tendance à trop parler de leur ex-femme, pensa Ruth. S'il avait vraiment divorcé « à l'amiable », pourquoi en parler ?

Elle lui demanda dans quel domaine du droit il était spécialisé, mais il lui répondit que ça ne présentait pas d'intérêt ; c'était en rapport avec l'immobilier. Il avoua en outre ne pas avoir lu ses romans. Il avait commencé le deuxième, *Avant la chute de Saigon*, en croyant que c'était un roman de guerre. Du temps qu'il était jeune homme, il s'était donné beaucoup de mal pour éviter de partir au Vietnam. Mais le livre lui avait fait l'effet d'être « un roman de femme », comme il disait. Pour Ruth, c'était une formule qui évoquait immanquablement toute une gamme de produits liés à l'hygiène féminine. « C'était sur l'amitié féminine, non ? » lui demanda-t-il. Mais son ex-femme (encore elle !) avait lu tout ce que Ruth avait écrit. C'était une inconditionnelle.

Puis il demanda à Ruth si elle « voyait quelqu'un ». Elle essaya de lui parler d'Allan, sans lui dire son nom. La question du mariage se posait pour elle indépendamment d'Allan. Elle lui expliqua que le mariage la tentait beaucoup, mais qu'en même temps il lui inspirait une peur aberrante.

– Tu veux dire que le mariage t'attire plus encore qu'il te fait peur ?

– C'est quoi déjà, ce passage de George Eliot ? Il me plaisait tellement que je l'avais recopié, dans le temps. « Quel plus grand bonheur pour deux âmes humaines que de sentir qu'elles sont unies pour la vie... » Oui, mais.

– *Il* est resté marié ? lui demanda Scott.

– Qui ?

– George Eliot ? *Il* est resté marié ?

Inutile de lui expliquer que George Eliot était une femme. Peut-être que si je me lève pour me mettre à la vaisselle, il va s'ennuyer et rentrer chez lui, se dit-elle.

Mais pendant qu'elle chargeait le lave-vaisselle, il se posta derrière elle en lui caressant les seins ; elle sentait son érection à travers leurs deux serviettes.

– J'ai envie de te prendre comme ça, par-derrière, lui dit-il.

– J'aime pas, par-derrière.

– Pas par le petit trou, précisa-t-il crûment. Juste en levrette.

– J'avais bien compris.

Il lui caressait les seins avec une telle insistance qu'elle avait du mal à caser les verres comme il fallait sur la grille du haut.

– J'aime pas le faire par-derrière, un point c'est tout.

– Et comment tu aimes, alors ?

Il était clair qu'il comptait bien le refaire.

– Je vais te montrer, dit-elle, dès que j'aurai fini de remplir le lave-vaisselle.

Ce ne fut pas par inadvertance qu'elle laissa la porte d'entrée ouverte, et les lumières allumées dans le couloir du rez-de-chaussée comme dans celui du premier. De même, elle ne ferma pas la porte de la chambre de son père, dans l'espoir de plus en plus mince qu'il rentre et la trouve en train de faire l'amour avec Scott. Cette scène ne devait jamais se produire.

Ruth chevaucha Scott ; elle resta sur lui une éternité et faillit s'endormir en se balançant dans cette position. (Ils avaient trop bu tous les deux.) Au moment où sa respiration lui dit qu'il allait jouir, elle se laissa tomber de tout son poids sur sa poitrine, et, s'accrochant à ses épaules, elle le retourna sur elle parce qu'elle ne supportait pas l'expression qui transforme le visage de la plupart des hommes au moment de la jouissance. (Elle ne savait pas, bien sûr, et ne saurait jamais, que c'était aussi l'une des positions préférées de sa mère quand elle faisait l'amour à Eddie O'Hare.)

Depuis le lit, elle entendit Scott jeter le préservatif dans les toilettes attenantes et tirer la chasse. Il se recoucha et s'endormit presque aussitôt, mais elle demeura éveillée, à écouter le lave-vaisselle. Il en était au cycle de rinçage final, et son bruit donnait à penser que les verres à vin frottaient l'un contre l'autre.

Scott Saunders s'était endormi avec la main gauche sur le sein droit de Ruth. Ce n'était pas très confortable pour elle, mais à présent qu'il ronflait, sa main n'avait plus de prise ; son poids mort reposait sur elle comme la patte d'un chien endormi.

Elle essaya de se remémorer la suite du passage de George Eliot sur le mariage. Elle ne savait même pas dans quel roman elle l'avait trouvé, quoiqu'elle se rappelât avec précision l'avoir recopié dans son journal longtemps auparavant.

Tout en sentant le sommeil la gagner, il lui vint à l'esprit qu'Eddie O'Hare le saurait peut-être, lui. Du moins, cela lui donnerait un pré-texte pour l'appeler. (Pourtant, si elle l'avait appelé, il n'aurait pas su de quel passage il s'agissait : il n'appréciait pas George Eliot. Mais il aurait appelé son père, et Minty, tout retraité qu'il fût, aurait su dans quel roman chercher.)

« … Se fortifier l'un l'autre dans le labeur… », dit tout bas Ruth, récitant le passage de mémoire. Elle n'avait pas peur de réveiller Scott, qui ronflait comme un sonneur. Les verres à vin continuaient de s'entrechoquer dans le lave-vaisselle. Le téléphone avait cessé de sonner depuis si longtemps qu'il lui semblait que le monde était plongé dans une profonde léthargie ; celui ou celle qui avait appelé sans relâche avait fini par renoncer. « S'appuyer l'un sur l'autre dans la tristesse… », avait écrit George Eliot à propos du mariage, « se soigner l'un l'autre dans la douleur, récita Ruth, être l'un avec l'autre dans le souvenir muet, ineffable, au moment des adieux ». A l'instant où elle finit par s'endormir aux côtés d'un inconnu qui ronflait comme une fanfare, Ruth Cole se dit que c'était là une fameuse idée.

Le téléphone avait sonné une douzaine de fois quand elle l'entendit.

Scott Saunders ne se réveilla qu'à l'instant où elle décrochait. Elle sentit sa patte se ranimer contre son sein.

– Allô, dit Ruth.

Lorsqu'elle ouvrit les yeux, il lui fallut une seconde pour identifier le réveil à affichage numérique de son père. Il lui fallut de même une seconde pour que la patte posée sur sa poitrine lui rappelle où elle était, pour quelles raisons – et pourquoi elle n'avait pas voulu répondre au téléphone.

– Je me suis fait un sang d'encre, dit Allan Albright, je n'ai pas arrêté d'appeler.

– Oh, Allan, dit Ruth.

Il était un peu plus de deux heures du matin. Le lave-vaisselle s'était arrêté, et le sèche-linge bien avant lui. La patte posée sur sa poitrine était redevenue une main, elle entourait son sein avec fermeté.

– Je dormais, dit Ruth.

– Je me suis dit que tu pouvais aussi bien être morte ! dit Allan.

– Je me suis disputée avec mon père – je n'ai pas répondu au téléphone, expliqua-t-elle.

La main lâcha son sein. Elle la vit passer par-dessus elle et ouvrir le tiroir du haut de la table de nuit. La main choisit un préservatif, encore un bleu, et prit le tube de gel lubrifiant.

– J'ai essayé d'appeler ton amie Hannah. Elle n'était pas censée t'accompagner ? Mais je n'ai eu que son répondeur – je ne sais même pas si elle a eu mon message.

– Il faut pas que tu parles à Hannah. Je me suis disputée avec elle aussi, lui dit Ruth.

– Alors tu es toute seule, là-bas ?

– Oui, je suis toute seule, répondit Ruth.

Elle tenta de lui tourner le dos en serrant les jambes, mais Scott Saunders était fort ; il parvint à la tourner sur le ventre. Il avait mis assez de gel lubrifiant sur le préservatif pour se glisser en elle avec une facilité déconcertante ; sur le moment, elle en eut le souffle coupé.

– Comment ? dit Allan.

– Je me sens pas bien du tout, je te rappelle demain matin, d'accord ?

– Je peux venir, si tu veux.

– Non ! cria Ruth à Allan comme à Scott.

Elle se mit en appui sur les coudes et le front ; elle essayait de rester à plat ventre, mais Scott s'arrimait à ses hanches avec une telle vigueur qu'il lui fut plus confortable de se mettre à genoux. Sa tête allait buter contre le montant du lit. Elle voulait dire bonsoir à Allan, mais sa respiration se faisait haletante. Et puis Scott l'avait poussée si loin en avant qu'elle n'arrivait plus à atteindre la table de nuit pour remettre le téléphone sur son récepteur.

– Je t'aime, dit Allan, je suis désolé.

– Non, c'est moi qui suis désolée, parvint-elle à articuler avant que Scott Saunders ne lui prenne le combiné des mains pour raccrocher.

Puis il lui empoigna les seins et les serra à lui faire mal, et il la saillit par-derrière comme un chien – de la façon qu'Eddie O'Hare avait sailli sa mère.

Heureusement pour elle, elle ne se rappelait pas l'épisode de l'abat-jour feuille de vigne dans ses moindres détails, mais elle en avait gardé un souvenir assez clair pour ne jamais vouloir se trouver dans cette position elle-même. Et voilà qu'elle y était. Il lui fallait s'arc-bouter contre Scott de toute sa force pour éviter que sa tête aille taper contre le bois du lit.

Elle avait dormi sur son épaule droite, endolorie après les parties de squash ; mais son épaule droite lui faisait moins mal que Scott Saunders. Quelque chose dans cette position lui faisait mal, et ce n'était pas seulement la mémoire. Et il lui pétrissait les seins avec une brutalité qui lui était pénible.

– S'il te plaît, arrête, lui dit-elle, mais il la sentait tendre les reins contre lui, et il se mit à la bourrer plus fort encore.

Lorsqu'il en eut fini avec elle, elle s'allongea sur le flanc gauche, face au lit vide ; de nouveau elle l'entendit jeter le préservatif et actionner la chasse. D'abord, elle crut qu'elle saignait ; mais c'était le surplus de gel lubrifiant. Lorsqu'il se recoucha, il tendit la main vers ses seins, mais elle le repoussa.

– Je t'avais dit que j'aimais pas, comme ça.

– Mais je me suis pas trompé de trou.

– Je t'avais dit que j'aimais pas par-derrière, un point c'est tout.

– Allons donc, tu remuais les hanches, ça te plaisait.

Elle savait bien qu'il lui avait fallu remuer les hanches pour ne pas buter contre le bois du lit. Il le savait peut-être, lui aussi. Mais elle se borna à dire :

– Tu m'as fait mal.

326

– Oh, allez, dit-il.

De nouveau il tendit la main vers ses seins, et elle le repoussa.

– Quand une femme dit « non », quand elle dit « s'il te plaît, arrête », et que l'homme refuse de s'arrêter, qu'est-ce que c'est ? C'est pas un peu du viol ?

Il roula sur le lit et lui tourna le dos.

– Allons donc, tu t'adresses à un avocat...

– Non, je m'adresse à un sale con !

– Et alors, c'était qui, au téléphone ? Quelqu'un d'important ?

– De plus important que toi.

– Étant donné les circonstances, j'ai tendance à penser qu'il est pas si important que ça.

– Sors de ce lit, s'il te plaît. Va-t'en.

– Ça va, ça va, dit-il.

Mais quand elle revint de la salle de bains, il s'était rendormi. Il était allongé sur le flanc, les bras tendus vers le côté où elle avait dormi ; il prenait tout le lit.

– Lève-toi ! Tire-toi d'ici ! hurla-t-elle, mais il dormait à nouveau d'un sommeil de plomb, ou bien il faisait semblant.

Rétrospectivement, elle jugea qu'elle avait peut-être eu un geste inconsidéré, mais toujours est-il qu'elle ouvrit le tiroir des préservatifs et prit le tube de gel lubrifiant pour le presser dans l'oreille gauche offerte de Scott Saunders ; la substance jaillit beaucoup plus vite qu'elle ne l'aurait cru ; elle était bien plus liquide qu'un gel ordinaire, et réveilla Scott Saunders en sursaut.

– Il est l'heure de partir ! lui rappela-t-elle.

Elle ne s'attendait pas du tout à ce qu'il la frappe. Avec les gauchers, on ne voit jamais tous les coups venir.

Il ne la frappa qu'une fois, mais il avait la main lourde. Une seconde auparavant elle l'avait vu se tenir l'oreille gauche ; et voilà qu'il était sorti du lit, face à elle. Son poing atteignit Ruth à la pommette droite avant qu'elle ait compris ce qui se passait. Affalée sur le tapis, à peu près à l'endroit où elle avait vu la valise d'Hannah, elle comprit qu'une fois de plus cette dernière avait raison : l'instinct dont elle se targuait pour repérer dès le premier rendez-vous l'homme capable de violences envers les femmes, cet instinct était illusoire. Hannah lui avait dit qu'elle avait simplement eu de la chance. (« T'es pas tombée sur ce genre de type, voilà tout. ») Maintenant, elle l'avait rencontré.

Ruth attendit que la pièce ait cessé de tourner pour tenter de bouger. De nouveau elle crut qu'elle saignait, mais c'était le gel que Scott Saunders avait sur les doigts en la frappant.

Elle resta recroquevillée en position fœtale, les genoux sous la poitrine. La peau de sa pommette droite tirait terriblement, et elle éprouvait une chaleur peu naturelle sur tout le visage. Si elle fermait les yeux, elle voyait trente-six chandelles, mais, si elle les gardait ouverts, elles disparaissaient au bout de quelques secondes.

A nouveau elle fut étreinte par cette sensation d'être enfermée dans un placard. Elle n'avait jamais eu aussi peur depuis son enfance. Elle ne voyait pas Scott Saunders, mais elle lui cria :

– Je vais chercher tes vêtements. Ils sont encore dans le séchoir.

– Je sais où il est, le séchoir, répondit-il d'une voix morne.

Comme étrangère à son corps, elle le vit passer au-dessus d'elle sur le tapis. Elle entendit les marches grincer quand il descendit.

En se levant, elle ne se sentit groggy qu'un instant. La nausée dura plus longtemps. Elle transporta son haut-le-cœur au rez-de-chaussée, où elle traversa tout de suite la salle à manger pour sortir sur la terrasse obscure. La fraîcheur de la nuit la revigora instantanément. Fini l'été de la Saint-Martin, se dit-elle en plongeant le bout des orteils dans la piscine ; l'eau soyeuse était plus tiède que l'air.

Plus tard, elle entrerait dans le bassin, mais, pour l'instant, elle ne voulait pas être nue. Elle trouva sa tenue de squash sur la terrasse de caillebotis, près des douches extérieures ; elle était trempée de sueur refroidie et de rosée – le T-shirt lui donna le frisson. Elle ne s'embarrassa pas de sous-vêtements ou de chaussettes, et se contenta d'enfiler son short, son T-shirt et ses chaussures. Elle étira son épaule droite endolorie. Elle ne devrait compter que sur une seule épaule.

La raquette de Scott Saunders était appuyée, manche en l'air, contre la cabine de douche. Elle était trop lourde pour elle, son manche trop large pour sa main. Mais elle n'avait pas l'intention de jouer tout un match contre lui, alors… Ça fera l'affaire, se dit-elle en entrant dans la maison.

Elle le trouva dans la buanderie. Il ne s'était pas donné la peine d'enfiler son slip. Il l'avait fourré dans la poche droite de son short, qu'il avait remis, et ses chaussettes dans la poche gauche. Il portait ses chaussures, mais sans les lacets. Il était en train de passer son T-shirt lorsque Ruth le cueillit d'un revers qui lui faucha le genou droit. Il parvint à passer la tête par l'encolure du T-shirt, une demi-seconde peut-être avant qu'elle le frappe en plein visage d'un coup droit montant. Il se couvrit la tête de ses mains, mais elle tenait sa raquette sur la tranche. Elle le bourra de coups aux coudes, en revers et en coups droits, le gauche et le droit. Il avait les bras engourdis et n'arrivait pas à les lever pour se protéger le visage. Il saignait déjà à l'arcade. Elle lui assena deux volées au-dessus de la tête, une sur chaque clavicule : le premier coup fit sauter plusieurs cordes sur la raquette, et le second la sectionna au ras du manche.

Le manche lui-même constituait encore une arme efficace. Elle continua de déverser sur lui une grêle de coups, partout où il offrait une surface vulnérable. Il tenta de sortir de la buanderie à quatre pattes, mais son genou droit ne le portait plus, et il avait la clavicule gauche brisée : impossible de se traîner. Tout en le frappant, elle lui répétait le score de leur partie de squash, litanie humiliante : « Quinze à huit, quinze à six, quinze à cinq, quinze à un ! »

Lorsqu'il s'effondra dans une posture de supplication, son corps décrivant un angle improbable, ses mains couvrant son visage, elle cessa de le frapper. Elle ne l'aida pas à se remettre sur ses pieds, mais elle le laissa faire. Avec son genou blessé, il traînait la patte ; sa clavicule fracturée devait sûrement le faire beaucoup souffrir. Son arcade sourcilière pissait le sang. Elle le suivit jusqu'à sa voiture, à distance respectueuse. Elle n'avait pas lâché le manche de sa raquette, qui, délivré de la tête, lui semblait à présent d'un poids idéal.

Elle eut un instant d'inquiétude pour son genou, se demanda s'il allait l'handicaper pour conduire. Mais elle vit qu'il avait la trans-mission automatique ; il pouvait manœuvrer l'accélérateur et le frein du pied gauche, si besoin était. Elle fut déprimée de constater qu'un homme qui conduisait avec une transmission automatique lui inspirait quasiment le même mépris qu'un homme qui frappait les femmes.

Seigneur ! Quelle mentalité ! se dit-elle. Je suis bien la fille de mon père.

Après le départ de Scott, elle trouva le haut de la raquette dans la buanderie ; elle le jeta à la poubelle, avec ce qui restait du manche. Puis elle mit une machine en route, avec sa tenue de squash, quelques sous-vêtements et les serviettes dont ils s'étaient servis. Elle voulait surtout entendre la machine à laver ; son bruit la rassurait. La maison vide était trop silencieuse.

Ensuite, elle but près d'un litre d'eau, et, nue de nouveau, elle emporta une serviette propre et deux coussins de glace dans la piscine. Elle prit une longue douche chaude dans la cabine extérieure ; se savonna deux fois, se fit deux shampooings et alla s'installer sur la dernière marche du petit bain. Elle mit une poche de glace sur son épaule et l'autre sur son visage, pour couvrir sa joue et son œil. Elle avait évité de se regarder dans un miroir, mais elle se rendait compte que sa pommette et son œil droit étaient enflés tous deux ; l'œil droit ne laissait plus passer qu'une fente de jour, le lendemain matin, il serait complètement fermé.

Après la douche chaude, la piscine lui parut froide tout d'abord, mais l'eau était soyeuse, et bien plus tiède que l'air nocturne. La nuit était claire ; il devait y avoir des millions d'étoiles au ciel. Elle espéra que la nuit prochaine, où elle devait s'envoler pour l'Europe, serait aussi claire. Mais elle était trop fatiguée pour penser davantage à son voyage ; elle se laissa engourdir par la glace.

Elle demeurait si immobile qu'une petite grenouille vint nager jusqu'à elle ; elle la prit dans le creux de sa main. Puis elle tendit le bras et posa la grenouille au bord de la piscine, où elle s'éloigna en quelques petits bonds. Le chlore aurait fini par la tuer. Ruth frotta sa main sous l'eau jusqu'à ce que la viscosité de la grenouille ait disparu ; cette sensation lui avait rappelé son contact trop récent avec le gel lubrifiant.

Lorsqu'elle entendit la machine à laver s'arrêter, elle sortit de l'eau et mit le linge dans le séchoir. Elle alla se coucher dans sa chambre, sous ses draps propres, et écouta le cliquetis familier d'un objet qui tournait sans fin dans le séchoir.

Mais plus tard, lorsque l'envie de faire pipi la tira du lit, elle eut mal en urinant ; et elle pensa à l'endroit inhabituel, si haut dans son ventre, où Scott Saunders était allé la pénétrer. Là aussi, elle avait mal. Ce n'était pas une douleur aiguë. Ça faisait mal comme les crampes, au début des règles. Mais ce n'était pas la date, et ce n'était pas non plus l'endroit où elle éprouvait ces crampes, d'ordinaire.

Le lendemain matin, elle appela Allan avant qu'il parte au bureau.

– Est-ce que tu m'aimerais moins si j'arrêtais le squash ? Je crois

330

que j'ai plus tellement l'estomac de jouer d'autres parties – je veux dire, une fois que j'aurai battu mon père.

– Bien sûr que non, je ne t'aimerais pas moins.

– Tu es trop bon, avec moi.

– Je te l'ai dit, je t'aime.

Seigneur ! C'est vrai qu'il faut qu'il m'aime ! pensa-t-elle. Mais elle se borna à dire :

– Je te rappelle de l'aéroport.

Elle avait examiné les meurtrissures de ses seins ; elle avait les mêmes marques de doigts et d'ongles sur les hanches et sur les fesses, mais elle ne pouvait pas les voir toutes puisqu'elle n'y voyait que de l'œil gauche. Elle refusait toujours de se regarder dans un miroir. Elle n'avait pas besoin de ça pour savoir qu'il lui fallait continuer à se mettre de la glace sur l'œil droit, ce qu'elle fit. Son épaule droite était raide et douloureuse, mais elle en avait assez de mettre de la glace dessus. En outre, elle avait à faire. Elle venait de finir ses valises lorsque son père rentra.

– Oh mon Dieu, Ruthie ! Qui t'a fait ça ?

– C'est rien, c'est en jouant au squash.

– Tu jouais contre qui ?

– Contre moi-même, surtout...

– Ruthie, Ruthie..., dit son père.

Il avait l'air fatigué. Il ne paraissait pas soixante-dix-sept ans, mais elle décida qu'il faisait la soixantaine. Elle aimait le dos si lisse de ses petites mains carrées. Elle se prit à les regarder parce qu'elle ne pouvait pas le regarder dans les yeux – en tout cas, pas de l'œil droit.

– Ruthie, je suis désolé, pour Hannah...

– Je ne veux pas en entendre parler, papa. Toi et ta braguette magique, comme on dit, c'est toujours la même histoire...

– Mais Hannah, vois-tu...

– Ne prononce plus son nom devant moi.

– Ça va, Ruthie.

Elle ne supportait pas de le voir aussi penaud ; elle savait déjà qu'il l'aimait plus que tout au monde. Pis encore, elle savait qu'elle l'aimait ; elle l'aimait plus qu'Allan, et certes plus qu'Hannah. Il n'y avait personne que Ruth Cole aimât ou haït plus qu'elle n'aimait et haïssait son père. Mais elle lui dit simplement :

– Va chercher ta raquette.

331

– Tu y vois, avec cet œil ?
– J'y vois de l'autre.

Ruth donne une leçon de conduite à son père

Ruth avait encore mal en faisant pipi, mais elle essaya de ne pas y penser. Elle enfila rapidement sa tenue de squash : elle voulait être sur le court à chauffer la balle avant que son père ne soit prêt à jouer. Elle avait aussi l'intention d'effacer la marque de craie bleue signalant le point mort sur le mur frontal. Elle n'en avait nul besoin pour savoir où était le point.

La balle était déjà chaude, et très vivante, quand Ruth sentit la vibration presque imperceptible du plancher – son père montait l'échelle de la grange. Elle fit un sprint vers le mur de devant, puis un autre vers le fond après avoir tourné, le tout avant d'entendre son père heurter deux fois à la porte avec sa raquette. Elle ne ressentait plus que cette crispation douloureuse à l'endroit où Scott Saunders l'avait enfilée contre son gré. Si elle n'était pas obligée de courir trop, elle tiendrait le coup.

Ne pas voir de l'œil droit était plus fâcheux. Il y aurait des moments où elle ne verrait pas où se trouvait son père. Il ne parcourait pas le court comme un bolide ; il se déplaçait le moins possible ; mais quand il se déplaçait, il glissait ; sans le voir, on ne pouvait pas savoir où il était.

Pour Ruth, il était crucial de remporter le premier jeu. Ted atteignait le sommet de sa forme en milieu de match. Avec un peu de chance, se dit-elle, ça lui prendra un jeu de repérer le point mort. Pendant qu'ils en étaient encore à s'échauffer, elle surprit le regard de son père qui cherchait la tache bleue absente.

Elle remporta le premier jeu 18 à 16, mais alors son père avait identifié le point mort, et elle récupérait la balle avec retard sur son service dur – surtout quand elle le recevait sur la gauche du court. Privée de l'usage de son œil droit, il lui fallait pratiquement se retourner pour lui faire face lorsqu'il servait. Elle perdit les deux jeux suivants, 12 à 15 et 16 à 18, mais s'il menait deux jeux à un, ce fut pourtant lui qui eut besoin de la bouteille d'eau après le troisième jeu.

Ce fut elle qui gagna le quatrième, 15 à 9. Son père cogna la tôle en perdant le dernier point ; c'était la première fois de la partie que l'un ou l'autre heurtait la tôle. Ils étaient à deux jeux partout. Elle s'était déjà trouvée à égalité au tie-break contre lui, et elle avait toujours perdu. Bien des fois, avant d'entamer le cinquième jeu, il lui avait dit : « Je crois que tu vas me battre, Ruthie. » Sur quoi, il la battait. Cette fois, il ne dit rien. Elle but un peu d'eau et lui lança un long regard de son œil valide.

– Je crois que je vais te battre, papa, lui dit-elle.

Elle remporta le cinquième jeu : 15 à 4. De nouveau, son père cogna la tôle en perdant le point. Ce son révélateur allait résonner dans les oreilles de Ruth les quatre ou cinq ans qui suivirent.

– Bien joué, Ruthie, dit Ted.

Il lui faudrait quitter le court pour aller prendre la bouteille d'eau. Ruth dut faire vite. Elle réussit à lui donner une tape sur les fesses du bout de sa raquette au moment où il passait la porte. Elle aurait eu envie de le prendre dans ses bras, en fait, mais il ne voulait même pas la regarder dans son œil valide. Quel drôle de type ! se dit-elle, et puis elle se rappela Eddie O'Hare, qui voulait faire partir sa monnaie dans les toilettes… Ils sont peut-être tous bizarres, les hommes, songea-t-elle.

Elle s'était toujours étonnée du naturel avec lequel son père se montrait nu devant elle. Depuis le jour où ses seins s'étaient mis à pousser, et ils s'étaient mis à pousser dans des proportions assez spectaculaires, elle ne s'était plus sentie à l'aise nue en sa présence. Cela dit, prendre une douche ensemble dans la cabine extérieure, nager nus dans la piscine – ce n'étaient là que des rites familiaux, sans doute. Par beau temps, en tout cas, c'étaient sans doute les rites les plus attendus, inséparables du squash.

Mais, après sa défaite, son père lui parut vieux et fatigué ; elle ne supportait pas l'idée de le voir nu. Et elle n'avait pas la moindre intention de lui laisser voir les marques de doigts et d'ongles sur ses seins, ses hanches et ses fesses. Car s'il pouvait à la rigueur croire que l'œil au beurre noir était une blessure de squash, ce vieux briscard du sexe n'avalerait jamais qu'elle s'était fait ses bleus sur un court. Elle se dit qu'elle allait lui épargner ces meurtrissures-là.

Mais lui, ne pouvant guère se douter qu'elle l'épargnait, se sentit rejeté lorsqu'elle lui dit qu'elle préférait un bain chaud à une douche suivie d'un plongeon dans la piscine.

– Comment veux-tu qu'on tire un trait sur l'épisode Hannah, si on n'en parle jamais, Ruthie ? lui demanda-t-il.

– On parlera d'Hannah plus tard, papa. Quand je rentrerai d'Europe, peut-être.

Depuis vingt ans, elle essayait de battre son père au squash. Or aujourd'hui qu'elle y était parvenue, elle se prenait à pleurer dans la baignoire. Elle aurait bien voulu éprouver une pointe d'exaltation à l'instant de la victoire ; mais voilà qu'elle pleurait parce que son père avait réduit sa meilleure amie à un « épisode ». A moins que ce ne fût Hannah qui ait sacrifié leur amitié à une simple passade avec son père.

Pas la peine de faire le détail – il faut t'en remettre et voilà tout, se dit Ruth. Ils t'ont trahie tous les deux. Et après ?

Lorsqu'elle sortit de la baignoire, elle s'obligea à se regarder dans la glace. Pour commencer la tournée de promotion d'un livre, c'était réussi : son œil droit était horrible à voir – totalement fermé. La pommette était gonflée elle aussi, mais c'était surtout la coloration de la peau qui attirait l'attention : sur une zone grosse comme le poing, elle avait viré au prune – on aurait dit un coucher de soleil avant l'orage, des couleurs vives avec une traînée de noir. Le gnon avait si vilaine figure qu'il en devenait presque comique. Elle allait le garder toute la durée de sa tournée en Allemagne, dix jours ; il désenflerait, et finirait par prendre un jaune sale, mais il en resterait encore quelque chose la semaine suivante, à Amsterdam.

Elle s'était abstenue d'emporter sa tenue de squash dans ses valises, et n'avait même pas pris ses chaussures. Ses raquettes, elle les avait laissées exprès dans la grange. Le moment était venu d'arrêter le squash. Ses éditeurs allemand et hollandais lui avaient organisé des matches, il faudrait les annuler. Elle avait une excuse évidente – qui crevait les yeux en somme. Elle n'aurait qu'à leur dire que la pommette était fracturée, et qu'un médecin lui avait conseillé d'attendre qu'elle se remette. (Scott Saunders aurait très bien pu lui fracturer la pommette.)

Son œil au beurre noir ne ressemblait guère à une blessure de squash ; en effet, si elle avait pris la raquette de son adversaire dans

334

la figure avec une telle force, elle aurait été écorchée, elle aurait eu des points de suture en plus du bleu. Il faudrait donc expliquer qu'elle avait été frappée par le coude de son adversaire. Pour cela, il faudrait qu'elle se soit collée derrière lui. Il faudrait aussi qu'elle ait eu affaire à un gaucher – qui lui aurait cogné l'œil droit de son coude gauche. (Une histoire crédible est une histoire dont les détails sont au point, la romancière le savait.)

Les interviews à venir risquaient d'être assez piquantes : « J'ai toujours eu des misères, avec les gauchers. » Ou bien : « Avec les gauchers, on ne peut jamais prévoir tous les coups. » (Ils vous baisent par-derrière alors qu'on leur a bien dit qu'on n'aimait pas ça ; ils vous mettent une tarte quand on leur dit qu'il est l'heure de partir – quand ils ne baisent pas votre meilleure amie.)

Ruth avait eu un assez long commerce avec les gauchers pour échafauder une histoire qui tienne la distance.

Ils étaient englués dans une circulation très dense, sur Southern State Park Highway, non loin de l'embranchement vers l'aéroport, lorsqu'elle décida qu'elle n'avait pas infligé à son père une défaite assez cuisante. Depuis quinze ans au moins, lorsqu'ils étaient ensemble, c'était en général elle qui prenait le volant. Mais pas ce jour-là. Au moment où ils quittaient Sagaponack, en mettant ses bagages dans le coffre de la voiture, il lui avait dit : « Il vaudrait mieux que tu me laisses conduire, Ruthie. Moi, j'ai mes deux yeux. »

Elle n'avait pas protesté. Si c'était lui qui conduisait, elle pourrait lui dire tout ce qu'elle voudrait, et il n'aurait pas le droit de la regarder, tant qu'il serait au volant.

Elle avait commencé par lui dire à quel point Eddie O'Hare lui avait plu. Ensuite, elle lui avait appris que Marion envisageait déjà de le quitter avant la mort des garçons, et que ce n'était pas Eddie qui lui en avait donné l'idée ; puis elle lui révéla qu'elle savait que c'était lui qui avait manigancé leur liaison ; il leur avait tendu un piège parce qu'il avait compris à quel point Marion serait sensible au charme d'un garçon qui lui rappellerait Thomas et Timothy. Et, bien entendu, il avait joué sur du velours en comptant qu'Eddie tomberait désespérément amoureux de Marion.

– Ruthie, Ruthie…, commença Ted.

– Regarde la route, et le rétroviseur, lui dit-elle. Si l'idée te traverse de me regarder, il vaut mieux que tu t'arrêtes et que tu me passes le volant.

– Ta mère était au fond de la dépression, et elle le savait, dit-il. Elle savait que ça aurait un effet désastreux sur toi. C'est terrible pour un enfant d'avoir un de ses parents perpétuellement déprimé.

Parler avec Eddie avait été très important pour elle, mais rien de ce qu'Eddie lui avait raconté n'avait de sens pour son père. Il se faisait une idée bien arrêtée de la femme qu'était Marion, et des raisons pour lesquelles elle l'avait quitté. A vrai dire, la rencontre de Ruth et d'Eddie n'avait pas le moindre effet sur lui. C'est sans doute la raison pour laquelle elle n'avait jamais eu autant envie de le faire souffrir qu'en cet instant où elle lui parla de Scott Saunders.

En romancière habile, elle le fit entrer dans l'histoire par de fausses pistes. Elle commença par lui raconter comment elle l'avait rencontré dans le *jitney*, et qu'ils s'étaient mesurés au squash.

– Ah, c'est donc lui qui t'a mis cet œil au beurre noir ! Ça ne m'étonne pas. Il charge comme un taureau sur le court, son revers est trop large. C'est le vrai joueur de tennis !

Ruth se borna à lui raconter l'histoire, étape par étape. Lorsqu'elle en arriva au moment où elle avait fait voir à Scott les Polaroid du dernier tiroir, dans le bureau de son père, elle commença à parler d'elle à la troisième personne. Son père ignorait qu'elle connaissait l'existence de ces photographies, et plus encore celle des préservatifs et du gel lubrifiant dans la table de nuit.

Lorsqu'elle en arriva à son premier rapport sexuel avec Scott – au fait qu'elle avait espéré, pendant qu'il la léchait, que son père rentrerait et les verrait par la porte ouverte de sa chambre, il cessa, ne fût-ce qu'une demi-seconde, de fixer la route pour lui jeter un regard.

– Mieux vaut que tu t'arrêtes et que tu me passes le volant, papa, lui dit-elle. Mieux vaut un seul œil sur la route que deux ailleurs.

Il regarda la route, et le rétroviseur, et elle poursuivit son histoire. Les crevettes n'avaient plus tellement le goût de crevettes, et elle pas tellement envie de remettre le couvert avec lui. Sa première grosse erreur avait été de le chevaucher si longtemps. « La baise lui avait vidé la cervelle, à Scott », dit-elle pour reprendre sa formule sur Marion et Eddie.

Lorsqu'elle en arriva au moment où le téléphone avait sonné et où

Scott Saunders l'avait prise en levrette malgré ce qu'elle lui avait dit, son père cessa encore une fois de regarder la route. Ruth se fâcha.

– Écoute, papa, si tu n'arrives pas à te concentrer sur ton volant, ça prouve que tu n'es pas en mesure de conduire. Range-toi et je prends les commandes.

– Ruthie, Ruthie...

Ce fut tout ce qu'il fut en mesure d'articuler ; il pleurait.

– Si tes nerfs lâchent et que tu ne peux plus voir la route, raison de plus pour t'arrêter, papa.

Elle lui décrivait sa tête, qui cognait contre le bois du lit, et le fait qu'elle était obligée de se cambrer contre Scott. Peu après, elle lui confia comment il l'avait frappée – et pas avec une raquette. (« Ruth pensa que c'était un direct du gauche – elle ne l'avait pas vu venir. »)

Elle s'était recroquevillée, en espérant qu'il n'allait pas continuer à la frapper. Puis, lorsqu'elle avait eu les idées plus claires, elle était descendue et elle avait trouvé la raquette de Scott. Le premier coup qu'elle lui avait porté l'avait atteint au genou droit.

– C'était un revers bas, lui expliqua-t-elle, raquette sur la tranche, bien sûr.

– Tu l'as frappé au genou d'abord ? l'interrompit-il.

– Au genou, au visage, aux deux coudes et aux deux clavicules – dans cet ordre.

– Il n'arrivait plus à marcher ?

– Il n'arrivait pas à ramper. Marcher, il pouvait, en boitant.

– Seigneur, Ruthie...

– Tu as vu le panneau, pour Kennedy ?

– Oui, je l'ai vue.

– On n'aurait pas dit...

Alors elle lui raconta qu'elle avait encore mal quand elle faisait pipi ; et puis mal à un endroit inhabituel, dans son ventre.

– Je suis sûre que ça va passer, conclut-elle en abandonnant la troisième personne. Il faut seulement que je pense à ne pas prendre cette position.

– Je vais le tuer, ce salaud !

– Mais pourquoi ? Tu peux bien continuer à jouer au squash avec lui – quand il sera de nouveau en état de courir. Il est pas très bon, mais ça peut faire un entraînement passable. Pour l'échauffement, il est pas mal.

– Il t'a presque violée ! Il t'a frappée ! cria son père.

– Mais ça ne change rien, insista-t-elle. Hannah est toujours ma meilleure amie, et tu es toujours mon père.

– Ça va, ça va, j'ai compris, lui dit son père.

Il essayait de sécher ses larmes avec la manche de sa vieille chemise de flanelle. Ruth adorait cette chemise-là, que son père portait déjà lorsqu'elle était enfant. Pourtant, elle fut tentée de lui dire de garder les mains sur le volant.

Mais elle lui rappela sur quelle ligne elle voyageait, et quel aérogare il lui fallait chercher.

– Tu y vois, oui ? C'est Delta.

– J'y vois, j'y vois, et je sais que c'est Delta. Et, oui, j'ai compris le message. J'ai compris, j'ai compris.

– Je ne crois pas que tu comprendras un jour. Et ne me regarde pas, on n'est pas encore à l'arrêt !

– Ruthie, Ruthie, pardon, pardonne-moi...

– Tu vois le panneau « départs » ?

– Mais oui, je le vois.

C'était sur le même ton qu'il avait dit : « Bien joué, Ruthie », après qu'elle l'avait battu dans sa fichue grange.

Lorsque son père finit par s'arrêter, elle lui lança : « Bien conduit, papa. » Si elle avait su que c'était leur dernière conversation, elle aurait peut-être essayé de se raccommoder avec lui. Mais elle voyait que, pour une fois, elle l'avait bel et bien battu à plates coutures. Il était trop défait pour que son moral remonte à la faveur d'un détour de la conversation. Et puis cette douleur qu'elle ressentait toujours à l'intérieur de son ventre, dans cet endroit inhabituel, la préoccupait.

Par la suite, elle devrait se contenter de penser qu'elle n'avait pas omis de l'embrasser pour lui dire au revoir.

Dans la salle d'attente des premières classes, chez Delta, elle appela Allan. Elle eut l'impression qu'il était soucieux, au bout du fil, ou bien qu'il lui cachait quelque chose. Elle eut un coup au cœur à s'imaginer ce qu'il penserait d'elle s'il apprenait ce qui s'était passé avec Scott Saunders. (Il n'en saurait jamais rien.)

Hannah avait eu le message d'Allan ; elle l'avait rappelé, mais il avait été laconique avec elle. Il lui avait dit qu'il n'y avait pas de problème, qu'il avait parlé avec Ruth, et qu'elle « allait bien ». Hannah avait proposé qu'ils se retrouvent au déjeuner ou pour prendre un verre « simplement pour parler de Ruth », mais il lui avait répondu qu'il avait hâte de la rencontrer, en présence de Ruth, quand celle-ci serait rentrée d'Europe.

« Je ne parle jamais de Ruth », avait-il précisé.

Ruth n'avait jamais été aussi près de lui dire qu'elle l'aimait ; mais elle détectait encore une note d'inquiétude dans sa voix et elle en était troublée ; en tant qu'éditeur, il ne lui avait jamais rien caché.

– Qu'est-ce qu'il y a qui ne va pas, Allan ?

– Hmm…, commença-t-il, en lui rappelant son père. Rien, en fait. Ça peut attendre.

– Dis-moi.

– Il y avait quelque chose dans le courrier de tes fans. En principe, personne ne le lit ; on le fait suivre dans le Vermont. Mais la lettre m'était adressée, à moi, ton éditeur. Alors je l'ai lue. Mais c'est bien toi qu'elle vise.

– C'est une lettre de haine ? J'en ai ma part. C'est tout, rien de plus grave ?

– Sans doute, oui. Mais c'est contrariant. Je pense qu'il faut que tu la lises.

– Je la lirai, bien sûr. A mon retour.

– Je pourrais peut-être te la faxer à ton hôtel ?

– C'est une lettre de menaces ? C'est quelqu'un qui va me guetter ? demanda-t-elle. (Le verbe « guetter » lui faisait toujours froid dans le dos.)

– Non, c'est une veuve. Une veuve en colère.

– Ah bon, c'est ça ! dit Ruth.

Ça, elle s'y attendait. Lorsqu'elle avait écrit sur l'avortement sans s'être fait avorter elle-même, elle avait reçu des lettres de femmes qui avaient avorté ; lorsqu'elle avait écrit sur l'accouchement sans avoir accouché elle-même, ou lorsqu'elle avait écrit sur le divorce sans être divorcée (ni mariée d'ailleurs)…, même chose, il y avait toujours eu des lettres de cet acabit. De gens qui nient la vérité de l'imagination, ou qui soutiennent que l'imagination n'est pas aussi réelle que l'expérience personnelle. Toujours la même chanson.

– Pour l'amour du ciel, Allan, tu ne vas pas t'en faire parce qu'un lecteur m'écrit de me cantonner à ce que je connais ?

– Cette lettre-là, ce n'est pas tout à fait la même chose.

– Bon, bon, faxe-la-moi.

– Je ne veux pas t'inquiéter.

– Eh bien, ne la faxe pas, alors…, dit Ruth, et puis elle ajouta parce que l'idée venait de lui traverser l'esprit : C'est une veuve en colère, ou une qui va venir me guetter ?

– Écoute, je vais te la faxer.

– C'est quelque chose que tu ferais mieux de montrer au FBI ? C'est ça ?

– Non, non, pas vraiment, je ne crois pas.

– Faxe-la, qu'on n'en parle plus.

– Elle t'attendra à ton arrivée, lui promit Allan. *Bon voyage*[1].

Pourquoi les femmes étaient-elles les plus abominables lectrices dès qu'il s'agissait d'un sujet touchant leur vie personnelle ? Qu'est-ce qui peut bien faire penser à une femme que son viol (sa fausse couche, son mariage, son divorce, le deuil de son enfant, de son mari) soit la seule expérience universelle qu'il puisse y avoir ? Ou bien était-ce simplement parce que le lectorat de Ruth se composait essentiellement de femmes – et que les femmes qui écrivent aux auteurs pour leur raconter leurs déboires personnels sont les plus déjantées ?

Ruth était installée dans le salon d'attente de la compagnie Delta, un verre d'eau glacée contre son œil au beurre noir. Ce fut sans doute, outre l'évidence de sa blessure, son expression lointaine qui engagea une de ses compagnes de voyage – une femme ivre – à lui adresser la parole. La femme, dans les âges de Ruth, avait les traits tirés, une expression dure. Elle était pâle, trop maigre, fumait sans arrêt, et avait la voix voilée d'une fumeuse, ainsi qu'un accent du Sud que la boisson exagérait encore.

– Je sais pas qui c'est, ma belle, mais vous êtes mieux sans lui !

– Je me suis fait ça au squash, répondit Ruth.

– Il vous a fait ça en lâche ? Merde, il y est pas allé de main morte, conclut la femme avec écœurement.

Dans l'avion, Ruth but deux bières coup sur coup. Lorsqu'il lui fallut aller faire pipi, elle fut soulagée de constater qu'elle avait moins mal. Il n'y avait que trois autres passagers en première classe, et personne à côté d'elle.

1. En français dans le texte. [*NdT*]

Elle demanda à l'hôtesse de ne pas lui servir le dîner, mais de la réveiller au moment du petit déjeuner.

Elle s'allongea dans son siège, se couvrit avec la mince couverture, et essaya de se caler la tête confortablement avec le petit coussin. Il lui faudrait dormir sur le dos, ou sur le côté gauche ; sa joue droite était trop endolorie. Sa dernière pensée, avant de sombrer dans le sommeil, fut qu'une fois de plus Hannah avait raison. Je suis trop dure avec mon père, songea-t-elle. Après tout, comme dit la chanson, « ce n'est qu'un homme ».

Puis Ruth dormit. Elle allait dormir jusqu'en Allemagne, luttant en vain pour ne pas rêver.

Veuve pour le restant de ses jours

C'était la faute d'Allan. S'il ne lui avait pas parlé de la veuve outragée, Ruth n'aurait jamais rêvé toute la nuit des autres lettres de haine, ou des lecteurs en embuscade.

Dans le temps, elle répondait à toutes les lettres de lecteurs. Il y en avait eu des monceaux, surtout après son premier roman, mais elle avait fait l'effort d'y répondre. Sauf aux lettres venimeuses, pourtant : ça n'en valait pas la peine. Que le ton d'une lettre fût moindrement acerbe, elle la jetait au panier sans autre forme de procès.

> Dans l'ensemble, et ce malgré vos phrases inachevées, je lisais votre dernier livre avec un plaisir relatif ; mais les incohérences répétées, les virgules en cascade et votre emploi fâcheux de l'expression « avec un peu d'espoir » ont fini par avoir raison de mon indulgence. Je me suis arrêté à la page 385, où l'exemple le plus flagrant de votre style « liste des commissions » a mis un terme à ma lecture et m'a fait chercher une prose de meilleure qualité que la vôtre.

Qui prendrait la peine de répondre à ce genre de lettre ?

Mais les critiques des œuvres de Ruth portaient plus souvent sur le fond de ses romans.

Ce que je déteste dans vos livres, c'est votre goût du sensationnel. Vous vous plaisez surtout à exagérer les détails choquants.

Les détails choquants, parlons-en ! Certains lecteurs trouvaient choquant le seul fait qu'elle choisisse de ne pas se voiler la face. D'ailleurs, elle n'était pas sûre d'exagérer l'indécence. Il fallait plutôt craindre qu'elle fût devenue si banale qu'on ne puisse guère l'exagérer.

Ce qui attira des ennuis à Ruth, ce fut son habitude de répondre aux lettres positives ; or c'était justement à ces lettres-là qu'il aurait fallu avoir la prudence de ne jamais répondre. Particulièrement dangereuses, les lettres dont l'auteur, non content d'avoir aimé un roman de Ruth Cole, prétendait qu'il avait changé sa vie.

Il existait un schéma type de cette correspondance. L'auteur de la lettre professait toujours un attachement indéfectible à un ou plusieurs de ses romans ; en général, il s'identifiait plus ou moins à un ou plusieurs de ses personnages. Ruth répondait, remerciait le lecteur de sa lettre. La deuxième lettre de la même personne se faisait plus pressante ; souvent, elle accompagnait un manuscrit (« J'ai adoré votre livre ; je sais que vous allez adorer le mien » – ou quelque chose d'approchant). Il n'était pas rare que le lecteur proposât un rendez-vous. Quant à la troisième lettre, elle disait combien il avait été blessé du silence de Ruth. Qu'elle répondît ou pas à la troisième lettre, la quatrième serait la missive de la fureur – voire la première d'une longue série. Tel était le schéma classique.

D'une certaine manière, songeait Ruth, ces admirateurs déçus de ne pas avoir pu faire sa connaissance à titre personnel l'inquiétaient davantage que les abrutis qui la détestaient d'emblée. Écrire un roman exige qu'on ait son intimité ; qu'on mène une vie de reclus ou presque. Au contraire, la publication d'un livre est une affaire dangereusement publique. Ruth n'avait jamais été douée pour la partie publique du processus.

– *Guten Morgen... Frühstück*, lui murmura l'hôtesse à l'oreille.

Ruth était épuisée par ses rêves, mais elle avait faim, et le café sentait bon.

De l'autre côté de la travée, un monsieur était en train de se raser. Son plateau sur les genoux, il se penchait pour se regarder dans un miroir de poche ; le bruit de son rasoir rappelait le bourdonnement d'un insecte contre un store. Au-dessous des passagers occupés à se restaurer, la Bavière se faisait plus verte à mesure que les nuages se dissipaient ; les premiers rayons du soleil matinal brûlaient le brouillard. Il avait plu pendant la nuit ; le tarmac serait encore mouillé lorsque l'avion atterrirait à Munich.

Ruth aimait bien l'Allemagne, et ses éditeurs allemands. C'était son troisième voyage ; comme toujours, les détails de son itinéraire lui avaient été précisés à l'avance. Et les journalistes qui l'intervieweraient auraient lu son livre.

A la réception de son hôtel, on savait qu'elle arrivait de bonne heure ; sa chambre était prête. L'éditeur avait envoyé des fleurs – et des photocopies des premières critiques, qui étaient bonnes. L'allemand de Ruth, lui, n'était pas bon, mais elle en savait assez pour comprendre les critiques. A Exeter et à Middlebury, cela avait été sa seule langue étrangère. Les Allemands semblaient trouver attendrissant qu'elle tentât de parler leur langue, même mal.

Le premier jour, elle se forcerait à rester éveillée jusqu'à midi. Puis elle ferait la sieste ; deux ou trois heures lui suffisaient à peu près pour éliminer le décalage horaire. Sa première lecture était prévue pour le soir, non pas à Munich même mais à Freising. Plus tard dans le week-end, après ses interviews, on la conduirait à Stuttgart. Tout était clair.

Plus clair qu'aux États-Unis ! songeait Ruth lorsque la réceptionniste lui dit : « Ah, et il y a un fax pour vous. » La lettre de haine de la veuve outragée. L'espace d'un instant, Ruth l'avait totalement oubliée.

– *Wilkommen in Deutschland !* lui lança la réceptionniste tandis qu'elle se retournait pour suivre le chasseur dans l'ascenseur. (Bienvenue en Allemagne…)

> *Ma chère enfant* [ainsi commençait la lettre de la veuve]
> *Cette fois, vous allez trop loin. Que vous ayez, comme je l'ai lu dans vos critiques, « une verve satirique pour mettre en scène les chassés-croisés des maux de la société et des faiblesses humaines dans le même livre », « rassembler les innombrables*

*calamités morales de notre époque sur la tête d'un même per-
sonnage »*, soit. *Pour autant, tout n'est pas matière à rire, dans
la vie ; il est des tragédies qu'on ne saurait traiter par l'humour.
Vous passez les bornes.*

J'ai été mariée quarante-cinq ans. [Feu son mari était dans les
pompes funèbres, décida Ruth.] *Lorsque mon mari est mort, ma
vie s'est arrêtée. Il était tout pour moi. En le perdant, j'ai tout
perdu. Et votre mère, alors ? Vous croyez vraiment qu'elle a
trouvé moyen de voir la mort de vos frères sous l'angle comique ?
Si vous pensez que c'est pour consacrer sa vie à l'humour que
votre mère vous a abandonnés, vous et votre père ?* [Comment
ose-t-elle m'écrire des choses pareilles ? se demanda Ruth.]

*Vous parlez de l'avortement, de l'accouchement, de l'adoption,
mais vous ne savez même pas ce que c'est que d'être enceinte.
Vous écrivez sur une divorcée, sur une veuve, vous qui ne vous
êtes jamais mariée. Vous nous dites à quel moment une veuve peut
revenir dans le monde en toute sécurité, mais les veuves pour un
an, ça n'existe pas. Moi, je vais rester veuve toute ma vie !*

*Horace Walpole a écrit : « Le monde est une comédie pour
l'homme d'esprit, une tragédie pour l'homme de cœur. » Mais le
monde du réel est une tragédie pour ceux qui ont de l'esprit et du
cœur ; il n'est comique que pour ceux qui ont eu de la chance.*

Ruth sauta à la fin de la lettre, puis revint au début ; l'adresse de
l'expéditeur n'était pas mentionnée ; la veuve outrée n'avait même
pas signé.

Elle concluait en ces termes :

*Il ne me reste plus que la prière. Je ne vous oublie pas dans
mes prières. Qu'est-ce que cela peut signifier, le fait qu'à votre
âge vous n'ayez jamais été mariée, pas même une fois ? Je
prierai pour que vous vous mariez. Peut-être aurez-vous un
enfant, peut-être que non. Mon mari et moi, nous nous aimions
si fort que nous n'avons pas voulu d'enfants ; ils auraient pu
gâcher notre couple. Mais ce qui est plus important, c'est que
je m'en vais prier pour que vous aimiez votre mari d'un amour
sincère – et pour que vous le perdiez. Je m'en vais prier pour
que vous deveniez veuve vous-même, et pour le restant de vos*

jours. Et là vous saurez combien ce que vous avez écrit était factice.

En lieu et la place de la signature : « Une veuve pour le restant de ses jours ». La femme avait ajouté un post-scriptum qui donna le frisson à Ruth : « Ce n'est pas le temps qui me manque pour prier. »

Ruth se proposait de demander à Allan par fax si l'enveloppe portait le nom et l'adresse d'un expéditeur, ou à défaut, si le cachet précisait de quelle ville la lettre avait été postée. La réponse serait tout aussi inquiétante que la lettre : elle avait été déposée chez Random House, dans la Cinquantième Rue Est. La réceptionniste ne se rappelait pas du tout la personne qui l'y avait déposée à l'étage des éditeurs, ni même si c'était bien une femme.

Si la veuve dévote avait été mariée quarante-cinq ans, elle devait avoir dans les soixante-dix ans – voire quatre-vingts ou quatre-vingt-dix. A supposer qu'elle ait tout loisir de prier, en effet, elle n'avait peut-être plus très longtemps à vivre.

Ruth dormit presque tout l'après-midi. L'anathème de la veuve n'était pas si alarmant, après tout. Peut-être n'était-ce que justice, d'ailleurs ; on conçoit qu'un livre qui a quelque vertu soit un camouflet pour l'un ou l'autre. Ce n'est pas la lettre d'une vieille teigne qui va me gâcher le séjour, décida Ruth.

Elle irait se promener, elle enverrait des cartes postales, elle écrirait son journal. A l'exception de la foire de Francfort, où il était impossible de se détendre, elle était bien décidée à mettre son séjour à profit pour récupérer. Les extraits de son journal, et les cartes postales qu'elle envoya laissent penser qu'elle y réussit jusqu'à un certain point. Y compris à Francfort !

Journal de Ruth,
avec quelques cartes postales choisies

Pas mal, la lecture à Freising, mais que ce soit venu de moi ou du public, un peu moins animée que je n'aurais cru. Avons dîné ensuite sous les voûtes d'un ancien monastère. J'ai trop bu.

345

Chaque fois que je vais en Allemagne, je retrouve ce contraste entre le monde des affaires, où les gens sont si stricts (témoins ces clients aux vêtements dispendieux, dans le hall de l'hôtel Vier Jahreszeiten), et celui des journalistes, qui cultivent une mise si négligée ; on dirait qu'ils se délectent de leur malpropreté comme des adolescents qui veulent choquer leurs parents. C'est une société en confrontation aiguë avec elle-même – tout comme la nôtre, mais en avance sur la nôtre, à un stade de détérioration plus profonde.

Je me demande si j'ai du mal à me remettre du décalage horaire, ou si un nouveau roman est en train de germer dans ma tête : je n'arrive pas à lire sans sauter des passages. La carte de la restauration en chambre ; la liste des services de l'hôtel ; le premier tome de *La Vie de Graham Greene* par Norman Sherry. (Je n'avais pas l'intention de l'emporter, j'ai dû le glisser par inadvertance dans mon bagage à main.) Tout ce que j'arrive à lire, ce sont les dernières lignes des paragraphes qui ont l'air importants, ces phrases finales, avant le blanc de la page. De loin en loin, une phrase ressort en milieu de paragraphe. Et je suis incapable d'une lecture suivie ; mon esprit ne cesse de faire des bonds en avant.

Sherry dit de Greene : « Sa quête du louche, du sordide, du sexuel et du déviant l'a mené dans bien des directions, comme le montre son journal. » Je me demande si mon journal le montre aussi. Je l'espère. Ça m'enrage de penser que la quête du louche, du sordide, du sexuel et du déviant est considérée comme logique (sinon tout à fait acceptable) chez l'écrivain mâle ; je suis sûre que ça me ferait le plus grand bien, à moi, en tant que romancière, si je recherchais davantage le louche, le sordide, le sexuel et le déviant. Mais les femmes qui se lancent dans cette quête-là, on les culpabilise, ou alors il faut qu'elles se justifient avec une véhémence un peu ridicule – on dirait qu'elles fanfaronnent.

Imaginons que moi, j'aille payer une prostituée pour qu'elle me laisse la regarder avec son client, enregistrer tous les détails de la plus furtive des étreintes... n'est-ce pas ce que tout écrivain devrait faire, d'une certaine façon ? Pourtant, il y a des sujets qui restent interdits aux femmes. Ça n'est pas sans rapport avec la dichotomie qu'on pratique quant à la vie amoureuse ; il est permis à un homme, voire considéré comme séduisant, d'avoir un passé amoureux, mais quand

346

il s'agit d'une femme, elle sera bien avisée de garder le silence là-dessus.

Il faut croire que je suis en train de commencer un nouveau roman ; ma distraction me porte trop souvent dans la même direction pour que je la mette sur le compte du décalage horaire. Je pense à une romancière. Quelqu'un qui aille plus loin que moi, en tant qu'écrivain *et* en tant que femme. Elle ne ménage aucun effort pour observer tout ce qui l'entoure, absorber les moindres détails ; ce n'est pas qu'elle tienne à rester célibataire, mais elle pense que le mariage risque de lui imposer des limites. Non pas qu'elle ait besoin de tout faire – elle n'a rien d'une aventurière amoureuse –, mais elle tient à tout *voir.*

Imaginons qu'elle paie une prostituée pour la laisser la regarder avec son client. Imaginons qu'elle n'ose pas le faire toute seule – disons qu'elle le fasse avec son petit ami. (Un petit ami déplorable, bien sûr.) Ce qui ressort de l'attitude du petit ami, au cours de cet épisode, est si dégradant, si honteux, que cela suffit à pousser la romancière à changer de vie.

Il se passe quelque chose qui va au-delà du louche – quelque chose de trop sordide, de trop déviant. Le roman fait la preuve d'un type d'inégalité sexuelle : la romancière, dans son besoin d'observation, va trop loin. Cette expérience particulière avec la prostituée, si l'écrivain était un homme, ne s'accompagnerait pas d'un sentiment de honte, d'avilissement.

Le biographe de Graham Greene parle du « droit de l'écrivain », et de « son besoin de puiser dans son expérience et dans celle d'autrui ». Il pense que ce droit, ce terrible besoin impliquent une certaine absence de scrupules. Mais la relation entre expérience et imagination est trop complexe pour qu'on puisse parler d'une simple absence de scrupules. D'abord, il faut imaginer une bonne histoire ; ensuite, trouver les détails qui font vrai. Il est plus facile pour cela que certains détails soient effectivement vrais. Si l'on a tendance à surestimer l'expérience, il est vrai que l'observation demeure irremplaçable.

Non, cette fois, ce n'est plus le décalage horaire ; c'est bien un roman. Cela commence par la transaction avec une prostituée, acte traditionnellement chargé d'opprobre. Mais, non, idiote, cela commence avec le petit ami déplorable ! En tout cas, je vais en faire un gaucher. Un amant à la chevelure blond paille…

347

J'en ai tellement assez qu'Hannah me dise d'oublier mon horloge biologique et de me marier (ou pas, d'ailleurs) pour de « bonnes raisons », et pas seulement parce que mon corps croit vouloir un bébé. Hannah est peut-être venue au monde sans horloge biologique, mais, à l'exception du bébé, elle accorde gaiement tout ce qu'il veut à son corps.

Carte postale adressée à Hannah et représentant un étalage de saucisses au Viktualienmarkt de Munich :

> *Je te pardonne, mais tu te pardonnes toi-même un peu trop facilement. Et ça n'est pas d'hier.*
> *Affectueusement, Ruth.*

Le trajet de Munich à Stuttgart ; la prononciation de *Schwäbische Alb* ; la région agricole avec ses choux rouges, bleus, verts. A Stuttgart, l'hôtel est dans Schillerstrasse – un hôtel moderne, avec beaucoup de verrières. La prononciation de *Schlossgarten*.

Les questions des jeunes, dans le public, après ma lecture, portaient toutes sur les problèmes sociaux aux États-Unis. Parce que mes livres semblent critiques vis-à-vis de la société américaine, on m'invite à exprimer ce qu'on perçoit comme mon anti-américanisme. (Les journalistes qui m'interviewent ont la même tendance.) Et voilà que maintenant, à la veille de la réunification, les Allemands veulent aussi savoir ce que je pense d'eux. Et les Américains en général, que pensent-ils des Allemands ? Sommes-nous contents que l'Allemagne soit réunifiée ?

Je leur avoue que je préférerais parler du métier de conteur. Pas eux. Tout ce que je trouve à leur dire, c'est que mon manque d'intérêt pour un sujet qui les intéresse n'est pas feint. Ma réponse ne fait pas leur bonheur.

Dans le nouveau roman, la prostituée devra être une femme d'un certain âge – pas trop intimidante pour la romancière. Le petit ami déplorable en voudrait une plus jeune et plus belle que celle qu'elle finit par choisir. Il faut que le lecteur se doute de l'abjection de l'amant, mais l'écrivain, elle, ne voit rien venir. Elle concentre ses observations sur la prostituée – pas seulement sur son client, et moins encore sur le déroulement mécanique de l'acte familier – mais sur les détails annexes de la chambre.

Il faudrait dire quelque chose de ce que la romancière aime et n'aime pas chez un homme ; peut-être demande-t-elle à la prostituée comment elle fait pour surmonter sa répugnance physique devant certains types d'hommes. Y a-t-il des hommes à qui elle dise non ? Il doit bien y en avoir. Les prostituées ne peuvent pas être totalement indifférentes à… disons, aux détails des hommes.

Il faut que ça se passe à Amsterdam. Parce que : 1) Les prostituées y sont si abordables. 2) J'y vais. 3) Mon éditeur hollandais est un chic type ; je pourrai le persuader de m'accompagner pour aller trouver une prostituée et lui parler.

Mais non, idiote. Il faut aller voir cette prostituée toute seule.

Ce que j'aime : l'agressivité d'Allan, la plupart du temps. (Et les limites de cette agressivité, aussi.) Ses critiques, sur mon œuvre, en tout cas. Avec lui, je peux être moi-même. Il est indulgent, il me pardonne. (Trop peut-être.) Je me sens en sécurité auprès de lui ; je ferais davantage de choses, je lirais davantage, je sortirais davantage. Jamais il ne s'imposerait. (Il ne s'est pas imposé du tout.) Il serait bon père.

Ce que je n'aime pas : il me coupe la parole, mais il la coupe à tout le monde. Ce n'est pas tant ses mauvaises manières de table qui me dérangent ; mais je trouve la façon dont il mange repoussante. J'ai peur de le trouver repoussant au lit, aussi. Et puis il y a ces poils, sur ses mains… Allez, passe là-dessus.

Sur une carte postale destinée à Allan et représentant une Daimler de 1885 au musée Mercedes-Benz de Stuttgart :

> *Tu n'as pas besoin d'une nouvelle voiture ? J'aimerais bien faire une longue virée avec toi.*
> *Affectueusement, Ruth.*

Dans l'avion, de Stuttgart à Hambourg, puis en voiture, de Hambourg à Kiel. Il y a des tas de vaches. Nous sommes dans le Schleswig-Holstein, berceau de la race de vaches du même nom. Mon chauffeur est représentant auprès des libraires. Ces gens-là m'apprennent toujours quelque chose. Lui m'explique que mes lecteurs allemands sont surpris de ne pas me trouver plus engagée politiquement. Mes romans sont « politiques », m'explique-t-il, dans la mesure où tout commentaire social est politique. « Vos livres s'intéressent à la politique, conclut-il, mais pas vous. »

Je ne parviens pas à démêler si c'est une critique ou un simple constat, mais je crois qu'il a raison. Et le sujet survient dans les questions du public, après la lecture à la Kunsthalle de Kiel – public nombreux.

Moi, j'essaie toujours de parler de l'art du conteur. « Je suis comme quelqu'un qui fabrique des meubles, leur dis-je, parlons donc plutôt de ce qui a trait aux chaises et aux tables. » Je lis sur leurs visages qu'ils s'efforcent de trouver un sens second, symbolique, à mes propos. « Je suis sur un projet de roman, leur dis-je. Il traite d'une femme qui, à un moment de sa vie, décide qu'elle a envie de se marier, non pas parce qu'elle a auprès d'elle un homme qu'elle a sincèrement envie d'épouser, mais parce qu'elle en a par-dessus la tête des amants déplorables. » Quelques rires épars, décourageants. Je retente ma chance en allemand. On rit davantage, mais je crains que ce ne soit de mon allemand.

« Ce sera peut-être mon premier roman à la première personne », leur dis-je. Je vois bien qu'ils ont perdu tout intérêt pour ce que je raconte, en anglais et en allemand. Ça pourrait s'intituler *Mon dernier amant déplorable*. (Le titre sonne très mal en allemand : *Mein letzter schlimmer Freund* ; il provoque plus de perplexité que d'hilarité ; on dirait un roman sur une maladie d'adolescence.)

Je m'arrête pour boire une gorgée d'eau et vois le public se carapater, surtout les gens assis au fond de la salle. Et ceux qui sont restés attendent dans l'inconfort que j'aie fini. Je n'ai pas le courage de leur annoncer que mon personnage de femme est écrivain. Ça tuerait ce qui leur reste d'attention ! Autant pour l'art du conteur, ou ses préoccupations concrètes ! Même moi, ça m'ennuie d'essayer d'amuser les gens avec l'essence de mon vrai métier.

Depuis mon hôtel à Kiel, je vois les ferries dans la baie. Ils font la navette avec la Suède et le Danemark. Peut-être qu'un jour j'irai avec Allan. Peut-être qu'un jour je voyagerai avec un mari et un enfant, et une nounou pour l'enfant.

La romancière que j'ai en tête : croit-elle vraiment que le mariage sonnera le glas de sa liberté d'observer le monde ? Si elle était mariée, elle aurait pu aller trouver une prostituée et lui parler en compagnie de son mari. Pour une romancière, le mariage représente peut-être une liberté d'observation accrue. Peut-être que la femme dont je parle ne s'en rend pas compte.

Je me demande si Allan verrait un inconvénient à m'accompagner regarder une prostituée avec son client. Non, bien sûr !

Mais l'homme à qui je devrais vraiment demander de se joindre à moi, c'est mon père.

Carte postale adressée à son père et représentant les prostituées en vitrine sur la Herbertstrasse, dans St. Pauli, le quartier chaud de Hambourg.

> *Je pense à toi, papa. Je regrette ce que je t'ai dit, c'était méchant.*
> *Je t'aime, Ruthie.*

Le vol de Hambourg à Cologne ; le trajet en voiture jusqu'à Bonn, la splendeur de l'université.

Pour la première fois, quelqu'un dans le public m'a posé une question sur mon œil (au cours des interviews, tous les journalistes l'avaient fait). C'était une jeune fille ; elle avait l'air d'une étudiante et son anglais était quasi parfait.

– Qui vous a frappée ?

– Mon père. (Silence immédiat, dans le public.) Avec son coude. On jouait au squash.

– Votre père n'est pas trop vieux pour jouer au squash avec vous ?

– Oui, il est trop vieux, mais il tient une jolie forme, pour son âge.

– Mais alors, je suppose que vous le battez ?

– Oui, je le bats, ai-je répondu.

Mais après la conférence la jeune fille m'a tendu un billet : « Je ne vous crois pas, quelqu'un vous a frappée exprès. »

Ça aussi, c'est quelque chose que j'aime bien chez les Allemands : on ne leur fait pas prendre des vessies pour des lanternes.

Il est clair que si j'écris un roman à la première personne sur une romancière, j'invite tous les critiques à me coller l'étiquette autobiographique, à conclure que c'est de moi que je parle. Mais il ne faut jamais s'abstenir d'écrire tel ou tel genre de roman par peur de l'accueil qui lui sera fait.

Je me figure la réaction d'Allan quand il va découvrir que c'est mon deuxième roman de suite sur une romancière ; mais comme je l'ai entendu poser en principe que l'éditeur doit s'abstenir de toute recommandation ou mise en garde sur les sujets à aborder, je me ferai un devoir de le lui rappeler.

Point plus important dans ce nouveau roman : après avoir observé la prostituée avec son client, qu'est-ce que le petit ami déplorable pourrait bien faire de si dégradant aux yeux de la romancière ? Qu'est-ce qui se passe qui lui fasse honte au point qu'elle veuille changer de vie ?

Après avoir regardé la prostituée avec son client, il est peut-être si excité qu'à la façon dont il fait l'amour à la romancière elle se dit qu'il a une autre femme en tête. Non, ce ne serait qu'une variante sur le thème du ratage sexuel. Il faut que ce soit plus abominable, plus humiliant.

En un sens, je préfère cette phase de la composition à l'écriture proprement dite. Au début, les possibilités sont si nombreuses. A chaque détail retenu, à chaque mot arrêté, les choix se limitent.

Rechercher ma mère, m'en abstenir ; espérer qu'un jour ce soit elle qui parte à ma recherche. Quels événements majeurs me reste-t-il à vivre, quels événements propres à la faire venir ? La mort de mon père. Mon mariage, si je me marie. La naissance de mon enfant, si j'en ai un. (Si j'ai un jour le cran d'en avoir, je n'en veux pas plus d'un.) Peut-être devrais-je annoncer mon mariage imminent avec Eddie O'Hare. Ça attirerait peut-être l'attention de ma mère, ça. Je me demande si Eddie marcherait – après tout, il a envie de la voir, lui aussi.

Carte postale adressée à Eddie O'Hare et représentant la cathédrale de Cologne, qui est la plus grande cathédrale gothique d'Allemagne.

Être avec vous, parler avec vous ; cela a été le soir le plus important de ma vie jusqu'à présent. A bientôt, j'espère. Cordialement.
Ruth Cole.

Carte postale adressée à Allan et représentant un superbe château au bord du Rhin.

Joue ton rôle d'éditeur, choisis entre ces deux titres : Son dernier petit ami déplorable, *ou* Mon dernier petit ami déplorable. *Dans un cas comme dans l'autre, l'idée me plaît.*
Affectueusement, Ruth.
PS. Si tu m'offres cette maison, je t'épouse. Mais je vais peut-être t'épouser de toute façon.

Dans le train entre Bonn et Francfort, il me vient un autre titre pour mon nouveau roman ; il est peut-être plus engageant, mais seulement parce qu'il me permettrait d'écrire une fois de plus à la troisième personne. *Ce qu'elle voyait, ce qu'elle ignorait.* Sans doute trop long, trop littéral. Ce serait encore plus exact avec un point-virgule. *Ce qu'elle voyait ; ce qu'elle ignorait.* J'imagine déjà ce que penserait Allan de ce point-virgule dans le titre ; il ne voit d'ailleurs pas du tout à quoi riment mes points-virgules. « Plus personne ne sait ce que c'est à présent. Si on n'a pas l'habitude de lire des auteurs du dix-neuvième siècle, on croit que l'auteur a écrasé un moucheron au-dessus de sa virgule. Les points-virgules, de nos jours, ça ne fait que distraire l'attention. » N'empêche, je crois que je veux l'épouser.

Le trajet de Bonn à Francfort prend deux heures. C'est à Francfort que mon programme est le plus long et le plus chargé. Deux conférences seulement, mais des interviews à la chaîne. Et, à la foire du Livre, il y aura un débat que je redoute. Sujet : « La réunification de l'Allemagne. »
« Je suis romancière, vais-je sûrement dire à un moment donné, je ne sais que raconter des histoires. »
Coup d'œil à la liste des autres participants au débat, eux-mêmes écrivains venus faire la promotion de leur livre à la foire ; un mâle américain atroce, de l'espèce Intellectuel Puant. Puis un autre auteur

américain, une femme, moins connue, mais non moins atroce, affiliée à la tendance La Pornographie est une Violation de mes Droits Civiques. (Si elle n'a pas encore fait la critique de *Pas pour les enfants*, elle la fera, et elle ne sera pas tendre.)

Il y a aussi un jeune romancier allemand dont l'œuvre est interdite au Canada. Il a été taxé d'obscénité, avec raison, selon toute vraisemblance. Le chef d'accusation ne s'oublie pas : dans son roman, un personnage a des rapports sexuels avec des poulets ; il se fait prendre dans un hôtel chic avec un poulet. Des caquètements effroyables ont mis la puce à l'oreille au personnel, et puis la femme de chambre s'est plainte d'avoir trouvé des plumes.

Mais par rapport aux autres participants, il est intéressant, ce romancier allemand.

« Moi, j'écris des comédies », vais-je sûrement dire à un moment donné, comme je le fais toujours. La moitié du public, et plus de la moitié de mes confrères en concluront que je ne suis pas un auteur sérieux. Mais la comédie est une affaire de tempérament. Un auteur ne choisit pas d'être comique. On peut choisir d'écrire une intrigue, ou de ne pas en écrire. On peut choisir ses personnages. Mais la comédie ne relève pas d'un choix, elle s'impose spontanément.

Autre intervenante, une Anglaise qui a écrit un livre sur ce qu'on appelle les retours de mémoire (le retour de la sienne, en l'occurrence). Un beau matin, elle s'est réveillée, et elle s'est rappelée que son père l'avait violée, que ses frères l'avaient violée, ainsi que tous ses oncles. Et son grand-père en prime ! Le matin, elle se réveille, et elle se « rappelle » encore un violeur. Ce doit être éreintant !

Quelle que soit la chaleur du débat, le jeune romancier allemand affichera une expression lointaine – comme si une image idyllique venait de lui traverser l'esprit. Celle d'un poulet, sans doute.

« Je ne suis qu'une conteuse, dirai-je encore (et toujours), les généralisations ne sont pas mon fort. »

Seul le gallinophile me comprendra. Il me lancera un regard sympathique, avec une pointe de désir, peut-être, et ses yeux me diront : Vous seriez tellement mieux avec des plumes un peu rousses...

A Francfort, dans ma petite chambre au Hessischer Hof, je bois une bière pas très fraîche. A minuit, nous serons le 3 octobre, et l'Allemagne sera réunifiée. Sur mon écran de télévision, je regarde les cérémonies qui se déroulent à Bonn et à Berlin. En cet instant historique, je suis toute seule dans ma chambre d'hôtel. Mais qu'est-ce que vous voulez qu'on en dise de cette réunification, puisqu'elle est déjà là ?

Toussé toute la nuit. Appelé l'éditeur ce matin, puis le service de presse. Navrée de devoir annuler ma participation au débat, mais il faut que j'économise ma voix en prévision de la conférence. L'éditeur m'envoie un nouveau bouquet. L'attaché de presse m'apporte des pastilles pour la toux, « aux simples des Alpes suisses, cultivés biologiquement ». Comme ça, pendant mes interviews, je tousserai une haleine à la citronnelle et au thym. Jamais je n'ai été aussi ravie de tousser.

Dans l'ascenseur, je croise l'Anglaise tragi-comique ; la tête qu'elle fait indique sans l'ombre d'un doute qu'elle s'est réveillée avec le souvenir retrouvé d'un viol de plus.

Déjeuner au Hessischer Hof. A une autre table, le romancier allemand qui se fait des poulets ; il est interviewé par une femme qui m'a interviewée dans la matinée. Le journaliste avec lequel je suis moi-même tousse encore plus que moi. Une fois seule, je bois mon café tout à loisir ; le jeune romancier allemand me regarde chaque fois que je tousse. Il doit croire que j'ai une plume coincée dans la gorge.

Que je l'aime, cette toux. Elle me permet de me prélasser dans un bain en pensant à mon nouveau roman.

Dans l'ascenseur, petit bonhomme gonflé comme une baudruche grotesque, l'atroce mâle américain, l'Intellectuel Puant. Il semble offensé de me voir entrer dans la cabine avec lui.

– Vous avez raté le débat, il paraît que vous êtes malade.

– Oui.

– Tout le monde tombe malade, ici – c'est abominable, cet endroit.

– Oui.

– J'espère que vous n'allez pas me contaminer.

– Je l'espère aussi.

– Je suis probablement déjà atteint – ça fait assez longtemps que je suis là.

Comme ce qu'il écrit, ces propos ne sont pas clairs. Veut-il dire à Francfort depuis assez longtemps pour avoir attrapé quelque chose, ou dans l'ascenseur depuis assez longtemps pour subir la contagion ?

– Toujours pas mariée ?

Ce n'est pas une avance ; c'est une de ces phrases sans suite dont il a le secret.

– Toujours pas mariée, mais en puissance de mari, peut-être.

– Ah, bravo !

La satisfaction sincère que ma réponse lui a procurée me surprend.

– Me voilà arrivé à mon étage, désolé que vous ayez manqué le débat.

– Oui.

Ah, la merveille de ces rencontres inopinées entre auteurs de renommée mondiale, bonheur sans pareil...

Il faudrait que la romancière rencontre l'amant blond à la foire de Francfort. C'est un écrivain, lui aussi, très minimaliste. Il n'a publié que deux recueils de nouvelles – des histoires ténues, si dépouillées que l'essentiel de l'intrigue est laissé de côté. Ses tirages sont faibles mais, en revanche, la critique l'entoure de cette adulation inconditionnelle qui accompagne souvent l'obscurité.

La romancière, elle, devra écrire de « gros » livres. A eux deux, ils dévoient le proverbe populaire qui veut que les contraires s'attirent ; en l'occurrence, ils ont horreur de leurs œuvres respectives ; leur attirance est purement sexuelle.

Il faut qu'il soit plus jeune qu'elle.

Leur liaison débute à Francfort. Il l'accompagne en Hollande, où elle se rend après la foire pour assurer la promotion d'une traduction en néerlandais. Lui n'est pas édité en Hollande – il a été beaucoup moins sous les feux de la rampe qu'elle, à Francfort. Elle ne s'en est pas aperçue, mais lui, si. Il n'est pas retourné à Amsterdam depuis qu'il était étudiant – il avait passé un été à l'étranger. Il se rappelle les prostituées ; il veut l'emmener les voir. Et lui montrer un *live show*, aussi, peut-être.

– Je ne crois pas que j'aimerais voir un *live show*, dit la romancière.

Ce pourrait être lui qui ait l'idée de payer une prostituée pour les laisser regarder. « Comme ça, ce serait un *live show* rien que pour nous », dit-il. Il fait cette proposition avec désinvolture, sous-entendant qu'elle pourrait bien y trouver son compte plus que lui. « En tant qu'écrivain. A titre documentaire. »

Et lorsqu'ils sont à Amsterdam et qu'il l'escorte dans le quartier chaud, il ne cesse de badiner d'un cœur léger : « Celle-là, je voudrais pas la regarder ; elle doit être dans la soumission. » (Des commentaires de ce type.) Il lui donne à penser que regarder une prostituée n'est qu'une partie de rigolade un peu polissonne, que le plus difficile sera de réprimer leur fou rire – parce que, bien sûr, il ne faudra pas trahir leur présence une fois cachés.

Mais je me demande comment la prostituée les cachera de manière qu'ils voient sans être vus.

C'est là-dessus qu'il me faut me documenter. Je peux demander à mon éditeur hollandais de m'accompagner dans le quartier chaud ; après tout, c'est une chose que font les touristes. Il est probable que toutes ses romancières le lui demandent ; nous voulons toutes un accompagnateur pour visiter le louche, le sordide, le déviant, le sexuel. (La dernière fois que je suis allée à Amsterdam, un journaliste est venu avec moi dans le quartier chaud ; c'était lui qui me l'avait proposé.)

Comme ça, je jetterai un coup d'œil sur les femmes. Si j'ai bonne mémoire, elles n'aiment pas tellement ça, mais je suis sûre d'en trouver une ou deux qui ne me terrifient pas trop – et que je puisse retourner voir toute seule. Il faudra qu'elles parlent anglais, ou un peu allemand, à la rigueur.

Une seule prostituée suffira peut-être, si elle se sent assez à l'aise pour me parler. Je n'ai pas besoin de voir l'acte pour l'imaginer, certes. Et puis c'est ce qui arrive à la romancière dans sa cachette qui me préoccupe le plus. Imaginons que l'amant déplorable soit excité, et même qu'il se masturbe. Elle, ne peut protester ni même faire le moindre geste pour s'écarter de lui, car alors le client découvrirait qu'on l'observait. (Oui, mais alors comment fera le nouvelliste pour se masturber ? Problème.)

Toute l'ironie de l'affaire, c'est peut-être que la prostituée a été payée pour l'usage qu'on fait d'elle, tandis que la romancière, quoiqu'on se serve d'elle, doit payer en plus. Hé oui. Il faut avoir le cuir épais pour être écrivain. Soit dit sans ironie, cette fois.

Allan a téléphoné. J'ai toussé pour lui. Maintenant qu'il y a un océan entre nous, et pas de possibilité immédiate de coucher ensemble, j'ai envie de coucher avec lui, naturellement. Que les femmes sont contrariantes !

Je ne lui ai rien dit de mon nouveau livre. Pas un mot. Ça aurait défloré mes cartes postales.

Autre carte postale destinée à Allan et représentant une vue aérienne de la foire du Livre qui se targue de recevoir dans les 5 500 éditeurs venus du monde entier.

> *Plus jamais sans toi.*
> *Affectueusement, Ruth.*

Sur le vol KLM qui me conduit à Amsterdam : ma toux et mon œil au beurre noir ne sont presque plus qu'un souvenir. De la toux ne me reste qu'un chatouillement au fond de la gorge. Ma pommette et mon œil droit gardent bien une vague coloration – une sorte de vert chartreuse, tirant sur le jaune. J'ai désenflé, mais mon teint donne à penser que je traîne une maladie qui s'éternise, comme ma toux.

C'est la tête idéale pour quelqu'un qui se prépare à aborder une prostituée. J'ai l'air d'avoir une vieille maladie à partager.

Mon guide d'Amsterdam me révèle que le quartier chaud, connu sous le nom de *de Walletjes* (les petits remparts) a été officiellement reconnu au quatorzième siècle. Suivent des allusions égrillardes aux « jeunes personnes peu vêtues dans leurs vitrines ».

Pourquoi faut-il toujours affecter ces airs de supériorité quand on écrit sur le louche, le sordide, le sexuel et le déviant ? (L'amusement est une façon d'exprimer sa supériorité aussi vigoureuse que l'indifférence.) Je crois que cette expression d'amusement ou d'indifférence devant l'indécence est le plus souvent bidon. Devant l'indécence, on est attiré ou réprobateur, voire les deux, mais on s'efforce de prendre des airs supérieurs en feignant l'amusement ou l'indifférence.

« Tout le monde a un blocage sexuel, au moins un », m'a dit Hannah jadis. (Mais alors, le sien, elle ne m'en a jamais fait part…)

J'ai mes obligations classiques ici, mais il me restera assez de temps libre pour ce que je veux faire. Amsterdam n'est pas Francfort, d'ailleurs rien n'est aussi effroyable que Francfort. Et, pour être honnête, j'ai hâte d'aller trouver ma prostituée ! Bien sûr, cette quête s'accompagne d'un frisson coupable. Mais, de fait, le client, c'est moi. Je suis prête à la payer, je m'y attends tout à fait.

Carte postale adressée à Allan depuis l'aéroport de Schiphol, et, non sans analogies avec celle que Ruth a précédemment adressée à son père des prostituées allemandes dans les vitrines de la Herbertstrasse. Celle-ci montre les *Walletjes*, le quartier chaud d'Amsterdam ; les néons des bars et des sex-shops qui se reflètent dans le canal ; les passants, tous des hommes en imperméable ; les vitrines, au premier plan, encadrées de lanternes d'un rouge violet, avec une femme en sous-vêtements... on dirait un mannequin déplacé, qu'on aurait emprunté à une boutique de lingerie, ou quelqu'un dont on aurait loué les services pour une fête entre amis.

> *Oublie question précédente. Titre :* Mon dernier petit ami déplorable *; premier roman à la première personne, oui, et encore un personnage de romancière. Fais-moi confiance.*
> *Affectueusement, Ruth.*

La première rencontre

C'était la parution de *Niet voor kinderen*, traduction néerlandaise de *Pas pour les enfants*, qui avait amené Ruth à Amsterdam, mais elle considérait à présent sa recherche de documentation pour son histoire de prostituée comme devant absorber toute son énergie. Elle n'avait pas encore trouvé l'occasion de parler de cette fièvre toute neuve à son éditeur hollandais, Maarten Schouten, qu'elle désignait affectueusement comme « Maarten avec deux *a* et un *e* ».

Pour la traduction du *Même Orphelinat* – en néerlandais *Hetzelfde weeshuis*, titre qu'elle s'était évertuée en vain à prononcer, elle était descendue dans un hôtel charmant, quoique décati, sur le Prinsengracht ; dans le petit tiroir de chevet où elle se proposait de ranger sa lingerie, elle avait découvert un stock de marijuana non négligeable. Il avait sans doute été laissé là par un précédent client, mais Ruth était si tendue, lors de cette première tournée de promotion en Europe, qu'elle n'avait pas douté qu'un journaliste malveillant eût semé la marijuana à dessein pour la mettre dans l'embarras.

Le susdit Maarten Schouten avec deux *a* et un *e* lui avait assuré qu'à Amsterdam la détention de marijuana, tout juste un délit, ne risquait guère de mettre qui que ce soit dans l'embarras. Et elle avait aimé la ville d'emblée, ses canaux, ses ponts, ses bicyclettes, ses cafés et ses restaurants.

Lors de sa deuxième visite, pour la parution d'*Avant la chute de Saigon* – du moins avait-elle eu la satisfaction de pouvoir prononcer *Voor de val van Saigon* –, elle s'était installée dans un autre secteur, sur la place de la Digue, où la proximité du quartier chaud avait inspiré à un journaliste l'idée de l'emmener voir les prostituées en vitrine. Elle n'était pas près d'oublier avec quelle crudité s'étalait le spectacle de ces femmes en culotte et soutien-gorge à midi, et celui des accessoires SM dans la vitrine d'un sex-shop.

Elle y avait aperçu un vagin en caoutchouc accroché au plafond de la boutique, assujetti à un porte-jarretelles rouge. S'il n'avait pas été agrémenté d'une fausse toison pubienne, on l'aurait pris pour une omelette en suspension. Il y avait aussi des fouets, une cloche à vache attachée par une courroie de cuir à un godemiché ; des poires à lavement de toutes tailles ; un poing de caoutchouc.

Mais cela, c'était cinq ans auparavant. Ruth n'avait pas encore eu l'occasion de juger si le quartier avait changé. Elle était cette fois installée dans son troisième hôtel, sur le Kattengat ; l'établissement, qui ne brillait pas par son élégance, pâtissait de ses efforts malencontreux pour être fonctionnel. Ainsi, il y avait une salle exclusivement réservée au petit déjeuner des clients de l'étage de Ruth. Le café y était froid, le jus d'orange tiède, et les croissants, nageant sur leur lit de miettes, n'étaient plus bons qu'à donner aux canards du canal le plus proche.

Au rez-de-chaussée et au sous-sol, l'hôtel avait accouché d'une salle de mise en forme. La musique choisie pour les cours d'aérobic remontait par les canalisations sanitaires dans les étages, les vibrations permanentes de la batterie ébranlant la plomberie. Il apparaissait à Ruth que les Hollandais, du moins lorsqu'ils faisaient de la gymnastique, avaient un faible pour du rock férocement monotone, qu'elle aurait défini comme un rap non rimé. Un rythme sans mélodie se répétait tandis qu'un mâle européen, pour lequel l'anglais était une langue très étrangère, ressassait une phrase unique. Dans l'une des chansons, c'était : « *I vant to have sex vit you* » ; dans une autre : « *I vant to fook you.* »

360

Un tour sur les lieux mêmes avait eu tôt fait de doucher le peu de curiosité expérimentale que le gymnase aurait pu lui inspirer : un club de rencontres sous couvert d'une salle de mise en forme, très peu pour elle. Elle trouva également dissuasif le spectacle inévitable qu'on donnait de soi. Les vélos d'intérieur, les cyclorameurs, les escaliers d'entraînement se trouvaient en ligne, face au parquet des cours d'aérobic ; où que l'on se trouvât, on avait dans son champ visuel les bonds et les tours des danseurs reflétés dans la multitude de miroirs de la salle ; avec un peu de chance, on pouvait espérer assister à une entorse ou à une crise cardiaque.

Ruth décida d'aller se promener. Le coin lui était nouveau ; elle se trouvait en fait plus près du quartier chaud qu'elle ne le croyait, mais elle partit dans la direction opposée. Traversant le premier canal qu'elle rencontra, elle tourna dans une ruelle sympathique – la Korsjespoortsteeg – où, à sa surprise, elle trouva plusieurs prostituées.

Cette rue aux allures résidentielles, bien entretenue, hébergeait en effet une demi-douzaine de vitrines, avec des filles déshabillées au travail. Des femmes de race blanche, manifestement prospères, sinon toujours jolies. Pour la plupart, elles étaient plus jeunes que Ruth ; il y en avait peut-être une ou deux de son âge. Ruth fut tellement soufflée qu'elle en trébucha. L'une des prostituées ne put s'empêcher de rire.

En cette fin de matinée, Ruth était la seule femme dans cette ruelle. Trois hommes, chacun de son côté, faisaient du lèche-vitrines en silence. Elle ne se serait jamais figuré pouvoir trouver une prostituée à qui parler dans un endroit moins louche et moins ostentatoire que le quartier chaud ; sa découverte l'encouragea.

Lorsqu'elle se retrouva dans la Bergstraat, quiète et propre elle aussi, nouvel étonnement, il y avait d'autres prostituées. Les quatre premières, jeunes et belles, ne firent pas attention à elle. Elle vit vaguement passer une voiture au ralenti, son chauffeur examinant les filles avec soin. Mais voici qu'elle n'était plus la seule passante. Devant elle se trouvait une femme vêtue tout à fait dans le même esprit qu'elle, jean noir, chaussures de daim noir à talon moyen compensé. Elle aussi portait un blouson de cuir masculin, mais le sien était marron, et agrémenté d'un foulard de soie indienne.

Ruth marchait si vite qu'elle faillit rattraper la femme, qui portait au bras un cabas de toile, d'où dépassaient une grande bouteille d'eau minérale et un pain. Elle se retourna pour regarder Ruth dans les yeux

361

– un regard sans insistance. Elle n'était pas fardée, ne portait pas même de rouge à lèvres ; elle allait sur la cinquantaine. Au passage, elle souriait aux prostituées dans leurs vitrines ou les saluait d'un signe de la main. Mais, au bout de la Bergstraat, devant une vitrine aux rideaux fermés, elle s'arrêta soudain pour déverrouiller la porte. Avant d'entrer, elle se retourna d'instinct, comme une femme qui a l'habitude d'être suivie. Et, de nouveau, elle regarda Ruth – cette fois avec une curiosité plus insistante, et une effronterie enjôleuse dans son sourire ironique qui se fit séducteur. C'était une prostituée ! Elle venait d'arriver au travail.

Ruth repassa devant les filles de la Korsjespoortsteeg. Dans la ruelle, les hommes étaient à présent plus nombreux, mais aucun ne la regarda, et ils ne se regardaient pas entre eux. Elle en reconnut deux qui avaient fait le même circuit qu'elle. Combien de fois repasseraient-ils pour se faire une idée plus précise ? Cela aussi, elle voulait le savoir ; cela faisait partie intégrante de sa recherche.

Si elle se disait qu'il lui serait plus facile d'interviewer une prostituée dans une rue agréable et d'apparence peu dangereuse, comme celle-ci ou la Bergstraat, elle pensait néanmoins que le personnage de son roman, cette autre romancière affligée d'un amant déplorable, devrait plutôt faire son expérience dans le pire bouge du quartier chaud. Car enfin, si cette aventure effroyable devait la dégrader et l'humilier, il serait plus approprié – et en outre plus rentable sur le plan de l'atmosphère – qu'elle se produise dans le cadre le plus glauque qui soit.

Cette fois-ci, les prostituées de la Korsjespoortsteeg suivirent Ruth de longs regards las, accompagnés d'un ou deux hochements de tête imperceptibles. Celle qui avait ri de la voir trébucher la jaugea d'un œil froid, à la limite de l'hostilité. Seule l'une d'entre elles fit un geste, mais qui pouvait s'interpréter comme une invite ou comme une rebuffade. Elle avait l'âge de Ruth, mais elle était beaucoup plus lourde, les cheveux décolorés en blond. Elle la montra du doigt en baissant les yeux avec ostentation. C'était un geste d'institutrice, que démentait un sourire canaille – peut-être la prenait-elle pour une lesbienne.

Ruth tourna de nouveau dans la Bergstraat, en marchant assez lentement pour donner à la prostituée d'âge mûr le temps de se mettre en tenue – en petite tenue, peut-être – de travail, et de se poster en vitrine. L'une des prostituées les plus jeunes et les plus jolies fit un franc clin d'œil à Ruth, qui fut curieusement mise en joie par cette parodie de proposition malhonnête. Tout éberluée par l'œillade de la jolie fille, Ruth faillit passer devant la prostituée d'âge mûr sans la reconnaître ; il faut dire que sa transformation était radicale – disparue l'insipide ménagère au cabas vue dans la rue quelques minutes auparavant.

Sur le seuil de la porte ouverte se tenait à présent une putain rousse pleine de vivacité. Son rouge à lèvres lie-de-vin était assorti à sa culotte et à son soutien-gorge bordeaux, qui constituaient toute sa garde-robe, avec un bracelet-montre en or, et une paire d'escarpins à brides noirs, dont les talons de huit centimètres la rendaient désormais plus grande que Ruth.

Les rideaux de la vitrine étaient ouverts, qui laissaient voir un tabouret de bar à l'ancienne, avec un pied de cuivre poli, mais la prostituée elle-même était dans une posture toute domestique. Plantée sur le seuil de la porte, elle brandissait encore le balai avec lequel elle venait de chasser une unique feuille jaune, comme pour défier toute autre feuille de se déposer, et elle détaillait Ruth des pieds à la tête : on aurait dit que c'était la romancière qui arpentait la Bergstraat en sous-vêtements tandis qu'elle, ménagère décemment mise, vaquait vertueusement à ses tâches domestiques. C'est alors que Ruth prit conscience qu'elle s'était arrêtée, et que la prostituée rousse lui avait adressé un signe de tête et un sourire d'invite, qui – puisque Ruth ne trouvait pas le courage de parler – se faisait incertain.

– Vous parlez anglais ? bredouilla Ruth.

La prostituée parut plus amusée que surprise.

– Pas de problème, je parle anglais, et pas de problème, je fais les lesbiennes, aussi.

– Je ne suis pas lesbienne.

– Pas grave. C'est la première fois que vous allez avec une femme ? Je sais quoi faire.

– Je ne veux rien faire, s'empressa de rectifier Ruth. Je voudrais juste parler avec vous.

Cette requête mit la prostituée mal à l'aise, comme si « parler » relevait d'une perversion à laquelle elle refusait de se plier.

– Il va falloir me payer plus cher, alors. Parler, ça peut durer des heures.

363

Ruth fut sidérée de cette attitude qui suggérait que toute activité sexuelle serait préférable à la conversation.

– Mais bien sûr que je vous paierai le temps que vous passerez avec moi, dit-elle à la rousse qui l'inspectait avec soin, non pas pour faire l'inventaire de son corps, mais pour évaluer – chose plus pertinente pour elle – combien elle avait mis dans ses vêtements.

– Ça va vous coûter soixante-quinze *gulden* les cinq minutes, annonça la rousse, qui avait estimé à leur juste valeur les vêtements banals mais coûteux.

Ruth ouvrit la fermeture éclair de son sac à main, et regarda dans son portefeuille les billets peu familiers. Soixante-quinze florins, ça faisait cinquante dollars ? Pas donné pour une conversation de cinq minutes ! (Par rapport aux prestations fournies d'ordinaire par la fille dans le même temps, voire moins, c'était une compensation insuffisante.)

– Je m'appelle Ruth, dit la romancière, mal à l'aise, en tendant la main à la rousse.

Mais celle-ci, sans la serrer, se mit à rire, et l'attira par la manche de son blouson dans la petite pièce. Une fois entrées, elle ferma à clef et tira les rideaux ; dans cet espace confiné, son parfum musqué était presque aussi entêtant que sa quasi-nudité.

La pièce elle-même était rouge jusque dans ses moindres détails. Les lourds rideaux tiraient sur le prune ; du tapis rouge sang émanait une vague odeur de détachant pour moquette ; la courtepointe, qui couvrait bien proprement un lit à deux places, avait des motifs de roses à l'ancienne ; la taie de l'unique oreiller était rose. Il y avait un drap de bain, d'un autre rose que celui de l'oreiller, soigneusement plié en deux au centre du lit, manifestement pour protéger la courtepointe. Sur une chaise, au chevet de ce lit fonctionnel fait avec soin, on voyait une pile de serviettes roses, qui semblaient propres, quoiqu'un peu défraîchies.

La petite pièce rouge était entourée de miroirs ; il y en avait presque autant, et aussi mal placés, que dans la salle de mise en forme de l'hôtel. Et l'éclairage était si faible qu'à chaque pas que Ruth faisait, elle se voyait avancer, ou reculer, ou les deux. (Sans compter que les glaces reflétaient une myriade de prostituées.)

La fille s'assit sur le lit, au centre même de la serviette, sans avoir besoin de regarder. Elle croisa les chevilles, en équilibre sur ses talons aiguilles, et se pencha en avant, mains sur les cuisses ; c'était la pose d'une longue expérience, qui mettait en valeur ses seins effrontés et bien formés, en en exagérant le sillon : Ruth put voir les petits tétons violacés sous la dentelle de son balconnet bordeaux. Son slip brésilien allongeait le V de son entrecuisse et laissait voir les vergetures de son ventre rebondi – il était clair qu'elle avait eu des enfants, ou, du moins, un enfant.

La rousse désigna un vaste fauteuil à Ruth. Il était si mou que la jeune femme eut les seins qui touchèrent ses genoux lorsqu'elle se pencha en avant, et qu'elle dut s'accrocher aux accoudoirs pour ne pas partir à la renverse.

– Il est plus pratique pour les pipes, ce fauteuil, lui expliqua la fille. Mon nom, c'est Dolores, mais mes amis m'appellent Rooie.

– Rooie ? répéta Ruth en essayant de ne pas penser au nombre de pipes pratiquées dans ce fauteuil de cuir éraflé.

– Ça veut dire « rousse ».

– Je vois, répondit Ruth, en s'avançant sur le bord du fauteuil à pipes. « Il se trouve que je suis en train d'écrire une histoire », commença-t-elle, mais la prostituée bondit de son lit.

– Vous m'aviez pas dit que vous étiez journaliste ! Je cause pas aux journalistes ! s'exclama Rooie-Dolores.

– Je ne suis pas journaliste du tout ! s'écria Ruth. (Ah, ah, piquée au vif !) Je suis romancière, moi. Les histoires, je les invente. Tout ce qu'il me faut, c'est vérifier que les détails sont justes.

– Et quels détails ? demanda Rooie.

Elle ne voulait plus s'asseoir sur le lit et se mit à arpenter la pièce. Ses allées et venues permirent à Ruth de découvrir d'autres aspects du lieu de travail parfaitement fonctionnel de la prostituée. Un petit lavabo était fixé au mur, avec un bidet à côté (multiplié par les miroirs, bien sûr). Sur un guéridon, entre le bidet et le lit, on trouvait une pile de mouchoirs en papier, ainsi qu'un rouleau d'essuie-tout. Sur un plateau en émail blanc façon hôpital étaient disposés des gels et des lubrifiants classiques et moins classiques, ainsi qu'un godemiché d'une taille dissuasive. De la même blancheur d'hôpital ou de cabinet médical que le plateau, il y avait une poubelle à couvercle, de celles dont on actionne l'ouverture avec une pédale. Par la porte entrouverte, Ruth voyait un WC plongé dans la pénombre, avec un siège, recouvert d'une lunette de bois, et une chasse d'eau à chaîne. A côté du lampadaire coiffé d'un abat-jour en vitrail de couleur écarlate, sur un guéridon à portée du fauteuil à pipes, reposaient un cendrier propre et une corbeille d'osier pleine de préservatifs.

Cela faisait partie des détails nécessaires à Ruth, avec la minceur de la penderie. Les quelques robes, chemises de nuit, ainsi qu'un débardeur en cuir, n'avaient en effet pas la place d'être pendus d'a-plomb ; on avait glissé les cintres en diagonale, comme des prostituées qui voudraient montrer leur meilleur profil.

Robes et chemises, et le débardeur plus encore, faisaient beaucoup trop jeune pour une femme de l'âge de Rooie. Mais Ruth ne connais-sait pas grand-chose à ces articles : des robes elle en portait rarement, et elle préférait dormir avec un slip et un immense T-shirt (quant au débardeur en cuir, il ne lui serait jamais venu à l'esprit d'en porter un).

Elle commença son histoire :

– Imaginez qu'un homme et une femme viennent vous voir et vous proposent de vous payer pour leur permettre de vous regarder avec un client. Vous le feriez ? Vous l'avez déjà fait ?

– Ah, c'est ça que vous voulez ? il fallait le dire tout de suite ! Bien sûr que je le ferai, bien sûr que je l'ai déjà fait. Pourquoi vous êtes pas venue avec votre ami ?

– Non, non. Je ne suis pas venue à Amsterdam avec un ami. Je ne veux pas vous regarder avec un client. Je m'imagine juste comment c'est. Je voulais seulement savoir comment vous vous y prenez, et si c'est rare ou banal. Enfin, ça vous arrive tous les combien d'avoir des propositions de couple ? J'aurais tendance à croire que c'est plutôt des hommes seuls qui vous demandent ça que des couples. Et que les femmes seules, c'est, c'est plutôt... rare.

– C'est vrai, oui. La plupart du temps, c'est des hommes seuls ; des couples, une ou deux fois par an, peut-être.

– Et des femmes seules ?

– Je peux, si c'est ce que vous voulez. Ça m'arrive, de temps en temps, mais pas souvent. Les hommes, en général, ça les dérange pas qu'une femme regarde. C'est plutôt les femmes qui matent qui veulent pas être vues.

Il faisait si chaud dans cette pièce sans air que Ruth mourait d'envie de retirer son blouson de cuir. Mais en cette compagnie, il serait bien effronté de rester en T-shirt de soie noire ; elle se contenta donc d'ouvrir la fermeture éclair du blouson sans l'enlever.

Rooie se dirigea vers la penderie. En l'absence de porte, un rideau de chintz à motifs de feuilles d'automne, dans les rouges, était accroché à une corniche de bois. Lorsque Rooie ferma le rideau, il masquait le contenu de la penderie, à l'exception des chaussures, qu'elle tourna pointe vers l'extérieur. Il y avait là une demi-douzaine de paires d'escarpins à talons hauts.

– Il vous suffirait de vous mettre derrière le rideau en laissant dépasser la pointe de vos chaussures avec les autres, dit Rooie.

Elle passa par la fente entre les rideaux et se cacha. Lorsque Ruth regarda ses pieds, elle put tout juste distinguer ses chaussures des autres escarpins ; il lui fallait chercher ses chevilles pour les apercevoir.

– Je vois, dit-elle.

Elle avait envie de se mettre dans la penderie pour juger quel coup d'œil elle aurait sur le lit ; la fente entre les rideaux était étroite : elle n'y verrait peut-être pas grand-chose.

On aurait dit que la prostituée lisait dans ses pensées. Elle surgit de derrière le rideau.

– Allez-y, essayez, lui dit-elle.

Ruth ne put éviter de la frôler lorsqu'elle se glissa par la fente du rideau. La pièce tout entière était si exiguë que deux personnes ne pouvaient pas y évoluer sans se toucher.

Ruth casa ses pieds entre deux paires de chaussures. La mince fente du rideau lui offrait un coup d'œil satisfaisant sur la serviette rose au milieu du lit. Dans le miroir, en face, elle voyait également la penderie ; il lui fallait regarder avec attention pour reconnaître ses propres chaussures parmi celles qui s'alignaient au bas du rideau. Elle ne voyait pas son corps, derrière l'étoffe, pas même ses yeux qui regardaient dans l'interstice, ni même une partie de son visage, sauf si elle bougeait – et même dans ce cas, elle ne détectait qu'un vague mouvement.

Sans bouger la tête, d'un simple regard, elle embrassait le lavabo et le bidet ; le godemiché sur le plateau d'hôpital, ainsi que les gels et les lubrifiants, étaient bien visibles. Mais ce qui se passait sur le fauteuil à pipes lui serait dérobé en partie par un accoudoir, et par le dos du fauteuil lui-même.

– Si un type veut une pipe, je pourrais la lui faire sur le lit, si c'est à ça que vous pensez, dit Rooie.

Ruth n'avait pas passé plus d'une minute dans la penderie ; elle ne s'était pas rendu compte que sa respiration s'était faite irrégulière, ni que le contact de la robe dorée sur le cintre le plus proche lui donnait des démangeaisons dans la nuque. Elle ressentait une légère gêne dans la gorge, quand elle avalait, mais elle y vit une séquelle de sa toux, ou le prélude à un rhume. Lorsqu'un déshabillé gris perle glissa de son cintre, elle crut que son cœur s'était arrêté de battre, et qu'elle était morte là où elle avait toujours cru qu'elle mourrait : dans un placard.

– Si vous vous sentez bien là-dedans, dit Rooie, je vais tirer les rideaux de la boutique et m'asseoir en vitrine. Mais à cette heure-ci, ça prendra peut-être un certain temps avant qu'il entre un type – une demi-heure, ou même trois quarts d'heure. Évidemment, il faudra me donner encore soixante-quinze *gulden*. J'ai déjà passé beaucoup de temps avec vous.

Ruth trébucha sur les chaussures et se précipita hors de la penderie en criant :

– Non ! Je veux pas regarder. Moi, je ne fais qu'écrire une histoire ! C'est l'histoire d'un couple, la femme a mon âge. C'est son petit ami qui la persuade de faire ça, un type nul !

Elle s'aperçut avec embarras qu'elle venait d'expédier une des chaussures de la fille au milieu de la pièce. Rooie la récupéra puis s'agenouilla devant la penderie pour redresser les autres. Elle les remit toutes (y compris celle dans laquelle Ruth avait donné un coup de pied) dans leur position habituelle, pointe tournée vers l'intérieur.

– Vous êtes bizarre, vous, alors, commenta la prostituée.

Elles se tenaient côte à côte, empruntées, comme si elles étaient en train d'admirer l'alignement des chaussures.

– Et vos cinq minutes sont écoulées, ajouta-t-elle en désignant du doigt sa jolie montre en or.

Ruth ouvrit pour la deuxième fois la fermeture éclair de son sac. Elle prit trois billets de vingt-cinq florins dans son portefeuille, mais, proche comme elle se trouvait, Rooie en voyait le contenu. Elle y cueillit prestement un billet de cinquante florins, en disant : « Cinquante, ça suffit, pour un rab de cinq minutes. Gardez vos petites coupures, si jamais vous vouliez revenir... après réflexion. »

D'un geste si rapide que Ruth ne le vit pas venir, elle se pressa contre la romancière et lui caressa le cou du bout du nez ; avant qu'elle ait pu réagir, elle prit légèrement son sein dans sa main puis alla s'asseoir sur la serviette qui protégeait le lit.

– Il sent bon, ton parfum, mais je le sens à peine, commenta-t-elle. T'as de beaux seins. Ils sont gros.

Tout en rougissant, Ruth s'efforçait de s'installer dans le fauteuil à pipes sans se laisser complètement avaler par sa mollesse.

– Dans mon histoire…, commença-t-elle.

– L'ennui, avec ton histoire, c'est qu'il s'y passe rien. Bon, ce couple me paie pour me voir faire un client. Et après ? Ce serait pas la première fois. Qu'est-ce qui se passe, après ? C'est ça, l'histoire ?

– Je ne sais pas très bien ce qui se passe après, mais c'est bien l'histoire, oui, répondit Ruth. La femme au petit ami nul est humiliée. Elle se sent dégradée par l'expérience – pas à cause de ce qu'elle a vu, mais à cause de son amant. C'est l'impression qu'il lui a fait éprouver qui l'humilie.

– Ce serait pas la première fois.

– Peut-être qu'il se masturbe en regardant ? suggéra Ruth.

Rooie comprit que c'était une question.

– Ce serait pas la première fois, répéta-t-elle. Pourquoi est-ce que la femme s'en étonnerait ?

La fille avait raison. D'ailleurs, il y avait un autre problème : Ruth ne savait pas tout ce qui pouvait se passer dans l'histoire parce qu'elle ne savait pas qui étaient ses personnages et quelle était leur relation. Ce n'était pas la première fois qu'elle faisait cette découverte sur un roman en gestation ; mais c'était la première fois qu'elle la faisait devant une tierce personne – accessoirement une inconnue, et une prostituée.

– Tu sais ce qui se passe, en général ?

– Non, avoua Ruth.

– Ils regardent seulement pour commencer. Les couples, surtout. Mater mène à autre chose.

– C'est-à-dire ?

– Quand ils reviennent, ils se contentent plus de regarder, ils veulent faire des trucs.

– Je ne crois pas que mon personnage reviendrait, répondit Ruth, mais elle n'écarta pas la possibilité.

– Des fois, après avoir regardé, le couple veut faire des trucs immédiatement, là, tout de suite.

– Mais quels trucs ?

– Toutes sortes. Des fois, le type veut me voir avec la femme – il veut me voir la chauffer. En général, je commence par le type et la femme mate.

– Tu commences par le type ?

– Et puis je fais la femme.

– Ça s'est déjà produit ?

– Tout s'est déjà produit, affirma la prostituée.

Ruth était assise dans le halo écarlate, qui baignait à présent la petite pièce d'une lueur rougeâtre plus intense. La serviette rose sur laquelle trônait Rooie avait incontestablement viré au rose plus soutenu sous l'effet de l'abat-jour en verre coloré. La seule autre clarté de la pièce venait du jour assourdi que filtraient les rideaux, ainsi que d'une pâle loupiote fixée au-dessus de la porte d'entrée.

La prostituée se pencha en avant dans la lumière avantageuse, et, à ce geste, ses seins semblèrent sur le point de jaillir du balconnet. Tandis que Ruth s'accrochait aux accoudoirs du fauteuil à pipes, Rooie posa doucement ses mains sur les siennes.

– Tu veux réfléchir à ce qui se passe ensuite et revenir me voir ? lui demanda-t-elle.

– Oui, répondit Ruth, qui s'était mise à parler tout bas sans le vouloir, et qui n'aurait pas pu retirer ses mains sans tomber à la renverse dans le fauteuil infernal.

– Rappelle-toi, tout peut arriver, tout ce que tu voudras.

– Oui, murmura Ruth de nouveau.

Elle regardait fixement les seins découverts de la prostituée ; cela lui paraissait moins dangereux que de croiser son regard intelligent.

– Peut-être que si tu me regardais avec quelqu'un, mais toi toute seule, je veux dire, ça te donnerait des idées…, chuchota Rooie à son tour.

Ruth secoua la tête, consciente cependant que le geste était moins convaincant que si elle avait dit nettement : « Non, je ne crois pas. »

– La plupart des femmes qui viennent mater toutes seules, c'est des jeunes filles, annonça Rooie, en reprenant sa voix normale ; le ton était méprisant.

Ruth fut si étonnée d'entendre cela qu'elle se mit à regarder la fille, involontairement.

– Mais pourquoi des jeunes filles ? Tu veux dire qu'elles veulent voir comment ça se passe, les rapports sexuels ? Elles sont vierges ?

Rooie lâcha les mains de Ruth ; elle se remit sur le lit d'un coup de reins et éclata de rire.

– Vierges, tu parles ! C'est des filles qui pensent à se prostituer – elles veulent voir comment ça se passe.

Ruth n'avait jamais été aussi choquée ; même découvrir qu'Hannah avait couché avec son père ne l'avait pas surprise autant.

Rooie désigna sa montre du doigt et se leva du lit à l'instant même où Ruth s'extrayait du maudit fauteuil. La jeune femme dut se contorsionner pour ne pas toucher la prostituée.

Cette dernière, entrouvrant la porte, laissa entrer le soleil de midi, un soleil si éclatant que Ruth s'aperçut qu'elle avait sous-estimé l'obscurité de la chambre rouge. Rooie tourna le dos à la lumière, et, dans un geste théâtral, s'interposa entre la porte et Ruth, qu'elle gratifia de trois baisers sur les joues, joue gauche, joue droite, et puis joue gauche encore. « A la hollandaise, trois fois », lui dit-elle gaiement, avec une chaleur davantage de mise entre vieilles amies.

Bien sûr, on avait déjà embrassé Ruth de cette façon-là – Maarten et sa femme Sylvia, chaque fois qu'ils lui disaient bonjour ou au revoir –, mais les baisers de Rooie furent plus longs, et puis la fille appuya sa paume tiède contre le ventre de Ruth, qui, d'instinct, contracta les abdominaux.

– Qu'est-ce que t'as le ventre plat ! lui dit la prostituée. T'as déjà eu des enfants ?

– Non, pas encore, répondit-elle ; Rooie continuait de lui barrer la porte.

– Moi, j'en ai eu un, dit Rooie ; elle plongea les pouces dans l'élastique de son slip brésilien et le baissa une seconde. « A la dure », ajouta-t-elle, en faisant allusion à la cicatrice très visible d'une césarienne ; cette cicatrice étonna bien moins Ruth, qui avait déjà remarqué les vergetures de Rooie, que le fait qu'elle se rasait la toison.

Rooie laissa l'élastique de son slip revenir en claquant. Si moi, je préférerais être en train d'écrire, se dit Ruth, alors elle, n'en parlons pas. Après tout, c'est une prostituée ; elle préférerait sans doute faire son boulot plutôt que d'être là, à flirter avec moi. Mais ça l'amuse quand même de me mettre mal à l'aise.

Agacée, à présent, Ruth n'avait plus qu'une envie : partir. Elle essaya de contourner Rooie.

– Tu reviendras, lui dit la fille, mais elle la laissa se couler dans la rue sans rechercher davantage le contact avec elle. Puis elle lança à tue-tête, pour être entendue des passants ou des autres prostituées de la Bergstraat : « Tu ferais mieux de fermer ton sac, dans cette ville. »

En effet le sac était ouvert, vieille erreur, mais portefeuille et passeport étaient toujours à leur place, de même qu'au premier coup d'œil tout ce qui devait se trouver là : un tube de rouge, un autre, plus gros, de brillant à lèvres incolore, un tube d'écran solaire, et un dernier de baume pour les lèvres.

Ruth avait également sur elle un poudrier qui avait appartenu à sa mère ; la poudre la faisait éternuer ; la houppette avait disparu depuis longtemps. Parfois, pourtant, lorsque Ruth regardait dans le petit miroir, elle s'attendait à y trouver le visage de Marion. Elle referma son sac sous le regard ironique de Rooie.

Lorsqu'elle s'efforça de lui rendre son sourire, le soleil lui fit plisser les yeux. Rooie tendit la main et lui toucha le visage du doigt. Elle regardait son œil droit avec un intérêt aigu, mais Ruth se méprit sur la raison. Il faut dire qu'elle avait davantage l'habitude de voir les gens remarquer la tache hexagonale de son iris qu'un œil au beurre noir.

– C'est de naissance, commença-t-elle.

Mais Rooie demanda :

– Qui t'a frappée ? (Dire qu'elle croyait que le bleu avait disparu !) Ça remonte à une semaine ou deux, on dirait...

– Un petit ami déplorable.

– Ah, il y en a bien un, un petit ami.

– Il n'est pas là. Je suis venue toute seule à Amsterdam.

– Seule jusqu'à la prochaine fois que tu viendras me voir, répliqua la prostituée.

Elle ne disposait que de deux sourires, l'un ironique, l'autre enjôleur. Elle arborait l'enjôleur.

Tout ce que Ruth trouva à dire fut : « Tu parles drôlement bien anglais. » Mais ce compliment rugueux, pour sincère qu'il était, eut un effet bien plus profond qu'elle ne l'aurait prévu.

La prostituée perdit tout signe d'effronterie. On aurait dit qu'un vieux chagrin lui était revenu avec une force à la limite de la violence.

Ruth faillit s'excuser, mais, sans lui laisser le temps de répondre, la rousse expliqua avec amertume : « J'ai connu un Anglais pendant un bout de temps. » Sur quoi, elle entra dans sa chambre et ferma la porte. Ruth attendit, mais les rideaux ne s'ouvrirent pas.

L'une des prostituées les plus jeunes et les plus jolies lui jetait des regards courroucés, depuis le trottoir d'en face, comme si elle était personnellement déçue que Ruth ait dépensé son argent pour une pute plus vieille et moins séduisante.

Il n'y avait qu'un seul autre piéton dans la minuscule Bergstraat – un homme d'un certain âge qui marchait les yeux baissés. Il ne regardait aucune des prostituées, mais leva les yeux promptement au passage de Ruth. Elle lui rendit son regard réprobateur, tandis qu'il passait son chemin, les yeux de nouveau rivés aux pavés.

Elle poursuivit sa route. Sa confiance en elle – en tant que personne, pas en tant qu'écrivain – était ébranlée. Quelle que puisse être l'histoire – la plus plausible, la meilleure –, elle ne doutait pas d'en découvrir la suite. Elle n'avait pas assez réfléchi à ses personnages, voilà tout. Non, la confiance qu'elle venait de perdre relevait du domaine moral. Il s'agissait du centre d'elle-même en tant que femme, et, sans savoir de quoi il retournait au juste, elle s'étonnait d'en éprouver l'absence.

Oui, elle retournerait voir Rooie, mais ce n'était pas ce qui la chagrinait. Elle n'éprouvait pas le désir de faire une expérience sexuelle avec la prostituée, qui avait excité son imagination sans exciter ses sens ; et elle ne croyait toujours pas qu'il y ait la moindre nécessité pour elle, ni en tant que femme ni en tant qu'écrivain, de la voir pratiquer son métier avec un client.

Ce qui la chagrinait, c'était d'éprouver le besoin de se retrouver avec elle – seulement pour savoir, comme dans une histoire, ce qui se passait après. Autant dire que c'était Rooie qui menait le jeu.

La romancière rentra d'un bon pas à son hôtel, où, avant sa première interview, elle écrivit dans son journal : « Le discours conventionnel considère que la prostitution est une sorte de viol rémunéré ; à la vérité, dans la prostitution, et peut-être seulement dans la prostitution, c'est bien la femme qui semble mener le jeu. »

Elle avait une deuxième interview pendant le déjeuner, et deux autres après. Elle aurait dû essayer de se détendre à ce moment-là, parce qu'elle avait une lecture programmée pour le début de soirée, suivie d'une séance de signatures, et d'un dîner. Mais, au lieu de cela, elle resta dans sa chambre d'hôtel à écrire sans s'arrêter. Elle élaborait intrigue sur intrigue, jusqu'à ce qu'elles paraissent tirées par les cheveux. Si la romancière devait se sentir humiliée par l'expérience, ce qu'il en advenait sur le plan sexuel devait lui advenir à elle ; en somme, il fallait que ce fût son expérience à elle. Sinon pourquoi serait-ce à elle d'éprouver cette humiliation ?

Plus Ruth s'efforçait de s'impliquer dans l'histoire qu'elle écrivait, plus elle différait, évitait l'histoire qu'elle était en train de vivre. Pour la première fois, elle comprenait ce que c'était qu'être un personnage de roman, et non pas l'écrivain – qui mène le jeu –, car c'était en personnage qu'elle se voyait retourner dans la Bergstraat, en personnage d'une histoire dont elle n'était pas l'auteur.

Son impatience était donc celle du lecteur qui veut absolument savoir la suite. Elle ne pourrait pas s'empêcher de retourner voir Rooie. Elle ne pourrait pas résister au désir de découvrir la suite. Qu'est-ce que la fille allait suggérer ? Et elle, qu'est-ce qu'elle la laisserait faire ?

Lorsque le romancier sort de son rôle, ne serait-ce qu'un instant, quels autres rôles peut-il choisir ? Dans les histoires, il n'y a que des conteurs et des personnages, rien d'autre. Ruth n'avait jamais connu une attente aussi fébrile ; elle savait n'éprouver aucun désir de reprendre le contrôle des événements ; en fait, elle était enchantée de ne pas mener le jeu. Elle était heureuse de ne pas être la romancière ; cette histoire-là, ce n'était pas elle qui l'écrivait ; pourtant, elle la trouvait palpitante.

Ruth modifie son histoire

Ruth resta après sa lecture pour la séance de dédicaces. Puis elle dîna avec les organisateurs. Et le soir suivant, à Utrecht, après sa conférence à l'université, elle signa de nouveau des livres. Maarten et Sylvia l'aidaient à orthographier les noms hollandais.

374

Les garçons voulaient une dédicace « à Wouter » – ou à Hein, Hans, Henk, Gerard et Jeroen, et les noms des filles n'étaient pas moins étrangers à Ruth : « à Els » – ou Loes, Mies, Marijke et Nel (avec un seul *l*). Sans compter les lecteurs qui voulaient que la dédicace comportât leur nom de famille : aux Overbeek, Van der Meulen, et Van Meur ; aux Blockhuis, Veldhuizen, Dijkstra, De Groot, et aux Smit. Ces deux séances, redoutables dictées, lui donnèrent la migraine.

Mais Utrecht et sa vieille université étaient superbes. Avant la lecture, Ruth avait dîné de bonne heure avec Maarten, Sylvia et leurs grands fils. Elle se rappelait encore le temps où ils étaient « petits », et voilà qu'ils étaient plus grands qu'elle, et que l'un des deux portait la barbe. Pour Ruth, qui n'avait toujours pas d'enfant à trente-six ans, quand on connaissait des couples avec progéniture, on s'exposait au choc de voir les chères têtes blondes pousser comme des champignons.

Dans le train qui les ramenait à Amsterdam, Ruth raconta à Maarten et Sylvia son manque de succès auprès des garçons de l'âge de leurs fils – quand elle avait leur âge elle-même, du moins. L'été qu'elle avait passé en Europe avec Hannah, les plus séduisants avaient toujours préféré son amie.

– Mais aujourd'hui, ça en est gênant. Maintenant, oui, je plais aux garçons de l'âge de vos fils.

– Vous avez beaucoup de succès auprès des jeunes lecteurs, dit Maarten.

– Ce n'est pas de ça que parle Ruth, Maarten, dit Sylvia.

Ruth admirait Sylvia, intelligente, séduisante, qui avait un bon mari et une famille heureuse.

– Ah bon, dit Maarten.

Il était très comme il faut – il en rougit.

– Je ne voulais pas dire que je plaisais à vos fils sur ce plan-là, s'empressa de préciser Ruth, je parlais de certains garçons de leur âge.

– Moi, je croirais volontiers que vous plaisez sur ce plan-là à nos fils aussi, dit Sylvia.

Elle s'amusait de voir combien son mari était choqué ; il n'avait pas remarqué la quantité de jeunes gens qui entouraient Ruth aux deux séances de signatures.

375

Il y avait aussi beaucoup de jeunes filles, mais ce qui leur plaisait en Ruth, c'était le modèle qu'elle représentait – non seulement en tant qu'écrivain à succès, mais aussi en tant que célibataire qui avait eu plusieurs amis, mais qui continuait de vivre seule. (Pourquoi cela était-il auréolé d'un tel charme à leurs yeux ? Mystère. Si elles avaient su combien elle aimait peu sa vie dite personnelle…)

Parmi les jeunes gens, il y en avait toujours un – de dix ans, voire quinze ans de moins qu'elle – qui essayait de lui faire du rentre-dedans. (« Avec une gaucherie qui frôle le pathétique », leur dit-elle.) En tant que mère de garçons de cet âge-là, Sylvia savait de quoi parlait Ruth. En tant que père, Maarten avait fait davantage attention à ses fils qu'aux jeunes inconnus qui se languissaient d'amour pour Ruth.

Cette fois, il y en avait eu un en particulier. Il avait fait la queue pour se faire dédicacer un livre après la lecture d'Amsterdam et après celle d'Utrecht ; elle avait lu le même passage deux soirs de suite, mais cela ne semblait pas avoir dérangé le jeune homme. A Amsterdam, il lui avait apporté un exemplaire de poche usagé, et, à Utrecht, un exemplaire relié de *Pas pour les enfants* – tous **deux** dans des éditions anglaises.

– Wim avec « W », précisa-t-il la deuxième fois, parce que le pré-nom se prononçant Vim, la veille, elle l'avait écrit avec un V.

– Oh, encore vous ! lui dit-elle ; il était bien trop joli et trop mani-festement épris d'elle pour qu'elle l'oublie. Si j'avais su que vous reviendriez, j'aurais lu un autre passage !

Il baissa les yeux, comme s'il éprouvait une douleur à la regarder lorsqu'elle lui rendait son regard.

– Je suis étudiant à Utrecht, mais mes parents habitent Amsterdam, j'y ai grandi. (Comme si cela suffisait à expliquer sa présence aux deux conférences !)

– Je ne vais pas parler à Amsterdam de nouveau, demain ? demanda Ruth à Sylvia.

– Oui, à la Vrije Universiteit, dit Sylvia au jeune homme.

– Je le sais, j'y serai, répondit-il, et j'apporterai un troisième livre à faire signer.

Pendant qu'elle continuait ses dédicaces, le jeune homme fasciné se tenait sur le côté de la queue en lui lançant des regards enfiévrés. Aux États-Unis, où elle refusait presque toujours de signer ses livres, ces yeux adorateurs l'auraient inquiétée. Mais en Europe, où elle acceptait le plus souvent de le faire, elle ne se sentait pas menacée par l'adulation muette des jeunes gens.

Qu'un phénomène qui la perturbait dans son pays n'entamât pas sa quiétude à l'étranger relevait d'une curieuse logique ; sans aucun doute, elle voilait d'un halo romantique la dévotion inconditionnelle de ses jeunes lecteurs européens. Ils constituaient une catégorie irréprochable, ces jeunes amoureux transis qui parlaient anglais avec un accent étranger et qui avaient lu chaque mot qu'elle avait écrit. Et puis leurs jeunes imaginations tourmentées projetaient sur elle le fantasme de la femme plus âgée et, à présent, ils étaient devenus son fantasme à elle, aussi, comme elle put le raconter sur le mode badin à Maarten et Sylvia.

Le trajet en train était trop court pour qu'elle leur détaillât son nouveau roman en gestation, mais en riant avec eux sur le sujet de ces jeunes cœurs à prendre, elle se rendit compte qu'elle voulait modifier son histoire. Il ne fallait pas que la romancière fût avec un autre écrivain, rencontré à la foire de Francfort et amené à Amsterdam. Il fallait que ce soit un de ses fans – apprenti écrivain, aspirant soupirant. La romancière jugerait qu'il était grand temps qu'elle se marie, elle devrait même, toujours comme Ruth, prendre en compte la demande en mariage d'un homme plus âgé qu'elle, homme d'un certain poids, à qui elle était profondément attachée.

La beauté insoutenable du garçon prénommé Wim le rendait difficile à oublier. Si Ruth n'avait pas connu si récemment cette aventure lamentable avec Scott Saunders, elle aurait même été tentée de s'amuser avec lui – au risque du ridicule. En somme, elle était toute seule en Europe ; elle allait sans doute se marier au retour. Une aventure sans regrets avec un jeune homme beaucoup plus jeune qu'elle... N'était-ce pas le genre de choses que faisaient les femmes mûres qui se disposent à épouser des hommes plus mûrs encore ?

Ce que Ruth dit à Maarten et Sylvia, c'est qu'elle aimerait bien faire une virée dans le quartier chaud, et elle leur raconta cet épisode de son histoire, ou ce qu'elle en savait : un jeune homme persuade une femme plus âgée de payer une prostituée pour la regarder faire un client ; il se passe quelque chose ; la femme se sent si humiliée qu'elle change de vie.

– Elle a cédé à son caprice en partie parce qu'elle croit mener le jeu – et parce que lui est exactement le beau gosse inaccessible quand elle avait son âge. Ce qu'elle ne sait pas, c'est qu'il est capable de la faire souffrir et de l'angoisser – du moins, je crois que c'est ce qui arrive, ajouta Ruth. Tout dépend de ce qui se passe avec la prostituée.

– Quand voulez-vous aller dans le quartier chaud ? s'enquit Maarten.

Elle lui répondit comme si l'idée était trop nouvelle pour qu'elle ait songé aux détails :

– Quand ça vous arrangera le mieux, sûrement...

– Quand est-ce que cette dame et son jeune homme iraient trouver leur prostituée ?

– La nuit, probablement. Ils auraient sans doute un peu bu. Il faudrait bien ça pour qu'elle ait le cran de le faire, elle.

– Et si on y allait en arrivant ? dit Sylvia. Ce n'est pas le chemin pour rentrer à votre hôtel, mais c'est à cinq ou dix minutes à pied de la gare.

Ruth s'étonna que Sylvia envisageât même de les accompagner. Il serait onze heures passées, pas loin de minuit, quand ils arriveraient à Amsterdam.

– Ce n'est pas dangereux, si tard ? demanda-t-elle.

– Avec tous ces touristes ? répondit Sylvia, écœurée. Vous risquez seulement de vous faire voler votre portefeuille par un pickpocket.

– Ce qui peut arriver en plein jour, ajouta Maarten.

Dans les *Walletjes* – ou les *Wallen*, comme l'appellent les Amstellodamois –, la foule était bien plus dense qu'elle ne l'aurait imaginé : toxicos et jeunes types saouls, certes, mais pas seulement ; on voyait en rangs serrés de nombreux couples, touristes pour la plupart (certains assistaient à des *live shows*), et même une ou deux visites organisées avec guide. Si Ruth était arrivée un peu plus tôt, elle se serait sentie en sécurité même toute seule. Ce qui s'étalait surtout, c'était le glauque, le sordide, avec les gens venus le reluquer, comme Ruth. Quant aux hommes engagés dans la démarche généralement assez longue de choisir une prostituée, leur quête furtive se remarquait au sein de ce tourisme du sexe sans inhibitions.

Ruth décida que la romancière et son jeune homme ne trouveraient guère le lieu et l'heure propices au premier contact avec une prostituée, même si, une fois entrée chez Rooie, elle avait pu se rendre compte que le monde extérieur disparaissait très vite. Soit le couple arriverait dans le quartier chaud aux petites heures – c'est-à-dire quand tout le monde était rentré se coucher, à l'exception des toxicos et des toxicos du sexe –, soit il arriverait en début de soirée, soit en plein jour.

Ce qui avait changé, dans le quartier réservé, depuis sa dernière visite, c'était le nombre de prostituées qui n'étaient pas de race blanche. Il y avait une rue où elles étaient presque toutes asiatiques, des Thaïes, sans doute, à cause des nombreux salons de massage thaïlandais ouverts dans le secteur. C'étaient bien des Thaïes, confirma Maarten. Il lui apprit en outre que certaines d'entre elles étaient des hommes à l'origine ; on racontait qu'elles s'étaient fait opérer au Cambodge.

Dans la Molensteeg, autour de la vieille église de l'Oudekerksplein, les créatures avaient toutes la peau brune. Il y avait des Dominicaines et des Colombiennes, lui dit Maarten. Les filles du Surinam, arrivées à la fin des années 60, étaient toutes parties, à présent.

Et dans la Bloedstraat, il y avait des filles qui ressemblaient à des hommes, des grandes filles avec des grandes mains et des pommes d'Adam. Certaines étaient en effet des hommes, expliqua Maarten, des travestis équatoriens qui avaient la réputation de rosser leurs clients.

Bien sûr, il y avait tout de même quelques femmes blanches, pas toutes hollandaises, d'ailleurs, dans la Sint Annenstraat et la Dollebegijnensteeg, ainsi que dans une rue où Ruth regretta que Maarten et Sylvia l'aient emmenée. Car la Trompetterssteeg n'était pas seulement étroite pour une voie publique, elle aurait été trop étroite pour un couloir. L'air y stagnait, et une guerre d'odeurs y faisait rage en permanence, livrée entre l'urine et le parfum, si étroitement mêlés que le résultat évoquait la viande avariée. Il y avait aussi une odeur sèche, une odeur de brûlé, provenant des sèche-cheveux des putes, et cette puanteur semblait incongrue dans une venelle où, même par une nuit claire, le sol était mouillé. L'air ne circulait jamais assez pour que les flaques arrivent à sécher sur le trottoir maculé.

Les hommes étaient obligés de se serrer contre les murs pour passer les uns devant les autres, et les parois, sales et humides, laissaient un dépôt sur leurs vêtements, au niveau de la poitrine, du dos et des épaules. Dans les vitrines ou sur leur seuil, les prostituées étaient si proches qu'on pouvait les toucher, sentir leur odeur, et que le regard n'avait où se poser sinon sur le visage de la suivante, et de celle d'après. A moins qu'on ne regardât les visages des chalands, les plus terribles, suivant les mains tendues des filles vers la venelle, pour entrer en contact, encore et encore. La Trompetterssteeg était bel et bien un marché à la femme : le contact y était trop immédiat pour se contenter du lèche-vitrines.

Ruth s'aperçut que, dans les *Wallen*, on n'avait pas besoin de payer une prostituée pour voir copuler – il fallait donc que l'envie vînt du jeune homme en question lui-même, et/ou du personnage de la romancière, son aînée. Cela tiendrait à leur relation, ou à ce qu'il y manquait. Car enfin, à l'Erotic Show Center, on pouvait louer une cabine vidéo *Tout ce qu'il y a de mieux*, à en croire la réclame. Au Porno Show *in live*, on promettait *De la baise pour de vrai*, et ailleurs : *Baise en live* sur scène. Il n'était donc pas nécessaire de déployer des efforts particuliers ni démesurés pour faire le voyeur.

Un roman est toujours une affaire plus compliquée qu'il n'y paraît au début. D'ailleurs, c'est bien ainsi.

Ruth éprouva du moins une manière de consolation à constater que les articles sadomasochistes de la vitrine du sex-shop étaient toujours en place. Le vagin en caoutchouc qui ressemblait à une omelette pendait toujours au plafond, cette fois par un porte-jarretelles noir et non rouge. Personne n'avait acheté le godemiché comique avec cloche à vaches accrochée à une lanière de cuir. Les fouets étaient toujours à l'étalage, et les poires à lavement disposées par ordre de grandeur. Même le poing en caoutchouc avait connu le passage du temps intact, son défi ne faisait pas recette, se dit Ruth – c'est du moins ce qu'elle espérait.

Il était minuit passé lorsque Maarten et Sylvia la déposèrent à son hôtel. Elle avait fait bien attention à l'itinéraire suivi. Dans le hall de l'hôtel, elle leur dit bonsoir. A la hollandaise, trois bises, mais plus rapides et plus détachées que celles de Rooie. Là-dessus, elle monta se changer dans sa chambre. Elle enfila un vieux jean délavé et un sweat-shirt bleu marine trop grand pour elle, tenue peu flatteuse, mais qui avait le mérite de cacher ses seins, ou presque. Elle la compléta par les chaussures les plus confortables de son bagage, une paire de mocassins en daim noir.

Elle laissa passer un quart d'heure avant de quitter l'hôtel. Il était une heure moins le quart du matin, mais la rue la plus proche où trouver des prostituées prospères n'était qu'à cinq minutes à pied. Elle ne comptait pas s'entretenir de nouveau avec Rooie Dolores à cette heure de la nuit, mais elle avait tout de même envie de la voir dans sa vitrine. Peut-être que je pourrai regarder comment elle aguiche le client, se disait-elle, tout en se promettant de lui rendre visite le lendemain ou le surlendemain.

Ses quelques rapports avec les prostituées auraient dû lui servir de leçon : elle aurait bien dû savoir que sa faculté de prévoir ce qui pouvait se produire dans leur monde n'était de toute évidence pas à la hauteur de son talent de romancière ; on peut regretter qu'elle ne se soit pas méfiée un minimum de sa candeur vis-à-vis des femmes qui exercent le plus vieux métier du monde – car là, dans la Bergstraat, et cette vitrine qui était celle de Rooie, se trouvait à présent une fille bien plus jeune et bien plus vulgaire. Ruth reconnut le vêtement pendu dans le mince placard de Rooie, un débardeur de cuir noir, son décolleté clouté d'argent ; mais la fille qui le portait avait trop de poitrine pour le fermer jusqu'en haut. Sous ce débardeur trop échancré, son ventre flasque débordait de la jupette déchirée, dont l'élastique blanc, à la taille, ressortait sur le noir du nylon et les bourrelets cireux. On aurait pu croire la fille enceinte, à ceci près que les cernes gris qui bordaient ses yeux trahissaient un degré de délabrement physique peu compatible avec la fécondité.

– Où est Rooie ? lui demanda Ruth.

– Avec sa fille, lui répondit la pute lasse.

Ruth s'éloignait déjà lorsqu'elle entendit un bruit sourd au carreau. Ce n'était pas le claquement familier de l'ongle, de la clef ou de la pièce de monnaie qu'elle avait entendu à la vitrine d'autres prostituées. La grosse fille cognait au carreau avec l'énorme godemiché rose que Ruth avait vu auparavant sur le plateau d'hôpital, au chevet du lit de Rooie. Lorsque la fille vit qu'elle avait attiré l'attention de Ruth, elle s'enfonça le bout du godemiché dans la bouche, et tira dessus sans ménagement du bout des dents. Puis elle fit un signe de tête indifférent à Ruth, et finit par hausser les épaules, comme si le peu d'énergie qui lui restait ne lui permettait que cette mimique moyennement affriolante, censée dire qu'elle ferait son possible pour donner à Ruth le plaisir que lui donnait Rooie.

Ruth fit non de la tête, mais gratifia la jeune prostituée d'un sourire aimable, en réponse de quoi la malheureuse se mit à claquer le godemiché contre sa paume, comme pour battre la mesure d'une musique qu'elle serait seule à entendre.

Cette nuit-là, Ruth rêva du jeune et beau Hollandais nommé Wim, un rêve dangereusement excitant. Elle se réveilla gênée, et convaincue que le petit ami nul de son roman en gestation ne devrait pas être un type aux cheveux blond paille – à supposer qu'il dût être tout à fait nul, d'ailleurs. Si la romancière, son aînée, devait subir une humiliation qui l'amène à changer de vie, il faudrait que ce fût elle qui fût « nulle ». On ne change pas de vie à cause de la nullité de quelqu'un d'autre.

Ruth ne croyait guère que les femmes étaient des victimes ; du moins elle était convaincue qu'elles étaient tout aussi souvent victimes d'elles-mêmes que des hommes. A en juger par les femmes qu'elle connaissait le mieux – Hannah et elle-même –, cela ne faisait aucun doute. (Certes, elle ne connaissait pas sa mère, mais elle supposait que celle-ci avait été une vraie victime, une des nombreuses victimes de son père.)

En outre, elle s'était déjà vengée de Scott Saunders ; pourquoi le traîner, lui ou son sosie blond paille, dans un roman ? Dans *Pas pour les enfants*, la romancière Jane Dash avait pris la décision juste – ne pas écrire sur son « ennemie », Eleanor Holt ; Ruth en avait parlé dans le roman : « En tant que romancière, Mrs Dash ne s'abaissait pas à prendre des personnages réels ; elle y aurait vu l'échec de l'imagination ; tout romancier digne de ce nom doit être capable d'inventer un personnage plus intéressant qu'une personne réelle. Mettre Eleanor Holt dans un roman, fût-ce pour la tourner en dérision, c'était encore trop flatteur. »

Il s'agit de prêcher d'exemple, se dit-elle.

Étant donné les miettes offertes à la salle à manger, et le fait que sa seule interview de la journée se déroulerait pendant le déjeuner, Ruth avala une tasse de café tiédasse et un verre de jus d'orange d'une température aussi peu engageante, puis prit le chemin du quartier réservé. A neuf heures du matin, mieux valait ne pas traverser ces rues l'estomac chargé.

Elle traversa la Warmoesstraat tout près du commissariat, sans s'en apercevoir, le regard attiré par une jeune péripatéticienne toxicomane accroupie à l'angle de l'Enge Kerksteeg : elle avait du mal à garder l'équilibre et se tenait à grand-peine, paume des mains en appui sur le bord du trottoir tout en urinant dans la rue. « Cinquante *gulden* et je te fais tout ce qu'un mec peut te faire », dit-elle à Ruth, qui fit semblant de ne pas la voir.

A neuf heures, il n'y avait qu'une prostituée en faction dans sa vitrine, sur l'Oudekerksplein, à côté de la vieille église. Un œil superficiel aurait pu la confondre avec les Dominicaines ou les Colombiennes de la veille, mais elle avait la peau bien plus sombre. Très noire, très grosse, elle s'encadrait sur le seuil de la porte avec un joyeux optimisme, comme si les rues des *Wallen* avaient regorgé d'hommes. Au vrai, elles étaient quasi vides, à l'exception des employés de la voirie, occupés à évacuer les ordures de la veille.

Dans les boxes vacants des prostituées, une armée de femmes de ménage s'affairaient, leurs aspirateurs présidant à leurs menus propos. Même dans l'étroite Trompetterssteeg, où Ruth ne voulait pas se risquer, le chariot d'une femme de ménage, avec son seau, sa serpillière et ses bouteilles de détergent, se profilait devant une chambre. On apercevait aussi un sac à linge contenant des serviettes sales, et un sac-poubelle en plastique – gonflé sans aucun doute de préservatifs, de serviettes et de mouchoirs en papier. Il aurait fallu la première neige pour rendre au quartier un air de propreté dans la lumière pénétrante du matin. Un matin de Noël, peut-être, se dit Ruth, lorsqu'on n'y trouverait pas la moindre prostituée au travail. Pas la moindre... ?

Dans la Stoofsteeg, où les Thaïes prédominaient la veille, seules deux femmes racolaient sur le seuil de leur porte ; elles étaient, comme celle de l'Oudekerksplein, très noires et très grosses. Elles parlaient entre elles dans une langue totalement étrangère à Ruth – et comme elles venaient d'interrompre leur conversation pour lui adresser un salut poli, en bonnes voisines, elle s'enhardit jusqu'à s'arrêter et leur demanda d'où elles venaient.

– Du Ghana, répondit l'une.

– Et toi ? s'enquit l'autre.

– Des États-Unis, répondit Ruth.

Les Africaines émirent un murmure flatteur, tout en frottant le pouce contre l'index en un geste universel pour évoquer l'argent.

– On peut faire quelque chose pour toi ? dit l'une.

– Tu veux entrer ? dit l'autre.

Elles partirent d'un éclat de rire tonitruant. Elles ne se berçaient pas de l'illusion que Ruth veuille vraiment coucher avec l'une d'entre elles, mais simplement l'opulence bien connue de l'Amérique les obligeait à lui faire l'offre aguichante de leurs nombreuses ressources.

– Non, merci, déclina Ruth, qui s'éloigna sans cesser de sourire poliment.

On ne voyait plus que des femmes de ménage là où les Équatoriens faisaient naguère parade de leur marchandise. Et, dans la Molensteeg, la veille peuplée de Dominicaines et de Colombiennes, il y avait une autre prostituée, africaine sans doute, mais celle-ci très mince, en vitrine, ainsi qu'une autre femme de ménage, dans un autre box.

Il régnait dans le quartier déserté une atmosphère plus proche de celle à laquelle Ruth avait pensé pour son roman ; cet air d'abandon, de sexe dont on ne voulait plus, était préférable au tourisme sexuel ininterrompu de la nuit.

Toute à sa curiosité dévorante, Ruth entra dans un sex-shop. Comme chez un loueur de vidéos ordinaire, chaque catégorie avait son rayon : le rayon de la fessée, le rayon oral, le rayon anal ; Ruth n'explora pas celui des excréments. L'ampoule rouge allumée au-dessus d'une cabine vidéo particulière l'engagea à quitter la boutique avant que le client n'en sorte. L'expression qu'il aurait sur le visage, il lui suffisait largement de l'imaginer.

Pendant un moment, elle se crut suivie. Elle avait eu beau faire le tour du pâté de maisons deux fois, il y avait toujours derrière elle ou sur le trottoir d'en face un type râblé, bien bâti, vêtu d'un blue-jean et de chaussures de course sales. Il avait une tête de dur à cuire, avec une barbe de deux ou trois jours, et une expression égarée et irritable. Il portait un coupe-vent vague, qui ressemblait à un blouson d'échauffement au base-ball. A le voir, il n'avait sans doute pas les moyens de s'offrir une prostituée ; pourtant il la suivait comme s'il l'avait prise pour l'une d'entre elles. Il finit par disparaître, et elle cessa d'y penser.

Deux heures durant, elle sillonna le quartier. Sur le coup de onze heures, les Thaïes étaient de retour dans la Stoofsteeg, les Africaines étaient parties. Sur l'Oudekerksplein, la seule grosse Noire, peut-être une Ghanéenne elle aussi, avait été remplacée par une bonne douzaine de filles à la peau brune, des Dominicaines et des Colombiennes, de nouveau. Par erreur, Ruth s'engagea dans un cul-de-sac à partir de l'Oudezijds Voorburgwal. La Slapersteeg se rétrécissait très vite, et finissait sur deux ou trois vitrines de prostituées, desservies par la même porte. Dans son embrasure, une belle plante café au lait, qui parlait avec un accent probablement jamaïcain, saisit Ruth par le bras. Une femme de ménage s'affairait encore dans les chambres, et deux autres prostituées se préparaient devant un long miroir de loge.

– Qui tu cherches ? demanda la belle plante.

– Personne, répondit Ruth. Je suis perdue.

La femme de ménage poursuivit sa besogne d'un air maussade, mais les deux filles au miroir, et la grande qui serrait le bras de Ruth, se mirent à rire.

– Tu m'en as tout l'air, lui dit celle-ci, en la menant d'une main ferme hors de la venelle.

Elle lui serrait le bras avec énergie, on aurait dit qu'elle la massait sans lui demander son avis, ou qu'elle pétrissait de la pâte, avec une affection sensuelle.

– Merci, dit Ruth, comme si elle s'était vraiment perdue, et que l'autre l'ait remise sur le droit chemin.

– Y a pas de quoi, minou.

Cette fois, lorsque Ruth traversa la Warmoesstraat, elle remarqua le poste de police. Deux hommes en uniforme étaient en grande conversation avec le costaud bien bâti au coupe-vent qui l'avait suivie. Tiens, ils l'ont arrêté, tant mieux ! se dit-elle. Puis elle comprit qu'il s'agissait d'un flic en civil ; il était apparemment en train de donner des ordres aux deux en tenue. Elle eut honte, et pressa le pas – comme si elle avait eu quelque chose à se reprocher ! Les *Wallen* n'étaient pas grands ; il lui avait suffi d'un matin pour attirer l'attention – elle avait eu l'air louche.

Mais elle avait beau préférer la physionomie du quartier réservé le matin à celle qu'il offrait de nuit, elle doutait que ce fût l'heure et l'endroit choisis par ses personnages pour aborder une prostituée, et la payer pour qu'elle les laisse la regarder avec un client. Ils risquaient bien de passer la matinée à attendre le premier chaland !

Mais à présent, il lui restait tout juste le temps de dépasser son hôtel pour s'acheminer vers la Bergstraat, où elle espérait trouver Rooie dans sa vitrine. On allait sur midi. Cette fois, la prostituée ne s'était livrée qu'à une métamorphose plus discrète. Sa chevelure rousse avait un reflet moins orangé, moins cuivré ; elle était plus foncée, dans les auburn, presque prune ; son balconnet et son slip écrus, tirant sur l'ivoire, faisaient ressortir la blancheur de sa peau.

En se penchant, elle pouvait ouvrir la porte sans descendre de son tabouret. Elle resta donc assise tandis que Ruth passait la tête à l'intérieur, bien déterminée à ne pas franchir le seuil.

– Je n'ai pas le temps de vous voir tout de suite, lui dit-elle, mais je voudrais revenir.

– Très bien, dit Rooie avec un haussement d'épaules.

Son indifférence surprit Ruth.

– Je vous ai cherchée, hier soir, mais il y avait quelqu'un d'autre à votre place, qui m'a dit que vous passiez la nuit avec votre fille.

– Je passe toutes les nuits et tous les week-ends avec ma fille. Les seuls moment où je viens ici, c'est quand elle est à l'école.

En un effort de bonne camaraderie, Ruth demanda :

– Et elle a quel âge ?

– Hé, dites, soupira la pute, c'est pas en vous parlant que je vais m'enrichir.

– Excusez-moi.

Ruth descendit du seuil comme si on l'avait poussée.

Avant de se pencher pour refermer la porte, Rooie lui lança :

– Reviens me voir quand tu auras du temps.

Ruth se sentit toute bête, et se reprocha d'avoir nourri une telle attente. Bien sûr que l'argent était la préoccupation essentielle, sinon la seule, de la prostituée. Quelle idée de vouloir la traiter en amie alors que tout ce qu'il y avait entre elles, c'était le tarif de cette première conversation.

A force d'avoir tant déambulé sans rien dans le ventre, Ruth eut un appétit d'ogre au déjeuner. Elle était convaincue que l'interview qu'elle donnait n'avait ni queue ni tête. Elle n'arrivait pas à répondre à une seule question sur *Pas pour les enfants*, ou sur ses deux romans précédents, sans parler d'un élément de son roman en gestation. L'excitation qu'il y avait à entamer son premier roman à la première personne, l'idée fascinante de cette femme, qui sur une erreur de jugement, s'humilie au point de changer de vie du tout au tout. Or, tout en parlant, Ruth se prenait à penser : A qui est-ce que j'essaie de faire croire ça ? Mais il n'est question que de moi, là-dedans ! Je n'en ai pas fait, moi, des mauvais choix, il n'y a pas si longtemps ? Je ne me propose pas de changer de vie du tout au tout ? A moins qu'Allan soit la seule solution de rechange sécurisante à la vie que j'ai peur de mener ?

Lors de sa conférence à la Vrije Universiteit – c'était toujours la même conférence, à vrai dire, elle la révisait chaque fois, mais la substance était la même –, son discours lui parut de mauvaise foi. Elle s'entendait défendre la pureté de l'imagination contre le recours à la mémoire ; faire l'éloge du détail inventé par rapport au détail strictement autobiographique, préconiser de créer ses personnages de toutes pièces plutôt que de s'inspirer des parents et amis – « ex-amants et autres personnes limitées et décevantes de notre quotidien ». Une fois de plus, la conférence eut du succès. Le public adorait ce discours. Ce qui avait commencé comme une discussion entre elle et Hannah l'avait bien servie en tant que romancière ; cette conférence était devenue son credo.

Elle soutenait que le meilleur détail romanesque était le détail choisi, et non celui remémoré ; car la vérité romanesque ne se réduit pas à la véracité de l'observation – affaire du journalisme. Le meilleur détail, dans le roman, c'est celui qui devrait définir le personnage, l'épisode, l'atmosphère. La vérité romanesque, c'est ce qui doit arriver dans une histoire, pas forcément ce qui est effectivement arrivé dans la vie.

Le credo de Ruth se ramenait à une déclaration de guerre contre le roman à clef, une dévaluation du roman autobiographique, ce qui lui faisait honte, à présent qu'elle s'apprêtait à écrire son roman le plus autobiographique à ce jour. Si Hannah l'avait toujours accusée de mettre en scène une Hannah et une Ruth, qu'en était-il aujourd'hui ? Elle parlait d'une Ruth qui faisait un mauvais choix, un choix à la Hannah.

Il lui fut donc pénible de subir au restaurant les compliments des organisateurs de la conférence, professeurs de la Vrije Universiteit, universitaires bien intentionnés, amateurs de théories et de débats théoriques plutôt que curieux des rouages du mécanisme narratif. Ruth s'en voulait beaucoup de leur fournir une théorie du roman sur laquelle elle émettait désormais des doutes substantiels.

Un roman n'est pas un débat ; une histoire marche, ou ne marche pas, selon ses mérites intrinsèques. Quelle importance, qu'un détail soit réel ou imaginaire ? Ce qui compte, c'est que le détail fasse vrai, qu'il soit sans conteste le meilleur en la circonstance. Cela ne pesait pas lourd, comme théorie, mais, pour l'instant, elle n'aurait pu s'engager davantage. Il était temps de mettre au rancart cette conférence dépassée, et sa pénitence fut d'endurer des compliments adressés à son ancien credo.

Ce fut seulement lorsqu'elle demanda (en lieu et place du dessert) un autre verre de vin rouge qu'elle se rendit compte qu'elle avait déjà trop bu. Ce fut aussi alors qu'elle se rappela ne pas avoir vu Wim, le beau Hollandais, dans la queue des amateurs d'autographes après sa conférence applaudie mais mortifiante. Il avait pourtant dit qu'il serait là.

Il lui fallait bien admettre qu'elle avait attendu avec impatience de le revoir, et peut-être de le faire sortir un peu de sa réserve. Honnêtement, elle ne s'était pas proposé de flirter avec lui, du moins pas vraiment, et elle avait d'ores et déjà décidé de ne pas coucher avec lui. Elle voulait seulement leur ménager un tête à tête, prendre un café le matin, peut-être, histoire de voir pourquoi il s'intéressait à elle ; l'imaginer en admirateur, en amant, peut-être ; se pénétrer davantage du détail de sa beauté. Or voilà qu'il lui avait fait faux bond.

Il a dû finir par se lasser de moi, se dit-elle. Elle l'aurait compris : elle ne s'était jamais sentie si lasse d'elle-même.

Ruth refusa que Sylvia et Maarten la raccompagnent à son hôtel. Elle les avait fait veiller tard la veille ; tout le monde avait besoin de se coucher de bonne heure. Ils la mirent dans un taxi en donnant son adresse au chauffeur. Une fois arrivée à l'hôtel, sur le trottoir d'en face, à la station de taxis du Kattengat, elle aperçut Wim sous un lampadaire – comme un enfant perdu séparé de sa mère par une foule qui vient de se disperser.

Pitié ! se dit Ruth en traversant pour le récupérer.

Elle n'était pas sa mère, il n'était pas son fils

Du moins n'avait-elle pas couché avec lui, pas tout à fait. Ils avaient bien passé la nuit ensemble, dans le même lit, mais elle n'avait pas fait l'amour avec lui, pas vraiment. Oh, ils s'étaient embrassés, câlinés ; elle lui avait tout de même permis de lui toucher les seins, mais en lui enjoignant d'arrêter dès qu'il avait été trop excité. Et elle avait dormi toute la nuit en slip et T-shirt, sans se mettre nue à ses côtés. Ce n'était pas sa faute à elle s'il s'était déshabillé complètement. Elle était passée à la salle de bains pour se laver les dents, changer de slip et de T-shirt, et le temps qu'elle revienne dans la chambre, il s'était glissé tout nu dans le lit.

Ils avaient parlé, parlé tant et plus. Il s'appelait Wim Jongbloed ; il avait lu et relu tout ce qu'elle avait écrit, en long, en large et en travers. Il voulait devenir écrivain comme elle, mais il ne l'avait pas abordée après sa conférence à la Vrije Universiteit, effondré qu'il était par son discours. Tout ce qu'il écrivait n'était en effet que logorrhée autobiographique – il n'avait jamais « imaginé » une intrigue ou un personnage de sa vie. Il ne faisait que rapporter ses aspirations malheureuses, sa misérable expérience ordinaire. Il avait quitté sa conférence avec l'envie de se tuer, mais au lieu de cela il était rentré chez lui et il avait détruit toute sa prose. Il avait jeté tous ses journaux intimes (il n'écrivait pas autre chose) dans un canal. Puis il avait appelé les meilleurs hôtels d'Amsterdam pour trouver celui où elle était descendue.

Ils étaient restés au bar de l'hôtel jusqu'à ce qu'il fût clair qu'il allait fermer ; puis elle l'avait fait monter dans sa chambre.

– Je ne vaux pas mieux qu'un journaliste, lui dit-il, malheureux comme les pierres.

Ruth tiqua d'entendre sa propre formule, extraite de sa conférence. Elle avait dit : « Si vous ne savez pas inventer, vous ne valez pas mieux qu'un journaliste. »

– Je ne sais pas comment on invente une histoire, soupira-t-il.

Il aurait sans doute été incapable d'écrire une phrase qui tienne debout quand sa vie en aurait dépendu, mais elle se sentait pleinement responsable de lui. Et puis, il était si joli garçon. Il avait des cheveux bruns épais, des yeux noirs, avec les cils les plus longs qu'on puisse imaginer. La peau la plus douce, un beau nez, le menton bien dessiné, la bouche en cœur. Et s'il était encore un peu frêle pour le goût de Ruth, il avait de la carrure ; son corps n'était pas tout à fait développé.

Elle commença par lui parler de son roman en gestation, de la façon dont il ne cessait de se modifier – c'était comme ça qu'on inventait une histoire. L'art du conteur n'est rien d'autre que du sens

389

commun poussé à l'extrême. (Elle se demanda où elle avait lu ça, elle était sûre de ne pas l'avoir inventé.)

Elle lui avoua même qu'elle avait imaginé prêter ses traits au jeune homme de son roman. Mais il ne fallait pas en déduire qu'elle allait coucher avec lui ; d'ailleurs, elle voulait qu'il comprenne bien qu'elle ne coucherait *pas* avec lui, justement. Ses fantasmes lui suffisaient.

Il lui dit qu'elle habitait ses fantasmes à lui, aussi, et depuis des années. Il s'était un jour masturbé en regardant sa photo sur la jaquette d'un de ses livres. C'est en entendant cela que Ruth alla à la salle de bains se laver les dents et passer un T-shirt et un slip propres. A son retour, il était couché nu dans son lit.

Pas une fois elle n'avait touché son pénis, quoiqu'elle le sentît se tendre contre elle lorsqu'ils s'étreignaient. Mais elle se sentait bien dans ses bras. Et puis, il avait demandé si poliment la permission de se masturber, surtout la première fois.

– Je n'en peux plus, lui avait-il dit, vous permettez ?

– D'accord, répondit-elle, en lui tournant le dos.

– Non, en vous regardant… je vous en prie.

Elle se retourna vers lui. Une fois, elle lui embrassa les paupières, et le bout du nez, mais jamais les lèvres. Il la regardait avec une telle intensité qu'elle pouvait presque se figurer avoir encore son âge, et il lui était facile d'imaginer qu'il en avait été ainsi pour sa mère auprès d'Eddie. Ce dernier ne lui en avait pas soufflé mot, mais elle avait lu tous ses romans et elle savait pertinemment qu'il n'avait pas pu imaginer les scènes de masturbation – le pauvre garçon ne savait pas inventer grand-chose.

Au moment où Wim Jongbloed jouit, il eut un battement de paupières ; elle l'embrassa sur la bouche, mais pas un long baiser – embarrassé, il avait couru se laver la main à la salle de bains. Lorsqu'il était revenu se coucher d'un pas léger, il s'était endormi si vite, la tête posée sur ses seins, qu'elle s'était dit : Ça ne m'aurait pas déplu, à moi non plus, ce jeu de main.

Puis elle décida qu'elle était contente de ne pas s'être masturbée ; ça aurait été trop proche de faire l'amour avec lui. Cela ne manquait pas de sel de découvrir qu'elle avait besoin de se fixer ses propres règles, ses propres définitions. Elle se demanda si sa mère s'était bridée et retenue de même avec Eddie. Et si Ruth avait eu une mère, se serait-elle, elle, retrouvée dans une situation pareille ?

Une fois seulement, elle rabattit les draps pour regarder le jeune homme endormi. Elle aurait pu le regarder toute la nuit, mais même à ce geste, elle imposa retenue. C'était un regard d'au revoir, assez chaste en la circonstance. Elle résolut de ne plus lui laisser partager son lit, et, le lendemain matin, il contribua par son comportement à conforter sa décision. La croyant encore endormie, il se masturba de nouveau auprès d'elle, en réussissant cette fois à glisser sa main sous son T-shirt pour s'agripper à son sein nu. Elle continua de faire semblant de dormir tandis qu'il courait à la salle de bains se laver la main. Quel petit bouc !

Elle l'emmena prendre le petit déjeuner dehors, puis ils se rendirent dans ce qu'il appelait un café littéraire, sur le Kloveniersburgwal – histoire de boire quelques cafés de plus. De Engelbewaarder était un endroit sombre, avec un chien endormi qui pétait sous un guéridon et, aux seules tables qui recevaient la lumière du jour, une demi-douzaine de supporters de football britanniques qui buvaient de la bière. Leurs T-shirts bleu brillant faisaient la réclame d'une marque de *lager* anglaise, et lorsque deux ou trois de leurs camarades entraient les rejoindre, ils les saluaient d'une salve de chants de stade. Mais même ces éclats de voix à la périodicité imprévisible ne parvenaient pas à tirer le chien de sa léthargie, ni à l'empêcher de péter. (Si De Engelbewaarder correspondait à l'idée que Wim se faisait d'un café littéraire, elle refusait de voir ce qu'il appelait un bar glauque.)

Wim semblait moins déprimé par ses écrits, ce matin. Elle jugea qu'elle l'avait rendu assez heureux pour compter sur son assistance dans ses investigations ultérieures.

– Dans quelles recherches veux-tu donc être assistée ? demanda le jeune homme à la romancière, son aînée.

– Hmm...

Ruth se rappelait son saisissement lorsqu'elle avait découvert que Graham Greene, étudiant à Oxford, avait tenté la roulette russe. Ce détail détonnait avec l'image qu'elle s'en faisait comme d'un écrivain au parfait empire sur soi. A l'époque de ce jeu dangereux, il était amoureux de la gouvernante de sa petite sœur, or la jeune femme avait douze ans de plus que lui, et elle était déjà fiancée.

Si Ruth pouvait s'imaginer un jeune adorateur comme Wim jouant à la roulette russe pour ses beaux yeux, elle se demandait ce qu'elle faisait en se rendant avec lui dans le quartier chaud, et en abordant presque au hasard une prostituée puis une autre pour leur proposer de les laisser la regarder avec un client. Elle avait expliqué à Wim qu'elle posait la question à titre documentaire – qu'elle ne voulait pas vraiment voir une prostituée en plein(s) coït(s) – mais les filles à qui ils parlèrent se méprirent ou choisirent de se méprendre sur la proposition.

Les Dominicaines et les Colombiennes, qui dominaient dans les vitrines et sur les pas de porte de l'Oudekerksplein, ne tentaient pas Ruth : elles comprenaient sans doute mal l'anglais. Wim confirma qu'elles comprenaient plus mal encore le néerlandais. Une grande blonde fabuleuse était postée devant une porte près de l'Oudekennissteeg, mais elle ne parlait ni anglais ni néerlandais ; elle était russe, expliqua Wim.

Ils finirent par trouver une Thaïe dans un sous-sol de la Barndesteeg. C'était une jeune femme trapue avec des seins flasques et le ventre en avant, mais elle avait un fantastique visage de lune, une bouche pulpeuse et de grands yeux magnifiques. De prime abord, son anglais leur sembla passable, et elle les emmena à travers un dédale de pièces en sous-sol où une bande de Thaïes, presque un village, les regardèrent avec la plus grande curiosité.

– On veut juste parler, expliqua Wim avec une conviction moyenne.

La prostituée massive les conduisit dans une chambre peu éclairée et vide, à l'exception d'un grand lit couvert d'une courtepointe orange et noir ornée d'un tigre rugissant. Le centre de la courtepointe – la gueule ouverte du tigre – était en partie recouvert par une serviette verte, tachée de Javel par endroits, et légèrement fripée, comme si la fille était couchée dessus un instant auparavant.

Toutes les chambres du sous-sol étaient délimitées par des cloisons qui n'allaient pas jusqu'au plafond ; une lumière provenant d'autres pièces, plus éclairées, passait sur ces minces cloisons. Les murs tremblèrent lorsque la prostituée baissa le store de bambou qui fermait l'entrée ; sous le store, Ruth voyait les pieds nus des autres filles aller et venir dans le couloir.

– Lequel des deux veut regarder ? demanda la Thaïe.

– Non, c'est pas ça qu'on veut, lui dit Ruth. On veut vous poser des questions sur vos expériences avec les couples qui vous paient pour vous regarder avec un client.

Dans la chambre, il n'y avait nulle part où se cacher, si bien que Ruth ajouta :

– On veut savoir comment vous vous y prendriez, où vous cacheriez quelqu'un qui voudrait regarder.

La lourde Thaïe se déshabilla. Elle portait un fourreau orangé sans manches, d'un tissu léger et soyeux. La robe avait une fermeture éclair dans le dos, qu'elle baissa en un clin d'œil ; elle réussit à extraire ses épaules, et, en se tortillant, fit choir la robe le long de ses hanches. Avant que Ruth n'ait pu articuler un mot de plus, elle était nue.

– Vous pouvez vous asseoir de ce côté du lit, lui proposa-t-elle, et moi, je vais me coucher avec lui de l'autre côté.

– Non..., reprit Ruth.

– Ou alors rester debout, où vous voulez.

– Et si on veut regarder tous les deux ? demanda Wim, mais cette question ne fit qu'embrouiller la fille davantage.

– Vous voulez regarder tous les deux ?

– Pas tout à fait, expliqua Ruth. Si on voulait regarder tous les deux, comment vous vous y prendriez ?

La fille nue soupira. Elle s'allongea sur la serviette, qu'elle couvrait tout entière.

– Lequel veut regarder en premier ? Ça va coûter un peu plus cher, je pense...

Ruth avait déjà payé cinquante florins.

La robuste Thaïe écarta les bras d'un air suppliant :

– Vous voulez faire et regarder, tous deux ? leur demanda-t-elle.

– Mais non, mais non ! se fâcha Ruth. Je voulais seulement savoir si quelqu'un l'avait déjà fait, et comment il l'avait fait.

Perplexe, la fille leur désigna du doigt le haut de la cloison. « On nous regarde, en ce moment – c'est comme ça que vous voulez le faire ? » Wim et Ruth tournèrent les yeux vers la cloison qui s'élevait de leur côté du lit. Près du plafond, le visage d'une Thaïe plus petite et plus âgée leur souriait vaguement.

– Mon Dieu ! s'écria Wim.

– Rien à faire, annonça Ruth, c'est la barrière de la langue.

Elle dit à la prostituée qu'elle pouvait garder l'argent, qu'ils avaient vu tout ce qu'ils voulaient voir.

– Vous voulez plus regarder ? Vous voulez plus rien faire ? Qu'est-ce qui se passe ?

Ruth et Wim naviguaient dans l'étroit couloir, la fille nue dans leur sillage, qui leur demandait si elle était trop grosse, si c'était ça le problème, lorsque la fille plus petite et plus âgée qui leur avait souri leur barra la route.

– Vous voulez fantaisie ? demanda-t-elle à Wim ; elle lui mit un doigt sur les lèvres, et le garçon recula. Alors elle fit un clin d'œil à Ruth. « Vous le savez, vous, ce qu'il aime, ce jeune, je suis sûre », dit-elle en lui palpant l'entrejambe. « Oooh ! s'écria-t-elle. Qu'elle est grosse ! Bien sûr qu'il veut quelque chose ! » Affolé, Wim se protégeait l'entrejambe d'une main et la bouche de l'autre.

– On s'en va, dit Ruth d'un ton sans réplique. On a déjà payé.

La main en forme de serre de la petite prostituée se tendait déjà vers les seins de Ruth lorsque la grosse Thaïe nue qui les suivait s'interposa entre eux et la pute insistante.

– C'est notre meilleure dominatrice, expliqua-t-elle à Ruth, mais c'est pas ça que vous voulez, hein ?

– Non, dit Ruth, qui sentait Wim s'accrocher à elle comme un enfant à sa mère.

La prostituée charpentée dit quelque chose en thaïlandais à sa consœur, qui recula dans une pièce obscure. Ruth et Wim la voyaient encore, elle leur tirait la langue, tandis qu'ils se pressaient dans le couloir vers la lumière bienvenue du jour.

– Tu bandais ? demanda Ruth à Wim lorsqu'ils eurent regagné la sécurité de la rue.

– Oui, avoua le jeune homme.

Mais qu'est-ce qui ne le ferait pas bander ? se demanda Ruth. Dire qu'il avait giclé deux fois dans la nuit, le petit bouc ! Est-ce que ça existait, des hommes qui arrivaient à satiété ? Mais elle pensa que sa mère avait dû aimer les assiduités d'Eddie O'Hare. Soixante fois, voilà qui lui disait désormais quelque chose.

Ce fut l'une des Sud-Américaines de la Gordijnensteeg qui lança à Wim : « Moitié prix pour ta mère et toi. » Au moins, elle parlait bien anglais. Et comme elle le parlait mieux que le néerlandais, ce fut Ruth qui engagea les négociations.

– Je ne suis pas sa mère, et puis on voudrait juste vous parler, parler, c'est tout.

– C'est le même prix, de toute façon, dit la fille.

Elle portait un sarong avec un balconnet assorti, à motifs floraux censés représenter une végétation exotique. Elle était grande, élancée, la peau café au lait, et si son front haut et ses pommettes saillantes lui donnaient un charme exotique, la morphologie de son visage avait quelque chose d'un peu osseux.

Elle mena Wim et Ruth à l'étage, dans une chambre d'angle ; les rideaux étaient transparents, et la lumière du dehors mettait dans la pièce peu meublée une ambiance rustique. Jusqu'au lit aux montants en pin, recouvert d'une courtepointe, qui aurait pu sortir d'une chambre d'hôte dans une ferme. Pourtant, en plein milieu de ce lit s'étalait l'immanquable serviette ; pas de bidet, pas de lavabo, nulle part pour se cacher.

D'un côté du lit se trouvaient deux chaises à dossier droit, seuls endroits où poser ses vêtements. La prostituée exotique retira son soutien-gorge, qu'elle posa sur l'un des deux sièges, puis elle déroula son sarong ; lorsqu'elle s'assit sur la serviette, elle n'était plus vêtue que d'un slip noir. Elle tapota le lit de part et d'autre, pour inviter Wim et Ruth à la rejoindre.

– Pas la peine de vous déshabiller, lui dit Ruth, on veut juste vous parler.

– Comme vous voudrez, dit la belle exotique.

Ruth s'assit au bord du lit et Wim se coula un peu trop près de la fille pour son goût. Il bande sans doute déjà, se dit-elle. Tout à coup, elle comprit ce qui devait se passer dans son histoire.

Et si la romancière avait l'impression de ne pas plaire assez, physiquement, à son jeune ami ? S'il semblait presque indifférent au fait de faire l'amour avec elle ? Il le faisait, certes, et elle voyait bien qu'il aurait pu le faire nuit et jour, mais il lui donnait toujours le sentiment qu'il n'était pas très excité. Et si la chose la faisait douter d'être une femme désirable, au point de ne jamais oser tout à fait montrer son trouble à elle, de peur d'être ridicule ? A cet égard, le personnage serait bien différent de Wim – ce serait un garçon en position de supériorité. Beaucoup moins assujetti au sexe que ne l'aurait voulu la dame...

Dans le roman, lorsqu'ils regardaient la prostituée ensemble, le jeune homme, très lentement, et tout à fait à dessein, laissait voir à la dame qu'il était vraiment excité. Et il la troublait tant elle-même qu'elle avait du mal à rester cachée dans le placard ; elle était impatiente de voir partir le client de la pute. Et quand il s'en allait, il fallait qu'elle se fasse prendre là, sur le lit de la fille, par son jeune amant, sous le regard dédaigneux et las de la pute. Peut-être cette dernière toucherait-elle les yeux, le visage, les pieds de la romancière, voire ses seins. Et elle serait si dévorée de désir dans l'instant qu'elle ne pourrait que laisser faire.

– Je tiens l'affaire ! dit Ruth à haute voix.

Ni Wim ni la fille ne comprirent de quoi elle parlait.

– Tu tiens quoi ? On va faire quoi ? demanda la fille.

L'impudente avait déjà la main entre les jambes de Wim. « Touche mes seins, vas-y, touche-les », lui disait-elle. Wim regarda Ruth avec hésitation, comme un enfant qui demanderait la permission. Puis il plaça une main curieuse sur les petits seins fermes. Il la retira aussitôt qu'elle entra en contact avec la peau de la fille, comme si elle avait été anormalement chaude ou froide. La prostituée éclata de rire, un rire d'homme, grave et rauque.

– Qu'est-ce qui t'arrive ? demanda Ruth.

– Touche-les toi-même, répondit-il, tandis que la fille se tournait vers Ruth avec un air d'invite.

– Non, merci, dit Ruth. Les seins ne sont pas un miracle, pour moi.

– Ceux-là, si, répondit la fille. Allez, touche-les.

La romancière connaissait peut-être son histoire, mais sa curiosité – sinon autre chose en elle – était stimulée. Elle posa des doigts circonspects sur le sein à portée de sa main. Il était aussi dur qu'un biceps bandé, ou qu'un poing. On aurait dit que la femme avait une balle de base-ball sous la peau (et, en effet, ses seins n'étaient pas plus gros que des balles de base-ball).

La prostituée tapota le V de son slip. « Vous voulez voir ce que j'ai là ? » Déconcerté, le jeune homme jetait à Ruth des regards suppliants, mais, cette fois, ce n'était pas la permission de toucher la prostituée qu'il voulait.

– On peut partir, à présent ? demanda-t-il.

Tandis qu'ils descendaient à tâtons l'escalier obscur, Ruth demanda à la fille d'où elle – ou il – était.

– De l'Équateur, répondit-il.

Ils tournèrent dans la Bloedstraat, où ils trouvèrent d'autres Équatoriens en vitrine et sur les portes ; mais ceux-là étaient plus costauds et plus mâles que le joli personnage auquel ils avaient eu affaire.

– Comment se porte ton érection ? demanda Ruth à Wim.

– Solide au poste, répondit le jeune homme.

Ruth avait le sentiment de ne plus avoir besoin de lui. Maintenant qu'elle savait ce qui allait se passer, la compagnie du garçon l'ennuyait. Pour l'histoire qu'elle avait en tête, d'ailleurs, il n'était pas du tout le personnage. Pourtant, la question demeurait de savoir où la romancière et son jeune ami trouveraient le plus confortable d'aborder une prostituée. Peut-être pas dans le quartier réservé.

Ruth elle-même s'était sentie plus à l'aise dans la partie prospère de la ville. Ça ne pourrait pas leur faire de mal d'aller se balader dans la Korsjespoortsteeg ou la Bergstraat. (L'idée de faire voir le beau Wim à Rooie lui sembla une provocation perverse.)

Il leur fallut passer deux fois devant la vitrine de Rooie. La première fois, le rideau était tiré ; elle devait être avec un client. Lorsqu'ils revinrent, Rooie était en devanture. Elle fit mine de ne pas reconnaître Ruth, elle se contenta de dévisager Wim, et la romancière s'abstint de la saluer de la tête ou de la main ; elle ne lui sourit même pas. Simplement, elle demanda à Wim, l'air de rien :

– Et celle-là, comment tu la trouves ?

– Trop vieille, répondit-il.

Là-dessus, Ruth fut persuadée d'en avoir fini avec lui. Mais quoiqu'elle ne fût pas libre à dîner le soir, il lui dit qu'il l'attendrait à la station de taxis en face de son hôtel, sur le Kattengat, après le repas.

– Tu ne devrais pas être à la fac ? lui demanda-t-elle. Et tes cours à Utrecht ?

– Mais je veux te revoir, plaida-t-il.

Elle le prévint qu'elle serait trop fatiguée pour qu'il passât la nuit avec elle. Elle avait besoin de dormir, de dormir pour de bon.

– Je t'attendrai à la station de taxis et c'est tout, alors, lui dit-il, avec des airs de chien battu qui a envie de se faire battre encore.

Ruth ne pouvait pas savoir à quel point elle serait contente de le trouver là à l'attendre, plus tard ; elle ne se doutait pas qu'elle n'en avait pas fini avec lui.

Elle retrouva Maarten au gymnase du Rokin dont il lui avait parlé ; elle voulait savoir si ce serait un bon lieu de rendez-vous pour la romancière et son jeune ami. C'était parfait, c'est-à-dire pas trop chic. Il y avait de nombreux haltérophiles sérieux. Le jeune homme auquel

Ruth pensait, un garçon bien plus affranchi, bien plus détaché que Wim, serait un culturiste invétéré.

Elle confia à Maarten et à Sylvia qu'elle avait quasiment passé la nuit avec son jeune adorateur. Il lui avait été utile, elle l'avait persuadé d'interviewer deux prostituées avec elle, dans les *Wallen.*

– Mais comment avez-vous fait pour vous en débarrasser ? demanda Sylvia.

Ruth avoua qu'elle ne s'était pas débarrassée de lui de manière définitive. Lorsqu'elle leur dit qu'il l'attendrait après dîner, tous deux éclatèrent de rire. A présent, s'ils la ramenaient à son hôtel dans la soirée, elle n'aurait plus à s'expliquer sur la présence de Wim. Tout ce qu'elle avait voulu se mettait désormais en place. Restait à rendre une deuxième visite à Rooie. N'était-ce pas la prostituée qui lui avait appris que tout pouvait arriver ?

En lieu et place de déjeuner, elle se rendit avec Sylvia et Maarten dans une librairie du Spui pour y signer ses livres. Elle mangea une banane et but une petite bouteille d'eau minérale. Après cela, elle aurait son après-midi à elle, pour voir Rooie. La seule chose qui la chiffonnait, c'était de ne pas savoir à quelle heure la pute quittait sa vitrine pour aller chercher sa fille à l'école.

Au cours de cette séance de dédicaces, il y eut un épisode où elle aurait dû lire un présage lui interdisant de retourner voir Rooie. Une femme de son âge était arrivée avec un cabas plein de livres – de toute évidence, c'était une lectrice qui avait apporté sa bibliothèque à signer. Mais outre les éditions en anglais et en néerlandais des trois romans de Ruth, elle avait des traductions en néerlandais des œuvres de Ted Cole, ses livres pour enfants célèbres dans le monde entier.

– Désolée, lui dit Ruth, je ne signe pas les livres de mon père. Ce sont ses livres à lui ; moi, je n'y suis pour rien, rien ne m'autorise à les signer.

La femme eut l'air tellement abasourdie que Maarten dut traduire les propos de Ruth en néerlandais.

– Mais c'est pour mes enfants ! s'exclama-t-elle.

Bah ! Pourquoi ne pas lui donner ce qu'elle veut ? se dit Ruth. C'est tellement plus facile de faire ce qu'on vous demande. En outre, tout en signant les livres de son père, elle eut le sentiment que l'un d'entre eux lui revenait en effet, celui qu'elle avait inspiré – *Le Bruit de quelqu'un qui essaie de ne pas faire de bruit.*

– Dis-le en néerlandais pour moi, demanda-t-elle à Maarten.

– C'est terrifiant, en néerlandais.

– Dis-le quand même.

Het geluid van iemand die geen geluid probeert te maken. Même en néerlandais, le titre lui donnait la chair de poule.

Elle aurait dû y voir un signe, mais ce fut sa montre qu'elle consulta. De quoi s'inquiétait-elle ? Il ne restait même pas une douzaine de personnes dans la queue ; elle aurait largement le temps d'aller voir Rooie.

La Taupe

En milieu d'après-midi, à cette saison, il ne restait plus que de petites flaques de soleil dans la Bergstraat. La chambre de Rooie était à l'ombre. Ruth trouva la fille en train de fumer.

– Ça, c'est quand je m'ennuie, dit-elle en désignant sa cigarette à Ruth qui franchissait le seuil.

– Je t'ai apporté un livre, ça te fera une variante quand tu t'ennuieras, dit Ruth.

Elle lui avait apporté *Pas pour les enfants* en anglais, car elle le parlait si excellemment qu'une traduction aurait eu quelque chose d'insultant. Elle se proposait de lui dédicacer le roman, mais elle n'avait pas encore signé, ni rien écrit, ne sachant pas orthographier son nom.

Rooie prit le livre et le retourna pour examiner avec soin la photo de la jaquette. Puis elle le posa sur la table, près de la porte, où elle laissait ses clefs.

– Merci, dit-elle, mais il faut quand même que tu me paies.

Ruth ouvrit la fermeture éclair de son sac et jeta un coup d'œil dans son portefeuille ; il lui faudrait attendre que ses yeux s'accommodent à la pénombre pour arriver à lire la valeur des billets.

Rooie s'était déjà assise sur la serviette au milieu du lit. Elle avait oublié de tirer les rideaux, peut-être parce qu'elle se disait qu'il n'était pas question de coucher avec Ruth. Son détachement, ce jour-là, laissait à penser qu'elle avait renoncé à séduire sa cliente ; elle s'était résignée à ce que celle-ci n'ait envie que de parler.

– Qu'est-ce qu'il est adorable, le jeune que j'ai vu avec toi, lui dit-elle. C'est ton petit ami ? Ton fils ?

– Ni l'un ni l'autre. Il est trop vieux pour être mon fils. Il faudrait que je l'ai eu à quatorze ou quinze ans.

– Ça se serait déjà vu, dit Rooie. S'avisant que les rideaux étaient ouverts, elle se leva. « Il n'est pas trop vieux pour être mon fils, à moi », ajouta-t-elle. Elle était en train de fermer les rideaux lorsque son attention fut attirée par quelqu'un ou quelque chose, dans la rue, de sorte qu'elle ne les ferma qu'aux trois quarts. Elle se tourna vers Ruth et dit tout bas : « Un instant », avant de se diriger vers la porte, qu'elle entrebâilla de quelques centimètres à peine.

Ruth ne s'était pas encore installée dans le fauteuil à pipes ; elle était debout dans la pièce désormais obscure, une main sur l'accoudoir, lorsqu'elle entendit une voix d'homme, dans la rue, s'exprimer en anglais.

– Je reviens plus tard ? J'attends ? demandait l'homme à Rooie. (Il parlait anglais avec un accent que Ruth ne parvenait pas à situer tout à fait.)

– Une minute, lui dit Rooie, qui referma la porte et acheva de tirer les rideaux.

– Tu veux que je m'en aille ? Je peux revenir plus tard, chuchota Ruth ; mais Rooie, debout à ses côtés, lui couvrit la bouche de sa main.

– C'est pas l'occasion ou jamais, ça ? dit-elle tout bas. Aide-moi à retourner les chaussures.

Et, s'agenouillant devant la penderie, elle se mit en devoir de placer les chaussures pointe devant. Ruth était pétrifiée. Ses yeux ne s'étaient toujours pas accommodés à l'obscurité, et elle n'y voyait pas assez bien pour compter l'argent qu'elle devait à Rooie.

– Tu me paieras plus tard, déclara celle-ci. Dépêche-toi de m'aider. Il a l'air nerveux, c'est peut-être la première fois qu'il fait ça. Il va pas attendre toute la journée.

Ruth s'agenouilla auprès de la prostituée ; ses mains tremblaient, et elle laissa tomber la première chaussure qu'elle prit.

– Laisse-moi faire, commenta Rooie, agacée. Entre dans la penderie, et, surtout, ne bouge plus ! Tu peux toujours bouger les yeux. Mais rien que les yeux.

Elle disposa les chaussures de chaque côté des pieds de Ruth. Celle-ci aurait pu l'arrêter, elle aurait pu élever la voix, mais elle ne souffla mot. Plus tard, pendant quatre ou cinq ans, elle se dit qu'elle n'avait pas ouvert la bouche parce qu'elle avait eu peur de décevoir Rooie. Elle avait l'impression que la fille lui disait : « Chiche ! » Un jour elle comprendrait qu'avoir peur de paraître lâche est la pire raison de faire quoi que ce soit.

Elle regretta aussitôt de ne pas avoir ouvert son blouson ; on étouffait dans la penderie, mais Rooie avait déjà introduit le client dans la petite chambre rouge, Ruth n'osait pas faire le moindre geste ; d'ailleurs, le bruit de la fermeture éclair se serait entendu.

L'homme parut déconcerté par tous ces miroirs. Ruth n'aperçut qu'un instant son visage avant de détourner les yeux : c'est qu'elle ne voulait pas le voir, ce visage ; il avait quelque chose d'incongrûment anodin. Elle choisit de regarder Rooie.

La prostituée retira son soutien-gorge ; il était noir, aujourd'hui. Comme elle s'apprêtait à retirer son slip noir, l'homme l'arrêta en lui disant : « Pas la peine. » Elle sembla déçue. (Pour moi, sans doute, se dit Ruth.)

– C'est le même prix, que tu regardes ou que tu touches, annonça Rooie à l'homme au visage anodin. Soixante-quinze *gulden*.

Mais il faut croire que le client connaissait le tarif, car il avait la somme en main – des billets qu'il portait dans la poche de son pardessus et qu'il avait dû tirer de son portefeuille avant même d'entrer.

– Je touche pas, je regarde, dit-il.

Pour la première fois, Ruth se dit qu'il parlait anglais avec un accent allemand. Rooie lui mit la main entre les jambes, mais il la repoussa ; il ne voulait pas non plus qu'elle le touche.

Il était chauve, des traits lisses, un crâne ovoïde, et un corps sans signes particuliers – ni très grand ni très costaud. Ses vêtements eux-mêmes n'avaient rien de saillant. Le pantalon de son costume était trop grand pour lui, vague même, mais impeccablement repassé. Le pardessus noir était vaste, comme s'il l'avait pris d'une taille trop grand. Il avait défait le dernier bouton de sa chemise, et desserré sa cravate.

– Qu'est-ce que tu fais, dans la vie ? lui demanda Rooie.

– Je suis dans les systèmes de sécurité, marmonna l'homme. (Ruth crut entendre qu'il précisait « pour SAS », mais elle n'était pas sûre d'avoir bien saisi. Parlait-il de la compagnie aérienne ?) C'est un bon boulot, ajouta-t-il. Allonge-toi sur le côté, s'il te plaît.

Rooie se roula en boule sur le lit comme une petite fille, en le regardant. Elle remonta les genoux contre sa poitrine, en entourant ses jambes de ses bras, comme si elle avait froid, et elle le regarda avec un sourire enjôleur.

Debout au-dessus d'elle, il l'examinait. Il laissa tomber sa lourde serviette sur le fauteuil à pipes, où elle disparut aux regards de Ruth. C'était un cartable de cuir informe, de ceux qu'on voit aux professeurs d'université ou aux maîtres d'école.

Comme en adoration devant la silhouette recroquevillée de Rooie, il s'agenouilla à son chevet, son pardessus traînant sur le tapis. Un long soupir lui échappa. Ce fut alors que Ruth entendit sa respiration sifflante, la respiration du bronchiteux.

– Détends les jambes, s'il te plaît, dit-il, et mets les bras au-dessus de ta tête, comme si tu t'étirais. Comme si c'était le matin, quand tu te réveilles, ajouta-t-il, presque hors d'haleine.

Rooie s'étira – de façon tout à fait aguichante, aux yeux de Ruth –, mais l'asthmatique n'en fut pas satisfait.

– Bâille un peu, pour voir, demanda-t-il. (Rooie fit semblant.) Non, un vrai bâillement, les yeux fermés.

– Désolée, je ferme jamais les yeux, lui dit Rooie.

Ruth s'aperçut que la prostituée avait peur. Ce fut aussi immédiat que de s'apercevoir qu'une porte est ouverte, ou une fenêtre, parce que l'air a fraîchi.

– Tu pourrais peut-être te mettre à genoux, suggéra l'homme, toujours avec ce sifflement.

Rooie sembla soulagée par la proposition. Elle s'agenouilla sur la serviette, tête et mains en appui sur l'oreiller. Elle regardait l'homme de côté ; ses cheveux commençaient de se répandre en avant, et lui cachaient partiellement le visage, mais elle parvenait encore à le voir. Et elle le tenait à l'œil.

– Oui ! s'exclama l'homme, enthousiaste. (Il battit des mains, deux fois, et se mit à se balancer d'une cuisse sur l'autre, toujours à genoux.) Maintenant, secoue la tête, secoue les cheveux dans tous les sens.

Dans le miroir, en face, au bout du lit de la prostituée, Ruth aperçut pour la deuxième fois contre son gré le visage empourpré de l'homme. Ses petits yeux qui louchaient légèrement n'étaient qu'une fente ; on aurait dit que ses paupières avaient poussé par-dessus – comme sur les yeux aveugles d'une taupe.

Les yeux de Ruth, eux, se posèrent aussitôt sur le miroir qui faisait face à la penderie ; elle avait peur d'y voir un mouvement par la fente des rideaux, ou que ses chaussures tremblent de manière perceptible. Elle eut l'impression que les vêtements de la penderie se pressaient autour d'elle.

Rooie fit ce qu'on lui demandait, elle secoua la tête, répandant sa chevelure autour d'elle. L'espace d'une seconde, deux ou trois peut-être, ses cheveux lui cachèrent les yeux ; mais il n'en fallut pas plus à La Taupe. D'un bond en avant, il laissa retomber sa poitrine sur le crâne et la nuque de Rooie, et enfonça le menton dans sa colonne vertébrale. Il crocheta sa gorge de son avant-bras droit, qu'il saisit de son bras gauche, pour pouvoir serrer. Lentement il se souleva, et se mit sur pied, le crâne et la nuque de Rooie contre sa poitrine, son avant-bras droit lui écrasant la gorge.

Il s'écoula quelques secondes avant que Ruth comprenne que Rooie ne pouvait plus respirer. On n'entendait plus que le sifflement catarrheux de l'homme. Les bras minces de Rooie battaient l'air en silence. Elle avait une jambe repliée sous elle, sur le lit, et l'autre donnait des coups de pied, de sorte que sa chaussure à haut talon partit valdinguer contre la porte entrebâillée des WC. Le bruit attira l'attention de l'étrangleur ; il tourna aussitôt la tête, comme s'il s'attendait à trouver quelqu'un assis sur la cuvette. A la vue de l'escarpin fugueur de Rooie, il sourit de soulagement, et se mit en devoir d'achever de l'étouffer.

Un filet de sueur dégoulinait entre les seins de Ruth ; elle songea à foncer vers la porte, mais elle la savait verrouillée et n'avait pas la moindre idée de la façon dont on l'ouvrait. Elle se figurait l'homme la rattrapant pour la ramener dans la pièce, et son avant-bras lui écrasant la trachée, jusqu'à ce que ses bras et ses jambes mollissent, comme ceux de Rooie.

Sa main droite s'ouvrait et se fermait involontairement. (Si seulement j'avais eu une raquette de squash, se dit-elle par la suite.) Mais la peur la paralysait si fort qu'elle ne fit rien pour porter secours à

Rooie. Elle ne pourrait jamais l'oublier ni se le pardonner. On aurait dit que les vêtements du placard de la prostituée la retenaient prisonnière.

A présent, la jambe de Rooie avait cessé de battre l'air. La cheville de son pied nu traînait sur le tapis ; l'asthmatique semblait danser avec sa victime. Il avait relâché la pression sur sa gorge, de sorte que la tête de la femme s'abandonnait à la renverse au creux de son bras ; tout en allant et venant, la fille dans ses bras, il avait enfoui la bouche et le nez le long de son cou. Les bras de Rooie étaient ballants, ses doigts glissaient sur ses cuisses nues. Avec une douceur extrême, comme s'il faisait tout pour ne pas réveiller un enfant endormi, La Taupe remit Rooie sur son lit, et s'agenouilla de nouveau auprès d'elle.

Ruth ne put s'empêcher de penser que les yeux grands ouverts de la prostituée s'attachaient à la fente entre les rideaux du placard avec un air de reproche véhément. Il faut croire que le meurtrier n'aimait pas ce regard-là non plus, car il ferma les yeux de la fille délicatement, entre le pouce et l'index. Puis il prit un mouchoir dans la boîte de la table de chevet, et, s'en servant comme d'une barrière entre lui et une maladie imaginaire, il fourra la langue pendante de la prostituée dans sa bouche.

Mais la bouche de la morte refusait de rester fermée ; ses lèvres étaient demeurées entrouvertes ; son menton s'était affaissé sur sa poitrine. L'asthmatique lui tourna le visage sur le côté avec impatience, en calant son menton sur l'oreiller. De toute évidence, le manque de naturel de la posture l'excédait. Il eut un bref soupir agacé, suivi d'un sifflement aigu et rauque, puis tenta de réunir les membres épars de Rooie. Mais il ne parvint pas à la courber pour la mettre dans la position désirée. Il y avait toujours un bras ou une jambe qui s'échappaient. Un moment donné, dans son exaspération, il planta les dents dans l'épaule nue de Rooie. Il écorcha la peau, mais Rooie saigna très peu – son cœur avait déjà cessé de battre.

Ruth retint son souffle ; presque une minute plus tard, elle comprit qu'elle avait eu tort : quand il lui fallut reprendre sa respiration, elle dut inspirer profondément ; et, à plusieurs reprises, elle faillit suffoquer pour retrouver son souffle. A voir l'assassin se raidir, elle devina qu'il l'avait entendue, ou, du moins, qu'il avait entendu quelque chose. Aussitôt, il arrêta de se soucier de la pose la plus désirable pour

404

Rooie ; il cessa aussi de respirer en sifflant. Lui aussi retint sa respiration pour tendre l'oreille. Ruth ne toussait plus depuis plusieurs jours ; mais sa toux menaçait tout à coup de se manifester de nouveau : elle ressentait un picotement annonciateur au fond de la gorge.

La Taupe se leva lentement, en scrutant tous les miroirs de la chambre rouge. Ruth savait bien ce qu'il avait entendu, car il avait entendu le bruit de quelqu'un qui essaie de ne pas faire de bruit – voilà ! Et c'est pour cela qu'il retenait son souffle, qu'il avait cessé de siffler, et qu'il regardait autour de lui. A voir palpiter ses narines, elle pensa qu'il tâchait même de flairer sa présence.

Pour se calmer, elle évita de le regarder, et préféra fixer le miroir en face de la penderie. Elle essaya de se voir dans la fente étroite entre les rideaux ; elle distingua ses chaussures entre toutes celles qui se trouvaient pointe vers l'extérieur. Au bout d'un moment, elle put discerner l'ourlet de son jean noir. En se concentrant, elle parviendrait même à apercevoir ses pieds dans les chaussures, ses chevilles, ses mollets...

Tout à coup, le meurtrier se mit à tousser ; il émit une aspiration effroyable, qui convulsa tout son corps. Lorsqu'il eut fini de tousser, Ruth parvenait de nouveau à maîtriser sa propre respiration.

Le secret de l'immobilité absolue, c'est la concentration absolue. « Tout le reste de ta vie, lui avait dit Eddie O'Hare quand elle était petite, si tu as besoin d'être courageuse, tu n'auras qu'à regarder ta cicatrice. » Mais elle n'aurait pas pu voir son index droit sans bouger la tête ou la main. Elle se concentra plutôt sur *Le Bruit de quelqu'un qui essaie de ne pas faire de bruit*. De toutes les histoires de son père, de toutes celles qu'elle savait par cœur, c'était celle qu'elle connaissait le mieux. Il y avait une taupe dedans...

Imaginez une taupe, deux fois plus grosse qu'un enfant, mais deux fois plus petite qu'un adulte. Cet homme-taupe marchait debout comme un homme. Il portait des pantalons trop grands, qui cachaient sa queue, et des vieilles tennis, qui lui permettaient d'aller vite, et sans faire de bruit. La première illustration représente Ruth et son père qui entrent dans la maison de Sagaponack ; ils se tiennent par la main et passent le seuil de la porte de devant pour pénétrer dans le hall, inondé de lumière. Ils ne jettent même pas un coup d'œil au portemanteau, dans le coin. Or là, caché en partie par le perroquet, se dresse La Taupe.

Le métier de La Taupe était de chasser les petites filles. Il aimait bien les attraper et les entraîner sous terre avec lui, où il les gardait prisonnières une semaine ou deux. Les petites filles n'aimaient pas être sous terre. Lorsqu'il finissait par les relâcher, elles avaient de la terre dans les oreilles et dans les yeux – et il leur fallait se laver les cheveux tous les jours pendant dix jours pour chasser l'odeur de ver de terre sur leur peau.

La deuxième illustration est un plan américain de La Taupe qui se cache sous un lampadaire dans la salle à manger, pendant que Ruth et son père prennent leur dîner. La Taupe a une tête en pain de sucre, pointue au bout, comme une pique, et pas d'oreilles externes. Ses yeux résiduels ne sont plus que des petites bosses discrètes dans son visage fourré. Les cinq doigts griffus de ses pattes de devant les font ressembler à des pagaies. Son nez, comme celui d'une taupe à museau étoilé, est composé de vingt-deux organes du toucher, roses comme des tentacules. (Ce rose du nez étoilé de La Taupe était la seule touche de couleur des dessins de Ted Cole, qui n'utilisait que les bruns et les noirs.)

La Taupe était aveugle, et ses oreilles étaient si petites qu'elles tenaient à l'intérieur de sa tête. Il ne voyait pas les petites filles, et il les entendait tout juste. Mais il les sentait bien, avec son nez en étoile, et il les sentait surtout lorsqu'elles étaient toutes seules. Or sa fourrure était soyeuse, on pouvait la brosser dans n'importe quel sens sans rencontrer la moindre résistance. Quand une petite fille se trouvait assez près de lui, elle ne pouvait pas résister à la tentation de la toucher. Et alors, bien sûr, La Taupe s'apercevait de sa présence.

Lorsque Ruth et son papa eurent fini de dîner, il lui dit :

– On n'a plus de glaces. Je vais aller en chercher chez le marchand, mais il faut que tu débarrasses la table.

– D'accord, papa, répondit Ruth.

Mais cela voulait dire rester toute seule avec La Taupe. Ce n'est qu'après le départ de son papa que Ruth s'aperçut qu'il était dans la salle à manger.

La troisième illustration montre Ruth en train de rapporter des assiettes et des couverts à la cuisine. Elle tient La Taupe à l'œil, car il est sorti de sa cachette sous le lampadaire, son museau étoilé pointé en avant – pour flairer sa présence.

Ruthie fit bien attention à ne pas laisser tomber couteau ou fourchette, parce qu'un tel bruit, même une taupe l'aurait entendu. Et si elle voyait La Taupe, elle savait bien que lui ne la voyait pas. D'abord, elle alla tout droit à la poubelle ; elle se mit des coquilles d'œuf et du marc de café dans les cheveux, en espérant que ça couvrirait son odeur de petite fille. Mais La Taupe entendit crisser les coquilles d'œuf, et, en plus, il aimait bien l'odeur du marc de café. Mmm, ça sent le ver de terre, se dit-il, en pointant son nez de plus en plus près de Ruthie.

La quatrième illustration montre Ruthie en train de monter quatre à quatre l'escalier moquetté ; le marc de café et les coquilles d'œuf s'échappent de ses cheveux et tombent derrière elle. Au bas des marches, ses yeux aveugles fixés sur elle, son museau étoilé pointé vers le centre de l'escalier, on voit La Taupe. L'une de ses vieilles tennis s'est déjà glissée, furtive, sur la première marche.

Ruthie grimpa en vitesse. Il fallait qu'elle se débarrasse du marc de café et des coquilles d'œuf. Il vaudrait mieux qu'elle sente comme son papa ! C'est ainsi qu'elle s'habilla de son linge sale et qu'elle se mit de la mousse à raser dans les cheveux. Elle alla jusqu'à se frotter le visage avec les semelles de ses chaussures, mais elle s'aperçut que ce n'était pas une bonne idée : les taupes aiment la crasse et la terre. Elle se lava en se frottant, puis remit de la mousse à raser – ce serait une bien mauvaise idée que de se retrouver coincée au premier étage avec La Taupe, alors elle tenta de regagner l'escalier et de passer devant lui sans se faire remarquer.

Cinquième illustration : sur le palier se rencontrent, à mi-hauteur, La Taupe, qui monte, et Ruth, dans les vieux vêtements de son père, couverte de mousse à raser, qui descend. Ils sont proches à se toucher.

La Taupe renifla une odeur d'adulte, qu'il trouva repoussante. Mais Ruth avait de la mousse à raser sur le bout du nez. Il lui fallait éternuer. Un éternuement, même une taupe peut l'entendre. Ruth tenta trois fois de s'empêcher d'éternuer – ce qui n'est pas drôle, ça fait très mal aux oreilles. Et, chaque fois, elle fit un petit bruit que La Taupe entendit faiblement. Il tendit la tête vers elle.

C'est quoi, ce bruit ? se demandait-il. Comme il regrettait de ne pas avoir d'oreilles externes ! On aurait dit le bruit de quelqu'un qui essaie de ne pas faire de bruit. Il continua de tendre l'oreille, et le museau aussi, tandis que Ruthie n'osait plus bouger. Elle resta là sans rien faire, en essayant de s'empêcher d'éternuer. Il lui fallait aussi se retenir tant qu'elle pouvait de toucher La Taupe : son pelage avait l'air si soyeux !

Mais qu'est-ce que c'est que cette odeur ? continuait de se demander La Taupe. Oh là là, il y a un type qui aurait bien besoin de se changer ! Et pourtant, il doit se raser trois fois par jour, ce type. Et puis on a touché le bout d'un soulier. On a cassé un œuf, aussi, et renversé du café. C'est dégoûtant ! pensait La Taupe. Et pourtant, au milieu de tout ce fouillis d'odeurs, il y avait le parfum d'une petite fille qui semblait presque toute seule. Cela, La Taupe le savait, parce qu'il sentait le talc qu'elle avait sur la peau. Après son bain, pensait-il, elle se met du talc pour bébé sous les bras et entre les orteils. Cela faisait partie des choses fabuleuses chez les petites filles, qui impressionnaient La Taupe.

Son pelage a l'air si doux ! pensait Ruth. Je crois que je vais m'évanouir, ou bien éternuer.

La sixième illustration montre Ruth et La Taupe en gros plan sur le palier, à mi-hauteur de l'escalier, il tend sa patte-pagaie vers elle, sa longue griffe sur le point de lui toucher le visage. Elle aussi tend sa petite main vers lui, elle est sur le point de toucher la fourrure de sa poitrine.

– C'est moi, me voilà ! cria le papa de Ruth. J'ai pris deux parfums !

Ruthie éternua, ce qui projeta un peu de mousse à raser sur La Taupe. Il avait horreur de ça ! Et ce n'est pas commode de courir, pour un aveugle. La Taupe se cogna contre le pied de l'escalier. Il essaya de se cacher de nouveau sous le perroquet à vêtements, dans l'entrée, mais le papa de Ruth le vit, il l'attrapa par le fond de son pantalon trop grand, là où était sa queue, et il le jeta dehors par la porte de devant.

Alors Ruthie eut droit à un traitement de faveur. Elle eut la permission d'avoir une boule de chaque parfum, et de prendre un bain en même temps, parce qu'il ne faut jamais se coucher en sentant le linge sale, ni la mousse à raser, ni le marc de café, et seulement un tout petit peu le talc. Non, les petites filles doivent se coucher en sentant beaucoup le talc pour bébé, et rien d'autre.

Sur la septième illustration – il y en a une pour chaque jour de la semaine, lui avait dit Ted Cole –, on voit Ruth bordée dans son lit. Son père a laissé ouverte la porte de la grande chambre, de sorte que la veilleuse est visible. Par la fente des rideaux de Ruth, on voit le noir de la nuit, et la lune au loin. Et dehors, sur le rebord de la fenêtre, La Taupe est roulé en boule, aussi douillettement endormi que s'il se trouvait sous terre. Ses pattes en forme de pagaie, avec leurs longues griffes, lui couvrent la figure, à l'exception de son nez en étoile ; il y a bien onze de ses vingt-deux tentacules du toucher collés au carreau de la chambre de Ruth.

Pendant des mois, parmi les autres modèles qui posaient pour son père, une série de cadavres de taupes à museau en étoile avaient rendu la salle de travail de Ted Cole aussi inapprochable que l'encre de seiche auparavant. Et, un jour qu'elle ouvrait le freezer pour prendre un esquimau, Ruth avait trouvé une de ces taupes enveloppée dans un sachet en plastique.

Seul Eduardo Gomez ne semblait pas s'en affecter – car, en tant que jardinier, il était l'ennemi juré des taupes de tout poil. Fournir à Ted des quantités de taupes à museau étoilé était une tâche propre à lui égayer l'humeur.

Tout cela s'était passé lors du long automne qui avait suivi le départ de la mère de Ruth et d'Eddie O'Hare.

L'histoire elle-même avait été écrite et réécrite l'été 1958, mais les illustrations n'étaient venues que plus tard. Tous les éditeurs de Ted, ses traducteurs aussi, l'avaient supplié de changer le titre. Ils voulaient appeler le livre *La Taupe*, bien sûr. Mais Ted avait tenu bon, *Le Bruit de quelqu'un qui essaie de ne pas faire de bruit* était la trouvaille de sa fille.

Et maintenant, dans la petite chambre rouge avec l'assassin de Rooie, Ruth Cole essayait de se calmer en pensant à la courageuse petite fille nommée Ruthie, qui avait jadis partagé un palier central avec une taupe deux fois plus grosse qu'elle. Enfin, Ruth osa bouger les yeux, rien que les yeux. Elle voulait voir ce que faisait l'assassin. Sa respiration sifflante la rendait folle, mais elle l'entendit se déplacer, et la pièce sombre fut tout à coup encore un peu plus obscure.

Il avait dévissé l'ampoule du lampadaire, à côté du fauteuil à pipes. Cette ampoule était si faible qu'on remarquait moins son absence que

409

le fait que la pièce était devenue moins rouge – l'assassin avait également retiré l'abat-jour en vitrail écarlate.

Alors, du gros cartable posé sur le fauteuil à pipes, il tira une ampoule de spot, qu'il vissa dans la douille du lampadaire. A présent, la chambre de Rooie était noyée de clarté, une clarté qui ne flattait ni la morte ni son domaine, et qui, de surcroît, inondait la penderie. Ruth voyait très bien ses chevilles, et, par la fente étroite, son visage.

Heureusement, l'assassin avait cessé d'examiner la chambre. Il ne s'intéressait qu'à l'angle de la lumière sur le corps de la fille. Il orienta le faisceau directement sur le lit, dans le souci d'éclairer son sujet au maximum. Le bras droit, inerte, n'était pas resté comme il l'avait placé, et il lui donna une claque impatiente ; il semblait également déçu que les seins se soient ramolli à ce point, mais qu'y faire ? Il préférait Rooie couchée sur le côté, avec un sein visible, mais pas les deux.

Sous la lumière crue, le crâne chauve du meurtrier luisait de sueur. Sa peau avait une nuance grisâtre que Ruth n'avait pas remarquée jusque-là ; mais son sifflement s'était un peu calmé.

Il semblait plus détendu. Il entreprit de jauger la pose de Rooie à travers l'objectif de son appareil photo. C'était un modèle que Ruth reconnaissait, un Polaroid grand format, de la vieille génération, comme celui que son père utilisait pour photographier ses modèles. Le cliché en noir et blanc devait être stabilisé avec un fixateur spécial, à l'odeur désagréable.

Pour prendre une unique photo, l'assassin ne perdit pas de temps. Après quoi, la posture de Rooie fut le cadet de ses soucis ; il la fit rouler rudement sur le sol, voulant se servir de la serviette de toilette pour dévisser l'ampoule, qu'il remit dans son gros cartable (le flood, qui n'avait pourtant pas servi longtemps, semblait brûlant). La serviette lui permit aussi d'effacer ses empreintes digitales sur la petite ampoule qu'il avait dévissée du lampadaire, et sur l'abat-jour en vitrail écarlate.

Pendant ce temps, il ne cessait de secouer le négatif dans sa main ; il était de la taille d'une enveloppe administrative. Il n'attendit que vingt ou vingt-cinq secondes avant de le décoller ; puis, se dirigeant vers le siège près de la fenêtre, il écarta légèrement les rideaux pour juger de la qualité du cliché à la lumière naturelle. Il sembla fort satisfait. Lorsqu'il revint au fauteuil à pipes, il remit l'appareil dans le cartable ; quant à la photo, il la badigeonna de fixateur nauséabond, et l'agita à l'air pour la faire sécher.

Sa respiration s'était faite moins sifflante et il fredonnait un air impossible à suivre, comme s'il était en train de se confectionner un sandwich qu'il aurait hâte de manger tout seul. Sans cesser d'agiter la photo déjà sèche, il s'avança jusqu'à la porte qui donnait sur la rue ; après l'avoir entrebâillée, il jeta un coup d'œil dehors. Il avait touché verrou et bouton de porte en laissant sa main dans la manche de son manteau, pour ne pas laisser d'empreintes.

En refermant la porte, il avisa le roman de Ruth Cole, *Pas pour les enfants*, sur la table où la prostituée avait laissé ses clefs. Il le prit, le retourna, et étudia la photo de l'auteur. Puis, sans lire un mot du texte, il ouvrit le livre au milieu et plaça la photo entre les pages. Il mit le roman dans son cartable, qui s'ouvrit lorsqu'il voulut le récupérer sur le fauteuil. Comme le lampadaire n'était pas allumé, Ruth ne put voir quels objets contenus dans le cartable s'étaient répandus sur le tapis, mais l'assassin se mit à quatre pattes pour les ramasser et les ranger. L'opération avait aggravé son sifflement, qui était de nouveau aigu lorsqu'il se releva et referma hermétiquement la serviette.

Alors, il jeta un dernier regard à la pièce. A la surprise de Ruth, il n'en jeta pas un à Rooie. On n'aurait dit que, désormais, la prostituée n'existait plus que sur la photo. Puis, presque aussi vite qu'il l'avait tuée, La Taupe à face grise disparut. Il ouvrit la porte de la rue sans prendre le temps de vérifier s'il passait quelqu'un dans la Bergstraat – ou s'il y avait une prostituée sur le seuil d'une porte voisine. Avant de quitter les lieux, il s'inclina sur le seuil, comme si Rooie elle-même était postée juste derrière. Une fois de plus, il couvrit sa main de sa manche pour toucher la porte.

Ruth avait le pied droit engourdi, mais elle attendit une minute ou deux dans la penderie, pour le cas où le tueur reviendrait. Puis elle sortit en boitant, et en se prenant les pieds dans les chaussures ; elle fit tomber son sac, qui, comme de juste, était ouvert, ce qui l'obligea à chercher à tâtons sur le tapis si peu éclairé tous les menus objets qui auraient pu glisser. A l'intérieur du sac, sa main retrouvait tout ce qui lui importait. Sur le tapis, elle sentit un objet trop grand pour un tube de rouge à lèvres, mais qu'elle embarqua tout de même.

Ce qu'elle considérerait plus tard comme sa lâcheté honteuse – être restée immobile dans la penderie, paralysée par la peur – se doublait à présent d'une pusillanimité d'un autre ordre : elle effaçait déjà les traces de son passage, elle qui aurait voulu ne jamais être passée par là, et qui affectait de le croire.

Elle ne put se résoudre à lancer un dernier regard à Rooie. Elle fit une pause devant la porte de la rue, et elle attendit une éternité dans l'entrebâillement, jusqu'à ce qu'il n'y ait plus la moindre prostituée sur son seuil, plus le moindre passant dans la Bergstraat. Alors, elle sortit d'un pas vif dans la clarté de l'après-midi finissant, qu'elle aimait tant à Sagaponack, mais qui, là, n'avait que la fraîcheur d'une fin de journée d'automne. Elle se demanda qui allait s'aviser que Rooie n'était pas venue chercher sa fille à la sortie de l'école.

L'espace de dix, douze minutes peut-être, Ruth tenta de se persuader qu'elle n'était pas en train de fuir ; c'est le temps qu'il lui fallut pour atteindre le poste de police de la Warmoesstraat, dans les *Wallen*. Une fois de retour au quartier réservé, son pas se ralentit considérablement. Et elle n'aborda pas les deux premiers policiers qu'elle trouva : à cheval, ils étaient trop haut au-dessus d'elle. A la porte du poste de police, au 48 de la rue, elle hésita à entrer. Elle se surprit à revenir à son hôtel. Elle commençait à mesurer non seulement sa lâcheté, mais son incompétence de témoin.

La voilà bien, la romancière de renommée mondiale, avec son penchant pour le détail ; elle qui avait observé une prostituée avec son client avait omis d'enregistrer le détail le plus important. Elle ne pourrait jamais identifier l'assassin, tout juste le décrire. Elle s'était appliquée à ne pas le regarder ! La singularité de ses yeux résiduels, qui lui avaient si fort rappelé les yeux de la taupe de son enfance, n'était guère une caractéristique suffisante pour l'identifier. Ce qu'elle avait le mieux retenu de lui, c'était ce qu'il avait de plus banal – sa physionomie anodine.

Combien d'hommes d'affaires chauves avec un gros cartable pouvait-on recenser ? Certes, ils n'étaient pas tous asthmatiques, pas tous porteurs d'un Polaroid grand format – à l'heure actuelle, cet appareil était sans doute le trait le plus révélateur. A n'en pas douter, un système de photographie qui n'intéressait que des professionnels. Mais à quel point cela rétrécissait-il le champ des suspects possibles ?

Ruth Cole était romancière ; les romanciers ne sont pas au mieux de leur forme lorsqu'ils sont pris au dépourvu. Elle jugea qu'elle devrait préparer ce qu'elle avait à dire à la police – par écrit de préférence. Le temps de rentrer à son hôtel, elle prit conscience de la précarité de sa position : une femme célèbre, auteur à succès, sans mari, est le témoin horrifié du meurtre d'une prostituée, qu'elle observe cachée dans la penderie. Et elle demanderait à la police et au public de croire qu'elle regardait la prostituée et son client à titre documentaire – elle, la romancière qui affirmait vouloir dénigrer l'expérience immédiate au profit de l'imagination !

Il était aisé de se figurer la réaction que cela induirait. Elle l'avait trouvée, l'humiliation qu'elle cherchait ! Seulement, bien sûr, de cette humiliation, elle n'avait nullement envie de parler dans son livre.

Lorsqu'elle eut pris un bain et se fut apprêtée pour dîner avec Maarten et Sylvia et les gens du Club du livre, elle avait déjà rédigé quelques notes sur ce qu'il fallait dire à la police. Pourtant, à son degré de distraction au dîner, elle reconnut qu'elle ne s'était pas convaincue qu'il était aussi correct d'écrire à la police que d'y aller en personne. Bien avant la fin du repas, elle se sentit responsable envers la fille de Rooie. Tandis que Maarten et Sylvia la reconduisaient à son hôtel, elle se sentit de plus en plus coupable : elle savait qu'elle n'avait pas la moindre intention d'aller jamais à la police.

Les détails de la chambre de Rooie vus du poste d'observation intime de la penderie lui demeureraient présents à l'esprit bien plus longtemps qu'il ne lui en faudrait pour rendre l'atmosphère particulière d'une chambre de prostituée en plein travail. Ces détails lui demeureraient tout aussi proches que La Taupe, recroquevillé sur la corniche de sa fenêtre, son museau étoilé au carreau. L'horreur et la peur suscitées par les contes pour enfants de son père avaient pris corps dans sa vie d'adulte.

– Allons bon, voici votre admirateur, fidèle au poste, dit Maarten quand il vit Wim Jongbloed qui l'attendait à la station de taxis du Kattengat.

– Oh, quel ennui ! dit Ruth d'un air las, pensant par-devers elle qu'elle n'avait jamais été aussi heureuse de voir qui que ce soit dans sa vie.

Elle savait ce qu'elle voulait dire aux policiers, mais elle ne savait pas le dire en néerlandais. Wim, lui, saurait. Il suffisait de faire croire à ce jeune crétin qu'il s'agissait d'autre chose. Lorsqu'elle prit congé de Sylvia et de Maarten, elle saisit le regard interrogateur de Sylvia. « Non, lui dit-elle tout bas, je ne vais pas coucher avec lui. »

Mais l'amoureux transi était venu avec ses propres espoirs – ainsi qu'un peu de marijuana. Croyait-il vraiment la séduire en la droguant au préalable ? Bien sûr, ce fut elle qui tint le coup mieux que lui. Alors, il fut facile de le faire rire.

– Elle est amusante, ta langue, commença-t-elle, dis-moi quelque chose en néerlandais.

Chaque fois qu'il parlait, elle s'efforçait de répéter ce qu'il venait de dire – c'était aussi bête que ça. Et il trouvait sa prononciation à se tordre.

– Comment tu dis : « Le chien l'a mangé » ? demanda-t-elle.

Elle composa plusieurs phrases avant d'en venir à celle qui lui importait vraiment : « C'est un chauve aux traits lisses et au crâne d'œuf, avec un corps sans signes particuliers, ni très grand ni très costaud. »

– Je suis sûre que tu n'arrives pas à le dire vite, lui dit-elle.

Puis elle lui demanda de l'écrire pour qu'elle essaie de le répéter.

– Comment tu dis « il couche pas », tu sais, comme toi, quoi ?

Wim était tellement défoncé que même cette phrase le fit rire. Mais il traduisit. Et il écrivit tout ce qu'elle lui demandait. Elle ne cessait de lui dire d'écrire lisiblement.

Il continuait à penser qu'il allait coucher avec elle plus tard dans la soirée. Mais, en attendant, Ruth avait ce qu'elle voulait. Lorsqu'elle alla faire pipi à la salle de bains, elle chercha son brillant à lèvres dans son sac et découvrit le fixateur pour Polaroid, qu'elle avait apparemment récupéré sur le tapis par erreur. Dans la pénombre de la chambre rouge, elle avait cru qu'il était tombé de son sac, mais c'était du cartable de l'assassin qu'il s'était échappé. Il portait ses empreintes digitales, ainsi que celles du meurtrier. Mais les siennes compteraient-elles ? Car c'était le seul véritable indice trouvé dans la chambre de Rooie, ce tube, il fallait absolument le donner à la police. Elle sortit de la salle de bains, et obtint par ses caresses que Wim roule un nouveau joint, sur lequel elle fit semblant de tirer.

– L'assassin a fait tomber ceci, lui dit-elle. Dis-moi ça, et puis écris-le.

Ce qui lui épargna de coucher avec lui, ou de le laisser se masturber contre elle une fois de plus, ce fut le coup de fil d'Allan. Wim comprit qu'Allan comptait pour elle.

– Tu me manques comme jamais, dit Ruth à Allan, en toute sincérité. J'aurais dû faire l'amour avec toi avant de partir. Je veux qu'on le fasse dès mon retour – je rentre après-demain, tu sais. Tu viens toujours m'attendre à l'aéroport, hein ?

Même défoncé, Wim comprit le message. Il jeta un coup d'œil circulaire sur la chambre d'hôtel, comme s'il avait eu le tort d'y investir la moitié de sa vie. Ruth parlait toujours à Allan lorsqu'il s'en alla. Il aurait pu faire une scène, mais il n'était pas mauvais bougre, rien qu'un type banal. Son seul geste de dépit fut de sortir un préservatif de sa poche et de le laisser tomber auprès de Ruth, assise sur le lit, toujours en conversation avec Allan. C'était un de ces préservatifs parfumés – à la banane, indiquait la pochette. Elle le rapporterait à Allan ; un petit souvenir du quartier chaud, lui dirait-elle. (Elle savait déjà qu'elle ne lui parlerait pas de Wim, ni de Rooie, d'ailleurs.)

La romancière veilla pour transcrire ce que Wim avait écrit et en faire un message cohérent, de sa propre main, en lettres d'imprimerie, pour être précis. Elle forma les lettres de cette langue étrangère avec le plus grand soin ; elle ne voulait pas faire de fautes. La police en conclurait sans aucun doute que le meurtre de Rooie avait eu un témoin, mais elle ne voulait pas qu'on sache que ce témoin n'était pas hollandais. Ainsi, les enquêteurs présumeraient probablement que le témoin était une autre prostituée – peut-être une des voisines de Rooie dans la Bergstraat.

Ruth avait une enveloppe de papier kraft, format dossier, que Maarten lui avait remise avec le programme de ses prestations. Elle y glissa ses notes à l'intention de la police, ainsi que le tube de fixateur. En manipulant ce dernier, elle le prit par ses extrémités, entre le pouce et l'index ; elle savait qu'elle l'avait déjà touché par le milieu en le ramassant sur le tapis de Rooie, mais elle espérait ne pas avoir abîmé les empreintes de l'assassin.

Il lui manquait le nom d'un policier à qui adresser l'enveloppe, mais elle se dit qu'elle pourrait la libeller sans inconvénient au poste de police du 48, Warmoesstraat. Au saut du lit, avant même d'avoir écrit quoi que ce soit sur l'enveloppe, elle descendit dans le hall de son hôtel, et s'informa auprès du concierge de l'affranchissement qui convenait. Puis elle sortit chercher les journaux du matin.

Le fait divers faisait la une d'au moins deux quotidiens d'Amsterdam. Elle acheta celui qui comportait une photo sous la manchette. C'était un cliché pas très net de la Bergstraat, la nuit. Il y avait un barrage de police sur le trottoir, devant la porte de Rooie. Derrière cette barrière, un type qui avait l'air d'un flic en civil parlait à deux femmes qui avaient l'air de prostituées.

Ruth reconnut le flic. C'était le type baraqué aux chaussures de course sales et au blouson de base-ball. Sur la photo, il semblait rasé de près, mais elle ne douta pas qu'il fût bien l'homme qui l'avait suivie un moment dans les *Wallen* ; il était clair que la Bergstraat, comme le quartier chaud, faisait partie de sa juridiction.

Les manchettes annonçaient : *Moord in de Bergstraat.*

Ruth n'avait pas besoin de savoir le néerlandais pour comprendre ce que cela voulait dire. Il n'était pas question de « Rooie », le surnom de la prostituée, mais l'article mentionnait bien que la victime était une certaine Dolores de Ruiter, âgée de quarante-huit ans. Le seul autre nom mentionné dans l'article, en légende de la photographie, était celui du policier Harry Hoekstra, accompagné de deux titres différents. En un point on le disait *wijkagent*, et ailleurs *hoofdagent*. Ruth résolut de ne pas poster son enveloppe avant d'avoir posé à Maarten et Sylvia quelques questions sur ce fait divers.

Elle mit l'article dans son sac avant de partir dîner. Ce serait son dernier repas avec l'éditeur et sa femme avant de quitter Amsterdam, et elle mit au point la manière détachée dont elle amènerait le sujet du meurtre. « Est-ce que ça raconte bien ce que je crois ? J'y suis passée, moi, dans cette rue. »

Mais elle n'eut pas besoin d'amener quoi que ce soit sur le tapis. Le fait divers n'avait pas échappé à Maarten, qui avait découpé l'article. « Vous avez vu ça ? Vous savez de quoi il est question ? » Elle feignit l'ignorance ; ils lui donnèrent tous les détails.

Ruth avait tenu pour acquis que le corps serait découvert par la jeune prostituée qui se servait de la chambre de Ruth la nuit – celle qu'elle avait vue en vitrine avec le débardeur de cuir. Seul sujet de surprise, l'article ne disait rien de la fille de Rooie.

– Qu'est-ce que c'est qu'un *wijkagent* ? demanda-t-elle à Maarten.

– C'est le flic chargé du secteur, l'agent du district.

– Et un *hoofdagent*, alors ?

416

– C'est son grade : officier de police, un peu au-dessous de brigadier.

Ruth Cole s'envola pour New York le lendemain, en fin de matinée,
après avoir demandé au taxi de faire un détour par le bureau de poste
le plus proche sur le chemin de l'aéroport. Elle y avait posté l'enveloppe à l'attention de Harry Hoekstra, qui était un peu au-dessous de
brigadier dans la police d'Amsterdam, deuxième district. Ruth se
serait peut-être étonnée d'apprendre que la devise de ce deuxième
district, inscrite en latin sur les porte-clefs des agents, n'était autre
que :

E R R A R E

H U M A N U M

E S T

L'erreur est humaine en effet, Ruth Cole le savait. Son message,
accompagné du fixateur pour Polaroid, en dirait bien plus long qu'elle
ne l'aurait voulu à Harry Hoekstra. Ledit message, en néerlandais,
avec ses majuscules appliquées, expliquait ceci.

1. DE MOORDENAAR LIET DIT VALLEN.
Le meurtrier a laissé tomber ceci.
2. HIJ IS KAAL, MET EEN GLAD GEZICHT, EEN EIVORMIG HOOFD EN EEN
ONOPVALLEND LICHAAM – NIET ERG GROOT.
*C'est un homme chauve aux traits lisses, avec un crâne d'œuf
et un corps sans signes particuliers – pas très grand ni costaud.*
3. HIJ SPREEKT ENGELS MET, DENK IK, EEN DUITS ACCENT.
Il parle anglais avec un accent, allemand, me semble-t-il.
4. HIJ HEEFT GEEN SEKS. HIJ NEEMT ÉÉN FOTO VAN HET LICHAAM
NADAT HIJ HET LICHAAM HEEFT NEERGELEGD.
*Il ne couche pas. Il prend une photo du corps après l'avoir
installé.*
5. HIJ LOENST, ZIJN OGEN BIJNA HELEMAAL DICHTGEKNEPEN. HIJ ZIET
ERUIT ALS EEN MOL. HIJ PIEPT ALS HIJ ADEMHAALT. ASTHMA MISS-
CHIEN...
Il a des yeux qui louchent, presque complètement fermés. On

417

dirait une taupe. Il a une respiration sifflante. De l'asthme,
peut-être.
6. HIJ WERKT VOOR SAS. DE SCANDENAVISCHE LUCHTVAARTMAAT-
SHAPPIJ ? HIJ HEEFT IETS TE MAKEN MET BEVEILIGING.
Il travaille pour SAS. La compagnie scandinave ? Il a un rapport
avec la sécurité.

Telle fut, avec le fixateur pour Polaroid, toute la déposition de Ruth, témoin oculaire. Elle se serait peut-être inquiétée si elle avait pu entendre le commentaire de Harry Hoekstra à l'un de ses collègues du poste de la Warmoesstraat, une semaine plus tard environ.

Harry n'était pas enquêteur ; il y en avait déjà plus d'une demi-douzaine sur le meurtre de Rooie. Lui était simple flic de quartier, mais justement le quartier réservé et la Bergstraat relevaient de sa juridiction depuis plus de trente ans. Dans les *Wallen*, personne ne connaissait mieux les filles et leur monde. En outre, le témoignage lui avait été adressé. D'emblée, il avait paru logique de supposer que le témoin était quelqu'un qui le connaissait – très probablement une prostituée.

Mais Harry ne raisonnait pas selon ce qui « paraissait logique ». Ses méthodes étaient toutes personnelles. Les enquêteurs faisaient leur affaire du meurtre. Ils laissaient la question mineure du témoin à Harry. Lorsqu'on lui demandait s'il progressait dans son enquête sur le meurtre de la prostituée – si l'étau se resserrait sur l'assassin –, le presque brigadier Hoekstra répondait : « L'assassin, c'est pas mon boulot. Moi, c'est le témoin que je recherche. »

Le Cirque du Hamburger ailé

Lorsqu'on est écrivain et qu'on a décidé de mettre entre parenthèses ses réflexions sur le roman qu'on va écrire, le problème, c'est que l'imagination n'en continue pas moins de travailler, pas moyen d'en actionner l'interrupteur.

C'est ainsi que Ruth Cole se trouva, dans l'avion pour New York, composer malgré elle des premières phrases : « Je suppose que je dois

418

bien un petit mot de remerciement à mon dernier amant déplorable. »
Ou encore : « Malgré ses défauts rédhibitoires, je suis reconnaissante
à mon dernier amant déplorable. » Et ainsi de suite, tandis qu'elle
entendait vaguement le pilote parler de la côte irlandaise.

Elle aurait bien aimé s'attarder davantage au-dessus de la terre.
Lorsqu'il n'y eut plus que l'Atlantique au-dessous d'elle, elle découvrit que si elle cessait de penser à son nouveau livre, ne serait-ce
qu'une minute, son imagination la plongeait dans un territoire plus
inhospitalier – à savoir ce qu'il allait advenir de la fille de Rooie.
L'enfant désormais orpheline de mère pouvait avoir sept ou huit ans,
comme elle pouvait avoir l'âge de Wim, voire davantage – mais non,
puisque Rooie allait encore la chercher à la sortie de l'école !

Qui s'occuperait d'elle, désormais ? La fille de la prostituée...
l'idée même occupait l'imagination de la romancière comme le titre
d'un roman qu'elle aurait aimé écrire.

Pour couper court à cette obsession, elle fouilla dans son bagage
à main à la recherche d'une lecture. Elle avait complètement oublié
les livres qui avaient fait tout le voyage avec elle depuis New York
et Sagaponack. Elle avait lu assez (pour l'instant) de la biographie de
Graham Greene, et, en la circonstance, n'aurait pas supporté la relec-
ture des *Soixante Fois* d'Eddie O'Hare – les scènes de masturbation
à elles toutes seules auraient suffi à la pousser à bout. Alors elle reprit
le polar canadien qu'Eddie lui avait donné. Ne lui avait-il pas dit que
cela lui ferait « une bonne lecture » pour l'avion ?

Elle se résigna à l'ironie des choses qui lui faisait lire un roman
policier : au point où elle en était, elle aurait lu n'importe quoi pour
échapper à son imagination.

Une fois de plus, l'obscurité délibérée de la photo de l'auteur
l'agaça ; et le fait qu'elle porte un pseudonyme la chiffonna de même.
Ce nom de plume, Alice Somerset, ne disait rien à Ruth. Pourtant, si
Ted Cole avait lu ce nom sur la jaquette d'un livre, il aurait considéré
ce livre, et surtout la photo de son auteur, toute floue qu'elle ait pu
être, avec la plus grande attention.

Le nom de jeune fille de Marion était Somerset ; quant à Alice,
c'était le prénom de sa mère, qui s'était opposée à son mariage avec
Ted Cole. Marion avait toujours regretté leur brouille, mais il n'y avait
pas eu moyen d'y mettre un terme. Et puis, avant la mort de Thomas

et Timothy, sa mère était morte ; son père aussi, d'ailleurs, peu de temps après, toujours avant la mort des fils chéris.

Tout ce que la quatrième de couverture disait de l'auteur, c'est qu'il s'agissait d'une Américaine émigrée au Canada vers la fin des années 50 ; pendant la guerre au Vietnam, elle avait servi de conseiller aux jeunes Américains qui affluaient au Canada pour éviter la conscription. « Mrs Somerset ne présenterait certes pas cet ouvrage comme son premier texte, disait la quatrième de couverture, mais on dit qu'elle a prêté son concours à l'élaboration du précieux *Manuel à l'usage des jeunes gens en âge de conscription immigrant au Canada.* »

Tout rebutait Ruth, dans ce livre ; sa quatrième de couverture trop sage, sa photo fuyante, le pseudonyme affecté, et, surtout, son titre : *Le Cirque du Hamburger ailé*. On aurait dit le titre d'une rengaine country que Ruth n'aurait pas eu la moindre envie d'entendre.

Elle ne pouvait pas savoir que ce Hamburger ailé était un restaurant très couru à Toronto vers la fin des années 70, ni que sa mère y avait travaillé comme serveuse ; c'était même un triomphe, pour Marion, qui allait alors sur ses soixante ans, car elle s'y trouvait la seule serveuse qui ne fût pas jeune – mais son corps était toujours aussi spectaculaire.

Elle ne risquait pas non plus de se douter que le premier roman de sa mère, qui n'avait pas été publié aux États-Unis, avait connu un succès modeste au Canada. *Le Cirque du Hamburger ailé* avait été publié en Angleterre, aussi, et deux des romans suivants d'Alice Somerset avaient connu des publications à grand succès en langue étrangère – en allemand et en français en particulier, puisque Marion avait vendu plus d'exemplaires de ses livres dans ces langues qu'en anglais.

Mais Ruth devrait attendre d'avoir lu la fin du chapitre premier pour comprendre qu'Alice Somerset était le pseudonyme de Marion Cole, sa mère, romancière au succès discret.

Chapitre premier

Une vendeuse, qui était aussi serveuse, avait été retrouvée morte dans son appartement de Jarvis Street, au sud de Gerrard Street. Si elle pouvait s'offrir cette adresse de prestige c'est qu'elle partageait son appartement avec deux autres vendeuses. Toutes trois vendaient des soutiens-gorge chez Eaton.

Pour la morte, cet emploi dans un grand magasin représentait une promotion. Elle vendait auparavant de la lingerie dans une boutique qui s'appelait « Le Comptoir des soutiens-gorge ». Elle disait volontiers que le Comptoir se trouvait si loin sur Avenue Road qu'il était à mi-distance du zoo – une boutade. Elle avait dit un jour en guise de plaisanterie à ses colocataires que les clientes du Comptoir venaient plus souvent du zoo que de Toronto – autre boutade, bien sûr.

Ses colocataires dirent que la victime avait beaucoup d'humour. Elle faisait des heures supplémentaires comme serveuse parce que, disait-elle, ce n'est pas en vendant des soutiens-gorge qu'on fait des rencontres masculines. Depuis cinq ans, elle travaillait donc au Cirque, où elle avait été engagée, comme les autres serveuses, parce qu'elle était agréable à regarder en T-shirt.

Au Cirque du Hamburger ailé, les T-shirts des serveuses étaient moulants et décolletés, et ils représentaient un hamburger à la pointe de l'échancrure, hamburger doté de deux ailes qui se répandaient sur les seins. Lorsque ses camarades découvrirent son corps, c'était tout ce que la jeune femme portait sur elle. D'autre part, le T-shirt lui avait été enfilé après sa mort. Sa poitrine portait quatorze entailles, mais il n'y avait pas un seul trou dans le T-shirt.

Ses deux camarades ne croyaient pas savoir que la victime « voyait quelqu'un » au moment de sa mort. Pourtant, il n'y avait pas eu effraction, la jeune femme avait ouvert la porte à son agresseur, et elle lui avait même offert un verre de vin. Il y avait en effet deux verres pleins sur la table de cuisine, sans marque de lèvres, portant ses seules empreintes digitales. Les blessures ne présentaient aucune trace de tissu – autrement dit, on l'avait poignardée nue. Soit elle avait ouvert la porte dans cette tenue, auquel cas il fallait croire qu'elle connaissait assez bien son visiteur, soit on l'avait persuadée de retirer ses vêtements sans offrir de résistance – persuadée à la pointe du couteau peut-être. Si elle avait été violée, c'était également sans trace de lutte – probablement avec le même argument –, à moins qu'elle n'ait eu un rapport consenti, ce qui semblait moins probable. Quoi qu'il en fût, elle avait eu des rapports sexuels peu avant d'être assassinée.

L'agresseur ne portait pas de préservatif. Les camarades de la victime avaient confié à l'enquêtrice venue les interroger que la morte mettait toujours un diaphragme. Elle ne l'avait pas mis cette fois, ce qui corroborait l'hypothèse du viol. Quant au T-shirt à l'image du Hamburger ailé, il semblait désigner quelqu'un qui l'aurait connue au Cirque, et non pas chez Eaton ou au Comptoir – sinon c'est un soutien-gorge qu'il lui aurait mis après l'avoir poignardée.

Les deux enquêteurs de la Police judiciaire associés pour l'enquête ne travaillaient pas ensemble depuis longtemps. Michael Cahill, l'homme, un brigadier, venait des faits divers. Il se plaisait bien à la PJ, mais, au fond, il avait l'attitude « faits divers ». C'était un amateur de natures mortes, ce qui le portait à s'intéresser spontanément plus aux objets qu'aux gens. Il cherchait plus volontiers les cheveux sur un tapis ou les taches de sperme sur un oreiller qu'à interroger qui que ce soit.

La femme qui lui était associée le complétait très bien. Elle avait commencé comme agent en tenue, avec ses cheveux aux épaules, jadis auburn, et aujourd'hui gris sous son képi. L'enquêtrice Margaret McDermid était douée pour parler aux gens et découvrir ce qu'ils savaient ; quand il s'agissait d'absorber des renseignements, c'était un véritable aspirateur.

Ce fut Cahill qui découvrit le filet de sang coagulé dans un pli du rideau de douche. Il en déduisit que le meurtrier s'était calmement octroyé le temps de prendre une douche après avoir assassiné la serveuse et l'avoir « vêtue » de son T-shirt au hamburger ailé. L'enquêteur découvrit de même une tache de sang sur le porte-savon – une macule déposée par le gras de la main droite de l'assassin.

Ce fut l'enquêtrice McDermid qui alla s'entretenir avec les colocataires. Elle porta son attention sur le Cirque du Hamburger ailé, comme n'importe qui d'autre à sa place. On découvrirait presque à coup sûr, pensait-elle, que le principal suspect avait un faible pour les serveuses aux T-shirts ailés – en tout cas, pour l'une d'entre elles. Peut-être travaillait-il avec la morte, peut-être était-il un habitué du restaurant. A moins qu'il n'ait été le nouveau petit ami de la victime. Une chose était claire : elle ne le connaissait pas si bien qu'elle le croyait.

Le restaurant était trop loin de son domicile pour qu'elle rentrât chez elle à pied. Si l'assassin l'avait suivie après son travail pour voir où elle habitait, il fallait qu'il ait suivi son taxi en voiture, ou dans un autre taxi. (Elle rentrait toujours en taxi, dirent ses camarades.)

– Il a dû mettre du sang partout avant de lui enfiler ce T-shirt, dit Cahill à son associée.

– Ce qui explique la douche, répondit Margaret.

Elle se plaisait de moins en moins à la PJ, mais ce n'était pas à cause des commentaires superflus de Cahill – elle l'aimait plutôt bien. Ce qu'elle regrettait, c'est de ne pas avoir l'occasion de parler aux victimes.

Car McDermid s'intéressait toujours plus à la victime qu'à l'assassin – sans que la découverte de l'assassin lui fût indifférente. Elle aurait simplement préféré pouvoir dire à la vendeuse de n'ouvrir la porte à personne. C'étaient là des souhaits peu pertinents ou du moins difficiles à exaucer pour une enquêtrice de la PJ, et elle le savait bien. Elle serait peut-être plus heureuse au Bureau de recherches dans l'intérêt des familles (le BRIF), où il y avait un peu plus d'espoir de retrouver la personne avant qu'elle ne se transforme en victime.

Elle en concluait qu'elle préférerait rechercher des victimes potentielles plutôt que des meurtriers. Lorsqu'elle fit part de son sentiment à Cahill, il lui dit sans s'émouvoir : « Tu devrais peut-être essayer d'y entrer alors, au BRIF. »

Plus tard, dans la voiture, il lui confia que l'image de ce hamburger ailé sanguinolent suffirait à le rendre végétarien, mais elle ne se laissa pas distraire par cette remarque. Elle s'imaginait déjà au BRIF, à la recherche de quelqu'un à sauver et non pas à coffrer. Elle spécula que nombre des disparus seraient des jeunes femmes, dont plus d'une finirait victime d'un tueur.

A Toronto, c'était rarement en ville qu'on retrouvait les femmes victimes d'un enlèvement. Leur corps était souvent récupéré quelque part sur la route 401. Parfois, après que la glace s'était fissurée dans Georgian Bay, et que la neige avait fondu en forêt, les restes humains seraient découverts à proximité de la route 69 entre Parry Sound et Pointe au Baril, ou encore plus près de Sudbury. Ou bien, un fermier trouvait quelque chose dans un champ, le long de la ligne 11, dans le Brock. Aux États-Unis, une victime escamotée dans une ville réapparaissait le plus souvent à l'intérieur de cette même ville, dans une benne à ordures par exemple, ou dans une voiture volée. Mais au Canada, il y avait toutes ces terres...

Certaines des jeunes disparues étaient des fugueuses. Venues des campagnes de l'Ontario, elles avaient toutes les chances d'aboutir à Toronto, où nombre d'entre elles étaient récupérées sans difficultés. (Il n'était pas rare qu'elles soient devenues des prostituées.) Mais les disparus qui intéresseraient le plus Margaret McDermid étaient les enfants. Elle ignorait que le métier consiste autant à étudier la photo de ces enfants. Et elle ne se doutait pas davantage à quel point ces photos allaient la hanter.

Pour chaque affaire, on constituait un dossier de photos, et à mesure que les enfants toujours introuvables grandissaient, Margaret retouchait mentalement les derniers clichés qu'on possédait d'eux. Elle apprit ainsi qu'il faut beaucoup d'imagination pour réussir dans cette branche. Les photos des enfants disparus avaient leur importance, mais ce n'étaient que des ébauches, des images d'enfants en devenir. La capacité qu'elle partageait avec leurs parents était un don spécial mais torturant, celui de visualiser à quoi pourrait ressembler à dix ou douze ans un enfant de six ans, ou un adolescent à l'âge de vingt ans et plus – torturant, parce que imaginer son enfant en train de grandir ou à l'age adulte fait partie des plus grandes douleurs pour les parents. Ils ne peuvent pas s'en empêcher, c'est plus fort qu'eux. Mais Margaret découvrit qu'il en allait de même pour elle.

Si ce don lui servait dans son métier, il l'empêchait aussi d'avoir une vie personnelle digne de ce nom. Ces enfants qu'elle ne parvenait pas à trouver devenaient *ses* enfants. Lorsqu'on avait classé leur dossier, elle emportait leur photo chez elle.

Deux garçons la hantaient particulièrement. C'étaient des Américains disparus pendant la guerre du Vietnam. Les parents pensaient qu'ils étaient passés au Canada en 1968 – sans doute au moment des

424

arrivages de ces « maquisards de la conscription », comme on disait. A l'époque, ils auraient eu quinze et dix-sept ans. L'aîné était donc à un an de la conscription, mais son sursis d'étudiant lui aurait offert une marge de sécurité de quatre ans au moins. Son cadet l'avait suivi – ils avaient toujours été inséparables.

La fugue de l'aîné était sans doute un paravent qui cachait sa déconvenue plus profonde devant le divorce de ses parents. Pour McDermid, ces garçons étaient davantage les victimes de la haine qui s'était installée entre leurs parents que de la guerre du Vietnam.

En tout cas, le dossier avait été clos. Si les adolescents étaient toujours vivants, ils avaient atteint la trentaine ! Pourtant, pour leurs parents et pour Margaret, l'affaire n'était pas « classée ».

Le père, qui se définissait comme « plutôt réaliste », avait confié leur dossier dentaire au BRIF. La mère, elle, avait envoyé les photos que Margaret avait emportées chez elle.

Le fait que l'enquêtrice fût célibataire et qu'elle ait passé l'âge d'avoir des enfants alimentait sans aucun doute son obsession à l'égard des deux beaux jeunes gens qu'elle voyait sur les photos – ainsi que son obsession tout aussi durable quant à ce qu'ils avaient pu devenir. S'ils étaient vivants, où étaient-ils à présent ? A quoi ressemblaient-ils, physiquement ? Quelles femmes pouvaient les aimer ? Quels enfants avaient-ils pu eux-mêmes engendrer ? Quelle vie menaient-ils ? S'ils étaient vivants...

Avec le temps, le panneau d'affichage sur lequel elle avait punaisé leurs photos passa du salon-salle à manger de son appartement – où il suscitait parfois des commentaires de la part de ses invités – à sa chambre, où personne d'autre qu'elle n'entrait jamais.

L'officier de police McDermid, qui aurait pu se permettre de tricher sur son âge, allait tout de même sur soixante ans. Dans quelques années, elle serait tout aussi retirée du circuit que l'affaire des jeunes Américains disparus. D'ores et déjà, elle avait passé l'âge de faire voir à quiconque cette chambre où le lit avait une vue imprenable sur le panneau d'affichage.

Parfois, la nuit, lorsqu'elle ne trouvait pas le sommeil, elle regrettait d'avoir placé ces photos si près d'elle. Et la mère, en qui la douleur succédait à l'anxiété, continuait de lui en envoyer, accompagnées de commentaires : « Je sais bien qu'ils ne ressemblent plus à ça, mais il y a quelque chose du caractère de William qui transparaît sur cette photo. » (William, c'était l'aîné.)

Ou encore ceci : « Je me rends compte qu'on ne voit pas bien leur visage, sur celle-ci – on ne les voit pas du tout, en fait, je le sais –, mais il y a quelque chose de la malice d'Henry qui pourrait vous servir dans votre recherche. » La photo que cette note accompagnait représentait la mère elle-même, jeune et belle.

Elle était encore au lit, quelque part, dans une chambre d'hôtel. A en juger par la photo, il s'agissait d'un hôtel en Europe. La jeune mère souriait, riait peut-être, et les deux garçons étaient couchés avec elle, mais sous les couvertures, de sorte qu'on ne voyait que leurs pieds nus. Si elle croit que je vais les identifier grâce à leurs pieds ! se dit Margaret avec désespoir. Pourtant, elle ne pouvait s'empêcher de regarder les photos.

Ou bien celle de William tout petit, qui jouait au docteur avec le genou d'Henry. Ou bien celle où ils avaient cinq et sept ans, et s'attaquaient à des langoustes – William faisait montre d'une certaine aisance et d'un certain élan, alors qu'Henry trouvait la besogne macabre et au-dessus de ses compétences. (Pour la mère, cela dénotait également la différence de leurs tempéraments.)

Mais la meilleure photo des garçons, prise à l'époque de leur disparition, les représentait après un match de hockey, sans doute à leur lycée. William, qui tenait un palet de hockey entre ses dents, était désormais plus grand que sa mère, mais Henry ne l'avait pas encore dépassée. Ils portaient tous deux leur tenue de hockey, mais avaient troqué leurs patins contre des chaussures de basket montantes.

La photo plaisait beaucoup aux collègues du BRIF, avant qu'on classe l'affaire, non seulement parce que la mère était jolie, mais parce que les deux garçons en tenue de hockey avaient l'air tellement canadiens. Elle, pourtant, trouvait qu'on repérait les Américains en eux, par ce mélange d'assurance malicieuse et d'optimisme irrépressible – comme si chacun des deux pensait que son opinion ne serait jamais sujette à caution, ni sa voiture dans la mauvaise file.

Mais c'était seulement pendant ses insomnies, ou lorsqu'elle avait regardé ces photos trop souvent et trop longtemps, que Margaret regrettait d'avoir quitté la PJ pour les Disparus. Du temps où elle recherchait l'assassin de la jeune serveuse au T-shirt avec le hamburger ailé, elle dormait très bien. Pourtant, on n'avait jamais retrouvé ni l'assassin ni les deux disparus.

Lorsqu'elle rencontrait par hasard Michael Cahill, qui travaillait toujours à la PJ, elle l'interrogeait tout naturellement, en bonne collègue, sur les affaires en cours, et lui faisait de même. Lorsqu'ils étaient sur des affaires qui stagnaient – celles qui entraient d'emblée à la rubrique « Non résolus » –, ils exprimaient leur frustration par la même formule : « Je suis sur une affaire du genre Cirque du Hamburger ailé. »

Les disparus

Ruth aurait pu s'arrêter là, à la fin du chapitre premier. Il ne faisait plus de doute pour elle qu'Alice Somerset était Marion Cole. Les photos que décrivait la romancière canadienne ne pouvaient relever de la coïncidence, pas plus que l'effet qu'elles avaient sur l'enquêtrice habitée.

Que sa mère pensât encore aux photos de ses fils disparus ne surprit pas Ruth, pas plus qu'elle ne s'étonna de son obsession quant à leur physionomie à l'âge adulte, et la vie qu'ils auraient menée, s'ils avaient vécu. Passé le premier choc de découvrir de quoi vivait sa mère, ce qui l'étonna fut qu'elle ait pu écrire de manière indirecte sur son obsession majeure. D'ailleurs, que sa mère fût écrivain, à défaut d'être un bon écrivain, voilà qui la stupéfia plus que tout.

Il lui fallut poursuivre sa lecture. D'autres descriptions de photos suivaient, naturellement, et elle se les rappelait toutes. Le roman était fidèle au genre policier en ceci seulement qu'il suivait une et une seule affaire de disparition jusqu'à son dénouement : deux petites filles, deux sœurs, étaient récupérées saines et sauves chez leur ravisseur, qui n'était ni un maniaque sexuel, comme on l'avait craint, ni un bourreau d'enfants, mais – personnage à peine moins redoutable – un père mis sur la touche après son divorce.

Quant à la serveuse découverte dans son T-shirt au hamburger, elle demeurait jusqu'au bout une métaphore de l'énigme irrésolue et insoluble, tout comme les jeunes disparus américains, dont les images, réelles et imaginaires, continueraient de hanter l'enquêtrice. En ce sens, *Le Cirque du Hamburger ailé* transcendait le genre policier. Il faisait du Bureau de recherches dans l'intérêt des familles une disposition, qui devenait un état d'esprit permanent chez la mélancolique protagoniste.

Avant même d'avoir fini le premier roman de sa mère, Ruth éprouva un besoin impérieux de parler à Eddie O'Hare, car elle se figurait, à juste titre, qu'il savait quelque chose de la carrière d'écrivain de Marion. A coup sûr, ce n'était pas le seul roman d'Alice Somerset. *Le Cirque du Hamburger ailé* avait été publié en 1984 ; ce n'était pas un long roman. On était en 1990, ce qui laissait à sa mère le temps d'en avoir écrit un ou deux autres.

Elle saurait bientôt par Eddie qu'il y en avait en effet deux autres, concernant tous deux des affaires liées aux Disparus. Les titres n'étaient pas le fort de Marion. On pouvait encore trouver à *McDermid chez les Disparus* le charme de l'allitération, mais dans *McDermid au tournant* l'allitération paraît un peu forcée.

Dans *McDermid chez les Disparus*, l'intrigue principale suivait pas à pas les efforts de l'inspectrice pour retrouver une jeune mère fugueuse ; il s'agissait d'une Américaine qui avait abandonné mari et enfant ; le mari, qui la recherchait, était convaincu qu'elle se trouvait au Canada. Dans sa démarche, Margaret découvrait qu'il s'était déroulé certains incidents choquants, liés aux innombrables infidélités du mari. Plus grave encore, elle comprenait que c'était son amour pour son enfant précédent (tué dans un accident d'avion) qui avait poussé à fuir la mère égarée ; celle-ci redoutait les responsabilités qu'entraînerait le fait d'aimer ce nouvel enfant, cet enfant qu'elle avait abandonné. Lorsque l'enquêtrice la retrouvait, ex-serveuse au Cirque du Hamburger ailé, par compassion pour elle, elle la laissait disparaître. Le mauvais mari ne la retrouvait jamais.

– Nous avons toutes les raisons de penser qu'elle se trouve à Vancouver, lui disait Margaret, qui savait fort bien que la fugueuse se trouvait à Toronto.

Dans ce roman-là, les photos des petits Américains continuaient de trôner dans la chambre monacale de l'inspectrice.

Dans *McDermid au tournant*, Margaret, qui « allait sur soixante ans » depuis deux romans (« quoiqu'elle pût encore se permettre de tricher sur son âge »), finissait tout de même par les avoir. Ruth allait comprendre d'emblée pourquoi Eddie O'Hare était si frappé par ce troisième roman d'Alice Somerset : l'histoire portait sur le retour d'un ex-amant de la sexagénaire.

Lorsque Margaret McDermid avait la quarantaine, elle s'était beaucoup investie dans le conseil aux jeunes Américains fuyant la conscription. L'un de ces jeunes gens était tombé amoureux d'elle – un garçon qui n'avait pas vingt ans, avec une femme de quarante ! La liaison, décrite en termes franchement érotiques, avait été de courte durée.

Puis, juste après le soixantième anniversaire de l'enquêtrice, son « jeune » amant reparaissait, car il avait de nouveau besoin d'aide, cette fois parce que sa femme et son enfant avaient disparu – vraisemblablement kidnappés. A présent l'homme avait passé la trentaine, et l'inspectrice McDermid était taraudée par la question de savoir si elle lui plairait encore. (« Comment serait-ce possible ? se demandait Margaret. Un vieux tableau comme moi ! »)

– A moi, elle me plairait encore ! allait confier Eddie à Ruth.

– C'est à elle qu'il faut le dire, pas à moi, répondrait Ruth.

A la fin du livre, l'ex-jouvenceau retrouvait avec bonheur sa femme et son fils, et Margaret se consolait en imaginant une fois de plus la vie de ces disparus dont les photos lui renvoyaient le regard dans sa chambre solitaire.

Ruth allait apprécier l'accroche sur la jaquette de *McDermid au tournant* : « Le meilleur auteur de romans policiers vivant » (citation du président de l'Association des auteurs de romans policiers anglais, même si ce n'était pas l'opinion générale). Et le roman avait reçu le prix Arthur. Les auteurs de polars canadiens avaient donné à ce prix le nom d'Arthur Ellis, nom de guerre d'Arthur English, bourreau au Canada de 1913 à 1935, c'est-à-dire au moment même où son oncle, John Ellis, occupait les mêmes fonctions en Angleterre – ensuite de quoi les bourreaux canadiens avaient pris pour pseudonyme « Arthur Ellis ».

Pourtant, et la chose n'était pas sans exemples, le fait qu'Alice Somerset ait du succès au Canada, et plus encore en Allemagne et en France, n'impliquait pas qu'elle fût connue de même, voire simplement bien diffusée, aux États-Unis ; à vrai dire, c'est tout juste si elle y avait été publiée. Un distributeur américain de son éditeur canadien avait tenté une modeste promotion de *McDermid au tournant*, mais sans succès. Le dernier de ses trois romans était en effet le seul qui offre assez d'intérêt aux yeux des Américains pour qu'ils songent à le publier.

Eddie O'Hare était envieux des ventes d'Alice Somerset à l'étranger, mais il n'était pas moins fier des efforts de Marion pour sublimer sa tragédie personnelle, son malheur, et les faire passer dans la fiction. « Je tire mon chapeau à votre mère, dirait-il à Ruth, elle a su prendre tout ce qui la blessait et en faire la matière d'une série policière ! »

En revanche, il était moins sûr d'avoir servi de modèle au jeune amant qui reparaissait dans la vie de Margaret McDermid pour ses soixante ans : peut-être Marion avait-elle pris un autre jeune amant pendant la guerre du Vietnam ? « Ne soyez pas idiot, Eddie, lui répondrait Ruth. C'est de vous qu'elle parle, et de personne d'autre. »

A propos de Marion, ils seraient tous deux d'accord sur l'essentiel : ils la laisseraient à sa disparition tout le temps qu'elle le souhaiterait. « Elle sait où nous trouver, Eddie », dirait Ruth à son nouvel ami ; mais la conviction que Marion n'aurait sans doute jamais envie de le revoir était une épine dans le cœur d'Eddie.

Une fois à l'aéroport Kennedy, Ruth s'attendait à trouver Allan après avoir passé la douane ; mais elle ne s'attendait guère à l'y trouver en compagnie d'Hannah. A sa connaissance, ils ne s'étaient jamais rencontrés ; les voir ensemble lui causa la plus vive détresse. Elle aurait dû coucher avec lui avant de partir pour l'Europe, elle le savait ! Et voilà qu'il avait couché avec Hannah à la place. Mais comment était-ce possible ? Ils ne se connaissaient même pas ; pourtant, ils avaient l'air d'un couple.

Elle leur trouvait une allure de couple parce qu'ils avaient l'air de partager un secret terrible – d'être bourrelés de remords à sa vue. Il faut être romancier pour s'imaginer de pareilles bêtises, mais ce fut d'ailleurs en partie à cause de sa capacité autodestructrice de s'imaginer n'importe quoi qu'elle réussit à ne pas lire l'évidence.

– Oh ! ma puce, ma puce, tout ça c'est de ma faute, lui disait Hannah qui tenait à la main un exemplaire du *New York Times* en piteux état – ce n'était plus qu'une espèce de serpillière informe, on aurait dit qu'elle l'avait tordu dans tous les sens.

Ruth resta immobile, attendant qu'Allan l'embrasse, mais il dit à Hannah :

– Elle n'est pas au courant.

– Au courant de quoi ? demanda-t-elle, alarmée.

– Ton père est mort, Ruth, annonça Allan.

– Il s'est suicidé, ma puce, compléta Hannah.

Ce fut un choc. Ruth n'aurait jamais cru son père capable de se suicider, parce qu'elle ne l'aurait pas cru capable de s'accuser de quoi que ce soit.

Hannah lui tendait le *New York Times*, ou du moins son épave.

– La nécro est dégueulasse, on parle que de ses mauvaises critiques. Je savais pas qu'il en avait eu autant.

Sonnée, Ruth lut la notice ; c'était toujours plus facile que de parler à Hannah.

– J'ai rencontré Hannah à l'aéroport, expliquait Allan, elle s'est présentée.

– J'avais lu cette nécro de merde dans les journaux, reprit Hannah, je savais que tu rentrais aujourd'hui, alors j'ai appelé la maison à Sagaponack et j'ai parlé avec Eduardo – c'est lui qui l'a trouvé. C'est comme ça que j'ai su le numéro de ton vol, par Eduardo.

– Pauvre Eduardo, répondit Ruth.

– Ouais, il est dans un état, je te dis pas. Et quand je suis arrivée à l'aéroport, bien sûr, je me suis mise à chercher Allan. Je pensais bien qu'il serait là. Je l'ai reconnu pour l'avoir vu en photo.

– Je sais ce que fait ma mère, leur dit Ruth, elle écrit des polars, mais ça ne s'arrête pas là.

– Elle est dans le déni, expliqua Hannah à Allan. Ma pauvre puce, va. C'est ma faute, tu peux t'en prendre à moi.

– Mais non, ce n'est pas ta faute, Hannah. Il s'en foutait pas mal, de toi, papa. C'est ma faute, à moi. J'ai commencé par lui mettre une déculottée au squash, et puis je l'ai tué. Tu n'as rien à voir là-dedans.

– Elle est furieuse, c'est très bien, ça, expliqua Hannah à Allan. C'est bon, pour toi, d'extérioriser ta colère. Ce qui serait mauvais, ce serait d'imploser.

– Toi, va te faire foutre, dit Ruth à sa meilleure amie.

– Très bien, ma puce. Sincèrement, c'est bon pour toi, la colère.

– J'ai la voiture, dit Allan à Ruth. Je peux te conduire en ville, ou alors on peut aller à Sagaponack.

– Je veux aller à Sagaponack. Je veux voir Eddie O'Hare. Je veux d'abord voir Eduardo, et puis après Eddie.

431

– Écoute, je t'appelle ce soir, dit Hannah. Tu auras peut-être besoin de t'épancher, tout à l'heure. Je t'appelle.

– Attends que ce soit moi qui t'appelle, Hannah.

– Oui, bien sûr, ça marche aussi. Tu m'appelles ou je t'appelle.

Hannah devait aller chercher un taxi pour rentrer, or les taxis se trouvaient d'un côté de l'aéroport opposé au parking d'Allan. Pendant les au revoir contraints, le *New York Times* se délita encore davantage au vent. Ruth n'en voulait pas, mais Hannah insistait pour le lui donner.

– Tu liras la nécro plus tard.

– Je l'ai déjà lue.

– Il faut la relire quand tu seras plus calme. Et là, ça va vraiment te mettre en colère ;

– Je suis déjà calme. Et déjà en colère.

– Elle va se calmer. Et c'est là que ça explosera vraiment, chuchota Hannah à Allan. Prenez soin d'elle.

– Comptez sur moi.

Ils regardèrent Hannah couper la file d'attente des taxis. Lorsqu'ils furent dans la voiture d'Allan, il embrassa enfin Ruth.

– Ça va ? lui demanda-t-il.

– Curieusement, oui.

De fait, la chose était étrange, mais elle n'éprouvait pas de chagrin pour son père ; ce qu'elle éprouvait, précisément, c'était une absence de sentiment. Son imagination s'était arrêtée sur les disparus, sans prévoir qu'il était désormais du nombre.

– Pour ta mère…, commença patiemment Allan après avoir laissé Ruth rassembler ses idées près d'une heure.

Depuis tout ce temps, ils roulaient sans rien dire. C'est vraiment l'homme qu'il me faut, pensait Ruth.

Allan avait appris la mort du père de Ruth en fin de matinée. Il aurait pu appeler Ruth à Amsterdam, où l'on était en fin d'après-midi ; mais alors il lui aurait fallu passer la nuit toute seule, ainsi que le voyage de retour, à y penser. Il avait au contraire misé sur le fait qu'elle n'aurait pas lu le *New York Times* avant l'atterrissage. Quant à l'éventualité que la nouvelle soit parvenue à Amsterdam, il espérait que Ted Cole n'était pas célèbre à ce point.

– Eddie O'Hare m'a donné un livre que ma mère a écrit, un roman, expliqua Ruth à Allan. Il savait évidemment qu'elle en était l'auteur, mais il n'a pas osé me le dire. Tout ce qu'il m'a dit, c'est que ce serait une bonne lecture pour l'avion. Je te crois !

– Sensationnel !

– Je n'arrive plus à trouver quoi que ce soit sensationnel, à présent, répondit Ruth, qui ajouta après un silence : « Je veux t'épouser, Allan. » Puis, après un second silence, elle reprit :

– Rien ne m'importe autant que de coucher avec toi.

– Tu m'en vois tout à fait ravi, avoua Allan.

C'était la première fois qu'il souriait depuis qu'il l'avait vue à l'aéroport. Ruth n'eut pas besoin de se forcer pour lui rendre son sourire. Elle était toujours aussi indifférente à la mort de son père qu'une heure auparavant. Que c'était curieux, inattendu ! Elle avait davantage de compassion pour Eduardo, qui avait trouvé le corps.

Plus rien ne s'interposait désormais entre Ruth et sa nouvelle vie avec Allan. Il faudrait bien qu'il y ait un minimum de service funèbre pour Ted, on ferait simple, et il n'y aurait sans doute pas grand monde, pensait-elle. Entre elle et sa nouvelle vie avec Allan, il n'y avait plus que la nécessité d'apprendre d'Eduardo Gomez les détails de la fin de son père. C'est cette perspective qui fit comprendre à Ruth combien son père l'aimait. Était-elle la seule femme qui lui ait inspiré du remords ?

Distances

Eduardo Gomez était bon catholique. Malgré sa pente superstitieuse, il avait toujours préservé sa tendance à croire au destin dans les strictes limites de sa foi. Par bonheur, il n'avait jamais eu connaissance des dogmes calvinistes – il en serait d'emblée devenu un fervent adepte. Jusque-là, sa foi catholique avait fait échec à ses fantasmes les plus extravagants sur ce à quoi il était prédestiné.

Suspendu tête en bas dans les troènes de Mrs Vaughn dans une torture apparemment interminable, voué à l'asphyxie par le gaz carbonique, il lui était venu à l'esprit que c'était Ted Cole qui méritait cette mort-là, et non lui, innocent jardinier. En cet instant d'impuissance, il s'était vu victime de la débauche d'un autre, et des conséquences trop prévisibles de son dédain pour une femme.

Personne, et certes pas le prêtre dans son confessionnal, n'aurait pu lui jeter la pierre. Le malheureux voué à la mort dans la haie de Mrs Vaughn avait toutes les raisons de se croire injustement floué. Pourtant, avec les années, il avait eu tout loisir de constater que Ted Cole était un employeur régulier et généreux, et il ne s'était jamais pardonné sa mauvaise pensée.

On imagine donc les ravages causés à sa nature superstitieuse, et l'eau apportée au moulin de son fatalisme qui ne demandait qu'à prendre le dessus, lorsque l'infortuné avait découvert le cadavre de Ted Cole asphyxié.

C'était Conchita, sa femme, qui s'était aperçue la première qu'il y avait du louche. Elle était passée prendre le courrier à la poste en allant chez Ted. Comme c'était le jour de la semaine où elle changeait les draps, faisait la lessive et le ménage en grand, elle était arrivée avant Eduardo.

Elle posa le courrier sur la table de la cuisine, où elle ne put s'empêcher de remarquer une bouteille pleine de scotch single malt ; cette bouteille avait été ouverte, mais on n'en avait pas versé une goutte. A côté se trouvait un gobelet de cristal de chez Tiffany, propre et vide.

Conchita repéra aussi la carte de Ruth dans le courrier. La photo des prostituées en vitrine dans Herbertstrasse, le quartier chaud de St. Pauli, à Hambourg, la troubla. Ce n'était guère une carte postale convenable d'une fille à son père. Pourtant, il était bien dommage que le courrier eût mis si longtemps à arriver d'Europe, le texte de la carte aurait peut-être remonté le moral de Ted. (*Je pense à toi, papa. Je regrette ce que j'ai dit, c'était méchant. Je t'aime, Ruthie.*)

Soucieuse, Conchita n'en commença pas moins à faire le ménage dans la salle de travail de Ted ; peut-être dormait-il encore, là-haut, dans sa chambre, quoiqu'il fût plutôt matinal d'ordinaire. Le dernier tiroir de sa prétendue table de travail était ouvert, vide. A côté se trouvait un grand sac-poubelle vert foncé, qu'il avait bourré des centaines de Polaroid noir et blanc de ses modèles nus ; le sac était hermétiquement fermé, mais l'odeur du fixateur en émana tout de même lorsque Conchita le poussa pour passer l'aspirateur. Scotchée sur le plastique, une note disait :

Vous voudrez bien mettre ces ordures à la poubelle avant le retour de Ruth, Conchita, s'il vous plaît.

Conchita en fut si alarmée qu'elle arrêta l'aspirateur et se mit à crier du bas de l'escalier en direction du premier étage : « Mr Cole ? » Pas de réponse. Elle monta. La chambre de Ted était ouverte. On n'avait pas dormi dans le lit. Il était intact, tel qu'elle l'avait laissé la veille. Conchita alla jusqu'à la chambre où Ruth couchait lorsqu'elle venait. Ted, ou quelqu'un d'autre, y avait passé la nuit, ou s'y était du moins étendu un moment. Le placard et la commode de Ruth étaient béants. (Son père avait éprouvé le besoin de voir ses vêtements une dernière fois.)

Mue par une inquiétude croissante, Conchita téléphona à Eduardo, avant même de redescendre. Et, tout en l'attendant, elle prit le sac-poubelle dans la salle de travail de Ted et sortit le porter dans la grange. La porte du garage obéissait à un code, que Conchita composa. Lorsque la porte s'ouvrit, elle vit que Ted avait empilé des couvertures sur le sol pour colmater l'arrivée d'air ; elle remarqua de même que le moteur de la voiture tournait, quoique Ted ne s'y trouvât pas. La Volvo toussotait dans la grange, qui puait les gaz d'échappement. Conchita laissa tomber le sac-poubelle devant la porte ouverte et s'en alla attendre son mari dans l'allée.

Eduardo coupa le contact de la voiture avant de se mettre à la recherche de Ted. Il restait moins d'un quart de l'essence dans le réservoir. Le moteur avait dû tourner presque toute la nuit, et Ted avait légèrement enfoncé l'accélérateur avec une vieille raquette de squash. C'était une vieille raquette de Ruth, dont il avait appuyé la tête sur la pédale tandis qu'il en coinçait le manche sous le siège avant. Ce dispositif avait maintenu le régime de la voiture assez haut pour l'empêcher de caler.

La trappe qui menait au court de squash du grenier était ouverte et Eduardo grimpa à l'échelle ; il eut du mal à respirer parce que les gaz avaient atteint le sommet de la grange. Ted était couché mort sur le plancher du court, en tenue de squash. Peut-être avait-il frappé quelques balles, et couru un peu. Lorsqu'il s'était senti fatigué, il

435

s'était allongé, parfaitement disposé sur le T, partie du terrain qu'il avait toujours recommandé à Ruth de contrôler, d'occuper, comme si sa vie en dépendait, parce que c'était de là qu'on maîtrisait le mieux le jeu de son adversaire.

Par la suite, Eduardo regretta d'avoir ouvert le grand sac-poubelle vert pour en examiner le contenu avant de le jeter. Il n'avait jamais réussi à évacuer le souvenir des nombreux dessins représentant les parties honteuses de Mrs Vaughn, qu'il n'avait pourtant vus qu'en lambeaux. Ces Polaroid noir et blanc lui rappelèrent tristement la prédilection de Ted Cole pour les femmes dissolues et dans la déchéance. C'est avec la nausée qu'il mit les photos à la poubelle.

Ted n'avait pas laissé de message d'adieu, à moins d'en voir un dans cette note à Conchita (*Vous voudrez bien mettre ces ordures à la poubelle avant le retour de Ruth, Conchita, s'il vous plaît.*) Et il avait supputé qu'Eduardo se servirait du téléphone de la cuisine, car, sur le pense-bête qui se trouvait à côté, on pouvait lire : *Eduardo, prévenez l'éditeur de Ruth, Allan Albright.* Suivait le numéro d'Allan chez Random House ; Eduardo l'avait appelé sans hésiter.

Mais même si Ruth était reconnaissante à Allan de prendre la situation en main, elle ne cessait de fouiller la maison en quête d'un message que son père, espérait-elle, lui aurait laissé, à elle. Il n'y en avait pas, et c'était là ce qui la confondait ; son père avait toujours su se disculper de tout – il était l'infatigable avocat de sa propre cause.

Hannah elle-même fut blessée qu'il ne lui en ait pas laissé davantage, quoiqu'elle fût convaincue qu'il était le correspondant qui avait raccroché sans laisser de message sur son répondeur.

– Si seulement j'avais été là quand il a appelé…, disait-elle à Ruth.
– Avec des si…, avait répondu celle-ci.

Une cérémonie du souvenir eut lieu de manière impromptue dans les locaux de l'école primaire de Sagaponack. Le conseil d'administration, ainsi que les instituteurs, présents et passés, de l'établissement, avaient appelé Ruth pour lui offrir leurs locaux. Elle n'avait pas mesuré jusque-là avec quelle générosité son père avait doté l'école : deux fois, il avait offert des équipements de jeux, tous les ans il envoyait du matériel de dessin aux enfants ; il était le principal fournisseur de livres pour enfants de la bibliothèque de Bridgehampton, que fréquentaient les écoliers de Sagaponack. Elle découvrit en outre qu'il leur faisait la lecture pendant l'heure qui y était consacrée, et qu'une demi-douzaine de fois au moins pendant l'année scolaire il venait à l'école leur donner des cours de dessin.

C'est donc ainsi que, dans ce décor de petits pupitres avec leurs petites chaises, entre des murs où étaient affichés des dessins d'enfants sur les thèmes et les personnages les plus frappants des livres de Ted Cole, on évoqua le souvenir de l'auteur-illustrateur disparu. Une maîtresse à la retraite et particulièrement adorée de ses élèves parla avec affection de Ted et du dévouement avec lequel il distrayait les enfants, même si elle mélangea les histoires de ses livres – elle croyait que La Taupe était tapi sous la trappe terrifiante du plancher, et que ce son indescriptible, le bruit de quelqu'un qui ne voudrait pas faire de bruit, était en fait celui de la souris qui rampait entre les cloisons. Sur les dessins d'enfants affichés au mur, Ruth vit assez de souris et de taupes à visage humain pour le restant de ses jours.

Outre Allan et Hannah, le seul non-résident de marque était le galeriste de New York qui avait gagné une petite fortune à vendre les dessins originaux de Ted Cole. Quant à son éditeur, il n'avait pu venir, mal remis d'une angine et d'une toux contractées à la foire de Francfort. (Ruth croyait reconnaître cette toux.) Hannah elle-même se tenait coite – ils étaient tous surpris de voir tant d'enfants assister au service.

Eddie O'Hare était là ; lui qui habitait à Bridgehampton ne pouvait être considéré comme non-résident, mais Ruth ne s'attendait pas à le voir. Par la suite, elle comprit ce qu'il était venu faire. Comme elle, il se figurait que Marion se montrerait peut-être. Après tout, n'était-ce pas une de ces occasions qui, d'après Ruth elle-même, pourraient la faire venir ? D'ailleurs, Marion était écrivain. Les écrivains ne sont-ils pas amateurs de dénouements ? C'en était bien un. Mais de Marion, point.

Il faisait un froid vif, et un vent humide soufflait de l'océan par bourrasques ; au lieu de s'attarder à la sortie de l'école, les gens se hâtèrent vers leur voiture lorsque ce service improvisé fut achevé – à l'exception d'une femme qui semblait à Ruth de l'âge de sa mère. Toute de noir vêtue, arborant même un crêpe, elle allait et venait devant sa Lincoln noire luisante comme si elle ne pouvait se résoudre à partir. Lorsque le vent souleva son voile, on vit que sa peau semblait trop tendue sur son crâne. Cette femme dont les os menaçaient de transpercer l'enveloppe fixait Ruth avec une telle intensité que celle-ci

437

conclut un peu trop vite qu'il s'agissait de la veuve outragée qui lui avait écrit une lettre de haine – cette veuve, soi-disant pour le restant de ses jours.

– Comme je n'ai pas encore perdu mon mari, elle vient se repaître de la mort de mon père, dit Ruth à Allan, mais Eddie se trouvait à portée de voix.

– Je m'en charge, dit-il.

Il savait qui elle était.

Ce n'était pas la veuve outragée. C'était Mrs Vaughn. Eduardo, cela va sans dire, l'avait repérée avant tout le monde ; il avait interprété sa présence comme un nouveau signe du destin auquel il n'échapperait pas. (Pour lors, il se cachait dans l'école, souhaitant que son ancienne patronne disparaisse par miracle.)

Ce n'était pas que les os menaçaient de lui transpercer la peau ; mais sa pension alimentaire était passée dans une large mesure en chirurgie esthétique, dont elle avait usé et abusé. Lorsque Eddie lui prit le bras pour la reconduire vers sa Lincoln noire luisante, elle n'offrit pas de résistance.

– Je vous connais ? demanda-t-elle.

– Oui, répondit-il. J'ai été jeune homme, jadis. Je vous ai connue dans mon jeune temps.

Ses mains frêles et crochues comme des pattes d'oiseau lui serraient le poignet ; derrière le crêpe, elle scrutait avidement son visage.

– Vous avez vu les dessins ! souffla-t-elle. Vous m'avez portée chez moi !

– Oui, avoua Eddie.

– C'est le portrait de sa mère, vous ne trouvez pas ?

Elle voulait parler de Ruth, bien sûr, et il n'était pas d'accord. Mais il savait parler aux dames mûres.

– Par certains côtés, oui, il y a quelque chose.

Il aida Mrs Vaughn à s'installer au volant. (Eduardo Gomez se refuserait à sortir de l'école tant qu'il n'aurait pas vu l'inquiétante Lincoln s'éloigner.)

– Moi, je trouve qu'elle lui ressemble même beaucoup !

– Elle tient des deux, de son père et de sa mère, tenta Eddie avec tact.

– Ah ça non ! s'écria Mrs Vaughn. Personne ne ressemble à son père. Il était unique en son genre !

– Je vous l'accorde, convint Eddie.

Il referma la portière et retint sa respiration jusqu'à ce que le moteur démarrât ; puis il alla rejoindre Allan et Ruth.

– Qui était-ce ? s'enquit Ruth.

– Une des anciennes conquêtes de votre père, répondit-il.

Hannah, qui avait entendu, regarda s'éloigner la Lincoln avec la curiosité fugace du journaliste.

– J'ai rêvé qu'elles seraient toutes là, ses anciennes conquêtes, dit Ruth.

Pour tout dire, il s'en trouvait en effet une autre, mais Ruth ne saurait jamais qui elle était. Elle s'était présentée avant la cérémonie à l'école – une quinquagénaire potelée, qui arborait une expression contrite.

– Vous ne me connaissez pas, avait-elle dit à Ruth, mais j'ai connu votre père. Ou plutôt, ma mère et moi l'avons connu. Ma mère aussi s'est suicidée, alors je suis navrée pour vous – je sais quel effet ça fait.

– Et vous vous appelez... ? avait demandé Ruth en lui serrant la main.

– Oh, mon nom de jeune fille était Mountsier, répondit la femme d'un air d'autodénigrement, mais ça ne vous dira rien.

Là-dessus, elle s'esquiva.

– J'ai cru comprendre qu'elle s'appelle Gloria, dit Ruth à Eddie, mais Eddie ne savait pas qui elle était. (Glorie, bien sûr, la fille perturbée de feu Mrs Mountsier, s'était déjà esquivée.)

Allan insista pour qu'Eddie et Hannah viennent boire un verre avec Ruth et lui dans la maison de Sagaponack, après la cérémonie. Il s'était mis à pleuvoir, et Conchita avait enfin libéré Eduardo de sa cachette pour le rapatrier chez eux, à Sag Harbor. Fait exceptionnel, ou début d'une ère nouvelle, il se trouvait un alcool plus fort que le vin ou la bière dans la maison. Ted avait acheté une bouteille d'un excellent scotch single malt.

– Peut-être que papa a acheté la bouteille en prévision de cette occasion même, dit Ruth.

Ils étaient assis à la table de la salle à manger où jadis, dans un conte, une petite fille nommée Ruthie était installée auprès de son

439

père tandis que La Taupe attendait son heure, caché sous le lampadaire.

Eddie O'Hare n'était pas revenu dans cette maison depuis l'été 1958. Hannah n'y avait pas remis les pieds depuis qu'elle avait baisé avec le père de Ruth. Ruth y pensait, mais elle s'abstint de tout commentaire, et, malgré sa gorge nouée, elle se retint de pleurer.

Allan voulait faire voir ses projets d'aménagement à Eddie. Puisque Ruth avait abandonné le squash, il se proposait de transformer le court du grenier en bureau, pour elle ou pour lui-même. De cette façon, l'un pourrait travailler à la maison – dans l'ancienne salle de travail de Ted – tandis que l'autre prendrait la grange.

Ruth fut déçue de ne pas sortir en tête à tête avec Eddie, parce qu'elle aurait pu lui parler toute la journée de sa mère. (Il avait apporté les deux autres romans d'Alice Somerset.) Tandis que les hommes visitaient la grange, elle se retrouva toute seule avec Hannah.

– Tu te doutes de ce que je vais te demander, ma puce, commença celle-ci.

Si Ruth s'en doutait !

– Demande toujours, Hannah.

– Alors, tu as couché ? Avec Allan, je veux dire.

– Oui, répondit Ruth.

Elle sentait le bon whisky lui réchauffer la bouche, la gorge, l'estomac. Elle se demandait quand son père cesserait de lui manquer, et s'il cesserait un jour.

– Et alors ?

– Allan a la plus grosse bite que j'aie jamais vue.

– Je croyais que tu aimais pas ça, les gros engins, je confonds avec quelqu'un d'autre ?

– Je n'ai pas dit *trop* grosse, juste bien pour moi.

– Alors tu vas bien ? Et tu te maries ? Et tu vas essayer d'avoir un enfant, tous les violons, quoi ?

– Je vais bien, oui. Tous les violons, oui.

– Mais qu'est-ce qui t'est arrivé ?

– Comment ça ?

– Je veux dire, tu es si calme – il faut bien qu'il se soit passé quelque chose.

– Du genre ? Ma meilleure amie couche avec mon père, mon père se suicide, je découvre que ma mère est un écrivaillon – c'est ça que tu veux dire ?

– Ça va, ça va, je l'ai pas volée, cette réponse. Mais à toi, personnellement, qu'est-ce qui t'est arrivé ? Tu as changé. Il s'est passé quelque chose.

– J'en ai fini avec les amants nuls, si c'est ça que tu veux dire.

– Ça va, ça va. Ne dis rien. Il s'est bel et bien passé quelque chose. Mais ça m'est égal. Tu peux le garder pour toi.

Ruth versa à son amie une nouvelle rasade de scotch.

– Il est bon, hein ? demanda-t-elle.

– T'es une drôle de femme, dit Hannah.

Elle avait déjà entendu ça quelque part. C'était ce que lui avait lancé Rooie, la première fois qu'elle avait refusé de se cacher dans la penderie entre les chaussures.

– Il ne s'est rien passé, Hannah, mentit-elle. Tu ne crois pas que les gens arrivent à un point où ils veulent changer de vie, avoir une vie nouvelle ?

– Mouais… je sais pas trop. Ça se peut, répondit Hannah, mais seulement parce qu'il leur est arrivé quelque chose.

Le premier mariage de Ruth

Allan Albright et Ruth Cole se marièrent au cours du long week-end de Thanksgiving, qu'ils passèrent dans la maison du Vermont. Hannah, demoiselle d'honneur de Ruth, accompagnée d'un petit ami nul, y resta tout le week-end, de même qu'Eddie O'Hare, qui offrit son bras à la mariée. Avec l'aide de Minty, il avait retrouvé le passage de George Eliot sur le couple, passage que Ruth souhaitait entendre lire par Hannah lors de la cérémonie. Comme de juste, Minty ne put résister au plaisir de pontifier un brin sur le fait qu'il avait réussi à identifier le texte.

– Vois-tu, Edward, un passage de ce type, qui est une somme, tant dans la substance que dans le ton, a bien des chances d'ouvrir un chapitre, et plus encore d'en achever un. Et puisqu'on y sent un caractère plus profondément définitif, il est plus probable qu'il se trouve vers la fin d'un livre que vers le début.

– Je vois, répondit Eddie. Il est dans quel livre ?

– C'est le soupçon d'ironie qui le trahit, reprit Minty sur le même ton docte, avec son côté doux-amer. C'est comme une pastorale, mais ça va plus loin.

– Dans quel roman, papa, dis-moi ?

– Voyons, Edward, dans *Adam Bede*, dit le vieux professeur de littérature à son fils. Et cela convient tout à fait au mariage de ton amie, qui a lieu en novembre, le mois même où Adam épouse Dinah « un matin de novembre finissant, couvert de gelée blanche », cita-t-il de mémoire. C'est dans la première phrase du dernier chapitre avant l'épilogue.

Eddie n'en pouvait plus, mais il avait retrouvé le passage demandé par Ruth.

Pendant la cérémonie, Hannah lut George Eliot sans conviction excessive, mais Ruth trouva les mots vivants : « Quoi de plus grand pour deux âmes humaines que de sentir qu'elles sont unies pour la vie – pour se donner de la force dans le labeur, pour se reposer l'une sur l'autre dans la tristesse, pour se soigner dans la maladie, pour être ensemble, silencieuses dans leurs souvenirs ineffables au moment du dernier adieu ? »

Quoi de plus grand, en effet, songeait Ruth. Elle se disait qu'elle commençait seulement à aimer Allan, et qu'elle l'aimait déjà plus qu'elle avait jamais aimé qui que ce soit, à l'exception de son père.

La cérémonie civile, devant le juge de paix du coin, eut lieu à la librairie préférée de Ruth, à Manchester, Vermont. Les libraires, mari et femme, de vieux amis de Ruth, avaient eu la gentillesse de fermer boutique une ou deux heures l'un des week-ends les plus rentables de l'année. Après le mariage, la boutique rouvrit ses portes comme si de rien n'était, mais on eut l'impression qu'il y avait plus de clients attendant d'être servis que d'habitude – on comptait quelques curieux parmi eux. Tandis que la nouvelle Mrs Albright (nom qu'on ne donnerait d'ailleurs jamais à Ruth) quittait le magasin au bras d'Allan, elle évita de regarder les personnes présentes.

– S'il y a des journalistes, je m'en charge, avait chuchoté Hannah.

Quant à Eddie, il jetait des regards circulaires, dans l'espoir d'apercevoir Marion, bien sûr.

– Elle est là, vous la voyez ? lui demanda Ruth, mais il se contenta d'un geste de dénégation.

Ruth aussi cherchait quelqu'un des yeux. Elle s'attendait plus ou moins à voir paraître l'ex-femme d'Allan. Mais celui-ci s'était moqué de ses craintes. Si le sujet des enfants avait été une pomme de discorde entre eux, ils avaient divorcé d'un commun accord, et son ex-femme n'était pas d'une nature vindicative.

L'affluence du week-end de Thanksgiving les avait contraints de se garer assez loin de la librairie. Comme ils longeaient une pizzeria puis une boutique de bougies, Ruth s'aperçut qu'ils étaient suivis ; malgré la carrure du crétin d'Hannah, qui avait l'air d'un garde du corps, quelqu'un avait pris le petit cortège en chasse. Allan prit le bras de Ruth, et la fit marcher plus vite ; le parking était désormais tout proche. Hannah ne cessait de se retourner vers la vieille qui les suivait, mais cette dernière n'était pas du genre à se laisser intimider.

– C'est pas une journaliste, dit Hannah.

– Qu'elle aille se faire foutre, celle-là, commenta le petit ami.

– Je m'en occupe, déclara Eddie ; mais « celle-là » demeura insensible à son charme.

– Ce n'est pas à vous que je m'adresse, c'est à elle, lui dit-elle en montrant Ruth du doigt.

– Dis donc, espèce de conne, c'est son mariage, alors tu vas la lâcher ! lança Hannah.

Allan et Ruth s'arrêtèrent pour faire front à la vieille dame qui s'époumonait à les suivre. « Ce n'est pas du tout mon ex-femme », dit tout bas Allan, mais Ruth le savait tout comme elle savait que ce n'était pas sa mère non plus.

– Je voulais voir votre visage, lui dit la vieille dame.

A sa manière, elle était aussi anodine que l'assassin de Rooie. Une vieille parmi tant d'autres, qui s'était laissée aller. A ce constat, avant même que la femme ait repris la parole, Ruth comprit tout à coup qui elle était. Qui d'autre qu'une veuve-pour-le-restant-de-ses-jours aurait tant envie de se laisser aller ?

– Eh bien, vous l'avez vu, mon visage. Alors ?

– Alors je veux le revoir, quand vous serez veuve, dit la veuve outragée. J'ai hâte de voir ça.

443

– Hé toi, là, intervint Hannah, quand elle sera veuve, tu boufferas des pissenlits par la racine. T'as déjà un pied dans la tombe !

Hannah prit le bras que Ruth avait glissé dans celui d'Allan et elle entraîna son amie vers la voiture.

– Allez viens, ma puce, c'est ton mariage !

Allan fusilla la vieille du regard, puis il suivit Ruth et Hannah. Le petit ami nul d'Hannah, avec ses airs de matamore, n'était qu'un mollasson inefficace. Il se contenta de traîner les pieds en jetant des regards à Eddie.

Celui-ci, qui n'avait jamais rencontré de femme mûre qui ne se puisse (ou ne se laisse) charmer, s'avisa de retenter sa chance auprès de la veuve outragée, qui suivait Ruth des yeux, comme pour graver l'instant dans sa mémoire.

– Vous m'accorderez que les mariages sont des jours sacrés, ou qui devraient l'être ? commença-t-il.

– Oh que oui, je vous l'accorde ! répondit-elle avec conviction. Elle n'est pas près de l'oublier, ce jour. Quand son mari sera mort, elle ne se le rappellera que trop. Il ne se passe pas une heure sans que je me rappelle le jour de mon mariage, moi !

– Je vois… Puis-je vous raccompagner jusqu'à votre voiture ?

– Non, merci, jeune homme.

Vaincu par tant d'inflexible vertu, Eddie tourna les talons et rattrapa leur petit groupe. Ils avaient pressé le pas tous les cinq, peut-être en raison du froid piquant de novembre…

Il y eut un dîner de mariage dans l'intimité en fin de soirée. Y furent conviés les libraires, ainsi que Kevin Merton, le gardien de la propriété de Ruth, avec sa femme. Allan et Ruth n'avaient pas prévu de voyage de noces. Quant à la manière dont ils comptaient vivre au quotidien, Ruth expliqua à Hannah qu'ils passeraient sans doute davantage de temps à Sagaponack que dans le Vermont. Au bout du compte, il leur faudrait choisir entre Long Island et la Nouvelle-Angleterre. Mais lorsqu'ils auraient un enfant, le choix irait de soi car, dès qu'il serait en âge scolaire, elle voulait qu'il aille à l'école dans le Vermont.

– Et quand est-ce que tu vas savoir, pour l'enfant ? demanda Hannah.

– Je verrai bien si j'arrive à être enceinte ou pas.

– Mais tu essayes ?

– On va essayer après le nouvel an.

– Déjà ! Tu perds pas de temps !

– J'ai trente-six ans, Hannah. J'en ai perdu assez comme ça.

Durant toute cette journée, le fax de la maison du Vermont sonna, et Ruth ne cessa d'abandonner le dîner pour aller chercher les messages, qui étaient essentiellement des félicitations de ses éditeurs étrangers. Il y en avait un, adorable, de Sylvia et Maarten. (*Wim en aura le cœur brisé*, avait écrit Sylvia.)

Ruth avait demandé à Maarten de la tenir au courant de tous les développements de l'affaire de la prostituée assassinée, mais Maarten lui avait répondu qu'on n'avait pas d'autres nouvelles, la police n'en parlait pas.

« Avait-elle des enfants ? s'était enquise Ruth un peu plus tôt par fax. Avait-elle des enfants, cette malheureuse ? » Mais les journaux non plus n'avaient rien dit de la fille de la prostituée.

Ruth avait pris un avion, franchi un océan, et ce qui s'était passé à Amsterdam s'était presque envolé en fumée. Le soir, pourtant, dans le noir, quand elle ne dormait pas, elle sentait le contact d'une robe sur un cintre, l'odeur de cuir du débardeur dans la penderie de Rooie.

– Tu vas me le dire, quand tu seras enceinte, hein ? demanda Hannah pendant qu'elles faisaient la vaisselle. Tu vas quand même pas en faire un secret, de ça aussi ?

– Je n'ai pas de secrets, Hannah, mentit Ruth.

– C'est toi le plus grand secret que je connaisse. Le seul moyen qui me permette de savoir ce que tu vis, c'est de faire comme tout le monde : lire tes livres. J'attendrai donc le prochain.

– Mais ce n'est pas de moi que je parle, Hannah.

– Que tu dis.

– Bien sûr, que je te le dirai, quand je serai enceinte, dit Ruth pour changer de sujet. Tu seras la première à le savoir, après Allan.

Lorsqu'elle alla se coucher, ce soir-là, elle ne se sentit qu'à moitié en paix avec elle-même ; par ailleurs, elle était épuisée.

– Tu vas bien ? lui demanda Allan.

– Oui, je vais bien.

– Tu as l'air fatiguée.

– Je le suis.

– Tu as l'air différente, d'une certaine façon.

– Mais c'est que je suis mariée avec toi, à présent. Ça fait une différence, non ?

A la fin de la première semaine de janvier 1991, Ruth serait enceinte, ce qui ferait une autre différence.

– Eh ben, dis donc, ça n'a pas traîné, commenterait Hannah. Tu diras à Allan que tous les types de son âge mettent pas dans le mille à tous les coups.

Graham Cole Albright – trois kilos quatre cents grammes – naquit à Rutland, dans le Vermont, le 3 octobre 1991. Sa date de naissance coïncidait avec le premier anniversaire de la réunification allemande. Hannah, qui détestait conduire, n'en prit pas moins la voiture pour emmener Ruth à l'hôpital. Elle avait passé la dernière semaine de sa grossesse auprès d'elle parce que Allan travaillait à New York et ne venait que les week-ends, en voiture.

Il était deux heures du matin lorsque Hannah quitta la maison pour s'acheminer vers l'hôpital de Rutland, qui se trouvait à quelque quarante-cinq minutes de route. Elle avait appelé Allan avant de partir. Le bébé attendit dix heures du matin pour venir au monde, ce qui laissa tout le temps à son père d'assister à l'accouchement.

S'il devait son prénom à Graham Greene, son père exprima le souhait que son petit Graham à lui ne partagerait pas le penchant du romancier pour les bordels. Ruth, qui s'était enlisée depuis un an dans le dernier tome de *La Vie de Graham Greene,* nourrissait des inquiétudes bien plus vives quant à une autre des habitudes de Greene : son goût des voyages dans les coins troublés du monde pour y glaner une expérience directe. Elle ne souhaitait aucun penchant de cette nature à son petit Graham, et ne rechercherait plus ces expériences à titre personnel. Car, enfin, elle avait vu une prostituée assassinée par son client, et il semblait bien que ce dernier courait encore.

Le roman à venir allait souffrir d'un hiatus d'un an. Elle s'installa avec son nouveau-né à Sagaponack, où Conchita Gomez pourrait lui servir de nounou. Cela facilitait aussi les week-ends d'Allan, qui pouvait prendre le *jitney* ou le train de New York jusqu'à Bridgehampton en moitié moins de temps qu'il ne lui en fallait pour se rendre dans le Vermont en voiture ; et en plus, dans le train, il pouvait travailler.

A Sagaponack, Allan avait installé son bureau dans l'ancienne salle de travail de Ted. Ruth prétendait que la pièce sentait l'encre de seiche, la taupe en voie de décomposition ou le fixateur pour Polaroid. Les photos avaient disparu, mais pas leur odeur, selon elle.

Et Ruth, dans son bureau du grenier de la grange – dans le court de squash réaménagé –, que sentait-elle, ou que détectait-elle par d'autres capteurs ? Échelle et trappe avaient fait place à un escalier et une porte ordinaires. Le nouveau bureau de Ruth était chauffé par le sol ; on avait percé une fenêtre là où se trouvait naguère le point mort sur le mur de devant. Lorsque la romancière était assise à sa vieille machine à écrire, ou, ce qui était plus fréquent, qu'elle noircissait de longs blocs de papier quadrillé jaune, elle n'entendait jamais la balle faire écho sur la tôle révélatrice. Et le T du court, qu'on lui avait appris à contrôler comme si sa vie en dépendait, était à présent couvert d'une moquette. Elle ne le voyait plus.

De temps en temps, en revanche, il lui arrivait encore de sentir les gaz d'échappement des voitures qu'on garait toujours au rez-de-chaussée de la vieille grange. Elle ne la dérangeait pas, cette odeur.

– T'es une drôle de femme, lui redit Hannah. Moi, ça me ficherait la chair de poule de bosser là.

Mais tant que Graham était trop petit pour aller à la maternelle, la maison de Sagaponack ferait l'affaire de Ruth, et elle ferait celle d'Allan et de Graham aussi. L'été, ils fuyaient les Hamptons, envahis par la foule, et partaient dans le Vermont. A cette saison, les navettes de quatre heures en voiture avec New York étaient moins gênantes pour Allan. C'était Ruth qui s'inquiétait de le savoir rouler sur une aussi longue distance la nuit, avec les biches qui traversaient la route, et les chauffards ivres. Mais elle était heureuse en ménage, et, pour la première fois, aimait sa vie.

Comme toute femme qui vient d'être mère pour la première fois, surtout passé la prime jeunesse, Ruth était une mère anxieuse. Elle ne s'était pas attendue à aimer son bébé autant. Mais Graham était un enfant plein de santé. Les inquiétudes de Ruth à son propos n'étaient que le fruit de son imagination.

Ainsi, la nuit, lorsqu'elle trouvait qu'il respirait d'une manière inhabituelle, ou irrégulière, ou, pis encore, lorsqu'elle ne l'entendait plus respirer, elle se précipitait dans la nursery, qu'elle avait occupée elle-même enfant. Là, il lui arrivait souvent de se blottir sur le tapis au pied du berceau. Elle rangeait d'ailleurs un oreiller et un couvre-pieds dans le placard de l'enfant pour parer à cette éventualité. Allan la trouvait souvent sur le plancher, le matin, dormant à poings fermés auprès de son fils, endormi lui aussi.

Et lorsque Graham, trop grand pour coucher dans un berceau, fut en âge de monter et descendre de son lit tout seul, Ruth se mit à tendre l'oreille pour guetter le bruit des petits pieds se dirigeant vers la grande chambre. C'était exactement ainsi qu'elle avait traversé la salle de bains jadis, pour se glisser dans le lit de sa mère, ou plutôt dans celui de son père, sauf en cette nuit mémorable où elle avait surpris Marion avec Eddie.

Voilà la fin d'un cycle ou je ne m'y connais pas, songeait la romancière. La boucle était bouclée. On pouvait écrire le mot fin, et la première page. (Graham avait pour parrain Eddie O'Hare, et pour marraine Hannah Grant, qui se révélait plus responsable et plus fiable qu'on aurait pu le croire.)

Et les nuits où Ruth dormait roulée en boule sur le plancher de la nursery, écoutant son fils respirer, elle remerciait le ciel de sa chance. L'assassin de Rooie, qui avait sans aucun doute perçu le bruit de quelqu'un qui essayait de ne pas faire de bruit, ne l'avait pas découverte. Souvent, elle avait pensé à lui. Non seulement pour se demander où il était, et s'il avait l'habitude de tuer des prostituées, mais aussi pour se demander s'il avait lu son roman *Pas pour les enfants* – dont elle l'avait vu emporter l'exemplaire réservé à Rooie. Peut-être voulait-il seulement s'en servir pour ne pas abîmer le cliché qu'il venait de prendre au Polaroid.

Les nuits passées sur la carpette au chevet du berceau, puis du lit de Graham, elle observait la nursery dans l'obscurité rendue à peine moins épaisse par la veilleuse. Elle voyait la fente familière entre les rideaux, étroite rayure noire de ciel nocturne, parfois étoilé, parfois opaque.

D'ordinaire, c'était un à-coup dans la respiration de son fils qui la faisait sauter sur ses pieds pour le regarder de près. Puis, elle jetait un coup d'œil entre les rideaux, pour voir si La Taupe ne se trouvait pas là où elle s'attendait à moitié à le trouver : roulé en boule sur la corniche de la fenêtre, une partie de ses tentacules roses collés au carreau.

La Taupe n'était jamais là, bien sûr ; pourtant, Ruth s'éveillait en sursaut, certaine d'avoir entendu son souffle asthmatique. (Ce n'était que Graham qui poussait un drôle de petit soupir dans son sommeil.)

Puis Ruth se rendormait, souvent en se demandant pourquoi sa mère ne se montrait pas, maintenant que son père était mort. N'avait-elle donc pas envie de voir le bébé ? Sans parler de sa propre fille !

Y penser la mettait dans une telle rage qu'elle essayait d'éviter le sujet.

Comme elle se trouvait souvent toute seule avec Graham dans la maison de Sagaponack, du moins les nuits qu'Allan passait à New York, il y avait des moments où elle entendait des bruits bizarres. Des bruits de souris qui rampait entre les cloisons, des bruits de quelqu'un qui essayait de ne pas faire de bruit, et toute la gamme entre les deux – sans compter l'absence de bruit qui caractérisait La Taupe lorsqu'il retenait sa respiration.

Il était là, dehors, quelque part, elle le savait bien ; il l'attendait toujours, car, à ses yeux, elle était encore une petite fille. Tout en cherchant le sommeil, elle voyait ses petits yeux résiduels, les bosses velues de son visage fourré.

Quant à son nouveau roman, il l'attendait aussi. Un jour, elle ne serait plus une jeune maman, et elle se remettrait à écrire. Pour l'instant, elle n'avait écrit qu'une centaine de pages de *Mon dernier petit ami déplorable*. Elle n'en était même pas encore à la scène où l'amant persuade la romancière de payer une prostituée pour la regarder faire un client. Mais elle y pensait. Cette scène l'attendait, elle aussi.

III

Automne
1995

Le fonctionnaire

Harry Hoekstra, jadis *hoofdagent*, ou presque brigadier, ne pouvait se résoudre à ranger sa table de travail. Au premier étage du poste de police du deuxième district, les fenêtres de son bureau donnaient sur la Warmoesstraat. Au lieu de ranger son bureau (qui n'avait jamais été mis en ordre), Harry se distrayait à regarder les changements survenus dans la rue – car il en était survenu pas mal dans la Warmoesstraat, comme dans tout le reste du quartier réservé. Cet ancien îlotier à qui il tardait de prendre une retraite anticipée savait bien que peu de détails avaient jamais échappé à son attention.

En face du commissariat se trouvait autrefois une boutique nommée Jemi Fleurs, aujourd'hui installée à l'angle de l'Enge Kerksteeg. Dans son champ visuel, toujours, il y avait un restaurant appelé La Paella, et un autre, argentin, nommé Le Tango ; mais Jemi Fleurs avait cédé la place à Sanny's Bar. Si Harry avait possédé la prescience que certains de ses collègues lui prêtaient, il aurait su que Sanny's Bar serait bientôt remplacé par un établissement malencontreusement nommé Café Pimpelmée. Mais on a beau être un bon policier, on ne possède pas des pouvoirs d'anticipation suffisants pour deviner de tels détails. Comme beaucoup de ceux qui choisissent une retraite anticipée, il trouvait que la plupart des changements survenus dans son « diocèse » n'étaient guère positifs.

C'est en 1966 qu'on a vu pour la première fois le haschisch se répandre sur Amsterdam en quantités nettement plus importantes. Dans les années 70, ce fut le tour de l'héroïne, avec les Chinois. Puis, vers la fin de la guerre du Vietnam, les Chinois en ont perdu le marché au profit du Triangle d'Or, en Asie du Sud-Est. Beaucoup de prosti-tuées toxicomanes avaient servi de courriers pour l'importer.

A présent, plus de soixante pour cent des toxicomanes étaient connus du ministère de la Santé – et il y avait des officiers de police hollandais en poste à Bangkok. Seulement plus de soixante-dix pour cent des prostituées du quartier chaud étaient des étrangères en situation irré-gulière ; autant dire qu'il était impossible de les suivre à la trace.

La cocaïne, elle, était arrivée de Colombie *via* le Surinam dans de petits avions. Les Surinamais l'avaient apportée aux Hollandais entre 1965 et 1975. Les prostituées surinamaises ne posaient pas de problème insurmontable, et leurs maquereaux ne faisaient pas trop de vagues non plus ; le problème, c'était la cocaïne, précisément. Désormais, c'étaient les Colombiens eux-mêmes qui l'importaient ; mais les prostituées colombiennes ne posaient pas de problème, et leurs maquereaux faisaient encore moins d'histoires que les Surinamais.

En plus de trente-neuf ans de service dans la police d'Amsterdam, dont trente-cinq passés dans les *Wallen*, Harry Hoekstra ne s'était fait braquer qu'une seule fois – par Max Perk, un maquereau surinamais –, en retour de quoi il avait sorti son propre flingue. S'il avait dû y avoir un duel avec avantage à la détente, Harry aurait perdu : Max avait dégainé avant lui. Mais il s'agissait plutôt d'une démonstration de force par quincaillerie interposée, et, cette épreuve-là, Harry l'avait remportée : son arme était un Walther neuf millimètres.

« Fabriqué en Autriche, avait-il expliqué au maquereau. Ils s'y connaissent pour de bon, en flingues, les Autrichiens. Mon arme fera un plus gros trou que la tienne, et elle crache plus vite. »

Vrai ou faux, Max avait posé son flingue.

Pourtant, malgré ses démêlés avec les Surinamais, Harry était per-suadé que l'avenir réservait des temps plus difficiles. Des organisa-tions criminelles importaient des jeunes femmes de l'ex-bloc sovié-tique en Europe de l'Ouest ; il y en avait à présent des milliers qui travaillaient contre leur volonté dans les quartiers chauds d'Amster-dam, Bruxelles, Francfort, Zurich, Paris, et d'autres villes d'Europe de l'Ouest. Elles étaient couramment l'objet de trafics entre proprié-taires de night-clubs, de boîtes à strip-tease, de peep-shows et de bordels.

Les Dominicaines, les Colombiennes, les Brésiliennes et les Thaïes savaient pour la plupart ce qu'elles venaient faire à Amsterdam ; elles comprenaient ce qui allait se passer. Mais les ressortissantes d'Europe de l'Est – des étudiantes, des vendeuses, des ménagères – s'attendaient à être embauchées à l'Ouest comme serveuses dans des restaurants respectables.

Parmi ces nouvelles venues, celles qui travaillaient en vitrine se débrouillaient le mieux. Mais, à présent, les filles du pavé leur cassaient le métier ; la course au client devenait plus âpre. Les filles que Harry connaissait depuis le plus longtemps menaçaient de se retirer – il est vrai que c'était un refrain, chez les filles. Harry appelait cela un « raisonnement à court terme ». Les péripatéticiennes lui ressassaient qu'elles allaient s'arrêter « le mois prochain », « l'année prochaine ». « L'hiver prochain, je prends des vacances, en tout cas », confiait l'une ou l'autre.

Et maintenant, plus que jamais, beaucoup lui avouaient qu'elles avaient eu leur « instant de doute » ; ce qui voulait dire qu'elles avaient ouvert leur porte à un type douteux.

Quant aux types douteux, ils étaient plus nombreux qu'autrefois.

Hoekstra se rappelait une jeune Russe, qui avait accepté un prétendu emploi de serveuse au Cabaret Antoine. Or le Cabaret Antoine n'était pas un restaurant mais un bordel, dont le tenancier lui avait aussitôt confisqué son passeport. Et lorsqu'un client ne voulait pas mettre un préservatif, elle ne pouvait pas refuser de coucher avec lui sous peine de se retrouver à la rue. De toute façon, son passeport était bidon. Bientôt, il s'était présenté un client d'un certain âge, apparemment bien intentionné, qui lui avait procuré un nouveau passeport, tout aussi bidon. Déjà, elle avait changé de nom – au bordel, on l'appelait Vratna tout court, parce que son nom était trop difficile à prononcer – et ses deux premiers mois de « salaire » avaient été prélevés pour rembourser sa « dette » envers l'établissement. Ces fameuses « dettes » lui étaient présentées comme des honoraires d'agence, des impôts, le montant du gîte et du couvert.

Peu avant qu'une descente de police n'ait lieu, Vratna avait accepté le prêt de son client au grand cœur. Il lui avait offert une part de vitrine, où elle se relayerait avec deux autres filles d'Europe de l'Est, et c'est ainsi qu'elle s'était retrouvée derrière ses carreaux. Pour le prêt, qu'elle n'aurait pas été en mesure de rembourser, son gentil client devint son client privilégié ; il lui rendit souvent visite. Bien entendu, elle ne le faisait plus payer ; il devint son maquereau de fait, à son insu. Bientôt, elle lui versa la moitié des gains réalisés auprès des autres clients. Le sergent Hoekstra verrait en lui un client pas si bien intentionné que ça.

C'était un cadre à la retraite qui s'appelait Paul de Vries. Il s'était mis à maquereauter ces clandestines venues de l'Est pour occuper ses loisirs. Il n'y voyait rien d'autre qu'un jeu distrayant ; baiser des jeunes filles, au prix fort pour commencer, gratis ensuite, pour finir par se faire payer lui-même : ça, c'était du sport !

Un matin de Noël – l'un de ces rares Noëls où il était de service –, Harry avait enfourché sa bicyclette pour parcourir les rues des *Wallen*, couvertes de neige fraîche. Il voulait voir s'il y avait des prostituées au travail. Il s'imaginait, un peu comme Ruth Cole, que sous ce manteau de neige immaculé le quartier chaud lui-même se referait une virginité. Contrairement à ses habitudes, il avait même eu un geste sentimental : pour ces filles qui travaillaient dans leur vitrine un matin de Noël, il avait acheté quelques cadeaux simples, des chocolats, un cake aux fruits et une demi-douzaine d'ornements de Noël, pas davantage.

Il savait que Vratna était pieuse ; c'était du moins ce qu'elle lui avait dit. Pour le cas où il l'aurait trouvée au travail, il avait acheté un cadeau un peu plus coûteux. Néanmoins, il ne l'avait payé que dix florins, dans une boutique de bijoux d'occasion ; c'était une croix de Lorraine. Elles avaient beaucoup de succès auprès des jeunes qui s'habillaient de manière un peu « originale », lui avait expliqué la vendeuse.

Il avait neigé d'abondance et il n'y avait presque plus de traces de pas dans les *Wallen* ; quelques sillons entouraient l'urinoir à une place, près de l'Oude Kerk, mais, dans la neige vierge de la petite rue de Vratna, on ne voyait pas la moindre empreinte. Harry avait été soulagé de découvrir que Vratna n'était pas au travail ; sa vitrine était sombre, ses rideaux tirés, l'ampoule rouge éteinte. Il se préparait à repartir d'un coup de pédale avec ses humbles présents de Noël dans son sac à dos lorsqu'il s'aperçut que la porte du box n'était pas bien close. De la neige s'y était glissée, et, quand il voulut la refermer, elle résista.

Il n'avait pas l'intention de regarder à l'intérieur, mais il lui fallut ouvrir la porte plus grande pour pouvoir la refermer. Il chassait la neige du seuil à coups de pied – le temps ne convenait guère à ses chaussures de course –, lorsqu'il vit Vratna pendue à la fixation du plafonnier. La porte une fois ouverte, le vent s'engouffra, et fit danser le corps de la jeune fille. Harry entra et ferma la porte derrière lui pour faire barrage aux bourrasques de neige.

Elle s'était pendue au matin, peut-être aux première lueurs de l'aube. Elle avait vingt-trois ans. Elle avait remis ses vieux vêtements, ceux avec lesquels elle était arrivée à l'Ouest, croyant trouver un emploi de serveuse. Comme elle n'était pas habillée (enfin, déshabillée) en prostituée, il ne l'avait pas reconnue tout d'abord. Elle avait mis tous ses bijoux, aussi, ce qu'elle avait de bijoux. La croix qu'il lui destinait aurait été superflue : elle en avait une demi-douzaine autour du cou.

Il ne la toucha pas, il ne toucha à rien dans la pièce. Il se contenta d'observer, aux marques d'étranglement qu'elle portait sur le cou, ainsi qu'aux dégâts visibles dans le plâtre du plafond, qu'elle n'avait pas dû suffoquer d'emblée. Elle avait dû se débattre un moment. C'était un musicien qui louait l'appartement du dessus. En temps normal, il l'aurait entendue se pendre, ou, du moins, il aurait entendu le plâtre dégringoler, et le craquement qu'avait dû faire la monture du plafonnier – mais il s'absentait à Noël. Comme Harry, en général.

Tout en se dirigeant vers le poste de police pour y signaler le suicide – il savait d'ores et déjà qu'il ne s'agissait pas d'un meurtre –, il ne s'était retourné qu'une seule fois pour regarder l'Oudekennissteeg. Sur la neige fraîche, le sillon de ses roues était le seul indice de vie dans la venelle.

En face de l'Oude Kerk, en ce matin de Noël, il n'y avait qu'une seule prostituée en vitrine. Il s'agissait d'une de ces grosses Ghanéennes ; il s'arrêta pour lui offrir la totalité de ses cadeaux. Elle accepta les chocolats et le cake avec joie, mais elle refusa les ornements de Noël dont elle n'avait que faire.

La croix de Lorraine, il la garda un temps. Il lui acheta même une chaîne assortie, qui lui coûta plus cher que la croix elle-même. Puis il offrit croix et chaîne à sa petite amie du moment, mais il commit l'erreur de lui raconter toute l'histoire. Il était sujet à ces gaffes avec les femmes. Il croyait qu'elle prendrait comme un hommage le cadeau et son origine. C'était vrai qu'il l'avait aimée d'une affection sincère, cette Russe, et que la croix avait pris une valeur sentimentale pour lui. Mais quelle femme aime s'entendre dire le prix dérisoire qu'on a payé pour son bijou, destiné à une autre, à plus forte raison une clandestine, une pute russe qui s'est pendue sur son lieu de travail ?

Sa petite amie du moment lui avait rendu son cadeau ; à ses yeux, il n'avait aucune valeur sentimentale. Pour l'instant, Harry n'avait plus de petite amie, et il ne s'imaginait pas avoir un jour envie de donner cette croix de Lorraine à une autre femme – à supposer qu'il vienne une autre femme.

Non pas qu'il eût du mal à trouver des femmes. L'ennui, à considérer que c'en fût un, c'est qu'il n'en gardait jamais aucune. Il n'avait rien du libertin. Il n'était pas infidèle à ses amies ; il n'en avait qu'une à la fois. Mais soit qu'elles le quittent, soit qu'il les quitte, elles ne lui faisaient pas d'usage.

A présent, tandis qu'il renâclait à ranger son bureau, Hoekstra, qui avait cinquante-sept ans et était bien décidé à prendre sa retraite l'automne prochain, à l'âge de cinquante-huit ans, se demandait s'il demeurerait à jamais sans attaches. Certes, son comportement à l'égard des femmes, et le leur au sien, n'était pas sans rapport avec le métier qu'il exerçait. D'ailleurs, une des raisons pour lesquelles il avait décidé de prendre sa préretraite était de voir si son intuition se vérifiait.

Il avait dix-huit ans lorsqu'il avait commencé comme îlotier ; à cinquante-huit ans, il totaliserait donc quarante ans de service. Bien entendu, sa pension serait un peu plus modeste que s'il attendait l'âge normal, qui était de soixante et un ans ; mais célibataire, sans enfants, il n'avait pas besoin d'une plus grosse retraite. Et les hommes de sa famille n'avaient guère fait de vieux os.

Tout en jouissant d'une excellente santé, il ne misait donc pas sur sa longévité. Il voulait voyager, vivre à la campagne, pour voir. Lui qui avait lu de nombreux livres de voyages, avait peu bougé. Et s'il appréciait ce genre de littérature, il aimait encore plus les romans.

Les yeux fixés sur son bureau, qu'il se refusait à ouvrir, il pensait : Il serait tout de même temps que paraisse un nouveau roman de Ruth Cole. Ça doit bien faire cinq ans qu'elle a écrit *Pas pour les enfants.* Combien de temps ça lui prend, au fait, d'écrire un roman ?

Il avait lu tous les romans de Ruth en anglais, car il parlait bien cette langue. Dans les rues du quartier chaud, entre ses « petits remparts », l'anglais était de plus en plus la langue véhiculaire des prostituées avec leurs clients. Le mauvais anglais devenait le nouvel idiome des *Wallen*. (Ce serait l'espéranto du troisième millénaire, songeait-il.) Et lui, le fonctionnaire sur le point de partir à la retraite, lui qui envisageait une nouvelle vie à cinquante-huit ans, aspirait à améliorer son anglais.

Le lecteur

En général, les femmes d'Hoekstra se plaignaient de son indifférence en matière de rasage ; son absence manifeste de coquetterie les attirait peut-être au départ, mais elles finissaient par voir dans son désintérêt à l'égard de sa physionomie un manque d'intérêt à leur égard. Dès que son poil prenait des allures de barbe, il se rasait : il n'aimait pas la barbe. Il lui arrivait de se raser un jour sur deux ou bien une fois la semaine ; parfois, il se levait en pleine nuit pour se raser, de sorte que sa compagne de lit découvrait un autre homme au réveil.

Il manifestait la même indifférence à l'égard de l'habillement. Faisant métier de marcher, il portait des chaussures de course, solides, confortables ; et il ne pouvait porter que des jeans. Il avait les jambes courtes et trapues, le ventre plat, et de minuscules fesses d'adolescent. Pour le bas du corps, il était très proche de Ted Cole : compact, fonctionnel ; mais son torse était plus développé. Il allait au gymnase tous les jours ; il avait la poitrine vaste de l'haltérophile, cependant, comme il portait en général des chemises vagues à manches longues, on ne remarquait pas qu'il était musclé.

Ces chemises constituaient la seule note de couleur de sa garde-robe ; la plupart de ses femmes les trouvaient trop criardes, ou, du moins, trop bigarrées. Il aimait les chemises « où il se passait des tas de choses », comme il disait. C'était le genre de chemise impossible à porter avec une cravate, mais, de toute façon, il n'en mettait presque jamais.

Il était rare de le voir en uniforme. Sa dégaine était aussi familière aux hôtes du quartier chaud que celles des prostituées en vitrine les plus spectaculaires et les plus anciennes. De jour comme de nuit ouvrables, il arpentait les rues au moins deux ou trois heures.

459

A la veste il préférait le coupe-vent, ou le ciré, toujours dans des couleurs sombres, unies. Il possédait un vieux blouson de cuir doublé de flanelle pour le froid, mais toutes ses vestes, comme ses chemises, étaient amples. Il ne voulait pas que son Walther neuf millimètres, qu'il portait sous l'aisselle dans un étui, fît une bosse visible. Il fallait qu'il plût des cordes pour le voir coiffer une casquette de base-ball. Il avait horreur de tout ce qui était couvre-chef, et il ne portait jamais de gants. Une de ses ex-petites amies avait décrit son allure comme celle d'un « vulgaire malfrat ».

Ses cheveux bruns grisonnaient, et il s'en moquait tout autant que de ses joues mal rasées. Il les faisait couper trop court, après quoi il les laissait pousser trop long.

Son uniforme, il l'avait porté beaucoup plus régulièrement lors de ses quatre premières années dans la police, où il exerçait dans l'ouest d'Amsterdam. Il y avait gardé son appartement, non par flemme de déménager, mais parce qu'il appréciait le luxe de posséder deux cheminées qui marchaient – dont une dans sa chambre. Un feu de bois et des livres, tels étaient ses gâteries suprêmes. Il aimait lire au coin du feu, et il avait tant de livres que déménager aurait été une corvée, quelle que fût la destination. En outre, il aimait bien prendre sa bicyclette pour aller et venir du travail ; il était partisan de garder quelque distance entre lui et les *Wallen*. Il avait beau être connu comme le loup blanc là-bas, se faire repérer de loin dans les rues grouillantes, au fond, c'était un solitaire.

Autre grief de ses femmes : il était toujours dans son coin. Il préférait lire plutôt que les écouter. Plutôt que de parler, il préférait faire un feu, aller se coucher et regarder la lueur de la flamme jouer sur les murs et le plafond. Il aimait bien lire au lit, aussi.

Il se demandait si ses femmes étaient les seules à jalouser les livres. C'était là le comble du ridicule, selon lui. Comment pouvaient-elles être jalouses des livres ? Il trouvait la chose d'autant plus ridicule lorsqu'il les avait rencontrées dans une librairie. Il y rencontrait beaucoup de femmes ; et d'autres, moins souvent à présent, à la salle de gym.

Le club de gym de Harry était celui du Rokin, où Maarten Schouten avait emmené Ruth Cole. A cinquante-sept ans, il était un peu âgé pour l'ensemble de la clientèle féminine qui le fréquentait. (Ces filles de vingt ans qui affirmaient qu'il était dans une forme superbe « pour un type de son âge » ne lui faisaient guère plaisir.) Il était pourtant sorti avec l'une des femmes qui travaillaient au gymnase, un professeur d'aérobic. Pour sa part, il détestait l'aérobic ; il était là uniquement pour tirer des barres. Il marchait plus longtemps en une journée que la plupart des gens en une semaine, voire en un mois. Et il ne se déplaçait qu'à vélo. Quel besoin aurait-il eu de faire de l'aérobic ?

La monitrice était une femme séduisante, entre trente-cinq et quarante ans, qui se croyait investie d'une mission ; ne pas avoir réussi à convertir Harry à son exercice de prédilection l'avait blessée, et, de mémoire récente, jamais une femme ne lui en avait voulu de lire à ce point-là. Elle ne lisait pas elle-même, et, comme toutes les petites amies de Harry, elle refusait de croire qu'il n'avait jamais couché avec une prostituée : tout de même, ça avait bien dû le tenter...

Ça le tentait en permanence, quoique, avec les années, la tentation s'émoussât. Au cours de ses presque quarante ans dans la police, il avait également été tenté de tuer une ou deux personnes. Mais le fait est qu'il n'en avait tué aucune, et qu'il n'avait jamais couché avec une prostituée.

Sans aucun doute, ses petites amies éprouvaient un malaise quant à ses relations avec les dames des vitrines – de plus en plus souvent sur le pavé. C'était un gars des rues, et la chose avait peut-être eu une incidence incalculable sur son goût pour les livres et les feux de cheminée ; le fait qu'il ait passé quarante ans sur le macadam avait incontestablement contribué à son désir de vivre à la campagne. Les villes, toutes les villes, il en avait eu sa dose.

Une seule de ses conquêtes aimait lire autant que lui, mais elle ne lisait pas ce qu'il fallait ; parmi les femmes avec qui il avait couché, c'était aussi celle qui se rapprochait le plus d'une prostituée. Elle était avocate et faisait du bénévolat pour une association de prostituées ; féministe militante, elle avait déclaré à Harry qu'elle s'identifiait à ces femmes.

L'organisation pour les droits des prostituées s'appelait De Rode Draad (Le Fil rouge) ; au moment où Harry rencontra l'avocate, le Fil rouge avait conclu une alliance problématique avec la police. En somme, l'un et l'autre se préoccupaient de la sécurité des filles. Harry avait toujours pensé que leur association aurait dû se révéler plus fructueuse.

D'emblée, pourtant, les membres du comité directeur l'avaient pris à rebrousse-poil. Outre les prostituées et ex-prostituées les plus militantes, il y avait là des femmes (comme son amie l'avocate) qui lui faisaient l'effet d'être coupées des contingences pratiques et seulement préoccupées de faire de l'association un mouvement d'émancipation des prostituées. Lui pensait au contraire depuis le début que le Fil rouge devrait moins se préoccuper d'édicter des manifestes, et davantage de protéger les prostituées des dangers de leur profession. Cela dit, il préférait encore les prostituées et les féministes aux autres membres du comité, du genre syndicalistes, ou subventionnés professionnels.

L'avocate se nommait Natasja Frederiks. Deux tiers des femmes qui travaillaient pour le Fil rouge étaient des prostituées ou d'anciennes prostituées. Dans les réunions, celles qui ne l'étaient pas, comme Natasja, n'avaient pas droit à la parole. Le Fil rouge ne payait que deux salaires et demi à ses quatre permanents. Tous les autres étaient bénévoles. Harry lui-même était bénévole.

A la fin des années 80, il y avait plus de concertation entre le Fil rouge et la police qu'à présent. D'une part, l'organisation n'avait pas réussi à intéresser les prostituées étrangères, et à plus forte raison les clandestines, et, d'autre part, il ne restait presque plus de Hollandaises en vitrine ou sur le trottoir.

Natasja Frederiks ne faisait plus de bénévolat pour le Fil rouge ; elle avait perdu ses illusions, elle aussi. (Elle se définissait désormais comme une ex-idéaliste.) Elle et Harry s'étaient rencontrés à l'une des réunions du mardi pour les prostituées débutantes, réunions que Harry considérait comme une bonne idée.

Assis au fond de la pièce, il ne prenait la parole que si on lui posait une question directe ; on le présentait aux prostituées débutantes comme « un des membres les plus compréhensifs de la police », et on encourageait les nouvelles venues à aller lui parler lorsqu'on en avait fini avec l'ordre du jour. Quant au quotidien du métier, une prostituée plus âgée se chargeait de mettre les filles en garde contre ses dangers éventuels. Parmi ces vétérantes se trouvait Dolores de Ruiter, dite Dolores la Rousse dans tout le quartier réservé et par Harry lui-même. Dolores racolait dans les *Wallen*, puis dans la Bergstraat, bien avant que Natasja Frederiks ne devienne avocate.

Ce que Rooie apprenait toujours aux nouvelles, c'était à s'assurer que le client bande. Elle ne plaisantait pas. « Dès que le type est entré dans votre chambre avec vous – à la seconde même où il a passé la porte –, il faut qu'il soit en érection. » Sinon, les avertissait-elle, c'est qu'il n'était peut-être pas venu coucher. « Et on ne ferme jamais les yeux, les admonestait-elle inlassablement. Il y a des types qui aiment que vous fermiez les yeux. Ça, ja-mais ! »

Il n'y avait rien eu de déplaisant, ni même de décevant dans sa relation sexuelle avec Natasja Frederiks, mais ce qu'il se rappelait le plus vivement, c'étaient leurs différends sur les livres. Harry n'aimait pas discuter, contrairement à Natasja, mais il était content d'avoir une petite amie qui lût autant que lui, même si ce n'était pas les livres qu'il fallait. Elle lisait en effet des essais visant à changer le monde – des tracts, au fond. C'étaient surtout des livres à tendance gauchisante et utopiste – quant à lui, il doutait fort qu'on puisse changer le monde, et la nature humaine. Il faisait métier de comprendre et d'accepter le monde tel qu'il était ; et il se plaisait à penser qu'il contribuait un peu à en accroître la sécurité.

Il lisait des romans, parce qu'il y trouvait les meilleures descriptions de la nature humaine. Les romanciers qui avaient sa faveur ne laissaient jamais entendre qu'on puisse changer le pire des comportements humains. Ils pouvaient réprouver tel ou tel de leurs personnages d'un point de vue moral, mais changer le monde n'était pas leur affaire ; c'étaient des conteurs, qui narraient des histoires intéressantes, avec des personnages crédibles. Les romans qu'il aimait avaient des intrigues complexes, qui mettaient en scène des gens authentiques.

Il n'aimait pas les romans policiers, et les prétendus thrillers, dont il devinait trop tôt l'intrigue, ou dont les personnages étaient invraisemblables. Il ne lui serait pas venu à l'idée d'entrer dans une librairie pour y demander des classiques, ou des nouveautés romanesques, mais c'était immanquablement ce qu'il finissait par lire – même s'il s'agissait toujours d'œuvres à la structure narrative assez conventionnelle.

Qu'un roman fît rire n'était pas pour lui déplaire, mais si l'auteur n'était que comique, ou satirique, il se sentait floué. Il aimait le réalisme social, mais pas au détriment de l'imagination – il fallait que l'histoire fût assez romanesque pour le tenir en haleine. Un roman sur une divorcée qui passe le week-end dans un hôtel balnéaire, où elle voit un homme avec lequel elle imagine une liaison – sans rien en faire, et en repartant chez elle comme elle est venue –, n'avait pas les qualités propres à satisfaire Hoekstra.

Selon Natasja, il aimait la « littérature d'évasion », mais lui croyait dur comme fer que c'était elle qui s'évadait dans ses essais à la noix qui prenaient leurs désirs de changer le monde pour des réalités.

Parmi les romanciers contemporains, Ruth Cole avait la préférence du sergent Hoekstra. Il avait eu avec Natasja des discussions plus âpres à son sujet qu'au sujet de n'importe quel auteur. L'avocate, qui faisait du bénévolat pour le Fil rouge car, disait-elle, elle s'identifiait aux prostituées, affirmait que les histoires de Ruth Cole étaient par trop bizarres ; et elle, championne des droits des prostituées qui n'avait pas droit à la parole dans les réunions de l'association, prétendait que ses intrigues étaient « invraisemblables ». Qui plus est, elle n'aimait pas les intrigues en général. Dans la réalité, le monde – ce monde qu'elle essayait de changer avec une telle ferveur – n'avait pas d'intrigue lisible.

Elle qui, comme Harry, abandonnerait un jour son bénévolat pour le Fil rouge parce que l'association représenterait moins d'un vingtième des prostituées en activité à Amsterdam, accusait Ruth Cole de manquer de réalisme. (Au moment où Harry et Natasja quitteraient le Fil rouge, les réunions du jeudi pour les débutantes opérant dans les *Wallen* attireraient moins de cinq pour cent d'entre elles.)

– Ruth Cole est plus réaliste que toi, lui avait dit Harry.

Ils avaient rompu parce qu'elle lui reprochait de manquer d'ambition. Il ne voulait même pas passer inspecteur ; être simple flic de quartier lui suffisait. Et il est vrai qu'il avait besoin d'arpenter ses rues. C'était son bureau à lui, et, quand il ne s'y trouvait pas, il n'avait pas l'impression de faire son métier.

Au même étage que le bureau officiel de Harry, il y avait celui des inspecteurs, plein d'ordinateurs sur lesquels ils passaient trop de temps. Son meilleur ami, l'inspecteur Nico Jansen, aimait bien le mettre en boîte en lui rappelant que le dernier meurtre de prostituée à Amsterdam, celui de Dolores de Ruiter dans sa vitrine, avait été résolu par son ordinateur, dans le bureau des inspecteurs. Mais Harry n'était pas dupe.

Il savait bien que c'était le mystérieux témoin qui avait donné la clef du meurtre ; le témoignage oculaire lui avait été adressé personnellement, après tout ; et l'analyse qu'il en avait faite avait indiqué à

Nico Jansen la piste à remonter sur son ordinateur dont on faisait trop de cas.

Mais leur querelle était tout amicale. L'énigme était résolue, c'était l'essentiel, disait Nico. Harry, au contraire, s'intéressait toujours au témoin, et il enrageait à l'idée que ce témoin ait filé. C'était d'autant plus exaspérant qu'il était sûr de l'avoir vue – de ses yeux vue – et que cela ne l'avait pas empêchée de filer.

Le tiroir du milieu le réconforta : il n'y vit rien qu'il faille jeter. Il y avait bien une douzaine de vieux stylos et quelques clefs qu'il ne reconnaissait pas, mais son successeur éprouverait peut-être une certaine curiosité à spéculer sur leur usage. Il y avait aussi un ouvre-bouteille-tire-bouchon, car même dans un commissariat on n'en avait jamais trop, et puis une petite cuillère, pas des plus propres, mais enfin ça se lave, car on peut toujours tomber malade n'importe quand et avoir besoin d'une cuillère pour prendre un médicament.

Il s'apprêtait à refermer le tiroir sans en bouleverser le contenu, lorsqu'un objet d'une utilité plus flagrante attira son attention. C'était la poignée cassée du tiroir du bas, et personne d'autre que lui ne savait combien ce petit outil était utile. Il s'insérait parfaitement dans les sillons de ses semelles, et il s'en servait pour en gratter la crotte de chien lorsqu'il marchait dedans. Toutefois, il n'allait pas de soi que son successeur perçoive la précieuse utilité de cette poignée cassée.

Harry prit donc l'un des stylos, et il rédigea une note, qu'il glissa dans le tiroir du milieu avant de le refermer.

Inutile de réparer le tiroir du bas mais garder la poignée, excellente pour gratter la crotte de chien.
Harry Hoekstra.

Ainsi encouragé, il attaqua les trois tiroirs de côté, dans l'ordre, en commençant par celui du haut. Dans le premier, il trouva un discours qu'il avait écrit pour le Fil rouge, jamais prononcé. C'était à propos des prostituées mineures. Il s'était, non sans réticence, rangé à la position de l'association, qui voulait abaisser l'âge légal de la prostitution de dix-huit à seize ans.

« Personne n'aime à penser que des mineures se prostituent, annonçait-il en préambule, mais j'aime encore moins l'idée qu'elles le

465

fassent dans un environnement dangereux. Des prostituées mineures, il y en aura toujours. Beaucoup de tenanciers de bordel se fichent pas mal que leurs filles n'aient que seize ans. Ce qui compte, c'est que ces filles-là aient accès aux mêmes avantages sociaux, et au même suivi médical que leurs aînées, sans avoir peur d'être dénoncées à la police. »

Ce n'était pas la lâcheté qui avait retenu Harry de prononcer ce discours ; ça n'aurait pas été la première fois qu'il contredisait la position officielle de la police. Mais qu'il fallût autoriser la prostitution des mineures pour la simple raison qu'on n'arriverait pas à l'empêcher, l'idée le chagrinait. Il avait beau accepter le monde tel qu'il était, en s'efforçant de trouver des solutions constructives pour le rendre un peu plus sûr, ce socio-réaliste aurait reconnu que certains sujets le déprimaient.

Il ne l'avait pas prononcé, ce discours, parce qu'à terme il n'aurait eu aucune utilité pratique pour les prostituées mineures – tout comme ces réunions du jeudi après-midi pour les débutantes n'étaient d'aucune utilité à la majorité d'entre elles, car il était fort probable qu'elles en ignoraient l'existence.

En revanche, ce discours serait peut-être d'une utilité pratique au flic qui lui succéderait, se dit Harry, qui le laissa à sa place.

Le tiroir du milieu était vide, découvrit-il avec inquiétude. Il ne put en détacher les yeux, avec le désarroi de quelqu'un qui se serait fait détrousser dans un commissariat, puis il se souvint qu'il l'avait toujours connu vide. Ce qui prouvait qu'il n'en avait guère eu l'usage ! A vrai dire, sa corvée de rangement du bureau était concentrée sur le dernier tiroir, sur cette affaire inachevée depuis cinq ans, à présent, qu'il avait remisée fidèlement. A ses yeux, c'était la seule affaire qui s'opposât à son départ à la retraite.

Puisque la poignée du tiroir du bas s'était détachée et qu'elle était devenue son outil de choix pour retirer la crotte de chien, il lui fallut forcer le tiroir avec son canif. Le dossier sur le témoin du meurtre de Dolores de Ruiter était tristement ténu, ce qui ne révélait pas combien de fois, et avec quel soin, il l'avait lu et relu.

Il était amateur d'intrigues compliquées, mais il avait une préférence opiniâtre pour la présentation chronologique. Quel récit à rebours qu'une histoire où l'on découvrait l'assassin avant le témoin ! Dans une histoire orthodoxe, on trouvait d'abord le témoin.

Ce n'était pas seulement un policier, que Ruth Cole avait à ses trousses, c'était un lecteur traditionnel.

La fille de la prostituée

Rooie avait débuté comme prostituée en vitrine dans les *Wallen* l'année même où Harry avait pris son premier poste d'îlotier. Elle avait cinq ans de moins que lui, quoiqu'il la soupçonnât tout d'abord de mentir sur son âge – car, dans sa première vitrine d'Oudekennissteeg, cette venelle où Vratna se pendrait un jour, elle ne paraissait pas ses dix-huit ans. Mais c'était bien son âge, elle disait vrai. Harry Hoekstra, lui, avait vingt-trois ans.

Selon lui, Dolores la Rousse avait coutume de dire, plutôt que la vérité, des demi-mensonges.

Les jours de pointe, il lui était arrivé de travailler dix ou douze heures d'affilée dans sa vitrine, et d'y recevoir jusqu'à quinze clients. Elle avait gagné assez d'argent pour s'acheter un rez-de-chaussée dans la Bergstraat, qu'elle louait à temps partiel à une autre prostituée. Elle avait alors réduit son temps de travail à cinq heures par jour, trois jours par semaine, et elle pouvait encore s'offrir deux voyages par an. Elle avait l'habitude de passer Noël dans une station de ski dans les Alpes, et, en avril ou en mai, elle partait au soleil. Une année, elle avait passé Pâques à Rome. Elle avait aussi visité Florence, l'Espagne, le Portugal, le sud de la France.

Elle avait l'habitude de demander conseil à Harry Hoekstra sur sa destination, car, enfin, il avait lu d'innombrables guides de voyages. Sans avoir jamais visité les endroits où elle voulait aller, il en avait répertorié tous les hôtels. Il savait que les endroits cossus sans être chic avaient sa préférence. Il savait aussi que, si elle tenait à ses villégiatures de printemps, elle prenait encore plus de plaisir à partir skier pour Noël. Malgré quelques leçons de ski tous les hivers, elle n'avait jamais dépassé le niveau débutant. Lorsque les leçons étaient finies, elle skiait une demi-journée toute seule, jusqu'à ce qu'elle rencontre quelqu'un – et elle rencontrait toujours quelqu'un.

C'était piquant pour elle de rencontrer des hommes qui ignoraient ses activités, avait-elle confié à Harry. Parfois, c'étaient des jeunes gens nantis, skieurs chevronnés et bambocheurs effrénés ; mais le plus souvent, il s'agissait d'hommes discrets, voire tristes, skieurs moyens. Elle avait une tendresse particulière pour les pères divorcés qui ne passaient qu'un Noël sur deux avec leurs enfants. (En règle générale, les pères avec fils étaient plus faciles à séduire que les pères avec filles.)

Rooie avait un coup au cœur lorsqu'elle voyait un homme et son enfant au restaurant. Bien souvent, ils ne parlaient pas, ou alors la conversation était contrainte, roulant sur leur journée de ski ou le contenu de leur assiette. Elle détectait sur le visage de ces pères comme une solitude, à la fois différente et proche de celle de ses consœurs de la Bergstraat.

Une intrigue sentimentale avec un père accompagné de son enfant avait toujours quelque chose de délicat et de furtif. Pour Rooie, qui connaissait peu d'histoires de cœur au quotidien, cette complication et ce secret accroissaient la tension sexuelle. Et puis il n'y avait rien de tel que les précautions à prendre pour ménager les sentiments d'un enfant.

« Tu n'as pas peur que ces types aient envie de venir te voir à Amsterdam ? » lui avait demandé Harry. (Elle était allée à Zermatt, cette année-là.) Un seul soupirant avait insisté. Elle parvenait généralement à les décourager.

« Tu leur dis que tu fais quoi, dans la vie ? » lui avait demandé Harry une autre fois. (Elle rentrait de Pontresina, où elle avait rencontré un homme en vacances avec son fils au Badrutt Palace de Saint-Moritz.)

Dolores la Rousse faisait toujours un demi-mensonge commode à ces pères de famille. « Je gagne à peu près ma vie dans la prostitution », annonçait-elle en lisant le choc qui s'inscrivait sur le visage de son interlocuteur. « Ah non, pas comme prostituée, poursuivait-elle, moi, je suis simplement une propriétaire qui loue son appartement à des prostituées. »

S'ils la questionnaient plus avant, elle brodait. Son père, urologue, était mort en lui laissant un cabinet qu'elle avait transformé en vitrine pour prostituées. Louer à des filles, quoique moins rentable, était plus pittoresque que de louer à des médecins.

Elle adorait raconter à Harry Hoekstra les histoires qu'elle inventait.

Si ce dernier était donc, tout au plus, voyageur par personne interposée, il goûtait de même les histoires sentimentales de Rooie. Et il savait pourquoi un urologue était présent dans sa fabulation.

Elle en avait connu un vrai, un admirateur constant, et son client le plus régulier – jusqu'au dimanche où, à quatre-vingts ans bien sonnés, il était tombé mort dans sa vitrine de la Bergstraat. Cet amoureux avait été si fidèle qu'il oubliait souvent de jouir de ce qu'il payait. Rooie aimait tendrement le vieux docteur Bosman, qui jurait adorer femme et enfants, ainsi que sa ribambelle de petits-enfants dont il montrait les photos à Rooie avec une fierté inlassable.

Le jour de sa mort, il était assis dans le fauteuil à pipes tout habillé, et se plaignait d'avoir déjeuné trop lourdement, même pour un dimanche. Il demanda à Rooie de lui préparer du bicarbonate de soude, dont il avait un besoin plus urgent que de ce qu'il appelait ses « inestimables marques d'affection ».

Rooie remercia le ciel d'avoir le dos tourné à l'instant où il trépassait dans le fauteuil. Une fois le bicarbonate prêt, elle se retourna vers lui, mais il était mort.

C'est alors que le penchant de Rooie pour les demi-mensonges la trahit. Elle appela Harry Hoekstra pour l'informer que le vieux médecin était mort dans sa vitrine, mais qu'elle lui avait du moins épargné de mourir dans la rue. Elle l'avait en effet trouvé titubant dans la Bergstraat, l'air mal en point ; elle l'avait accueilli chez elle et assis sur un siège confortable, sur quoi il lui avait demandé du bicarbonate de soude.

« "Dites à ma femme que je l'aime" ont été ses derniers mots », confia Rooie à Harry. Elle omit toutefois de lui dire que le vieil urologue était son plus ancien habitué ; elle voulait sincèrement épargner à sa famille la découverte que leur patriarche bien-aimé était mort auprès d'une pute fréquentée de longue date. Mais Harry reconstitua la vérité – peut-être mis sur la voie par l'expression paisible du docteur Bosman sur le fauteuil à pipes, ou par le désarroi de Rooie. A sa manière, elle adorait le vieillard.

– Depuis combien de temps il venait te voir ? lui demanda-t-il aussitôt.

Elle éclata en sanglots.

– Il était toujours si gentil avec moi ! Personne n'a jamais été aussi gentil avec moi. Pas même toi, Harry.

Harry aida Rooie à mettre son récit au point. Ils partirent du mensonge qu'elle lui avait servi, mais en fignolant les détails. A quel niveau précis de la Bergstraat avait-elle trouvé le vieux médecin titubant ? Comment l'avait-elle décidé à entrer chez elle, au juste ? Est-ce qu'il n'avait pas fallu qu'elle l'aide à s'asseoir sur le fauteuil ? Et en mourant, lorsqu'il lui avait demandé de dire à sa femme qu'il l'aimait, est-ce que sa voix était tendue ? Est-ce qu'il avait du mal à respirer ? Avait-il l'air de souffrir ? Car, sûrement, sa femme voudrait savoir tout cela.

La veuve Bosman fut si reconnaissante envers la prostituée au grand cœur qu'elle l'invita aux funérailles. Tous les membres de la famille lui exprimèrent leur profonde gratitude. D'ailleurs, avec les années, elle finit par faire partie de cette famille. Ils prirent l'habitude de l'inviter au réveillon de Noël et au repas de Pâques, ainsi qu'à d'autres fêtes, mariages, anniversaires de mariage.

Harry Hoekstra s'était souvent dit que le demi-mensonge de Rooie sur le docteur Bosman était le plus pieux des mensonges où il ait eu sa part. « Ça s'est bien passé, tes vacances ? » lui demandait-il chaque fois qu'elle rentrait de voyage. Mais, le reste du temps, il lui demandait : « Comment vont les Bosman ? »

Et lorsqu'on l'avait retrouvée assassinée, il avait prévenu aussitôt les Bosman ; il n'y avait personne d'autre à prévenir. Il se disait d'autre part qu'ils s'occuperaient sûrement des obsèques, et, de fait, Mevrouw Bosman prit les dispositions qu'il fallait et les paya. La famille y fut largement représentée, avec une poignée de policiers, dont Harry, et quelques membres du Fil rouge. L'ancienne petite amie de Harry était là, elle aussi, mais le groupe le plus fourni, de loin, fut l'autre famille de Rooie – des hordes de prostituées. Rooie était populaire auprès de ses consœurs.

Dolores de Ruiter avait vécu une vie de demi-mensonges. Et le moins glorieux d'entre eux, le plus douloureux mensonge dont Harry se fît jamais complice, s'était révélé lors de l'enterrement. L'une après l'autre, les prostituées l'avaient pris à part pour lui poser la même question : « Où est sa fille ? » Ou bien alors, elles avaient parcouru des yeux la flopée des petits-enfants Bosman, en demandant : « C'est laquelle ? Elle est pas là, sa fille ? »

« La fille de Rooie est morte, avait-il avoué. Elle est morte depuis des années, en fait. » La vérité, qu'il était le seul à connaître, c'est que l'enfant était morte à la naissance. Mais cela, c'était le secret le mieux gardé de Rooie.

Rooie lui avait parlé de l'Anglais pour la première fois à son retour de Klosters, où elle était allée aux sports d'hiver. Sur ses conseils, elle était descendue à l'hôtel Chesa Grischuna, et c'était là qu'elle avait rencontré un Anglais nommé Richard Smalley. Il était divorcé et passait Noël avec son fils de six ans, pauvre gamin neurasthénique dont il mettait l'épuisement et les nerfs à fleur de peau sur le compte d'une mère trop protectrice. Rooie les avait trouvés touchants tous les deux. L'enfant s'accrochait à son père, et il avait un sommeil si perturbé qu'il était impossible à Richard Smalley et Rooie de coucher ensemble. Ils avaient pu s'accorder « quelques baisers volés », disait Rooie, et échangé quelques caresses tout juste bonnes à faire monter la pression. Elle n'avait rien ménagé pour empêcher Smalley de venir la voir à Amsterdam l'année suivante. Mais, au Noël d'après, c'était le tour de sa femme d'avoir l'enfant neurasthénique, et Richard Smalley était revenu à Klosters tout seul. Tant par lettre que par téléphone, il avait eu toute l'année pour persuader Rooie de venir le rejoindre à l'hôtel Chesa Grischuna. C'était un précédent dangereux, avait objecté Harry : elle n'avait jamais passé deux Noëls de suite dans la même station.

Smalley et elle étaient tombés amoureux l'un de l'autre, avait-elle annoncé à Harry dès son retour. Il voulait l'épouser, et lui faire un enfant.

« Mais il ne sait pas que tu te prostitues ? » avait demandé Harry. En fait, elle lui avait raconté qu'elle était une ancienne prostituée – une demi-vérité, qui devrait suffire, espérait-elle.

Cet hiver-là, elle loua sa vitrine de la Bergstraat à deux filles de plus ; avec trois locataires, elle se faisait presque autant d'argent qu'en se prostituant. Du moins, cela lui permettrait de tenir jusqu'à ce qu'elle épouse Smalley, et suffirait largement comme « salaire d'appoint » une fois mariée.

Mais une fois mariée, et installée à Londres avec Smalley, la propriétaire fut bien loin des trois prostituées d'Amsterdam ; elle qui avait pris la précaution de ne pas louer à des toxicomanes, ne pouvait pas savoir ce que les filles faisaient de son local de la Bergstraat. Harry essaya de les tenir à l'œil, mais elles prirent des libertés ; bientôt l'une des filles sous-loua à une quatrième, et il y en eut bien vite une cinquième – une toxicomane. Puis l'une des locataires d'origine s'en alla ; elle laissa passer deux mois sans payer avant que Rooie ne s'aperçoive de son départ.

Rooie était enceinte lorsqu'elle revint à Amsterdam pour voir dans quel état se trouvait son local de la Bergstraat. Son instinct lui soufflait de ne pas s'en séparer, même s'il payait tout juste les frais – après quelques réparations nécessaires et des notes de femme de ménage salées, il est probable qu'il lui coûtait même de l'argent. L'Anglais voulait qu'elle vende, mais elle trouva deux anciennes prostituées, deux Hollandaises, désireuses de reprendre du service ; en leur louant le local en exclusivité, elle se dit que cela paierait au moins les charges. « Au diable les bénéfices, expliqua-t-elle à Harry, tout ce que je veux, c'est garder le local pour le cas où ça capoterait en Angleterre. »

Elle devinait sans doute, à sept mois de grossesse, que les choses n'allaient pas bien tourner avec Richard Smalley. Elle avait ressenti les premières douleurs à Londres, et l'accouchement s'annonçait difficile. Malgré la césarienne en urgence, le bébé était mort-né. Elle ne vit jamais sa fille. C'est alors que commencèrent les griefs prévisibles de Smalley. Elle avait quelque chose qui clochait, et qui avait provoqué la mort de l'enfant ; et ce quelque chose était lié à son passé de prostituée. Elle avait dû trop baiser.

Un jour, sans crier gare, Rooie reparut dans sa vitrine de la Bergstraat ; c'est alors que Harry apprit l'échec de son mariage, et la venue de son enfant mort-né. (Son anglais s'était beaucoup amélioré.)

Pour le Noël suivant, elle retourna à Klosters et descendit de nouveau à l'hôtel Chesa Grischuna. Mais ce serait sa dernière villégiature dans une station de ski. Ni Richard Smalley ni son fils neurasthénique ne s'y trouvaient, mais il avait dû se répandre des bruits sur elle. Dans certaines situations, qu'elle ne voyait pas venir, elle avait l'impression d'être traitée en ex-prostituée plutôt qu'en ex-épouse.

Elle jura à Harry avoir entendu quelqu'un chuchoter sur un remonte-pente : « La pute à Smalley. » Et à l'hôtel Chesa Grischuna, où elle prenait tous ses dîners toute seule, un petit homme chauve en veste de velours avec un *ascot* d'un orange flamboyant lui fit des propositions. Le serveur lui apporta une coupe de champagne offerte par le monsieur, ainsi qu'un billet qui disait en anglais : « Combien ? » Elle renvoya la coupe.

Peu après cette dernière visite à Klosters, elle cessa de travailler dans sa vitrine le week-end ; plus tard elle cessa de travailler la nuit, et bientôt on la vit partir en milieu d'après-midi, pour aller chercher sa fille à l'école. C'est ce qu'elle racontait à tout le monde.

Les autres prostituées de la rue demandaient parfois à voir une photo. Il leur était bien facile de comprendre pourquoi elles ne voyaient jamais sa fille dans le coin ; la plupart d'entre elles dissimulaient leur métier à leurs jeunes enfants.

La prostituée avec laquelle elle partageait sa vitrine se montra la plus curieuse, Rooie se trouva une photo qu'elle avait plaisir à montrer. : celle d'une fillette de cinq ou six ans assise sur ses genoux, lors d'un dîner familial. Il s'agissait de l'une des petites-filles du docteur Bosman ; mais Harry était le seul à savoir qu'elle avait été prise lors d'un repas de Pâques chez eux.

Voilà donc pour la fille de la prostituée, dont l'absence ne fut jamais autant remarquée qu'à l'enterrement de Rooie. Lors de cette assemblée confuse, certaines des prostituées demandèrent à Harry de leur rappeler son nom, qui n'était pas un nom répandu. S'en souvenait-il ?

Bien sûr qu'il s'en souvenait. Elle s'appelait Chesa.

Après l'enterrement, lors de la veillée funèbre – car la vieille Mevrouw Bosman, qui payait les obsèques, croyait aux veillées –, le nom de la fillette morte revint assez souvent sur les lèvres des prostituées pour que la veuve abordât Harry. (Il tentait maladroitement de se débarrasser d'un œuf dur orné de caviar, dont il ne voulait pas.) « Mais qui est donc Chesa ? » lui demanda-t-elle.

Harry lui raconta toute l'histoire, qui l'émut aux larmes, et il apparut qu'elle n'avait jamais été dupe. « Naturellement je savais bien que mon mari allait voir cette prostituée, lui confia-t-elle, mais je trouvais qu'elle me rendait service ; et puis c'est vrai qu'elle l'a empêché de mourir dans la rue ! »

Quelques années seulement avant d'être assassinée, Rooie avait limité ses vacances à celles passées au soleil, en avril-mai. Elle avait fêté ses derniers Noëls chez les Bosman ; il y avait tant de petits-enfants que cela lui faisait beaucoup de cadeaux à acheter. « Mais ça revient moins cher que d'aller au ski », avait-elle dit à Harry. Et un sombre hiver, celui d'avant sa mort, elle lui avait proposé de partir avec elle au printemps, chacun payant sa part.

– C'est toi qui as les bouquins, lui dit-elle pour le taquiner. Tu choisis l'endroit et je pars avec toi.

Quel qu'ait pu être le charme des pères divorcés en vacances avec leurs enfants peu exubérants, ce charme avait fini par s'émousser.

Cela faisait longtemps que Harry s'imaginait partir avec Rooie. Pourtant son invitation le prit de court et l'embarrassa. La première ville qu'il envisagea fut Paris. Imaginez, être à Paris avec une prostituée !

Il commença à griffonner dans les marges de ses livres, à souligner les commentaires sur les hôtels qui conviendraient. L'un des premiers qu'il envisagea fut celui du quai Voltaire, où Ted avait pris la photo de Marion avec les pieds de Thomas et Timothy. Mais les hôtels de l'Abbaye et du Duc-de-Saint-Simon étaient aussi chaudement recommandés. Il décida qu'ils descendraient à Saint-Germain-des-Prés, mais que le choix de l'hôtel lui-même reviendrait à Rooie.

Il apporta ses guides de Paris, soulignés et annotés en marge, chez Rooie, dans la Bergstraat. Il lui fallut patienter dans la rue, le temps qu'elle termine un client.

– Oh, Harry ! s'écria-t-elle. Tu veux emmener une vieille pute à Paris ? Avril à Paris ?

Ni l'un ni l'autre n'y allèrent jamais. Ça n'aurait pas pu marcher. Harry s'imaginait volontiers qu'elle aimerait Notre-Dame, les Tuileries et les antiquaires qu'il ne connaissait que par les guides ; il la voyait se promener gaiement à son bras dans les jardins du Luxembourg. Mais il ne la voyait guère au Louvre. Parce que, enfin, elle qui vivait à Amsterdam n'avait jamais mis les pieds au Rijksmuseum ! Comment pourrait-il l'emmener à Paris ?

– En fait, j'ai peur d'avoir du mal à me libérer, louvoya-t-il. Il y a du boulot, dans les *Wallen*, en avril.

– On n'a qu'à y aller en mars ! Ou en mai ! Quelle importance !

– Je ne crois pas que je puisse vraiment, Rooie, avoua-t-il.

Les prostituées ont l'habitude de se faire rejeter ; elles gèrent la chose au mieux.

Lorsqu'il apprit la nouvelle de son assassinat au téléphone, il se rendit dans son local ; il aperçut les guides qu'elle ne lui avait pas rendus. Ils étaient empilés sur l'étroit guéridon des WC.

Il remarqua aussi que le meurtrier avait mordu Rooie ; la façon dont il avait poussé son corps hors du lit, sans ménagement, donnait à penser que ce n'était pas un crime rituel. Selon toute vraisemblance, elle avait été étranglée, mais sa gorge ne portait pas d'ecchymoses avec empreintes de doigts ; il fallait donc qu'on l'ait étouffée avec l'avant-bras, en conclut le *hoofdagent*.

C'est alors qu'il vit la penderie avec les chaussures pointées vers l'extérieur ; une paire avait quitté l'alignement, et on distinguait un intervalle en milieu de rangée, assez large pour placer une autre paire.

Merde ! Il y a eu un témoin ! comprit-il aussitôt. Il savait que Rooie faisait partie des rares prostituées qui se dévouaient pour les débutantes. Il savait aussi de quelle façon : elle les laissait la regarder avec un client, histoire de voir comment ça se passait. Elle avait ainsi caché des tas de filles dans sa penderie. Il avait entendu parler de sa méthode au cours d'une de ces réunions du Fil rouge pour les débutantes. Mais cela faisait un moment que Rooie n'y assistait plus, et d'ailleurs il n'était même pas sûr que lesdites réunions aient encore lieu.

Sur le seuil de la chambre, la fille éplorée qui avait découvert le corps était encore assise à sangloter. Elle s'appelait Anneke Smeets. C'était une héroïnomane repentie – ou du moins elle avait persuadé Rooie de son repentir. Elle n'était pas en tenue de travail, ce débardeur de cuir que Harry avait vu dans la penderie.

Sur le seuil, elle était laide et échevelée. Elle portait un pull-over noir informe qui faisait des poches aux coudes, et un jean déchiré au genou. Elle n'était pas fardée, ne portait pas de rouge à lèvres ; ses cheveux étaient sales et raides. Le seul indice d'extravagance, dans cette allure sans relief, c'était un tatouage qui représentait un éclair, tout petit d'ailleurs, à l'intérieur de son poignet droit.

– Il semblerait que quelqu'un regardait depuis la penderie, commença Harry.

– On dirait bien, acquiesça la fille entre ses sanglots.

– Est-ce qu'elle aidait une débutante ?

– Personne de ma connaissance !

Ainsi, avant même que le témoignage oculaire de Ruth Cole ne lui parvienne au commissariat, il pressentit qu'il y avait eu un témoin.

– Oh mon Dieu ! s'écria tout à coup Anneke, personne n'est allé chercher sa fille à l'école ! Qui va le lui annoncer ?

– Ça y est, on est allé la chercher, on l'a prévenue, mentit Harry.

Mais quelques jours plus tard, lorsque Nico Jansen, son meilleur ami parmi les inspecteurs, voulut lui dire un mot en tête à tête, il avoua la vérité ; il savait bien ce que ce « mot » serait.

Les guides de Paris se trouvaient sur le bureau de Jansen. Or Harry

Hoekstra écrivait son nom sur tous ses livres. Nico Jansen ouvrit l'un des guides à la page de l'Hôtel du Duc-de-Saint-Simon. Harry avait écrit en marge : *Le cœur du faubourg Saint-Germain ; très bien situé.*

– C'est pas ton écriture, ça, Harry ?

– Mon nom est écrit sur la première page, Nico. Tu peux pas l'avoir raté.

– Tu projetais un voyage avec elle ? demanda l'inspecteur Jansen.

Harry, qui était flic depuis plus de trois décennies, comprit enfin quel effet ça fait d'être suspect.

Il expliqua que Rooie voyageait beaucoup, mais que lui ne faisait que lui prêter des guides, lui indiquer des endroits où descendre, les choses à voir.

– Mais tu n'avais pas de liaison avec elle, Harry, quand même ? demanda Nico. Tu n'es jamais parti avec elle ?

– Non, jamais.

En général, on a plutôt intérêt à dire la vérité aux flics. Non, il n'avait pas eu de liaison avec elle ; il n'était jamais parti en voyage avec elle. Cela, c'était vrai. Mais les flics n'avaient pas besoin de tout savoir. Nico Jansen n'avait pas à savoir que ça l'avait tenté. Oh, que oui, ça l'avait tenté !

Hoekstra retrouve son témoin

A présent, le brigadier Hoekstra ne portait son uniforme que lorsque le quartier réservé était envahi par les touristes ou les provinciaux. (Il l'avait également mis pour l'enterrement de Rooie.) Et pour ce qui était des visites guidées, il était le mieux placé du commissariat, non seulement parce qu'il parlait mieux anglais et allemand que n'importe lequel de ses collègues du poste de la Warmoesstraat, mais aussi parce qu'on le reconnaissait comme l'expert en la matière, et qu'il adorait faire visiter le quartier chaud.

Il lui était arrivé de montrer les *Wallen* à un groupe de religieuses, et il le faisait assez souvent visiter aux enfants des écoles. Les prostituées en vitrine détournaient calmement le regard lorsqu'elles voyaient les gosses arriver ; mais un jour l'une d'entre elles tira précipitamment son rideau : elle venait de reconnaître son propre enfant dans le groupe, expliqua-t-elle par la suite à Harry.

Il était également l'interlocuteur privilégié des médias. Les faux aveux étant monnaie courante, il avait appris à ne jamais donner tous les détails d'un crime à la presse ; au contraire, il lui arrivait même souvent d'en divulguer de faux – ce qui permettait de repérer les cinglés très vite. Ainsi, pour le meurtre de Dolores la Rousse, il avait réussi à susciter deux fausses confessions en racontant aux journalistes que Rooie avait été étranglée à l'issue d'une lutte acharnée.

Ces deux confessions émanaient d'hommes qui déclaraient avoir étouffé Rooie de leurs mains. L'un d'entre eux avait persuadé sa femme de lui griffer le visage et le dos des mains ; l'autre avait convaincu sa petite amie de le bourrer de coups de pied dans les jarrets. Dans un cas comme dans l'autre, ils donnaient l'impression de s'être livrés à une lutte acharnée.

De leur côté, les inspecteurs s'étaient précipités sur leurs ordinateurs pour transmettre les vrais détails du meurtre à l'Interpol de Wiesbaden, en Allemagne. Sur quoi, ils avaient découvert qu'une prostituée avait été exécutée d'une manière analogue à Zurich, quelque cinq ans auparavant.

Tout ce que Rooie avait pu faire, c'était d'envoyer promener un de ses souliers. La prostituée du secteur de la Langstrasse, à Zurich, s'était un peu plus débattue ; elle s'était cassé un ongle au cours d'une brève lutte. On y avait découvert des fils de tissu, qui provenaient sans doute du pantalon de son agresseur ; un tissu de belle qualité – ce qui n'avançait guère l'enquête.

Mais le point commun le plus convaincant entre le meurtre de Zurich et celui de Rooie à Amsterdam, c'était qu'à Zurich aussi il y avait un lampadaire dont on avait retiré l'ampoule et l'abat-jour sans les abîmer. La police de Zurich ne savait pas si la victime avait été photographiée. Il n'y avait pas eu de témoin à ce meurtre ; personne n'avait posté de tube de fixateur pour Polaroid portant l'empreinte parfaite du pouce droit du meurtrier présumé.

Pourtant, aucune des empreintes relevées dans la chambre de la prostituée de la Langstrasse ne correspondait à celles d'Amsterdam. A Wiesbaden, les fichiers d'Interpol ne contenaient rien non plus. La seconde empreinte sur le tube, petite et lisible, était celle d'un index droit : le témoin avait donc ramassé le tube en le tenant entre son pouce et son index. (Tout le monde était convaincu que le témoin était une femme, parce que son empreinte était beaucoup plus petite que celle du meurtrier présumé.)

. Une autre empreinte petite mais nette de l'index droit de ce témoin avait été relevée sur l'une des chaussures pointées dans la penderie de Rooie. Ce même index droit avait également touché le bouton intérieur de la porte – sans aucun doute lorsque la femme était sortie dans la rue, après le départ du meurtrier. Une chose était sûre, elle était droitière, et elle avait une cicatrice, fine comme du verre, parfaitement centrée sur son index droit.

Mais Interpol ne possédait rien qui correspondît à cet index droit non plus – d'ailleurs, le contraire aurait étonné Harry. Il était persuadé que son témoin n'était pas une délinquante, et, au bout d'une semaine passée à s'entretenir avec les putes du coin, il acquit la conviction que ce n'était pas une prostituée. Ce devait être une fichue touriste sexuelle !

Il ne fallut pas une semaine pour découvrir que toutes les prostituées de la Bergstraat avaient vu le témoin probable près d'une demi-douzaine de fois. Anneke Smeets lui avait même parlé. Une nuit, cette femme mystérieuse lui avait demandé où était Rooie, et elle lui avait révélé – vêtue de son débardeur de cuir et brandissant un godemiché – la raison invoquée par la rousse pour ne pas travailler la nuit : elle était avec sa fille.

Les prostituées de la Korsjespoortsteeg avaient vu l'inconnue, elles aussi. L'une des jeunes putes avait dit à Harry que son témoin était lesbienne, mais les autres n'étaient pas d'accord ; elles s'étaient méfiées de cette femme aux intentions mystérieuses.

Les hommes qui passaient et repassaient le long des vitrines toujours aux aguets, toujours en rut, sans jamais se décider, étaient surnommés les *hengsten*, les étalons ; les prostituées qui avaient vu passer Ruth Cole devant leurs fenêtres l'appelèrent la *hengst* femelle. Certes, il n'existe pas d'étalon femelle, et c'est pour cela que l'inconnue mettait les prostituées mal à l'aise.

L'une d'entre elles dit à Harry : « Elle avait l'air d'une reporter » – les reporters mettaient les prostituées très mal à l'aise.

Une journaliste étrangère, alors ? Le sergent Hoekstra en avait rejeté l'hypothèse. La plupart des journalistes étrangères qui venaient à Amsterdam pour faire un article sur la prostitution lui étaient envoyées.

Les filles des *Wallen* lui apprirent que son inconnue n'était pas toujours venue seule. On l'avait vue accompagnée d'un jeune homme, peut-être un étudiant. Si son témoin avait la trentaine, et ne parlait qu'anglais, le jeune homme, lui, était incontestablement hollandais.

Cela répondait à une question que le sergent Hoekstra s'était posée : si ce témoin qui s'était évaporé était anglophone, qui avait rédigé le témoignage oculaire en néerlandais ? Et une information complémentaire vint éclairer d'un jour nouveau le document soigneusement écrit en majuscules que le témoin lui avait envoyé par la poste. Un tatoueur que Harry tenait pour expert en graphologie avait regardé les lettres formées avec un soin méticuleux et conclu que le texte avait été copié.

Ce tatoueur se nommait Henk, et il avait exécuté presque toutes les écritures du musée du Tatouage du quartier réservé, que l'on nommait le Pavillon de la Douleur (Sa spécialité était de tatouer un poème, n'importe lequel, en forme de corps de femme.) Selon lui, le témoin s'était attardé trop longuement sur chaque lettre ; il n'y avait qu'une personne copiant un texte en langue étrangère pour former chaque lettre si longuement. « Qui pourrait se donner tant de mal pour ne pas faire de fautes d'orthographe ? avait demandé Henk à Harry. Quelqu'un qui ne parle pas la langue, voilà. »

Les prostituées ne pensaient pas que le témoin de Harry et le jeune Hollandais formaient un couple.

– C'était pas seulement la différence d'âge, expliqua la prostituée thaïe qu'ils étaient allés trouver dans la Barndesteeg. Je voyais bien qu'ils avaient jamais couché ensemble.

– Peut-être qu'ils se mettaient en condition pour ça, suggéra Harry. Peut-être qu'ils se préparaient à le faire.

– J'avais pas l'impression, dit la Thaïe. Ils arrivaient même pas à dire ce qu'ils voulaient. Ils voulaient juste regarder, mais ils savaient même pas quoi !

L'autre prostituée thaïe à se rappeler ce couple insolite était la vieille dominatrice qui avait la réputation de terroriser ses clients.

– Le jeunot, il en avait une grosse, il avait vraiment envie, mais sa maman l'a pas laissé faire, déclara-t-elle à Harry.

– Le môme, il aurait baisé n'importe quoi sauf moi, dit le travesti équatorien à Harry. Mais elle, elle était juste curieuse. Elle avait pas l'intention de coucher, elle voulait juste savoir.

Si le jeune Hollandais s'était trouvé avec l'inconnue dans la penderie, Harry était sûr qu'à eux deux ils auraient tenté d'empêcher le meurtre. Et, depuis le début, Harry doutait que la femme fût une prostituée débutante ; à moins d'être clandestine, même une débutante serait allée à la police. Mais comment une clandestine aurait-elle trouvé quelqu'un qui lui rédige son témoignage dans un néerlandais aussi parfait ?

Une prostituée jamaïcaine de la Slapersteeg se rappelait également Ruth Cole.

– Elle était petite. Elle disait qu'elle s'était perdue. Je l'ai prise par le bras pour la remettre sur son chemin. J'ai été étonnée qu'elle ait un bras droit aussi fort.

C'est alors que Hoekstra comprit que lui-même avait vu son inconnue ! Il se rappela soudain cette femme qu'il avait suivie dans les *Wallen* un matin de bonne heure ; elle avait une démarche de sportive. Elle était petite, mais vigoureuse, et ne semblait nullement perdue. Elle avait au contraire un air décidé, et il l'avait suivie non seulement parce qu'il la trouvait déplacée, mais aussi parce qu'elle était particulièrement agréable à regarder. (Et d'ailleurs, sa physionomie lui était vaguement familière ! Comment avait-il fait pour ne pas la reconnaître d'après les photos des jaquettes de ses livres ?) Lorsqu'il s'était rendu compte qu'elle avait remarqué son manège, il était entré dans le poste de la Warmoesstraat.

Il avait parlé aux deux grosses prostituées ghanéennes en dernier. La touriste inconnue s'était arrêtée dans la Stoofsteeg assez longtemps pour leur demander d'où elles venaient, question qu'elles lui avaient retournée, et à laquelle elle avait répondu : « Des États-Unis. » (Ce détail, appris des prostituées ghanéennes, allait se révéler plus important pour Harry qu'il ne le crut tout d'abord.)

Sur son ordinateur, Nico Jansen était dans l'impasse. Le fixateur pour Polaroid, avec son bouchon bleu azur, pouvait avoir été acheté tout aussi bien à Amsterdam qu'à Zurich. Le fait que, selon le témoin, l'assassin ressemblait à une taupe, qu'il avait une respiration sifflante, des yeux qui louchaient (« presque fermés »)… ne les avançait guère si l'on ne trouvait pas à Zurich d'empreinte qui corresponde à celle relevée sur le tube de fixateur d'Amsterdam.

Quant à ce que croyait le témoin, que le meurtrier travaillait pour la SAS, la compagnie aérienne scandinave, c'était une fausse piste. Malgré l'examen de toutes les empreintes des employés de sexe masculin qui travaillaient à la sécurité, on n'avait rien trouvé.

Il avait fallu que Harry Hoekstra parlât si bien anglais, et un peu allemand, pour que l'assassin fût pris. Au bout du compte, le renseignement le plus important, dans le témoignage, fut que le meurtrier parlait anglais avec un accent qui pouvait bien être allemand.

C'était le lendemain du jour où Nico Jansen lui avait dit que les inspecteurs étaient dans l'impasse. Il était retourné au témoignage oculaire. Tout à coup, il vit ce qui lui avait échappé. Si l'assassin était de langue allemande, ce qu'il prononçait SAS pouvait bien être autre chose. Pour un témoin américain, SES était semblable à SAS. Le meurtrier n'avait donc rien à voir avec la compagnie scandinave. Il travaillait à la sécurité d'une entreprise nommé SES !

Harry n'eut pas besoin de l'ordinateur de Jansen pour découvrir de quoi il retournait. La Chambre de commerce internationale se fit un plaisir de lui dénicher une société à ce sigle dans une ville germanophone, et, en moins de dix minutes, il avait réussi à identifier l'employeur du meurtrier. Il s'agissait de la vénérable Schweizer Elektronik- und Sicherheitssysteme, située à Zurich ; c'était une entreprise qui concevait et installait des dispositifs de sécurité pour les banques et les musées dans toute l'Europe.

Harry ne fut pas fâché de trouver Nico Jansen dans la salle des inspecteurs, où les ordinateurs baignaient leurs visages d'une lumière artificielle, tout en leur crachotant des bruits qui ne l'étaient pas moins. « J'ai quelque chose à faire bouffer à ta bécane, Nico, lui dit-il. Si tu veux que je parle à ton collègue de Zurich, mon allemand est meilleur que le tien. »

L'inspecteur de Zurich se nommait Ernst Hecht ; il s'apprêtait à prendre sa retraite. Il ne comptait plus retrouver l'assassin d'une prostituée brésilienne tuée dans le secteur de la Langstrasse, près de six ans auparavant. Toutefois, la Schweizer Elektronik- und Sicherheitssysteme était une entreprise importante quoique petite ; à cause de l'assurance, on avait relevé les empreintes digitales de tous les employés de la société qui concevaient ou installaient des systèmes d'alarme pour une banque ou un musée.

Le pouce qui correspondait à celui du tube de fixateur pour Polaroid appartenait à un ancien employé, un ingénieur spécialiste des alarmes

481

nommé Urs Messerli. Il s'était trouvé à Amsterdam pendant l'automne 1990 pour établir le devis d'installation d'un détecteur d'incendie et de mouvements dans un musée d'arts plastiques. Il voyageait communément avec un vieux Polaroid à pellicules de 10-12, de type 55, dont les clichés en noir et blanc avaient la faveur des ingénieurs de la société – des clichés grand format, avec négatifs. Messerli avait pris plus de six douzaines de photos de l'intérieur du musée pour savoir combien de détecteurs il faudrait exactement, et où il faudrait les installer au juste.

Urs Messerli ne travaillait plus pour SES car il était très malade. Il était hospitalisé, on le croyait en train de mourir d'une pneumonie liée à l'emphysème dont il souffrait depuis quinze ans. (Harry Hoekstra pensa que la respiration d'un emphysémateux ressemblait sans doute beaucoup à celle d'un asthmatique.)

L'Universitätsspital de Zurich était réputé pour ses soins aux emphysémateux. Ernst Hecht et Harry Hoekstra n'avaient pas à s'inquiéter qu'Urs Messerli leur échappe avant qu'ils n'aient pu lui parler – sauf s'il s'échappait les pieds devant ; il était sous oxygène la plupart du temps.

Tout récemment, Messerli avait connu une nouvelle infortune. Celle qui était sa femme depuis quelque trente ans demandait le divorce – et se débattait pour ne pas être exclue de son testament. Elle avait découvert plusieurs photos de femmes nues dans son bureau, à la maison. Peu après être entré à l'hôpital, il lui avait en effet demandé de chercher des papiers importants – à savoir un codicille à son testament. C'est donc en toute innocence que Frau Messerli était tombée sur les photos.

Lorsque Harry Hoekstra atterrit à Zurich, elle n'était toujours pas au fait de la particularité majeure des photos, qu'elle avait transmises à son avocat. Ni elle ni ce dernier ne s'étaient aperçus qu'il s'agissait de prostituées mortes ; tout ce qui les intéressait, c'était qu'elles étaient nues.

Harry n'eut aucun mal à identifier la photo de Rooie dans le bureau d'Ernst Hecht ; lequel n'eut pas plus de difficultés à reconnaître la Brésilienne assassinée dans le secteur de la Langstrasse. Mais ce qui surprit les deux policiers, c'était qu'il y avait une demi-douzaine d'autres photos.

La Schweizer Elektronik- und Sicherheitssysteme avait envoyé Urs

Messerli dans toute l'Europe. Il avait assassiné des prostituées à Francfort, Bruxelles, Hambourg, La Haye, Vienne et Anvers. Il ne les avait pas toujours exécutées avec la même facilité, ni toujours éclairées avec le même projecteur tiré de sa grosse serviette de cuir ; mais chaque fois, sans exception, il les avait placées de la même manière : allongées sur le flanc, les yeux clos, les genoux remontés vers la poitrine dans une attitude pudique et enfantine, ce qui explique que sa femme, et l'avocat de celle-ci, ne se soient pas doutés que ces femmes nues étaient mortes.

– Il faut féliciter votre témoin, avait dit Ernst Hecht à Harry ; ils roulaient vers l'Universitätsspital pour voir Urs Messerli avant sa mort – il avait déjà passé des aveux complets.

– Je n'y manquerai pas, avait répondu Harry. Dès que je la verrai.

L'anglais d'Urs Messerli était tout à fait tel que l'inconnue l'avait décrit : il le parlait bien, mais avec l'accent allemand. Harry choisit de lui parler anglais, d'autant qu'Ernst Hecht parlait fort bien cette langue lui-même.

– A Amsterdam, dans la Bergstraat…, avait commencé Harry. Elle avait des cheveux auburn et un joli corps pour son âge, mais des seins assez petits…

– Oui, oui, je sais ! avait interrompu Urs Messerli.

L'infirmière devait soulever le masque à oxygène pour lui permettre de parler ; alors il aspirait l'air avec un bruit de succion, et l'infirmière lui couvrait de nouveau la bouche et le nez avec le masque.

Sa peau avait pris une nuance plombée bien plus marquée qu'à l'époque où Ruth Cole l'avait comparé à une taupe ; son teint était couleur de cendre. Dans ses poumons, les poches d'air agrandies faisaient un bruit spécifique, différent de sa respiration saccadée ; on aurait cru entendre se déchirer les tissus endommagés.

– Vous avez eu un témoin, à Amsterdam, une femme. J'imagine que vous ne l'avez pas vue, dit Harry au meurtrier.

Pour une fois, les yeux résiduels s'écarquillèrent – une taupe découvrant la vue. L'infirmière souleva le masque.

– Oui, oui… je l'ai entendue ! Il y avait bien quelqu'un. Elle a fait un petit bruit. Je l'ai presque entendue.

Il fut ravagé par une quinte de toux effroyable et l'infirmière dut lui remettre le masque.

– Elle était dans la penderie. Toutes les chaussures avaient été retournées pointe vers l'extérieur, et elle était au milieu. Si vous aviez regardé, vous auriez sans doute vu ses chevilles.

Cette nouvelle attrista Urs Messerli au-delà de toute expression ; on aurait dit qu'il se serait réjoui de rencontrer l'inconnue – à défaut de la tuer.

Cela s'était passé en avril 1991, six mois après le meurtre, un an après que Harry avait failli emmener Rooie à Paris. Cette nuit-là, à Zurich, il regretta de ne pas l'avoir fait. Rien ne l'obligeait à passer la nuit à Zurich ; il aurait pu reprendre l'avion pour Amsterdam le soir même. Mais, pour une fois, il eut envie de faire quelque chose dont il avait seulement entendu parler dans un guide.

Il déclina l'invitation à dîner d'Ernst Hecht ; il voulait être seul. En pensant à Rooie, il ne l'était pas tout à fait. Il avait même choisi un hôtel qu'elle aurait sans doute aimé. Si ce n'était pas le plus cher de Zurich, c'était encore trop cher pour un flic. Mais à si peu voyager, il avait économisé pas mal d'argent. Le deuxième district ne lui offrirait certes pas une chambre à l'hôtel Zum Storchen, même pour une nuit, mais c'était là qu'il avait envie de descendre. C'était un charmant hôtel romantique sur les bords de la Limmat ; il y choisit une chambre avec vue sur le Rathaus inondé de lumière, en face.

Il s'offrit un dîner au Kronenhalle, sur l'autre rive. Thomas Mann y avait dîné, ainsi que James Joyce. Il y avait deux salles à manger avec des peintures originales de Klee, Chagall, Matisse, Miró et Picasso. Ça n'aurait fait ni chaud ni froid à Rooie, mais elle aurait bien aimé le *Bündnerfleisch* et l'émincé de veau garni de *Rösti*. Harry n'avait pas coutume de boire autre chose que de la bière. Mais ce soir-là, au Kronenhalle, il en descendit quatre à lui tout seul, suivies d'une bouteille de vin rouge. Quand il regagna sa chambre d'hôtel, il était ivre. Il s'endormit avec ses chaussures aux pieds, et il fallut l'appel téléphonique de Nico Jansen pour le tirer du sommeil et l'inciter à se déshabiller convenablement.

– Alors, raconte. C'est fini, non ?

– Je suis bourré, Nico. Je dormais.

– Raconte quand même. Ce salaud a tué huit putes, chaque fois dans une ville différente, c'est ça ?

– C'est ça. Il n'en a plus que pour une ou deux semaines, d'après son médecin. Il a une maladie des poumons, de l'emphysème, depuis quinze ans. Ça fait le même bruit que l'asthme, je pense.

– Tu m'as l'air jovial.

– Je suis bourré.

– Tu devrais avoir l'alcool gai. C'est fini, non ?

– Sauf le témoin.

– Toi et ton témoin ! Fiche-lui la paix. On n'a plus besoin d'elle.

– Mais je l'ai vue ! dit Harry.

Il ne s'en était pas aperçu avant de le dire, mais c'était parce qu'il l'avait vue qu'il ne pouvait cesser de penser à elle. Qu'est-ce qu'elle pouvait bien faire là-bas ? Elle avait été un témoin plus précieux qu'elle ne l'imaginait sans doute, pensa-t-il. Mais il se contenta de dire à Nico Jansen :

– Je voudrais juste la féliciter.

– Eh ben, dis donc ! T'es bourré pour de bon ! conclut Jansen.

Harry tenta de lire au lit, mais il était trop ivre pour se concentrer. Le roman, qui lui avait fait une lecture à peu près convenable pour l'avion, était trop difficile à présent qu'il avait bu. C'était le nouveau roman d'Alice Somerset, son quatrième, et ce serait le dernier des McDermid, puisqu'il s'intitulait *McDermid prend sa retraite*.

Malgré son mépris habituel du genre policier, Harry Hoekstra était un grand amateur de la vieille dame. (Il ne serait jamais venu à l'idée d'Eddie O'Hare qu'une femme de soixante-douze ans puisse être « une vieille dame », mais c'est tout de même l'âge qu'avait Alice Somerset, *alias* Marion Cole, en avril 1991.)

Harry aimait bien les énigmes de McDermid parce qu'il trouvait que l'inspectrice du BRIF possédait une dose appropriée et convaincante de mélancolie, pour un flic. D'ailleurs, ces romans n'étaient pas vraiment des « énigmes » ; c'étaient des enquêtes psychologiques dans l'esprit d'une femme policier solitaire. Selon Harry, ils démontraient de manière crédible l'effet des disparus sur le sergent McDermid – du moins, des disparus qu'il n'y avait pas espoir de jamais retrouver.

A l'époque, quatre ans et demi séparaient encore Harry Hoekstra de la retraite, mais cela ne l'avançait pas à grand-chose de lire l'histoire d'une femme qui avait pris la sienne – surtout que tout le roman tendait à montrer qu'après sa retraite elle continuait de penser en flic.

Prisonnière de ces photos de jeunes Américains disparus à jamais, elle ne pouvait se résoudre à les détruire, tout en sachant qu'on ne retrouverait jamais les jeunes gens. « Un jour, elle trouverait le courage de les détruire, espérait-elle. » (Ainsi s'achevait le livre.)

Espérait-elle ? pensait Harry. C'est tout ? Elle espérait, pas plus ? Merde alors ! Tu parles d'une fin, pour un roman. Tout à fait déprimé, et toujours éveillé, il regarda la photo de l'auteur. Il fut agacé de constater qu'on n'arrivait jamais à bien voir à quoi ressemblait vraiment Alice Somerset. D'abord, elle détournait le visage, et puis elle portait toujours un chapeau. Le chapeau excédait vraiment Harry. Passe encore pour un pseudonyme, mais ça... à croire qu'elle avait un casier !

Et comme il ne parvenait pas bien à voir le visage d'Alice Somerset, ce visage dérobé lui rappela son témoin disparu. Il n'avait pas bien vu son visage non plus. En revanche, il avait remarqué ses seins, bien sûr, et toute son attitude corporelle disait qu'elle était sur le qui-vive ; mais ce qui l'avait également impressionné, c'est qu'elle semblait étudier tout ce qui l'entourait. D'où l'envie qu'il avait eue de l'étudier elle-même. Il s'aperçut que ce n'était pas en tant que témoin qu'il voulait la revoir. Cette mystérieuse inconnue était une femme dont il avait envie de faire la connaissance.

En avril 1991, lorsque les journaux d'Amsterdam relatèrent la capture du meurtrier de prostituées, la nouvelle qu'il était à l'article de la mort lui-même en atténua le sensationnel. Urs Messerli ne quitterait jamais l'Universitätsspital, il mourrait à la fin du mois. Un tueur en série ayant exécuté huit prostituées aurait dû davantage défrayer les chroniques, mais le fait divers tint la une moins d'une semaine ; à la fin du mois de mai, on n'en parlait plus du tout.

Maarten Schouten, l'éditeur néerlandais de Ruth Cole, se trouvait à Bologne avec sa femme pour la foire du Livre pour enfants, lorsque l'affaire éclata. (On n'en parla pas en Italie, parce que Messerli n'y avait pas assassiné de fille.) Chaque année, Maarten et Sylvia Schouten s'envolaient de Bologne pour New York. Or, du fait qu'ils avaient manqué la nouvelle, Ruth n'en entendit pas parler. Elle continuerait de penser que La Taupe demeurait impuni – qu'il était toujours dans la nature.

On était à l'automne 1995, quatre ans et demi plus tard. Harry Hoekstra, qui allait sur cinquante-huit ans et s'apprêtait à prendre sa retraite, vit le dernier Ruth Cole à la vitrine de l'Athenaeum, la librairie du Spui. Il l'acheta aussitôt.

– Il était temps qu'elle en écrive un autre, dit-il à la vendeuse.

Tous les libraires d'Amsterdam connaissaient Harry. Sa prédilection pour les romans de Ruth Cole était presque aussi connue que la rumeur selon laquelle c'était en librairie, pendant qu'il flânait entre les rayons, qu'il rencontrait ses petites amies. Les libraires de l'Athenaeum aimaient bien le mettre en boîte. S'ils ne doutaient pas de son goût pour la littérature de voyage et les romans, ils aimaient bien lui dire qu'ils soupçonnaient que la lecture n'était pas le seul mobile qui l'attirait chez eux.

My Last Bad Boyfriend, qu'il acheta en anglais, portait un nom effroyable en néerlandais : *Mijn laatste slechte vriend*. La vendeuse, très compétente, qui s'occupa de Harry lui expliqua pourquoi Ruth Cole avait mis cinq ans à écrire ce livre, qui n'était même pas très long.

– C'est son premier roman à la première personne, et puis j'ai cru comprendre qu'elle avait eu un bébé.

– Je ne savais même pas qu'elle était mariée.

Harry regarda de plus près la photo de la jaquette ; il ne lui trouvait pas l'air d'une femme mariée.

– Et puis son mari est mort, il y a un an, environ.

Ainsi Ruth Cole était veuve. Il examina la photo. En effet, elle avait davantage l'air d'une veuve que d'une femme mariée. Il y avait comme une tristesse dans l'un de ses yeux, ou alors c'était une tache. Elle regardait l'objectif d'un air méfiant, comme si l'anxiété s'était installée en elle de façon plus permanente encore que le chagrin.

Dire que son précédent roman avait trait à une veuve ! Et qu'à présent c'était elle qui se trouvait veuve !

Le défaut de toutes ces photos d'auteurs, songea-t-il, c'est qu'elles étaient trop posées. Les romanciers ne savaient jamais quelle attitude prendre. Beaucoup croisaient les bras, croisaient les mains, les fourraient dans leurs poches, se les passaient dans les cheveux, se tenaient le menton. Ils feraient mieux de rester bras ballants, conclut-il, ou de poser les mains sur leurs genoux.

Autre problème, ces photos ne montraient le plus souvent que la tête et les épaules ; et lui avait envie de voir l'allure de leur corps. En ce qui concernait Ruth Cole, on ne voyait même pas ses seins.

Lorsqu'il n'était pas de service, en quittant l'Athenaeum, Harry s'attablait souvent à l'un des cafés du Spui pour lire ; mais, ce jour-là, il avait envie de lire chez lui.

Quoi de plus agréable ? Un nouveau roman de Ruth Cole, et deux jours de congé.

Lorsqu'il en arriva à la partie de l'intrigue où la femme faite se retrouve avec un jeune homme, il fut déçu. A presque cinquante-huit ans, il n'avait pas envie qu'on lui parle d'une femme d'une trentaine d'années avec un homme plus jeune qu'elle. Il n'en fut pas moins intrigué par le choix d'Amsterdam pour décor. Et lorsqu'il en arriva au passage où le jeune homme persuade la femme de payer une prostituée pour les laisser la regarder avec un client... ha, ha, on imagine sa surprise. « C'était une pièce toute rouge, que l'abat-jour en vitrail faisait paraître plus rouge encore », avait écrit Ruth Cole. Harry sut à quelle pièce elle pensait.

« J'étais si nerveuse que je n'étais bonne à rien, écrivait Ruth Cole. Je ne parvins même pas à aider la prostituée à retourner les chaussures. J'en pris une, que je fis tomber aussitôt. La fille me reprocha de ne faire que lui compliquer la vie. Elle m'intima de me cacher derrière le rideau, puis elle aligna les autres chaussures de part et d'autre des miennes. J'imagine que mes souliers devaient bouger un peu, parce que je tremblais. »

Harry n'avait aucun mal à se figurer qu'elle ait pu trembler. Il marqua l'endroit où il s'était arrêté de lire ; il finirait le lendemain. La nuit était déjà bien avancée, mais quelle importance ? Il était en congé tout le lendemain.

Il enfourcha sa bicyclette et atteignit les *Wallen* en un temps record. Il avait pris la précaution de découper la photo de Ruth Cole sur la jaquette ; il n'y avait pas de raison de faire savoir à quiconque l'identité de son témoin.

Il trouva d'abord les deux grosses Ghanéennes. En leur montrant la photo, il dut leur rappeler cette inconnue arrivée des États-Unis qui s'était arrêtée dans la Stoofsteeg pour leur demander d'où elles venaient.

– Ça fait longtemps, Harry, dit l'une des deux.

– Cinq ans. C'est elle ?

Les prostituées ghanéennes regardèrent la photo de plus près.

– On voit pas ses seins, dit l'une.

488

– Ouais, ils étaient beaux, dit l'autre.

– C'est bien elle ? redemanda Harry.

– Ça fait cinq ans, Harry ! dit la première.

– Ouais, ça fait trop longtemps, dit l'autre.

Harry alla trouver ensuite la jeune prostituée thaïe un peu lourde de la Barndesteeg. Son aînée, la dominatrice, dormait ; mais de toute façon, il avait plus confiance dans le jugement de celle-ci.

– C'est elle ?

– Ça se peut, dit lentement la Thaïe, je me rappelle mieux le garçon.

Dans la Gordijnensteeg, il trouva deux jeunes policiers en tenue qui mettaient bon ordre à une bagarre devant une vitrine de travestis équatoriens. On se battait toujours beaucoup, dans leur secteur. D'ici un an, ils seraient tous expulsés. (Ils étaient arrivés de France, quelques années plus tôt.)

Les jeunes flics s'étonnèrent de voir le brigadier Hoekstra. Il n'était pas de service. Mais il leur expliqua qu'il avait une affaire à régler avec le type aux seins durs comme de la pierre et gros comme des balles de base-ball. Le travesti équatorien soupira profondément en regardant la photo de Ruth Cole.

– Dommage que tu voies pas ses seins. Ils étaient jolis.

– Alors c'est elle ? Tu es sûr ?

– Elle a l'air plus vieille, dit le travesti, déçu.

Elle *est* plus vieille, pensait Harry. Et puis elle a eu un bébé, et elle a perdu son mari ; cela explique largement qu'elle ait vieilli.

Il ne trouva pas la Jamaïcaine qui avait pris Ruth par le bras pour la faire sortir de la Slapersteeg ; c'était elle qui avait dit que le témoin avait un bras droit bien puissant pour une femme si petite. Est-ce que ce serait une sportive ? se demanda Harry.

Il arrivait qu'on ne voie pas la Jamaïcaine de toute une semaine, voire davantage. Elle devait avoir un passé, peut-être à la Jamaïque, qui lui donnait du fil à retordre. Mais ça ne faisait rien ; il n'avait pas besoin d'elle, de toute façon.

Il roula enfin jusqu'à la Bergstraat. Il dut attendre qu'Anneke Smeets ait fini son client. Rooie lui avait légué la vitrine par testament. Le legs l'avait sûrement aidée à ne plus retoucher à l'héroïne, mais son nouveau luxe de propriétaire lui avait ravagé la ligne. Elle était désormais trop grosse pour enfiler le débardeur de cuir.

– Il faut que j'entre, dit Harry, lui qui préférait d'ordinaire lui parler dans la rue – il n'avait jamais aimé son odeur.

La nuit était très avancée et Anneke dégageait une odeur infecte lorsqu'elle décidait d'arrêter et de rentrer chez elle.

– Tu viens pour le boulot, Harry ? Ton boulot, ou le mien ?

Le brigadier Hoekstra lui montra la photo de la romancière.

– C'est elle. Qui est-ce ? demanda Anneke.

– Tu es sûre ?

– Évidemment que j'en suis sûre. Mais qu'est-ce que tu lui veux ? Tu l'as eu, l'assassin.

– Bonne nuit, Anneke, dit Harry.

Mais lorsqu'il se retrouva dans la Bergstraat, il s'aperçut qu'on lui avait volé sa bicyclette. Déception mineure, comparable à celle occasionnée par l'absence de la Jamaïcaine. Quelle importance, au fond ? Il avait sa journée le lendemain : il ne lui en faudrait pas plus pour finir le roman de Ruth Cole, et pour acheter une autre bicyclette.

Il n'y a pas plus de vingt ou trente meurtres par an, à Amsterdam ; la plupart ne sont pas des drames familiaux. Mais chaque fois que la police drague un canal (pour y retrouver un corps), elle y trouve des centaines de bicyclettes. Harry se fichait pas mal qu'on lui ait piqué la sienne.

Près de l'hôtel Brian, sur le Singel, il y avait des filles en vitrine là où on n'en avait jamais vu auparavant. Des « clandestines » ; mais il n'était pas de service ; il leur ficha la paix, et entra au Brian pour demander au concierge de lui appeler un taxi.

D'ici un an, la police traquerait les « clandestines » ; bientôt, on verrait des vitrines vides dans le quartier chaud. Peut-être des Hollandaises reviendraient-elles y travailler. Mais Harry aurait pris sa retraite – cela n'avait plus guère d'importance pour lui.

Une fois rentré chez lui, il fit un feu dans sa chambre. Il n'eut pas la patience d'attendre le lendemain pour finir le roman. A l'aide d'un bout de scotch il fixa la photo au mur, à son chevet. La lumière du feu jouait dessus tandis qu'il avançait dans sa lecture ; de temps en temps, il se levait, pour ranimer le feu. Sous cette lumière irrégulière, le visage anxieux de Ruth lui paraissait plus vivant que sur la jaquette du livre. Il revoyait sa démarche sportive et décidée, sa présence aux aguets dans le quartier chaud, où il l'avait suivie avec un intérêt vague tout d'abord, puis renouvelé. Elle avait de jolis seins, il s'en souvenait.

Voilà qu'enfin, cinq ans après le meurtre de son amie, Harry Hoekstra venait de retrouver son témoin.

Où Eddie O'Hare retombe amoureux

Dans la dernière énigme de la série des McDermid, ce *McDermid
prend sa retraite* qui semblait devoir clore la liste des œuvres d'Alice
Somerset, la fin qui avait déçu Harry Hoekstra avait désespéré Eddie
O'Hare. Pas seulement parce que Marion avait écrit à propos des
photos de ses fils perdus : « Un jour, elle trouverait le courage de les
détruire, espérait-elle. » Le fond de fatalisme de l'inspectrice était
plus déprimant encore. Le sergent McDermid était résignée à ce que
ses garçons soient perdus à jamais. Les efforts que Marion avait
déployés pour insuffler une vie romanesque à ses fils étaient désormais
révolus. On aurait dit qu'Alice Somerset en avait fini avec l'écriture.
McDermid prend sa retraite semblait, aux yeux d'Eddie, annoncer la
retraite de Marion elle-même en tant qu'écrivain.

A l'époque, tout ce que Ruth avait trouvé à lui répondre, c'était :
« Il y a des tas de gens qui se retirent avant soixante-douze ans. »

Quatre ans et demi plus tard, en 1995, Marion n'avait toujours pas
donné signe de vie. Alice Somerset n'avait plus rien écrit d'autre, ou
du moins plus rien publié, et Eddie et Ruth avaient cessé de penser
autant à elle. Parfois, Eddie avait le sentiment que Ruth avait rayé sa
mère de ses pensées. Comment le lui reprocher ?

Elle lui en voulait incontestablement (et à juste titre) ne n'avoir pas
réagi à la naissance de Graham, ni aux anniversaires qui avaient suivi,
par une visite. Lors de la mort d'Allan, l'année précédente, qui aurait
pu la décider à venir lui présenter ses condoléances, elle lui avait fait
faux bond une fois de plus.

Allan, qui n'avait jamais pratiqué de religion, avait laissé des instructions précises et détaillées sur ce qu'il voulait qu'on fasse quand
il viendrait à mourir. Il voulait être incinéré, et qu'on répande ses
cendres dans le champ de maïs de Kevin Merton. Kevin Merton, le
voisin et gardien de la propriété de Ruth dans le Vermont, avait un

superbe champ de maïs vallonné – qui constituait la vue principale depuis la grande chambre.

Allan n'avait pas envisagé que Kevin et sa femme s'y opposent – le champ de maïs n'appartenant pas à Ruth. Et, en effet, ils n'avaient pas élevé d'objection ; Kevin avait même conclu avec philosophie que les cendres d'Allan feraient du bien au champ. Il avait en outre promis à Ruth que, s'il devait un jour vendre la ferme, il leur vendrait d'abord le champ, à elle ou à Graham. (C'était tout Allan, d'avoir misé sur la bonté de Kevin.)

Quant à la maison de Sagaponack, l'année qui suivit la mort d'Allan, Ruth songea souvent à la vendre.

Un service à la mémoire d'Allan se tint à la New York Society for Ethical Culture, dans la Soixante-quatrième Rue. C'étaient ses collègues de Random House qui avaient pris toutes les dispositions. Un des autres directeurs littéraires avait parlé le premier – rappelant avec affection sa présence souvent intimidante dans la vénérable maison d'édition. Puis quatre de ses auteurs avaient pris la parole. Comme elle était sa veuve, Ruth n'avait fait aucun discours.

Elle portait, contrairement à ses habitudes, un chapeau, et une voilette plus insolite encore. Cette voilette faisait peur à Graham ; Ruth avait dû lui demander la permission de la mettre. Le crêpe lui paraissait essentiel, à elle ; non par respect, ni pour la tradition, mais pour cacher ses larmes.

La majorité de l'assistance venue rendre hommage à Allan avait l'impression que l'enfant s'accrochait à sa mère, mais c'était plutôt sa mère qui s'accrochait à lui. Elle l'avait gardé sur ses genoux. Pour cet enfant de trois ans, les larmes de sa mère étaient sans doute plus perturbantes que la réalité de la mort de son père – il était trop petit pour prendre la mesure de la mort. Pendant plusieurs pauses dans le service, il avait chuchoté à sa mère : « Mais où il est, maintenant, papa ? » (Dans son esprit, c'était comme si son père était parti en voyage.)

– Ça va aller, ma puce, avait chuchoté Hannah, assise à côté de Ruth, pendant toute la durée du service.

Cette litanie fort peu religieuse procurait à Ruth un agacement étonnamment salutaire, qui lui faisait oublier son chagrin. A entendre Hannah répéter ces mots de façon machinale, elle se demandait si son amie croyait consoler l'enfant qui venait de perdre son père, ou la femme qui venait de perdre son mari.

Eddie O'Hare avait été le dernier à parler. Ce n'étaient pas Ruth ni les collègues d'Allan qui l'avaient choisi.

Connaissant la triste opinion qu'avait son mari des capacités d'Eddie comme orateur et comme écrivain, Ruth n'était pas peu surprise de découvrir qu'il lui avait réservé un rôle pour le service funèbre. Tout comme il avait choisi la musique et le lieu – pour son atmosphère laïque – et avec la même insistance qu'il avait mise à refuser les fleurs (il avait toujours détesté l'odeur des fleurs), il avait laissé des instructions pour qu'Eddie prenne la parole en dernier. Il lui avait même indiqué ce qu'il devrait dire.

Comme toujours, Eddie cafouilla un peu. Il sembla tâtonner pour trouver une introduction – ce qui montra bien qu'Allan ne lui avait pas mâché son intervention en totalité car il n'avait pas prévu de mourir si jeune.

Eddie expliqua qu'à cinquante-deux ans il n'avait lui-même que six ans de moins qu'Allan. Cette question comptait beaucoup, poursuivit-il laborieusement, parce que Allan lui avait demandé de lire un poème, un poème de Yeats, « Quand tu seras bien vieille ». L'ennui, c'est qu'il prévoyait que Ruth serait vieille quand il mourrait. Il avait très justement escompté qu'avec leurs dix-huit ans d'écart il mourrait avant elle. Mais, et c'était bien de lui, jamais il n'avait pensé mourir en laissant une jeune veuve.

– Seigneur, c'est insupportable, chuchota Hannah à Ruth, mais qu'il le lise, putain, ce poème !

Ruth, qui connaissait le poème en question, aurait préféré ne jamais l'entendre. Il la faisait déjà pleurer en temps normal, avant de penser à la mort d'Allan et à son veuvage. Elle ne doutait pas qu'il allait la faire pleurer maintenant.

– Ça va aller, ma puce, répéta Hannah, au moment où Eddie se décidait enfin à lire le poème de Yeats.

> *Quand tu seras bien vieille, et grise, et pleine de sommeil*
> *Dodelinant au coin du feu, prends ce livre*
> *Lis lentement, et rêve au doux regard*
> *Qu'eurent tes yeux jadis, à leurs ombres profondes.*

Combien d'hommes aimèrent tes instants de grâce joyeuse
Combien aimèrent ta beauté, d'un amour feint ou vrai.
Mais un seul aima le pèlerinage de ton âme
Et les chagrins de ton changeant visage.

Et penchée auprès de la grille rougeoyante
Murmure, un peu triste, comme l'amour s'est enfui
Comme il est passé sur les montagnes là-haut
Pour cacher son visage dans un essaim d'étoiles.

Comme on l'imagine, toute l'assistance pensa que Ruth pleurait à chaudes larmes parce qu'elle aimait beaucoup son mari. Elle l'avait aimé, en effet, ou, en tout cas, elle avait appris à l'aimer. Mais, plus encore, elle avait aimé la vie qu'elle menait avec lui. Et si elle avait de la peine à la pensée que Graham ait perdu son père, il valait toujours mieux qu'il l'ait perdu à un âge trop tendre pour être marqué à vie. Avec le temps, c'était tout juste s'il se rappellerait Allan.

Mais Ruth en avait beaucoup voulu à Allan de mourir ; et elle lui en avait voulu encore davantage de découvrir qu'il avait tenu pour acquis qu'elle serait vieille quand il mourrait. Elle aussi, bien sûr, avait toujours espéré qu'il en serait ainsi. Et voilà qu'il l'abandonnait alors qu'elle avait tout juste quarante ans, et un fils de trois ans.

Les larmes de Ruth avaient une autre raison, plus mesquine, plus égoïste. Cette lecture de Yeats la décourageait même de tenter de devenir poète ; c'étaient des larmes d'écrivain qui entend quelque chose de meilleur que tout ce qu'il pourra jamais produire.

– Pourquoi elle pleure, maman ? avait demandé Graham à Hannah pour la énième fois, parce que Ruth était inconsolable en quasi-permanence depuis la mort d'Allan.

– Ta maman pleure parce que ton papa lui manque, lui avait chuchoté Hannah.

– Mais où il est, papa, maintenant ? avait demandé Graham à Hannah ; question à laquelle sa mère ne lui avait pas donné de réponse satisfaisante jusque-là.

Après la cérémonie, une foule s'était pressée autour de Ruth ; elle avait perdu le compte du nombre de fois qu'on lui avait serré le bras. Elle gardait les mains croisées à la taille ; la plupart des gens n'essayaient pas de les lui serrer, mais se contentaient de ses poignets, de ses bras, de ses avant-bras.

Hannah tenait Graham dans ses bras, et Eddie s'était glissé entre eux. Il semblait particulièrement penaud, comme s'il regrettait d'avoir lu ce poème, ou comme s'il s'accablait en silence d'avoir prononcé une introduction trop courte ou trop vague.

– Enlève ton poêle, maman, dit Graham.

– C'est un voile, ma puce, pas un poêle, lui expliqua Hannah. Et maman préfère le garder.

– Non, je vais l'enlever, maintenant, dit Ruth.

Elle avait fini par cesser de pleurer. Son visage était tout engourdi. Il ne lui importait plus de montrer qu'elle pleurait, ni à quel point elle était effondrée. Puis elle se rappela cette effroyable vieille qui se disait veuve pour le restant de ses jours. Où était-elle, à présent ? La cérémonie n'aurait-elle pas été l'occasion rêvée pour elle de reparaître ?

– Vous vous rappelez l'odieuse vieille veuve ? demanda-t-elle à Eddie et Hannah.

– Je veille au grain, ma puce, répondit Hannah, mais elle doit être morte.

Eddie était encore sous le choc du poème de Yeats, mais il n'avait pas cessé d'ouvrir un œil attentif, lui aussi. Ruth, qui guettait Marion tout comme lui, crut la voir.

Cette femme n'était pas assez vieille pour être sa mère, cependant, mais elle ne le réalisa pas tout de suite. Ce qui la frappa fut l'élégance de la dame, sa compassion et son souci apparemment si sincères. Elle ne regardait pas Ruth d'une manière menaçante ou envahissante, mais avec pitié, et une curiosité anxieuse. C'était une femme mûre tout à fait séduisante, qui n'avait que l'âge d'Allan, pas même soixante ans. D'ailleurs, elle ne regardait pas Ruth avec autant d'attention qu'elle regardait Hannah. C'est alors que Ruth s'aperçut qu'elle ne regardait pas Hannah non plus, mais Graham, objet de toute son attention.

Ruth effleura le bras de la dame et demanda :

– Excusez-moi, nous nous connaissons ?

Gênée, la femme détourna les yeux. Mais, remise de son embarras, elle rassembla son courage et serra le bras de Ruth.

– Pardonnez-moi, je regardais votre fils avec beaucoup d'insistance, je m'en rends compte. C'est seulement qu'il ne ressemble pas du tout à Allan, dit-elle, nerveusement.

– Mais qui êtes-vous, ma petite dame ? demanda Hannah.

– Oh, excusez-moi, dit cette dernière en s'adressant à Ruth, je suis l'autre Mrs Albright, je veux dire, la première Mrs Albright.

Ruth ne voulait pas qu'Hannah rabroue l'ex-femme d'Allan ; elle était sur le point de lui dire : « On vous a invitée, vous ? »

Eddie O'Hare leur sauva la mise.

– Je suis très heureux de faire votre connaissance, dit-il en serrant le bras de l'ex-femme d'Allan. Allan parlait toujours de vous dans les termes les plus élogieux.

L'ex-Mrs Albright en fut sidérée – largement autant qu'Eddie avait été submergé par le poème de Yeats. Ruth n'avait jamais entendu Allan parler de son ex-femme en termes « élogieux » ; parfois il en parlait avec pitié, parce qu'il était sûr qu'elle regretterait sa décision de n'avoir jamais d'enfants. Or voilà qu'elle regardait Graham ! Ruth eut la certitude qu'elle était venue à la cérémonie non pas pour rendre hommage à Allan mais pour voir son fils.

Elle se contenta cependant de lui dire : « Merci d'être venue. » Elle aurait continué à lui débiter des platitudes peu sincères, mais Hannah l'arrêta.

– Tu es mieux avec ta voilette, ma puce, lui murmura-t-elle. Graham, c'est une vieille amie de ton papa. Dis bonjour.

– Bonjour, dit Graham à l'ex-femme de son père. Mais où il est, papa, où il est, maintenant ?

Ruth rabattit sa voilette ; son visage était si engourdi qu'elle ne sentait plus qu'elle avait recommencé à pleurer.

C'est pour les enfants qu'on a besoin du ciel, pensa-t-elle. Pour être en mesure de leur répondre : « Papa est au ciel, Graham », ce qu'elle fit en effet, à cet instant.

– Et c'est bien, le ciel, hein ? commença l'enfant.

Ils avaient souvent parlé du ciel, et de ce que c'était, depuis la mort d'Allan. Peut-être que le mot était plus riche de signification pour l'enfant parce qu'il en était question depuis si peu de temps. Ruth et Allan n'étant croyants ni l'un ni l'autre, il n'en avait pas entendu parler lors de ses trois premières années sur terre.

– Je vais te dire comment c'est le ciel, expliqua l'ex-Mrs Albright. C'est comme tes plus beaux rêves.

Mais Graham était à un âge où l'on fait plus souvent des cauchemars. Ses rêves ne venaient pas forcément du ciel. Pourtant, s'il devait en croire le poème de Yeats, il serait obligé de se figurer son père en train d'arpenter les montagnes, tout là-haut, et de se cacher le visage dans un essaim d'étoiles. (C'est le ciel, ça, ou un cauchemar ? se demanda Ruth.)

– Elle n'est pas là, n'est-ce pas ? dit brusquement Ruth à Eddie, à travers sa voilette.

– Je ne la vois pas, admit-il.

– Je sais bien qu'elle n'est pas là.

– Qui donc ? demanda Hannah à Eddie.

– Sa mère.

– Ça va aller, ma puce, chuchota Hannah à sa meilleure amie. Qu'elle aille se faire foutre, ta mère.

Pour Hannah, *Qu'elle aille se faire foutre, ta mère !* aurait fait un meilleur titre au dernier roman d'Eddie O'Hare, *Une femme difficile*, publié à l'automne 1994, l'année même de la mort d'Allan. Mais elle tenait la mère de Ruth pour perdue depuis longtemps ; en outre, n'étant pas encore une femme vieillissante, du moins à ses propres yeux, elle en avait par-dessus la tête de l'éternel thème o'harien. Hannah avait tout de même trente-neuf ans, soit exactement l'âge de Marion lorsqu'il l'avait rencontrée, lui avait fait remarquer Eddie.

– Ouais, mais toi t'avais seize ans, Eddie. Et c'est une catégorie que j'ai éliminée de mon répertoire sexuel – c'est vrai, je me fais pas d'ados.

Hannah avait bien accepté les retrouvailles de Ruth avec Eddie et leur amitié, mais il y avait en lui quelque chose qui la perturbait au-delà de la jalousie naturelle qu'on éprouve envers les amis de ses amis. Elle avait déjà eu des amants de l'âge d'Eddie et plus – il avait alors cinquante-deux ans –, or, s'il n'était guère son genre, il n'en restait pas moins un quinquagénaire séduisant, et pas homosexuel ; pourtant, il ne lui avait jamais fait d'avances. C'était plus que troublant, pour elle.

– Écoute, moi, je l'aime bien, Eddie, disait-elle à Ruth, mais tu conviendras avec moi qu'il a un truc qui cloche.

Ce qui clochait, d'après elle, c'était qu'il ait éliminé les femmes plus jeunes que lui de son répertoire.

Ruth ne pouvait s'empêcher de trouver le répertoire d'Hannah plus mystifiant que celui d'Eddie. Si le goût d'Eddie pour ses aînées était singulier, du moins était-ce une singularité sélective.

– Tu me considères comme un bazooka du sexe, c'est ça ? demanda Hannah.

– Il faut de tout pour faire un monde, répondit Ruth avec tact.

– Écoute, ma puce, j'ai vu Eddie à l'angle de Park Avenue et de la Quatre-vingt-neuvième Rue – il poussait une vieille dans un petit fauteuil. Et puis, un soir, je l'ai vu au Russian Tea Room – il était avec une mamie en minerve !

– Elles avaient peut-être eu des accidents. Ce n'était pas forcément des atteintes du grand âge. Il y a des femmes jeunes qui se cassent une jambe – celle qui était dans un fauteuil, elle avait peut-être eu un accident de ski. Il y a les accidents de voiture, les retours de manivelle...

– Mais, ma puce, cette vieille-là, elle pouvait plus sortir de son fauteuil. Et celle avec la minerve, c'était un squelette ambulant – son cou était trop grêle pour soutenir sa tête !

– Moi, je le trouve adorable, Eddie, se contenta de répondre Ruth. Toi aussi tu vas vieillir, Hannah. Tu ne seras pas heureuse d'avoir un homme comme lui dans ta vie, à ce moment-là ?

Mais Ruth elle-même devait reconnaître qu'elle trouvait qu'*Une femme difficile* dépassait sérieusement les bornes de la vraisemblance. Un homme d'une cinquantaine d'années, qui ressemblait à s'y méprendre à Eddie, était l'amant éperdu d'une femme qui allait sur ses quatre-vingts ans. Ils faisaient l'amour dans un déploiement impressionnant de précautions médicales, avec beaucoup d'incertitudes. Assez logiquement, ils se rencontraient dans un cabinet médical, où l'homme attendait avec appréhension sa première coloscopie.

« Et vous, vous venez pour quoi ? lui demandait la dame. Vous avez l'air de vous porter plutôt bien. » Il avouait appréhender l'examen qu'on allait lui faire subir. « Oh, ne soyez pas bête, lui répondait-elle, les hétérosexuels sont tellement peureux dès qu'il s'agit de se faire pénétrer. Mais ça n'est rien du tout. Moi, j'en ai bien eu une demi-douzaine, de coloscopies. Il faut quand même savoir que ça donne des gaz. »

Quelques jours plus tard, ils se retrouvaient à un cocktail. La dame était si somptueusement mise qu'il ne la reconnaissait pas. En outre, elle l'abordait avec une coquetterie inquiétante. « La dernière fois que je vous ai vu, lui chuchotait-elle, vous étiez sur le point de vous faire pénétrer. Comment ça s'est passé ? »

Il balbutiait : « Mais très bien, merci. Vous aviez raison, il n'y avait pas de quoi avoir peur. »

« Je vais vous faire voir de quoi avoir peur », lui susurrait-elle, ce qui marquait le début de leur liaison orageuse et passionnée qui ne finirait qu'avec la mort de la dame.

– Ah bon Dieu, il a pas le trac O'Hare, il faut pas lui enlever ça ! avait commenté Allan à propos de ce cinquième roman.

Malgré son habitude enracinée d'appeler Eddie par son nom de famille, ce qui déplaisait souverainement à l'intéressé, il s'était pris pour lui, sinon pour son œuvre, d'une affection sincère. Quant à Eddie, si Allan était l'antithèse totale de son idéal, il s'était mis à l'aimer d'une amitié qu'il n'aurait jamais soupçonnée. Ils étaient bons amis lorsque Allan était mort, et Eddie n'avait pas pris son rôle au service funèbre à la légère.

Ses relations avec Ruth étaient une autre affaire, surtout à cause de ses sentiments envers sa mère, qu'il ne comprenait qu'en partie. Il avait bien remarqué les changements considérables de sa personnalité depuis qu'elle était devenue mère à son tour, mais il n'avait pas compris à quel point la maternité l'avait rendue plus sévère à l'égard de Marion.

Pour dire les choses simplement, Ruth était une bonne mère. A la mort d'Allan, Graham n'avait qu'un an de moins qu'elle au départ de sa mère. Ruth n'arrivait pas à concevoir le manque d'amour de sa mère pour elle. Elle aurait préféré mourir plutôt que d'abandonner Graham ; la chose lui était inimaginable.

Et si Eddie était obsédé par les dispositions de Marion, ou du moins ce qu'il pouvait en déduire après la lecture de *McDermid prend sa retraite*, Ruth avait lu le quatrième roman de sa mère avec une impatience dédaigneuse – il arrive un point où le culte de la mélancolie frôle la complaisance.

Avec ses relations d'éditeur, Allan avait pris ses renseignements sur Marion ; il avait réuni toutes les informations qu'il pouvait sur celle qui se faisait appeler Alice Somerset. Selon son éditeur canadien, Alice Somerset n'avait pas assez de succès dans son pays pour vivre des revenus de ses livres ; mais ses œuvres se vendaient bien mieux en France et en Allemagne. Elle vivait plutôt confortablement de ces traductions. Propriétaire d'un appartement modeste à Toronto, la mère de Ruth passait les mois les plus rudes de l'hiver en Europe. Ses éditeurs en France et en Allemagne se faisaient un plaisir de lui trouver des appartements à louer à sa convenance.

– C'est une femme agréable, un peu distante, disait d'elle son éditeur allemand.

– Charmante, réservée, disait l'éditeur français.

– Je ne vois pas pourquoi elle s'encombre de ce pseudonyme – elle me semble seulement éprise d'intimité, dit l'éditeur canadien à Allan, en lui donnant l'adresse de Marion à Toronto.

– Mais enfin, bon sang, répétait Allan à Ruth – ils en avaient même parlé quelques jours seulement avant sa mort –, voilà l'adresse de ta mère. Tu es écrivain – tu n'as qu'à lui écrire ! Et qui t'empêche d'aller la voir, si tu en as envie. Je ne demande pas mieux que de t'accompagner, ou bien tu pourrais y aller toute seule. Tu pourrais lui amener Graham, je suis sûr que Graham l'intéresserait !

– Moi, elle ne m'intéresse pas ! avait répondu Ruth.

Ruth et Allan étaient venus à New York pour le cocktail de lancement du roman d'Eddie, cocktail qui s'était tenu un soir d'octobre, peu de temps après les trois ans de Graham. C'était une de ces journées tièdes et ensoleillées qui ont le goût de l'été. Et lorsque le soir vint, la fraîcheur tomba comme elle le fait sur le plus beau jour d'automne. « Un jour béni » avait dit Allan, Ruth s'en souviendrait.

Ils avaient pris une suite au Stanhope ; ils avaient fait l'amour dans leur chambre tandis que Conchita Gomez emmenait Graham au restaurant de l'hôtel, où on le traitait comme un petit prince. Ils étaient tous venus de Sagaponack en voiture, malgré les protestations de Conchita qui trouvait qu'elle et Eduardo étaient trop vieux pour passer une seule nuit l'un sans l'autre ; car si l'un des deux venait à mourir, heureux comme ils étaient en ménage, ce serait terrible de mourir seul.

Le temps radieux, et l'amour l'après-midi avaient mis Allan de si belle humeur qu'il avait insisté pour aller au cocktail à pied, malgré les quinze rues de distance. Rétrospectivement, Ruth trouverait qu'il avait les joues un peu rouges à leur arrivée, mais elle avait jugé que c'était un signe de santé, et mis la chose sur le compte de la fraîcheur de l'air automnal.

A la soirée, Eddie s'était montré fidèle à lui-même, dans l'auto-dénigrement ; il avait fait un discours absurde, remerciant ses vieux amis d'avoir abandonné des projets plus distrayants pour la soirée ; il avait énoncé un synopsis plus que familier de l'intrigue de son nouveau roman ; puis il leur avait assuré que ce n'était pas la peine de lire le livre puisqu'ils connaissaient déjà l'histoire : « Et les personnages principaux seront assez faciles à reconnaître... d'après mes précédents romans c'est-à-dire, avait-il marmonné. Ils ont seulement un peu vieilli. »

Hannah était venue en compagnie d'un type indéniablement effroyable, un ancien goal professionnel de hockey sur glace qui venait d'écrire les mémoires de ses prouesses sexuelles et tirait une fierté mal placée du fait assez banal qu'il ne s'était jamais marié. Son épouvantable livre s'intitulait *Pas dans mes filets*, et on prendra la mesure de son humour en découvrant qu'il avait l'habitude peu relevée d'appeler des « palets » les femmes avec qui il avait couché, ce qui lui permettait cette plaisanterie fine : « Ah ! qu'elle était bonne à tirer, ce petit palet ! »

Hannah l'avait interviewé lors d'une enquête sur la reconversion des sportifs à la retraite. Ruth pensait qu'ils devenaient le plus souvent acteurs ou écrivains ; elle avait dit à Hannah qu'elle préférait qu'ils choisissent d'être acteurs.

Mais Hannah était de plus en plus sur la défensive quant à ses petits amis déplorables. « Qu'est-ce que tu en sais, toi, la vieille dame mariée ? » demandait-elle à son amie. Rien, Ruth aurait été la première à l'admettre. Tout ce qu'elle savait, c'est qu'elle était heureuse (et elle savait aussi qu'elle avait bien de la chance de l'être).

Hannah elle-même aurait convenu que le mariage de Ruth était réussi. Si Ruth n'avait jamais avoué qu'au début leur vie sexuelle n'avait été qu'acceptable, elle en avait parlé par la suite comme d'un aspect de leur conjugalité qu'elle avait appris à apprécier. Ruth avait trouvé un compagnon à qui parler, et qu'on pouvait écouter ; en outre, c'était un bon père pour le seul enfant qu'elle aurait jamais. Et cet enfant... ah, toute sa vie avait changé à cause de lui, autre raison pour laquelle elle aimerait toujours Allan.

Ayant eu son fils sur le tard – elle avait trente-sept ans à sa naissance

–, elle se préoccupait de sa sécurité plus qu'une jeune mère. Elle le gâtait d'ailleurs, mais c'était par choix qu'elle n'en avait pas eu d'autre. A quoi bon un enfant unique si ce n'est pour le gâter ? Aimer Graham jusqu'au gâtisme était devenu la part la plus enthousiasmante de la vie de Ruth. Il avait deux ans lorsqu'elle s'était remise à écrire.

A présent, il en avait trois. Sa mère avait enfin mis la dernière main à son quatrième roman, quoiqu'elle continuât de le dire inachevé – en alléguant qu'elle ne le trouvait pas assez peaufiné pour le montrer à Allan. Elle était de mauvaise foi envers elle-même, mais il n'y avait rien à faire. Elle appréhendait la manière dont Allan prendrait le livre pour des raisons qui n'avaient rien à voir avec son degré d'achèvement.

Depuis longtemps ils étaient convenus qu'elle ne lui montrerait rien tant qu'elle jugerait pouvoir apporter des améliorations. Allan avait toujours engagé ses auteurs à procéder de cette façon. « Je ferai mon travail d'éditeur au mieux quand vous jugerez que vous avez fait tout ce que vous pouviez », disait-il à ses auteurs. (« Comment dire à quelqu'un qui marche qu'il faut qu'il fasse un pas de plus ? » répétait-il toujours.)

A supposer qu'Allan ait été dupe de son prétexte, pour sa part, elle ne se leurrait guère. Elle l'avait déjà réécrit autant qu'il était possible. Il lui arrivait même de douter qu'elle pourrait le relire – alors le réécrire ! Elle ne doutait pas qu'il fût bon ; elle pensait même que c'était ce qu'elle avait écrit de meilleur.

A dire vrai, la seule chose qui la chagrinait, quant à *Mon dernier petit ami déplorable*, c'est qu'elle craignait qu'il n'insultât son mari. Le personnage principal était beaucoup trop proche de Ruth avant son mariage, par l'un de ses aspects ; sa protagoniste était trop encline à s'exposer avec des hommes infréquentables. En outre, le fameux petit ami déplorable du roman était un mélange improbable et infect de Scott Saunders et de Wim Jongbloed. Le fait que leur crapulerie persuade le personnage de Ruth (comme Hannah ne manquerait pas de l'appeler) de regarder une prostituée avec son client dérangerait peut-être moins Allan que ce désir incontrôlable qui submergeait la jeune femme. Quant à la honte qu'elle éprouvait ensuite de s'être laissée aller à cet écart sexuel, elle l'incitait à épouser un homme qui ne l'attirait pas sexuellement.

Comment Allan pourrait-il ne pas se sentir insulté par ce que le roman sous-entendait de raisons pour son auteur de l'épouser ? Ces quatre années de mariage avec Allan avaient été les plus heureuses de sa vie, et il le savait sûrement, mais cela n'atténuait pas le message plus cynique du roman, elle en avait peur.

Elle s'imaginait assez précisément ce qu'Hannah conclurait de sa lecture : que son amie, pourtant moins aventureuse qu'elle, avait eu une passade avec un jeune Néerlandais, qui l'avait baisée à la rendre folle pendant qu'une prostituée les regardait. C'était une scène brutalement humiliante pour n'importe quelle femme, même pour Hannah. Mais Ruth ne redoutait pas la réaction d'Hannah ; elle avait toujours ignoré ou refusé les interprétations que donnait cette dernière de ses romans.

Or voici où elle en était : elle venait d'écrire un roman qui choquerait bien des critiques et des lecteurs – surtout des femmes. Et puis après ? La seule personne qu'elle ne voulait pas offenser, c'était Allan, qui risquait d'être le plus blessé.

Le soir du cocktail pour Eddie lui sembla être le moment propice pour avouer ses craintes à Allan. Elle était même allée jusqu'à se figurer qu'elle aurait le courage de lui raconter ce qui s'était passé à Amsterdam, tant elle avait confiance en la solidité de leur couple.

– Je n'ai pas envie de dîner avec Hannah, chuchota-t-elle à son mari pendant le cocktail.

– On ne dîne pas avec O'Hare ? lui demanda Allan.

– Non, pas avec Eddie non plus, même s'il nous le demande. J'ai envie de dîner avec toi, Allan, en tête à tête.

Ils avaient donc quitté le cocktail dans un taxi pour se rendre vers le nord de New York, au restaurant où Allan l'avait galamment laissée en tête à tête avec Eddie, cette soirée qui paraissait si loin, après la présentation interminable qu'il avait faite de son roman dans la salle de la Quatre-vingt-douzième Rue.

Il n'y avait aucune raison qu'Allan ne boive pas force verres de vin ; ils avaient déjà fait l'amour, et ni l'un ni l'autre ne devrait prendre le volant. Mais, sans le dire, elle espérait qu'il ne se saoule pas. Elle n'avait pas envie qu'il soit ivre quand elle lui raconterait Amsterdam.

– Je meurs d'envie que tu lises mon livre, commença-t-elle.

– Je meurs d'envie de le lire, dès que tu seras prête, répondit Allan.

Il était si détendu que c'était bien le moment de tout lui dire.

– Ce n'est pas seulement que je vous aime, toi et Graham. C'est

503

que je te serai toujours reconnaissante de m'avoir épargné la vie que j'aurais pu mener, que j'ai menée.

– Je sais bien, tu me l'as déjà dit.

Il lui sembla un peu moins bien disposé, tout à coup, comme s'il ne voulait pas l'entendre répéter une fois de plus dans quels ennuis elle se fourvoyait lorsqu'elle était célibataire ; et qu'avant lui son jugement en matière d'hommes n'était pas fiable.

– A Amsterdam…, tenta-t-elle.

Mais elle réfléchit : pour être honnête, il faudrait commencer par Scott Saunders et la partie de squash, sans compter les « prolongations » de cette partie. Mais elle se tut.

– C'est simplement qu'il m'est plus difficile de te montrer ce roman qu'un autre, parce que ton opinion a tellement plus d'importance que d'habitude, alors qu'elle en a déjà beaucoup d'habitude.

Déjà, elle était en train d'esquiver ce qu'elle voulait dire. Elle se sentait tout aussi paralysée de lâcheté que dans la penderie de Rooie.

– Détends-toi, Ruth, lui dit Allan en lui prenant la main. Si tu penses qu'il vaudrait mieux pour toi passer par un autre éditeur – que ce serait mieux pour nos rapports personnels…

– Non ! s'écria Ruth. C'est pas du tout ce que je voulais dire !

Elle n'avait pas voulu retirer sa main mais, de fait, elle l'avait retirée. Elle tenta de lui prendre la sienne, mais il l'avait remise sur ses genoux.

– Je veux dire que c'est grâce à toi, si j'ai eu mon dernier amant lamentable. Ce n'est pas qu'un titre, tu sais…

– Je sais. Tu me l'as déjà dit.

Ce dont ils avaient fini par parler, c'était le sujet effrayant et souvent abordé du tuteur de Graham s'il devait leur arriver quelque chose à tous les deux. Il était pourtant peu probable qu'il puisse leur arriver à tous deux un malheur qui laisse Graham orphelin, car ils l'emmenaient absolument partout avec eux. Si l'avion s'écrasait, le petit serait à bord aussi.

Mais Ruth n'arrivait pas à clore ce chapitre. En l'occurrence, c'était Eddie le parrain de Graham, et Hannah sa marraine. Ni Ruth ni Allan ne pouvaient se la représenter en mère. Malgré son dévouement envers leur fils, sa vie lui interdisait de s'occuper d'un enfant. L'attention qu'elle prodiguait au petit les avait impressionnés, cette attention enthousiaste dont les femmes qui ont choisi de ne pas avoir d'enfants couvent parfois ceux des autres, mais, tout de même, elle ne pourrait pas faire une tutrice crédible.

Or Eddie, qui avait évité les jeunes femmes, ne semblait pas moindrement savoir s'y prendre avec les enfants. Il était si nerveux en compagnie de Graham qu'il rendait l'enfant, pourtant calme de nature, nerveux à son tour.

Lorsqu'ils arrivèrent au Stanhope, Ruth et Allan étaient ivres tous deux. Ils embrassèrent leur enfant déjà endormi dans un lit pliant installé dans leur chambre, et souhaitèrent bonne nuit à Conchita. Avant même que Ruth ait fini de se laver les dents et de se préparer pour la nuit, Allan dormait profondément.

Elle remarqua qu'il avait laissé la fenêtre ouverte. Malgré la relative douceur de la nuit, il avait été mal inspiré : à New York, le vacarme de la circulation matinale réveillerait un mort. (Il ne réveillerait pas Allan.)

Dans tous les couples, il y a des tâches qui incombent de préférence à chacun ; il y a toujours celui à qui il revient de descendre la poubelle, celui qui doit veiller qu'on ne soit pas à court de café ou de lait, de dentifrice ou de papier hygiénique. Allan était chargé de veiller à la température ; c'était lui qui ouvrait et fermait les fenêtres, qui bricolait le thermostat, qui faisait du feu ou le laissait s'éteindre. Si bien que Ruth laissa ouverte la fenêtre de leur chambre au Stanhope. Lorsque la circulation la réveilla à cinq heures du matin, et que Graham se coula entre ses parents parce qu'il avait froid, elle dit :

– Allan, si tu fermes la fenêtre, je crois qu'on va tous pouvoir se rendormir.

– J'ai froid, papa, dit Graham, qui ajouta : Papa, il a vraiment froid !

– On a tous vraiment froid, Graham, répondit Ruth.

– Oui, mais papa plus.

– Allan ? lança Ruth.

Elle comprit. Elle tendit la main avec précaution par-dessus Graham, qui s'était déjà blotti contre elle, et toucha le visage glacé d'Allan sans le regarder. Elle glissa sa main sous les couvertures, où son corps et celui de Graham étaient chauds ; mais, même sous les couvertures, le corps d'Allan était froid au toucher – aussi froid que le carrelage de la salle de bains dans le Vermont, un matin d'hiver.

– Allons dans la chambre à côté, mon poussin, dit-elle à Graham. On va laisser papa dormir encore un peu.

– Moi aussi, je veux dormir encore un peu, dit Graham.

– Passons à côté. Peut-être que tu pourras dormir avec Conchita.

Ils trottinèrent pour traverser le salon de la suite, Graham traînant sa couverture et son ours en peluche, Ruth en slip et T-shirt, car le mariage lui-même n'avait rien changé à sa tenue de nuit. Elle frappa à la porte de Conchita et réveilla la vieille femme.

– Excuse-moi, Conchita, mais Graham voudrait dormir avec toi, lui dit-elle.

– Bien sûr, mon chéri, entre, dit Conchita à Graham qui passait devant elle pour se glisser dans son lit.

– Il fait pas si froid, ici, observa l'enfant. Il fait tellement froid dans notre chambre, papa est gelé.

– Allan est mort, chuchota Ruth à Conchita.

Ensuite, toute seule au salon, elle rassembla son courage pour retourner dans la chambre. Elle ferma la fenêtre avant de passer dans la salle de bains, où elle se lava rapidement les mains et le visage, et se brossa les dents sans se soucier de ses cheveux. Puis elle enfila maladroitement ses vêtements sans un regard pour Allan, sans le toucher. Elle ne voulait pas voir son visage. Pour le restant de ses jours, elle préférait l'imaginer vivant ; il était déjà assez difficile de devoir emporter la sensation de son corps si peu naturellement glacé.

Il n'était pas encore six heures lorsqu'elle appela Hannah.

– J'espère pour vous que vous êtes un ami, dit celle-ci en décrochant.

– C'est qui, ct'enfoiré ? s'enquit l'ex-goal.

– C'est moi. Allan est mort. Je ne sais pas quoi faire, dit Ruth à Hannah.

– Oh ma puce, ma puce, j'arrive tout de suite ! répondit Hannah.

– C'est qui, ct'enfoiré ? répéta l'ex-star du hockey.

– Toi, va te trouver un autre palet à tirer ! entendit Ruth. Qu'est-ce que ça peut te foutre qui c'est ?

Le temps qu'Hannah arrive au Stanhope, Ruth avait déjà appelé Eddie au New York Athletic Club. A eux deux, Eddie et Hannah prirent les dispositions qui s'imposaient. Ruth n'eut pas besoin de parler à son fils, qui, heureusement, s'était rendormi dans le lit de Conchita ; il ne se réveilla qu'à huit heures passées, et le corps d'Allan avait déjà quitté l'hôtel. Hannah emmena Graham prendre un petit déjeuner, et déploya des trésors d'ingéniosité pour lui expliquer où se trouvait son père. Il était trop tôt pour qu'Allan soit au ciel, avait décidé Ruth, entendant par là qu'il était trop tôt pour parler du ciel à l'enfant, comme cela se produirait tant de fois par la suite. Hannah s'en tint donc à des mensonges plus terre à terre :

– Ton papa est au bureau, Graham. Il va peut-être falloir que ton papa parte en voyage.

– En voyage où ça ? s'enquit l'enfant.

Conchita Gomez était effondrée. Ruth seulement engourdie. Eddie proposa de prendre le volant pour les ramener tous à Sagaponack, mais Ted Cole n'avait pas appris à conduire à sa fille pour rien. Elle savait qu'elle pouvait entrer dans Manhattan et en sortir chaque fois qu'il le fallait. Eddie et Hannah avaient déjà beaucoup fait en lui épargnant d'avoir à s'occuper du corps d'Allan.

– Je peux conduire, leur dit-elle. En toutes circonstances, je peux conduire.

Mais elle n'eut pas le cœur de faire les poches d'Allan pour prendre les clefs de la voiture. Eddie les trouva, et ce fut Hannah qui refit la valise d'Allan.

Dans la voiture, Hannah monta à l'arrière, avec Conchita et Graham. Elle était censée faire la conversation à l'enfant ; c'était son rôle. Eddie prit place à côté de Ruth ; son rôle n'était clair pour personne et surtout pas pour lui, mais il s'absorbait dans la contemplation du profil de Ruth. Quant à elle, elle ne quittait pas la route des yeux, sauf pour regarder dans les rétroviseurs.

Pauvre Allan, ça avait dû être un arrêt cardiaque, pensait Eddie. Là-dessus, il avait vu juste. Mais il se trompait sur autre chose, et c'était son erreur qui était intéressante. Il se trompait en se figurant être tombé amoureux de Ruth, rien qu'à contempler son profil triste ; ce dont il ne se rendait pas compte, c'est avec quelle force, en cet instant, elle lui avait rappelé sa malheureuse mère.

Pauvre Eddie O'Hare ! Ce qui venait de lui arriver était bien cruel ; c'était l'illusion déphasante qu'il était tombé amoureux de la fille de la seule femme qu'il ait jamais aimée ! Mais comment faire la différence entre tomber amoureux et imaginer qu'on tombe amoureux ? Tomber amoureux pour de bon est déjà une opération de l'imagination.

– Il est où, papa, maintenant ? commença Graham. Il est au bureau ?

– Je crois qu'il a rendez-vous chez le docteur, lui répondit Hannah. Je crois qu'il est allé voir le médecin parce qu'il ne se sentait pas très bien.

– Il a encore froid ?

– Peut-être. Le docteur va voir ce qu'il a.

Les cheveux de Ruth étaient restés tels quels ; on voyait qu'elle avait dormi dessus, et son pâle visage n'était pas maquillé. Elle avait les lèvres sèches, et les pattes d'oie, au coin de ses yeux, ressortaient plus que jamais. Marion aussi avait des pattes d'oie, mais Eddie avait momentanément oublié Marion. Il était médusé par le visage de Ruth, et par la tristesse qui en émanait.

A quarante ans, Ruth était dans le premier engourdissement du deuil. Tandis qu'à trente-neuf ans, Marion, au moment où Eddie l'avait vue pour la dernière fois, était dans le chagrin depuis cinq ans. Son visage, à elle, auquel celui de sa fille ressemblait si fort aujourd'hui, reflétait une peine quasi éternelle.

A seize ans, Eddie était tombé amoureux de la tristesse de Marion, qui lui semblait faire partie d'elle de manière plus permanente encore que sa beauté. Pourtant, on se souvient de la beauté, après qu'elle s'est enfuie. Ce qu'il voyait se refléter sur le visage de Ruth était cette beauté enfuie, nouvelle mesure de l'amour qu'il éprouvait en réalité pour Marion.

Seulement il ne savait pas qu'il était toujours amoureux de Marion. Il croyait être tombé amoureux de Ruth.

Mais qu'est-ce qu'il a, Eddie, bon Dieu ! se disait Ruth. S'il n'arrête pas de me regarder comme ça, je vais aller dans le décor, moi !

Hannah aussi remarqua qu'Eddie fixait Ruth. Mais qu'est-ce qu'il a, Eddie, bon Dieu ? pensait-elle. Depuis quand il s'intéresse aux femmes plus jeunes que lui, ce connard ?

Mrs Cole

« Elle était veuve depuis un an », avait écrit Ruth Cole, quatre ans à peine avant de perdre son mari elle-même. Et voilà qu'un an après la mort d'Allan, tout comme la veuve qu'elle avait créée, elle avait beaucoup de mal à « endiguer le flot de ses souvenirs, ainsi que toute veuve doit le faire ».

Comment ai-je pu savoir presque tout ce qu'il en était ? se demandait à présent la romancière ; car si elle avait toujours tenu qu'un bon écrivain doit pouvoir tout imaginer, et tout imaginer avec véracité, et si elle avait toujours tenu qu'on surestimait l'importance de la vie réelle, elle s'étonnait elle-même de la justesse de ses suppositions.

Une année complète après la mort d'Allan, exactement comme elle l'avait écrit, elle était toujours aussi « encline à se laisser balayer par "le flot de souvenirs" qui l'avait emportée ce matin où elle s'était réveillée et avait trouvé son mari, mort, à côté d'elle ».

Et où était-elle, la veuve outragée qui l'avait agressée pour avoir parlé de façon mensongère du veuvage ? Où était-elle, cette harpie qui s'était déclarée veuve-pour-le-restant-de-ses-jours ? Rétrospectivement, Ruth était déçue qu'elle ne se soit pas montrée au service funèbre d'Allan. Maintenant qu'elle était veuve, elle avait envie de la voir, cette misérable vieillarde, ne serait-ce que pour lui hurler à la face que ce qu'elle avait écrit était vrai !

La méchante vieille qui avait tenté de gâcher son mariage par ses menaces haineuses, cette vieille haridelle aigrie qui s'était laissée aller de manière si éhontée... où était-elle ? Morte, sans doute, comme Hannah l'avait déclaré. Ruth se sentirait flouée si tel était le cas ; maintenant que toute la sagesse conventionnelle du monde l'autorisait à parler, elle aurait bien aimé dire sa façon de penser à cette garce !

Car enfin la vieillarde s'était vantée de la supériorité de son amour pour son mari. L'idée même qu'on puisse dire à quelqu'un « Vous ne savez pas ce que c'est que le chagrin » ou « Vous ne savez pas ce que c'est que l'amour » scandalisait Ruth.

Ce ressentiment imprévu contre la vieille veuve sans nom lui avait fourni un combustible inépuisable pour sa première année de veuvage. Dans le même temps, de manière non moins imprévue, son cœur s'était attendri envers sa mère. Ruth avait perdu Allan, mais il lui restait Graham. Avec sa conscience accrue de l'amour qu'elle portait à son fils unique, elle se prenait de compassion pour Marion, qui avait fait tous ses efforts pour ne pas aimer un autre enfant, elle qui en avait perdu deux.

Que sa mère ne se fût pas donné la mort était un sujet de stupéfaction pour Ruth, comme le fait qu'elle ait pu avoir un autre enfant. Tout à coup, la raison pour laquelle sa mère l'avait abandonnée prenait un sens. Elle n'avait pas voulu l'aimer parce qu'elle n'avait pu supporter l'idée de perdre un troisième enfant. (Cela, Eddie le lui avait appris cinq ans plus tôt, mais avant d'avoir un enfant et de perdre son mari, il lui manquait l'expérience ou l'imagination pour le croire.)

Pourtant l'adresse de Marion à Toronto était depuis un an en évidence sur son bureau. Orgueil et lâcheté – voilà un titre qui aurait mérité un long roman derrière lui ! – l'empêchaient de lui écrire. Elle continuait en effet de penser que c'était à Marion de revenir dans la vie de sa fille, puisque c'était elle qui en était partie. Mère d'assez fraîche date, et veuve de plus fraîche date encore, Ruth découvrait le chagrin, et la peur d'un deuil pire encore.

Ce fut Hannah qui lui donna l'idée de transmettre cette adresse à Eddie.

– Qu'il s'en charge ! avait-elle dit. A lui de se torturer pour savoir s'il faut lui écrire ou pas.

Et, de fait, Eddie allait se torturer pour en décider. Qui pis est, il avait plusieurs fois tenté de lui écrire, mais ses tentatives avaient avorté avant la boîte aux lettres.

« Chère Alice Somerset, commençait-il. J'ai quelques raisons de croire que vous êtes Marion Cole, la femme qui compte le plus dans ma vie. » Mais il avait le sentiment que le ton était trop cavalier, surtout après quarante ans ou presque, alors il avait recommencé, sur un mode plus direct. « Chère Marion, car Alice Somerset ne peut être que vous. J'ai lu vos *McDermid* avec... », euh, avec quoi, au fait ? s'était-il demandé, et cela l'avait arrêté. Avec fascination ? Frustration ? Admiration ? Désespoir ? Tout ça ? Il était incapable de le dire.

En outre, après avoir entretenu cette flamme pour Marion trente-six ans, il se figurait aujourd'hui aimer Ruth. Et depuis un an qu'il se croyait amoureux de sa fille, il ne s'était pas rendu compte que c'était elle qu'il n'avait jamais cessé d'aimer. C'est pourquoi ses tentatives épistolaires lui faisaient souffrir le martyre. « Chère Marion, je vous ai aimée trente-six ans, avant de tomber amoureux de votre fille. » Mais cela, il ne parvenait même pas à le dire à Ruth.

Quant à Ruth, au cours de cette première année de veuvage, elle se demanda souvent ce qui était arrivé à Eddie O'Hare. Mais, enfin, sa douleur et l'attention constante que lui demandait Graham ne lui laissaient guère le loisir de s'interroger sur les états d'âme manifestes autant que mystérieux d'Eddie. Elle l'avait toujours considéré comme un charmant excentrique. L'était-il aujourd'hui plus qu'hier ? Il pouvait passer tout un dîner en sa compagnie sans prononcer autre chose que quelques monosyllabes ; pourtant, chaque fois qu'elle lui jetait un coup d'œil, elle le surprenait les yeux rivés sur elle. Alors, aussitôt, il détournait le regard.

– Mais qu'est-ce qu'il y a, Eddie ? lui avait-elle lancé une fois.

– Oh, rien, avait-il répondu. Je me demandais comment vous alliez.

– Eh bien, ça va, merci, avait dit Ruth.

Hannah avait sa théorie, que Ruth récusait, la trouvant trop absurde. « On dirait qu'il est tombé amoureux de toi, mais qu'il sait pas comment brancher les femmes plus jeunes. » Pendant un an, l'idée que qui que ce soit puisse vouloir la « brancher » lui avait paru absurde.

Mais à l'automne 1995, Hannah se mit à lui dire : « Ça fait un an, ma puce – il est temps que tu te remettes sur le marché. »

La simple idée de « se remettre sur le marché » répugnait à Ruth. Non seulement elle était toujours amoureuse d'Allan et de la mémoire de leur vie commune, mais elle était réfrigérée par la perspective de devoir affronter de nouveau ses erreurs de jugement.

Comme elle l'avait écrit dans le premier chapitre de *Pas pour les enfants*, qui peut savoir l'heure venue pour une veuve de retourner dans le monde « sans risque » ? Ça n'existe pas un retour sans risque, pour une veuve.

La publication du quatrième roman de Ruth Cole, *Mon dernier petit ami déplorable*, dut attendre l'automne 1995, car Ruth ne concevait pas de faire plus tôt sa première apparition en public depuis la mort de son mari – encore ne fut-elle pas aussi disponible que les éditeurs l'auraient souhaité. Elle accepta une lecture dans la salle de la Quatre-vingt-douzième Rue, où elle ne s'était pas produite depuis la présentation-fleuve d'Eddie, en 1990. Mais elle refusa de donner des interviews aux États-Unis, sous prétexte qu'elle ne passerait qu'une nuit à New York sur le chemin de l'Europe, et qu'elle ne voulait jamais recevoir de journalistes dans sa maison du Vermont. (Celle de Sagaponack était en vente depuis le 1er septembre.)

Hannah la trouvait folle de s'enterrer là-bas et disait qu'elle aurait mieux fait de vendre la propriété du Vermont. Mais Allan et Ruth avaient été d'accord sur ce point : c'était dans cet État que Graham devrait être élevé.

En outre, Conchita Gomez était trop âgée pour être la nounou principale de Graham, de même qu'Eduardo se faisait trop vieux pour être gardien. Dans le Vermont, Ruth aurait des baby-sitters sous la main, puisque Kevin Merton avait trois filles en âge de garder des enfants. L'une des trois, Amanda, était lycéenne et pouvait se permettre de voyager un peu. (Son lycée avait admis qu'une tournée de promotion avec Ruth Cole entrait dans la rubrique éducative. Par conséquent, Ruth emmenait Graham et Amanda à New York et en Europe.)

Tous ses éditeurs européens n'étaient pas enchantés de ses projets de promotion de *Mon dernier petit ami déplorable*. Mais Ruth avait loyalement averti son monde : elle était encore en deuil, et ne se rendrait nulle part sans son fils de quatre ans ; en outre, ni lui ni sa nounou ne devraient manquer l'école plus de quinze jours.

Le voyage que Ruth se proposait devrait être, pour Graham et elle, le moins fatigant possible. A l'aller, elle prendrait le Concorde pour Londres, et, au retour, elle le prendrait depuis Paris. Entre Londres et Paris, elle emmènerait Graham et sa nounou à Amsterdam. Une étape incontournable ! Le fait d'y avoir situé quelques chapitres, cette scène humiliante dans le quartier chaud, rendait le roman particulièrement intéressant aux yeux des Hollandais ; et puis Maarten était son éditeur favori.

Ce n'était pas la faute d'Amsterdam si Ruth redoutait d'y retourner. Sans aucun doute, elle pourrait faire la promotion du livre sans aller dans le quartier chaud. Tous les journalistes dénués d'imagination, sans parler des photographes désignés pour prendre sa photo, insisteraient pour qu'elle retourne dans les *Wallen* – décor de la scène la plus scabreuse –, mais ce ne serait pas la première fois qu'elle ferait échec à leur manque d'originalité.

Peut-être était-ce une forme de pénitence, ce retour obligé à Amsterdam, se disait-elle – sa peur, en effet, n'était-elle pas une forme de pénitence ? Et comment ne redouterait-elle pas chaque seconde passée à Amsterdam – comment la ville ne lui rappellerait-elle pas cette éternité dans le placard de Rooie ? Le râle de La Taupe ne servirait-il pas de musique de fond à son sommeil ? A supposer qu'elle trouve le sommeil...

Outre Amsterdam, Ruth redoutait cette unique nuit à passer à New York : une fois de plus, ce serait Eddie O'Hare qui présenterait sa lecture dans la salle de la Quatre-vingt-douzième Rue.

Elle avait eu le tort de descendre au Stanhope ; elle et Graham n'y étaient pas retournés depuis la mort d'Allan, et l'enfant se rappelait mieux que Ruth n'aurait cru l'endroit où il avait vu son père pour la dernière fois. Ils n'avaient pas pris la même suite, mais l'agencement des pièces et le décor étaient d'une similitude frappante.

– Papa dormait de ce côté-ci du lit, et maman de l'autre, expliqua-t-il à la baby-sitter, Amanda Merton. La fenêtre était ouverte. Papa l'avait laissée ouverte, et moi, j'avais froid. Je suis sorti de mon lit.

A ces mots, l'enfant s'arrêta. Et son lit, où était-il ? Puisque Allan n'était plus là, Ruth n'avait pas demandé de lit d'appoint pour Graham ; il y avait largement la place dans le grand lit pour elle et son petit garçon.

– Il est où mon lit à moi ? demanda l'enfant.

– Tu peux dormir avec moi, mon poussin, lui dit Ruth.

– Ou bien dans ma chambre avec moi, proposa gentiment Amanda – pour le détourner de la mort de son père.

– Bon, ça va, dit le petit, sur un ton qui lui était familier quand quelque chose clochait. Mais où il est papa, maintenant ?

Ses yeux se remplirent de larmes. Cela faisait six mois et plus qu'il n'avait pas posé cette question.

Mais quelle idiote j'ai été de l'amener ici ! se morigéna Ruth en serrant dans ses bras le petit en larmes.

Ruth était encore dans la baignoire lorsque Hannah arriva, les bras chargés de cadeaux pour Graham, cadeaux assez impropres à transporter en avion ; il y avait là des cubes permettant de monter un village entier, et, au lieu du traditionnel animal en peluche solitaire, toute une famille de grands singes. Il faudrait demander au Stanhope de garder le village et les singes, ce qui compliquerait bien la vie s'ils choisissaient de descendre dans un autre hôtel.

Mais Graham paraissait tout à fait remis du souvenir de la mort d'Allan déclenché par la vue de la chambre. Ainsi sont les enfants ; tout d'un coup ils ont le cœur brisé, et puis ça passe comme c'est venu. Alors qu'à présent Ruth avait dû se résigner aux souvenirs que ce séjour au Stanhope évoquait pour elle. Elle dit bonsoir à Graham et l'embrassa ; l'enfant discutait déjà avec Amanda du menu qu'on leur porterait lorsque Ruth et Hannah partirent pour la lecture.

– J'espère que tu vas lire le bon passage, dit Hannah.

Le bon passage, pour Hannah, c'était la scène érotique profondément inquiétante avec le petit ami hollandais dans la vitrine de la prostituée. Ruth se garderait bien de lire cette scène quoi qu'il arrive.

– Tu vas le revoir, tu crois ? lui demanda Hannah sur le chemin. C'est vrai, quoi, il va le lire, le livre.

– Je vais revoir qui ? demanda Ruth, qui savait très bien ce qu'Hannah voulait dire.

– Le jeune Hollandais, allez, tu vas pas me dire que tu l'as inventé, celui-là !

– Hannah, je n'ai jamais couché avec un jeune Hollandais.

– Moi, je parie qu'il va lire le livre.

Le temps qu'elles arrivent à l'angle de Lexington Avenue et de la Quatre-vingt-douzième Rue, Ruth avait presque hâte d'entendre Eddie O'Hare faire sa présentation ; cela lui épargnerait au moins de devoir écouter Hannah.

Bien entendu, elle avait envisagé que Wim Jongbloed lise *Mon dernier petit ami déplorable* ; elle était prête à se montrer aussi glaciale envers lui que les circonstances l'exigeaient. A supposer qu'il l'aborde, bien sûr...

A sa surprise et son soulagement, même si l'annonce était peu sensationnelle, Maarten lui apprit qu'on avait attrapé le meurtrier de Rooie à Zurich, et qu'il était mort peu après sa capture. Maarten et Sylvia avaient annoncé la nouvelle en passant à Ruth qui leur demandait lors d'un récent coup de fil : « J'imagine qu'on n'a toujours pas trouvé l'assassin de la prostituée ? » Elle leur avait glissé la question négligemment, au milieu d'autres concernant le programme du voyage imminent. Ils lui avaient expliqué pourquoi ils avaient raté la nouvelle, n'étant pas à Amsterdam à ce moment-là ; et comme ils l'avaient apprise indirectement, le temps qu'ils prennent connaissance des détails, ils avaient oublié que Ruth s'y intéressait.

– A Zurich ! s'était-elle exclamée, stupéfaite.

Ainsi c'était la raison de l'accent de La Taupe. Il était suisse !

– Je crois bien, oui, avait répondu Maarten. Et il avait tué d'autres prostituées, dans toute l'Europe.

– Mais une seule à Amsterdam, avait complété Sylvia.

Une seule ! avait pensé Ruth. Elle s'était efforcée de camoufler son intérêt pour l'affaire sous une certaine désinvolture. « Je me demande comment ils l'ont coincé », rêva-t-elle à haute voix.

Mais les détails n'étaient pas frais dans la mémoire de Maarten et

514

de Sylvia ; le tueur avait été arrêté et il était mort plusieurs années auparavant.

– Plusieurs années ! avait dit Ruth.

– Je crois qu'il y a eu un témoin, dit Sylvia.

– Il me semble qu'il y avait des empreintes digitales, et que le type était très malade, ajouta Maarten.

– C'était de l'asthme ? s'enquit Ruth, soudain insoucieuse de se trahir.

– De l'emphysème, je crois, répondit Sylvia.

Oui, c'était bien possible, pensa Ruth. Mais tout ce qui comptait pour elle, c'était qu'on ait attrapé La Taupe. Et La Taupe était mort ! Sa mort rendait supportable le retour à Amsterdam – lieu du crime. C'était *son* crime, elle ne l'avait pas oublié.

Eddie O'Hare ne s'était pas contenté d'être à l'heure pour la lecture, cette fois ; il était tellement en avance qu'il dut rester une bonne heure dans la loge, tout seul. Il était très affecté par les événements des dernières semaines, qui avaient vu mourir ses parents – sa mère d'un cancer fulgurant, son père, moins brutalement, de sa quatrième attaque en trois ans.

La troisième attaque avait rendu le pauvre Minty presque aveugle ; son champ visuel rétréci, il avait l'impression de ne plus voir la page d'un livre que par « le petit bout de la lorgnette ». Dot lui avait fait la lecture jusqu'à ce que le cancer l'emportât ; après quoi, Eddie avait pris la relève, mais en s'entendant reprocher une diction qui ne valait pas celle de sa mère.

Quant à savoir que lire, pas de problème. Les ouvrages étaient pieusement annotés, les passages pertinents soulignés en rouge, et les œuvres elles-mêmes si familières au vieux professeur qu'il était inutile de lui faire le résumé de l'intrigue. Eddie n'avait plus qu'à feuilleter les pages et lire les passages soulignés. (Au bout du compte, la péda-gogie soporifique de son père le rattrapait.)

Eddie avait toujours considéré que le long paragraphe d'ouverture de *Portrait de femme*, où Henry James décrit « la cérémonie connue sous le nom de thé de l'après-midi », était justement beaucoup trop cérémonieux pour être bon ; Minty déclarait en revanche qu'il méritait d'innombrables relectures, dont Eddie s'acquittait en mettant une part de son cerveau en veilleuse comme il lui avait fallu le faire pour subir sa première coloscopie.

Et puis Minty adorait Trollope, qu'Eddie tenait pour un raseur sentencieux. Minty adorait par-dessus tout ce passage de son auto-biographie : « Je crois sincèrement qu'aucune jeune fille ne se relèvera de la lecture de mes pages moins pudique et moins modeste qu'auparavant ; certaines auront peut-être même appris que pudeur et modestie sont des charmes qui valent bien la peine d'être préservés. »

Eddie était convaincu qu'aucune jeune fille ne s'était jamais relevée de la lecture de Trollope ; une fille tombée dans Trollope *y restait*. Une armée de jeunes filles avait péri en le lisant – péri dans son sommeil.

Eddie se reverrait toujours accompagner aux toilettes son père devenu aveugle. Depuis sa troisième attaque, ses pantoufles fourrées tenaient par des élastiques à ses pieds devenus insensibles ; ses voûtes plantaires affaissées les faisaient crisser sur le sol. C'étaient les pantoufles roses de sa femme, parce que ses pieds s'étaient ratatinés au point que ses propres chaussons ne tenaient plus, même avec des élastiques.

Arrivait ensuite la dernière phrase du chapitre 44 de *Middlemarch*, que le vieux professeur avait soulignée en rouge, et que son fils lui lisait d'une voix lugubre, car il trouvait qu'elle s'appliquait à ses sentiments pour Marion ou Ruth – sans parler des sentiments qu'il leur prêtait à son propre égard : « Il se défiait de son affection ; et quelle solitude pourrait être plus solitaire que la défiance ? »

Son père avait été un professeur ennuyeux. Et puis après ? L'étudiant pouvait employer son temps bien plus mal qu'à ses cours.

Son service funèbre, qui se tint à l'église œcuménique du campus, reçut une assistance plus nourrie que son fils ne l'aurait espéré. Non seulement ses collègues étaient là, professeurs aussi gâteux qu'honoraires, cœurs vaillants qui lui avaient survécu, mais on voyait deux générations d'étudiants d'Exeter. Ils avaient peut-être été rasés par Minty tôt ou tard, tous tant qu'ils étaient, mais leur humble présence soulignait que le professeur avait été un passage important dans leur vie.

Eddie se réjouit d'avoir trouvé un passage, parmi les innombrables soulignés par son père, qui sembla plaire à ses anciens étudiants. C'était le dernier paragraphe de *La Foire aux vanités*, car Minty avait toujours été grand admirateur de Thackeray. « Ah ! *Vanitas Vanitatum !* Lequel d'entre nous est heureux en ce monde ? Lequel d'entre nous obtient ce qu'il désire, et une fois qu'il l'a, s'en contente ? Allons, enfants, fermons le coffre aux marionnettes, le spectacle est fini. »

Puis il lui fallut s'occuper de vendre la petite maison de ses parents ; ils l'avaient achetée lorsque la retraite de Minty les avait contraints de quitter le logement de fonction du campus, pour la première fois. La maison sans caractères particuliers était sise dans un quartier de la ville qu'Eddie connaissait mal ; dans une rue étroite et confinée, qui aurait pu se trouver dans n'importe quelle petite ville. Ses parents avaient dû s'y sentir bien seuls, loin de la majesté des édifices et des vastes pelouses de la vénérable université. Les plus proches voisins ne tondaient pas leur pelouse, jonchée de jouets d'enfants ; un tire-bouchon géant, tout rouillé, auquel un chien avait été attaché, était planté dans le sol. Le chien, Eddie ne l'avait jamais vu.

Il trouvait cruel que ses parents aient dû passer leur crépuscule dans cet environnement – leurs voisins immédiats n'étaient sûrement pas des anciens d'Exeter. (Même, le sordide de la pelouse délictueuse inspirait souvent à Minty O'Hare l'idée que ses voisins étaient l'incarnation de tout ce qu'il abhorrait : ils avaient dû faire leurs études secondaires en milieu défavorisé.)

Comme il emballait les livres de son père – puisqu'il avait déjà mis la maison en vente –, Eddie découvrit ses propres romans, qui n'étaient pas signés ; il avait négligé de les dédicacer à ses propres parents ! Ils se trouvaient tous les cinq sur la même étagère. Il eut le chagrin de constater que son père n'y avait pas souligné le moindre passage. A côté de l'œuvre de sa vie, sur la même étagère, son œil fut attiré par l'exemplaire familial de *La Souris qui rampait entre les cloisons*, de Ted Cole, qui portait l'autographe quasi parfaite du camionneur.

On ne s'étonnera guère qu'Eddie fût arrivé à la conférence de Ruth dans un état de déliquescence avancée. Il avait également traîné comme un fardeau l'adresse de Marion, que Ruth lui avait donnée. Il avait fini par lui faire signe ; il lui avait envoyé ses cinq romans, ceux-là mêmes qu'il n'avait pas dédicacés à ses parents, en les lui dédicaçant à elle, comme suit : « A Marion – Affectueusement, Eddie. » Dans le paquet muni du formulaire vert pour la douane canadienne, il avait glissé un petit mot, rédigé comme s'il lui avait écrit toute sa vie :

517

Chère Marion,
Je ne sais pas si vous avez lu mes livres, mais, comme vous le
voyez, vous n'avez guère quitté mes pensées.

En la circonstance – il se croyait amoureux de Ruth –, ce fut tout ce qu'il trouva le courage de lui dire, mais c'était plus qu'il ne lui en avait dit en trente-sept ans.

Une fois arrivé dans la loge, la perte de ses parents, s'ajoutant à ses efforts pathétiques pour entrer en contact avec Marion, l'avait laissé à peu près sans voix. Il regrettait déjà d'avoir envoyé ses livres à Marion ; il se disait que leurs titres auraient largement suffi (titres mêmes qui le frappaient par leur outrance lamentable) :

Un emploi pour l'été
Du café avec des beignets
Quitter Long Island
Soixante Fois
Une femme difficile

Lorsqu'il s'avança enfin jusqu'au micro, pour s'adresser à une salle archicomble, il eut la sagesse d'interpréter comme il fallait le silence respectueux des spectateurs. Ils adoraient Ruth Cole, et s'accordaient à penser que son dernier roman était aussi son meilleur. Ils savaient également que c'était la première apparition publique de la romancière depuis la mort de son mari. Et enfin, jugea Eddie, ce silence n'était pas dénué d'appréhension, car, parmi la foule énorme, bien des gens connaissaient son penchant à la prolixité.

C'est pourquoi il déclara : « On ne présente plus Ruth Cole. »

Ce devait être l'expression sincère de son sentiment, car il quitta aussitôt la scène pour s'installer sur le siège qui lui avait été réservé dans le public, à côté d'Hannah. Et pendant toute la durée de la lecture, il garda les yeux stoïquement fixés devant lui, à quelque cinq mètres du podium, comme si sa seule façon de supporter la vue de Ruth était de la tenir à la marge de son champ visuel.

« Il a pleuré du début à la fin », devait dire Hannah par la suite ; elle était bien placée pour le savoir : il lui mouillait le genou droit. Il avait pleuré en silence, comme si chaque mot de Ruth lui portait un coup au cœur qu'il acceptait comme son dû.

Après la lecture, il ne parut pas dans la loge ; Ruth et Hannah allèrent dîner toutes seules.

– Eddie m'a paru complètement suicidaire, dit Ruth.

– Il est gaga de toi, ça le rend dingue, expliqua Hannah.

– Allons donc, c'est de ma mère qu'il est amoureux.

– Mais, bon Dieu, elle a quel âge, ta mère ?

– Soixante-seize ans.

– Ce serait obscène d'être amoureux d'une femme de soixante-seize ans. C'est toi, ma puce, c'est toi qui le rends gaga, je te dis.

– C'est ça qui serait obscène, conclut Ruth.

Un homme, qui dînait apparemment en compagnie de sa femme, ne cessait de regarder leur table. Ruth disait qu'il fixait Hannah, et Hannah qu'il fixait Ruth. Dans un cas comme dans l'autre, elles s'accordèrent à penser que ce n'étaient pas des manières pour qui dîne avec sa femme.

Au moment où elles réglaient l'addition, l'inconnu s'approcha gauchement de leur table. Il était plus jeune qu'elles, la trentaine, bel homme, malgré ses airs de chien battu, qui semblaient affecter son maintien même : plus il approchait, plus il se voûtait. Sa femme était restée à leur table, la tête dans ses mains.

– Seigneur, quel enfoiré ! Tu vas voir qu'il va te draguer sous le nez de sa femme ! chuchota Hannah à Ruth.

– Excusez-moi, souffla le malheureux.

– Ouais ? Qu'est-ce que c'est ? dit Hannah en donnant un coup de pied sous la table à Ruth comme pour lui signifier : « Qu'est-ce que je te disais ? »

– Vous n'êtes pas Ruth Cole ?

– Non, tu crois ? répliqua Hannah.

– Si, répondit Ruth.

– J'ai un peu honte de vous importuner, bredouilla le pauvre gars, mais c'est notre anniversaire de mariage, et vous êtes l'écrivain préféré de ma femme. Je sais bien que vous ne dédicacez pas vos livres, mais je viens de lui en offrir un pour cette occasion et il se trouve que nous l'avons sur nous. Ça m'ennuie beaucoup de vous le demander, mais vous voudriez bien le signer ? (La femme, abandonnée à leur table, était au seuil de la mortification.)

« Oh, pour l'amour du ciel... », commençait Hannah, mais Ruth s'était levée d'un bond. 'Elle voulait serrer la main à cet homme, et à sa femme. Elle alla jusqu'à sourire en leur dédicaçant le livre. Elle n'aurait pas pu être moins semblable à elle-même. Mais dans le taxi qui les ramenait à l'hôtel, Hannah fit une remarque – on pouvait lui faire confiance pour donner à son amie le sentiment qu'elle n'était pas prête à revenir dans le monde.

– C'était peut-être son anniversaire de mariage, n'empêche qu'il matait tes nichons.

– Penses-tu ! protesta Ruth.

– Comme tout le monde, ma puce. Vaudrait mieux que tu t'y fasses.

Plus tard, dans sa suite du Stanhope, Ruth résista à l'envie de téléphoner à Eddie. En outre, passé une certaine heure, le New York Athletic Club ne prenait plus les communications, ou alors, à la condition expresse que le correspondant fût en costume-cravate.

Au lieu d'appeler Eddie, elle écrivit à sa mère, dont l'adresse à Toronto était restée gravée dans sa mémoire :

> *Chère maman,*
> *Eddie O'Hare t'aime toujours.*
> *Ta fille, Ruth.*

Le papier à lettres du Stanhope conférait à la missive un caractère cérémonieux, ou du moins une distance, qu'elle n'aurait pas voulu. Une lettre pareille, se disait-elle, devrait s'ouvrir sur « Chère mère » ; mais, enfant, elle avait appelé sa mère « maman », et c'était ainsi que Graham l'appelait elle-même, ce qui était plus important que tout, à ses yeux. Elle sut qu'elle était revenue dans le monde à l'instant même où, juste avant son départ pour l'Europe, elle remit l'enveloppe au concierge du Stanhope avec cette recommandation :

– C'est pour le Canada, vous veillerez à l'affranchir au tarif approprié.

– Certainement, madame, dit le concierge.

Ils se trouvaient dans le hall de l'hôtel, où trônait une horloge très ornée ; c'était la première chose que Graham avait reconnue à leur arrivée par l'entrée de la Cinquième Avenue. A présent, le portier roulait leurs bagages sous le majestueux cadran de cette horloge. Ce portier nommé Mel avait toujours été très attentionné envers Graham ; c'était lui qui était de service le jour où le corps d'Allan avait été évacué. Il avait sans doute dû aider à sa levée, mais Ruth n'avait pas vraiment envie de se rappeler tous les détails.

Graham, qu'Amanda tenait par la main, suivit les bagages et sortit de l'hôtel sur la Cinquième Avenue, où les attendait leur limousine.

– Au revoir, la pendule, dit-il.

Comme la voiture démarrait, Ruth dit au revoir à Mel, qui lui répondit :

– Au revoir, Mrs Cole.

Alors, Mrs Cole je suis, décida-t-elle. Elle n'avait jamais changé de nom, bien sûr, elle était trop célèbre pour être jamais devenue Mrs Albright. Mais elle était veuve, et se sentait toujours mariée ; elle était donc Mrs Cole. Je serai Mrs Cole pour le restant de mes jours, songea-t-elle.

– Au revoir, l'hôtel de Mel ! cria Graham.

Ils dépassèrent les fontaines du Metropolitan Museum, et les drapeaux qui flottaient au vent, et les marquises vertes du Stanhope, sous lesquelles un garçon s'affairait à servir le seul couple qui ne trouvât pas la journée trop froide pour se mettre en terrasse. Aux yeux de Graham, lové au fond de la banquette arrière de la limousine sombre, le Stanhope se dressait dans les airs – jusqu'au ciel, qui sait ?

– Au revoir, papa ! lança le petit.

Mieux vaut être à Paris avec une romancière qu'avec une prostituée

Voyager à l'étranger avec un enfant de quatre ans requiert une attention de tous les instants à des vétilles qu'on tient pour acquises chez soi. Le goût, voire la couleur, du jus d'orange appelle des explications. Il faut avertir que tout croissant n'est pas forcément un *bon* croissant. Quant au système d'évacuation des toilettes, dispositif de la chasse d'eau, bruit d'icelle, cela devient une question du plus haut intérêt. Ruth avait encore de la chance que son fils soit propre, mais elle était tout de même excédée de constater qu'il y avait des toilettes sur lesquelles il avait peur de s'asseoir. Autres problèmes : Graham ne comprenait rien au décalage horaire, qu'il subissait pourtant ; il était constipé, mais ne comprenait pas que c'était la conséquence directe de ce qu'il refusait de manger ou de boire.

A Londres, du fait de la conduite à gauche, Ruth refusa de laisser Amanda et Graham traverser la moindre rue, sauf pour se rendre au petit square voisin ; à l'exception de cette expédition peu aventureuse, l'enfant et sa nounou furent consignés à l'hôtel. Puis son fils découvrit les draps amidonnés du Connaught. « C'est vivant, l'amidon ? s'enquit-il, on dirait que c'est vivant. »

Lorsqu'ils quittèrent Londres pour Amsterdam, Ruth s'en voulut de n'avoir pas eu, et de loin, le courage d'Amanda Merton. Cette jeune fille volontaire avait obtenu des succès tangibles : Graham s'était remis du décalage horaire, il n'était plus constipé, il n'avait plus peur des toilettes étrangères – alors que Ruth avait des raisons de douter qu'elle était revenue dans le monde avec même un vestige de son ancienne autorité.

Elle qui, par le passé, rabrouait les journalistes qui ne s'étaient pas donné la peine de lire son livre avant de venir l'interviewer, supporta cette indignité en silence. Passer trois ou quatre ans à écrire un roman, puis perdre une heure ou plus avec quelqu'un qui n'a pas pris le temps de le lire... voilà une preuve de manque d'estime de soi s'il en est. (Par-dessus le marché, *Mon dernier petit ami déplorable* n'était même pas un long roman.)

Avec une douceur tout inusitée chez elle, elle toléra également la sempiternelle question trop attendue, et qui n'avait rien à voir avec son dernier roman : à savoir comment elle vivait son veuvage, et si elle avait trouvé dans son expérience quelque chose qui contredît ce qu'elle en avait écrit.

– Non, disait Mrs Cole, comme elle s'était mise à se nommer en son for intérieur. C'est en tout point aussi dur que je l'imaginais.

A Amsterdam, comme on pouvait s'y attendre, les journalistes eurent aussi leur « question favorite », sempiternelle et parfaitement prévisible. Ce qu'ils voulaient savoir, eux, c'était comment Ruth avait fait ses recherches dans le quartier chaud. S'était-elle vraiment cachée dans la penderie d'une prostituée pour la regarder faire un client ? (Non, elle n'avait rien fait de tel.) Ce dernier « petit ami déplorable » était-il hollandais ? (Nullement. Mais en disant ces mots elle guettait Wim, sûre qu'il se montrerait.) Et puis d'abord, pourquoi une romancière qu'on disait « littéraire » s'intéressait-elle aux prostituées ? (Elle ne s'y intéressait pas à titre personnel.)

Il était tout de même regrettable qu'elle ait choisi les *Wallen* pour champ d'observation. C'était donc le seul endroit qui ait attiré son attention, à Amsterdam ?

« Ne soyez pas si provinciaux, répondit-elle à ces inquisiteurs. *Mon dernier petit ami déplorable* n'est pas un livre sur Amsterdam. La protagoniste n'est pas hollandaise. Il n'y a qu'un épisode qui se déroule sur place. Ce qui arrive à mon personnage principal ici la force à changer de vie. Or c'est l'histoire de sa vie qui m'intéresse, et surtout son désir d'en changer le cours. Beaucoup de gens connaissent dans leur existence des moments qui les convainquent de changer. »

Sur quoi, les journalistes demandaient comme de juste :

– Quels moments de ce genre avez-vous connus pour votre part ? Quels changements avez-vous apportés à votre vie ?

– Je suis romancière, disait alors Mrs Cole. Je n'ai pas écrit mes mémoires. J'ai écrit un roman. Posez-moi des questions sur ce roman, je vous prie.

A lire ses interviews dans les journaux, Harry Hoekstra se demanda pourquoi elle se barbait à de pareilles niaiseries. A quoi bon ces interviews ? Il était clair que ses livres se passaient fort bien de publicité. Elle n'avait qu'à rester chez elle et commencer un nouveau roman. Il faut croire qu'elle aime voyager, conclut-il.

Il l'avait déjà entendue donner lecture de son nouveau roman ; et il l'avait également vue dans une émission de télévision sur une chaîne locale, ainsi qu'à une signature de livres à l'Athenaeum, où il s'était astucieusement placé derrière des rayonnages. Il lui avait alors suffi d'enlever une demi-douzaine de livres pour voir de près comment elle se comportait avec ses admirateurs. Ses lecteurs les plus insatiables faisaient la queue pour se faire dédicacer ses œuvres ; et tandis qu'elle était installée à une table, signant à tour de bras, il avait une vue imprenable sur son profil. Par la lucarne qu'il s'était ménagée dans l'étagère, il vérifia qu'elle avait une tache dans l'œil droit, comme il l'avait deviné d'après la photo de la jaquette. Elle avait vraiment des seins superbes.

Après que Ruth eut signé ses romans plus d'une heure sans se plaindre, il y eut une anicroche un peu choquante. Harry en déduisit qu'elle était beaucoup moins aimable qu'elle n'avait semblé tout d'abord. Même, d'une certaine façon, elle lui parut l'une des personnes les plus agressives qu'il ait jamais vues.

Il avait toujours été attiré par ceux qui refoulent une grande colère. En tant qu'officier de police, il avait découvert que la colère à laquelle on donne libre cours ne représentait qu'une menace pour lui. Tandis que contenue, elle lui plaisait infiniment ; il était convaincu que les êtres sans colère aucune n'étaient que des distraits.

La femme qui était à l'origine de l'esclandre faisait la queue pour obtenir une dédicace ; c'était une vieille dame parfaitement innocente à première vue, en ce sens qu'elle n'avait rien fait de mal qu'il ait pu observer. Son tour venu, elle se présenta devant le bureau, pour y déposer une édition anglaise de *Mon dernier petit ami déplorable*. Un monsieur à l'air timide, âgé lui aussi, l'accompagnait. Il souriait à Ruth, comme la dame. Mais le problème, apparemment, c'est que Ruth ne la reconnaissait pas.

– Je vous le dédicace, ou c'est pour un de vos proches ? demanda-t-elle à la dame, dont le sourire se ferma nettement.

– A moi, s'il vous plaît.

Elle parlait avec un accent américain tout à fait anodin, mais la douceur du « s'il vous plaît » sonnait faux. Ruth attendit poliment – non, avec une pointe d'impatience, peut-être – que la femme veuille bien lui dire son nom. Elles continuèrent de se regarder, la mémoire ne revenant pas à Ruth Cole.

– Je m'appelle Muriel Reardon, finit par dire la vieille dame. Vous ne vous souvenez pas de moi, n'est-ce pas ?

– Non, je suis désolée, en effet.

– La dernière fois que je vous ai parlé, c'était pour votre mariage. Je regrette ce que je vous ai dit ce jour-là. Je n'étais pas moi-même, je le crains.

Ruth continua de regarder Mrs Reardon, son œil droit virant du brun au jaune ambré. Elle n'avait pas reconnu la terrible veuve qui l'avait incendiée avec une telle assurance, cinq ans auparavant – et cela pour deux raisons : la première, c'est qu'elle ne s'attendait pas à tomber sur cette harpie à Amsterdam, et la seconde, c'est que la vieille toupie avait apporté des améliorations spectaculaires à son apparence physique. Loin d'avoir trépassé, comme Hannah le croyait, la veuve courroucée s'était ravalé la façade fort proprement.

– C'est là une de ces coïncidences qui n'en ont que le nom, disait Mrs Reardon, dans un style qui laissait à penser qu'elle avait découvert la religion.

Et en effet : depuis l'année où elle avait agressé Ruth, Muriel avait rencontré Mr Reardon et l'avait épousé ; c'était le monsieur tout sourires à son côté ; et elle et son nouveau mari étaient devenus d'ardents chrétiens.

Mrs Reardon poursuivait :

– Implorer votre pardon, curieusement, était l'une des choses auxquelles je pensais le plus, en venant en Europe avec mon mari – et voilà que, justement, je vous trouve ici. C'est un miracle !

Mr Reardon, surmontant sa timidité, déclara :

– J'étais veuf quand j'ai rencontré Muriel. Nous faisons la tournée des grandes églises et des cathédrales d'Europe.

Ruth continuait de regarder Mrs Reardon d'une manière qui semblait à Harry de moins en moins aimable. Harry trouvait pour sa part que les chrétiens avaient la manie de demander des faveurs. Mrs Reardon voulait dicter les termes de son propre pardon.

Les yeux de Ruth s'étaient rétrécis au point que personne n'aurait pu repérer la tache hexagonale de son œil droit.

– Vous vous êtes remariée, dit-elle platement.

Elle avait la voix qu'elle prenait pour ses lectures publiques, curieusement dénuée de timbre.

– Je vous en prie, pardonnez-moi, dit Muriel Reardon.

– Et votre résolution de rester veuve-pour-le-restant-de-vos-jours-de-malheur ?

– Je vous en prie…, dit Mrs Reardon.

Après avoir farfouillé dans la poche de sa veste de sport, Mr Reardon sortit tout un assortiment de fiches manuscrites. Il semblait en chercher une en particulier, sans parvenir à mettre la main dessus. Pas découragé pour autant, il se mit à lire au fil des fiches :

– « Le salaire du péché, c'est la mort. Mais le don de Dieu, c'est la vie éternelle. »

– Pas celle-là, s'écria Mrs Reardon, lis celle sur le pardon, voyons.

– Mais je ne vous pardonne pas, moi, lui dit Ruth. Ce que vous m'avez dit était haineux, cruel, et injuste !

– « Car l'œuvre de chair mène à la mort, mais la spiritualité, c'est la vie et la paix », lut Mr Reardon sur une autre fiche. Et quoique ce ne fût pas non plus la citation qu'il cherchait, il se crut obliger de préciser : « Épître de Paul aux Romains. »

– Toi et tes Romains ! lui lança Mrs Reardon d'une voix acerbe.

– Au suivant ! appela Ruth, car la personne suivante avait en effet bien des raisons de trouver ce retard agaçant.

– Je ne vous pardonne pas de ne pas me pardonner ! glapit Muriel Reardon avec un venin fort peu chrétien dans la voix.

– Allez vous faire foutre, vous et vos deux maris ! lui cria Ruth tandis que son nouvel époux tâchait de l'entraîner.

Il avait remis dans sa poche les citations bibliques – à l'exception d'une seule. Peut-être était-ce celle qu'il cherchait, mais personne n'en saurait jamais rien.

Harry s'était dit que l'homme un peu choqué assis à côté de Ruth était sûrement son éditeur hollandais. Lorsqu'elle lui sourit, Harry ne lui avait pas encore vu ce sourire, mais il l'interpréta justement comme un signe qu'elle avait recouvré sa confiance en soi. A vrai dire, on voyait là que Ruth était revenue dans le monde avec une part de son aplomb intacte.

– C'était qui, encore, cette conne ? demanda Maarten Schouten.

– Personne qui mérite d'être connu, répondit Ruth.

Elle s'arrêta en pleines dédicaces, et jeta un coup d'œil circulaire, comme si elle se souciait vraiment qu'on ait pu entendre cette remarque peu charitable – ou plutôt, toutes ses remarques peu charitables. (Est-ce Brecht qui a dit que, tôt ou tard, on se met à ressembler à ses ennemis ? se demandait Ruth.)

Lorsque Harry s'aperçut qu'elle le regardait, il retira son visage de la lucarne pratiquée dans le rayonnage, mais il lui laissa le temps de le voir.

Merde ! Voilà que je suis en train de tomber amoureux d'elle ! pensait-il. C'était la première fois qu'il tombait amoureux. Il crut d'abord que c'était une crise cardiaque. Il quitta brusquement l'Athenaeum. Il préférait mourir dans la rue.

Lorsque la file d'attente ne comporta plus que deux ou trois irréductibles, l'un des libraires demanda :

– Où est passé Harry ? Il veut pas se faire dédicacer ses livres ?

– C'est qui, Harry ? demanda Ruth.

– Votre plus fervent admirateur, répondit le libraire. Il se trouve qu'il est flic, mais je pense qu'il est parti. C'est la première fois que je le vois à une séance de dédicaces, et il a horreur des lectures publiques.

Ruth resta bien sagement à son bureau, et dédicaça les derniers exemplaires de son nouveau roman.

– Même les flics vous lisent, dit Maarten Schouten.

– Hmm…, dit Ruth.

Elle ne put pas en dire davantage. Lorsqu'elle tourna les yeux vers les rayonnages, la lucarne aménagée entre les livres avait été fermée ; quelqu'un avait remis les volumes en place. Le visage du flic avait disparu, mais c'était un visage qu'elle n'avait pas oublié – le flic en civil qui l'avait suivie à travers le quartier chaud était toujours à ses trousses !

Ce que Ruth préférait dans son nouvel hôtel à Amsterdam, c'était qu'elle pouvait se rendre très facilement au gymnase du Rokin. Par contre, il était à proximité du quartier réservé – à moins d'un pâté de maisons.

Elle s'était sentie bien embarrassée lorsque Amanda Merton lui avait demandé si elle pouvait emmener Graham voir l'Oude Kerk, la plus vieille église d'Amsterdam, édifiée vers 1300, et située en plein quartier chaud. Amanda avait lu dans un guide que l'ascension du clocher était recommandée aux enfants parce qu'on y avait une vue splendide de la ville.

Elle avait retardé une interview pour pouvoir accompagner Amanda et Graham sur le court trajet qui y menait depuis l'hôtel ; elle voulait voir s'il n'était pas dangereux de grimper au clocher. Surtout, elle voulait les guider à travers les *Wallen* afin de fournir à son fils le moins d'occasions possible de voir une prostituée en vitrine.

Elle crut qu'elle allait s'en tirer. Si elle traversait le canal au niveau de la Slapersteeg, en longeant la rive plutôt que les immeubles, Graham verrait à peine les ruelles étroites où les femmes en vitrine étaient si proches qu'on pouvait les toucher. Mais Amanda voulait acheter un T-shirt souvenir qu'elle avait repéré à la devanture du Bulldog Café ; par conséquent, Graham put voir tout à loisir une prostituée

527

qui avait quitté sa vitrine le temps d'acheter un paquet de cigarettes. (Amanda Merton, très étonnée, eut l'occasion de la voir sans le vouloir.) La prostituée, une petite brunette en body vert menthe avec des pressions à l'entrejambe, portait des chaussures à talons hauts d'un vert plus foncé.

– Regarde, maman, dit Graham, y a une dame qui a pas fini de s'habiller.

Du clocher de l'Oude Kerk, la vue sur les *Wallen* était en effet magnifique. De si haut, les prostituées en vitrine étaient trop loin pour que Graham s'aperçoive qu'elles étaient en sous-vêtements, mais, même à cette distance, Ruth voyait les hommes qui traînaient indéfiniment. Au moment où ils quittaient la vieille église, Amanda tourna du mauvais côté. Sur le parvis en forme de fer à cheval, plusieurs prostituées sud-américaines étaient sur le seuil de leurs portes, et bavardaient entre elles.

– Encore des dames qui ont pas fini de s'habiller…, dit Graham d'un air distrait.

Cette quasi-nudité l'indifférait totalement. Ruth s'en étonna ; l'enfant était pourtant déjà à un âge où elle ne le laissait plus prendre un bain avec elle.

– Il est toujours après mes seins, s'était-elle plainte à Hannah.

– Comme tout le monde, ma puce, avait conclu celle-ci.

Trois matins de suite, dans sa salle de gym du Rokin, Harry avait regardé Ruth faire de l'exercice. Depuis qu'elle l'avait repéré à la librairie, il faisait plus attention. Les barres et les haltères les plus lourdes avec lesquelles il s'entraînait étaient tout au bout de la pièce en longueur, mais Harry ne perdait pas Ruth de vue grâce aux miroirs ; il connaissait ses habitudes.

Elle faisait une série d'abdominaux sur un tapis, et beaucoup d'étirements, aussi. Harry détestait les étirements. Puis, une serviette de toilette autour du cou, elle pédalait sur un vélo d'intérieur pendant une heure, et prenait une bonne suée. Lorsqu'elle en avait fini avec le vélo, elle choisissait des petites haltères, jamais rien qui pèse plus de deux ou trois kilos. Un jour elle travaillait les épaules et les bras, et le lendemain le torse et le dos.

En tout et pour tout, elle travaillait environ une heure et demie – exercice modérément intensif, et raisonnable pour une femme de son âge. Sans même connaître son passé de joueuse de squash, Harry voyait bien que le bras droit était beaucoup plus fort que le gauche. Mais ce qui l'impressionnait particulièrement dans cet entraînement, c'est que rien ne la distrayait, pas même l'effroyable musique. Lorsqu'elle pédalait sur le vélo, elle gardait les yeux fermés la plupart du temps. Quand elle faisait du travail au sol ou des haltères, elle semblait ne penser à rien – pas même à son prochain livre. Ses lèvres remuaient tandis qu'elle comptait dans sa tête.

Au cours de son entraînement, Ruth buvait un litre d'eau minérale. Lorsque la bouteille de plastique était vide, elle ne la jetait jamais à la poubelle sans en revisser le bouchon – petit détail, mais caractéristique d'une personne propre et ordonnée jusqu'à la manie. Harry n'eut ainsi aucun mal à obtenir des empreintes digitales bien claires sur une des bouteilles qu'elle jetait. Et il la vit, cette entaille si parfaitement verticale. Aucun couteau n'aurait pu couper si droit ; il fallait que ce fût du verre. Et la coupure était si fine, si mince, qu'elle avait presque disparu ; elle avait dû se faire ça dans son enfance.

A quarante et un ans, Ruth avait facilement dix ans de plus que les autres femmes de la salle – et en plus, elle ne portait pas la tenue de stretching qu'affectionnaient les jeunes femmes. Elle rentrait son T-shirt dans une sorte de short de sport large, d'une coupe masculine. Elle se rendait compte qu'elle avait un peu plus de ventre qu'avant la naissance de Graham, et que ses seins n'étaient plus aussi hauts, même si elle n'avait pas pris un gramme depuis le temps où elle jouait au squash.

La plupart des hommes de la salle avaient, eux aussi, dix ans de moins qu'elle. Un seul était plus âgé, un type qui tirait des barres, le dos le plus souvent tourné ; ce qu'elle avait vu de son visage de dur à cuire n'était qu'un coup d'œil partiel et fugitif dans les glaces. Il avait l'air très robuste mais il était mal rasé. Le troisième matin, elle le reconnut au moment même où il quittait la salle. C'était son flic, car depuis qu'elle l'avait vu à l'Athenaeum, elle s'était mise à le considérer comme son flic personnel.

Si bien qu'à son retour de la salle de sport, quand elle entra dans le hall de l'hôtel, ce n'était guère à Wim Jongbloed qu'elle songeait. Depuis trois nuits qu'elle était arrivée, elle avait presque cessé de penser à lui ; elle s'était quasiment mise à croire qu'il lui ficherait peut-être la paix. Or voilà qu'il était devant elle, avec, semblait-il, sa femme et son bébé, et il avait tant grossi qu'elle ne l'aurait jamais reconnu s'il n'avait pas parlé. Ensuite, il essaya de l'embrasser, mais elle mit un point d'honneur à lui serrer la main.

Le bébé se nommait Klaas. Il avait atteint la phase soufflée, son visage était bouffi comme quelque chose qui aurait séjourné sous l'eau. Quant à la femme, que Wim présenta à Ruth sous le nom de Harriët avec tréma, elle était tout aussi bouffie ; elle traînait encore l'excès de poids pris pendant sa récente grossesse. Les taches, sur sa blouse de maternité, indiquaient qu'elle allaitait encore, et que de ses seins coulait du lait. Mais Ruth diagnostiqua bien vite que la femme de Wim était abattue par cette rencontre. Pourquoi donc ? se demandait-elle. Qu'est-ce que son mari avait pu lui raconter sur Ruth ?

– Vous en avez, un beau bébé, mentit Ruth à la pauvre femme.

Elle se souvint de l'épuisement qu'elle avait ressenti en pareille circonstance, un an après la naissance de Graham. Ruth était toujours prise d'une grande sympathie pour les jeunes mères, mais son mensonge sur la beauté de Klaas Jongbloed n'eut pas d'effet sensible sur la malheureuse maman.

– Harriët ne comprend pas l'anglais, expliqua Wim à Ruth. Mais elle a lu ton dernier livre en néerlandais.

C'était donc ça, se dit Ruth. La femme croyait que le petit ami déplorable, dans le nouveau roman, n'était autre que Wim, et l'intéressé n'avait rien fait pour l'en dissuader. Puisque la romancière de l'histoire était affolée de désir pour le jeune Hollandais, pourquoi l'aurait-il détrompée, en effet ? Or Harriët avec tréma, kilos en trop, et seins en crue, se retrouvait là en face d'une femme plus âgée, mais très nette et en pleine forme, femme très séduisante qui, croyait-elle, avait été la maîtresse de son mari.

– Vous lui avez dit qu'on avait été amants, c'est ça ? demanda Ruth à Wim.

– On l'a bien été, non, à notre façon ? répondit habilement Wim. Je veux dire qu'on a partagé le même lit, et que tu m'as accordé certaines privautés.

– On n'a jamais couché ensemble, Harriët, dit Ruth à l'épouse.

– Elle comprend pas l'anglais, je te dis ! s'écria Wim.

– Mais dis-lui, toi, bon Dieu ! s'écria Ruth.

– Je lui ai donné ma propre version, répliqua Wim en souriant à Ruth.

Il était clair que coucher avec Ruth Cole lui avait assuré une sorte de pouvoir sur Harriët avec tréma. Sa physionomie abattue donnait à la jeune femme une aura suicidaire.

– Écoutez-moi, Harriët, on n'a jamais été amants, tenta de nouveau Ruth. Je n'ai jamais couché avec votre mari, il ment.

– Tu aurais besoin de ton interprète, lui dit Wim, qui se moquait désormais ouvertement d'elle.

C'est alors que Harry Hoekstra lui adressa la parole. Elle ne s'était pas aperçue du tout qu'il l'avait suivie dans le hall de l'hôtel, comme tous les matins.

– Je peux traduire pour vous, proposa-t-il, vous n'avez qu'à me dire ce que vous voulez.

– Ah, c'est vous, Harry ! dit Ruth, comme si elle le connaissait depuis des années, comme si c'était son meilleur ami.

Ce n'était pas seulement parce qu'on l'avait mentionné en l'appelant « Harry le flic » à la librairie qu'elle se rappelait son nom, elle l'avait également trouvé dans les journaux qui parlaient du meurtre de Rooie. D'ailleurs, elle l'avait écrit (en prenant soin de ne pas faire de fautes d'orthographe) sur l'enveloppe qui contenait son témoignage oculaire.

– Hello, Ruth, dit-il.

– Dites-lui que je n'ai jamais couché avec son menteur de mari, dit Ruth à Harry qui se mit à parler en néerlandais à Harriët – à la grande surprise de celle-ci. Dites-lui que j'ai laissé son mari se masturber à côté de moi, et voilà tout. Et qu'il s'est branlé de nouveau quand il a cru que je dormais.

A mesure que Harry traduisait, Harriët semblait réconfortée. Elle tendit le bébé à Wim, et lui dit quelques mots en néerlandais avant de tourner les talons. Lorsqu'il lui emboîta le pas, elle ajouta autre chose.

– Elle lui a dit : « Porte le petit, il a fait pipi », traduisit Harry à Ruth, et puis elle lui a demandé : « Pourquoi tu voulais tant que je la rencontre ? »

Parents et enfant quittèrent l'hôtel, Wim parlant d'une voix plaintive, sa femme en colère.

– Le mari dit : « Elle m'a mis dans son livre », traduisit Harry.

Une fois partis les Jongbloed au complet, Ruth se retrouva toute seule dans le hall de l'hôtel avec Harry – avec Harry et une demi-douzaine d'hommes d'affaires nippons qui attendaient à la réception, médusés par l'exercice de traduction qu'ils venaient d'entendre. Une partie du dialogue leur avait sans doute échappé, mais ils regardaient Ruth et Harry avec une terreur sacrée, comme s'ils venaient d'être les témoins de ces différences culturelles qu'ils auraient du mal à expliquer au reste de leur pays.

– Alors, comme ça... vous continuez à me suivre, dit lentement Ruth à son flic. Si vous aviez l'obligeance de me dire ce que j'ai fait pour ça ?

– Je crois que vous le savez très bien. Ce n'est pas trop grave, d'ailleurs. Allons faire un tour.

Elle regarda sa montre.

– J'ai une interview ici dans quarante-cinq minutes, dit-elle.

– On y sera, répondit-il, on ne va pas loin.

– Mais on va où ? demanda Ruth, qui avait sa petite idée tout de même.

Ils laissèrent leurs sacs de sport à la réception. Dès qu'ils tournèrent dans la Stoofsteeg, Ruth prit d'instinct le bras de Harry. Il était encore assez tôt pour que les deux grosses Ghanéennes soient au travail.

– C'est elle, Harry ! Tu l'as eue, dit l'une.

– Ah oui, c'est bien elle, approuva l'autre.

– Et vous, vous vous souvenez d'elles ? demanda Harry à Ruth.

Elle le tenait toujours par le bras lorsqu'ils passèrent le canal pour entrer dans l'Oudezijds Achterburgwal.

– Oui, répondit-elle d'une petite voix.

Elle avait pris une douche et s'était lavé la tête au gymnase. Ses cheveux n'étaient pas encore tout à fait secs, et elle s'apercevait que son T-shirt de coton n'était pas vraiment assez chaud pour la température : elle avait seulement prévu de faire le trajet du gymnase à l'hôtel.

Ils tournèrent dans la Barndesteeg, où la jeune prostituée thaïe au visage de lune était sur le seuil de sa porte, frissonnante dans son fourreau orangé ; elle avait pris du poids, en cinq ans.

– Et elle, vous vous la rappelez ? demanda Harry à Ruth.

– Oui, répondit Ruth à nouveau.

– C'est elle, dit la Thaïe à Harry, celle qui veut seulement regarder.

Le travesti équatorien avait quitté la Gordijnensteeg pour une vitrine de la Bloedstraat. Ruth se rappela instantanément le contact de ses seins aussi durs que des balles de base-ball. Mais, cette fois, il avait quelque chose de si mâle qu'elle s'étonna d'avoir pu le prendre pour une femme.

– Je t'avais dit qu'elle avait des jolis seins, dit le travesti à Harry. T'en a mis du temps à la retrouver !

– J'avais arrêté de chercher pendant quelques années.

– Je suis en état d'arrestation ? chuchota Ruth à Harry.

– Bien sûr que non, répliqua celui-ci, on fait un petit tour, c'est tout.

Ils allaient d'un bon pas – elle n'avait plus froid. C'était la première fois qu'elle rencontrait un homme qui marchait plus vite qu'elle ; il lui fallait presque courir en petites foulées pour rester à sa hauteur. Quand ils tournèrent dans la Warmoesstraat, un homme qui se trouvait sur le seuil du commissariat héla Harry – bientôt ils se mirent à échanger quelques phrases en néerlandais. Ruth aurait été incapable de dire s'ils parlaient d'elle ou pas. Probablement pas, parce que Harry braillait ses réponses vers le trottoir d'en face sans ralentir l'allure.

L'homme qui se tenait devant le poste de police n'était autre que Nico Jansen, l'ami de Harry.

– Hé, Harry ! lui lança-t-il. C'est comme ça que tu passes ta retraite, tu te balades avec ta petite amie autour de ton ancien lieu de travail ?

– C'est pas ma petite amie, Nico, avait répondu Harry. C'est mon témoin !

– Merde alors ! Tu l'as retrouvée ! Et qu'est-ce que tu vas en faire ?

– L'épouser, peut-être, répondit Harry.

Il lui prit la main pour passer le Damrak, et elle lui prit le bras lorsqu'ils passèrent le Singel. Ils n'étaient plus très loin de la Bergstraat lorsqu'elle trouva le courage de lui parler.

– Il vous en manque une. J'ai parlé avec une autre femme, dans le quartier, je veux dire.

– Oui, je sais, dans la Slapersteeg. C'était une Jamaïcaine, mais elle a eu des ennuis, elle est rentrée à la Jamaïque.

– Ah bon, répondit Ruth.

Dans la Bergstraat, le rideau de la vitrine de Rooie était tiré ; on n'était qu'en milieu de matinée, mais Anneke Smeets avait déjà un client. Harry et Ruth attendirent dans la ruelle.

– Comment vous êtes-vous coupé le doigt ? lui demanda Harry. Avec un bout de verre ?

Elle entreprit de lui raconter l'histoire, puis elle s'interrompit :

– Mais la cicatrice est si petite ! Comment avez-vous fait pour la voir ?

Il lui expliqua qu'elle se voyait très nettement sur ses empreintes, et que, en plus du tube de fixateur, elle avait touché l'une des chaussures de Rooie, le bouton de porte, ainsi qu'une bouteille d'eau au gymnase.

– Ah bon, dit Ruth.

Comme elle poursuivait l'historique de sa coupure, « l'été de mes quatre ans », elle lui montra son index droit avec sa cicatrice minuscule. Pour la voir, il dut tenir sa main immobile entre les siennes – elle tremblait.

Harry Hoekstra avait des doigts petits et carrés ; il ne portait ni alliance ni bague ; il n'y avait presque pas de poils sur le dos de ses mains lisses et musclées.

– Vous n'allez tout de même pas m'arrêter ? redemanda Ruth.

– Bien sûr que non. Je voulais seulement vous féliciter. Vous avez été un très bon témoin.

– J'aurais pu la sauver si j'avais fait quelque chose. Mais j'avais trop peur pour bouger. J'aurais pu essayer de foncer, j'aurais pu essayer de le frapper, avec le lampadaire, peut-être. Mais je n'ai rien fait. J'avais trop peur pour faire un geste – j'étais paralysée, répéta-t-elle.

– Heureusement que vous ne pouviez pas bouger, lui dit Harry. Il vous aurait tuées toutes les deux – en tout cas, il aurait essayé. C'était un assassin. Il a tué huit prostituées. Et pas toutes aussi facilement que Rooie. S'il vous avait tuée, on n'aurait pas eu de témoin.

– Je ne sais pas…

– Moi, je sais. Vous avez fait ce qu'il fallait. Vous êtes restée en vie. Vous avez servi de témoin. D'ailleurs, il a bien failli vous entendre – il nous a dit qu'il avait cru entendre quelque chose, à un moment donné. Vous avez dû bouger un peu.

Ruth eut la chair de poule à se rappeler que La Taupe pensait l'avoir entendue – il l'avait bel et bien entendue.

– Vous lui avez parlé ? demanda-t-elle.

– Juste avant sa mort, oui. Croyez-moi, c'est une excellente chose que vous ayez eu peur.

La porte de Rooie s'ouvrit, et un homme à l'air honteux leur jeta un coup d'œil furtif avant de sortir. Il fallut quelques minutes de plus à Anneke Smeets pour se refaire une façade. Harry et Ruth attendirent qu'elle se mette à la fenêtre. Dès qu'elle les vit, cependant, elle ouvrit la porte.

– Mon témoin se sent coupable, expliqua Harry en néerlandais. Elle se figure qu'elle aurait pu sauver Rooie si elle avait eu moins peur de sortir de la penderie.

– Pour sauver Rooie, le seul moyen, ça aurait été d'être son client, répondit Anneke, toujours en néerlandais. Il aurait fallu qu'elle soit cliente à la place de ce type que Rooie avait choisi, quoi !

– Je sais bien, dit Harry à Anneke, sans juger utile de traduire ces remarques en anglais.

– Je te croyais retraité, Harry, dit Anneke, comment ça se fait que tu bosses ?

– Je bosse pas, répondit Harry.

Ruth ne se doutait même pas de ce dont ils parlaient. Sur le chemin de l'hôtel, elle fit remarquer :

– Elle en a pris du poids, cette fille !

– Manger lui profite mieux que de se piquer.

– Vous connaissiez Rooie ?

– C'était une amie. Une fois, on avait pensé partir à Paris ensemble. Mais ça ne s'est jamais fait.

– Vous couchiez avec elle ? risqua Ruth.

– Non, mais j'aurais bien voulu, avoua Harry.

Ils retraversèrent la Warmoesstraat et entrèrent de nouveau dans le quartier chaud, autour de l'Oude Kerk. Quelques jours plus tôt à peine, les prostituées sud-américaines prenaient le soleil, mais à présent il n'y avait plus qu'une seule femme sur le pas de sa porte. Comme le temps avait fraîchi, elle avait mis un long châle sur ses épaules, mais on voyait bien qu'elle n'avait qu'un slip et un soutien-gorge dessous. Elle était colombienne et parlait l'anglais pittoresque qui était devenu l'idiome des *Wallen*.

– Sainte mère, tu l'arrêtes, c'ta femme, Harry ?

– On fait un petit tour, c'est tout.

– Tu m'avais dit que tu étais retraité ! lui lança-t-elle.

– Mais je le suis ! répliqua-t-il.

Ruth lui lâcha le bras.

– Vous êtes retraité, lui dit-elle sur le ton qu'elle prenait pour faire ses lectures publiques.

– C'est exact, répondit l'ancien flic. Après quarante ans de…

– Mais vous ne me l'aviez pas dit !

– Vous ne me l'avez pas demandé.

– Si ce n'est pas en tant que flic que vous êtes en train de m'interroger, vous pourriez me dire à quel titre au juste ? Qu'est-ce qui vous habilite à le faire ?

– Je ne suis pas habilité à le faire, dit Harry joyeusement. Et je ne vous ai pas interrogée. On fait un petit tour, c'est tout.

– Vous êtes retraité, répéta Ruth. Vous paraissez trop jeune pour prendre votre retraite. Vous avez quel âge, au fait ?

– Cinquante-huit ans.

De nouveau, Ruth eut la chair de poule, parce que c'était l'âge d'Allan quand il était mort ; pourtant Harry paraissait beaucoup plus jeune. Il ne faisait même pas la cinquantaine, et elle savait déjà qu'il était en pleine forme.

– Vous m'avez roulée, protesta-t-elle.

– Dans la penderie, quand vous regardiez par la fente du rideau, commença-t-il, vous étiez venue en tant qu'écrivain ou en tant que femme ?

– Les deux. L'interrogatoire continue ?

– Ce que je veux dire, c'est la chose suivante : c'est le flic qui vous a suivie, tout d'abord, et, plus tard, c'est le flic et l'homme qui se sont intéressés à vous.

– L'homme ? Vous êtes en train de me draguer ?

– Et le lecteur, aussi, dit Harry, ignorant sa question. J'ai lu tout ce que vous avez écrit.

– Mais comment saviez-vous que j'étais votre témoin ?

– « C'était une pièce toute rouge, que l'abat-jour en vitrail rendait plus rouge encore – cita Harry. J'étais si nerveuse que je n'étais bonne à rien, je ne parvins même pas à aider la prostituée à retourner les chaussures. J'en pris une, que je fis tomber aussitôt. »

– Ça va, ça va, dit Ruth.

– Vos empreintes n'étaient que sur une seule chaussure de Rooie, ajouta Harry.

Ils étaient de retour à l'hôtel lorsqu'elle lui demanda :
– Et maintenant, qu'allez-vous faire de moi ?
Il eut l'air surpris.
– Je n'ai rien prévu de précis, avoua-t-il.
Dans le hall, elle n'eut aucun mal à repérer le journaliste qui allait l'interviewer pour la dernière fois à Amsterdam. Après quoi, elle aurait quartier libre tout l'après-midi ; elle avait l'intention d'emmener Graham au zoo et elle avait pris un rendez-vous provisoire avec Maarten et Sylvia pour dîner de bonne heure avant de partir pour Paris le lendemain matin.
– Vous aimez les zoos ? demanda-t-elle à Harry. Vous êtes déjà allé à Paris ?
Une fois à Paris, Harry choisirait l'Hôtel du Duc-de-Saint-Simon ; il en avait trop entendu parler dans ses guides pour ne pas avoir envie d'y descendre. Et il ne s'était naguère imaginé y descendre avec Rooie, ce qu'il avoua à Ruth. Il avait le sentiment qu'il pouvait tout lui dire – y compris qu'il avait acheté pour une bouchée de pain cette croix de Lorraine (dont il lui faisait cadeau), et qu'il l'avait achetée à l'origine pour une prostituée qui s'était pendue. Ruth lui dit que la croix ne lui plaisait que davantage – et elle la porta en effet toute la durée de leur séjour parisien, jour et nuit.
Leur dernier soir à Amsterdam, il lui fit voir son appartement dans les quartiers ouest. Elle fut stupéfaite de découvrir combien de livres il avait, qu'il aimait cuisiner, faire le marché, et allumer un feu dans la chambre, le soir, même lorsque la nuit était assez douce pour dormir fenêtre ouverte.
Ils restèrent couchés, la lueur des flammes jouant sur les bibliothèques. Dehors, un souffle d'air agitait les rideaux ; la brise était douce et fraîche à la fois. Harry lui demanda pourquoi son bras droit était plus développé et plus fort que le gauche, et elle lui raconta tout de son passé de joueuse de squash, y compris son penchant pour les petits amis déplorables ; l'histoire de Scott Saunders ; quel homme était son père et comment il était mort.
Harry lui montra son exemplaire hollandais de *De Muis achter het behang. La Souris qui rampait entre les cloisons* avait été son livre préféré quand il était enfant – avant de savoir l'anglais assez bien pour lire presque tout auteur étranger en anglais. Il avait lu *Le Bruit de quelqu'un qui essaie de ne pas faire de bruit* en néerlandais, aussi. Au lit, il lui lut

537

la version hollandaise, et elle lui récita la version anglaise de mémoire. (Elle savait par cœur presque tout ce qui concernait La Taupe.)

Lorsqu'elle lui raconta l'histoire de sa mère avec Eddie O'Hare, elle ne fut pas surprise qu'il ait lu toute la série des McDermid – elle se figurait que les flics, quand ils lisaient, ne lisaient que des polars – mais elle fut sidérée qu'il ait lu tout Eddie O'Hare aussi.

– Tu as lu toute ma famille ! s'exclama-t-elle.

– Tu ne connais que des écrivains ? demanda-t-il.

Cette nuit-là, dans l'ouest d'Amsterdam, elle s'endormit la tête sur sa poitrine – sans cesser de se rappeler le naturel avec lequel il avait joué avec Graham au zoo. Ils avaient d'abord imité les différentes expressions des bêtes, et les cris des oiseaux ; puis ils avaient décrit ce qu'il y avait de différent dans l'odeur de chaque créature. Mais, même la tête sur la poitrine de Harry, Ruth s'éveilla alors qu'il faisait encore nuit ; elle voulait être de retour à son hôtel avant que Graham n'ouvre un œil dans la chambre d'Amanda.

A Paris, il n'y avait pas loin de la rue Saint-Simon au Lutétia, où elle était descendue officiellement. Dans la cour de l'hôtel, on branchait un jet d'arrosage de bonne heure, tous les matins. Le bruit du jet les réveillait tous deux, ils s'habillaient tranquillement, et il la raccompagnait boulevard Raspail à pied.

Pendant qu'elle donnait interview sur interview dans le hall du Lutétia, Harry promenait Graham au jardin du Luxembourg, ce qui permettait à Amanda de prendre sa matinée, pour faire des courses, ou pour explorer Paris toute seule – aller au Louvre, ce qu'elle fit deux fois, aux Tuileries, à Notre-Dame, ou à la tour Eiffel. Après tout, le motif pour manquer deux semaines de classe était la valeur éducative de ce voyage de promotion avec Ruth Cole. (Que penserait la jeune fille de ses nuits passées dehors ? Ruth espérait qu'elle saurait en tirer un enseignement.)

Elle trouva les journalistes français très agréables, d'une part parce qu'ils avaient lu son livre, mais aussi parce qu'ils ne jugeaient pas étrange, ou contre nature, ou bizarre que le personnage principal du roman fût une femme qu'on persuadait de payer une prostituée pour la regarder faire un client. En outre, elle se disait que Graham n'aurait pas pu être en de meilleures mains que celles de Harry – le seul grief de l'enfant était le suivant : si Harry était policier, qu'est-ce qu'il avait fait de son revolver ?

Le soir était tiède et humide lorsque Ruth et Harry passèrent devant la façade blanche et la marquise rouge de l'Hôtel du Quai Voltaire. Le minuscule café-bar était vide ; et sur la plaque commémorative, à l'extérieur, près du réverbère en fer forgé, la brève liste des célébrités ayant séjourné à l'hôtel ne mentionnait pas le nom de Ted Cole.

– Alors, qu'est-ce que tu as envie de faire, maintenant que tu es à la retraite ? demanda Ruth à l'ancien brigadier Hoekstra.

– J'aimerais bien épouser une femme riche.

– Suis-je assez riche pour toi ? Est-ce que ce n'est pas mieux que d'être à Paris avec une prostituée ?

Où Eddie et Hannah
ne parviennent pas à s'entendre

Lorsque le vol KLM atterrit à Boston, l'ancien brigadier Hoekstra avait hâte de mettre un peu d'espace entre l'océan et lui. Il avait passé sa vie dans un pays au-dessous du niveau de la mer. Les montagnes du Vermont le changeraient agréablement.

Cela faisait une semaine que Ruth et Harry s'étaient séparés à Paris. Auteur à succès, Ruth avait les moyens de s'offrir la douzaine de coups de fil et plus qu'elle avait passés à Harry outre-Atlantique ; cependant, étant donné la longueur de leurs conversations, c'était déjà une liaison dispendieuse, même pour elle. Quant à lui, s'il n'avait appelé qu'une demi-douzaine de fois des Pays-Bas, une liaison si lointaine et qui nécessitait de tels échanges n'allait pas tarder à le ruiner ; du moins, il était à craindre que sa retraite ne fît long feu. C'est ainsi qu'avant même d'arriver à Boston, il avait déjà proposé à Ruth de l'épouser – avec son autodérision coutumière. C'était la première fois qu'il demandait une femme en mariage, il n'avait pas l'expérience de la chose.

– Je crois qu'il faudrait qu'on se marie, lui avait-il dit, avant que je sois sur la paille.

– D'accord, si tu parles sérieusement, lui avait répondu Ruth. Mais ne vends pas ton appartement, si jamais ça ne marchait pas...

Harry trouva l'idée pleine de bon sens. Il pourrait toujours louer son appartement à un collègue ; un flic avait des chances d'être un locataire plus fiable que le tout-venant.

A Boston, Harry dut passer la douane. Cela faisait une semaine qu'il n'avait pas vu Ruth, et maintenant il devait subir ce rite de passage en pays étranger : il connut le premier pincement du doute. Même quand on est jeune, on ne se marie pas parce qu'on a passé quatre ou cinq jours à baiser comme des malades, et que l'autre vous manque depuis une semaine ! Or si lui avait des doutes, qu'est-ce qu'elle pouvait bien penser, elle ?

Son passeport fut tamponné, et on le lui rendit. Il vit une pancarte qui annonçait que la porte automatique ne fonctionnait pas. Elle s'ouvrit néanmoins, et lui livra passage dans le Nouveau Monde, où Ruth l'attendait. Dès l'instant où il la vit, ses doutes se dissipèrent, et, dans la voiture, elle lui dit : « Je commençais à me poser des questions, et puis je t'ai vu. »

Elle portait un polo à manches longues vert olive, près du corps et plus échancré que ce genre de vêtements d'ordinaire, si bien que Harry pouvait voir à son cou la croix de Lorraine qu'il lui avait offerte, avec ses deux barres transversales qui étincelaient au soleil d'automne.

Ils firent route vers l'ouest pendant trois heures, traversant la plus grande partie du Massachusetts avant d'obliquer vers le nord pour atteindre le Vermont. A la mi-octobre, le feuillage d'automne étalait sa splendeur dans le Massachusetts, mais à mesure qu'ils remontaient vers le nord, les couleurs étaient plus sourdes – leur premier éclat révolu. Harry fut frappé de constater combien ces montagnes peu élevées et boisées reflétaient la mélancolie du changement de saison. Leurs couleurs fanées annonçaient la prédominance prochaine des arbres dénudés, couleur puce ; bientôt les conifères seraient la seule note de couleur contre un ciel puce, lui aussi. En six semaines, voire moins, l'automne céderait la place – bientôt viendrait la neige. Certains jours, seul un éventail de gris viendrait nuancer la blancheur ambiante, parfois éclairée par des ciels ardoise violacée, ou bleus.

– J'ai hâte de voir l'hiver ici, dit Harry.

– Tu le verras toujours assez tôt, répondit Ruth. L'hiver dure une éternité, ici.

– Je ne te quitterai jamais.

– Ne meurs pas, Harry, c'est tout ce que je te demande.

Parce que Hannah Grant avait horreur de conduire, elle s'était fourrée dans plus d'une liaison douteuse. Comme, par ailleurs, elle avait horreur de passer ses week-ends toute seule, elle quittait souvent Manhattan pour aller voir Ruth dans le Vermont, en compagnie d'un petit ami déplorable, mais motorisé.

Pour le moment, elle était entre deux amants, état qu'elle ne supportait jamais très longtemps ; si bien qu'elle avait jugé légitime de demander à Eddie de faire un détour et de lui servir de chauffeur pour aller dans le Vermont – Hannah jugeait tout ce qu'elle faisait légitime. Ruth les avait invités tous deux pour le week-end, et il y avait longtemps qu'Hannah considérait qu'aucun détour n'était trop long ou trop malcommode pour s'embarrasser de scrupules.

Elle s'était étonnée de la facilité avec laquelle il s'était laissé persuader, mais il avait ses raisons de penser que ces quatre heures de route avec elle pourraient être rentables, voire providentielles. Naturellement, les deux « amis » mouraient d'envie de parler de ce qui venait d'arriver à Ruth, qui les avait sincèrement sidérés en leur annonçant qu'elle était amoureuse d'un Hollandais, qu'elle allait l'épouser – et que par-dessus le marché c'était un ancien flic, qu'elle connaissait depuis moins d'un mois.

Lorsqu'elle était entre deux amants, Hannah s'habillait « neutre », comme elle disait, ce qui signifie qu'elle s'habillait presque aussi sobrement que Ruth, qui n'aurait jamais pensé à la décrire comme « habillée neutre ». Mais Eddie remarqua que, contrairement à son habitude, ses cheveux plats avaient l'air gras, sales, et qu'elle ne portait pas de maquillage – signe irréfutable qu'elle était entre deux amants. D'ailleurs il savait bien que si elle avait eu un petit ami, quel qu'il ait pu être, elle ne lui aurait jamais téléphoné pour lui demander de passer la prendre en voiture.

A quarante ans, Hannah n'avait rien perdu de sa sexualité brute, que ses yeux fatigués ne faisaient que souligner. Sa chevelure blond vénitien, ambrée, était devenue, en aidant la nature, blond cendré, et, au-dessous de ses pommettes saillantes, ses joues creuses et pâles accentuaient son aura famélique et prédatrice. Sa physionomie reflétait sans conteste un appétit sexuel, se disait Eddie qui la regardait à la dérobée dans la voiture. Et elle ne s'était pas épilé la lèvre supérieure depuis un moment, ce qui la rendait encore plus sexy. Le duvet blond qu'elle avait l'habitude d'explorer du bout de la langue lui donnait une animalité puissante qui provoquait chez Eddie un émoi aussi inattendu qu'indésiré.

Il n'avait jamais eu envie d'elle, et il n'en avait pas davantage envie à présent. Mais lorsqu'elle soignait moins son apparence, son tempérament éclatait avec une force plus brutale. Elle avait toujours été mince à l'extrême, la taille longue, les petits seins hauts et bien formés ; lorsqu'elle se négligeait, cela faisait ressortir cet aspect dont elle était la moins fière, au fond : on aurait dit qu'elle était née pour se retrouver au lit avec un homme – puis un autre, et encore un autre, et ainsi de suite, etc. (Eddie la trouvait en tout point terrifiante sur le plan sexuel – surtout quand elle était sans homme.)

– Un flic hollandais, putain ! Tu te rends compte, Eddie !

Tout ce que Ruth leur avait dit, c'est qu'elle avait rencontré Harry à une séance de dédicaces, et qu'il s'était présenté un peu plus tard dans le hall de son hôtel. L'indifférence de Ruth au fait que Harry soit un policier à la retraite (elle avait plutôt insisté sur le fait que c'était un grand lecteur) rendait Hannah furieuse. Il avait été flic pendant quarante ans dans le quartier chaud, et tout ce que Ruth avait trouvé à dire, c'est qu'il était son flic, désormais.

– Je me demande bien quelles relations un flic comme ça entretient avec les putes, dit Hannah à Eddie, qui continuait de rouler, de son mieux. (Il ne pouvait éviter de la regarder, de temps en temps.) Je supporte pas que Ruth me mente, ou qu'elle me dise pas toute la vérité, parce qu'elle ment tellement bien. C'est son boulot, hein, après tout, de mentir ?

De nouveau, il la regarda à la dérobée, mais il se serait bien gardé de l'interrompre quand elle était en colère – Hannah en colère, c'était là un spectacle qu'il adorait.

Elle s'était avachie sur son siège, la ceinture de sécurité lui passant nettement au milieu de la poitrine pour aller ensuite aplatir presque complètement son sein droit. En lui coulant des regards de côté, il s'aperçut qu'elle ne portait pas de soutien-gorge. Elle avait mis un pull-over fluide et soyeux, effrangé aux poignets, et dont le col roulé avait perdu son élasticité d'origine. La façon dont il bâillait autour de son cou accentuait encore sa maigreur. Le dessin de son téton gauche transparaissait nettement là où la ceinture tendait le pull contre son sein.

– Je ne lui ai jamais entendu une voix aussi heureuse, dit Eddie d'un air malheureux.

Au souvenir du ton tout à fait extatique qu'elle avait au téléphone, il faillit fermer les yeux de douleur, mais il n'oublia pas qu'il tenait le volant. Pour lui, l'ocre brûlé des feuilles mortes était le signe morbide que la saison du feuillage s'envolait. Son amour pour Ruth était-il lui aussi moribond ?

– Eh ben, elle est gaga de ce type, putain, c'est l'évidence ! Mais qu'est-ce qu'on sait de lui ? Et elle, d'ailleurs, qu'est-ce qu'elle en sait ?

– Peut-être n'en veut-il qu'à son argent ? suggéra Eddie.

– Tu l'as dit, bouffi, et comment ! Les flics, ça gagne des clopinettes, s'ils sont pas corrompus.

– Et puis, il est aussi vieux qu'Allan, conclut Eddie.

A entendre Ruth déborder de bonheur, il s'était plus ou moins convaincu qu'il n'était pas épris d'elle, ou du moins qu'il s'en était dépris. C'était confus. Il n'allait rien comprendre à ses sentiments tant qu'il n'aurait pas vu Ruth avec le Hollandais.

– Moi, au moins, je suis jamais sortie avec un Harry ! J'ai quand même mes critères, dit Hannah.

– Ruth dit qu'il est vraiment formidable avec Graham, formule vague...

Eddie savait bien qu'il avait déçu Ruth par ses efforts insuffisants auprès de l'enfant. Il n'était son parrain que de nom. (Depuis la journée qu'il avait passée avec elle du lever au coucher, lorsqu'elle était fillette, et sans aucun doute parce que c'était justement le jour où sa mère était partie, il se sentait complètement anéanti en présence d'enfants.)

– Ruth céderait à n'importe quel homme qui soit « vraiment formidable avec Graham », confirma Hannah, mais Eddie doutait que cette stratégie ait pu fonctionner dans son cas – quand bien même il l'aurait maîtrisée.

– J'ai cru comprendre qu'il avait appris à Graham à taper dans un ballon de foot, annonça Eddie – éloge assez ténu.

– Les petits Américains, ça doit lancer la balle, répliqua Hannah. C'est ces petits cons d'Européens qui aiment taper dedans !

– Elle dit qu'il a beaucoup lu.

– Ça, je sais. Qu'est-ce que c'est, ce type ? Un groupie d'écrivain ? A son âge, elle devrait pas tomber dans un panneau pareil !

A son âge ? songeait Eddie O'Hare, qui avait cinquante-trois ans mais paraissait plus. La cause en était en partie sa taille dégingandée, ou plutôt sa posture un peu voûtée. Et au coin de ses yeux, les pattes d'oie allaient jusqu'à ses tempes pâles ; il ne s'était nullement dégarni, mais sa chevelure était à présent gris argent. Encore quelques années et il serait tout blanc.

Hannah regardait de côté ses pattes d'oie ; elles lui donnaient l'air de quelqu'un qui plisserait les yeux en permanence. Il était resté mince, mais cette minceur même le vieillissait. Il était d'une maigreur de nerveux, de malade. On aurait dit qu'il était trop inquiet pour manger. Et du fait qu'il ne buvait pas, elle voyait en lui l'incarnation de l'ennui.

Tout de même, elle n'aurait pas été fâchée qu'il lui fît des avances, de temps en temps. S'il s'en abstenait, c'était bien le signe de son apathie sexuelle. Il faut que j'aie été folle pour me figurer qu'il était amoureux de Ruth ! se disait-elle à présent. Le malheureux était peut-être amoureux de la vieillesse elle-même. Depuis combien de temps se donnait-il le ridicule de vouer cette flamme à la mère de Ruth ?

– Ça lui ferait quel âge à Marion, maintenant ? demanda-t-elle à Eddie, apparemment à brûle-pourpoint.

– Soixante-seize ans, répondit-il sans avoir besoin de calculer.

– Elle est peut-être morte, suggéra Hannah, non sans cruauté.

– Certainement pas ! répondit-il avec une véhémence qui n'était guère dans sa manière.

– Un flic hollandais, putain ! Elle a qu'à vivre avec lui pendant un temps. Pourquoi il faut absolument qu'elle l'épouse ?

– Alors là… peut-être qu'elle veut se marier à cause de Graham.

Ruth avait attendu presque deux semaines, deux semaines après l'arrivée de Harry dans la maison du Vermont, pour le laisser dormir dans son lit. Elle s'inquiétait de la réaction de Graham quand il le trouverait là un beau matin. Elle voulait que le petit fît sa connaissance avant. Mais lorsqu'il avait fini par trouver Harry dans le lit de sa mère, il s'était tout naturellement glissé entre eux.

– Salut, maman et Harry, avait-il dit.

Un crève-cœur pour Ruth qui se rappelait évidemment très bien comment il disait : « Salut, maman et papa. » Puis Graham avait touché Harry, et rapporté à Ruth : « Il a pas froid, Harry, maman. »

Bien sûr, Hannah était d'avance jalouse du prétendu succès de Harry auprès de Graham ; à sa manière, elle était assez douée elle-même pour jouer avec l'enfant. Outre sa défiance à l'égard du Hollandais, son goût inné de la compétition avait été réveillé par l'idée même qu'un flic de rien du tout ait accaparé la confiance et l'affection de son filleul – sans parler de celles de Ruth !

– Putain, qu'est-ce qu'il est interminable, ce trajet, hein ! s'exclama-t-elle.

Comme il était parti des Hamptons, Eddie avait grande envie de lui dire que le trajet durait deux heures et demie de plus pour lui (putain !), mais il se contenta d'annoncer :

– Il m'est venu une idée.

L'idée qui le taraudait, c'était d'acheter la maison de Ruth à Saga-ponack. Toutes les années où Ted Cole y avait vécu, il avait soigneusement évité Parsonage Lane ; pas une seule fois il n'était passé en voiture devant la maison qui avait été le haut lieu de l'été le plus excitant de sa vie. Mais depuis la mort de Ted, au contraire, il avait déployé tous ses efforts pour prendre par Parsonage Lane. Et depuis que la maison Cole était en vente et que Ruth avait inscrit Graham dans une maternelle du Vermont, il n'avait raté aucune occasion de passer dans la rue au ralenti. Il ne dédaignait pas non plus d'enfourcher sa bicyclette pour jeter un œil à la maison.

Le fait qu'elle n'ait pas encore été vendue ne lui laissait qu'un mince espoir. La propriété avait atteint un prix prohibitif. L'immobilier, côté océan de l'autoroute, n'était pas dans les prix d'Eddie. S'il pouvait se permettre de vivre dans les Hamptons, c'était uniquement sur la rive moins chic. Circonstance aggravante, sa maison de Maple Lane, sur deux niveaux seulement, en bardeaux gris, n'était qu'à deux cents mètres des vestiges de la gare de Bridgehampton, dont il ne restait que les fondations, mais devant laquelle les trains continuaient de passer.

Les fenêtres d'Eddie ne donnaient que sur les vérandas et les pelouses roussies de ses voisins, leurs barbecues qui se livraient une guerre des odeurs, les bicyclettes de leurs enfants – il n'avait pas précisément vue sur la mer. A Maple Lane, il était même trop loin de la plage pour entendre le ressac. Lui, il entendait les portes exté-

rieures claquer, les gosses se chamailler, les parents pousser des gueu-
lantes pour les calmer ; lui, il entendait les chiens, les chiens qui
aboyaient. Il considérait d'ailleurs qu'il y avait une pléthore de chiens
scandaleuse à Bridgehampton. Mais surtout, il entendait les trains.

Ils passaient si près de chez lui, du côté nord de Maple Lane, qu'il
avait renoncé à profiter de son bout de jardin ; il faisait ses barbecues
sur la terrasse devant la maison, où des éclaboussures de graisse
avaient roussi une partie des bardeaux, et noirci la lampe extérieure.
Les trains passaient si près qu'ils ébranlaient son lit quand il dormait
d'un profond sommeil, ce qui était d'ailleurs rare chez lui ; il avait
dû fixer des portes sur la vitrine où il mettait ses verres à vin, parce
que les vibrations les éjectaient des étagères – il avait beau ne boire
que du Coca-Cola édulcoré, il préférait en boire dans des verres à
vin. Et les trains circulaient si près de Maple Lane que les chiens du
voisinage passaient leur temps à se faire écraser ; hélas, leurs succes-
seurs semblaient avoir plus de coffre et de hargne, et ils aboyaient
aux trains avec un degré de vindicte que les disparus n'auraient jamais
pu atteindre.

Comparée à celle de Ruth, la maison d'Eddie était donc une niche
au bord de la voie ferrée. Quel chagrin pour lui : non seulement Ruth
allait partir, mais le monument au zénith de sa vie sexuelle était en
vente, et il n'avait pas les moyens de l'acheter. Jamais il n'aurait
voulu abuser de l'amitié ou de la sympathie de Ruth ; il n'avait même
pas pensé à lui demander, comme une faveur, de lui faire un prix.

Ce dont il avait rêvé, au contraire, ce qui avait également occupé
ses heures de veille, c'était de proposer à Hannah d'acheter la maison
avec lui. Ce dangereux alliage de fantasme et de désespoir était, hélas,
tout à fait dans son tempérament. Il n'aimait guère Hannah, qui ne
l'aimait guère non plus ; mais il avait tellement envie de cette maison
qu'il était prêt à lui proposer de la partager.

Pauvre Eddie ! Il savait pertinemment qu'Hannah était une souillon.
Pour sa part, il détestait le désordre au point de payer une femme de
ménage pour entretenir sa modeste demeure une fois par semaine,
mais aussi pour remplacer, et non pas seulement nettoyer, les cache-
pots lorsqu'ils étaient tachés. La femme de ménage avait également
consigne de laver et de repasser les torchons. Quant aux petits amis
d'Hannah, il les prendrait en horreur bien avant le moment prévisible
où elle se mettrait à le faire elle-même.

Il s'était déjà représenté ses vêtements (et ses sous-vêtements) semés dans toute la maison. Elle se baignerait nue dans la piscine, et ne fermerait pas la porte de la douche extérieure quand elle y serait. Quand il laisserait des restes au réfrigérateur, elle les mangerait ou les balancerait – alors que ceux qu'elle laisserait auraient le temps de verdir et de se couvrir de poils avant qu'il ne prenne sur lui de les jeter. Sa part de la note de téléphone serait astronomique, et ce serait lui qui devrait la payer, parce qu'elle serait en reportage à Dubayy (par exemple) chaque fois que les factures arriveraient. Du reste, elle ferait des chèques en bois.

Hannah lui disputerait la jouissance de la chambre de maître, au prétexte qu'elle aurait besoin du grand lit pour ses amants, et de la deuxième penderie pour ses vêtements, mais elle aurait gain de cause, parce qu'il avait décidé avec raison qu'il se contenterait volontiers de la grande chambre d'amis, au bout du couloir. (Après tout, il y avait dormi avec Marion.)

Du reste, étant donné l'âge avancé de la plupart des amies d'Eddie, il présumait qu'il lui faudrait transformer l'ancienne salle de travail de Ted Cole (devenue bureau d'Allan depuis) en chambre du rez-de-chaussée – certaines des vieilles dames de son entourage étant trop fragiles et trop peu ingambes pour monter l'escalier.

Il se doutait qu'Hannah lui laisserait prendre l'ancien court de squash pour bureau ; il en avait envie parce que c'était là que Ruth avait aménagé son propre bureau. Depuis que Ted s'était suicidé sur le court, Hannah ne mettait plus les pieds dans la grange. Non par remords, mais par superstition. En outre, Hannah ne serait là que les week-ends et l'été, tandis que lui y vivrait à l'année. Espérant qu'elle serait tout le temps en déplacement, il se berçait de l'illusion qu'il pourrait partager la maison avec elle. Mais enfin, c'était un risque énorme qu'il prenait là.

– Je te disais qu'il m'est venu une idée, répéta-t-il.

Hannah ne l'avait pas écouté.

Elle regardait défiler le paysage, et ses yeux étaient passés de l'indifférence à l'hostilité ouverte. Lorsqu'ils franchirent la limite du Vermont, elle jeta un regard noir au souvenir même de ses études à Middlebury, comme si l'université et l'État du Vermont lui avaient fait une crasse impardonnable – mais Ruth aurait davantage mis la perturbation et la déprime de ces années-là sur le compte de ses mœurs dissolues.

– Saloperie de Vermont ! dit-elle.

– Je pensais à quelque chose, reprit Eddie.

– Et moi donc ! Tu croyais que je roupillais ?

Avant qu'il n'ait pu répondre, ils aperçurent le monument à la victoire de Bennington. On aurait dit une pique à l'envers, qui s'élançait par-dessus les toits de la ville, et les collines environnantes. Ce monument commémoratif de la bataille de Bennington était un obélisque taillé qui marquait la victoire des Green Mountain Boys sur les troupes britanniques. Hannah l'avait toujours détesté.

– Qui pourrait bien vivre dans ce putain de patelin ? demanda-t-elle à Eddie. Chaque fois que tu tournes la tête, y a ce phallus géant au-dessus de toi ! Les mecs, ici, ils doivent tous faire le complexe de la petite bite.

« Le complexe de la petite bite ? » se disait Eddie. La bêtise et la vulgarité de cette remarque l'avaient choqué. Comment avait-il pu songer un seul instant à partager une maison avec cette femme ?

La vieille dame du moment, avec laquelle il entretenait des rapports platoniques – mais pour combien de temps encore ? –, s'appelait Mrs Arthur Bascom. A Manhattan, tout le monde la connaissait encore sous ce nom-là, quoique feu son mari, le philanthrope Arthur Bascom, fût mort depuis longtemps. Mrs Arthur Bascom, donc, Maggie pour Eddie et son cercle d'intimes, avait repris le flambeau philanthropique de son époux ; mais on ne la voyait jamais dans des mondanités chic (tous ces événements « au profit de... ») autrement qu'en compagnie d'un homme beaucoup plus jeune qu'elle, et célibataire.

Ces derniers mois, c'était à Eddie que ce rôle était revenu. Il présumait qu'elle l'avait choisi pour son inactivité sexuelle. Quoique, au bout du compte, il en fût moins sûr ; peut-être était-ce au contraire pour sa disponibilité sexuelle qu'il l'avait attirée, puisque, dans son dernier roman surtout, *Une femme difficile*, il avait amoureusement décrit, avec un luxe de détails, les attentions sexuelles de l'homme envers la dame son aînée. (Maggie Bascom avait quatre-vingt-un ans.)

Quelle que fût la nature de son intérêt pour lui, comment avait-il pu s'imaginer l'inviter à passer le week-end dans la maison de Sagaponack, s'il la partageait avec Hannah, justement ? Elle ne se contenterait pas de se baigner dans le plus simple appareil, il lui faudrait sans doute engager le débat sur la différence de nuance entre ses cheveux blond cendré et sa toison pubienne plus foncée – à laquelle, jusque-là, elle n'avait pas touché.

« Putain, il faudrait sans doute que je me teigne la motte, aussi ! » l'imaginait-il confier à Mrs Bascom.

Où avait-il la tête ! S'il recherchait la compagnie des femmes plus âgées que lui, c'était aussi parce qu'on pouvait raisonnablement espérer qu'elles seraient plus raffinées que les femmes de son âge, et à plus forte raison de celui d'Hannah. (Dans ses critères, Ruth elle-même n'était pas « raffinée ».)

– Et alors, qu'est-ce qui t'est venu à l'idée ? lança Hannah.

D'ici une demi-heure, voire moins, ils allaient voir Ruth et faire la connaissance de son flic.

Ça demande peut-être plus ample réflexion, se dit-il. Après tout, à la fin du week-end, quatre heures de route avec Hannah l'attendaient encore et lui donneraient largement le temps d'aborder la question de cette maison.

– J'ai oublié, lui dit-il. Ça va me revenir, c'est sûr.

– Eh ben, ça devait pas être un remue-méninges super-puissant ! lui dit-elle pour le taquiner – mais pour lui, l'idée de partager une maison avec Hannah était bel et bien le remue-méninges le plus puissant qu'il ait jamais connu.

– Mais enfin, ça pourrait tout aussi bien ne pas me revenir, ajouta-t-il.

– Peut-être que tu pensais à un nouveau sujet de roman, suggéra-t-elle. (Elle promenait sa langue sur le duvet blond foncé de sa lèvre supérieure.) Ce serait un homme encore jeune et une femme plus âgée.

– Très drôle !

– Monte pas sur tes grands chevaux. Oublions un instant ton goût pour les dames mûres.

– Je n'y vois aucun inconvénient.

– Il y a un autre aspect qui m'intéresse, là-dedans. Je me demande si les femmes que tu vois, je te parle de celles qui ont soixante-dix, quatre-vingts et plus, ont encore des rapports, si elles veulent en avoir.

– Certaines en ont, oui, certaines veulent en avoir, répondit-il sans se compromettre.

– J'avais peur que tu me répondes ça ! Ça me fout en l'air !

– Tu crois vraiment que tu n'auras plus de rapports, toi, à soixante-dix, quatre-vingts ans ?

– Je veux même pas y penser. Revenons à toi et ton goût. Quand tu es avec ces vieilles nanas, Mrs Arthur Bascom, mettons.

– Je ne couche pas avec Mrs Bascom ! coupa-t-il.

– OK, OK. Pour l'instant, pas encore. Mais supposons que tu couches avec elle, maintenant ou plus tard. Ou avec une autre dame dans les soixante-dix, quatre-vingts, eh bien, à quoi tu penses ? Tu les regardes, et tu les trouves attirantes ? Ou bien tu penses à quel-qu'un d'autre quand tu es avec elles ?

Les doigts d'Eddie lui faisaient mal ; il serrait le volant plus fort qu'il n'était nécessaire. Il pensait à l'appartement de Mrs Arthur Bascom, à l'angle de la Cinquième Avenue et de la Quatre-vingt-treizième Rue. Il se rappelait toutes les photos d'elle – enfant, jeune fille, jeune mariée, jeune mère, plus si jeune mariée (elle s'était mariée trois fois) et grand-mère à l'allure juvénile. Il ne pouvait pas regarder Maggie Bascom sans la voir à toutes les phases de sa longue vie.

– J'essaie de voir la femme tout entière, répondit-il. Bien sûr, je m'aperçois qu'elle est vieille, mais il y a toujours des photos, ou l'équivalent des photos dans la manière dont on s'imagine la vie des gens. Toute leur vie, je veux dire. J'arrive à me la figurer quand elle était beaucoup plus jeune que moi – parce qu'il y a toujours des gestes et des expressions qui sont dans le grain de l'être, sans âge. Une vieille femme ne se voit pas toujours vieille, et moi non plus, je ne la vois pas toujours vieille. J'essaie de voir toute sa vie, en elle. Ça a quelque chose de tellement émouvant, la durée d'une vie...

Il se tut, non seulement parce qu'il se sentait gêné de ce qu'il avait dit, mais aussi parce que Hannah pleurait.

– Personne me verra jamais comme ça, dit-elle.

Ce fut un de ces instants où il aurait dû mentir, mais il n'arrivait pas à parler. Personne ne verrait jamais Hannah sous cet angle, en effet. Il tenta de se la représenter à soixante ans (sans aller jusqu'à soixante-dix ou quatre-vingts ans), lorsque sa sexualité brute aurait fait place... à quoi, au fait ? Sa sexualité serait toujours brute !

Il retira sa main droite du volant, et toucha celles d'Hannah, qui était en train de les tordre sur ses genoux. A son contact, elle s'exclama :

– Laisse tes mains sur le volant, putain, Eddie, j'ai pas de mec, en ce moment...

Parfois, c'était la pente compatissante d'Eddie qui lui valait des ennuis. Dans un coin de son cœur dangereusement hypertrophié, il croyait que ce qu'il fallait à Hannah, c'était plus un ami véritable qu'un petit ami de plus.

– Je me disais qu'on pourrait prendre une maison ensemble, toi et moi, proposa-t-il. (Heureusement, c'était lui qui était au volant, sinon, Hannah serait partie dans le décor.) Je me disais qu'à nous deux on pourrait acheter la maison de Ruth à Sagaponack. Bien sûr, on ne risquerait pas tellement d'être l'un sur l'autre, la plupart du temps...

Hannah, on s'en doute, ne comprit pas clairement ce qu'Eddie était en train de lui proposer. Dans sa vulnérabilité du moment, sa première réaction fut de croire qu'il était en train de lui faire plus que des avances ; elle eut l'impression qu'il voulait l'épouser. Mais plus il parlait, moins elle saisissait.

– L'un sur l'autre ? Putain, t'entends quoi, par là ?

Comprenant sa méprise, il ne put réprimer son affolement.

– Tu pourrais prendre la chambre de maître ! bredouilla-t-il, je me contenterais volontiers de la grande chambre d'amis, celle qui est tout au bout du couloir. Et dans la pièce où Ted avait sa salle de travail, et Allan son bureau, on pourrait faire une chambre de rez-de-chaussée. Ça aussi, ça me conviendrait. (Il se tut un instant, avant de continuer de manière tout aussi précipitée.) Je sais ce que tu éprouves pour la grange, l'ancien court de squash. Je pourrais y travailler, en faire mon bureau. Mais tout le reste de la maison, toute la maison, on se le partagerait. Bien sûr, l'été, il faudrait négocier la question des invités du week-end. Tu comprends : chacun aurait les siens à son tour. Mais si ça te tente d'avoir une maison dans les Hamptons, déjà, je pense qu'à nous deux, on aurait les moyens de se l'offrir. Et c'est Ruth qui serait contente ! (Il babillait, à présent.) Après tout, elle pourrait venir nous voir avec Graham, et ça signifierait, pour elle, ne pas avoir à renoncer tout à fait à la maison. Ruth, Graham, et le flic, je veux dire, ajouta-t-il parce qu'il n'arrivait pas à savoir si l'expression accablée d'Hannah était due à l'incompréhension ou à une nausée soudaine en voiture.

– Tu veux dire qu'on serait copropriétaires ?

– Fifty-fifty ! s'écria-t-il.

– Mais toi, tu y habiterais toute l'année, fit-elle observer avec une sagacité inattendue. Comment ça, fifty-fifty, si moi je n'y viens que l'été et un week-end de temps en temps, alors que toi, tu y vivrais à plein temps, merde !

J'aurais dû m'en douter, pensa-t-il. Il avait essayé de considérer Hannah comme une amie, et voilà qu'elle avait déjà entamé les maquignonnages. Ça ne marcherait jamais. Il avait perdu une belle occasion de se taire. Mais il expliqua :

– Si tu n'en paies pas la moitié, je n'aurai pas assez. Même à nous deux on n'aura probablement pas assez, de toute façon.

– Elle peut quand même pas coûter la peau des fesses, cette baraque. Combien elle est vendue ?

– Cher, répondit-il, mais il ne savait pas combien ; trop cher pour lui, c'était tout ce qu'il savait.

– Tu veux l'acheter et tu sais pas combien elle coûte ?

Au moins, elle avait cessé de pleurer. Elle gagnait sans doute beaucoup plus d'argent que lui. Elle réussissait de mieux en mieux dans son métier, même si elle n'était pas parvenue à la célébrité, parce que beaucoup des sujets qu'elle traitait étaient trop crapuleux pour lui assurer du renom. Elle avait récemment assuré un grand reportage pour un magazine de premier ordre (non qu'il considérât qu'il y ait vraiment des magazines qu'on pût dire tels) sur la réhabilitation ratée des détenus dans les prisons d'État et les prisons fédérales. En marge de la controverse suscitée par son article, Hannah avait eu une brève liaison avec un ancien détenu, qui avait d'ailleurs été son dernier petit ami déplorable, à elle – ce qui expliquait l'état d'épave où elle se trouvait pour lors.

– Tu as sans doute les moyens de te l'offrir en solo, lui dit Eddie, morose.

– Qu'est-ce que tu veux que j'en foute ? C'est pas vraiment un trésor de souvenirs précieux, pour moi !

Je n'aurai jamais cette maison, pensa-t-il, mais, du moins, je ne serai jamais obligé de vivre avec cette femme.

– Seigneur, qu'est-ce que t'es bizarre, comme mec ! conclut Hannah.

On n'était qu'au premier week-end de novembre, mais le long du chemin de terre qui grimpait chez Ruth en passant devant la ferme de Kevin Merton, les arbres avaient perdu leurs feuilles. Sur les érables gris pierre et les bouleaux blancs comme des os, les branches nues semblaient frissonner en attendant les neiges à venir. Il faisait déjà froid. Lorsqu'ils sortirent de la voiture, dans l'allée, Hannah serra ses bras contre sa poitrine tandis qu'Eddie ouvrait le coffre. Les valises y étaient, ainsi que les manteaux – dont ils n'avaient pas eu besoin à New York.

– Saloperie de Vermont ! déclara Hannah une fois de plus, en claquant des dents.

Le bruit de quelqu'un qui fendait des bûches attira leur attention. Il y avait deux ou trois stères de bois en vrac dans la cour, devant l'entrée de la cuisine, avec, à côté, en tas plus régulier, une pile de bûches fendues. De prime abord, Eddie pensa que l'homme en train de fendre les bûches et de les empiler devait être le gardien, Kevin Merton – Hannah avait pensé de même jusqu'à ce qu'un détail la pousse à aller regarder le bûcheron de plus près.

Sa besogne l'absorbait tellement qu'il n'avait pas remarqué la voiture. Et il travaillait si dur que, en jean et T-shirt, il ne sentait pas le froid ; il transpirait même. Il avait sa technique pour fendre les bûches et les stocker. Lorsqu'il en trouvait une trop grosse, il la dressait sur le billot et la fendait en long avec une cognée. Si elle était trop grande, et il le voyait rien qu'au coup d'œil, il la posait sur le billot, et la fendait avec un coin et un merlin. On aurait dit que couper du bois était une seconde nature pour Harry Hoekstra, alors qu'il ne s'y était mis qu'une ou deux semaines auparavant pour la première fois de sa vie.

Il adorait le faire. A chaque coup puissant de sa hache ou de son merlin, il se représentait les flambées à venir. Hannah et Eddie pensèrent qu'avec cette vigueur et cette concentration il était parti pour fendre des bûches jusqu'au soir. Il avait l'air bâti pour tenir toute la journée (ou toute la nuit), quoi qu'il entreprenne, se dit Hannah. Elle regretta subitement de ne pas s'être épilé la lèvre supérieure, ou, du moins, lavé les cheveux et fardée un peu ; elle regretta de ne pas avoir mis de soutien-gorge, ou de vêtements un peu plus seyants.

– Ça doit être le Hollandais, le flic de Ruth, chuchota Eddie à Hannah.

553

– Non, tu crois ! répondit celle-ci, qui, oubliant un instant qu'il n'était pas au fait de leur petit jeu, à elle et Ruth, lui lança : T'as entendu ce bruit ? (Il eut l'air ahuri – ce qui ne le changeait pas.) C'est mon slip qui glisse sur le sol, ce bruit-là.

– Ah bon, répondit-il.

Quelle femme vulgaire ! Dieu merci, il n'habiterait jamais avec elle.

Harry Hoekstra avait entendu leurs voix. Il laissa tomber sa cognée pour aller vers eux ; ils restèrent devant la voiture, sans oser bouger, comme des enfants, tandis que l'ancien flic prenait la valise des mains frissonnantes d'Hannah.

– Vous devez être Eddie et Hannah, leur dit-il.

– Non, tu crois ? répondit celle-ci, mais d'une petite voix d'enfant, insolite chez elle.

– Ruth m'avait prévenu que vous diriez ça.

Ah bon, là, je vois – c'est facile à comprendre, pensa Hannah. Dommage que je l'ai pas rencontré avant elle. Mais une part d'elle-même, qui venait toujours miner son assurance toute de surface, lui disait que même si elle l'avait rencontré avant Ruth, il ne se serait pas intéressé à elle – sinon pour une nuit.

– Heureuse de vous rencontrer, Harry.

Ce fut tout ce qu'elle sut lui dire.

Eddie vit Ruth sortir pour les accueillir, serrant ses bras contre elle à cause du froid. Elle s'était renversé un peu de farine sur son jean, et elle en avait aussi une trace sur son front, là où elle avait repoussé sa mèche du dos de la main.

– Salut ! leur cria-t-elle.

Hannah ne lui avait jamais vu ce visage ; il rayonnait, c'était au-delà du bonheur.

C'est ça, l'amour, réalisait Eddie ; il ne s'était jamais senti aussi déprimé. A regarder Ruth, il se demandait quelle ressemblance il avait pu lui trouver avec Marion – comment il avait même pu s'imaginer être amoureux d'elle.

Le regard d'Hannah passait de l'un à l'autre ; elle regardait Harry avec concupiscence, puis Ruth avec envie. Ils sont amoureux, ces cons ! comprenait-elle, en se détestant.

– T'as de la farine sur le front, ma puce, dit-elle à Ruth en l'embrassant ; sur quoi elle chuchota à sa vieille amie : T'as entendu, ce bruit ? C'est ma culotte qui glisse par terre – non, qui se fracasse par terre !

– La mienne aussi, lui dit Ruth en rougissant.

Ruth y est arrivée, pensa Hannah. Ça y est, elle l'a, la vie qu'elle a toujours voulue. Mais elle se contenta de lui dire :

– Faut que je me lave la tête, ma puce. Et je vais peut-être me farder un peu. (Elle avait cessé de regarder Harry – c'était au-dessus de ses forces.)

C'est alors que Graham sortit en trombe par la porte de la cuisine et courut vers eux. Il s'accrocha aux hanches d'Hannah, au risque de la faire tomber – une diversion qui tombait à point nommé.

– Qu'est-ce que c'est que ce sale gosse ? s'écria Hannah. C'est pas mon petit filleul à moi ! Il est bien trop grand ! Qui c'est, ce marmot ?

– C'est moi, c'est Graham !

– Mais non, tu peux pas être Graham, t'es bien trop grand.

– Ouaaais ! C'est Graham !

– Dis « oui », pas ouais, ma puce, lui chuchota Hannah.

– Oui, c'est moi, c'est Graham, répéta l'enfant.

– Viens me montrer ma chambre, Graham, et aide-moi à faire couler la douche, ou la baignoire. Il faut que je me lave les cheveux.

– T'as pleuré, Hannah ? demanda Graham.

Ruth regarda son amie, qui détourna les yeux. Harry et Eddie étaient devant la porte de la cuisine, admirant la pile de bois qui montait.

– Tu vas bien ? demanda Ruth à son amie.

– Ouais, Eddie vient de me demander de vivre avec lui. Sauf qu'il voulait pas dire ce qu'on pourrait croire. Il voulait seulement qu'on soit copropriétaires.

– Tiens, c'est curieux, commenta Ruth.

– Et encore, tu sais pas le meilleur ! s'écria Hannah, en embrassant Graham de nouveau.

Le petit commençait à lui peser, elle n'avait pas l'habitude de porter des enfants de cet âge dans les bras. Elle se dirigea vers la maison pour trouver sa chambre, prendre une douche ou un bain, rafraîchir ses souvenirs, tâcher de se rappeler à quoi ressemblait l'amour – pour le cas où l'amour lui viendrait un jour.

Il ne lui viendrait pas, elle le savait.

Couple heureux,
avec deux amis malheureux

Ruth Cole et Harry Hoekstra se marièrent le matin de Thanksgiving, dans le salon rarement habité de la maison de Ruth, à Long Island. Ruth ne voyait pas de meilleure façon de prendre congé de cette maison que de s'y marier. Le hall d'entrée et le couloir du premier étaient tapissés de cartons en piles, étiquetés pour les déménageurs. Chaque meuble portait une étiquette rouge ou verte, selon que les déménageurs devaient l'acheminer dans le Vermont ou le laisser sur place.

Si jamais la maison n'était pas vendue d'ici l'été, Ruth la louerait. Elle avait mis sur la plupart des meubles des étiquettes rouges, pour dire qu'ils restaient sur place ; elle ne les avait jamais tellement aimés, dans l'ensemble. Cette maison des Hamptons n'avait jamais été la maison du bonheur, pour elle, sauf du temps qu'elle y vivait avec Allan. (Elle associait rarement Allan à la maison du Vermont, ce qui ne tombait pas plus mal.)

Eddie vit que toutes les photos avaient été retirées des murs ; on avait dû les ranger dans les cartons. Contrairement à la dernière fois qu'il avait vu la maison dépouillée de ses photos, les crochets aussi avaient été enlevés, les trous plâtrés, et les murs repeints, ou retapissés. L'acquéreur potentiel ne saurait jamais combien il y en avait eu d'accrochées là.

Ruth expliqua à Eddie et Hannah qu'elle avait « emprunté » le pasteur pour la cérémonie à l'une des églises de Bridgehampton. C'était un grand costaud à l'air ébahi, avec une basse de stentor qui tonitruait dans tout le rez-de-chaussée, où elle faisait vibrer les couverts de la salle à manger. Car Conchita Gomez avait déjà mis la table du dîner de Thanksgiving.

Ce fut Eduardo qui offrit son bras à la mariée. Eddie était le témoin de Harry, et Hannah la demoiselle d'honneur de Ruth, pour la deuxième fois. Pour le premier mariage de Ruth, c'était Eddie qui avait donné le bras à la mariée ; il était soulagé de ne plus avoir à le faire, préférant être témoin. Lui qui connaissait Harry depuis moins d'un mois s'était déjà beaucoup attaché à lui. Hannah aussi l'aimait bien, mais elle avait toujours du mal à le regarder.

Le Hollandais avait choisi un poème à lire. Ne sachant pas qu'Allan avait demandé à Eddie de lire un poème de Yeats pour son service funèbre, il avait choisi un poème du même auteur pour son mariage avec Ruth. Si le poème la fit pleurer, ainsi qu'Hannah, et Eddie, elle n'en aima son mari que davantage. C'était un poème sur la pauvreté, car – par rapport à Ruth en tout cas – Harry était pauvre. Et il le lut avec la vigueur sans concession d'un policier débutant qui lirait ses droits à un délinquant.

Ce poème avait pour titre « Il voudrait avoir les étoffes du ciel », et pendant qu'il le dit, Eduardo et Conchita se tinrent les mains comme si c'était eux qu'on mariait de nouveau.

> *Si j'avais les étoffes brodées des cieux,*
> *Tramées de lumière d'or et d'argent,*
> *Les étoffes bleues, les pâles et les sombres*
> *De la nuit, du jour et du demi-jour,*
> *Je les déroulerais sous tes pas.*
> *Mais moi qui suis pauvre, je n'ai que mes rêves.*
> *Sous tes pas j'ai déroulé mes rêves.*
> *Marche d'un pas léger, tu marches sur mes rêves.*

C'était Graham qui devait offrir les alliances, mais il avait mal compris et croyait qu'il allait *enfouir* les alliances. Si bien que le moment venu de les tendre, il fut indigné qu'on ait oublié une étape importante du rite. Ces alliances, quand était-il censé les enterrer, et où ? Après la cérémonie, le voyant désespéré de ce manquement barbare à la symbolique nuptiale, Ruth le laissa enterrer les alliances au pied de la haie de troènes, tandis que Harry repérait l'endroit avec précision, pour pouvoir, après un laps de temps solennel, montrer à Graham où creuser pour les exhumer.

Cela mis à part, le second mariage de Ruth se déroula sans incident. Hannah fut la seule à remarquer que ni elle ni Eddie ne semblaient guetter Marion. S'ils pensaient à elle, ils ne le montraient pas. Quant à Hannah, elle n'y pensait pas souvent ; elle n'avait jamais connu la mère de son amie.

La dinde de Thanksgiving, que Ruth et Harry avait rapportée du

Vermont, aurait suffi à nourrir deux tablées comme la leur. Lorsque Eduardo et Conchita prirent congé, Ruth leur donna la moitié des restes. Graham, à qui ce mets n'inspirait pas confiance, exigea un sandwich au fromage fondu à la place.

Au cours du long dîner, Hannah demanda d'un air détaché à Ruth le prix de vente de la maison. La somme était si astronomique qu'Eddie renversa de la sauce à la groseille sur ses genoux, tandis qu'Hannah remarquait sans se départir de son calme : « C'est peut-être pour ça qu'elle est toujours pas vendue. Faudrait peut-être que tu baisses ton prix, ma puce. »

Eddie avait déjà abandonné tout espoir de voir la maison lui appartenir, et il avait certes renoncé à la partager avec Hannah, qui était toujours « sans homme », mais qui réussit cependant à se faire belle tout le week-end. (Ruth avait noté ses efforts lorsque Harry était dans le secteur.)

Maintenant qu'Hannah ne se négligeait plus, Eddie l'ignorait. Sa joliesse le rendait indifférent. Quant au bonheur ostensible de Ruth, il avait rafraîchi l'ardeur qu'il éprouvait depuis un an pour elle ; il était donc revenu à Marion, son cœur d'attache. Mais quel espoir lui restait-il de jamais la revoir ou même d'avoir de ses nouvelles ? Cela faisait deux mois qu'il lui avait envoyé ses livres, et toujours pas un mot. A Ruth non plus elle n'avait pas répondu. L'un et l'autre avaient donc cessé d'en attendre un signe de vie.

D'ailleurs, quarante ans après, qu'attendre ? Qu'elle leur envoie un justificatif de sa conduite à Toronto ? Un essai sur la façon dont elle avait vécu l'exil ? Non, ils ne pouvaient guère compter qu'elle fît une apparition au second mariage, puisque, après tout, comme l'avait chuchoté Hannah à Harry qui lui remplissait son verre, « elle ne s'était pas dérangée pour le premier ».

Harry savait se taire sur les sujets sensibles. Il se lança donc dans une de ces brillantes improvisations dont il avait le secret, en l'occurrence une ode intarissable au bois de chauffage. Tout le monde en resta coi. Il n'y avait plus qu'à écouter. Il faut dire que Harry avait emprunté le pick-up de Kevin Merton pour rapporter un demi-stère de bois du Vermont.

Il est quand même un peu obsédé par le feu de bois, pensait Eddie. Il n'avait pas trouvé outre mesure passionnantes ces variations sur la bûche, qui avaient duré jusqu'à la fin du dîner. (Harry était toujours plein de son sujet lorsque Eduardo et Conchita prirent congé.) Eddie préférait de loin l'entendre parler de livres. Il avait rarement connu quelqu'un qui ait lu autant – sinon feu son père, Minty.

Après dîner, tandis que Harry et Eddie faisaient la vaisselle, et que Hannah couchait Graham et se préparait à lui lire une histoire, Ruth sortit et s'approcha de la piscine, sous le ciel étoilé ; en prévision de l'hiver, le bassin avait été bâché et partiellement vidé. Dans l'obscurité, le rempart de troènes en fer à cheval qui l'entourait semblait une vaste fenêtre ouverte sur les étoiles.

Ruth se rappelait tout juste le temps où la piscine et les troènes n'existaient pas, et où la pelouse était un champ d'herbes folles, pomme de discorde entre ses parents. Il lui vint à l'esprit que lors des nuits froides de jadis, quand quelqu'un d'autre faisait la vaisselle, et que son père ou sa nounou la mettait au lit, sa mère avait dû sortir devant la maison, sous les mêmes étoiles impitoyables. A lever le regard vers les cieux, elle ne devait pas s'estimer aussi heureuse que sa fille.

Ruth savait qu'elle avait de la chance. Mon prochain roman devrait être sur la fortune, se dit-elle ; l'inégalité avec laquelle fortune et infortune échoient à chacun, sinon à la naissance, du moins au fil de circonstances sur lesquelles on n'a pas de prise, et dans une conjonction apparemment aléatoire d'événements – les rencontres que l'on fait, le moment où on les fait ; et les rencontres mêmes que ces gens importants sont susceptibles de faire en même temps que la nôtre. Ruth n'avait eu qu'une petite part de malheur. Pourquoi sa mère en avait-elle eu autant ?

Oh, maman, dit Ruth aux froides étoiles, viens profiter de ton petit-fils pendant qu'il en est encore temps !

Là-haut, dans la chambre de maître, sur le lit même où elle avait jadis fait l'amour avec feu Ted Cole, Hannah se préparait toujours à lire une histoire à ce petit-fils qu'il n'avait jamais connu. Le processus était au point mort, les rites du coucher, se laver les dents, choisir un pyjama, ayant pris plus longtemps que prévu. Ruth avait dit à Hannah que le petit raffolait de la série des *Madeline*, mais il n'en avait pas l'air bien convaincu lui-même.

– Duquel je raffole ? avait-il demandé.

– De tous, avait répondu Hannah. Choisis-en un et je te le lis.

– J'aime pas *Madeline et les Bohémiens.*

– Tant mieux. On va pas lire celui-là, alors. Moi non plus, je l'aime pas.

– Pourquoi tu l'aimes pas ?

– Pour la même raison que toi. Choisis-en un que tu aimes. N'importe lequel.

– J'en ai assez du *Sauvetage de Madeline.*

– Bon, moi aussi j'en ai marre de celui-là. Allez, un que tu aimes.

– J'aime bien *Madeline et le Vilain Chapeau,* mais j'aime pas Pepito, je l'aime pas du tout, Pepito.

– Pepito, il est pas dans *Madeline et le Vilain Chapeau* ?

– C'est pour ça que j'aime pas ce livre.

– Graham, il faut que tu choisisses une histoire qui te plaise, dit Hannah.

–· Tu t'énerves, là ?

– Moi ? Jamais. J'ai toute la journée devant moi.

– On est la nuit, objecta l'enfant. La journée, c'est fini.

– Qu'est-ce que tu dirais de *Madeline à Londres* ?

– Oui, mais y a Pepito dedans.

– Bon, et la bonne vieille Madeline, toute simple, celle d'origine ?

– Ça veut dire quoi « d'origine » ?

– La première.

– On me l'a trop racontée.

Hannah baissa la tête. Elle avait copieusement arrosé son dîner. Elle aimait tendrement Graham, qui était son seul filleul, mais il y avait des moments où il confirmait sa décision de ne pas avoir d'enfants.

– Je veux *Le Noël de Madeline,* annonça-t-il enfin.

– Mais on n'est qu'à Thanksgiving. Tu veux déjà une histoire de Noël ?

– T'as dit que je pouvais choisir celle que je voulais.

Leurs voix portaient jusqu'à la cuisine, où Harry récurait la cocotte pendant qu'Eddie faisait sécher une spatule en l'agitant machinalement. Il venait de parler à Harry de la tolérance, mais semblait avoir perdu le fil de ses idées. Leur conversation avait commencé par le problème de l'intolérance (essentiellement raciale et religieuse) aux États-Unis, mais Harry sentait bien qu'Eddie avait dévié vers une conception plus personnelle de la chose ; en effet, il était sur le point d'avouer ses difficultés à tolérer Hannah, lorsque la voix de celle-ci, qui parlait avec Graham, l'avait distrait.

Harry savait ce qu'était la tolérance. Il n'aurait pas soutenu à Eddie ni à aucun de ses compatriotes que les Hollandais étaient plus tolérants que les Américains, mais c'était pourtant son sentiment. Il devinait que ce qu'Hannah ne tolérait pas chez Eddie, ce n'était pas seulement qu'il fût pathétique (à ses yeux), ni qu'il aimât les femmes mûres, mais aussi qu'il ne fût pas un auteur à succès.

En Amérique, il n'y a pas de plus grande intolérance que celle qui frappe l'absence de réussite sociale, pensait-il. Lui qui n'aimait pas les livres d'Eddie aimait le personnage, surtout à cause de l'affection durable qu'il portait à Ruth. Certes, les ressorts de cette adoration échappaient au Hollandais : la source doit en être cette mère fantôme, se disait-il. C'est son absence qui leur était commune. Cette absence, part fondamentale de leur vie, comme celle de sa fille dans la vie de Rooie...

Quant à Hannah, il aurait fallu être encore plus tolérant que Harry pour la supporter. Et son affection pour Ruth était plus sujette à caution que celle d'Eddie. En outre, à la façon dont elle le regardait, l'ancien flic décelait un indice qui ne lui était que trop familier. Hannah avait le cœur racoleur, et, quoi qu'on en dise, un cœur de prostituée n'est pas un cœur d'or. Un cœur de prostituée est voué au calcul. Comment croire à une affection calculée ?

Il n'est pas toujours facile de faire la connaissance des amis de la personne dont on est amoureux, mais Harry savait se taire, et garder ses commentaires pour lui.

Lorsqu'il le vit mettre un faitout à bouillir, Eddie demanda à l'ancien flic ce qu'il comptait faire de ses heures de loisir – car, de même qu'Hannah, il se demandait encore comment l'homme allait occuper sa retraite. Allait-il prospecter pour un job à la police du Vermont ? Lui qui lisait avec une telle boulimie, mais aussi un tel sens critique, se proposait-il d'écrire un roman lui-même ? D'autre part, il était évident qu'il aimait travailler de ses mains. Un boulot au grand air, peut-être ?

Mais Harry lui expliqua qu'il n'avait pas pris sa retraite pour faire une deuxième carrière. Il avait envie de lire davantage, et de voyager, mais seulement quand Ruth aurait le loisir de l'accompagner. Et même si elle faisait la cuisine à peu près convenablement (comme elle le disait elle-même), il la faisait mieux, et il était le seul qui ait le temps de faire les courses. En outre, il se réjouissait à l'idée de faire des tas de choses avec Graham.

C'était exactement l'hypothèse qu'Hannah avait suggérée à Eddie en tête à tête : Ruth s'était offert un mari qui lui tienne sa maison ! Quel écrivain ne rêve pas d'avoir une petite femme au foyer ? Ruth avait dit que Harry était son flic personnel, mais c'était surtout sa petite ménagère personnelle.

Lorsque Ruth rentra, les joues et les mains glacées, elle vint se réchauffer au faitout, qui bouillonnait déjà.

– On va manger du consommé de dinde tout le week-end, annonça Harry.

Une fois la vaisselle finie, Eddie alla s'asseoir avec Ruth et Harry au salon, ce salon où on les avait mariés le matin même, mais où ils donnaient l'impression de se connaître depuis toujours. Ils se connaîtraient toujours, en tout cas, Eddie en eut la certitude. Les jeunes mariés étaient assis sur le canapé, Ruth dégustant son vin, Harry buvant sa bière. Au premier étage, on entendait Hannah lire à Graham :

C'était la nuit de Noël
Et dans toute la maison
Aucune créature ne bougeait pied ni patte
Pas même la souris

Car comme tout le monde dans cette vieille maison
La pauvre souris était couchée avec un rhume
Et seule
Notre vaillante petite Madeline
Était debout à s'activer
Car elle se sentait
Très bien.

– C'est comme moi, dit Harry. Je me sens très bien.
– Moi aussi, dit Ruth.
– Au couple heureux, dit Eddie O'Hare en levant à leur santé son verre de Coca édulcoré.

Les trois amis levèrent leurs verres, bercés par la voix harmonieuse d'Hannah qui lisait son histoire à Graham. Et Ruth se dit de nouveau qu'elle avait eu bien de la chance, puisqu'elle n'avait connu qu'une petite part de malheur.

Durant ce long week-end de Thanksgiving, le couple heureux ne dîna qu'une autre fois avec ses amis malheureux.

– Ils ont baisé tout le week-end, vrai de vrai ! souffla Hannah à Eddie lorsqu'il vint dîner le samedi soir. Ma parole, ils m'ont invitée pour garder Graham pendant qu'ils filaient en douce s'envoyer en l'air ! Je m'étonne plus qu'ils soient pas partis en voyage de noces, c'était pas la peine ! Me prendre pour demoiselle d'honneur, c'était juste un prétexte !

– Tu t'imagines peut-être des choses, risqua Eddie.

Mais il est vrai qu'Hannah se retrouvait dans une position insolite, pour elle en tout cas. Venue chez Ruth « entre deux petits amis », elle se rendait bien compte que si Ruth et Harry ne passaient pas leur temps à coucher ensemble, ils ne pensaient pas à autre chose, visiblement.

Outre la salade de betteraves, Harry avait fait un délicieux consommé de dinde, ainsi que du pain de maïs. A la surprise générale, il persuada même Graham d'en prendre un peu, que l'enfant accompagna d'un sandwich au fromage fondu. Ils étaient encore à table lorsqu'on frappa à la porte ; c'était la dame de l'agence immobilière, personne diligente ; elle amenait une femme à l'expression aigrie, qu'elle leur présenta comme une acquéreuse potentielle.

La dame de l'agence s'excusa de ne pas avoir téléphoné avant de venir, à défaut d'avoir pris rendez-vous, mais l'acquéreuse potentielle en question venait seulement d'apprendre que la maison était en vente, et elle rentrait à Manhattan le soir même.

« Pour éviter les bouchons », dit-elle. Elle s'appelait Candida, et son expression amère était due à la façon dont elle pinçait les lèvres, des lèvres si serrées que sourire lui aurait fait mal, et qu'on n'imaginait pas un rire passer cette barrière. Elle avait dû être aussi jolie qu'Hannah, dans son jeune temps, et elle était toujours aussi mince et élégante ; mais elle avait à présent au moins l'âge de Harry, et paraissait plus vieille. Elle semblait plus pressée de savoir qui était qui autour de la table que de visiter la maison.

– Quelqu'un divorce ? demanda-t-elle.

– Au contraire, ils viennent juste de se marier, dit Hannah en désignant Ruth et Harry. Et nous, on n'a jamais essayé le divorce, ni le mariage, d'ailleurs.

Candida posa un regard interrogateur sur Graham, car la réponse d'Hannah n'éclairait pas sa provenance. Bien décidée à ne pas s'expliquer davantage, Hannah fit baisser les yeux à cette incarnation du fiel.

Sur la desserte de la salle à manger, où la salade suscita sa réprobation, il y avait aussi un exemplaire de la traduction française de *Mon dernier petit ami lamentable*, qui avait une grande valeur sentimentale pour Ruth et Harry, étant un souvenir de leur amour naissant à Paris. Le regard que Candida jeta sur le roman sembla indiquer sa réprobation du français. Ruth la trouva d'emblée antipathique. La dame de l'agence pensait sans doute de même, et paraissait gênée.

Femme opulente dotée d'une voix flûtée, l'agente s'excusa de nouveau d'avoir interrompu leur dîner. C'était une de ces mères de famille qui se précipitent dans l'immobilier sitôt que les enfants ont quitté le nid. Son empressement un peu hystérique à faire plaisir à tout le monde relevait plus de la distribution de sandwiches au beurre de cacahuètes et à la confiture que de la vente de propriétés ; mais son enthousiasme, quoique fragile, n'était pas feint. Elle aurait vraiment voulu que tout le monde aime tout, et comme c'était rarement le cas, elle avait tendance à fondre en larmes inopinément.

Harry proposa d'éclairer la grange pour que l'acquéreuse éventuelle vît l'espace bureau, au grenier. Mais elle répondit qu'elle n'allait pas acheter une maison dans les Hamptons pour passer sa vie dans la grange. Elle voulait visiter l'étage, car elle s'intéressait plus aux chambres ; l'agente lui emboîta le pas, et Graham, qui s'ennuyait, les suivit.

– Putain, j'ai laissé mes sous-vêtements traîner partout dans ma chambre, souffla Hannah à Eddie qui l'imaginait sans peine, qui l'avait déjà imaginé d'ailleurs.

Dès que Harry et Ruth partirent à la cuisine pour s'occuper du dessert, Hannah chuchota à Eddie :

– Tu sais ce qu'ils font, au lit ?

– Je me le figure assez bien, je crois, je n'ai pas besoin que tu me le dises, lui souffla-t-il en réponse.

564

– Il lui fait la lecture. Ça dure des heures. Parfois c'est elle, mais lui a la voix qui porte plus.

– Je croyais que tu m'avais dit qu'ils baisaient tout le temps.

– Ça, c'est la journée. La nuit, il lui fait la lecture. C'est vraiment dégueulasse.

Une fois de plus, Eddie fut envahi par le désir et l'envie.

– Encore mieux que la ménagère moyenne, lui murmura-t-il, sur quoi elle le foudroya du regard.

– Mais qu'est-ce que vous racontez, vous deux, dans vos messes basses ? leur lança Ruth depuis la cuisine.

– Peut-être que c'est le début d'une liaison, répondit Hannah, ce qui fit frémir Eddie.

Ils en étaient à la tarte aux pommes lorsque la dame de l'agence revint avec Candida, Graham traînant dans leur sillage, l'œil torve. « La maison est trop grande pour moi, annonça Candida, je suis divorcée. » La dame de l'agence, qui sortit sur ses talons, lança à Ruth un regard brillant de larmes prêtes à fuser.

– C'était pas la peine qu'elle dise qu'elle était divorcée, conclut Hannah, ça se voit à l'œil nu.

– Elle a regardé un livre que Harry est en train de lire, rapporta Graham, et puis elle est restée plantée devant ton soutien-gorge et ta culotte, Hannah.

– T'en as qui font ça, ma puce, expliqua celle-ci.

Cette nuit-là, Eddie O'Hare s'endormit dans sa modeste maison, du côté nord de Maple Lane, où les voies ferrées de la Long Island Railroad passaient à moins de deux cents mètres de son lit. Il était si fatigué, car la fatigue l'envahissait souvent lorsqu'il était déprimé, qu'il ne se réveilla pas au passage du trois heures vingt et une. A cette heure matinale, le train, qui allait vers l'est, le réveillait généralement ; mais en ce dimanche de Thanksgiving, il dormit d'une traite, enfin, d'une traite jusqu'au passage du sept heures onze. (En semaine, il était réveillé plus tôt, par le six heures douze.)

Lorsque Hannah l'appela, il était encore en train de faire son café. « Faut que je me tire d'ici », lui dit-elle tout bas. Elle avait essayé d'avoir une place dans le *jitney*, mais tout était réservé. A l'origine, elle avait compté ne partir que dans la soirée, par le dix-huit heures une qui allait jusqu'à Penn Station. « Mais faut que je décolle avant, expliqua-t-elle. Je vais disjoncter. Les tourtereaux me rendent dingue. Je me suis dit que tu devais connaître l'horaire des trains. »

Pour ça oui, il le connaissait. L'après-midi, elle trouverait le seize heures une, qui roulait les samedis, dimanches et fêtes. Elle pourrait prendre son billet à Bridgehampton, mais s'il y avait foule, prévint-il, elle n'aurait pas forcément de place assise.

– Tu crois pas que je trouverai un type pour me céder sa place, ou au moins pour me prendre sur ses genoux ? demanda Hannah.

L'idée même acheva de déprimer Eddie, mais il accepta de venir chercher Hannah pour la conduire à la gare de Bridgehampton. Ses fondations, qui étaient à peu près tout ce qu'il en restait, se trouvaient presque en face de chez lui. Et Hannah lui expliqua que Harry avait d'ores et déjà promis à Graham de l'emmener faire un tour sur la plage, Ruth ayant manifesté l'intention de prendre un long bain en fin d'après-midi.

Une pluie froide tombait en ce dimanche qui achevait le week-end de Thanksgiving. Dans son bain, Ruth se souvint que c'était l'anniversaire de la nuit où son père l'avait fait conduire jusqu'au Stanhope, où il emmenait tant de ses conquêtes. En route, il lui avait narré l'accident de Thomas et Timothy, tandis qu'elle gardait les yeux fixés sur la chaussée. A présent, elle s'étirait dans son bain, en espérant que Harry et Graham soient assez couverts pour cette promenade sous la pluie.

Lorsque Eddie vint chercher Hannah, le Hollandais et l'enfant s'apprêtaient à monter dans le pick-up de Kevin Merton, protégés par des cirés et des chapeaux de pêcheur à larges bords. Graham portait une paire de bottes en caoutchouc, mais Harry avait gardé ses éternelles chaussures de course, qu'il ne se souciait pas de tremper, ayant décidé que ce qui faisait l'affaire pour les *Wallen* conviendrait pour la plage.

En raison du mauvais temps, seul un nombre restreint de New-Yorkais retournait en ville par le train de l'après-midi ; le gros de la troupe s'était rapatrié plus tôt. Lorsqu'il entra en gare de Bridgehampton, le seize heures une était loin d'être bondé.

– Eh bien, au moins, je ne serai pas obligée de sacrifier ma virginité pour une putain de place assise, dit Hannah.

– Prends bien soin de toi, Hannah, lui dit Eddie avec un souci sincère, sinon une affection sans mélange.

– C'est plutôt à moi de te dire ça, répondit-elle.

– Moi ? Je m'occupe très bien de moi, protesta-t-il.

– Je vais te dire une bonne chose, mon drôle d'ami. Le temps ne s'arrête pas.

Elle lui prit les mains et l'embrassa sur les deux joues. C'était sa poignée de main à elle. Parfois, elle baisait avec les gens au lieu de leur serrer la main.

– Qu'est-ce que tu veux dire ? demanda-t-il.

– Ça fait bientôt quarante ans. Il serait temps que tu t'en remettes !

Là-dessus le train démarra, l'emportant à son bord. Le seize heures une laissa Eddie planté sous la pluie ; la phrase d'Hannah l'avait pétrifié. Elle le renvoyait à une tristesse si ancienne qu'il la rumina tout en préparant machinalement un dîner qu'il mangea de même.

« Le temps ne s'arrête pas » résonna dans sa tête longtemps après qu'il plaqua son steak de thon mariné sur le grill extérieur. (Le barbecue à gaz, devant la façade de sa minable maison, était du moins protégé par un auvent.) « Ça fait bientôt quarante ans, Eddie », se répéta-t-il en mangeant son poisson, accompagné d'une pomme de terre et d'une poignée de petits pois à l'eau. « Il serait temps que tu t'en remettes ! » dit-il à haute voix, en lavant son assiette et son verre. Il eut envie d'un deuxième Coca, mais se sentit si abattu qu'il le but à même la canette.

La maison trembla sur le passage du dix-huit heures une, qui n'était même pas le dernier train du dimanche. « J'ai horreur des trains ! » hurla-t-il, car même ses voisins immédiats ne pouvaient l'entendre, dans le vacarme.

Toute la maison trembla de nouveau au passage du vingt heures quatre, qui était, celui-là, le dernier du dimanche, en direction de New York du moins. « J'emmerde les chemins de fer ! » brailla Eddie dans le vide.

Blague à part ! Il était temps de s'en remettre. Mais il aimait trop Marion. Il savait bien qu'il ne s'en remettrait jamais.

Marion à soixante-seize ans

Maple Lane la bien nommée est bordée sur la moitié de son parcours par des douzaines de vieux érables. D'autres essences leur tiennent compagnie, un ou deux chênes, des poiriers de Bradford. Si l'on arrive par l'est, la première impression est favorable. Maple Lane fait l'effet d'une rue provinciale ombragée.

Les voitures sont garées dans l'allée des jardins, parfois dans la rue, sous les arbres ; la présence d'enfants se fait sentir, ici ou là, par une bicyclette, un tricycle, une planche à roulettes. Tout annonce une classe moyenne aisée sinon opulente. Les chiens, hélas, s'annoncent tout seuls, haut et fort. A les voir veiller avec zèle sur les maisons modestes qui constituent le cœur du quartier d'Eddie O'Hare, l'étranger, le passant, se dit qu'elles doivent regorger d'une richesse insoupçonnée.

En avançant vers l'ouest, on croisera Chester Street, orientée au sud, bordée d'autres maisons charmantes sous leurs frondaisons. Mais là, à mi-parcours, exactement, à l'angle de Corwith Avenue qui donne dans Main Street, les choses se gâtent tout à coup.

La portion nord de la rue est purement consacrée au commerce. Depuis la terrasse d'Eddie, on a vu sur l'affreux bâtiment allongé, à peu près aussi agréable à regarder qu'une cabane à outils, que se partagent un vendeur de pièces détachées de la Napa, et un John Deere. Il y a aussi un Gregory Electric, dans un édifice de bois peut-être un peu moins laid, et un Iron Horse Graphics, dont les locaux, modernes, sont assez réussis. A côté, le petit immeuble de brique (Battle Iron and Bronze) est carrément joli, sauf qu'il a devant lui, comme tous les autres bâtiments précédents, une large bande de parking mal entretenu, monotone, exclusivement couverte de gravier. C'est derrière tous ces immeubles commerciaux que se trouve l'élément qui définit le mieux Maple Lane, les voies ferrées de la Long Island Railroad, qui passent parallèlement à la rue, à un jet de pierre de ses rives.

Sur un terrain sans clôture, on a entreposé une pile de rails en équilibre instable ; derrière les voies s'aperçoivent des tas de sable, de gravier, car la compagnie Hampton Materials stocke là ses matériaux, comme l'annonce un panneau bien visible.

Du côté sud de Maple Lane, seules quelques maisons d'habitation se glissent entre les commerces – dont la Compagnie de l'Eau et du Gaz. A partir de là, c'est la déliquescence : quelques buissons de mauvaise mine, de la terre battue, encore du gravier, et – surtout les mois d'été ou les week-ends fériés – des voitures garées en bataille le long de la chaussée. Dans les grandes occasions, cette rangée de

568

voitures peut atteindre cent mètres, voire plus, mais aujourd'hui, en ce dimanche soir désolé du long week-end de Thanksgiving, les véhicules sont rares. On dirait le parking désaffecté d'un concessionnaire de voitures d'occasion. Hélas, veuve de ses voitures, l'aire de stationnement paraît non seulement abandonnée, mais désespérée. Ce d'autant qu'elle est toute proche du triste squelette dont nous avons déjà dit un mot, celui de l'ancienne gare de Bridgehampton, du côté nord, déshérité de la rue.

Les fondations sont fissurées. Deux petits abris préfabriqués ont la prétention de remplacer l'ancien corps de bâtiment. Ils protègent deux bancs. (En ce froid dimanche de fin novembre, on n'y voit personne assis.) Une haie de troènes mal taillée a été plantée là pour masquer la dégénérescence regrettable de ce qui fut jadis un chemin de fer prospère. Quelques vestiges, une cabine téléphonique en plein vent, un quai goudronné qui s'étend sur une cinquantaine de mètres le long des voies... voilà tout ce qui tient lieu de gare pour le village raisonnablement nanti de Bridgehampton.

Sur cette infortunée portion de Maple Lane, la chaussée est couverte d'un goudron mité, par-dessus le ciment original. Les accotements sont mal stabilisés et mal délimités ; il n'y a pas de trottoirs. Et en cette nuit de novembre, il n'y a pas de circulation. Il est rare que le trafic soit fébrile ou se prolonge tard, sur Maple Lane ; non seulement parce que la gare est desservie par de rares trains, mais aussi parce que les trains en question sont eux-mêmes des reliques grêlées d'escarbilles, dont les passagers doivent descendre « à l'ancienne », c'est-à-dire par des marchepieds rouillés aux deux bouts des wagons.

Ruth Cole, ainsi que la plupart des New-Yorkais dans sa fourchette de revenus, ne prenait jamais le train, mais plutôt le *jitney*. Eddie, dont les revenus étaient fort loin de cette fourchette-là, faisait néanmoins de même, en général.

A Bridgehampton, on ne trouvait même pas une demi-douzaine de taxis à l'arrivée des trains, et encore, uniquement ceux susceptibles de laisser descendre plus d'un ou deux passagers – par exemple, le Cannonball express du vendredi soir, qui arrive à dix-huit heures sept précises après avoir quitté Penn Station à seize heures une. Mais, dans l'ensemble, la partie ouest de Maple Lane est malpropre, déserte, triste. Les voitures particulières et les taxis qui l'enfilent vers l'est ou vers le sud, après l'arrêt éclair du train, semblent pressés de s'en éloigner.

Comment s'étonner qu'Eddie ait voulu s'en aller, lui aussi ?

De tous les dimanches soir de l'année, dans les Hamptons en particulier, c'est bien sûr le dimanche soir qui clôt le long week-end de Thanksgiving qui est le plus solitaire. Même Harry Hoekstra, qui avait toutes les raisons d'être heureux, était sensible à cette atmosphère d'esseulement. A onze heures et quart, en cette nuit, il était en train de se livrer à un de ses nouveaux passe-temps favoris : pisser sur la pelouse, derrière la maison. Il avait parfois vu les prostituées et les toxicomanes pisser dans la rue, dans le quartier chaud ; mais avant de connaître les bois et les champs du Vermont, ainsi que les pelouses de Long Island, il ne se doutait pas de l'immense bien-être que pisser dehors procure.

– Tu es encore en train de faire pipi dehors, Harry ? lui lança Ruth.

– Je regarde les étoiles, mentit l'ancien flic.

Mais il n'y avait pas d'étoiles. Si la pluie avait fini par cesser, le ciel était noir, et la température avait sensiblement baissé. La tempête était partie au large, mais le noroît était féroce ; quoi qui fût en train de bouillir dans la marmite du temps, le ciel était couvert. C'était une nuit sinistre à tous égards. A l'horizon du nord, la pâle lueur était celle des phares des New-Yorkais encore sur le chemin du retour ; l'autoroute de Montauk, y compris sur sa bretelle ouest, roulait avec une fluidité qu'on aurait trouvée remarquable même un dimanche ordinaire. Le mauvais temps avait chassé tous les citadins de bonne heure. La pluie fait la police mieux que personne, se souvint Harry.

Et puis le sifflet déchirant d'un train perça la nuit. C'était le vingt-trois heures dix-sept, dernier train de la soirée. Harry frissonnait ; il entra dans la maison.

C'était à cause de ce vingt-trois heures dix-sept, précisément, qu'Eddie n'était pas encore couché ; il préférait attendre son passage, parce qu'il ne supportait pas d'être éveillé dans son lit au moment où les murs trembleraient. Il se couchait donc toujours après le départ du train.

La pluie ayant cessé, il s'était vêtu chaudement pour sortir sur le pas de sa porte. L'arrivée du vingt-trois heures dix-sept déclenchait toujours la cacophonie dans la vigilante population canine du quartier. Mais il ne passa pas une seule voiture : qui aurait bien pu vouloir descendre à Bridgehampton à la fin du week-end de Thanksgiving ?

Personne, songea Eddie. Il entendit tout de même un véhicule démarrer sur le parking, côté ouest, mais il prit en direction de Butter Lane, sans passer devant chez lui.

Il restait planté devant sa maison, écoutant le train repartir. Lorsque les chiens se furent tus, et que le train fut inaudible, il essaya de goûter un instant de quiétude inusitée.

Pas de doute, le noroît apportait l'hiver dans ses rafales. Un air glacé passait sur les flaques moins froides que la pluie avait laissées sur Maple Lane. Dans le brouillard qui s'en élevait, Eddie entendit soudain un bruit de roues, un petit bruit comme celui d'un camion d'enfant, tout juste audible – mais qui n'échappa pourtant pas à la vigilance d'un ou deux chiens.

Une femme avançait dans le brouillard. Derrière elle, elle tirait un de ces bagages que l'on voit le plus souvent dans les aéroports, une valise à roulettes. Sur la chaussée irrégulière, les fissures, le gravier, et les flaques d'eau, elle avait du mal à traîner cette valise, plus adaptée au sol des aéroports qu'à la portion déshéritée de Maple Lane.

Entre l'obscurité et le brouillard, il était difficile de donner un âge à l'inconnue. Elle était d'une stature au-dessus de la moyenne, très mince, sans être toutefois frêle ; même dans son imperméable vague, qu'elle serrait contre elle à cause du froid, on voyait qu'elle avait des formes superbes. Ce n'était pas du tout le corps d'une femme âgée, même si, à présent, Eddie voyait qu'elle n'était plus toute jeune, quoique encore très belle.

Ne sachant pas si elle le voyait, dans l'obscurité, devant sa porte, et soucieux de ne pas lui faire peur quand elle passerait, il dit :

– Excusez-moi, je peux faire quelque chose pour vous ?

– Bonsoir, Eddie, lui répondit Marion. Oui, avec plaisir. Ça fait une éternité que j'ai envie que tu fasses quelque chose pour moi.

De quoi parlèrent-ils, après trente-sept ans ? Si ça vous arrivait, à vous, vous commenceriez par quoi ?

– Ça peut être contagieux, le chagrin, Eddie, énonça Marion tandis qu'il lui prenait son imperméable pour l'accrocher dans la penderie de l'entrée.

La maison n'était qu'un trois-pièces. L'unique chambre d'amis, petite et confinée, se trouvait reléguée en haut de l'escalier, à côté du cagibi qui tenait lieu de bureau à Eddie. La chambre de maître était au rez-de-chaussée et elle ouvrait sur le séjour, où Marion était assise sur le canapé.

Comme Eddie prenait l'escalier avec sa valise, Marion l'arrêta en disant :

– Je vais dormir avec toi, Eddie, si ça ne pose pas de problème. Je crains un peu les escaliers.

– Ça ne pose aucun problème, naturellement, répondit-il en portant la valise dans sa propre chambre.

– C'est contagieux, le chagrin, reprit Marion. Je ne voulais pas que tu attrapes mon chagrin, et surtout, je ne voulais pas que Ruth l'attrape.

Y avait-il eu d'autres jeunes gens dans sa vie ? demanda Eddie, ce qui était de bonne guerre. Les jeunes gens l'avaient toujours trouvée à leur goût. Mais lequel d'entre eux aurait-il pu rivaliser avec la mémoire de ceux qu'elle avait perdus ? Il n'y en avait même pas eu un seul qui pût rivaliser avec le souvenir d'Eddie. Non, ce qui avait commencé avec lui s'était achevé avec lui.

Il était de bonne guerre aussi qu'il lui demandât s'il y avait eu des hommes plus âgés qu'elle (un goût qui lui était plus familier, à lui, en somme). Mais lorsqu'elle avait accepté leur compagnie – des veufs, essentiellement, ou des divorcés, mais aussi d'intrépides célibataires, elle s'était rendu compte que ces hommes mûrs eux-mêmes ne se contentaient pas de sa « compagnie » ; ils voulaient aussi coucher avec elle, bien sûr. Or Marion ne voulait plus coucher avec personne – après Eddie, honnêtement, elle n'avait plus voulu.

– Je ne dis pas que soixante fois m'aient suffi, conclut-elle, mais tu avais tout de même mis la barre assez haut.

Tout d'abord, Eddie avait cru que c'était la bonne nouvelle du second mariage de Ruth qui avait fini par faire sortir Marion du Canada, mais si elle se réjouissait d'apprendre cet heureux événement, elle dut lui avouer que c'était la première fois qu'elle entendait parler de Harry Hoekstra.

Bien entendu, Eddie s'avisa alors de lui demander ce qui l'amenait dans les Hamptons aujourd'hui. Si l'on songeait à toutes les circonstances où Ruth et lui l'avaient plus ou moins attendue, pourquoi maintenant ?

– J'ai appris que la maison était en vente, répondit-elle. Or ça n'avait jamais été la maison que je voulais quitter. Ni toi, Eddie.

Elle avait envoyé promener ses chaussures mouillées, et, sous le voile de son collant *camel*, les ongles de ses orteils étaient vernis en rose vif, couleur des roses maritimes qui poussaient en sauvage derrière la villa de la redoutable Mrs Vaughn, à Southampton.

– Ton ancienne maison vaut cher, à présent, risqua Eddie.

Il ne pouvait se résoudre à lui annoncer la somme exacte que Ruth en voulait.

Comme toujours, il aimait les vêtements que Marion portait : une jupe longue, anthracite, et un pull en cachemire à col cheminée, d'un orange flammé, une couleur presque tropicale, comme ce cardigan en cachemire rose qu'elle portait la première fois qu'il l'avait vue, et qui lui avait fait tant d'usage jusqu'à ce que sa mère le donne à une femme de professeur.

– Enfin, elle coûte combien, cette maison ? demanda-t-elle.

Il le lui dit, elle soupira. Cela faisait trop longtemps qu'elle était partie des Hamptons, elle ne se rendait pas compte à quel point l'immobilier y avait prospéré.

– Je me suis fait pas mal d'argent avec mes livres, dit-elle, je n'en méritais pas tant, pour ce qu'ils valent. Mais ça ne me donne pas de quoi acheter cette maison.

– Mes livres ne m'ont pas rapporté grand-chose, avoua Eddie, mais je peux vendre la maison que j'habite quand je veux.

Marion avait eu le tact de ne pas regarder le coin assez minable où il habitait. (Maple Lane étant ce qu'elle était, les années où il avait loué sa maison pour l'été n'avaient pas arrangé son intérieur.)

Marion avait croisé ses longues jambes toujours galbées ; elle était assise dans une posture presque guindée. Son joli foulard nacré, gris perle, séparait parfaitement ses seins, qui étaient encore bien formés, observait Eddie (à moins que ce ne fût l'effet de son soutien-gorge).

Il inspira profondément, prit son élan, et lança :

– Et si on se l'achetait à deux, fifty-fifty ? Puis il ajouta aussitôt : En fait, si tu peux en payer deux tiers, je pense qu'il serait plus réaliste pour moi de proposer le dernier.

– Deux tiers, c'est encore dans mes moyens, répondit Marion. Et puis, je vais mourir et te quitter, Eddie. Mes deux tiers finiront par te revenir.

– Mais tu n'es pas en train de mourir, là, tout de suite ? lui demanda-

573

t-il, affolé à l'idée que la mort prochaine ait pu la faire revenir, pour lui faire ses adieux.

– Ma foi non, je me porte comme un charme. Si je suis en train de mourir, pour autant que je sache, ce serait plutôt de vieillesse.

Ils ne pouvaient pas faire l'économie de cette conversation ; Eddie l'avait anticipée. Après tout, il l'avait si souvent écrite qu'il en connaissait les répliques par cœur. Et Marion avait lu tous ses livres ; elle savait ce que disait l'homme épris à la dame, son aînée, dans tous les romans d'Eddie O'Hare. L'homme y était toujours rassurant.

– Tu n'es pas vieille, pas pour moi, commença-t-il.

Au fil de toutes ces années, et de ces cinq romans, il avait répété cet instant. Pourtant, il avait encore le trac.

– Il faudra que tu me prennes en charge, prévint Marion, et peut-être plus tôt que tu crois.

Mais cela faisait trente-sept ans qu'il espérait qu'elle se laisse prendre en charge par lui. S'il était stupéfait, c'est que, depuis le début, il avait raison ; il avait eu raison d'aimer Marion. Maintenant, il lui restait à accepter de croire qu'elle lui était revenue aussitôt qu'elle avait pu. Cet aussitôt avait pris trente-sept ans, et après ? Peut-être lui avait-il fallu tout ce temps pour faire la paix avec le chagrin de la perte de Thomas et Timothy, sans parler de faire la paix avec ce fantôme que Ted avait bien dû trouver moyen de devenir pour aller la hanter un peu.

Il avait en face de lui une femme complète – car, fidèle à elle-même, Marion lui apportait toute sa vie à remettre en question et à aimer. Y avait-il une seule autre personne qui pût le faire aussi bien que lui ? Ce romancier de cinquante-trois ans l'avait aimée au sens littéraire et littéral tant d'années.

Il était de bonne guerre que Marion, à son tour, lui dît les heures de la journée et les jours de la semaine qu'elle avait évités. La sortie de l'école, par exemple, tous les musées, tous les zoos. Les parcs dès qu'il faisait à peu près beau, lorsqu'on était sûr d'y trouver des enfants avec leurs parents ou leurs nounous ; tous les jours de match de base-ball – la période des achats de Noël, aussi.

Quels endroits avait-elle fuis ? Les stations balnéaires et les stations de sports d'hiver ; les premiers beaux jours du printemps, les derniers beaux jours de l'automne – et Halloween, naturellement. Sur la liste des choses à ne jamais faire : ne jamais prendre le petit déjeuner à l'extérieur, ne jamais s'offrir une glace ; elle déjeuna chez elle, et renonça aux glaces... Elle était toujours la dame élégante qui dînait seule au restaurant, y prenant une table juste avant la fin du service, commandant du vin au verre, et dînant en lisant un roman.

– J'ai horreur de dîner seul, moi aussi, lui dit Eddie avec sollicitude.

– On n'est pas seul quand on a un roman, Eddie. Tu me fais un peu honte, dit-elle.

Il ne put s'empêcher de lui demander si elle avait songé à décrocher le téléphone.

– Tant de fois que j'en perds le compte, répondit-elle.

Et elle n'aurait jamais pensé vivre de ses romans, même sur un pied modeste. « Ce n'était qu'une thérapie, pour moi », dit-elle. Avant ces livres, son avocat avait obtenu de Ted ce qu'elle voulait : de quoi vivre. Tout ce que Ted avait demandé en échange, c'était qu'elle lui laissât Ruth.

Lorsqu'il était mort, elle avait été terriblement tentée d'appeler. Si bien qu'elle avait résilié son abonnement téléphonique. « J'ai donc renoncé au téléphone, confia-t-elle à Eddie. Ça n'est pas plus dur que de renoncer aux week-ends. » Elle avait cessé de partir en week-end bien avant (trop d'enfants). Et quand elle voyageait, elle s'arrangeait pour arriver à la nuit tombée – même sur Maple Lane.

Marion voulut un verre avant de se coucher, et pas un verre de Coca light. (Eddie en serrait une canette depuis longtemps vide dans sa main.) Il y avait une bouteille de vin blanc ouverte au réfrigérateur, et trois bouteilles de bière, pour les visites à l'improviste. Il y avait également une bouteille d'un meilleur breuvage, du scotch, qu'Eddie rangeait sous son évier pour les invités à qui il réservait un traitement de faveur, ainsi que pour les rares dames de passage. C'était après les obsèques de Ted qu'il avait goûté à ce nectar pour la première et la dernière fois, dans la maison de Sagaponack. Il s'était étonné de le trouver si délectable. (Il avait un fond de gin, aussi, lui à qui la simple odeur du gin donnait la nausée.)

Toujours est-il que dans un verre à vin, puisqu'il n'en avait pas d'autres, Eddie versa à Marion le single malt. Il alla jusqu'à en boire lui-même. Puis, tandis qu'elle passait à la salle de bains la première, et se mettait en tenue de nuit, il lava scrupuleusement les verres dans une eau additionnée de détergent avant de les mettre – deux précautions valent mieux qu'une – au lave-vaisselle.

Dans sa combinaison ivoire, son chignon lâché, ses cheveux aux épaules, un ton plus blanc que ceux d'Eddie, elle vint le surprendre dans la cuisine, en nouant ses bras autour de lui et en se serrant contre son dos.

Pendant un moment, telle fut la chaste position qu'ils gardèrent dans le lit d'Eddie, avant que Marion n'autorisât sa main à se promener vers l'érection d'Eddie. « Quelle jeunesse ! » chuchota-t-elle, en le tenant par ce que Penny Pierce avait jadis nommé son « pénis intrépide », voire sa « queue héroïque ». Marion n'aurait jamais employé des formules aussi sottes et vulgaires.

Puis ils se firent face, dans le noir, lui étendu comme jadis, la tête sur ses seins, tandis qu'elle lui passait la main dans les cheveux, et le serrait contre elle. C'est ainsi qu'ils s'endormirent – jusqu'à ce que le une heure vingt-six les réveillât.

– Doux Jésus ! s'écria Marion, car le une heure vingt-six était sans doute le plus bruyant de tous les trains qui passaient.

Non seulement on a toutes les chances de dormir d'un sommeil de plomb, à pareille heure, mais le train, qui allait vers l'ouest, passait devant chez Eddie avant d'entrer en gare, si bien qu'outre le lit qui tremblait, et le grondement du train, on avait aussi droit au crissement des freins.

– Ce n'est qu'un train, dit-il, en la prenant dans ses bras pour la rassurer.

Quand bien même ses seins se seraient flétris, et tomberaient ? Si peu d'ailleurs. Et puis au moins, elle en avait toujours, qui étaient doux et chauds.

– Comment veux-tu tirer un sou de cette maison ? Tu es sûr qu'elle est vendable ?

– C'est tout de même les Hamptons, lui rappela-t-il. Tout se vend ici.

A présent qu'ils étaient tous deux bien réveillés, au plus noir de la nuit, ses craintes à l'idée de revoir Ruth se manifestaient de nouveau.

– Est-ce que Ruth me déteste ? demanda-t-elle. Il faut bien dire que je lui en ai donné toutes les raisons...

– Je ne crois pas que Ruth te déteste. Elle est en colère, c'est tout.

576

– La colère, c'est pas grave. On s'en remet mieux que de bien d'autres choses. Mais si elle refuse de nous vendre la maison ?

– On est dans les Hamptons, ici, répéta-t-il. Elle veut vendre, tu veux acheter, peu importent les liens que vous avez...

– Est-ce que je ronfle, Eddie ? demanda Marion apparemment hors de propos.

– Pas encore, ou alors je ne t'ai pas entendue, répondit-il.

– Dis-le-moi, s'il te plaît, si je ronfle. Donne-moi des coups de pied. Je n'ai eu personne pour me le dire, jusqu'ici.

Elle ronflait en effet. Naturellement, il se garda bien de le lui dire ou de jamais lui donner des coups de pied. Il dormit comme un bébé sur fond de ses ronflements, jusqu'à ce que le trois heures vingt-deux les réveillât de nouveau.

– Seigneur Dieu ! Si Ruth refuse de nous vendre la maison, je t'emmène à Toronto, je t'emmène n'importe où sauf ici. L'amour lui-même n'arrivera pas à m'y retenir. Comment fais-tu pour rester ?

– J'avais toujours l'esprit ailleurs... jusqu'à aujourd'hui, avoua-t-il.

Il était stupéfait, en posant sa tête sur ses seins, de retrouver son parfum tel qu'il était dans son souvenir ; ce parfum qui s'était depuis longtemps évaporé du cardigan en cachemire rose qu'il avait perdu, ce parfum de ses sous-vêtements, qu'il avait emportés à l'université.

Ils dormaient de nouveau à poings fermés lorsque le six heures douze les réveilla.

– Il allait vers l'ouest, celui-là ? demanda Marion.

– Exactement. On les reconnaît aux freins.

Après le six heures douze, ils firent l'amour avec d'infinies précautions. Ils s'étaient rendormis lorsque le dix heures vingt et une, qui filait vers l'est, leur souhaita le bonjour, un jour froid et ensoleillé, sous un ciel radieux.

On était lundi. Harry et Ruth avaient réservé leur place dans le ferry d'Orient Point pour le lendemain ; la grosse dame de l'agence immobilière, que les échecs faisaient fondre en larmes, ouvrirait la porte aux déménageurs et fermerait lorsque Ruth, Harry et Graham seraient repartis dans le Vermont.

– C'est maintenant ou jamais, annonça Eddie à Marion, pendant le petit déjeuner. Demain ils seront partis.

Au temps qu'elle mit à s'habiller, il vit bien qu'elle était nerveuse.

– A quoi il ressemble ? demanda-t-elle.

Il se méprit, croyant qu'elle parlait de Harry. Mais, bien sûr, elle pensait à Graham. Il avait bien compris qu'elle avait peur de revoir Ruth, mais elle avait aussi peur de voir Graham.

Heureusement, selon Eddie, l'enfant avait échappé à la morphologie carnassière de son père ; il ressemblait nettement plus à Ruth.

– Graham ressemble à sa mère, assura Eddie.

Mais ce n'était pas non plus ce que Marion voulait dire. Elle voulait savoir auquel de ses deux fils il ressemblait, s'il ressemblait à l'un ou à l'autre. Ce n'était pas Graham lui-même qu'elle redoutait de voir, mais une réincarnation de Thomas ou de Timothy.

Le chagrin de la perte d'un enfant ne meurt jamais ; c'est un chagrin qui laisse un répit bien mince, et au bout de longtemps.

– Sois précis, Eddie, je t'en prie. Est-ce que tu dirais qu'il ressemble plus à Thomas ou à Timothy ? Il faut seulement que je me mette en condition.

Eddie aurait préféré que Graham ne ressemblât à aucun de ses deux oncles défunts, mais il se rappelait leurs photos mieux que Ruth elle-même. Dans le visage rond de Graham, dans ses yeux noirs écartés du nez, il y avait un émerveillement et un espoir enfantins que l'expression du cadet de Marion reflétait aussi.

– Graham ressemble à Timothy, reconnut Eddie.

– Un petit peu seulement, je suppose, dit-elle encore, mais il savait que c'était une autre question.

– Non, beaucoup. Il ressemble beaucoup à Timothy.

Ce matin-là, Marion avait choisi la même longue jupe gris foncé, mais avec un pull bourgogne. Et à la place de son écharpe de la veille, elle portait un simple collier, fine chaîne de platine avec un unique saphir bleu pâle, de la couleur de ses yeux.

D'abord elle s'était relevé les cheveux ; puis elle les avait laissés sur les épaules, en les retenant avec un serre-tête d'écaille pour ne pas les avoir dans la figure. (C'était un jour venté, froid, mais ensoleillé.) Enfin, lorsqu'elle se sentit prête pour la rencontre, elle refusa de passer un manteau.

– Je suis sûre que nous n'allons pas rester dehors longtemps, dit-elle.

Eddie essaya de la distraire de cette rencontre historique en lui parlant des aménagements qu'ils pourraient faire dans la maison.

– Puisque tu n'aimes pas les escaliers, nous pourrions transformer l'ancienne salle de travail de Ted en chambre à coucher. Nous pourrions agrandir la salle de bains qui se trouve en face de l'entrée, et si nous faisons de la porte de la cuisine l'entrée principale de la maison, alors la chambre du bas sera largement indépendante.

Il tenait à parler sans arrêt, tout valait mieux que de la laisser imaginer à quel point Graham ressemblait à Timothy.

– Entre grimper des marches et coucher dans la prétendue salle de travail de Ted... Hum, il va falloir que je réfléchisse. Je finirai peut-être par avoir un sentiment de triomphe à l'idée de coucher dans la pièce même où mon ex-mari a séduit tant de malheureuses, après les avoir dessinées et photographiées. Oui, ça serait assez plaisant, maintenant que j'y réfléchis. (Son visage s'était éclairé tout à coup.) Être aimée dans cette pièce ! Et même, plus tard, y être soignée. Oui, pourquoi pas ? Y mourir, même, je n'y verrais pas d'inconvénient Mais qu'est-ce qu'on va faire de sa saleté de court de squash ?

Marion ignorait que Ruth avait déjà reconverti le grenier de la grange. Elle ignorait aussi que Ted y était mort. Elle savait seulement qu'il s'était suicidé dans la grange, aux gaz d'échappement. Mais elle avait toujours supposé qu'il était dans sa voiture, pas dans sa saleté de court de squash.

Ces détails et d'autres, tout aussi futiles, préoccupaient Eddie et Marion lorsqu'ils quittèrent Ocean Road, à Bridgehampton, pour prendre Sagaponack Road vers Sagg Main Street. Il était presque midi ; le soleil se posa sur la peau claire de Marion qui était encore remarquablement lisse ; elle mit sa main en visière avant qu'Eddie, étendant le bras devant elle, rabattît le pare-soleil. L'hexagone jaune vif de son œil droit brillait comme un phare ; au soleil, il faisait virer au vert son iris bleu, et Eddie sut qu'il ne serait plus jamais séparé d'elle.

– Jusqu'à ce que la mort nous sépare, Marion, lui dit-il.

– C'est ce que je me disais en cet instant, lui répondit-elle en posant son étroite main gauche sur la cuisse droite d'Eddie, où elle la laissa tandis qu'il prenait Parsonage Lane.

– Seigneur Dieu, s'écria-t-elle, regarde-moi toutes ces nouvelles maisons !

Beaucoup, à vrai dire, n'étaient pas si nouvelles que ça, mais il ne s'imaginait pas combien d'entre elles avaient été construites depuis 1958. Et lorsqu'il ralentit devant l'allée de chez Ruth, la hauteur de la haie fit un choc à Marion. Les troènes se dressaient derrière la maison pour entourer la piscine, qu'elle ne pouvait pas voir depuis l'allée, mais dont elle devinait la présence.

– Ce salaud a fait mettre une piscine, hein ?

– En fait, elle est assez jolie – il n'y a pas de plongeoir.

– Et bien entendu, il y a des douches extérieures, aussi ?

Sa main tremblait sur la cuisse d'Eddie.

– Ça va aller, lui dit-il pour la rassurer. Je t'aime, Marion.

Elle resta assise sur le siège du passager en attendant qu'Eddie lui ouvrît la portière ; elle avait lu dans ses livres qu'il aimait avoir ce genre de prévenances.

Un homme, plutôt beau gosse dans le genre viril, était en train de couper du bois devant la cuisine.

– Il a l'air costaud, bon sang ! dit Marion qui prit le bras d'Eddie en sortant de la voiture. C'est le policier de Ruth ? Comment il s'appelle ?

– Harry, lui rappela Eddie.

– Ah oui, Harry, c'est ça ! Ça ne fait pas tellement hollandais, mais je vais tâcher de m'en souvenir. Et le petit ? Dire que je ne me rappelle même plus le nom de mon petit-fils !

– Graham.

– Graham, oui, bien sûr.

Sur le visage délicat de Marion, qui avait gardé le superbe modelé d'une statue gréco-romaine, se peignit un chagrin sans fond. Eddie devina quelle photo lui était revenue en mémoire. Timothy à table, dans les reliefs du dîner de Thanksgiving, tenant un pilon de dinde où il n'avait pas mis la dent, et qu'il considérait avec une méfiance comparable à celle de Graham envers la dinde rôtie que Harry lui présentait, quatre jours seulement auparavant.

Dans l'expression innocente de Timothy, il n'y avait rien qui pût moindrement laisser prévoir qu'il se tuerait dans onze ans seulement – et encore moins qu'il partirait sans sa jambe, ce que sa mère ne découvrirait pas avant d'avoir voulu récupérer sa chaussure.

– Viens, Marion. Il fait froid dehors, entrons dire bonjour à tout le monde.

Eddie fit un signe de la main au Hollandais, qui lui répondit aussitôt, puis hésita. Il ne reconnaissait pas Marion, bien sûr, mais il savait tout de la réputation d'Eddie auprès des dames d'âge mûr – Ruth lui en avait parlé, et il avait lu tous ses livres. C'est pourquoi, à tout hasard, il adressa aussi un petit signe à celle qui était à son bras.

– J'amène une acquéreuse pour la maison, dit Eddie. Une vraie, cette fois.

Cette annonce attira l'attention de l'ancien brigadier Hoekstra. Il planta sa hache dans le billot – ainsi Graham ne risquerait pas de se couper avec. Il ramassa le coin, qui était tranchant lui-même ; avec le coin non plus, il ne voulait pas que l'enfant puisse se blesser. Mais il laissa le merlin sur le sol. Le petit n'avait pas la force de le soulever.

Déjà, Eddie et Marion entraient dans la maison, ils ne l'avaient pas attendu.

– Bonjour, c'est moi, lança Eddie depuis l'entrée.

Marion considérait la salle de travail de Ted avec un regain d'enthousiasme, ou, plutôt, avec un enthousiasme qu'elle ne se serait jamais supposé. Mais les murs nus de l'entrée attirèrent aussi son attention. Eddie était sûr qu'elle était en train de se remémorer toutes les photos qui s'y étaient trouvées. A présent il n'y avait plus de photos, plus de crochets, plus rien. Marion vit aussi les cartons empilés – qui durent lui rappeler un peu l'aspect de la maison la dernière fois qu'elle l'avait vue, avec ses propres déménageurs.

– Hello ! cria Ruth depuis la cuisine.

Alors Graham se précipita dans le couloir pour les accueillir. Ce devait être difficile pour Marion de faire sa connaissance, mais Eddie trouva qu'elle s'en tirait bien. « Tu dois être Graham », lui dit-elle. Les étrangers intimidaient l'enfant ; il se mit un peu à l'écart, derrière Eddie – lui, du moins, il le connaissait.

– C'est ta grand-mère, Graham, lui apprit Eddie.

Marion lui tendit la main, que le petit serra avec une solennité exagérée. Eddie ne quittait pas Marion des yeux. Elle semblait faire un effort sur elle-même.

Graham, malheureusement, n'avait jamais connu de grands-parents. Ce qu'il savait des grand-mères, il le tenait des livres, or, dans les livres, elles étaient toujours très vieilles.

– Tu es très vieille ? demanda-t-il à sa grand-mère.

– Ah, mais oui, bien sûr ! répondit Marion. J'ai soixante-seize ans.

– Eh ben, tu sais, moi, j'ai que quatre ans et je pèse déjà quinze kilos !

581

– Dis donc ! s'exclama Marion. Autrefois, moi, j'ai bien dû peser soixante kilos, mais c'était il y a bien longtemps. J'ai maigri, depuis...

La porte d'entrée s'ouvrit derrière eux, et Harry, en sueur, s'encadra sur le seuil, son cher coin pour fendre les bûches encore à la main. Eddie lui aurait présenté Marion, mais en un clin d'œil, arrivée depuis la cuisine, Ruth apparut. Elle venait de se laver les cheveux. « Salut », dit-elle à Eddie. C'est alors qu'elle vit sa mère.

Depuis le seuil, Harry lança : « C'est une acquéreuse pour la maison, une vraie, cette fois. » Mais Ruth ne l'entendit pas.

– Bonjour, chérie, dit Marion.

– Maman, articula Ruth.

Graham courut dans les bras de sa mère. A quatre ans, il avait encore l'âge de se pendre à ses hanches, ce qu'il fit, et, d'instinct, elle se pencha pour le prendre dans ses bras. Mais son corps se bloqua tout à fait ; elle n'avait simplement pas la force de le soulever. Elle posa une main sur la petite épaule de l'enfant, et, du revers de l'autre, elle tenta vaguement d'essuyer ses larmes. Puis elle cessa de lutter, et les laissa jaillir.

Sur le seuil de la porte, Harry le Hollandais ne bougea pas. Il était trop fin pour faire un geste.

Hannah avait eu tort, Eddie le savait bien. Il est des moments où le temps s'arrête. Il faut ouvrir l'œil pour qu'ils ne nous échappent pas.

– Ne pleure pas, mon poussin, dit Marion à sa fille unique. C'est Eddie et moi, c'est tout.

REMERCIEMENTS

Je dois beaucoup à mes nombreuses visites à Amsterdam au cours des quatre ans qu'il m'a fallu pour écrire ce roman ; et je suis particulièrement redevable au brigadier Joep de Groot du deuxième district de police, pour sa patience et sa générosité ; sans ses conseils, ce livre n'aurait pas vu le jour. Je suis de même reconnaissant envers Margot Alvarez, qui a fait partie du Rode Draad, organisation pour la défense des droits des prostituées à Amsterdam. Et, surtout, pour le temps et le soin avec lesquels il a revu mon manuscrit, je remercie Robbert Ammerlaan, mon éditeur néerlandais. Pour tous les chapitres qui se déroulent à Amsterdam, je dois à ces trois Amstellodamois des remerciements inestimables. Toutes les évocations réussies doivent être portées à leur crédit, je ne saurais qu'assumer mes erreurs.

Pour les nombreux chapitres qui ne se déroulent pas à Amsterdam, je me suis appuyé sur les conseils éclairés d'Anna von Planta à Genève, d'Anne Freyer à Paris, de Ruth Geiger à Zurich, d'Harvey Loomis à Sagaponack et d'Alison Gordon à Toronto. Il me faut également citer ici le souci du détail manifesté par trois assistants hors pair : Lewis Robinson, Dana Wagner et Chloe Bland ; le soin avec lequel ils ont travaillé ne mérite que des éloges.

Petite curiosité qui a sa place ici, le chapitre intitulé « Le matelas pneumatique rouge et bleu » est effectivement paru, sous une forme à peine différente mais en allemand, dans la *Süddeutsche Zeitung* du 27 juillet 1994, sous le titre « Die blaurote Luftmatratze ».

J.I.

TABLE

RÉALISATION : I.G.S. CHARENTE-PHOTOGRAVURE À L'ISLE-D'ESPAGNAC
IMPRESSION : BUSSIÈRE CAMEDAN IMPRIMERIES À SAINT-AMAND-MONTROND (CHER)
DÉPÔT LÉGAL : AVRIL 1999. N° 33493 (991302/1)